AMANTE CONSAGRADO

Universo dos Livros Editora Ltda.
Rua Haddock Lobo, 347 • 12º andar • Cerqueira César
CEP 01414-001 • São Paulo • SP
Telefone: (11) 3217-2603 • Fax: (11) 3217-2616
www.universodoslivros.com.br
e-mail: editor@universodoslivros.com.br
Siga-nos no Twitter: @univdoslivros

Amante Consagrado

J. R.
Ward

São Paulo
2011

Universo dos Livros

Título original
Lover Enshrined

Diretor-Editorial
Luis Matos

Tradução
Alyne Azuma

Preparação
Felipe C. F. Vieira

Revisão
Fernanda Duarte

Assistente-Editorial
Noele Rossi
Talita Camargo
Talita Gnidarchichi

Arte
Stephanie Lin

Diagramação
Sérgio Bergocce

Capa
Zuleika Iamashita

Dados Internacionais de Catalogação na Publicação (CIP)
(Câmara Brasileira do Livro, SP, Brasil)

W259a Ward, J. R.

Amante Consagrado / J. R. Ward ; [tradução de Alyne Azuma]. – São Paulo : Universo dos Livros, 2011.
552 p. – (Irmandade da Adaga Negra)

Tradução de: Lover Enshrined

ISBN 978-85-7930-236-7

1. Vampiros. 2. Ficção. I. Título. II. Série

CDD 813.6

Dedicado a: *você*.

Você foi um perfeito cavalheiro e um alívio.
E eu acredito que a alegria se transforma em você –
com certeza você merece.

Agradecimentos

Com imensa gratidão aos leitores da Irmandade da Adaga Negra e um salve para os Cellies!

Muito obrigada: Karen Solem, Kara Cesare, Claire Zion, Kara Welsh.

Obrigada S-Byte, Ventrue, Loop e Opal, por tudo o que vocês fazem graças à bondade do coração de vocês!

Como sempre, minha gratidão ao meu comitê executivo: Sue Grafton, dra. Jessica Andersen e Betsey Vaughan. E meu imenso respeito à incomparável Suzanne Brockmann.

Para DLB – RESPEITO, amo você, beijos, mamãe.

Para NTM – como sempre, com meu amor e gratidão. Você de fato é um príncipe entre os homens.

PS – Existe alguma coisa que você não consiga encontrar?

À LeElla Scott – já chegamos? Já chegamos? Já chegamos? Remmy, o GPS é nosso amigo, e não somos nada sem LeSunshine. Muito amor para você, minha melhor amiga.

À Kaylie – bem-vinda ao mundo, bebezinha. Você tem uma mãe espetacular – ela é o meu ídolo absoluto, e não só porque me faz usar produtos para o cabelo.

Para Bub – obrigada pela bebedeira!

Nada disso seria possível sem: meu amado marido, que é meu conselheiro, guardião e visionário; minha mãe maravilhosa, que me dá tanto amor que não haveria como retribuir; minha família (tanto de sangue quanto de adoção) e meus queridos amigos. Oh, e a cara metade do WriterDog, é claro.

GLOSSÁRIO DE TERMOS E NOMES PRÓPRIOS

***Ahstrux nohstrum*:** Segurança particular com licença para matar, designado pelo rei.

As Escolhidas: Vampiras educadas para servirem à Virgem Escriba. São consideradas membros da aristocracia, embora sejam voltadas mais para as coisas espirituais do que temporais. Têm pouca, ou nenhuma, interação com os machos, mas podem acasalar com guerreiros a fim de reproduzir sua espécie, segundo a orientação da Virgem Escriba. Têm a capacidade de predizer o futuro. No passado, eram utilizadas para satisfazer à necessidade de sangue de membros solteiros da Irmandade, e tal prática foi reativada pelos Irmãos.

***Chrih*:** Símbolo de morte honrada no Antigo Idioma.

Cio: Período fértil das vampiras. Em geral, dura dois dias e é acompanhado por intenso desejo sexual. Ocorre pela primeira vez aproximadamente cinco anos após a transição da fêmea e, a partir daí, uma vez a cada dez anos. Todos os machos respondem em certa medida se estiverem por perto de uma fêmea no cio. Pode ser uma época perigosa, com conflitos e lutas entre os machos, especialmente se a fêmea não tiver companheiro.

***Conthendha*:** Conflito entre dois machos que competem pelo direito de ser o companheiro de uma fêmea.

Dhono**:** Um termo de respeito usado por uma fêmea submissa sexualmente ao se referir a seu dominador.

Dhunhd**:** Inferno.

Doggen**:** Membro da classe servil no mundo dos vampiros. Os *doggen* seguem tradições antigas e conservadoras de servir aos seus superiores, obedecendo a códigos formais no comportamento e no vestir. Podem sair durante o dia, mas envelhecem relativamente rápido. Sua expectativa de vida é de aproximadamente quinhentos anos.

Ehnclausuramento**:** *Status* conferido pelo rei a uma fêmea da aristocracia em resposta a uma petição de seus familiares. Subjuga uma fêmea à autoridade de um responsável único, o *tuhtor*, geralmente o macho mais velho da casa. Seu *tuhtor*, então, tem o direito legal de determinar todos os aspectos de sua vida, restringindo, segundo sua vontade, toda e qualquer interação dela com o mundo.

Ehros**:** Uma Escolhida treinada nas artes sexuais.

Escravo de sangue: Vampiro macho ou fêmea que foi subjugado para satisfazer à necessidade de sangue de outros vampiros. A prática de manter escravos de sangue caiu em desuso, mas não é ilegal.

Exhile dhoble**:** O gêmeo mal ou amaldiçoado, o segundo a nascer.

Fade: Reino atemporal onde os mortos se reúnem com seus entes queridos por toda a eternidade.

Ghia**:** Equivalente a um padrinho ou madrinha para um indivíduo.

Glymera**:** A nata da aristocracia.

Hellren**:** Vampiro macho que tem uma companheira. Os machos podem ter mais de uma fêmea.

Intocada: Uma virgem.

Irmandade da Adaga Negra: Guerreiros vampiros altamente treinados para proteger a sua espécie contra a Sociedade Redutora. Resultado de cruzamentos seletivos dentro da raça, os membros da Irmandade possuem imensa força física e mental, assim como a capacidade de se recuperar de ferimentos rapidamente. Não é constituída majoritariamente por irmãos de sangue. São iniciados na Irmandade por indicação de seus membros. Agressivos, autossuficientes e reservados por natureza, vivem separados dos vampiros civis e têm pouco contato com membros das outras classes, a não ser quando precisam se alimentar. Tema para lendas, são reverenciados no mundo dos vampiros. Só podem ser mortos por ferimentos muito graves, como tiros ou uma punhalada no coração.

***Leelan*:** Termo carinhoso, que pode ser traduzido aproximadamente por "muito amada".

***Lewlhen*:** Presente.

***Libbertador*:** Salvador.

***Lídher*:** Uma pessoa de poder e influência.

***Mahmen*:** Mãe. Usado afetuosamente e também como designativo.

***Mhis*:** O disfarce de um determinado ambiente físico; a criação de um campo de ilusão.

***Nalla/Nallum*:** Um termo carinhoso que significa "amada(o)".

Ômega: Figura mística e maligna que almeja a extinção dos vampiros devido a um ressentimento contra a Virgem Escriba. Existe em um reino atemporal e possui grandes poderes, entre os quais, no entanto, não se encontra a capacidade de criar.

Perdição: Refere-se a uma fraqueza crítica em um indivíduo. Tal fraqueza pode ser interna, como um vício, ou externa, como uma paixão.

Primeira Família: O rei e a rainha dos vampiros e seus filhos.

Princeps**:** O nível mais elevado da aristocracia dos vampiros, só suplantado pelos membros da Primeira Família ou pelas Escolhidas da Virgem Escriba. O título é hereditário, não pode ser outorgado.

Redutor**:** Membro da Sociedade Redutora. Humano sem alma empenhado na exterminação dos vampiros. Os redutores só morrem se forem apunhalados no peito; do contrário, vivem eternamente, sem envelhecer. Não comem nem bebem e são impotentes. Com o tempo, os cabelos, a pele e os olhos perdem a pigmentação. Cheiram a talco de bebê. Depois de iniciados na sociedade por Ômega, conservam uma urna de cerâmica onde seu coração foi depositado após ter sido removido.

Ríhgido**:** Termo que se refere à potência do órgão sexual masculino. A tradução literal seria algo aproximado de "digno de penetrar uma fêmea".

Rytho**:** Forma ritual de lavar a honra, oferecida pelo ofensor ao ofendido. Se aceito, o ofendido escolhe uma arma e ataca o ofensor, que se apresenta perante ele desprotegido.

Shellan**:** Vampira que tem um companheiro. Em geral, as fêmeas não têm mais de um macho devido à natureza fortemente territorial dos machos.

Sympatho**:** Subespécie dentro da raça vampira, caracterizada pela capacidade e desejo de manipular emoções nos outros (com o propósito de troca de energia), entre outras peculiaridades. Historicamente, foram discriminados e, em certas épocas, caçados pelos vampiros. Estão quase extintos.

Sociedade Redutora: Ordem de assassinos constituída por Ômega com o propósito de erradicar a espécie dos vampiros.

Transição: Momento crítico na vida dos vampiros, quando ele ou ela se transforma em adulto. A partir daí, precisam beber sangue do sexo oposto para sobreviver e não suportam a luz do dia. Geralmente, ocorre por volta dos vinte e cinco anos. Alguns vampiros não sobrevivem à transição, sobretudo os machos. Antes da mudança, os vampiros são fisicamente frágeis, inaptos ou indiferentes para o sexo, e incapazes de se desmaterializar.

***Trahyner*:** Termo usado entre machos em sinal de respeito e afeição. Pode ser traduzido como "querido amigo".

***Tuhtor*:** Guardião de um indivíduo. Há vários graus de *tuhtores*, sendo que o mais poderoso é aquele responsável por uma fêmea *ehnclausurada*.

Tumba: Cripta sagrada da Irmandade da Adaga Negra. Usada como local de cerimônias e como depósito das urnas dos redutores. Entre as cerimônias ali realizadas, estão as iniciações, funerais e ações disciplinadoras contra os Irmãos. O acesso a ela é proibido, exceto aos membros da Irmandade, à Virgem Escriba ou aos candidatos à iniciação.

Vampiro: Membro de uma espécie à parte do *Homo sapiens*. Os vampiros precisam beber sangue do sexo oposto para sobreviver. O sangue humano os mantêm vivos, mas sua força não dura muito tempo. Após sua transição, que geralmente ocorre aos vinte e cinco anos, são incapazes de sair à luz do dia e devem se alimentar na veia regularmente. Os vampiros não podem "converter" os humanos por meio de uma mordida ou transferência de sangue, embora, ainda que raramente, sejam capazes de procriar com a outra espécie. Podem se desmaterializar por meio da vontade, mas precisam estar calmos e concentrados para consegui-lo, e não podem levar consigo nada pesado. São capazes de apagar as lembranças das pessoas, desde que recentes. Alguns vampiros são capazes de ler a mente. Sua expectativa de vida ultrapassa os mil anos, sendo que, em certos casos, vai além disso.

Viajante: Um indivíduo que morreu e voltou vivo do Fade. Inspiram grande respeito e são reverenciados por sua façanha.

***Vihngador*:** Agente de uma retaliação mortal executada tipicamente por um macho que tenha algum laço amoroso com a vítima.

Virgem Escriba: Força mística conselheira do rei, guardiã dos registros vampíricos e dispensadora de privilégios. Existe em um reino atemporal e possui grandes poderes. Ela é capaz de um único ato de criação, que usou para trazer os vampiros à existência.

Prólogo

Vinte e cinco anos, três meses, quatro dias, onze horas, oito minutos e trinta e quatro segundos atrás...

O tempo não era, de fato, algo que escorria para o infinito. Até o segundo presente, era maleável, não fixo. Argila, não concreto. E Ômega era grato por isso. Se o tempo fosse fixo, ele não estaria com seu filho recém-nascido nos braços. Ter filhos nunca tinha sido seu objetivo. Mas, naquele momento, ele estava transformado.

– A mãe está morta? – ele perguntou quando seu *Redutor Principal* desceu as escadas.

Engraçado, se você perguntasse ao assassino em que ano ele achava que estava, a resposta seria 1983. E estaria correto, de certa forma. O *Redutor Principal* assentiu.

– Ela não sobreviveu ao parto.

– Os vampiros raramente sobrevivem. É uma de suas poucas virtudes.

E muito conveniente, neste caso. Matar a mãe depois que ela o serviu tão bem parecia grosseiro.

– O que você quer que eu faça com o corpo?

O Ômega observou seu filho esticar o braço e agarrar seu dedão. O bebê era forte.

– Que estranho.

– O quê?

Era difícil colocar em palavras o que ele estava sentindo. Ou talvez fosse exatamente isso. Ele não esperava sentir nada.

Seu filho deveria ser uma reação defensiva à Profecia do Destruidor, uma reação calculada na guerra contra os vampiros, uma estratégia para garantir que Ômega sobrevivesse. Seu filho lutaria de uma nova maneira e aniquilaria a raça de selvagens antes que o Destruidor consumisse o âmago do Ômega até não sobrar nada.

Até aquele momento, o plano havia sido executado impecavelmente, começando com o sequestro da vampira, que Ômega havia inseminado, e terminando com aquele nascimento.

O bebê olhou para ele movendo sua pequenina boca. Ele tinha um cheiro doce, mas não porque era um *redutor*. E Ômega, de repente, não queria deixá-lo ir. Aquela criança em seus braços era um milagre, uma exceção que vivia e respirava. Ômega não havia recebido o dom da criação como sua irmã, mas a reprodução não havia sido negada a ele. Podia não ser capaz de fazer surgir toda uma nova raça, mas ele podia passar adiante sua linhagem genética. E foi exatamente o que fez.

– Mestre? – chamou o *Redutor Principal*.

Ele realmente não queria deixar o bebê, mas para que aquilo funcionasse, seu filho teria de viver com o inimigo, ser criado como um deles. Teria que conhecer a língua, a cultura e os hábitos do inimigo. Teria que saber onde viviam para que pudesse matá-los.

Finalmente, Ômega se forçou a dar o bebê para seu *Redutor Principal*.

– Deixe-o no local das reuniões que eu proibi você de saquear. Vista-o, deixe-o e, quando voltar para cá, eu trarei você para dentro de mim.

Onde irá morrer de acordo com minha vontade, o Ômega concluiu para si mesmo. Não podia haver vazamentos. Nem erros.

Enquanto o *Redutor Principal* fazia seu papel de bajulador, que teria agradado a Ômega em qualquer outra ocasião, o sol nasceu nos milharais de Caldwell, Nova York. No andar superior, uma crepitação leve se transformou em um grande fogo, e o cheiro de queimado anunciou a incineração do corpo da fêmea junto com todo o sangue na cama. E aquilo foi ótimo. A limpeza era importante, e aquela casa de fazenda era nova, construída especialmente para o nascimento do filho.

– Vá – comandou o Ômega. – Vá e cumpra sua tarefa.

O *Redutor Principal* partiu com o bebê, e, vendo a porta se fechar, Ômega desejou seu filho. A falta do garoto doía. No entanto, a solução para sua angústia estava à mão. Ômega se concentrou e catapultou sua forma corpórea para o "presente", para a mesma sala onde estava. A mudança no tempo registrou um rápido envelhecimento da casa a sua volta. O papel de parede estava desbotado e descascando em tiras. A mobília estava estragada e envelhecida em padrões consistentes em mais de duas décadas de uso. Do branco vibrante, o teto tornou-se amarelo sombrio, como se fumantes tivessem baforado lá por anos. As tábuas do chão estavam curvadas nos cantos do *hall* de entrada.

No fundo da casa, ele ouviu dois humanos discutindo. Ômega foi na direção da cozinha imunda e destruída, que apenas segundos atrás estava brilhante como o dia em que foi construída. Quando entrou no cômodo, o homem e a mulher interromperam a briga, petrificados pelo choque. E ele continuou a tediosa tarefa de esvaziar a casa dos olhos curiosos.

Seu filho estava voltando. E Ômega precisava vê-lo quase tanto quanto precisava colocá-lo em ação.

Enquanto o mal tocava o centro de seu peito, ele sentiu um vazio e pensou na irmã. Ela havia trazido ao mundo uma nova raça, uma raça desenvolvida pela combinação de sua vontade e da biologia disponível. E tinha ficado tão orgulhosa de si mesma.

Assim como seu pai.

Ômega havia começado a matar vampiros só para provocá-los, mas aprendeu rapidamente que se alimentava de atos de maldade. O pai não conseguiu impedi-lo, porque, no fim das contas, os atos de Ômega – aliás, sua existência – eram necessários para equilibrar a generosidade da irmã.

O equilíbrio deveria ser mantido. Esse era o princípio fundamental de sua irmã, a justificativa do Ômega e a ordem que o pai de ambos recebeu do próprio pai. A base fundamental do mundo.

A Virgem Escriba sofria, e o Ômega obtinha satisfação. Ela era ferida por cada morte executada em sua raça, e ele sabia bem disso. Sempre foi capaz de sentir a irmã. Ainda mais agora.

Enquanto imaginava seu filho lá fora, no mundo, Ômega se preocupava com o garoto. E esperava que os vinte e tantos anos tivessem sido fáceis para ele. Mas era isso mesmo que significava ser um bom pai, não é? Pais deveriam se preocupar com os filhos, cuidar deles e protegê-los. Independente do que existir dentro de você, virtude ou pecado, você sempre quer o melhor para aqueles que colocou no mundo.

Foi impressionante descobrir que tinha algo em comum com a irmã, no fim das contas… um choque saber que ambos queriam que os filhos a que haviam dado à luz sobrevivessem e crescessem.

Ômega olhou para os corpos humanos que tinha acabado de jogar fora.

É claro que ele e sua irmã não podiam ambos conseguir isso. É a vida.

Capítulo 1

O mago havia retornado.

Phury fechou os olhos e deixou a cabeça encostar na cabeceira. Ah, que inferno, o que ele estava dizendo? O mago nunca tinha ido embora.

Parceiro, às vezes você me irrita, a voz sombria em sua cabeça falou lentamente. *É verdade. Depois de tudo o que passamos juntos?*

Realmente... eles haviam passado por muita coisa.

O mago era o motivo por que Phury tinha necessidade gritante de fumaça vermelha, estava sempre em sua mente, sempre martelando sobre o que ele não tinha feito, o que devia ter feito, o que podia ter feito melhor.

E se? E se? E se?

Parecia piada. A verdade era que um dos Espectros do Anel, de *O Senhor dos Anéis*, o tinha levado até a fumaça vermelha tanto quanto se o tivesse amarrado como um animal no porta-malas de um carro.

Na verdade, parceiro, eu o amarraria no para-choque.

Exatamente.

Em sua mente, o mago aparecia na forma de um Espectro do Anel, usando uma túnica sombria que escondia seu rosto, parado em meio a um deserto cinza cheio de ossos e crânios. Em seu clássico sotaque britânico, ele fazia questão de que Phury nunca esquecesse seus fracassos, a ladainha incessante que o fazia fumar sem parar só para não ter de ir até seu armário de armas e enfiar o cano de um revólver na testa.

Você não o salvou. Você não os salvou. Você levou a maldição para todos eles. A culpa é sua... a culpa é sua...

Phury pegou outro cigarro e o acendeu com seu isqueiro dourado.

Ele era o que chamavam no Antigo País de *exhile dhoble.*

O segundo gêmeo. O gêmeo do mau.

Phury nasceu três minutos depois de Zsadist, e seu nascimento trouxe a maldição do desequilíbrio para a família. Dois filhos nobres, ambos nascidos com saúde, era sorte demais e, com certeza, o equilíbrio seria restaurado: em alguns meses, seu gêmeo foi roubado da família, vendido como escravo e sofreu todo tipo de abuso por um século. Graças à sua maldita senhora, Zsadist tinha cicatrizes no rosto, nas costas, nos pulsos e no pescoço. Mas estava mais machucado ainda por dentro.

Phury abriu os olhos. Salvar o corpo físico de seu irmão gêmeo não tinha sido o suficiente; foi preciso o milagre de Bella para ressuscitar a alma de Z., e agora ela estava em perigo. Se eles a perdessem...

Então tudo fica correto, e o equilíbrio permaneceria intacto para a próxima geração, disse o mago. *Você não acredita de fato que seu irmão gêmeo vai receber a bênção de ter um filho saudável, não é? Você terá muitos filhos. Ele não terá nenhum, esse é o equilíbrio.*

Ah, e estou falando da shellan *dele também, eu mencionei isso?*

Phury pegou o controle remoto e aumentou o volume da ópera *La Bohème*, justo quando a ária "Che Gelida Manina" começou.

Não adiantou. O mago gostava do compositor Puccini. O Espectro começou a valsar em volta dos esqueletos, suas botas amassando tudo em que pisava, seus braços pesados balançando com elegância, sua túnica preta rasgada balançava como a crina esvoaçante de um cavalo majestoso. Contra o vasto horizonte cinza e vazio, o mago valsava e ria.

Aquilo era tão... esquisito.

Sem olhar, Phury alcançou o criado-mudo e pegou um saco de fumaça vermelha e os papéis de seda. Ele não precisava medir a distância. Já tinha feito aquilo milhares de vezes.

Enquanto o mago cantava a plenos pulmões ao som da *La Bohème*, Phury enrolou dois cigarros para manter o hábito e fumou enquanto preparava seus reforços. Enquanto expirava, a fumaça que saía de seus lábios cheirava a café e chocolate, mas teria fumado qualquer coisa, até mesmo lixo queimando em seu nariz se isso fizesse o mago se calar.

Que diabos, estava chegando ao ponto em que acender todo um depósito de lixo seria ótimo se aquilo lhe desse um pouco de paz.

Não acredito que você não valoriza mais a nossa relação, disse o mago.

Phury se concentrou no desenho que estava em seu colo, aquele em que estava trabalhando na última meia hora. Depois de fazer uma rápida revisão, mergulhou a ponta de sua pena no pote de prata que estava equilibrando no quadril. A tinta dentro do pote parecia o sangue de seus inimigos, com seu brilho oleoso e denso. No entanto, no papel, parecia um marrom avermelhado profundo, não um preto terrível.

Ele nunca usaria preto para retratar alguém que amava. Dava azar.

Além disso, a tinta sanguinária era precisamente o tom dos reflexos do cabelo cor de mogno de Bella. Então, combinava com seu tema.

Phury cuidadosamente fez o sombreado do nariz perfeito dela, os fios delicados da pena se entrecruzavam até que a densidade estivesse certa. Desenhar com tinta era muito parecido com a vida: um erro, e a coisa toda estava arruinada. Droga! Os olhos de Bella não estavam à altura.

Curvando o antebraço para não arrastar o pulso sobre a tinta fresca, ele tentou consertar o que estava errado, delineando a pálpebra inferior para que a curva ficasse mais angulosa. Suas pinceladas marcavam a folha de papel forte o bastante. Mas os olhos ainda não estavam bons.

É, não estava bom, e ele devia saber disso, considerando quanto tempo tinha gastado desenhando Bella nos últimos oito meses.

O mago parou no meio de sua dança e apontou para o fato de que sua rotina de tinta e desenhos era uma péssima ideia. Afinal, ele estava desenhando a *shellan* grávida do seu irmão gêmeo.

Só um cafajeste imundo ficaria obcecado com uma fêmea que pertence ao seu irmão gêmeo. E mesmo assim, foi o que você fez. Você deve estar muito orgulhoso de si mesmo, parceiro.

Sim, o mago sempre tinha um sotaque britânico por alguma razão.

Phury deu outra tragada e inclinou a cabeça para o lado para ver se uma mudança no ângulo de visão ajudaria. Não. Ainda não estava certo. O cabelo também não estava bom, na verdade. Por algum motivo, ele havia desenhado o cabelo longo e escuro de Bella em um coque, com mechas sobre o rosto. Ela sempre usava o cabelo solto.

Não importa. Ela era mais do que linda de qualquer jeito, e o resto do rosto estava como ele geralmente o retratava: virado para a direita, os cílios delineados, o olhar revelando uma combinação de delicadeza e devoção. Zsadist se sentava à direita dela nas refeições. Para que sua mão de luta ficasse livre.

Phury nunca a desenhava com os olhos voltados para si. O que fazia sentido. Na vida real, ele também nunca atraiu o olhar de Bella. Ela estava apaixonada por seu irmão gêmeo, e ele não havia mudado isso, mesmo desejando-a tanto.

A área do seu desenho ia do alto do coque até os ombros. Ele nunca desenhava a barriga grávida. Fêmeas grávidas nunca eram registradas do tórax para baixo. Mais uma vez, azar. Além de um lembrete do que ele mais temia.

Mortes no parto eram comuns.

Phury passou os dedos pelo rosto dela, evitando o nariz, onde a tinta ainda estava secando. Ela era linda, mesmo que o olho não estivesse bom, o cabelo estivesse diferente, e os lábios, menos carnudos. Estava pronto. Hora de começar outro.

Passando para a base do desenho, ele começou a desenhar a hera que envolvia seu ombro. Primeiro uma folha, depois uma haste... agora mais folhas, curvando e engrossando, cobrindo o pescoço, se reunindo perto dos lábios, beirando a boca, espalhando-se pelo rosto. Indo para o pote de tinta e voltando para o papel. A hera tomando conta de Bella. A hera cobrindo o trajeto da pena de Phury, escondendo seu coração e o pecado que vivia nele.

O mais difícil era cobrir o nariz. Era sempre a última coisa que fazia, e quando não podia mais evitar, sentia seus pulmões queimando como se fosse ele que não pudesse mais respirar. Quando a hera tinha dominado a imagem, Phury amassou o papel e o jogou no cesto de lixo do outro lado do quarto.

Em que mês eles estavam... agosto? Sim, agosto. Então, ainda faltava... sim, ela tinha mais um ano de gravidez, supondo que conseguisse mantê-la. Como muitas fêmeas, ela já estava em repouso porque os cuidados pré-parto eram uma grande preocupação.

Apagando a ponta do cigarro, ele foi pegar outro dos dois que tinha acabado de preparar e se deu conta de que os tinha fumado. Esticando sua única perna, colocou o cavalete de lado e pegou de novo seu kit de sobrevivência: um saco de fumaça vermelha, um pacote fino de papel de seda e seu volumoso isqueiro de ouro. Em um instante enrolou outro cigarro, e enquanto ele dava a primeira tragada, mediu seu estoque.

Droga, estava pequeno. Bem pequeno.

As persianas de aço subindo na janela o acalmaram. A noite, em toda a sua glória sem sol, tinha caído, libertando-o da mansão da Irmandade... e permitindo que ele vá até seu fornecedor, Rehvenge.

Movendo a perna que não tinha mais pé, ele pegou sua prótese, encaixou-a bem abaixo do joelho direito e levantou. Tinha fumado o suficiente para que o ar à sua volta parecesse algo denso, difícil de atravessar, e a janela para a qual estava indo parecesse estar a quilômetros de distância. Mas tudo bem. Ele estava confortado pela onda familiar, relaxado pela sensação de flutuar enquanto atravessava o quarto nu.

O jardim lá embaixo estava esplêndido, iluminado pelo brilho da sacada da biblioteca. Era assim que uma vista de fundos devia ser, ele pensou. Todas as flores abertas e saudáveis, as árvores frutíferas cheias de peras e maçãs, os caminhos limpos, os arbustos aparados.

Bem diferente do lugar onde ele havia crescido. Bem diferente.

Embaixo da sua janela, as rosas chá estavam em plena floração, suas pétalas surgiam de maneira imponente sobre as hastes cheias de espinhos. As rosas levaram sua torrente de pensamento para outra fêmea. Quando Phury inspirou de novo, visualizou a *sua* fêmea, aquela que ele realmente deveria estar desenhando... aquela com quem, de acordo com a lei e com o costume, deveria estar fazendo bem mais do que desenhar.

Cormia, uma das Escolhidas. Sua Primeira Companheira. Uma dentre outras quarenta. Caramba, como é que ele acabou se tornando o Primaz das Escolhidas?

Eu já falei para você, o mago respondeu. *Vocês vão ter muitos filhos, e todos eles vão ter a alegria eterna de admirar um pai cujo único feito é decepcionar todos à sua volta.*

Certo, por pior que o mago pudesse ser, era um argumento difícil de contestar. Phury ainda não havia se unido à Cormia como pedia o ritual. Não havia voltado ao Outro Lado para ver a Directrix. Não havia encontrado as outras trinta e nove fêmeas com quem deveria se deitar e a quem deveria engravidar.

Phury fumou com mais força, o peso daquelas bobagens pairando sobre sua cabeça como rochas flamejantes lançadas pelo mago. E o cretino tinha uma mira excelente. Mas, é claro, ele tinha muita prática.

Bom, parceiro, você é um alvo fácil. É simples assim.

Pelo menos Cormia não estava reclamando do não cumprimento de seus deveres. Ela não tinha desejado ser a Primeira Companheira, tinha sido forçada ao papel: no dia do ritual, totalmente apavorada, ela foi amarrada à cama cerimonial, seus braços e pernas foram abertos para que ele a usasse como um animal.

No momento em que a viu, ele entrou em seu modo automático de salvador. Ele a levou para a mansão da Irmandade da Adaga Negra e a colocou no quarto ao lado do seu. Tradição ou não, ele não iria, de jeito nenhum, tomar uma fêmea à força e imaginou que, se eles tivessem um pouco de tempo e espaço para se conhecer, seria mais fácil.

Certo?... *errado*. Cormia tinha ficado no próprio canto, enquanto ele continuava suas atividades diárias de tentar não explodir. Nos últimos cinco meses, os dois não tinham se aproximado um do outro, nem da cama. Cormia raramente falava e só aparecia nas refeições. Se saía do quarto, era apenas para ir à biblioteca pegar livros. Com sua longa túnica branca, parecia mais uma sombra com aroma de jasmim do que qualquer coisa feita de carne e osso.

A verdade constrangedora, no entanto, era que ele estava satisfeito com aquela situação. Phury achava que tinha total consciência do compromisso sexual que estava fazendo quando assumiu o lugar de Vishous como o Primaz, mas a prática era muito mais desconcertante do que a teoria. Quarenta fêmeas. Qua...ren...ta.

Ele deveria estar louco quando tomou o lugar de V. Deus era testemunha, sua única tentativa de perder a virgindade não tinha sido um sucesso – mesmo que tivesse sido com uma profissional. Se bem que, talvez, experimentar as coisas com uma prostituta tivesse sido parte do problema.

Mas a quem mais recorrer? Ele era um celibatário sem noção de duzentos anos. Como é que ia se colocar sobre a adorável e frágil Cormia, penetrá-la até chegar ao clímax e então correr para o Santuário das Escolhidas e fazer tudo de novo com outras quarenta fêmeas?

Que *diabos* ele estava pensando?

Phury colocou o cigarro entre os lábios e abriu a janela. Quando o forte perfume da noite de verão entrou no quarto, voltou a se concentrar nas rosas. Ele havia visto Cormia com uma dessas rosas outro dia, obviamente tirada do buquê que Fritz deixava na sala do segundo andar. Ela estava ao lado do vaso, a rosa de um tom claro de lavanda estava entre dois dedos longos, a cabeça estava inclinada sobre o botão; e o nariz, passeando pela flor. Seu cabelo louro, sempre enrolado em um coque alto, havia soltado mechas delicadas que caíam e formavam cachos naturais. Assim como as pétalas da rosa.

Ela deu um salto quando o viu olhando, colocou a rosa de volta e rapidamente voltou para o quarto, fechando a porta sem fazer barulho. Ele sabia que não podia mantê-la presa para sempre, longe de tudo o que lhe era familiar e tudo o que ela era. Os dois precisavam concluir a cerimônia sexual. Era o acordo que ele havia feito, e aquele era o papel que ela havia dito que estava preparada para desempenhar, não importa quão assustada estivesse no começo.

Olhando para a escrivaninha, observou o pesado medalhão de ouro do tamanho de uma caneta tinteiro grande. Marcado com uma versão arcaica do Antigo Idioma, era um símbolo do Primaz: mais do que a chave para todas as construções do Outro Lado, era também o cartão de visitas do macho responsável pelas Escolhidas.

"A força da raça", como o Primaz era conhecido.

O medalhão emitiu um som metálico hoje, assim como já havia feito antes. Sempre que a Directrix queria falar com ele, a coisa vibrava, e teoricamente ele deveria ir até onde deveria ser seu lar, o Santuário. Mas ele ignorou o chamado. Como havia ignorado os anteriores.

Não queria ouvir o que já sabia: cinco meses sem concluir a cerimônia do Primaz era demais.

Ele pensou em Cormia enfurnada no quarto de hóspedes ao lado, sozinha. Ninguém com quem conversar. Longe das irmãs. Tentou ir até lá, mas ele a deixava totalmente tensa. Compreensivelmente. Céus, Phury não conseguia imaginar como ela passava as horas sem enlouquecer. Cormia precisava de um amigo. Todo mundo precisa de amigos.

No entanto, nem todo mundo os merece, o mago comentou.

Phury se virou e foi para o chuveiro. Ao passar pelo cesto de lixo, parou. O desenho tinha se desamassado um pouco, e naquela bagunça enrugada, ele viu a cobertura de heras que havia adicionado. Por uma fração de segundo, lembrou o que havia embaixo, o cabelo em coque e as mechas sobre o rosto macio. Mechas que se curvavam como pétalas de rosa.

Balançando a cabeça, ele continuou. Cormia era linda, e...

Desejá-la seria apropriado, concluiu o mago. *Mas porque você deveria? Isso iria arruinar seu histórico impecável de realizações.*

Ah, quero dizer, de fracassos. *Não é mesmo?*

Phury colocou Puccini no último volume e entrou no chuveiro.

Capítulo 2

Quando as persianas se abriram para a noite, Cormia estava muito ocupada. Sentada de pernas cruzadas no tapete oriental em seu quarto, ela estava pescando ervilhas em uma tigela de cristal cheia d'água. Os legumes estavam duros como bolas de gude quando Fritz os levou até lá, mas depois de ficarem imersos por um tempo, tornaram-se macios o suficiente para serem usados. Ela pegou um e em seguida pegou, à esquerda, um palito de dente de uma pequena caixa branca que dizia, em letras vermelhas, Palitos de Dente Simmons, 500 unidades.

Pegou a ervilha, enfiou na extremidade do palito, pegou outra ervilha, outro palito, até que o ângulo certo estivesse formado. E continuou, primeiro formando um quadrado, depois um cubo tridimensional. Satisfeita, ela se inclinou e o prendeu aos outros, cobrindo o último canto em uma estrutura de quatro lados de cerca de um metro e meio de diâmetro. Agora ela precisava subir, construindo pavimentos de treliça.

Os palitos eram iguais, pedaços idênticos de madeira, e as ervilhas eram todas parecidas, redondas e verdes. Ambos a faziam lembrar de onde ela vinha. Similaridade era importante no Santuário atemporal das Escolhidas. Era, na verdade, a coisa mais importante.

Bem diferente do que acontece aqui no Outro Lado.

A primeira vez que ela viu os palitos de dente no andar de baixo depois das refeições foi quando o Irmão Rhage e o Irmão Butch os tiraram de uma delicada caixa de prata ao deixar a mesa de jantar. Por nenhuma razão, uma noite ela pegou alguns quando voltou para o quarto. Tentou colocar um na boca, mas não gostou do sabor seco e amadeirado. Sem saber direito o que fazer com os palitos, ela os colocou em seu criado-mudo e os arrumou de modo que criassem formas.

Fritz, o mordomo, entrou para fazer a limpeza, percebeu suas invenções e voltou algum tempo depois com uma tigela de ervilhas mergulhadas em água morna. E mostrou a ela como fazer o sistema funcionar. Ervilha entre dois palitos. Acrescentar mais uma seção, depois outra, mais uma e, em pouco tempo, você tem algo digno de nota.

Conforme as criações dela iam ficando maiores e mais ambiciosas, Cormia começou a planejar com antecedência todos os ângulos e elevações para reduzir os erros. Ela também começou a trabalhar no chão para ter mais espaço. Inclinando-se para frente, verificou, antes de começar, o desenho que fez para guiá-la. A camada seguinte diminuiria de tamanho, e assim por diante. Depois ela adicionaria uma torre. Seria bom ter cor, ela pensou. Mas como inserir cor à estrutura?

Ah, cor. A libertação do olho.

Estar deste lado tinha seus desafios, mas uma coisa que ela absolutamente amava eram todas as cores. No Santuário das Escolhidas, tudo era branco: da grama até as árvores, passando pelos templos, a comida, a bebida e os livros devocionais.

Com uma ponta de culpa, ela olhou para os textos sagrados. Era difícil dizer que estava adorando a Virgem Escriba com sua pequena catedral de ervilhas e palitos.

Alimentar o eu-interior não era o objetivo das Escolhidas. Era um sacrilégio. E a visita anterior da Directrix devia tê-la feito lembrar disso.

Minha Virgem Escriba, ela não queria pensar nisso.

Ao se levantar, esperou a vertigem passar e foi até uma janela. Lá embaixo ficavam as rosas chá, e Cormia reparou em cada arbusto, procurando botões novos, pétalas caídas e folhas novas.

O tempo estava passando. Ela sabia pela maneira como as plantas mudavam, pelo ciclo de florescimento que durava três ou quatro dias para cada flor.

Mais uma coisa com que se acostumar. Do Outro Lado, não havia tempo. Havia o ritmo dos rituais, refeições e banhos, mas nenhuma alteração de dia e noite, nenhuma medida de horas, nem mudança de estação. Tempo e existência eram estáticos assim como o ar, a luz, assim como a paisagem. Deste lado, ela teve de aprender que havia minutos, horas, dias, semanas, meses e anos. Relógios e calendários eram usados para marcar as passagens, e ela aprendeu a ler esses instrumentos, assim como compreendeu os ciclos deste mundo e das pessoas nele.

Lá no terraço, um *doggen* entrou no campo de visão. Com um par de tesouras de jardinagem e um grande balde vermelho, ele caminhou pelos arbustos, podando-os.

Ela pensou nos longos gramados brancos do Santuário. E nas árvores brancas e imóveis. E nas flores brancas que estavam sempre abertas. Do Outro Lado, tudo estava congelado no lugar certo, então não era necessário podar, cortar a grama, nunca havia nenhuma mudança. Aqueles que respiram o ar imutável estavam igualmente congelados, mesmo que estivessem se movendo; estavam vivos, mas não estavam.

Apesar de as Escolhidas também envelhecerem, não é mesmo? E morriam.

Ela olhou por sobre o ombro para a escrivaninha com gavetas vazias. O pergaminho que a Directrix tinha deixado estava sobre a superfície brilhante. A Escolhida Amalya, como Directrix, era emissária desses reconhecimentos de nascimento e tinha aparecido para concluir sua tarefa. Se Cormia estivesse no Outro Lado, também teria havido uma cerimônia. Mas não para ela, claro. O indivíduo que nascia não recebia tratamento especial, uma vez que não havia "eu" do Outro Lado. Somente o todo. Pensar por si mesmo, pensar em si mesmo, era blasfêmia.

E ela sempre foi uma pecadora em segredo. Sempre teve ideias errantes, distrações e motivações. Mas nada disso levava a lugar algum.

Cormia levantou a mão e a colocou na vidraça. O vidro pelo qual olhava era mais fino que seu dedo mínimo, claro como o ar, quase não era uma barreira. Fazia tempo que ela queria descer até as flores, mas estava esperando... não sabia o quê.

Quando chegou na mansão pela primeira vez, foi tomada por um turbilhão sensorial. Havia todo tipo de coisa que ela não conhecia, como tochas presas às paredes que era preciso ligar para obter luz, e máquinas que faziam coisas como lavar pratos ou manter a comida fria ou formar imagens em uma tela pequena. Havia caixas que soavam a toda hora, veículos de metal que levavam as pessoas, e coisas que eram arrastadas de um lado ao outro no chão, faziam barulho e limpavam. Havia mais cores do que todas as joias do tesouro. Aromas também, bons e maus.

Tudo era tão diferente, assim como as pessoas. De onde ela vinha, não havia machos, e as irmãs eram intercambiáveis: todas as Escolhidas usavam a mesma túnica branca, o mesmo coque e uma única pérola em forma de gota no pescoço. Todas andavam e falavam de maneira discreta e idêntica e faziam as mesmas coisas ao mesmo tempo.

Aqui? Caos. Os Irmãos e suas *shellans* usavam cores diferentes, conversavam em padrões diferentes e identificáveis. Eles gostavam de algumas comidas, mas não de outras; alguns dormiam até tarde, outros não dormiam. Alguns eram engraçados, alguns eram bravos, alguns eram... lindos.

Uma era definitivamente linda. Bella era estonteante.

Especialmente aos olhos do Primaz.

Quando os relógios começaram a tocar, ela cruzou os braços perto do corpo. As refeições eram uma tortura, dando a Cormia uma amostra de como seria quando ela e o Primaz retornassem ao Santuário, e ele olhasse para o rosto de suas irmãs com a mesma admiração e o mesmo prazer. Que grande mudança. No começo ela morria de medo do Primaz. Agora, cinco meses depois, não queria dividi-lo com ninguém.

Aquele seu cabelo farto de diversas cores, os olhos amarelos, a voz aveludada e grave, ele era um macho espetacular no auge da fertilidade. Mas não era isso que a comovia. Ele era tudo que Cormia valorizava: sempre pensava nos outros, nunca em si mesmo. Na mesa de jantar, era ele quem fazia perguntas a todos, sobre ferimentos, problemas de estômago e ansiedades, pequenos ou grandes. Nunca pedia atenção para si. Nunca trazia a conversa para si mesmo. Oferecia apoio incondicional.

Se havia um trabalho difícil, ele se voluntariava. Se havia uma tarefa, queria executá-la. Se Fritz ficava preso sob o peso de uma bandeja, o Primaz era o primeiro a levantar da cadeira para ajudar. Pelo que ela ouvia à mesa, Phury era um defensor da raça, ensinava os aprendizes e era um grande amigo de todos.

Ele realmente era um ótimo exemplo das virtudes altruístas das Escolhidas, o perfeito Primaz. E em algum momento nos segundos, horas, dias e meses de sua estada ali, Cormia havia se desviado de sua trajetória de obrigações para adentrar a confusa floresta da escolha. Agora ela *queria* estar com ele. Não havia *dever*, *obrigação*, *necessidade*.

Mas ela o queria para si mesma. O que fazia dela uma herege.

Na porta ao lado, a linda música que o Primaz sempre tocava quando estava isolado em seu quarto de repente cessou. O que significava que ele estava indo para a primeira refeição.

O som de alguém batendo na porta a assustou e a fez virar. Depois de ajeitar a túnica, sentiu o cheiro de fumaça vermelha entrando no quarto. O Primaz tinha vindo buscá-la? Cormia rapidamente verificou seu coque e colocou alguns fios soltos atrás da orelha. Quando abriu uma fresta na porta, olhou rapidamente para o rosto dele antes de fazer uma reverência. Oh, caríssima Virgem Escriba... o Primaz era glorioso demais para ser observado por muito tempo. Seus olhos eram amarelos como joias, sua pele tinha um tom marrom dourado, seus longos cabelos eram uma mistura espetacular de cores, do louro mais claro até o marrom escuro e o cobre. Ele se curvou em uma reverência rápida, uma formalidade que ela sabia que ele não gostava. Mas o Primaz fazia aquilo por ela, porque não importava quantas vezes ele pedisse para Cormia não ser formal, ela não conseguia parar.

– Ouça, eu andei pensando – ele disse.

Na hesitação que se seguiu, ela ficou preocupada que a Directrix o tivesse visitado. Todas no Santuário estavam esperando que a cerimônia fosse concluída, e todas sabiam perfeitamente que isso ainda não havia acontecido. Ela estava começando a sentir uma urgência que não tinha nada a ver com sua atração por ele. O peso da tradição estava se tornando mais pesado a cada dia. Ele limpou a garganta.

– Estamos aqui há algum tempo, e eu sei que a transição tem sido difícil. Eu andei pensando que você deve estar se sentindo um pouco só e que gostaria de companhia.

Cormia tocou o pescoço com a mão. Isso era bom. Tinha chegado a hora de ficarem juntos. No começo, ela não estava pronta. Agora estava.

– Eu realmente acho que seria bom para você – ele disse, com sua linda voz – ter um pouco de companhia.

Ela se curvou.

– Obrigada, meu amo. Eu concordo.

– Que bom. Tenho alguém em mente.

Cormia se levantou lentamente. *Alguém?*

John Matthew sempre dormia nu. Bem, pelo menos desde a transição. Economizava na lavanderia.

Com um gemido, ele colocou a mão entre as pernas e tocou sua ereção. Ela sempre o acordava, um despertador tão confiável e duro quanto o maldito Big Ben. Também havia um botão de soneca. Se ele cuidasse daquilo, podia descansar mais uns vinte minutos antes de se levantar. Tipicamente, a rotina era três vezes antes de levantar da cama e entrar no chuveiro.

E pensar que um dia ele havia desejado aquilo. Concentrar-se em pensamentos não atraentes não ajudava, e apesar de John suspeitar que se aliviar apenas aumentava o desejo, negar o próprio pênis não era uma opção: quando diminuiu a frequência uns meses atrás como um teste, em doze horas ele estava disposto a transar com uma árvore de tanto tesão. Será que existia um anti-Viagra? Cialis Reversailis?

Virando de costas, ele colocou uma perna de lado, descobriu o corpo e começou a se acariciar. Era sua posição favorita, mas, se gozasse com força, seu corpo se curvava para a direita no meio do orgasmo.

Antes da transição, ele sempre quis ter uma ereção, porque imaginou que ficar com o sexo duro faria dele um homem. A realidade não funcionava daquele jeito. Claro, com seu corpo enorme, habilidades de lutador inatas e excitação permanente, ele parecia o He-Man por fora. Por dentro, ainda se sentia muito pequeno.

Ele curvou as costas e impulsionou o quadril em sua mão. Meu Deus... aquilo era bom. Era sempre bom... contanto que fosse sua mão fazendo o trabalho pesado. A única fêmea que o tocou fez com que sua ereção murchasse mais rápido que seu ego.

Então, na verdade, ele tinha seu anti-Viagra: outra pessoa.

Mas aquele não era o momento de recordar esse passado ruim. Seu sexo estava pronto para ejacular, ele sabia por causa da dormência. Bem antes de ter um orgasmo a coisa ficava morta por algumas estocadas, e era isso que estava acontecendo enquanto sua mão subia e descia.

Oh, assim... aqui vai... A tensão em suas bolas se intensificou, seu quadril balançava incontrolavelmente e seus lábios se abriram para que ele pudesse arfar com mais facilidade... e como se não fosse o bastante, seu cérebro entrou em ação.

Não... droga... ela de novo não, por favor, não...

Droga, tarde demais. No meio da masturbação vertiginosa, sua mente evocou a única coisa que garantiria que aquilo seria ainda mais intenso: uma fêmea vestida em couro com um corte de cabelo masculino e ombros grandes como os de um grande boxeador.

Xhex.

Em um grito silencioso, John virou para o lado e começou a gozar. O orgasmo continuou enquanto ele fantasiava sobre os dois transando em um dos banheiros do clube onde ela era chefe da segurança. Enquanto as imagens surgiam na mente, o corpo não parava de ejacular. Ele literalmente podia continuar por dez minutos sem parar até que estivesse coberto do líquido que saía de seu pênis e os lençóis estivessem totalmente encharcados.

Ele tentou conter os pensamentos, tentou tomar as rédeas da situação... mas não conseguiu. Continuou gozando, a mão se movendo, o coração disparado, a respiração presa na garganta enquanto imaginava os dois juntos. Ainda bem que ele havia nascido sem laringe, ou a mansão inteira da Irmandade saberia exatamente o que ele fazia repetidas vezes.

As coisas só se acalmaram depois que John tirou a mão do pênis à força. Enquanto seu corpo diminuía os movimentos, ele ficou parado, respirando no travesseiro, com suor e outras coisas secando em sua pele. Belo jeito de acordar. Bela sessão de exercícios. Bela maneira de matar o tempo. Mas, no fim das contas, ele se sentia vazio.

Por nenhuma razão em especial, seus olhos vagaram e pararam no criado-mudo. Se abrisse a gaveta, o que nunca fazia, encontraria duas coisas: uma caixa vermelho-sangue do tamanho de um punho e um antigo diário de couro. Dentro da caixa havia um pesado anel de ouro com o selo que revelava o brasão de sua linhagem como filho do guerreiro da Adaga Negra, Darius, filho de Marklon. O diário antigo continha os pensamentos secretos de seu pai por um período de dois anos. Também tinha sido um presente.

John nunca tinha usado o anel nem lido o diário. Por muitas razões, mas a principal era porque o macho que ele considerava seu pai não era Darius. Era outro Irmão. Um Irmão que estava desaparecido há oito meses. Se fosse usar algum anel, teria o brasão de Tohrment, filho de Hharm. Uma maneira de honrar o macho que tinha significado tanto para ele em tão pouco tempo.

Mas isso não ia acontecer. Tohr provavelmente estava morto, não importava o que Wrath dissesse, e, de qualquer forma, ele nunca tinha sido realmente seu pai.

Sem querer mergulhar nesse estado de espírito, John se obrigou a levantar do colchão e cambaleou até o banheiro. A chuveirada o ajudou a retomar o foco e vestir-se. Não ia haver aula de treinamento naquela noite, então ele ia passar mais algumas horas no escritório e depois encontrar Qhuinn e Blay. Tomara que tivesse muita papelada para cuidar. Ele não estava louco para ver seus melhores amigos naquela noite.

Os três iam para o outro lado da cidade para o... Deus, o *shopping*. Ideia de Qhuinn. Assim como a maioria delas. De acordo com ele, o guarda-roupa de John precisava de uma injeção de estilo. John olhou para baixo, para sua calça Levi's batida e a simples camiseta branca Hanes. A única coisa chamativa que usava era um par de tênis de corrida: Nike Air Maxes pretos. E nem mesmo eles eram tão chamativos assim.

Talvez Qhuinn tivesse razão sobre John ser uma vítima da moda, mas qual é. Quem ele tinha para impressionar? A palavra que surgiu em sua mente o fez xingar e trocar de roupa: *Xhex.*

Alguém bateu na porta.

– John? Você está aí?

John arrumou a camiseta dentro da calça e se perguntou por que Phury o estaria procurando. Ele estava estudando e indo bem no corpo a corpo. Talvez fosse sobre o trabalho que fazia no escritório? John abriu a porta. *Olá*, disse na língua de sinais.

– Oi. Tudo bem?

John fez que sim com a cabeça e franziu a testa quando o Irmão mudou para a língua de sinais. *Eu gostaria de saber se você pode me fazer um favor.*

Qualquer coisa.

Cormia está... bem, ela teve umas dificuldades deste lado. Acho que seria ótimo se ela tivesse alguém com quem passar algum tempo, sabe... alguém normal e discreto. Descomplicado. Então, você acha que pode fazer isso? Só converse com ela ou passeie com ela pela casa ou... sei lá. Eu mesmo faria, mas...

É complicado, John terminou a frase em sua mente.

É complicado, Phury sinalizou.

Uma imagem da Escolhida loura e silenciosa surgiu na mente de John. Ele tinha observado Cormia e Phury cuidadosamente evitando olhar um para o outro nos últimos meses, e se perguntou – como todo mundo, sem dúvida – se eles tinham chegado às vias de fato. John achava que não. Eles ainda ficavam muito, muito desconfortáveis.

Você se importaria, Phury sinalizou. *Imagino que ela tenha perguntas ou... não sei, queira conversar sobre alguma coisa.*

Na verdade, a Escolhida não parecia querer estar com ninguém. Ela sempre ficava de cabeça baixa nas refeições e nunca falava nada enquanto só comia coisas brancas. Mas se Phury estava pedindo, como John podia negar? O Irmão sempre o tinha ajudado em suas posições de luta, respondia perguntas fora da sala de aula e era o tipo de pessoa por quem você queria fazer gentilezas porque ele era gentil com todos.

Claro, John respondeu. *Com todo prazer.*

Obrigado. Phury bateu em seu ombro satisfeito, como se tivesse ligado uma tomada. *Vou dizer a ela para encontrar você na biblioteca depois da primeira refeição.* John olhou para as próprias roupas. Não tinha certeza de que o jeans de sempre seria suficientemente sofisticado, mas seu armário estava cheio de mais do mesmo. Talvez fosse uma coisa boa que ele e os amigos estivessem indo ao *shopping*. Que pena que já não tivessem ido.

Capítulo 3

A tradição na Sociedade Redutora era que a partir do momento em que você fosse admitido, ficava conhecido apenas pela primeira letra do seu sobrenome. O Sr. D devia ser conhecido como Sr. R, R de Roberts. Mas a identidade que ele estava usando quando foi recrutado era Delancy. Então ele tinha se tornado o Sr. D e ficado conhecido por esse nome nos últimos trinta anos.

Mas não era um problema. Os nomes nunca importaram muito.

O Sr. D diminuiu uma marcha ao pegar uma curva na Rota 22, mas colocar em terceira não ajudou muito. O Ford Focus parecia uma velha de noventa anos. Tinha cheiro de naftalina e pele escamosa.

A região agrícola de Caldwell, Nova York, era uma reta de cerca de 80 quilômetros de milharais e pastos, e em enquanto ele dirigia aos solavancos pela estrada, ficou pensando naqueles forcados usados nas lavouras. Havia usado um na primeira vez que matou uma pessoa. Lá no Texas, quando tinha catorze anos. Seu primo, o Grande Tommy.

O Sr. D tinha ficado orgulhoso de si mesmo por se safar daquele assassinato. Ser pequeno e parecer indefeso era o truque. O bom e velho Tommy era um caipira, com mãos que pareciam presuntos e cara de mau, então quando o Sr. D saiu correndo chamando a mãe com cara de quem apanhou, todo mundo acreditou que o primo tinha tido um surto de raiva e merecido o que aconteceu. Certo. Na verdade, o Sr. D seguiu Tommy até o celeiro e o provocou até ganhar o lábio inchado e o olho roxo necessários para que pudesse alegar defesa própria. Depois ele pegou o forcado que tinha deixado em uma baia previamente e entrou em ação. Ele só queria saber qual era a sensação de matar um humano. Os gatos, gambás e guaxinins que aprisionava e torturava eram razoáveis, mas não era a mesma coisa.

Aquilo foi mais difícil do que ele imaginava. Nos filmes, forcados simplesmente atravessam as pessoas como uma colher na sopa, mas era mentira. Os dentes ficaram tão presos nas costelas de Tommy que o Sr. D teve que apoiar o pé no quadril do primo para conseguir arrancá-lo. A segunda tentativa entrou na barriga, mas ficou presa de novo. Provavelmente na coluna. De novo usou o pé. Quando Tommy parou de urrar como um porco ferido, o Sr. D estava arfando como se o ar doce e cheio de pó de feno do celeiro estivesse acabando.

Mas não tinha sido um fracasso completo. O Sr. D realmente gostou das expressões mudando no rosto do primo. Primeiro foi raiva, a coisa que mais excitava o Sr. D. Depois descrédito. Depois, horror e terror no final. Enquanto Tommy tossia, cuspia sangue e engasgava, seus olhos arregalados de medo, o tipo de medo que sua mãe sempre quis que você tivesse de Deus. O Sr. D, o menor da família, o baixinho, se sentiu com mais de dois metros de altura.

Foi a primeira vez que sentiu o gosto do poder, e quis de novo, mas a polícia veio e houve muita falação na cidade, forçando-o a se comportar. Uns anos se passaram antes que ele fizesse algo daquele gênero de novo. Trabalhar em uma fábrica de processamento de carne tinha sido bom para suas habilidades com as facas, e quando se sentiu pronto, usou o mesmo roteiro de Tommy: briga de bar com um homem enorme. Ele deixou o imbecil furioso, depois o levou para um canto escuro. Uma chave de fenda fez o serviço.

As coisas foram mais complicadas do que com Tommy. Quando o Sr. D começou com o grandalhão, não conseguiu parar. E é mais difícil vender a coisa de defesa própria quando o corpo é esfaqueado sete vezes, arrastado para a parte de trás de um carro e desmembrado como uma máquina quebrada.

Depois de colocar os pedaços do cara em sacos pretos, o Sr. D o levou em uma viagem de carro rumo ao norte. Ele usou o próprio carro do sujeito para andar alguns quilômetros, e quando o corpo começou a feder, encontrou o que parecia ser uma colina na zona rural do Mississipi, colocou o carro na descida virado para trás e deu um empurrão. O porta-malas com a carga malcheirosa foi de encontro a uma árvore. A explosão foi empolgante.

Depois disso, pegou carona até o Tennessee e fez alguns bicos em troca de hospedagem e alimentação. Ele matou mais dois homens antes de ir parar na Carolina do Norte, onde quase foi pego em flagrante. Seus alvos eram sempre imbecis grandes e corpulentos. E foi assim que ele se tornou um *redutor.* Ele escolheu um dos membros da Sociedade Redutora como alvo e quando tinha quase matado o sujeito, apesar do tamanho dele, o assassino ficou tão impressionado que convidou o Sr. D a se tornar um membro e perseguidor de vampiros.

Pareceu uma boa proposta. Mas só depois de superar a fase do "meu Deus, isso é pra valer?". Depois da iniciação, o Sr. D foi posicionado em Connecticut, mas havia se mudado para Caldwell cerca de dois anos atrás, quando o Sr. X, o *Redutor Principal* na época, apertou um pouco as rédeas da Sociedade.

Em trinta anos, o Sr. D nunca havia sido chamado pelo Ômega. Isso mudou a algumas horas atrás.

O chamado chegou na forma de um sonho enquanto dormia, e ele não precisou das boas maneira da mãe para responder àquele chamado obrigatório. Mas ficou se perguntando se iria sobreviver naquela noite.

As coisas não estavam indo tão bem na Sociedade Redutora. Não desde que o Destruidor profetizado entrou em cena. O Destruidor tinha sido um policial humano, pelo que o Sr. D tinha ouvido. Um policial humano com sangue de vampiro que o Ômega tinha tentado recrutar, com péssimos resultados. E, claro, a Irmandade da Adaga Negra pegou o sujeito e fez bom uso dele. Eles não eram burros.

Quando o Destruidor matava um *redutor*, não era apenas um assassino a menos. Se o Destruidor pegasse você, ele pegava a parte do Ômega que estava em você e a absorvia. Em vez do paraíso eterno para o qual você estava prometido quando se juntava à Sociedade, você ficava preso naquele homem. E com cada assassino que era destruído, uma parte do Ômega se perdia para sempre.

Antes, se você enfrentasse os Irmãos, o pior que podia acontecer era ir para o paraíso. Agora? O mais comum é você ficar meio morto até o que o Destruidor venha e inale você até transformá-lo em cinzas, impedindo que tenha sua eternidade prometida.

Então, as coisas andavam bem tensas ultimamente. O Ômega andava pior do que de costume, os *redutores*, mais irritáveis por conta da precaução, e novas inscrições estavam no geral baixas porque todos estavam tão preocupados em salvar a própria pele que não estavam procurando sangue novo.

E estava havendo muita troca de *Redutor Principal.* Apesar de ter sido sempre assim.

O Sr. D virou à direita para a Rota 149 e seguiu por quase cinco quilômetros até a próxima rota, cuja placa tinha sido amassada, provavelmente por um taco de beisebol. A estrada sinuosa era apenas uma trilha cheia de buracos, e ele teve que ir mais devagar ou sua barriga se transformaria em um *milk-shake*: a suspensão do carro parecia a de uma torradeira. Ou seja, inexistente.

Uma coisa ruim sobre a Sociedade Redutora era que eles sempre davam carros vagabundos.

Travessa Bass Pond… ele estava procurando pela Travessa Bass Po… lá estava. Virou o volante, pisou no freio e saiu da estrada. Sem postes de iluminação, ele passou direto por cima do jardim mal-aparado e descuidado que estava procurando e teve que engatar a marcha ré e voltar. A casa da fazenda estava pior que seu carro, nada além de um telhado despedaçado, com paredes péssimas cheias da erva daninha típica de Nova York: hera venenosa.

Depois de estacionar na estrada, porque não havia garagem, o Sr. D saiu do carro e ajeitou seu chapéu de *cowboy*. A casa o fazia lembrar do lar em que cresceu: paredes descascando, janelas escancaradas e o gramado cheio de mato. Era difícil acreditar que sua mãe gorda, que nunca saía de casa, e seu pai, um fazendeiro cansado, não estivessem esperando por ele. Eles já devem estar mortos faz um tempo, pensou, enquanto andava. Era o caçula de sete filhos, com dois pais fumantes.

A porta de tela quase não tinha mais tela, e a estrutura estava enferrujada. Quando ele a abriu, fez o barulho de um porco preso, igual ao seu primo Tommy, e igual também à porta da sua antiga casa.

Ao bater na segunda porta, não obteve resposta, então ele tirou o chapéu de *cowboy* e arrombou a porta, usando o quadril e o ombro para forçar a fechadura. O interior da casa tinha cheiro de fumaça de cigarro, medo e morte. Os dois primeiros eram velhos. A morte era recente, o tipo de coisa suculenta e rica que o fazia querer sair e matar alguma coisa só para poder participar da festa. E havia mais um cheiro. O aroma doce e marcante no ar anunciava que Ômega tinha estado ali recentemente. Ou isso ou outro assassino.

Com o chapéu na mão, ele passou pelos escuros cômodos da frente e entrou na cozinha, nos fundos. Era lá que os corpos estavam. Dois de barriga para baixo. Ele não conseguia saber o sexo de nenhum deles porque tinham sido decapitados e nenhum estava vestido, mas as poças de sangue de onde deveriam estar a cabeça deles se misturavam, como se estivessem de mãos dadas. Era bem bonito, na verdade.

Ele olhou pelo cômodo, para a mancha preta na parede entre a geladeira e a mesa frágil com tampo de fórmica. A marca de explosão significava que outro *redutor* tinha sido eliminado, eliminado de fato pelas mãos do Ômega. Era evidente que o mestre tinha demitido outro *Redutor Principal.*

O Sr. D passou por cima dos corpos e abriu a geladeira. Redutores não comem, mas ele estava curioso para ver o que o casal mantinha ali. Hum. Mais lembranças. Um pacote aberto de mortadela Oscar Mayer, e a maionese estava quase acabando. Não que precisassem se preocupar em fazer sanduíches de novo. Ele fechou a geladeira e se inclinou no...

A temperatura na casa caiu vinte graus, como se alguém tivesse aumentado o ar condicionado até a marca que dizia "congelar os seus ossos". O vento soprou forte, ressecando a silenciosa noite de verão, ganhando força até que a casa da fazenda tremesse toda.

Ômega.

O Sr. D prestou atenção assim que a porta da frente se abriu com força. Uma mancha enevoada, fluida e transparente, desceu pela entrada, correndo pelas tábuas do chão. A névoa se concentrou diante do Sr. D, materializando-se na forma de um homem.

– Mestre – disse o Sr. D, enquanto fazia uma reverência, com o sangue negro correndo mais rápido pelas veias de medo e amor.

A voz do Ômega veio de uma longa distância trazendo uma cadência eletrônica com estática.

– Estou apontando você como *Redutor Principal.*

O Sr. D segurou a respiração. Era a honra mais alta, a posição mais poderosa na Sociedade Redutora. Algo que ele nunca nem mesmo sonhou. Mas talvez pudesse de fato ficar um tempo no cargo. "Obrigado..."

A névoa do Ômega se moveu e encobriu o corpo do Sr. D, como uma cobertura de piche. Enquanto a dor tomava cada pedaço do seu corpo, o Sr. D foi virado, seu rosto foi colocado contra o balcão, e o chapéu voou da sua mão. Ômega assumiu o controle, e aconteceram coisas que o Sr. D jamais teria consentido.

No entanto, não havia consentimento na Sociedade. Só havia um sim, o que significava a sua entrada. Não havia como controlar tudo o que vinha depois.

Após o que pareceu ser um século, Ômega saiu do corpo do Sr. D e se vestiu com uma túnica branca que o cobria da cabeça aos pés. Com a elegância de uma dama, o Mal arrumou as lapelas, suas garras tinham desaparecido.

Ou talvez elas tenham se tornado tocos depois de todos os rasgos e dilacerações. Fraco e sangrando, o Sr. D desabou sobre o balcão. Ele queria se vestir, mas não havia sobrado muito de suas roupas.

– Os eventos chegaram a um ponto crítico – Ômega pronunciou. – A incubação foi feita. Chegou o momento de romper o casulo.

– Sim, senhor.

Como se existisse outra resposta.

– Como posso servi-lo?

– Sua tarefa é trazer este macho para mim.

Ômega estendeu a mão virada e uma imagem apareceu, flutuando no ar. O Sr. D analisou o rosto, e a ansiedade colocou seu cérebro em alta atividade. É claro, ele precisava de mais detalhes do que aquela foto de rosto translúcida.

– Onde eu o encontro?

– Ele nasceu aqui e vive entre os vampiros em Caldwell.

A voz do Ômega parecia ter saído de um filme de ficção científica, ecoando com um deslocamento assustador.

– Ele acabou de passar pela transição, há poucos meses. Os vampiros acreditam que ele é um deles.

Bem, isso diminuía as possibilidades.

– Você pode reunir os outros – disse o Ômega. – Mas ele deve permanecer vivo. Se alguém o matar, você será responsabilizado por mim.

O Ômega inclinou para o lado e colocou a palma da mão no papel de parede ao lado da explosão preta. A imagem do civil surgiu na parede, em meio ao desenho de flores. O Ômega inclinou a cabeça e olhou para a imagem. E então, com um movimento gentil e elegante de sua mão, ele acariciou o rosto.

– Ele é especial. Traga-o de volta. E faça-o rápido.

O "ou sofra as consequências" não precisava ser dito. Quando o mal desapareceu, o Sr. D se abaixou e pegou seu chapéu de *cowboy*. Felizmente, não tinha sido amassado nem manchado. Esfregando os olhos, ele contou as maneiras como estava encrencado. Um vampiro macho em alguma parte de Caldwell. Ia ser como procurar uma folha de grama em um campo de futebol.

Pegando uma faca pequena no balcão, ele recortou a imagem do papel de parede. Descascando a folha com cuidado, estudou o rosto. Os vampiros eram reservados por duas razões: não queriam que os humanos interferissem na raça e sabiam que os *redutores* os estavam perseguindo. Mas eles saíam em público, especialmente os machos que tinham acabado de passar pela transição. Agressivos e impulsivos, os jovens iam para as partes mais sórdidas do centro de Caldwell para fazer sexo com humanos, arrumar brigas e todo tipo de coisas divertidas de cheirar, beber e fumar.

O centro da cidade. Ele reuniria um bando e iria para os bares do centro. Mesmo que não encontrassem o macho certo imediatamente, a comunidade de vampiros era pequena. Outros civis provavelmente conheceriam o alvo, e coletar informações era um dos pontos fortes do Sr. D. Nada de soro da verdade! Era só pegar um martelo e uma corrente que ele se transformava em uma máquina de fazer falar.

O Sr. D arrastou seu corpo gasto e miserável para o andar de cima e tomou um banho cuidadoso no banheiro feio do casal morto. Quando terminou, vestiu um macacão e uma camisa de abotoar, que eram grandes demais para ele. Depois de dobrar as mangas e cortar uns sete centímetros da calça, penteou seu cabelo branco rente à cabeça.

Antes de sair do quarto, ele passou o perfume Old Spice da cômoda do homem. Aquilo era basicamente álcool, como se o vidro estivesse lá há bastante tempo, mas o Sr. D gostava de ter classe. Quando voltou ao andar de baixo, andou pela cozinha e pegou a tira de papel de parede com o rosto do macho. Devorando os traços com os olhos, ele descobriu que estava animado como um cachorro, mesmo que seu corpo todo ainda estivesse doendo.

A caça tinha começado, e ele sabia quem chamar. Havia um grupo de cinco *redutores* com quem tinha trabalhado de vez em quando nos últimos anos. Eram bons sujeitos. Quer dizer, *bom* provavelmente era a palavra errada. Mas ele sabia lidar com eles e, agora que era o *Redutor Principal*, podia mandar neles. A caminho da porta de entrada, colocou o chapéu e cumprimentou os mortos tocando a aba.

– Vejo vocês mais tarde.

Qhuinn entrou no escritório de seu pai de mau humor, e ele certamente não esperava sair de lá se sentindo mais animado.

E aqui está. Assim que entrou no cômodo, seu pai fez seu gesto característico: deixou um lado do *Wall Street Journal* cair para que pudesse apertar os dedos na boca e depois tocar os dois lados do pescoço. Uma frase curta no Antigo Idioma saiu em um sussurro, e então o jornal voltou para o lugar.

– Você precisa de mim para o baile de gala? – perguntou Qhuinn.

– Nenhum dos *doggen* avisou você?

– Não.

– Eu disse a eles para falarem com você.

– Então, isso deve ser um *não*.

Assim como na primeira pergunta, ele forçou a resposta só para ser chato.

– Não entendo por que eles não falaram com você.

Seu pai descruzou as pernas, cruzou de novo, o vinco em suas calças era tão marcado quanto sua boca na taça de vinho.

– Eu realmente só quero dizer as coisas uma vez. Não acho que seja pedir...

– Você não vai me dizer, vai?

– ... demais. Quero dizer, de verdade, o trabalho de um servo é claro. O propósito é servir, e eu realmente não gosto de me repetir.

O pé livre do pai bateu no ar. Seus mocassins eram, como sempre, de Cole Haan: caros, mas não mais extravagantes que um sussurro aristocrático. Qhuinn olhou para suas botas New Rock. As grossas solas tinham cinco centímetros perto dos dedos e uns sete no calcanhar. O couro preto ia até a base da panturrilha e tinha cadarços cruzados e três fivelas cromadas. Quando recebia mesada, antes de saber que a transição não curaria seu defeito, ele economizou meses para poder comprar essas botas legais, e as comprou assim que pôde depois que a transição passou. Eram um prêmio para si mesmo por ter sobrevivido à passagem, porque sabia que não podia esperar nada dos pais. Os olhos de seu pai tinham quase pulado de sua cabeça aristocrática quando Qhuinn os usou na primeira refeição.

– Mais alguma coisa? – seu pai perguntou por trás do *Wall Street Journal.*

– Não. Pode deixar. Não se preocupe.

Deus era testemunha de que ele já tinha feito aquilo em eventos oficiais, mas caramba, quem eles queriam enganar? A *glymera* estava perfeitamente ciente do seu pequeno "problema", e aqueles esnobes chatos pareciam elefantes. Eles nunca esqueciam.

– A propósito, seu primo Lash tem um emprego novo – seu pai murmurou. – Na clínica Havers. Lash quer ser médico e está fazendo estágio depois das aulas.

O jornal mudou de página, e o rosto do seu pai apareceu por um segundo... o que foi curioso, porque Qhuinn notou o olhar melancólico do homem.

– Lash é um orgulho para o pai. Um sucessor digno do manto da família.

Qhuinn olhou para a mão esquerda do pai. No dedo indicador, ocupando todo o espaço abaixo da segunda articulação, havia um grande anel de ouro com o brasão da família.

Todos os machos jovens da aristocracia ganhavam um depois da transição, e os dois melhores amigos de Qhuinn já tinham o seu. Blay usava seu anel o tempo todo, menos quando estava lutando ou lá no centro da cidade, e John Matthew tinha ganhado um, apesar de não usá-lo. Mas eles também não eram os únicos que tinham aqueles pesos extravagantes. Na aula de treinamento no complexo da Irmandade, um por um, os aprendizes estavam passando pela transição e começavam a usar um anel com o selo no dedo.

O brasão da família prensado sob quase trezentos gramas de ouro: cinco mil dólares.

Ganhar um do seu pai quando você se torna um verdadeiro macho: não tem preço.

A transição de Qhuinn tinha acontecido há uns cinco meses. Ele tinha parado de esperar por seu anel quatro meses, três semanas, seis dias e duas horas atrás. Mais ou menos. Cara, apesar dos conflitos com o pai, ele nunca pensou que não fosse ganhar um. Mas, surpresa! Uma nova maneira de não se sentir parte do grupo.

Houve outro barulho de papel, um barulho de impaciência, como se o pai estivesse espantando uma mosca do hambúrguer.

Tirando o fato, claro, de ele não comer hambúrgueres, porque eram muito comuns.

– Vou ter que falar com aquele *doggen* – disse seu pai.

Qhuinn fechou a porta quando saiu e, quando se virou para ir na direção do corredor, quase esbarrou em uma *doggen* que estava saindo da biblioteca ao lado. A serva uniformizada recuou, colocou a mão na boca e tocou as veias que corriam em seu pescoço.

Quando ela saiu correndo, murmurando a mesma frase que o pai havia dito, Qhuinn ficou diante de um espelho antigo pendurado na parede coberta de seda. Mesmo com as ondulações no vidro metalizado e as marcas pretas onde a parte refletora tinha descascado, seu problema estava claro.

Sua mãe tinha olhos cinza. Seu pai tinha olhos cinza. Seu irmão e sua irmã tinham olhos cinza.

Qhuinn tinha um olho azul e um verde.

Claro, havia olhos azuis e verdes na linhagem. Mas não um de cada na mesma pessoa, e, veja só, os diferentes não eram divinos. A aristocracia se recusava a lidar com defeitos, e os pais de Qhuinn não só estavam profundamente arraigados na *glymera* – já que ambos vinham das seis famílias fundadoras – como seu pai também já tinha sido *lídher* do Conselho dos *Princeps*.

Todo mundo esperava que a transição curasse o problema, e tanto azul quanto verde teriam sido aceitáveis. Pois é, *negativo*. Qhuinn saiu da transição com um corpo grande, um par de caninos, um forte desejo por sexo... e um olho verde e um azul. Que noite. Tinha sido a primeira e única vez que seu pai tinha perdido a calma. A primeira e única vez que Qhuinn ficou chocado. E desde então, ninguém da família nem dos empregados olhava para seus olhos.

Ao sair pela noite, ele não se deu ao trabalho de se despedir da mãe. Nem da irmã, nem do irmão mais velho. Ele tinha sido afastado da família desde o nascimento, isolado deles, separado por algum tipo de problema genético. A única bênção de sua miserável existência, de acordo com o sistema de valor da raça, era o fato de que havia dois jovens saudáveis e normais na família, e que o macho mais velho, seu irmão, era considerado aceitável para procriação.

Qhuinn sempre acreditou que seus pais deviam ter parado em dois, que tentar um terceiro filho saudável era uma aposta muito alta para fazer com o destino. Mas ele não podia mudar as cartas que tinha recebido. Também não podia parar de desejar que as coisas fossem diferentes. Não podia deixar de se importar. Mesmo que o baile de gala fosse só um bando de esnobes de vestido e roupa de pinguim, ele queria ficar com a família durante o grande baile do fim do verão da *glymera*. Ele queria ficar lado a lado com o irmão e fazer parte daquilo pelo menos uma vez na vida. Queria se vestir como todo mundo, usar seu anel de ouro e talvez dançar com alguma fêmea solteira da alta classe.

No cintilante grupo da aristocracia, ele queria ser reconhecido como um cidadão, como um deles, como um macho, não um constrangimento genético. *Sem chance*. No que dizia respeito à *glymera*, ele era menos que um animal, tão adequado para o sexo quanto um cachorro. A única coisa que faltava era uma coleira, ele pensou, enquanto se desmaterializava para a casa de Blay.

Capítulo 4

Do lado leste, na mansão da Irmandade, Cormia esperava na biblioteca pelo Primaz e quem quer que ele achasse que devia fazer companhia a ela. Enquanto andava do sofá para a poltrona, ela ouvia os Irmãos conversando no saguão, discutindo alguma festa da *glymera* que estava para acontecer. A voz do Irmão Rhage soou:

– Aquele bando de maricas de mocassins preconceituosos e egoístas...

– Cuidado com as referências a mocassins – cortou o Irmão Butch. – Eu também uso eles de vez em quando.

– ... filhos da mãe, parasitas, mesquinhos...

– Fale para nós o que você está realmente sentindo – outra pessoa disse.

– ... podem pegar aquela porcaria de baile e enfiar naquele lugar.

O rei deu uma risada grave.

– Que bom que você não é um diplomata, Hollywood.

– Ah, você precisa me deixar mandar uma mensagem. Melhor ainda, vamos mandar minha besta como emissária. Vou fazê-la destruir o lugar. Aqueles idiotas merecem pela maneira como trataram Marissa.

– Sabe – Butch anunciou – sempre achei que você tinha um pouco de cérebro. Apesar do que as outras pessoas dizem de você...

Cormia parou de andar quando o Primaz apareceu na entrada da biblioteca, com um vinho do porto na mão. Ele estava vestindo o que geralmente usava na primeira refeição quando não estava dando aula: um par de calças perfeitamente cortadas, cor de creme, naquela noite, uma camisa de seda, preta como de costume, cinto preto, cuja fivela era um H alongado e dourado. Seus sapatos de bico quadrado tinham sido engraxados e exibiam o mesmo H que o cinto. Eram sapatos Hermès, ela pensou tê-lo ouvido dizer em alguma refeição.

Seu cabelo estava solto, e as ondas caíam sobre os ombros pesados, algumas na frente, outras nas costas. O cheiro dele era o que os Irmãos chamavam de loção pós-barba, além da fumaça com cheiro de café que pairava no quarto.

Ela conhecia perfeitamente o cheiro do quarto dele. Tinha passado um único dia ali, e tudo sobre aquela experiência tinha sido inesquecível. Mas agora não era o momento de lembrar o que havia acontecido entre eles naquela cama grande quando o Primaz estava dormindo. Já era bem difícil estar na companhia dele com um quarto inteiro entre os dois e gente no saguão. Adicionar a isso a lembrança daqueles momentos em que ele tinha apertado seu corpo nu contra o dela...

– Gostou do jantar? – ele perguntou, tomando um gole de sua taça.

– Sim, muito. E o senhor, meu amo?

Ele estava prestes a responder quando John Matthew surgiu atrás dele. O Primaz virou para o jovem e sorriu.

– E aí, cara. Que bom que você está aqui.

John Matthew olhou para ela e levantou a mão como um cumprimento. Cormia ficou aliviada com a escolha. Ela não conhecia John mais do que conhecia os outros, mas ele ficava em silêncio durante as refeições. O que fazia o seu tamanho ser menos intimidante. Ela se curvou.

– Meu amo.

Quando ela retornou à posição ereta, sentiu os olhos dele em si e tentou imaginar o que ele via. Fêmea ou Escolhida?

Que pensamento estranho.

– Conversem vocês dois. – Os olhos brilhantes do Primaz se voltaram para ela. – Farei a ronda hoje à noite, então estarei fora.

"Lutando", ela pensou, com um surto de medo. Cormia queria correr até ele e pedir que tivesse cuidado, mas não cabia a ela, não é? Primeiro, ela quase não era sua Primeira Companheira. Além disso, ele era a força da raça e dificilmente precisaria da preocupação dela.

O Primaz bateu no ombro de John Matthew, fez um aceno de cabeça para ela e foi embora.

Cormia se inclinou para o lado para poder ver o Primaz subir as escadas. O andar dele era elegante, apesar da perna que faltava e da prótese. Ele era tão alto, imponente e adorável, e ela detestava que fosse levar horas até que ele voltasse.

Quando Cormia olhou de volta, John Matthew estava na mesa, pegando um bloco pequeno e uma caneta. Ele segurava o papel próximo ao peito enquanto escrevia, suas mãos grandes estavam curvadas. Ele parecia muito mais novo do que o tamanho de seu corpo sugeria. Ela o tinha visto se comunicar com as mãos nas raras ocasiões em que tinha algo a dizer à mesa, e se deu conta de que talvez fosse mudo.

Ele virou o bloco para ela com uma piscadela, como se não estivesse impressionado com o que tinha escrito.

Você gosta de ler? Esta biblioteca tem muitos livros bons.

Ela olhou em seus olhos. Que linda cor de azul eles tinham.

– Qual é a dificuldade da sua voz? Se você não se importa que eu pergunte.

Nenhuma dificuldade. Eu fiz um voto de silêncio.

Ah... ela lembrou. A Escolhida Layla tinha dito que ele tinha feito esse juramento.

– Eu vejo você usando as mãos para falar – ela disse.

Língua de sinais, ele escreveu.

– É uma maneira elegante de se comunicar.

Dá conta do recado. Ele escreveu mais um pouco e então mostrou de novo o bloco. *Ouvi dizer que o Outro Lado é muito diferente. É verdade que tudo é branco?*

Ela levantou a parte de baixo da túnica para dar um exemplo de como eram as coisas de onde ela vinha.

– Sim. Branco é tudo o que temos. – Ela franziu a testa. – Tudo o que precisamos, na verdade.

Vocês têm eletricidade?

– Temos velas e fazemos coisas à mão.

Parece antiquado.

Ela não sabia ao certo o que ele queria dizer.

– Isso é ruim?

John balançou a cabeça. *Eu acho legal.*

Ela conhecia a palavra "legal" da mesa de jantar, mas ainda não entendia o que um termo jurídico tinha a ver com um juízo de valor aparentemente positivo.

– Isso é tudo que eu conheço. – Ela foi até uma das portas altas e estreitas com folhas de vidro. – Bem, até agora.

As rosas estavam tão próximas, ela pensou.

John assobiou, e ela olhou por sobre o ombro para o bloco que ele estava segurando.

Você gosta daqui?, ele escreveu. *E, por favor, você pode me dizer caso não goste. Não vou julgar você.*

Ela passou o dedo em sua túnica.

– Eu me sinto tão diferente de todo mundo. Fico perdida nas conversas, apesar de falar a língua.

Houve um longo silêncio. Quando ela voltou a olhar para John, ele estava escrevendo, sua mão pausava de vez em quando, como se estivesse procurando uma palavra. Ele riscou alguma coisa. Escreveu mais. Quando terminou, entregou o bloco a ela.

Eu sei como é. Como sou mudo, sinto-me deslocado boa parte do tempo. Melhorou depois da transição, mas ainda acontece. Mas ninguém julga você aqui. Todos nós gostamos de você e estamos felizes que esteja na casa.

Ela leu o parágrafo duas vezes. Não sabia ao certo como responder à última parte. Ela achava que era tolerada porque o Primaz a havia trazido.

– Mas... meu amo, eu achei que você tinha assumido o manto do silêncio.

Enquanto ele corava, ela disse:

– Sinto muito, não é da minha conta.

Ele escreveu e mostrou a ela. *Eu nasci sem laringe.*

A frase seguinte estava riscada, mas ela conseguiu ter uma ideia do que dizia. Ele havia escrito algo como, *Mas eu ainda luto bem, sou esperto e tudo.*

Ela podia entender o subterfúgio.

As Escolhidas, como a *glymera*, valorizavam a perfeição física como uma evidência de criação correta e a força dos genes da raça. Muitos teriam visto o silêncio dele como uma deficiência, e até mesmo as Escolhidas podiam ser cruéis com aqueles considerados inferiores. Cormia colocou a mão no antebraço dele.

– Eu acho que nem todas as coisas precisam ser ditas para serem entendidas. E é bastante óbvio que você está em plena forma e é forte.

O rosto dele ficou vermelho, e a cabeça se abaixou para esconder os olhos.

Cormia sorriu. Parecia perverso que ela relaxasse diante do constrangimento dele, mas de alguma forma parecia que estavam mais em pé de igualdade.

– Há quanto tempo você está aqui? – ela perguntou.

A emoção transpareceu no rosto dele quando John voltou ao bloco. *Oito meses, mais ou menos. Eles me aceitaram porque eu não tenho família. Meu pai foi morto.*

– Sinto muito. Diga... você fica porque gosta daqui?

Houve uma longa pausa. E então ele escreveu devagar. Quando mostrou o bloco, estava escrito: *Não gosto nem mais nem menos do que qualquer outro lugar.*

– O que significa que você está deslocado, assim como eu – ela murmurou. – Aqui, mas não aqui.

Ele assentiu e sorriu, revelando caninos brancos e brilhantes.

Cormia não podia deixar de retribuir a expressão naquele belo rosto.

No Santuário, todos eram como ela. Aqui? Ninguém era. Até agora.

Então tem alguma pergunta que você gostaria de fazer sobre as coisas?, ele escreveu. *A casa? Os empregados? Phury achou que você pudesse ter algumas perguntas.*

Perguntas... ela podia pensar em algumas. Por exemplo, há quanto tempo o Primaz era apaixonado por Bella? Havia algum sentimento por parte dela? Os dois já tinham se deitado juntos?

Os olhos dela se concentraram nos livros.

– Não tenho nenhuma por enquanto.

Por nenhuma razão em especial, ela continuou:

– Acabei de ler *As Ligações Perigosas,* de Choderlos de Laclos.

Eles fizeram um filme. Sarah Michelle Gellar, Ryan Phillippe e Reese Witherspoon.

– Um filme? O que é isso? E quem são essas pessoas?

Ele ficou escrevendo um tempo.

Você sabe o que é televisão, certo? Aquele painel plano na sala de jogos? Bem, filmes aparecem em uma tela maior ainda, e as pessoas neles se chamam atores. Eles fingem ser outras pessoas. Essas três pessoas são atores. Na verdade, todos são atores, quando aparecem na TV ou no cinema. Bom, a maioria.

– Eu só olhei rapidamente para a sala de jogos. Nunca entrei lá.

Havia uma curiosidade envergonhada em admitir como ela havia se aventurado pouco.

– A televisão é a caixa brilhante com as imagens?

Exatamente. Posso mostrar como funciona se você quiser.

– Por favor.

Eles saíram da biblioteca, foram para o saguão majestoso e colorido da mansão e, como sempre, Cormia olhou para o teto, que quase flutuava três andares acima do chão de mosaico. A cena registrada lá em cima mostrava guerreiros montados em grandes cavalos, todos partindo para a batalha. As cores eram incrivelmente fortes, as figuras, imponentes e poderosas, o fundo era de um azul brilhante com nuvens brancas. Havia um guerreiro em especial com tons louros no cabelo que ela precisava olhar toda vez que passava. Precisava se certificar de que ele estava bem, mesmo que aquilo fosse ridículo. As figuras nunca se mexiam. A luta estava sempre prestes a acontecer, mas nunca de fato. Ao contrário da Irmandade. Ao contrário do Primaz.

John Matthew foi na frente pela sala verde-escuro que ficava do lado oposto de onde as refeições eram realizadas. Os Irmãos passavam muito tempo ali, ela muitas vezes ouvia vozes, marcadas por barulhos de estalos, cuja fonte ela não podia identificar. Mas John solucionou aquele mistério. Quando ele passou por uma mesa plana com uma cobertura de feltro verde, pegou e lançou uma das muitas bolas coloridas sobre ela. Quando bateu nas outras, o barulho explicou o som.

John parou em frente a uma tela cinza e pegou algo preto e fino. De repente surgiu uma imagem colorida e som se fez ouvir em toda parte. Cormia deu um salto quando o barulho tomou a sala, e objetos que pareciam balas surgiram. John a acalmou enquanto o ruído diminuiu lentamente, e então ele escreveu no bloco.

Desculpe, eu diminuí o volume. É uma corrida da Nascar. Há pessoas nos carros e eles correm pela pista. O mais rápido ganha.

Cormia chegou mais perto da imagem e a tocou hesitante. Tudo o que sentiu foi uma superfície plana, que lembrava um tecido. Ela olhou atrás da tela. Nada além de uma parede.

– Incrível.

John assentiu e mostrou a peça fina para ela, movendo para cima e para baixo como se a estivesse encorajando a pegá-lo. Depois de mostrar a ela o que apertar entre aquele monte de botões, deu um passo para trás. Cormia apontou a coisa para as figuras que se moviam... e as imagens mudaram. Várias vezes. Parecia haver uma infinidade delas.

– Mas sem vampiros – ela murmurou, quando mais uma imagem de dia aparecia. – Isso é apenas para humanos.

Mas nós também assistimos. Você vê vampiros nos filmes, só que em geral não são bons. Nem os filmes nem os vampiros.

Cormia se afundou lentamente no sofá diante da televisão, e John fez o mesmo em uma poltrona ao seu lado. A variação interminável era hipnotizante, e John narrava cada "canal" com comentários para ela.

Cormia não sabia quanto tempo eles ficaram sentados juntos, mas ele não parecia impaciente.

"Que canais o Primaz assistia?", ela tentou imaginar. No fim, John mostrou a ela como desligar as imagens. Vermelha pela animação, ela olhou para as portas de vidro.

– É seguro lá fora? – ela perguntou.

Muito. Há um grande muro de proteção que cerca a propriedade, além das câmeras de segurança em toda parte. Melhor ainda, estamos cercados de mhis. *Nenhum* redutor *nunca entrou aqui, e nenhum vai entrar – oh, e os esquilos e cervos são inofensivos.*

– Eu gostaria de ir lá fora.

Seria um prazer levar você.

John enfiou o bloco embaixo do braço e foi até uma das portas duplas de vidro. Depois de destrancar a fechadura de bronze, abriu uma delas com um gesto galante. O ar quente que entrou tinha um cheiro diferente do cheiro da casa. Era mais rico. Complexo. Opulento com o buquê do jardim e o calor úmido.

Cormia levantou do sofá e se aproximou de John. Depois do terraço, os vastos jardins que ela via de longe pareciam se estender por uma longa distância. Com suas flores coloridas e árvores maduras, a vista não parecia nada com a vastidão monocromática do Santuário, mas era igualmente perfeita, igualmente bela.

– É o dia do meu nascimento – ela falou do nada.

John sorriu e juntou as mãos. Então escreveu: *eu deveria ter um presente para você.*

– Um presente?

Sabe, um presente. Para você.

Cormia colocou o corpo para fora e inclinou a cabeça para trás. O céu estava azul-escuro com luzes brilhantes que preenchiam a noite.

Maravilhoso, ela pensou. Simplesmente maravilhoso.

– *Isso* é um presente.

Eles saíram da casa juntos. As pedras no chão do terraço estavam frias sob os pés descalços, mas o ar estava quente como a água de um banho, e ela adorou o contraste.

– Oh… – ela respirou fundo. – Que lindo…

Virando de um lado para o outro, Cormia olhava tudo: a montanha majestosa da mansão. As copas cheias e escuras das árvores. A grama. As flores distribuídas em seções. E a brisa que passava por tudo era delicada como um sopro, levando uma fragrância complexa e inebriante demais para ser identificada.

John a deixou ir na frente, e os passos cuidadosos de Cormia os levaram até as rosas. Quando chegou lá, ela tocou as pétalas delicadas de um botão aberto do tamanho da palma de sua mão. Então abaixou e inspirou o perfume. Quando levantou, começou a rir. Por nenhuma razão. Era só que… o coração dela começou a voar e estava passeando em seu peito, a letargia que a havia dominado no último mês estava desaparecendo diante de uma forte onda de energia. Era o dia de seu nascimento, e ela estava lá fora.

Cormia olhou para John e o viu olhando para ela, com um pequeno sorriso no rosto. Ele sabia, ela pensou. Sabia o que ela estava sentindo.

– Eu quero correr.

Ele abriu o braço e mostrou o gramado.

Cormia não se deixou levar por pensamentos sobre os perigos do desconhecido ou a dignidade que a Escolhida deveria ostentar junto com sua túnica branca. Deixando de lado o grande peso da obrigação, ela levantou a túnica e saiu correndo, o mais rápido que suas pernas conseguiram. A grama flexível amortecia seus pés, seu cabelo voava, e o ar tocava seu rosto.

Ainda que continuasse com os pés no chão, a liberdade em sua alma a fazia voar.

Capítulo 5

No centro da cidade, no distrito das drogas e casas noturnas, Phury voava pelo beco da Rua Dez, seus coturnos batendo no pavimento imundo, a jaqueta preta esvoaçando atrás dele. Quase quinze metros a sua frente estava um *redutor,* e daquela maneira, tecnicamente Phury era o perseguidor. Na verdade, o assassino não estava tentando fugir correndo. O desgraçado queria se embrenhar nas sombras para que os dois pudessem lutar, e Phury estava de acordo.

Essa era a regra número um na guerra entre a Irmandade e a Sociedade Redutora: nenhum ato violento na presença de humanos. Nenhum dos dois lados precisava daquele incômodo. Era basicamente a única regra.

O perfume doce de talco de bebê chegou até Phury, o cheiro do inimigo era bem enjoativo. Mas o fedor valia a pena, porque ia ser uma bela luta. O assassino que ele estava perseguindo tinha cabelo branco como uma barriga de peixe – o que significava que ele fazia parte da Sociedade há muito tempo: por razões desconhecidas, todos os *redutores* perdiam a cor com o tempo, perdendo a coloração do cabelo, dos olhos e da pele conforme ganhavam experiência em caçar e matar vampiros inocentes.

Bela troca. Quanto mais você matava, mais parecia um cadáver.

Desviando de uma lixeira e pulando pelo que esperava que fosse uma pilha de retalhos e não um mendigo humano morto, Phury imaginou que, dali a mais uns 45 metros, ele e seu amigo *redutor* iam conseguir privacidade. O fundo da viela dava num beco sem saída pouco iluminado, cercado por edifícios sem janelas e – dois humanos estavam ali.

Phury e o assassino pararam diante do anticlímax. Mantendo uma distância saudável um do outro, eles avaliaram a situação enquanto os dois humanos viraram para olhar.

– Sumam daqui – disse o da esquerda.

Ok, obviamente eles estavam interrompendo um traficante e seu cliente. O da direita era definitivamente o comprador, e não só por que não estava tentando manter o controle da intrusão. Com suas calças sujas, olhos febris arregalados, pele amarelada, oleosa e coberta de acne, o pobre coitado estava nervoso. O mais revelador, no entanto, é que ele voltou a se focar nos bolsos da jaqueta do traficante, nada preocupado com a possibilidade de ser pego por Phury ou pelo assassino. Que nada, a preocupação era sua próxima dose, e ele estava claramente apavorado que tivesse que ir para casa sem o que precisava.

Phury engoliu seco ao ver aqueles olhos vazios. Meu Deus, ele tinha acabado de sentir aquele pânico... tinha flertado com aquela sensação pouco antes das janelas se abrirem na mansão.

– Eu falei, sumam daqui.

Droga. Se o imbecil sacasse uma arma, tudo ia virar um inferno porque... certo, o *redutor* também estava pegando alguma coisa na jaqueta. Com um palavrão, Phury foi se juntar à festa encostando a palma da mão no cabo da pistola SIG que estava em sua cintura. O traficante fez uma pausa, claramente percebendo que todos tinham acessórios de metal. Depois de fazer uma espécie de avaliação de risco, o sujeito mostrou suas duas mãos vazias.

– Pensando bem, talvez eu deva ir embora.

– Boa decisão – o *redutor* disse lentamente.

O viciado não achou a ideia tão boa.

– Não, oh, não... não, eu preciso...

– Até depois.

O traficante abotoou a jaqueta como um vendedor trancaria uma loja. E foi tão rápido que seria impossível interrompê-lo.

Do nada, o viciado tirou um canivete e, com um golpe confuso e mais sortudo do que hábil, cortou a garganta do traficante. Enquanto o sangue escorria por toda parte, o comprador escancarou a loja do traficante, checando os bolsos e enfiando pacotes de celofane em seus jeans surrados. Quando a busca acabou, desapareceu como um rato, encurvado, correndo, ocupado demais com seu prêmio para se preocupar com os dois matadores profissionais que estavam em seu caminho.

Sem dúvida, o *redutor* o tinha deixado ir só para limpar a área para que a luta real pudesse começar. Phury deixou o humano ir embora porque se sentiu olhando para um espelho.

A alegria irritante no rosto do viciado era como uma locomotiva. O sujeito estava claramente em um trem expresso, pronto para uma viagem e tanto, e o fato de que a dose tinha sido de graça era apenas uma pequena parte da excitação. O verdadeiro prazer era o êxtase da grande quantidade que ele tinha roubado.

Phury conhecia aquela febre orgástica. Ele a sentia toda vez que se trancava no quarto com um grande saco de fumaça vermelha e um pacote novo de papel de seda.

Ele... estava com inveja. Estava tão...

Uma corrente de aço acertou a lateral da sua garganta e se enrolou no pescoço de Phury, uma cobra de metal com um belo coice. Quando o *redutor* puxou, os elos apertaram e cortaram todo tipo de sinais vitais: respiração, circulação, voz.

O centro de gravidade de Phury foi do quadril para os ombros, e ele caiu, colocando as mãos para frente para não bater com o rosto no pavimento. Quando caiu de quatro, teve uma breve, mas clara, visão do traficante, que estava espumando como uma cafeteira a três metros de distância. O traficante esticou a mão, seus lábios ensanguentados se moviam lentamente... *Me ajude... me ajude...*

A bota do *redutor* acertou a cabeça de Phury como se fosse uma bola de futebol, e o impacto do golpe fez o mundo girar enquanto seu corpo parecia um peão. Ele acabou sendo jogado contra o traficante, e o peso do moribundo o fez parar.

Phury piscou e tossiu. Lá em cima, o brilho da cidade ofuscava muitas estrelas, mas não daquelas que estavam dando voltas na sua testa. Houve uma tosse engasgada perto dele, e por uma fração de segundos, virou os olhos atônitos para o lado. O traficante estava se encontrando com a Morte, seus últimos suspiros estavam escapando pela segunda boca aberta em sua garganta. O homem cheirava a *crack*, como se fosse um traficante e usuário ao mesmo tempo.

Este é meu mundo, pensou Phury.

O mundo de sacos de celofane, montes de dinheiro, das drogas e de se preocupar com a próxima dose consumia mais do seu tempo até mesmo do que a missão da Irmandade. O mago surgiu em sua mente, parado como o titã Atlas naquele campo de ossos.

Ainda bem que você sabe que esse é o seu mundo, seu viciado imbecil. E eu sou o seu rei.

O *redutor* puxou a corrente, afastando o mago e tornando as estrelas ainda mais brilhantes. Se ele não voltasse à ativa ali, a asfixia seria sua melhor e única amiga. Levando as mãos aos elos, ele agarrou a corrente com dois pulsos fortes, se encolheu e enrolou sua perna artificial na coleira de aço. Usando o pé como alavanca, ele forçou os elos que estavam embaixo da sola de seu coturno e criou uma folga para que pudesse respirar.

O assassino se inclinou para trás como um esquiador aquático, e a prótese enfraqueceu sob a pressão, mudando o ângulo do pé artificial. Com um movimento rápido para se soltar, Phury libertou sua perna da corrente, soltou a folga e colocou a força no pescoço e nos ombros.

Enquanto o matador voava contra o muro de tijolos de uma lavanderia, a força e o peso do corpo do morto-vivo tiraram Phury do chão. Por uma fração de segundo, a corrente se soltou. Foi o suficiente para que Phury se virasse, tirasse aquilo do pescoço e pegasse uma adaga.

O *redutor* ficou chocado de ter seu corpo jogado contra o muro, e Phury tirou vantagem desse choque, lançando-se para frente com a lâmina. A ponta e o cabo de liga de aço penetraram no estômago macio e vazio do *redutor*, liberando um líquido brilhante e preto. O assassino olhou para baixo confuso, como se as regras do jogo tivessem mudado, e ninguém o tivesse avisado. Suas mãos brancas tentaram parar o fluxo de sangue doce e maligno, mas não conseguiram interromper o dilúvio.

Phury limpou a boca com a manga, como se uma onda de ansiedade o tivesse tomado por dentro. O *redutor* olhou para seu rosto e perdeu a expressão que tinha. O medo tomou conta de suas feições.

– Você é o... – o assassino sussurrou enquanto seus joelhos fraquejavam. – O torturador.

A ansiedade de Phury diminuiu um pouco.

– O quê?

– Ouvi falar... de você. Tortura primeiro... depois mata.

Ele tinha uma reputação na Sociedade Redutora? Bom, grande coisa. Fazia uns dois meses que ele estava fazendo o diabo com os *redutores*.

– Como você sabe quem sou eu?

– A propósito... você está... sorrindo.

Enquanto o assassino escorregava pelo pavimento, Phury se deu conta do sorriso macabro em seu rosto. Era difícil saber o que era mais terrível: que estivesse ali ou que ele não tivesse percebido. De repente, as pupilas do *redutor* correram para a esquerda.

– Graças... a Deus.

Phury congelou quando uma arma encostou em seu rim esquerdo e uma onda fresca de talco de bebê passou por seu nariz.

Menos de cinco quarteirões para o leste, em seu escritório particular no ZeroSum, Rehvenge, também conhecido como o Reverendo, xingou. Ele odiava incontinência. *Odiava*.

O humano se balançando diante da sua mesa tinha acabado de urinar na calça, e a mancha estava aparecendo como um círculo azul escuro na virilha da calça frouxa. Parecia que alguém tinha acertado suas partes privadas com uma esponja molhada.

– Oh, pelo amor de Deus... – Rehv balançou a cabeça para sua guarda pessoal, formada pelos Mouros Trez e iAm, que erguiam o cara pelo colarinho. Os dois tinham a mesma expressão de desgosto que ele. A única coisa que salvava, Rehv pensou, era que o par de sapatos Doc Martens parecia funcionar bem como um par de penicos. Nada estava pingando.

– O que foi que eu fiz? – o sujeito gritou, e seu tom de voz sugeriu que suas bolas estavam em algum lugar ao norte das suas cuecas boxers.

– Eu não fiz nad...

Rehv interrompeu a negativa.

– Chrissy apareceu com um lábio cortado e hematomas. De novo.

– Você acha que eu fiz aquilo? Qual é, a garota se prostitui pra você. Podia ter sido qualquer...

Trez fez uma objeção ao testemunho, transformando a mão do homem em uma bola e apertando o punho forçado como uma laranja.

Enquanto o grito de dor do acusado se transformou em um grunhido, Rehv pegou calmamente um abridor de envelopes prateado e brilhante. O objeto tinha forma de espada, ele testou a ponta com o dedo indicador, lambendo rapidamente a gota de sangue deixada.

– Quando você se candidatou para trabalhar aqui – ele disse – nos deu o endereço do número 1311 da Rua 23. Que também é o endereço de Chrissy. Vocês chegam e vão embora no fim da noite juntos.

Quando o homem abriu a boca, Rehv levantou a mão.

– Sim, eu sei que isso não prova nada. Mas eu vejo esse anel na sua mão... Espere, por que você está tentando colocar seu braço nas costas? Trez, você se importa de ajudá-lo a colocar a mão na minha mesa?

Quando Rehv bateu a ponta do abridor na mesa, Trez arrastou o humano musculoso como se ele não passasse de um saco de roupa suja. Sem nenhum esforço, ele espalmou a mão do idiota na frente do Rehv e a manteve naquela posição. Rehv se inclinou e delineou o anel da Caldwell High School com o abridor.

– Pois é, sabe, ela ficou com uma marca estranha no rosto. Quando vi pela primeira vez, me perguntei o que era. É esse anel, não é? Você bateu nela com as costas da mão, não bateu? Acertou o rosto dela com isso.

Enquanto o homem espumava como um barco a motor, Rehv fez outro pequeno círculo em volta da pedra azul do anel e então pegou a ponta afiada e passou pelos dedos do homem, um por um, da articulação ossuda até a unha achatada na ponta dos dedos. As duas articulações maiores estavam machucadas, a pele clara estava roxa e inchada.

– Parece que você não deu só uns tapas nela – Rehv murmurou, ainda batendo nos dedos do homem com o abridor.

– Ela pediu...

Rehv socou a mesa com tanta força, que o aparelho de telefone pulou e mudou de lugar e o fone saiu do gancho.

– Não se *atreva* a terminar essa frase. – Ele se esforçou para não revelar os caninos quando eles surgiram em sua boca. – Ou, Deus me ajude, vou fazer você comer as suas bolas agora.

O imbecil ficou quieto quando o bip-bip-bip sutil substituiu o sinal de linha do telefone. iAm, calmo como sempre, tranquilamente pegou o fone e o colocou no lugar.

Quando uma gota de suor escorreu pelo nariz do humano e caiu nas costas de sua mão, Rehv acalmou sua fúria.

– Certo. Onde nós estávamos antes de eu querer castrar você? Ah, sim. Mãos... estávamos falando de mãos. Que engraçado, eu não sei o que nós faríamos sem duas. Sabe, não seria possível dirigir um carro com câmbio, por exemplo. E você tem um carro com câmbio, não tem? Sim, eu já vi aquele Acura turbinado que você usa. Belo carro.

Rehv colocou a mão na madeira brilhante, ao lado da mão do sujeito e, enquanto fazia comparações, apontou as diferenças com o abridor de envelopes.

– Minha mão é maior que a sua em comprimento... e largura. Os dedos são mais longos. Minhas veias são mais saltadas. Você tem uma tatuagem de... o que é isso na base do polegar? Algum tipo de... ah, o símbolo chinês da força. Sim, as minhas tatuagens ficam em outro lugar. O que mais?... A sua pele é mais clara. Caramba, vocês branquelos precisam pensar em se bronzear. Vocês parecem mortos sem uns raios UV.

Quando Rehv olhou para cima, pensou no passado, em sua mãe e na coleção dela de hematomas. Ele tinha demorado tempo demais para fazer justiça por ela.

– Sabe qual é a maior diferença entre nós dois? – ele perguntou. – Olhe só, meus dedos não estão machucados por bater em uma mulher.

Em um movimento rápido, ele levantou o abridor de envelope e o enfiou tão fundo que a ponta foi além da carne e furou a madeira da mesa.

A mão que ele esfaqueou era sua própria.

Enquanto o humano gritava, Rehv não sentiu nada.

– Não se atreva a desmaiar, seu fracote maldito. – Rehv cuspiu enquanto os olhos do imbecil começaram a girar. – Você vai prestar bastante atenção para lembrar da mensagem.

Rehv arrancou o abridor da mesa levantando a mão ferida até a bainha e forçando a lâmina para fora da madeira. Colocando a mão onde o homem pudesse ver, ele torceu o abridor para frente e para trás com total precisão, criando um portal em sua pele e ossos, transformando a perfuração em uma pequena janela.

Quando terminou, retirou a lâmina e a colocou cuidadosamente ao lado do telefone. Enquanto o sangue pingava dentro de sua manga e se acumulava no cotovelo, ele olhou para o homem através do furo.

– Vou ficar de olho em você. Em todo lugar. O tempo todo. Se ela aparecer com mais um "hematoma" de "cair no chuveiro", eu transformo você em um calendário cheio de marcas, entendeu?

O homem se inclinou para o lado e vomitou na perna da calça. Rehv praguejou. Ele devia saber que algo assim ia acontecer. Desgraçado metido a valentão. E que bom que esse idiota com massa mal digerida escorrendo nos sapatos Doc Martens cheios de urina não soubesse do que Rehv é capaz. Esse humano, como todos os outros no clube, não fazia ideia de que o chefe do ZeroSum não era apenas um vampiro, mas um *sympatho*. O filho da mãe podia ter defecado nas calças, e teria sido uma sujeira. Já estava nojentamente claro que ele não estava usando fraldas geriátricas.

– Seu carro agora é meu – disse Rehv ao pegar o telefone e ligar para a limpeza. – Considere reembolso com juros e penalidade pelo dinheiro que você tem desviado do meu bar. Você está despedido por causa disso e por traficar heroína no meu território. Mais uma coisa, da próxima vez que você tentar invadir a área de outra pessoa, não coloque nos seus pacotes a mesma águia que você tem na jaqueta. Fica fácil demais descobrir quem é o rato traficante. Ah, e como eu disse, é melhor aquela menina não aparecer com uma unha lascada ou você vai receber uma visita minha. Agora, suma do meu escritório e nunca mais apareça neste clube.

O homem estava tão atordoado que nem argumentou quando foi conduzido até a porta. Rehv bateu o punho contra a mesa mais uma vez para chamar a atenção de todos.

Os Mouros pararam, e o cara também. O humano foi o único que olhou por sobre o ombro, com os olhos cheios de terror.

– Uma última coisa... – Rehv sorriu de uma maneira contida, escondendo os caninos afiados. – Se Chrissy pedir demissão, vou supor que você a forçou, e eu vou cobrar minhas perdas financeiras com você. – Rehv se inclinou para frente. – E, lembre-se, eu não preciso do dinheiro, mas sou sádico, então fico excitado quando machuco as pessoas. Da próxima vez, vou arrancar um pedaço do seu couro, não da sua carteira nem do que está parado na sua garagem. Trez, pode me dar as chaves?

O Mouro enfiou a mão no bolso de trás da calça do sujeito e jogou um chaveiro.

– Não precisa fazer a transferência. – Rehv disse ao pegar a chaves. – Onde seu Acura vai parar, não precisamos de papelada para transferir documentos. Tchau por enquanto.

Quando a porta se fechou, Rehv olhou para o chaveiro. Na placa estava escrito SUNY NEW PALTZ.

– O quê foi? – ele exclamou sem olhar para cima.

A voz de Xhex era grave, saindo do canto escuro do escritório, onde ela sempre assistia os acontecimentos.

– Se ele fizer de novo, eu quero cuidar disso.

Rehv segurou as chaves e recostou na cadeira. Mesmo que dissesse não, se Chrissy se machucasse de novo, sua chefe da segurança provavelmente promoveria um estrago de qualquer jeito. Xhex não era como os outros funcionários. Xhex não era como ninguém. Bom, não era totalmente verdade. Ela era como ele. Meio *sympatho*. Ou meio sociopata, nesse caso.

– Você olha a garota – ele disse. – Se aquele filho da mãe fizer alguma coisa com aquele anel de novo, jogamos cara ou coroa para ver quem acaba com ele.

– Eu olho todas as suas garotas. – Xhex foi até a porta, andando com sua força discreta.

Ela tinha o corpo de um homem, alto e musculoso, mas não era rude. Apesar do cabelo curto e do corpo firme, ela não era uma mulher fria, masculinizada e corpulenta, com seu uniforme padrão de camisa preta justa e calça de couro preta. Não, Xhex era letal como uma lâmina: rápida, decisiva e brilhante. E como todas as adagas, ela adorava tirar sangue.

– É a primeira terça-feira do mês – ela disse ao colocar a mão na porta.

Como se ele não soubesse.

– Eu saio em meia hora.

A porta abriu e fechou, o barulho do clube do outro lado surgiu e foi cortado. Rehv levantou a mão. O sangue estava parando, e o buraco se fecharia em vinte minutos. Até meia-noite a marca teria desaparecido.

Ele pensou no momento em que se esfaqueou. Não sentir nada no corpo era uma forma estranha de paralisia. Mesmo se movendo, você não reconhecia o peso das roupas nas suas costas ou se os sapatos estavam muito apertados ou se o chão sob seus pés era irregular ou escorregadio.

Ele sentia falta do próprio corpo, mas ou tomava dopamina e lidava com os efeitos colaterais ou se entendia com seu lado maligno. E essa era uma luta que ele não sabia se podia vencer.

Rehv pegou sua bengala e cuidadosamente se levantou da cadeira. Como resultado do entorpecimento, seu equilíbrio era péssimo, e a gravidade não gostava dele, então o trajeto até o painel na parede demorou mais do que deveria. Quando chegou até lá, colocou a mão em um quadrado elevado, e um painel do tamanho de uma porta deslizou para trás, como se fosse *Star Trek*. A suíte preta que foi revelada era apenas um dos seus apartamentos privados, e por algum motivo, tinha o melhor chuveiro. Provavelmente porque com apenas poucos metros quadrados, o lugar todo podia se tornar um paraíso tropical apenas ligando o chuveiro. E quando se estava frio o tempo todo, isso é um valor agregado importante.

Ao tirar as roupas e abrir a água, ele se barbeou rapidamente enquanto esperava o jato ficar absurdamente quente. Enquanto passava a lâmina pelo rosto, o macho que olhava para ele no espelho era o mesmo de sempre. Moicano curto. Olhos ametista. Tatuagens no peito e na barriga. Um pênis grande solto entre as pernas.

Ele pensou no lugar que precisava ir naquela noite e sua visão mudou, uma névoa vermelha gradualmente substituiu todas as cores que enxergava. Não foi uma surpresa. A violência tinha uma maneira de liberar sua natureza maligna, como mostrar comida para os famintos, e ele teve apenas uma amostra do prato alguns minutos atrás em seu escritório.

Em circunstâncias normais, seria o momento de tomar mais dopamina. Seu salvador químico mantinha suas necessidades de *sympatho* de lado, substituindo-as por hipotermia, impotência e entorpecimento. Os efeitos colaterais eram péssimos, mas tinha que ser feito, e mentiras precisam de manutenção.

Além de um bom desempenho.

Sua chantagista exigia sempre um bom desempenho.

Segurando seu pênis, como se pudesse protegê-lo do que teria de fazer mais tarde, ele foi ver a temperatura da água. Mesmo que o vapor estivesse tomando conta do ar como se ele estivesse respirando um bálsamo, não estava quente o bastante. Nunca era. Ele esfregou os olhos com a mão livre. O vermelho que estava enxergando continuava, mas era uma coisa boa. Era melhor encontrar sua chantagista nessas condições. Do mal para o mal. De *sympatho* para *sympatho*.

Rehv entrou no jato, lavando o sangue derramado. Enquanto ensaboava a pele, estava se sentindo sujo, totalmente imundo. A sensação ia piorar quando amanhecesse. É... ele sabia exatamente por que suas prostitutas enchiam o vestiário de vapor depois do turno. Elas amam água quente. Às vezes isso e uma esponja é o que faz alguém aguentar a noite.

Capítulo 6

John seguiu Cormia com os olhos enquanto ela corria e girava na grama, com a túnica branca voando atrás dela, como uma bandeira ou uma asa. Ele não sabia se era permitido para as Escolhidas correr como crianças descalças e teve a sensação de que ela estava quebrando as regras.

Bem, que bom para ela. E que lindo de olhar. Com aquela alegria, ela estava na noite, mas não fazia parte da escuridão, era um vaga-lume, um ponto brilhante dançando contra o horizonte denso da floresta.

Phury devia ver isso, John pensou.

O telefone tocou com um bipe e ele o tirou do bolso. A mensagem de texto de Qhuinn dizia: *Vc pode pedir pro Fritz te levar p/ casa do Blay agora? Estamos prontos.*

Ele respondeu: *Claro.*

John guardou o BlackBerry e desejou muito poder se desmaterializar. Era preciso esperar algumas semanas depois da transição para tentar pela primeira vez, e Blay e Qhuinn não tinham tido problemas em desaparecer. Ele? Era como quando tinha começado a treinar: era sempre o mais lento, o mais fraco e o pior. Só era preciso se concentrar no local onde queria ir e desejar estar lá. Pelo menos em teoria. Ele? Passava um tempão com os olhos fechados e o rosto contorcido como um cachorro, tentando forçar as próprias moléculas a atravessarem a sala, mas permanecendo exatamente onde estava. Disseram que às vezes podia demorar até um ano depois da transição antes que desse certo, mas talvez fosse algo que ele nunca seria capaz de fazer.

Em todo caso, precisava da porcaria de uma carteira de motorista. Ele se sentia com doze anos com todos aqueles pedidos de "você pode me levar?". Fritz era um ótimo motorista, mas qual é? John queria ser um homem, não uma carga de *doggen*.

Cormia deu uma volta e andou para perto da casa. Quando parou diante dele, sua túnica parecia querer continuar correndo, as dobras voavam antes de voltar para perto do corpo dela. Estava ofegante, seu rosto estava vermelho como uma cereja, seu sorriso, maior que a lua cheia.

Meu Deus, com aquele cabelo louro solto e aquela linda cor no rosto, ela parecia uma perfeita garota queimada pelo sol. Ele podia visualizá-la perfeitamente em um campo com uma toalha, comendo torta de maçã ao lado de um jarro de limonada... usando um biquíni vermelho e branco.

Ok, pensar nisso parecia errado.

– Eu gosto de estar aqui fora – ela disse.

O lado de fora gosta de você, ele escreveu e mostrou a ela.

– Eu queria ter vindo antes.

Ela olhou por sobre as rosas que cresciam ao redor do terraço. Quando a mão de Cormia tocou seu pescoço, ele teve a sensação de que ela queria tocá-las, mas sua reserva e controle estavam voltando.

Ele limpou a garganta para que ela olhasse.

Você pode pegar uma, se quiser, ele escreveu.

– Acho... acho que vou.

Ela se aproximou das rosas como se fossem um cervo que pudesse se assustar, as mãos ao lado do corpo, os pés descalços se movendo lentamente pela grama. Cormia foi direto para aquelas com cor de lavanda, passando pelos botões vermelho-vivo e amarelo.

Ele estava escrevendo *Cuidado com os espinhos*, quando ela esticou o braço, deu um grito e recolheu a mão.

Uma gota de sangue se formou na ponta do dedo, que o brilho fraco da noite fez parecer preto contra sua pele branca.

Antes que ele soubesse o que estava fazendo, John se abaixou, e sua boca começou a trabalhar. Ele sugou rápido e lambeu ainda mais rápido, chocado pelo que estava fazendo e por como era bom. No fundo de sua mente, se deu conta de que precisava se alimentar. Droga. Quando se levantou de novo, ela olhou para ele com os olhos arregalados e paralisada. Droga duas vezes.

Desculpe, ele rabiscou. *Eu não queria que caísse na sua túnica.*

Mentira. Ele queria saber que sabor ela tinha.

– Eu...

Pegue sua rosa, só tome cuidado com os espinhos.

Ela assentiu e tentou de novo: em parte, ele suspeitava, porque queria uma flor e em parte para preencher o silêncio constrangedor que ele havia criado.

A rosa escolhida era perfeita, prestes a se abrir, um botão prateado com o potencial de ficar do tamanho de uma maçã.

– Obrigada – ela disse.

Ele estava prestes a responder "de nada" quando percebeu que ela falava com a "planta-mãe", não com ele. Cormia virou para John:

– As outras flores estavam em recipientes de vidro com água.

Vamos pegar um vaso para você, ele escreveu. *É assim que eles se chamam aqui.*

Ela assentiu com a cabeça e foi na direção das portas que davam para a sala de jogos. Assim que entrou, olhou para fora de novo. Seus olhos se fixaram no jardim como se fosse um amante que ela nunca mais fosse ver.

Podemos fazer isso de novo outra hora, ele escreveu no bloco. *Se você quiser.*

A resposta rápida foi um alívio, considerando o que ele tinha acabado de fazer.

– Eu gostaria muito.

Talvez a gente possa ver um filme também. Lá em cima, no home theater.

– *Home theater*?

Ele fechou a porta atrás deles. *É uma sala feita especialmente para assistir coisas.*

– Podemos ver um filme agora?

O tom forte na voz dela o fez recalibrar um pouco a impressão que tinha de Cormia. Aquela voz delicada que ela usava podia ser apenas treinamento, não sua personalidade.

Eu preciso sair. Mas podemos fazer amanhã à noite?

– Ótimo. Vamos fazer isso depois da primeira refeição.

Ok, a docilidade definitivamente não era sua personalidade. O que o fazia imaginar como ela lidava com toda a questão de ser uma Escolhida.

Tenho aula, mas pode ser depois disso?

– Sim. E eu gostaria de aprender mais sobre tudo aqui.

O sorriso iluminou a sala de jogos como se fosse uma fogueira, e quando ela deu meia volta em um pé, ele pensou naquelas bailarinas nas caixas de joia.

Bem, eu estou disposto a ensinar você, ele escreveu.

Ela parou, e o cabelo solto balançou.

– Obrigada, John Matthew. Você será um ótimo professor.

Quando Cormia olhou para ele, John viu mais as cores do que o rosto ou o corpo: o vermelho no rosto e nos lábios, o lavanda da flor em sua mão, o verde-claro e brilhante de seus olhos, o amarelo-dourado do cabelo.

De repente, ele pensou em Xhex.

Xhex era uma trovoada, feita de tons de preto e cinza chumbo, controlada por uma coleira, mas não menos letal por causa disso.

Cormia era um dia de sol com um arco-íris de luminosidade e calor. Ele colocou a mão no coração, fez uma reverência para ela e partiu. E percebeu que nenhuma das duas podia ser dele, então de que adiantava.

Parado no beco com a sua nove milímetros encostada no rim de um Irmão, o Sr. D estava em alerta como um gato. Ele preferia muito mais encostar o cano de sua arma na têmpora do vampiro, mas isso teria exigido uma pequena escada.

Na verdade, os desgraçados eram enormes. Faziam seu bom e velho primo Tommy parecer menor que uma lata de Budweiser. E tão frágil quanto.

– Você tem cabelo de menina – disse o Sr. D.

– E você cheira a talco. Pelo menos eu posso cortar o cabelo.

– Estou usando perfume Old Spice.

– Da próxima vez, experimente usar algo mais forte. Tipo esterco.

O Sr. D apertou mais o cano.

– Quero você de joelhos. Mãos nas costas, cabeça baixa.

Ele ficou exatamente onde estava enquanto o Irmão obedeceu sem tentar escapar. Talvez fosse covardia do Sr. D, mas ainda assim, esse vampiro não era o tipo de gente que você quer ver solta por aí, e não só porque capturar um Irmão era um feito e tanto. O Sr. D estava segurando a cobra pelo rabo e sabia disso.

Levou a mão até o bolso da calça para pegar suas luvas e...

A maré virou rápido como um raio. O Irmão girou sobre um joelho e pegou o cano da arma. O Sr. D puxou o gatilho por reflexo, e a bala foi para o céu, voando sem rumo. Antes que o eco do barulho cessasse, o Sr. D estava no chão, parecendo tonto e confuso, o chapéu de *cowboy* estava novamente fora de sua cabeça quando ele foi dominado.

Olhando para baixo, os olhos do Irmão estavam frios, sem vida, de maneira que nem mesmo a cor amarelo-brilhante podia mudar. Mas fazia sentido. Ninguém em sã consciência daria um giro com os joelhos daquele jeito. A não ser que estivesse preparado. O Irmão levantou o punho acima da cabeça.

Com certeza, isso vai doer.

O Sr. D agiu rápido, se liberando do que o prendia pelo ombro e girando para o lado. Em um golpe rápido, ele lançou ambos os pés no tornozelo direito do Irmão. Houve um barulho de estalo e... caramba, uma parte da perna saiu voando.

O Irmão cambaleou, sua calça de couro ficou solta do joelho para baixo naquele lado, mas não deu muito tempo para tentar entender. O desgraçado caiu, desabando como um prédio.

O Sr. D saiu do caminho, se jogou na confusão, certo de que se não assumisse o controle do jogo, comeria os próprios intestinos. Ele lançou uma perna sobre o Irmão, agarrou um monte daquele cabelo feminino e puxou com força enquanto pegava sua faca. Não conseguiu. O Irmão se transformou em um cavalo indomado, saltando do pavimento e levantando subitamente. O Sr. D travou as pernas e lançou um braço ao redor do pescoço que tinha a espessura de sua coxa...

Em um *flash*, a terra tremeu fortemente e – droga – o Irmão inverteu sua posição, transformando o Sr. D em um colchão.

Era como se uma placa de granito tivesse caído no seu peito. Ele ficou tonto por uma fração de segundo, e o Irmão aproveitou a vantagem, se jogando para o lado e usando o cotovelo como uma arma.

Quando o Sr. D grunhiu e começou a ofegar, surgiu o brilho de uma adaga negra sendo desembainhada, e o Irmão ficou de joelhos. O Sr. D se preparou para ser esfaqueado, pensando que ficou menos de três horas como *Redutor Principal*, que vergonha.

Mas em vez de ser apunhalado no coração, o Sr. D sentiu sua camisa ser arrancada da cintura da calça. Quando sua barriga branca apareceu na escuridão da noite, ele olhou para cima horrorizado. Esse Irmão gostava de cortar antes de matar. O que significava que não era uma morte simples que estava se aproximando. Seria um processo longo e sangrento. Claro, não era o Destruidor, mas esse animal ia fazer o Sr. D pagar caro pela viagem até os portões do céu.

E *redutores* podiam estar mortos, mas sentiam dor como todo mundo.

Phury deveria estar recuperando o fôlego e procurando sua perna, não se preparando para bancar o Jack, o estripador, naquele *redutor* nanico. Meu Deus, alguém pensaria que ter escapado daquela bala reservada para ele o deixaria pronto para acabar com aquilo e cair fora do beco antes que mais inimigos aparecessem.

Não. Quando expôs a barriga do *redutor*, ele se sentiu ao mesmo tempo paralisado como se estivesse congelado e animado pelo calor, latejando como se estivesse entrando em um quarto com um saco cheio de fumaça vermelha sem nada para fazer por horas. Ele era como o viciado que tinha fugido, naquela febre de quem ganhou na loteria.

A voz do mago interrompeu a ansiedade, como se a excitação o tivesse atraído como se fosse carniça.

Esse massacre é uma bela maneira de se destacar, não é? Ser apenas um mero fracasso da raça é um pouco plebeu demais... E você era de uma família nobre, até arruiná-los. Então mande ver, parceiro.

Phury se concentrou na pele ondulada que tinha revelado e deixou a sensação da adaga em sua mão e o horror paralisado e estimulante do *redutor* serem absorvidos. Quando sua mente se acalmou, Phury sorriu. Aquele era o seu momento. Aquilo pertencia a ele. A voz do mago ficaria em silêncio enquanto ele trabalhava naquele ser maligno.

Ao fazer seu estrago, ele se curava. Ainda que por pouco tempo.

Ele levou a adaga negra até a pele do *redutor* e...

– *Não se atreva.*

Phury olhou por sobre o ombro. Seu irmão gêmeo estava parado na entrada do beco, uma grande sombra preta como um totem. O rosto de Zsadist não estava visível, mas não era preciso ver uma sobrancelha franzida para entender as coisas.

A fúria chegava até ele em ondas. Phury fechou os olhos e lutou contra uma ira brutal. Que droga, ele estava sendo roubado. Totalmente roubado. Rapidamente, ele pensou na quantidade de vezes que Zsadist o havia mandado bater, bater até que o rosto de Z. estivesse coberto de sangue. E seu irmão achava que *aquilo* era errado? O que era aquilo? O *redutor* sem dúvida havia matado sua cota de vampiros inocentes. Como aquilo podia ser pior que pedir que seu irmão de sangue transformasse você em um saco de pancadas, mesmo sabendo que o deixava totalmente enjoado e com dor de cabeça por dias?

– Saia daqui – disse Phury, enquanto segurava o *redutor*, que se retorcia com mais força. – Isso é assunto meu, não seu.

– Como assim não é assunto meu? E você disse que ia parar.

– Vire as costas e saia andando, Z.

– Para arrebentarem você quando os reforços chegarem?

O *redutor* nas mãos de Phury tentou se libertar, e era tão pequeno e forte que quase conseguiu. Ah, não, Phury pensou, ele não ia perder seu prêmio. Antes que soubesse o que estava fazendo, ele enfiou a adaga naquela barriga e girou a lâmina dentro de seu intestino. O *redutor* gritou mais alto do que Zsadist xingou, e naquele momento, Phury não se sentiu mal por nenhum dos dois. Ele estava de saco cheio de tudo, inclusive de si mesmo. *Bom menino*, o mago sussurrou. *Bem como eu gosto de você.*

Zsadist estava ao lado dele no instante seguinte, arrancando a adaga de sua mão e atirando-a do outro lado do beco. Enquanto o *redutor* desfalecia, Phury ficou de pé para confrontar seu irmão gêmeo.

O problema era que sua perna estava faltando.

Ao despencar sobre os tijolos, Phury deve ter parecido um bêbado, o que o deixou ainda mais bravo.

Z. pegou a prótese e a jogou para o outro lado do beco.

– Coloque de volta.

Phury pegou a coisa com uma mão e escorregou para o lado de fora da lavanderia.

Droga. No flagra. Totalmente no flagra, pensou. E agora ele ia ter que lidar com os Irmãos pegando no seu pé. Por que Z. não podia ter ido para outro beco? Ou ter vindo para este, mas em outro momento? Que droga, ele precisava disso, Phury pensou. Porque se não colocasse para fora um pouco de sua fúria, ia enlouquecer, e se Z., depois de toda aquela bobagem masoquista, não conseguisse entender isso? Bom, ele que se dane.

Zsadist revelou sua adaga, apunhalou o primeiro *redutor* até ele voltar para o Ômega, e depois ficou parado ao lado da mancha negra que se formou.

– Merda de dez cavalos – seu irmão gêmeo disse no Antigo Idioma.

– A nova loção pós-barba dos *redutores* – Phury murmurou, esfregando os olhos.

– Acho que todos vocês precisam pensar sobre isto aqui – um sotaque anasalado do Texas falou.

Quando Z. virou, Phury levantou a cabeça. O pequeno *redutor* estava de novo com a arma, apontada para Phury, e olhando para Z.

A resposta de Z. foi levantar sua pistola para o matador.

– Estamos todos em uma situação complicada – a coisa falou enquanto abaixava com um grunhido e pagava o chapéu de *cowboy*.

Ele colocou o chapéu na cabeça e depois foi segurar suas entranhas.

– Se você atirar em mim, minha mão vai apertar o gatilho e vou estourar seu amigo aqui. Se eu atirar nele, você acaba comigo.

O *redutor* respirou fundo e soltou outro gemido.

– Acredito que estamos em um impasse e não temos a noite toda. Um tiro já foi, e vai saber quem ouviu.

O texano estava certo. O centro de Caldwell depois da meia-noite não era um deserto do velho oeste ao meio-dia. Havia gente em volta, e nem todos eram humanos drogados. Havia policiais também. E vampiros civis. E outros *redutores*. Claro, o beco estava escondido, mas a privacidade ali era relativa.

Que ótima situação você se meteu, parceiro, disse o mago.

– Droga – Phury xingou.

– Sim, claro – murmurou o matador. – Acho que a situação é essa.

Como se fosse uma deixa, sirenes de polícia foram ouvidas se aproximando. Ninguém se mexeu, nem quando a viatura virou a esquina e invadiu o beco. Sim, alguém tinha ouvido o tiro quando Phury e a imitação de John Wayne estavam brigando, e quem quer que fosse fez o favor de chamar a polícia.

A cena congelada entre os edifícios foi iluminada pela viatura, que freou bruscamente. Duas portas se escancararam.

– Larguem as armas!

A fala do *redutor* foi tão suave quanto o ar de uma noite de verão:

– Vocês podem cuidar disso por nós, não podem?

– Eu preferia acabar com você – Z. devolveu.

– Soltem as armas ou vamos atirar!

Phury deu um passo para frente, usando sua técnica que deixava os humanos num estado de sonho, e fazendo o da direita entrar no carro e desligar os faróis.

– Muito grato – disse o *redutor*, que começou a se arrastar pelo beco.

Ele manteve as costas viradas para o prédio, os olhos em Zsadist, e a arma apontada para Phury. Quando a coisa passou pelos policiais, tirou a arma do mais próximo, pegando o que sem dúvida era uma nove milímetros da mão sem resistência da mulher. O assassino a colocou na mesma altura que a arma de Z. Com ambos os braços ocupados, o sangue negro escorria livremente de sua barriga.

– Eu atiraria nos dois, mas aí os seus jogos mentais não funcionariam mais nesses dois exemplares policiais de Caldwell. Acho que vou ter que me comportar.

– Deus! – Z. recolocou o peso nos pés, como se quisesse correr.

– Por favor, não use o nome de Deus em vão – disse o matador quando chegou à esquina por onde a polícia havia entrado. – E tenham uma boa noite, cavalheiros.

O homenzinho desapareceu rápido, nem seus passos foram ouvidos.

Phury fez com que os policiais voltassem para o carro de patrulha e fez a mulher ligar para a delegacia e relatar que a investigação não revelou nenhum conflito nem tumulto no beco. Mas aquela arma desaparecida... era encrenca na certa. Maldito assassino. Nenhuma memória implantada poderia resolver o fato de que havia uma nove milímetros faltando.

– Dê sua arma para ela – Phury disse a Zsadist.

O irmão gêmeo tirou as balas enquanto andava. Ele não limpou a arma antes de colocá-la no colo da mulher. Não havia por quê. Vampiros não deixavam impressões digitais identificáveis.

– Tomara que ela não enlouqueça por causa disso – disse Z.

Pois é. Não era a arma dela e estava vazia. Phury fez o melhor que pôde, dando a ela uma lembrança de comprar aquela arma nova, experimentá-la e jogar o pente porque as balas estavam com defeito. Não era um disfarce muito bom. Especialmente levando em consideração que os números de série de todas as armas da Irmandade eram raspados.

Phury fez com que o policial atrás do volante colocasse o carro em marcha ré e saísse do beco. O destino? A delegacia, para um intervalo.

Quando estavam sozinhos, Z. virou a cabeça e olhou nos olhos de Phury.

– Você quer acordar morto?

Phury checou a prótese. Estava intacta, pelo menos para o uso comum, foi apenas solta de onde era presa embaixo do joelho. Mas não era seguro lutar com ela. Levantando a calça, ele a reencaixou e levantou.

– Vou para casa.

– Você escutou o que eu disse?

– Sim, ouvi.

Ele olhou o irmão nos olhos e pensou que era uma pergunta irônica, vinda de Zsadist. A maneira brutal como Z. se comportava antes de conhecer Bella tinha sido seu princípio operacional até então. E faz pouco tempo que ele mudou.

As sobrancelhas de Z. se fecharam e seu rosto escureceu.

– Vá direto para casa.

– Sim. Direto para casa. Você está certo.

Quando ele se virou, Z. falou duramente:

– Você não esqueceu nada?

Phury pensou em todas as vezes que perseguiu Zsadist, desesperado para salvar o irmão de se matar ou matar alguém. Ele pensou nos dias em que não conseguia dormir imaginando se Z. iria conseguir sobreviver porque se recusava a beber de vampiras fêmeas e insistia em viver de sangue humano. Pensou na enorme tristeza que sentia toda vez que olhava para o rosto destruído do irmão. E então pensou na noite em que se desfigurou na frente do espelho, cortou o cabelo e correu uma lâmina pela própria testa e rosto para se parecer com Z.... para que pudesse tomar o lugar do irmão que estava à mercê de uma vingança sádica de um *redutor*.

Pensou na perna que perdeu para salvar os dois.

Phury olhou para trás.

– Não. Eu me lembro de tudo. Tudo.

Sem nenhum remorso, ele se desmaterializou e reapareceu na Rua Trade. De frente para o ZeroSum, o coração e a cabeça gritando, ele foi chamado para o outro lado da via como se tivesse sido escolhido para aquela missão de autodestruição, tocado no ombro, chamado pelo dedo ossudo de seu vício. Ele não conseguia lutar contra o convite. Pior, não queria lutar contra.

Quando se aproximou da porta da frente do clube, seu pés – o verdadeiro e o feito de titânio – estava servindo a missão do mago. Os dois o levaram pela porta da frente, atravessaram a segurança da área VIP indo até os fundos, para o escritório de Rehvenge.

Os Mouros acenaram com a cabeça e um deles usou o intercomunicador. Enquanto esperava, Phury sabia perfeitamente bem que estava preso em um ciclo sem fim, girando sem parar como a ponta de uma furadeira, cada vez mais fundo no subterrâneo. A cada nível em que afundava, ele atingia veias mais fundas e ricas de mineral venenoso, que se espalhavam pela base de sua vida e o incentivavam a ir mais longe. Ele estava indo na direção da fonte, para a consumação com o inferno que era seu destino final, e cada nível mais baixo era um encorajamento maligno.

O Mouro à direita, Trez, assentiu e abriu a porta para a caverna negra. Era ali que pequenas porções de morte eram vendidas em sacos de celofane, e Phury entrou com impaciência. Rehvenge saiu de uma porta auxiliar, com seu olhar ametista astuto e levemente desapontado.

– O de sempre já acabou? – perguntou discretamente.

O devorador de pecados o conhecia tão bem, Phury pensou.

– É *sympatho*, lembra?

Rehv foi até sua mesa, apoiado na bengala.

– "Devorador de pecados" é tão feio. E eu não preciso que meu lado mal saiba o que você está pensando. Então, quanto vai ser hoje à noite?

O macho desabotoou a impecável jaqueta preta trespassada e sentou em uma cadeira de couro preto. Seu cabelo moicano curto brilhou como se ele tivesse acabado de sair do chuveiro, e o cheiro dele era bom, uma combinação de perfume Cartier for Men e algum tipo de xampu condimentado.

Phury pensou no outro traficante, o que tinha acabado de morrer no beco, que tinha sangrado enquanto tentava pedir uma ajuda que nunca apareceu. Apesar de Rehv se vestir como alguém saído da Quinta Avenida, isso não mudava o que ele era. Phury olhou para si mesmo. E percebeu que suas roupas também não mudavam o que ele era. Droga... uma de suas adagas não estava lá. Ele a havia deixado no beco.

– O de sempre – ele disse, tirando mil dólares do bolso. – Só o de sempre.

Capítulo 7

No andar de cima, em seu quarto vermelho-sangue, Cormia não conseguia esquecer a certeza de que, ao ir lá fora, ela havia desencadeado uma sequência de eventos, cujo auge não dava para imaginar. Só sabia que as mãos do destino estavam movendo as coisas atrás da cortina de veludo do palco e, quando ela se abrisse de novo, algo novo seria revelado.

Ela não sabia ao certo se confiava no destino para fazer com que o próximo ato fosse algo de que gostasse. Mas estava presa na plateia, sem ter para onde ir.

Se bem que aquilo não era totalmente verdade, era?

Ela atravessou o quarto, abriu a porta e olhou o tapete oriental que ia até a escada principal. O *hall* de estátuas ficava à direita.

Toda vez que estava no segundo andar, Cormia olhava as figuras elegantes no corredor cheio de janelas e ficava fascinada. Em sua formalidade, corpos paralisados e túnicas brancas, as estátuas a faziam lembrar do Santuário.

Aquela nudez e masculinidade eram totalmente desconhecidos. Se ela pudesse sair, poderia descer e ver as estátuas de perto. É claro que podia.

Andando discretamente pelo tapete descalça, passou pelo quarto do Primaz e depois pelo de Rhage e Mary. O escritório do rei, que ficava no topo da escada, estava fechado, e o *hall* lá embaixo estava vazio.

Quando fez uma curva, as estátuas se estendiam pelo que parecia uma eternidade. À esquerda, estavam iluminadas por luzes embutidas no teto e separadas por janelas. À direita, do lado oposto das janelas, havia portas que ela imaginava que fossem mais quartos.

Interessante. Se ela tivesse desenhado a casa, teria colocado os quartos do lado das janelas para que tivessem vista para o jardim. Do jeito que era, se ela tinha visualizado o desenho da mansão corretamente, os quartos ficavam de frente para a ala oposta, a que dava para o pátio da frente. Era bonito, é verdade. Mas seria melhor ter as paisagens de arquitetura nos corredores e vista para os jardins e montanhas nos quartos. Pelo menos, na sua opinião.

Cormia franziu a testa. Ela estava pensando coisas estranhas assim ultimamente. Pensamentos sobre coisas, pessoas e até orações que nem sempre eram de se aprovar. Essas opiniões aleatórias que surgiam em sua mente a deixavam desconfortável, mas não conseguia parar.

Tentando não pensar nas causas ou significado disso, ela fez a curva que dava para o corredor.

A primeira estátua era de um jovem macho – um humano, pelo tamanho – coberto por uma túnica suntuosa e cheia de dobras que ia do seu ombro direito até o lado esquerdo do quadril. Os olhos estavam fixos no centro, o rosto era contido, nem feliz nem triste. O peito era largo, a parte superior dos braços era forte, porém magra, o abdômen era reto e revelava as costelas.

A estátua seguinte era parecida, mas os membros estavam em outra posição. A seguinte também estava em uma posição diferente. A quarta também... mas estava totalmente nua.

O instinto a fez querer passar pela figura rápido, mas sua curiosidade exigiu que parasse para olhar. Ele era belo em sua nudez.

Cormia olhou por sobre o ombro. Não havia ninguém.

Ela esticou o braço e tocou o pescoço da estátua. O mármore era quente, o que foi um choque, mas então percebeu que o ponto de luz acima era a fonte de calor.

Cormia pensou no Primaz.

Eles tinham passado uma noite na mesma cama, no seu primeiro dia na mansão. Cormia teve que perguntar se podia se juntar a ele no quarto e deitar ao seu lado, e quando se deitaram sob o lençol, o desconforto os cobriu como um cobertor.

E então ela pegou no sono… e acordou com o corpo de um macho enorme contra o dela, um membro duro e quente tocando seu quadril. Cormia ficou chocada demais para fazer qualquer coisa além de aceitar enquanto, sem palavras, o Primaz tirou sua túnica e a substituiu com a própria pele e o peso de sua força.

Sem dúvida, a fala nem sempre é necessária.

Com uma carícia lenta, ela correu os dedos pelo peito quente da estátua, parando no mamilo, na base plana do músculo. Mais embaixo, o abdômen e o quadril tinham um belo padrão de ondulações. Liso, tão liso.

A pele do Primaz era igualmente lisa.

Quando Cormia chegou ao quadril da estátua, seu coração batia forte.

O calor e o formigamento que sentia não eram por causa da pedra à sua frente. Em sua mente, era o Primaz que ela tocava. Era o corpo dele em seus dedos. Era o sexo dele, e não o da estátua, que a atraía.

Sua mão desceu ainda mais até chegar ao púbis do macho.

O barulho de alguém entrando na mansão ecoou no corredor. Cormia se afastou da estátua com um salto tão rápido que ela tropeçou na base de sua túnica. Enquanto os passos pesados galgavam a escada e chegavam ao segundo andar, ela se escondeu no recuo de uma janela e olhou pelo canto.

O Irmão Zsadist surgiu no topo das escadas. Estava vestido para o combate, com adagas no peito e uma pistola no quadril – e pela tensão em seu maxilar, parecia que ainda estava em combate.

Depois que o macho desapareceu do campo de visão, ela ouviu alguém bater no que devia ser a porta do escritório do rei. Movendo-se silenciosamente, Cormia andou pelo corredor, parando no canto perto de onde o Irmão estava.

Houve um comando ríspido, a porta se abriu e fechou. A voz do rei ressoou pela parede em que ela estava encostada.

– Não está se divertindo hoje à noite, Z.? Parece que você teve uma noite e tanto.

As palavras do Irmão Zsadist foram sombrias.

– Phury já voltou para casa?

– Hoje? Não que eu saiba.

– Desgraçado. Ele disse que estava indo para casa.

– Seu irmão gêmeo diz muitas coisas. Por que você não me conta sobre o drama bombástico do momento?

Comprimindo o corpo com a esperança de ficar menos visível, ela rezou para que ninguém passasse pelo corredor. O que o Primaz tinha feito?

– Eu o peguei transformando *redutores* em sushi.

O rei soltou um palavrão.

– Achei que ele tivesse dito para você que ia parar.

– Ele disse.

Houve um grunhido, como se o rei estivesse esfregando os olhos ou talvez as têmporas.

– Então, o que exatamente você viu? – Houve uma longa pausa. A voz do rei ficou ainda mais grave. – Z., meu caro, fale comigo. Eu preciso saber com o que estou lidando para poder fazer alguma coisa com ele.

– Que seja. Eu o encontrei com dois *redutores*. A perna dele tinha sido arrancada, e ele estava com uma marca de queimadura no pescoço como se tivesse sido estrangulado com uma corrente. Estava debruçado sobre a barriga de um *redutor* com uma adaga na mão. Meu Deus... ele não estava nem prestando atenção em volta. Não olhou para mim até que eu falei alguma coisa. Eu podia ser outro maldito *redutor*. E se fosse? Ele estaria sendo torturado agora ou estaria morto.

– Que diabos eu vou fazer com ele?

A voz de Z. ganhou um tom contido.

– Não quero que ele seja expulso.

– A decisão não é sua. E não me olhe assim, eu ainda sou seu chefe, seu cabeça quente desgraçado. – Houve uma pausa. – Que coisa, estou começando a achar que seu irmão gêmeo precisa ser mandado para um psicólogo. Ele é um perigo para si mesmo e para os outros. Você falou alguma coisa para ele?

– A polícia tinha acabado de chegar e...

– Havia policiais envolvidos nisso também? Meu Deus...

– ...então, eu não consegui falar nada.

As vozes ficaram abafadas até que o Irmão Zsadist falou mais alto:

– Você sabe o que isso faria com ele!? A Irmandade é sua vida.

– Foi você que chamou a minha atenção para isso. Use a cabeça. Uma semana fora de circulação e férias não vão ser suficientes para resolver isso.

Houve outro silêncio.

– Olhe, eu preciso ver Bella. Apenas converse com Phury antes de acabar com sua vida. Vai ouvir você. E devolva isso para ele.

Quando algo pesado encostou no que devia ser a mesa, Cormia foi para um dos quartos de hóspedes. Um instante depois, ela ouviu os passos pesados do Irmão Zsadist indo para o próprio quarto.

Um perigo para si mesmo e para os outros.

Ela não conseguia imaginar o Primaz brutalizando o inimigo ou correndo perigo por ser descuidado. Mas por que o Irmão Zsadist mentiria?

Ele não faria isso.

Subitamente se sentindo exausta, ela se sentou no canto da cama e olhou em volta lentamente. O quarto estava decorado com o mesmo tom de lavanda que sua rosa favorita.

Que cor adorável, ela pensou, deixando seu corpo cair sobre o edredom.

Adorável, de fato, mesmo que não estivesse ajudando a acalmar seus nervos agitados.

A Galleria Caldwell era um *shopping* de dois andares localizado nos subúrbios onde ficavam lojas como a Hollister, H&M, Express, Banana Republic e Ann Taylor. Com as lojas JCPenney, Lord and Taylor e Macy's no andar térreo, ancorando as três bases da construção, era um *shopping center* clássico, e o público que atraía era composto por três quartos de adolescentes e um quarto de donas de casa inquietas. A praça de alimentação tinha um McDonald's, KuikWok, California Smoothie, Auntie Anne's e Cinnabon. Quiosques no centro dos corredores vendiam bugigangas, bonecas com cabelo de lã, celulares e calendários de animais.

O lugar tinha um cheiro de ar parado e morangos de plástico.

Meu Deus, ele estava no *shopping*. John Matthew não conseguia acreditar que estava de novo no *shopping*. Que ironia.

O *shopping* passou por uma reforma desde a última vez que ele esteve lá, os tons de bege tinham sido substituídos com um tema jamaicano rosa e verde-oceano. Dos ladrilhos do chão até as lixeiras, passando pelas plantas falsas e fontes, tudo gritava música *reggae*...

Era como uma camisa havaiana em um homem de cinquenta anos. Alegre e fora de lugar, de uma maneira nada atraente.

Meu Deus, como as coisas mudavam. Da última vez, ele era um órfão magrelo andando com um bando de outras crianças rejeitadas. Agora lá estava ele, com caninos afiados na boca, pé tamanho 48, e um corpo enorme que fazia com que as pessoas saíssem do seu caminho.

Mas ainda era um órfão.

E por falar em órfãos, cara, ele se lembrava claramente daquelas excursões para o *shopping*. Todo ano, o orfanato St. Francis levava suas crianças para a Galleria antes do Natal. O que era meio cruel, uma vez que nenhum dos garotos tinha dinheiro para comprar nenhuma das coisas bonitas e brilhantes à venda. John sempre teve medo que fossem expulsos ou algo assim, porque ninguém tinha nenhuma sacola de compras para justificar que o grupo usasse os banheiros.

Mas aquilo não ia ser um problema naquela noite, ele pensou, enquanto tocava seu bolso de trás. Na sua carteira havia quatrocentos dólares que tinha ganhado trabalhando no escritório do centro de treinamento.

Era um alívio ter dinheiro para gastar e fazer parte das pessoas comuns.

– Esqueceu a carteira? – Blay perguntou.

John balançou a cabeça. *Aqui está.*

Alguns metros à frente, Qhuinn andava rápido. Ele estava com pressa desde que tinham chegado, e quando Blay parou na frente da Brookstone, olhou para o relógio com impaciência.

– Vamos agilizar, Blay – Qhuinn disse irritado. – Só temos uma hora antes de fechar.

– Qual é o seu problema hoje? – Blay disse franzindo a testa. – Você está muito tenso, e não de um jeito bom.

– Deixa pra lá.

Eles apertaram o passo, passando por grupos de adolescentes e pré-adolescentes andando juntos como cardumes de peixes, organizados por espécie e sexo: garotos e garotas não se misturavam; góticos e mauricinhos não se misturavam. Os limites eram claros, e John lembrava exatamente como tudo funcionava. Ele nunca pertenceu a nenhum grupo, então podia observar todos eles de fora.

Qhuinn parou na frente da loja Abercrombie and Fitch.

– Urban Outfitters não fica bem em você. Vamos lhe dar um banho de Abercrombie and Fitch.

John deu de ombros e sinalizou: *Eu ainda não acho que preciso de um monte de roupas novas.*

– Você tem só aquelas duas calças Levi's, quatro camisetas Hanes e um par de Nikes. E aquele casaco de lã.

O "casado de lã" foi dito com o mesmo entusiasmo que "animal morto".

Eu também tenho um conjunto de moletom.

– Que com certeza vai colocar você na capa da revista *GQ*, meu amigo.

Qhuinn entrou na loja.

– Vamos lá.

John o seguiu com Blay. Lá dentro, a música estava alta, havia muitas roupas juntas e fotos de modelos nas paredes, um monte de gente perfeita em preto e branco.

Qhuinn começou a ver as camisas penduradas com um leve desgosto, como se aquelas roupas fossem algo que sua avó usaria. O que fazia sentido. Ele definitivamente fazia o estilo Urban Outfitters, com uma corrente grossa pendurada em seu jeans preto, uma camiseta Affliction com uma caveira e asas, e as botas pretas do tamanho de uma cabeça. Seu cabelo escuro estava espetado, e ele tinha seis rebites de metal na orelha esquerda, que iam do lóbulo até a parte superior da cartilagem.

John não tinha certeza absoluta onde mais seu amigo tinha *piercings*. É melhor não saber certas coisas sobre os amigos.

Blay, que combinava com a loja, largou os demais e foi para a seção de jeans envelhecidos, de que ele parecia gostar. John ficou para trás, menos preocupado com as roupas do que com o fato de que as pessoas estavam olhando para eles. Até onde sabia, os humanos não conseguiam identificar os vampiros, mas, caramba, os três estavam atraindo muita atenção por algum motivo.

– Posso ajudar?

Eles se viraram. A garota que perguntou era alta como Xhex, mas a comparação entre as duas acabava ali. Ao contrário da fêmea das fantasias de John, esta aqui estava em um patamar bem alto na escala feminina e sofria de uma espécie de tique nervoso, que se manifestava nos movimentos de cabeça constantes e uma vontade evidentemente irresistível de mexer em seu cabelo castanho e crespo. Mas até que era hábil. De alguma maneira, a garota conseguia fazer todo aquele movimento com o cabelo sem tropeçar num *display* de camiseta. Realmente impressionante. Mas não necessariamente de um jeito bom.

Xhex nunca faria...

Caramba. Por que Xhex era sempre a referência?

Quando Qhuinn sorriu para a garota, imagens sexuais de todo tipo passaram por seus olhos.

– Timing perfeito. Precisamos muito de ajuda. Meu amigo aqui precisa de uma injeção de energia. Você pode ajudá-lo?

Oh. Deus. Não.

Quando a garota olhou, seu olhar sensual fez John sentir como se ela tivesse enfiado a mão entre suas pernas e medido seu membro. Ele se protegeu atrás de uma arara de camisas novas que pareciam velhas.

– Eu sou a gerente – ela disse, com uma fala totalmente *sexy*. – Então você está em boas mãos. Vocês todos estão.

– Ceeerto. – Os olhos de cor diferente de Qhuinn percorreram as belas pernas da garota. – Por que você não começa a cuidar dele? Eu fico olhando.

Blay parou ao lado de John.

– O que você escolher, eu olho primeiro e levo para ele no provador.

John suspirou de alívio e fez um sinal de agradecimento para Blay por vir resgatá-lo mais uma vez. O nome do meio do rapaz deveria ser "salvador". De verdade.

Infelizmente, a gerente apenas sorriu ainda mais.

– Dois pelo preço de um me parece um bom negócio. Olha só, eu não sabia que íamos fazer uma liquidação de colírio hoje.

Ok, isso ia ser terrível.

Mas, uma hora depois, John estava se sentindo melhor. No fim das contas, Stephanie, a gerente, tinha um bom olho e quando partia para as roupas diminuía as cantadas.

John foi forçado a experimentar jeans rasgados, algumas daquelas camisas de botão envelhecidas e algumas camisetas justas que, precisava admitir, exibiam suas armas e músculos como se valesse a pena olhar para ele. Também foi obrigado a ver alguns colares, assim como um agasalho de capuz.

Quando acabou, John foi até o caixa com aquilo tudo pendurado no braço. Quando soltou as roupas, olhou um monte de braceletes em um cesto. Naquele monte, apareceu um brilho lavanda, e ele revirou a pilha para pegá-lo. Ao tirar um bracelete de tecido com miçangas da cor da rosa de Cormia, ele sorriu e discretamente colocou a peça embaixo de uma das camisas.

Stephanie o chamou. O total tinha dado mais de seiscentos dólares. Caramba. Seiscentos. Dólares.

John fez uma careta. Ele só tinha quatrocentos...

– Pode deixar – disse Blay, oferecendo um cartão preto e olhando para ele. – Você me paga o resto depois.

Os olhos de Stephanie se arregalaram diante do cartão e depois se apertaram na direção de Blay como se ela estivesse reavaliando aquele macho.

– Eu nunca vi um American Express preto antes.

– Não é nada de mais – Blay começou a mexer em um monte de colares.

John apertou o braço do amigo e bateu no balcão para chamar a atenção de Stephanie. Ele espalhou o dinheiro, mas Blay balançou a cabeça e começou a fazer sinais.

Pague o resto depois, ok? Eu sei que você é honesto e, vamos admitir, você realmente quer voltar aqui para pegar o resto das coisas que não conseguiu comprar? Eu não.

John fez cara feia, mas achou difícil rebater aquele argumento.

Mas eu vou dar o resto para você, ele sinalizou depois de entregar os quatrocentos.

Quando você puder, Blay respondeu. *Só quando você puder.*

Stephanie passou o cartão pela máquina, digitou o valor e esperou o recibo. Segundos depois, veio um barulho, ela cortou o papel e o entregou para Blay com uma caneta azul e disse:

– Então... estamos fechando agora.

– Estão? – Qhuinn encostou o quadril no balcão. – E o que isso significa exatamente?

– Só eu ficarei aqui. Sou uma ótima chefe. Eu deixo os outros irem embora mais cedo.

– Mas você vai ficar sozinha...

– Vou. É verdade. Totalmente sozinha.

Caramba, John pensou. Se Blay era o salvador, Qhuinn era o rei da complicação.

Qhuinn sorriu.

– Sabe, meus amigos e eu não acharíamos certo deixar você aqui sozinha.

Sim, achariam sim, John pensou. Seus amigos achariam isso ótimo. Tragicamente, o sorriso lento de Stephanie foi claro. Eles não iriam a lugar nenhum até que Qhuinn entrasse na caixa registradora dela.

Pelo menos o amigo agia rápido. Dez minutos depois, a loja estava vazia e a porta de metal tinha sido abaixada. E ele estava sendo puxado pela corrente da calça para um beijo. John ficou segurando suas duas sacolas enquanto Blay se ocupava em olhar as camisas que já tinha visto.

– Vamos para um provador – a gerente disse na boca de Qhuinn.

– Perfeito.

– Não precisamos ir sozinhos. – O olhar da garota se virou para trás, para John, e nele ficou. – Tem espaço suficiente.

De jeito nenhum, John pensou. De jeito nenhum.

Os olhos diferentes de Qhuinn faiscaram, e pelas costas da garota, ele disse em linguagem de sinais: *Venha com a gente, John. Está na hora de você fazer isso.*

Stephanie aproveitou aquele momento para prender o lábio inferior inteiro de Qhuinn entre seus dentes brancos e a coxa dele entre as próprias pernas. Dava para imaginar o que ia acontecer. John balançou a cabeça.

Eu fico aqui.

Vamos lá. Você pode olhar enquanto eu vou primeiro. Eu mostro como fazer.

O fato de Qhuinn estar fazendo o convite não era uma surpresa. Ele costumava fazer sexo a três. Mas aquela era a primeira vez que convidava John.

Venha, John, venha com a gente.

Não, obrigado.

Qhuinn assumiu um olhar sombrio. *Você não pode sempre ficar de fora.*

John olhou para outro lado. Teria sido mais fácil ficar bravo com o amigo se aquilo não fosse verdade.

– Certo – disse Qhuinn. – Nós voltamos daqui a pouco.

Com um sorriso malicioso, ele passou as mãos pelo traseiro da garota e a levantou. Enquanto andava para trás, sua saia subiu tanto que Stephanie mostrou a calcinha rosa e suas nádegas brancas.

Quando os dois estavam no provador, John se voltou para Blay para sinalizar algo sobre como "Qhuinn era um comedor", mas parou. Blay estava olhando para onde os dois tinham ido com uma expressão estranha.

John assobiou para chamar sua atenção.

Ei, pode ir lá. Se quiser ir com eles. Vou ficar bem aqui.

Blay balançou a cabeça um pouco rápido demais.

– Não. Estou bem.

Só que os olhos dele foram de novo para o provador e ficaram lá enquanto um gemido foi ouvido. A julgar pelo tom, era difícil saber de quem tinha vindo, e a expressão de Blay ficou ainda mais séria. John assobiou de novo.

Você está bem?

– É melhor a gente ficar à vontade – Blay foi até o caixa e sentou em um banco. – Vamos ficar um tempo aqui.

Certo, John pensou. O que quer que estivesse incomodando estava fora de alcance. John pulou sobre o balcão e deixou as pernas soltas. Quando veio outro gemido, ele começou a pensar em Xhex e teve uma ereção. Ótimo. Incrível. Ele estava puxando a camisa para cobrir o problema quando Blay perguntou:

– Então, para quem é o bracelete?

John sinalizou rapidamente: *É para mim.*

– Sei. Aquilo não caberia no seu pulso.

Houve uma pausa.

– Você não precisa me dizer se não quiser.

De verdade, não é nada de mais.

– Ok.

Um minuto depois, Blay disse:

– Então, você quer ir para o ZeroSum depois daqui?

John continuou de cabeça baixa enquanto concordava. Blay riu sutilmente.

– Achei que fosse querer. Assim como aposto que iria adorar se a gente for amanhã também.

Amanhã à noite eu não posso, ele sinalizou sem pensar.

– Por que não?

Droga.

Eu não posso. Preciso ficar em casa.

Mais um gemido veio do fundo, e então uma batida abafada e ritmada começou. Quando os barulhos pararam, Blay respirou fundo, como se tivesse acabado de terminar um treino de corrida. John não podia culpá-lo. Ele também estava louco para ir embora da loja. Com as luzes baixas e mais ninguém em volta, todas as roupas penduradas pareciam sinistras. Além do mais, se fossem para o ZeroSum o quanto antes, ele teria algumas horas para ver Xhex, e isso era... patético, na verdade.

Os minutos passaram. Dez. Quinze. Vinte.

– Caramba – Blay murmurou. – Que diabos eles estão fazendo?

John deu de ombros. As predileções do seu amigo eram um mistério.

– Ei, Qhuinn? – Blay chamou.

Quando não houve resposta, nem um grunhido, ele desceu do banco.

– Vou ver o que está acontecendo.

Blay foi até o vestiário e bateu na porta. Depois de um momento, colocou a cabeça para dentro. Com um raio, seus olhos brilharam, sua boca abriu e ele ficou vermelho da raiz do cabelo ruivo até a palma das mãos.

Ceeeerto. Obviamente, a sessão ainda não tinha terminado. E valia a pena assistir o que quer que estivesse acontecendo, porque Blay não virou imediatamente. Um momento depois, a cabeça dele foi para frente e para trás lentamente, como se estivesse respondendo uma pergunta de Qhuinn.

Quando Blay voltou para o caixa, sua cabeça estava baixa e suas mãos estavam nos bolsos. Voltou para o banco quieto, mas seu pé começou a bater a mil por hora. Era óbvio que ele não queria mais ficar ali, e John entendia totalmente.

Eles poderiam estar no ZeroSum. Onde Xhex trabalhava.

Assim que aquele pensamento feliz e obsessivo tomou sua mente, John teve vontade de bater a cabeça no balcão. Caramba... obviamente, a palavra patético tinha uma nova forma: J-O-H-N M-A-T-T-H-E-W.

Capítulo 8

O problema com a vergonha é que na verdade ela não torna você mais baixo, mais discreto ou menos visível. Mas você se *sente* assim.

Phury ficou parado no pátio da mansão olhando para a fachada vistosa da casa da Irmandade. Todo cinza e sombrio, muito escuro, janelas brilhando, o lugar era como um gigante que foi enterrado até o pescoço e não estava feliz em estar coberto de terra.

Ele não estava mais pronto para entrar na mansão do que ela parecia pronta para recebê-lo. Quando uma brisa passou, Phury olhou para o norte. Era uma típica noite de agosto em Nova York. Tudo em volta era verão, as árvores fartas e cheias de folhas, a fonte jorrando e as urnas plantadas nos dois lados da entrada da casa. Mas o ar estava diferente. Um pouco mais seco. Mais fresco. As estações, como o tempo, são implacáveis, não é mesmo?

Não, estava errado. As estações eram apenas uma medida de tempo, assim como os relógios e os calendários.

Estou ficando velho, ele pensou.

Quando sua mente começou a tomar direções que pareciam piores que a bronca que ele provavelmente levaria na mansão, Phury passou pelo vestíbulo e entrou no saguão.

A voz da rainha vinha da sala de jogos, acompanhada de um quarteto de bolas de sinuca batendo sutilmente. Tanto o xingamento e a risada que se seguiram tinham um sotaque de Boston. O que significava que Butch, que podia ganhar de qualquer outra pessoa na casa, tinha perdido para Beth. De novo, evidentemente.

Ao ouvi-los, Phury não conseguiu lembrar a última vez que jogou uma partida de sinuca ou simplesmente passou algum tempo com seus Irmãos – mesmo que tivesse, não teria estado completamente à vontade. Nunca estava. Para ele, a vida era uma moeda com "desastre" de um lado e "esperando um desastre" do outro.

Você precisa de outro cigarro, parceiro, o mago comentou. *Melhor ainda, um monte. Não vai mudar o fato de que você é um cretino imbecil, mas vai aumentar a chance de você colocar fogo na sua cama quando desmaiar nela.*

Com aquilo em mente, Phury decidiu enfrentar as coisas e subir as escadas. Se tivesse sorte, a porta de Wrath estaria fechada...

Não estava, e o rei estava em sua mesa.

O olhar de Wrath se levantou da lupa que estava segurando sobre um documento. Mesmo através dos óculos, estava claro que o rei estava furioso.

– Eu estava esperando você.

Na cabeça de Phury, o mago pegou sua túnica preta e sentou em uma poltrona confortável coberta de pele humana.

Meu reino por um saco de pipoca e balas. Isso vai ser espetacular.

Phury entrou no escritório, seus olhos mal registravam as paredes decoradas de azul e os sofás de seda creme e a lareira de mármore. O cheiro marcante de *redutor* no ar revelou que Zsadist tinha acabado de estar ali.

– Acho que Z. já conversou com você – ele disse, já que não havia motivo para tentar esconder as coisas.

Wrath deixou a lupa de lado e encostou em sua escrivaninha Luís XIV.

– Feche a porta.

Phury fechou as portas.

– Quer que eu fale primeiro?

– Não, você já faz isso bastante.

O rei levantou seus enormes coturnos e os colocou na elegante escrivaninha. O par caiu sobre a mesa como duas bolas de canhão.

– Você realmente faz isso bastante.

Phury esperou a lista de fracassos se desenrolar por cortesia, não curiosidade. Sabia muito bem o que estava acontecendo: ele estava tentando se matar em campo; tinha assumido o manto do Primaz das Escolhidas, mas não tinha finalizado a cerimônia; estava excessivamente envolvido na vida de Z. e Bella; não estava prestando atenção suficiente em Cormia; fumava o tempo todo...

Phury se concentrou em seu rei e esperou uma voz que não fosse a do mago listar seus erros. Mas nada aconteceu. Wrath não disse absolutamente nada.

O que parecia sugerir que os problemas eram tão grandes e óbvios que era como apontar para uma bomba explodindo e dizer: *Nossa, que barulho, vai fazer uma cratera no chão, não vai?*

– Pensando bem – disse Wrath –, me diga o que eu deveria fazer com você. Me diga que diabos eu devo fazer?

Quando Phury não respondeu, Wrath murmurou:

– Nada a declarar? Você está dizendo que também não faz ideia do que fazer?

– Acho que nós dois sabemos qual é a resposta.

– Não tenho tanta certeza assim. O que *você* acha que eu preciso fazer?

– Me tire de circulação por um tempo.

– Ah.

Mais silêncio.

– Então é neste ponto que estamos? – Phury perguntou.

Nossa, ele precisava muito de um cigarro.

Os coturnos se juntaram no dedão.

– Não sei.

– Isso significa que você quer que eu lute? – O que seria um resultado melhor do que ele esperava. – Eu dou a minha palavra...

– Vá se danar. – Wrath se levantou com um movimento rápido e deu a volta na mesa. – Você disse ao seu irmão gêmeo que ia voltar para cá, mas aposto montes de dinheiro que foi ver Rehvenge. Você prometeu a Z. que ia parar de torturar com os *redutores* e não parou. Você disse que seria o Primaz, e não é. Meu Deus, você fica falando que vai voltar para o seu quarto dormir um pouco, mas todo mundo sabe o que você faz lá. E você realmente espera que eu aceite a sua palavra sobre qualquer coisa?

– Então me diga o que quer que eu faça.

Por trás dos óculos, os olhos claros e sem foco do rei estavam procurando alguma coisa.

– Não tenho certeza de que uma pausa e um monte de terapia vão ajudar, porque também não acho que você vai frequentar as sessões.

Um medo gélido se enrolou na barriga de Phury como um cachorro molhado.

– Você vai me expulsar?

Já tinha acontecido na história da Irmandade. Não era comum. Mas tinha acontecido. Murhder veio à mente... droga, pois é, ele provavelmente seria o último a levar um chute.

– Não é tão simples assim – disse Wrath. – Se você for chutado, o que acontece com as Escolhidas? O Primaz sempre foi um Irmão, e não só por causa das linhagens de sangue. Além isso, Z. não lidaria bem com isso, mesmo estando furioso com você como está agora.

Ótimo. As redes de segurança dele eram salvar seu irmão gêmeo da loucura e ser o brinquedo sexual das Escolhidas.

O rei andou até as janelas. Lá fora, as árvores do verão balançavam ao vento.

– É isto o que eu acho – Wrath levantou os ósculos escuros do nariz e esfregou os olhos como se sua cabeça estivesse doendo. – Você deveria...

– Eu sinto muito – disse Phury, porque é tudo o que tinha para oferecer.

– Eu também. – Wrath deixou os óculos escuros caírem de novo no lugar e balançou a cabeça. Quando voltou à sua mesa e sentou, seu maxilar ficou na mesma altura que os ombros. Ele abriu uma gaveta e pegou uma adaga preta.

Pertencia a Phury. A que ele tinha deixado no beco. Z. devia ter achado aquela porcaria e levado para casa.

O rei virou o objeto em sua mão e limpou a garganta.

– Me dê a sua outra faca. Você está fora das lutas permanentemente. Se vai ou não ver um terapeuta e como as coisas vão se desenrolar com as Escolhidas não é da minha conta. E chega de dar conselhos, porque a verdade é que você vai fazer o que quiser. Nada que eu mande ou peça vai fazer diferença.

O coração de Phury parou por um momento. De todas as maneiras como ele imaginou aquele confronto, Wrath lavar as mãos para aquela bagunça nunca foi uma possibilidade.

– Eu ainda sou um Irmão?

O rei apenas olhou para a adaga, o que deu a Phury a resposta em três palavras: *apenas em teoria*. Algumas coisas não precisavam ser ditas, não é?

– Vou falar com Z. – o rei murmurou. – Vamos dizer que você está em licença administrativa. Chega de trabalho de campo para você, e não vai mais participar das reuniões.

Phury sentiu uma urgência como se estivesse em queda livre de um prédio e tivesse acabado de ver o pavimento que o esperava. Não havia mais redes. Não havia mais promessas para quebrar. Para o rei, ele estava por conta própria.

Mil novecentos e trinta e dois, ele pensou. Estava na Irmandade fazia setenta e seis anos.

Levando a mão ao peito, pegou sua outra adaga, desembainhou a arma com um único movimento e a colocou na escrivaninha azul-claro. Phury fez uma reverência para o rei e saiu sem dizer mais nada.

Bravo!, o mago gritou. *Que pena que os seus pais já estão mortos, parceiro. Eles ficariam extasiados de orgulho neste momento – espere, vamos trazê-los de volta, que tal?*

Ele foi tomado por duas imagens rápidas: seu pai desmaiado em uma sala cheia de garrafas vazias, sua mãe deitada em uma cama com o rosto virado para a parede.

Phury voltou para seu quarto, pegou seu estoque, enrolou um cigarro e o acendeu. Com tudo o que tinha acontecido naquela noite, e o mago continuando seu sadismo psicológico, ou ele fumava ou gritava. Então ele fumou.

Do outro lado da cidade, Xhex não estava feliz enquanto escoltava Rehvenge pela porta dos fundos do ZeroSum até seu Bentley à prova de balas. Não parecendo estar melhor, Rehv não passava de uma sombra escura usando um casaco de pele longo andando por um beco.

Ela abriu a porta do motorista para o chefe e esperou que ele se acomodasse no banco com a ajuda da bengala. Mesmo naquela noite de mais de vinte graus, ele ligou o aquecedor e levantou as lapelas do casaco – um sinal de que sua última dose de dopamina ainda não tinha passado. Mas o efeito acabaria logo. E ele sempre ia sem se medicar. De outra maneira não seria seguro.

Na verdade, não era seguro de qualquer maneira.

Por vinte e cinco anos, Xhex desejava ir com ele para dar apoio nas visitas com a chantagista, mas ouvir "não" toda vez a fez se resignar e ficar de boca fechada. No entanto, o preço do silêncio era um terrível mau humor.

– Você vai ficar no seu abrigo? – ela perguntou.

– Sim.

Xhex fechou a porta e o viu ir embora. Ele não dizia onde eram os encontros, mas ela conhecia a região. O sistema de GPS no carro indicava que ele tinha ido para o norte.

Nossa, como ela odiava aquilo que Rehv tinha que fazer. Por causa de uma burrada dela duas décadas e meia atrás, seu chefe tinha que se vender na primeira terça-feira do mês para protegê-los.

A Princesa *sympatho* que ele servia era perigosa. E faminta por ele.

No começo, Xhex esperava que a vadia denunciasse os dois para deportação para a colônia *sympatho*. Mas ela era mais esperta. Se eles fossem deportados, teriam sorte de sobreviver seis meses, mesmo sendo tão fortes quanto eram. Mestiços não eram páreo para os sangue-puro e, além do mais, a Princesa era a companheira do próprio tio. Que era um grande déspota possessivo e sedento por poder.

Xhex falou um palavrão. Ela não entendia por que Rehv não a odiava e não conseguia imaginar como ele aguentava o sexo. Mas tinha a sensação de que aquelas noites eram o motivo por que ele cuidava tão bem de suas garotas. Diferente de um cafetão comum, ele sabia exatamente como as prostitutas se sentiam, sabia exatamente como era dormir com alguém que você não queria por causa de algo de que precisava, fosse dinheiro ou silêncio.

Xhex ainda não tinha encontrado uma maneira de tirá-los daquela enrascada, e o que tornava a situação ainda mais insuportável era que Rehv tinha parado de procurar uma maneira de se libertar. O que um dia foi uma crise tinha se tornado uma nova realidade. Duas décadas depois, ele ainda fazia sexo para proteger os dois, e ainda era culpa de Xhex: toda primeira terça-feira do mês, ele ia e fazia o impensável com alguém que detestava... fazer o quê?

– Droga – ela falou para o beco. – Até quando?

A única resposta que recebeu foi um sopro de vento que jogou páginas de jornais e sacos plásticos contra seus pés.

Quando voltou para o clube, seus olhos se ajustaram aos *lasers*, suas orelhas absorveram a música psicodélica, sua pele registrou a pequena queda de temperatura.

A área VIP parecia relativamente quieta, apenas com os clientes regulares, mas ela fez contato visual com os dois seguranças mesmo assim. Depois que eles acenaram com a cabeça que estava tudo bem, Xhex olhou para as garotas que estavam trabalhando no balcão. Olhou para as garçonetes recolhendo copos vazios e entregando bebidas novas. Mediu o nível das garrafas atrás do bar da área VIP.

Quando chegou à corda de veludo, olhou a multidão na parte principal do clube. O maior grupo na pista se movia como um mar revolto, se juntando, se afastando e se aproximando de novo. Casais e trios nos cantos giravam no ritual de acasalamento, os *lasers* passavam pelos rostos e corpos que pareciam colados.

O movimento da noite estava relativamente fraco – as semanas começavam devagar, e a frequência aumentava até chegar ao máximo no sábado à noite. Para ela, como chefe de segurança, sextas-feiras em geral eram o dia mais intenso, idiotas usando drogas demais, quase tendo overdoses e comprando brigas para liberar a tensão de uma semana de trabalho ruim. Mas, imbecis viciados eram o ganha-pão do clube, e as coisas podiam dar errado a qualquer momento em qualquer noite.

Ainda bem que ela era muito boa em seu trabalho. Rehv cuidava da venda de drogas, bebida e mulheres, gerenciava o pelotão de agentes de apostas que faziam negócios em Las Vegas e cuidava de alguns projetos especiais que envolviam "coação". Ela era responsável por manter o clube sob controle para que os negócios pudessem ser realizados com o mínimo de interferência possível da polícia humana e dos sócios idiotas.

Ela estava indo checar o mezanino quando viu o que chamava de "Os Garotos" na porta de entrada.

Saindo da luz, viu três jovens machos passarem pela corda de veludo da área VIP e irem para a parte dos fundos. Eles sempre iam para a mesa da Irmandade se ela estivesse vazia. Isso significava que eles tinham ótima estratégia, pois a mesa ficava perto da saída de emergência. Ou estavam simplesmente obedecendo ordens superiores de se sentar e não criar problemas.

E essas ordens vinham diretamente do rei Wrath.

Sim, os Garotos não eram o típico clube de testosterona, Xhex pensou enquanto eles sentavam. Por uma série de razões.

Aquele que tinha um olho de cada cor era encrenca esperando para acontecer e, como era de se esperar, depois de pedir uma cerveja Corona ele levantou e foi para a parte principal do clube procurar algum rabo de saia. O ruivo ficou para trás, o que também não era uma surpresa. Era o típico escoteiro, correto como uma régua. E isso a fazia suspeitar que havia outras coisas por trás daquela imagem certinha. Mas dos três, o mudo era o maior ponto de interrogação. O nome dele era Tehrror, também conhecido como John Matthew, e o rei era seu *ghuardião*. O que significava que o garoto era um vaso delicado dentro de uma sala cheia de elefantes. Se alguma coisa acontecesse com ele, o clube teria que pagar as consequências.

Caramba, o garoto tinha mudado nos últimos meses. Ela o tinha visto antes da transição, todo magrelo e fraco, totalmente indefeso, mas agora estava olhando para um macho e tanto... e machos grandes eram um problema se começassem a ficar muito empolgados. Apesar de John até agora ter sido o tipo observador, os olhos do garoto eram velhos demais para o seu rosto jovem, o que sugeria que ele tinha passado por poucas e boas. E "poucas e boas" costumavam ser o combustível de um incêndio quando alguém surtava.

"Um Olho de Cada Cor", também conhecido como Qhuinn, filho de Lohstrong, voltou com duas garotas cheias de amor para dar, duas louras, que evidentemente tinham combinado a cor da roupa com seus drinques *cosmopolitan*: ambas estavam usando um tom de rosa.

O ruivo, Blaylock, não tinha muito traquejo, mas isso não era um problema, porque Qhuinn tinha o suficiente pelos dois. Deus, o sujeito teria o suficiente para John Matthew também, mas ele não estava no jogo. Pelo menos, Xhex nunca tinha visto.

Depois que os amigos de John desapareceram nos fundos com as louras, Xhex foi até lá sem motivo em especial. Ele ficou tenso quando a viu, mas sempre ficava, assim como sempre a observava. Quando se era chefe de segurança, as pessoas tinham uma tendência a querer saber onde você estava.

– Tudo bem? – ela perguntou.

John deu de ombros e ficou brincando com sua garrafa de cerveja. Aposto que ele adoraria ter um rótulo para descascar, ela pensou.

– Posso perguntar uma coisa?

Os olhos dele se arregalaram um pouco, mas John deu de ombros de novo.

– Por que você nunca vai lá atrás com os seus amigos?

Claro que não era da conta dela e, além do mais, Xhex não sabia por que queria saber. Mas dane-se... talvez fosse o peso da primeira terça-feira do mês. Ela estava tentando se distrair.

– As meninas gostam de você – ela comentou. – Eu já vi as garotas olhando para você. E você olha para elas, mas sempre fica aqui.

John Matthew ficou tão corado que dava para ver a vermelhidão até na luz fraca.

– Você já possui uma companheira? – ela murmurou, ainda mais curiosa. – O rei escolheu uma fêmea para você?

Ele balançou a cabeça. Ok, ela precisava deixá-lo em paz. O pobre garoto era mudo, então como ia responder?

– Quero minha bebida agora!

Uma voz forte de homem falou mais alto que a música, e Xhex virou a cabeça. A dois bancos de distância, um tipo valentão estava sendo agressivo com uma garçonete, claramente prestes a se tornar violento.

– Com licença – Xhex disse a John.

Quando o valentão esticou sua pata e agarrou a saia da garçonete, a pobre garota perdeu o controle da bandeja e os copos saíram voando.

– Eu falei, me dê minha bebida *agora*!

Xhex surgiu atrás da garçonete e a ajudou a se equilibrar.

– Não se preocupe, ele está de saída.

O homem se levantou e revelou ter quase dois metros.

– Estou?

Xhex se aproximou até que o peito dos dois se encostassem. Ela olhou firmemente para ele, com suas necessidades de *sympatho* gritando para serem liberadas, mas se concentrou nos arames de metal farpado presos em suas coxas. Tirando força da dor que infligia em si mesma, Xhex lutou contra sua natureza.

– Você vai embora agora – ela falou calmamente –, ou eu arrasto você para fora pelo cabelo.

O hálito do homem parecia um sanduíche de atum estragado.

– Odeio sapatões. Vocês sempre se acham mais duronas do que realmente...

Xhex agarrou o pulso do homem, torceu e levou o braço dele até o meio das costas. Então, passou a própria perna pelos tornozelos dele, fazendo-o perder o equilíbrio. Caiu como um copo de cerveja, o ar saiu de dentro dele com um xingamento, e seu corpo desabou no carpete curto.

Com um movimento rápido, ela abaixou, enfiou uma mão naquele cabelo cheio de gel e travou a outra no colarinho do paletó. Enquanto o arrastava até a saída lateral, Xhex estava fazendo mais de uma coisa ao mesmo tempo: fazendo uma cena, cometendo uma agressão e correndo o risco de uma briga começar se os amigos dele do "*Hall* de Retardados" se metessem. Mas era preciso fazer um *show* de vez em quando.

Cada um dos imbecis cheios de si na área VIP estava assistindo, assim como os seguranças, que tinham pavio curto, e as prostitutas, que tinham problemas para controlar o próprio temperamento, como era totalmente compreensível.

Para manter a paz, era preciso sujar as mãos de vez em quando. E, considerando a quantidade de produtos para o cabelo que aquele canastrão usava, ela ia precisar se lavar muito depois que aquilo terminasse.

Quando chegou à saída lateral perto da mesa da Irmandade, Xhex parou para abrir a porta, mas John chegou primeiro. Como um perfeito cavalheiro, ele escancarou a porta e a manteve aberta com seu longo braço.

– Obrigada – ela disse.

Lá fora, no beco, ela colocou o cretino de costas e revirou seus bolsos. Com o sujeito lá parado, se debatendo como um peixe no chão de um barco, a busca era mais uma infração da parte dela.

Xhex tinha *status* de policial dentro da área do clube, mas o beco era tecnicamente propriedade da cidade de Caldwell. E, o mais importante, o local da ação era irrelevante. A busca teria sido ilegal de qualquer maneira porque ela não tinha motivos para achar que ele estivesse com drogas ou armas escondidas.

De acordo com a lei, você não podia revistar alguém só por ser um idiota.

Ah... mas, veja só, era aqui que o instinto mostrava seu valor. Além da carteira, ela encontrou uma bela quantidade de cocaína, além de três comprimidos de *ecstasy*. Xhex balançou os saquinhos de celofane diante dos olhos do homem:

– Eu poderia mandar prender você. – Ela sorriu quando ele começou a gaguejar. – Sei, sei, não são seus. Não sabe como foram parar aí. Você é tão inocente quanto um bebê de dois anos. Mas olhe o que tem em cima daquela porta.

Quando ele não reagiu rápido o suficiente, ela pegou o queixo do homem e virou sua cabeça.

– Está vendo aquela luzinha piscando? É uma câmera de segurança. Então, isso aqui... – Ela mostrou os pacotes para a câmera e depois abriu a carteira. – ... estes dois gramas de cocaína e três comprimidos de *ecstasy* que saíram do bolso da frente do seu terno, senhor... Robert Finlay, foram gravados digitalmente. Hum... veja só, você tem dois filhos. Aposto que eles preferem tomar café da manhã com você amanhã de manhã do que com a babá porque sua esposa está tentando tirar você da cadeia.

Ela colocou a carteira de volta no terno e manteve as drogas.

– Eu sugiro que a gente cuide disso da seguinte maneira: cada um vai para o seu lado. Você nunca mais aparece no meu clube. E eu não mando você para a cadeia. O que você acha? Estamos de acordo?

Enquanto ele pensava se aceitava o que estava sendo oferecido ou criava outro caso, Xhex ficou de pé e deu um passo para trás para poder acertar um chute caso precisasse. Mas não achou que ia ser necessário. Gente pronta para lutar tinha o corpo tenso e os olhos atentos. O grandalhão estava mole como um pano de prato, seu ego e sua energia tinham claramente se esgotado.

– Vá para casa – ela disse.

E ele foi.

Enquanto ele se arrastava, Xhex colocou as drogas em seu bolso de trás.

– Gostou do *show*, John Matthew? – ela soltou sem se virar.

Quando olhou por sobre o ombro, o ar ficou parado em sua garganta. Os olhos de John estavam brilhando na escuridão... enquanto o garoto olhava para ela com a atenção que os machos têm quando querem sexo. Sexo selvagem.

Meu... Deus. Ela não estava olhando para um garotinho.

Sem se dar conta de que estava fazendo aquilo, ela invadiu a mente dele com um toque da sua natureza de *sympatho*. Ele estava pensando em... si mesmo em uma cama com os lençóis bagunçados, a mão entre as pernas segurando um pênis gigante, e estava pensando nela enquanto se masturbava.

Ele fazia muito aquilo.

Xhex se virou e foi até lá. Quando chegou perto dele, John não recuou, e ela não ficou surpresa. Naquele momento raro, ele não era um moleque desconfortável que se afugentaria. Era um macho, encarando-a.

O que era... oh, caramba, aquilo não deveria ser atraente. Não... mas era.

Caramba.

Quando Xhex olhou para John, ia mandá-lo apontar os olhos azuis para as humanas do clube e deixá-la em paz. Ia dizer que estava totalmente fora de alcance e que ele abandonasse aquela fantasia. Ia alertá-lo para se afastar, como tinha feito com todos os outros, com exceção de Butch O'Neal, o morto-vivo durão, antes que se tornasse um Irmão.

Em vez disso, ela falou em voz baixa:

– Da próxima vez que você pensar em mim desse jeito, fale o meu nome quando gozar. Vai ser ainda melhor.

Ela deixou que seu ombro esbarrasse no peito dele quando se inclinou para o lado e abriu a porta do clube. A respiração ofegante de John ressoou no ouvido dela.

Quando voltou ao trabalho, Xhex disse a si mesma que seu corpo estava quente por causa do esforço que tinha feito ao arrastar o homem porta afora.

Não tinha absolutamente nada a ver com John Matthew.

Depois que a segurança voltou para o clube, John ficou parado como um idiota. O que fazia sentido. A maior parte do seu sangue tinha ido do cérebro para a ereção dentro de sua calça nova. O resto estava em seu rosto. O que significava que o cérebro estava vazio.

Como é que Xhex sabia o que ele fazia quando pensava nela?

Um dos Mouros que cuidava do escritório de Rehvenge apareceu.

– Você está dentro ou fora?

John voltou para o banco, bebeu sua Corona em dois goles e ficou feliz quando uma das garçonetes apareceu com uma nova sem que ele tivesse pedido. Xhex tinha desaparecido na parte principal do clube, e ele procurou por ela, tentando ver pela cachoeira que separava os VIPs dos demais. Mas não precisava ver para saber onde ela estava. Ele podia senti-la. No meio de todos os corpos no clube, ele sabia qual era o dela. Xhex estava no bar.

Meu Deus, o fato de que ela podia dominar um homem com o dobro do seu tamanho sem esforço era muito *sexy*. O fato de que ela não pareceu ofendida com as fantasias era um alívio. O fato de que queria que ele dissesse seu nome quando tivesse um orgasmo era... algo que o fazia querer gozar naquele momento.

Pelo jeito, aquilo respondia se ele preferia a luz do sol ou a trovoada, não é? E deixava claro exatamente o que ele ia fazer quando chegasse em casa.

Capítulo 9

Depois de passar pelas fazendas rurais de Caldwell, subindo mais ao norte das cidades ao longo das margens sinuosas do rio Hudson, a cerca de três horas da fronteira com o Canadá, surgiam as montanhas Adirondack. Majestosas e cobertas de pinheiros, suas extensões foram criadas por geleiras que vinham da fronteira com o Alasca antes que se chamasse Alasca e antes que houvesse humanos ou vampiros para chamá-la de fronteira.

Quando a última Era do Gelo foi parar nos livros de história que seriam escritos muito tempo depois, os grandes vales deixados na terra se encheram com o derretimento dos *icebergs*. Por muitas gerações de humanos, as vastas piscinas geológicas receberam nomes como lago George, lago Champlain, Saranac e lago Blue Mountain.

Os humanos, aqueles coelhos parasitas chatos com seus muitos filhos, se instalaram no corredor do rio Hudson, em busca de água, como muitos outros animais. Séculos se passaram, surgiram cidades, e a "civilização" foi estabelecida, com toda sua intrusão no meio ambiente. Mas as montanhas continuavam soberanas. Mesmo na era da eletricidade, tecnologia, automóveis e turismo, as montanhas Adirondack ditavam a paisagem dessa área no norte de Nova York. Então havia muitas áreas isoladas em meio àquelas florestas.

Seguindo a estrada I-87, também conhecida como Northway, as saídas se tornavam cada vez mais distantes até que se andava oito, dezesseis, até vinte quilômetros sem que houvesse um retorno na estrada. E mesmo que você entrasse à direita num declive, tudo o que encontraria seria algumas poucas lojas, um posto de gasolina e duas ou três casas.

As montanhas Adirondack podem ser um ótimo esconderijo.

Principalmente para vampiros que não querem ser encontrados.

No fim da noite, quando o sol se preparava para uma entrada brilhante e triunfal à direita, um macho andava pelas densas matas da montanha Saddleback sozinho, arrastando seu corpo cansado da mesma maneira que teria arrastado um saco de lixo em uma vida anterior. Sua fome era o que o movia, o instinto primordial por sangue era tudo que o mantinha de pé e o fazia lutar por entre os galhos.

Adiante, em um emaranhado de galhos de pinheiro, sua presa tremia, nervosa. O cervo sabia que estava sendo perseguido, mas não sabia pelo quê. Levantando o focinho, ele cheirou o ar, e suas orelhas se mexeram para frente e para trás.

A noite estava fria no topo da montanha. Como o macho não tinha muito nas costas além de trapos, seus dentes batiam e suas unhas estavam azuis, mas ele não teria colocado mais roupas mesmo que as tivesse. Alimentar sua fome de sangue era o máximo da concessão para a existência.

Ele não aceitava a própria vida. Tinha ouvido muito tempo atrás que se cometesse suicídio, não poderia entrar no Fade, e era para lá que ele deveria ir. Então passava os dias naquela onda de sofrimento, esperando morrer de fome ou por um ferimento sério.

O processo estava demorando demais. Mas, de novo, ele fugiu de sua antiga vida muitos meses atrás e acabou naquela floresta mais por acaso do que por planejamento. Ele queria ter ido parar em outro lugar, algum lugar mais perigoso.

Não se lembrava mais onde era, no entanto. O fato de seus inimigos estarem longe das Adirondacks tinha sido bom a princípio, mas agora era uma frustração. Ele estava fraco demais para se desmaterializar e tentar encontrar assassinos e também não estava forte o suficiente para longas caminhadas. Ele estava preso ali nas montanhas, esperando que a morte o encontrasse.

Durante o dia, o macho se escondia da luz do sol em uma caverna, um acesso no granito da montanha era seu refúgio. Não dormia muito. A fome e as lembranças o mantinham impiedosamente alerta e desperto.

Adiante, sua presa se afastava dois passos.

Respirando fundo, ele se forçou a reunir suas forças. Se não fizesse aquilo agora, estaria acabado por aquela noite, e não só porque o céu estava começando a clarear a leste. Rapidamente, ele desapareceu e ganhou forma em volta do pescoço do cervo. Agarrando o dorso magro, ele cravou seus caninos na jugular que subia desde o coração trêmulo e em pânico.

Ele não matou o belo animal. Sugou só o necessário para sobreviver mais um dia negro e uma noite negra.

Quando terminou, ele abriu os braços e deixou o animal sair correndo em suas quatro patas. Ouvindo-o galgar pelas entranhas da floresta, sentiu inveja da liberdade do animal.

Houve pouco retorno de força para o macho. Ultimamente, havia uma grande diferença entre a energia que gastava para se alimentar e o que recebia em troca. O que significava que o fim devia estar próximo.

O macho sentou no chão cheio de pinhos mortos da floresta e olhou para os galhos dos pinheiros. Por um momento, ele imaginou que o céu da noite não era escuro, mas branco, e que as estrelas lá no alto não eram corpos celestes emitindo luz, mas a alma dos mortos.

Imaginou que estava olhando para o Fade.

Ele fazia isso com frequência, e entre as lindas luzes espalhadas no alto, encontrou as duas que considerava suas, as duas que tinham sido tiradas dele: um par de estrelas, uma maior e muito brilhante, e a outra menos e mais oscilante. Elas estavam próximas uma da outra, como se a pequena estivesse procurando o abrigo da sua companhei...

O macho não conseguia dizer a palavra. Nem mesmo em pensamento. Assim como não conseguia dizer os nomes que associava com as estrelas.

Mas não importava. Aquelas duas pertenciam a ele. E se juntaria a elas logo.

CAPÍTULO 10

O relógio ao lado de Phury bateu, e o visor digital formou um padrão de palitos de dente: onze e onze da manhã.

Ele checou o estoque. Estava ficando baixo, e mesmo chapado como estava, seu coração disparou. Enquanto fazia as contas, tentou fumar mais devagar. Estava esvaziando o saco de fumaça vermelha há sete horas... então, fazendo uma estimativa, iria ter que sair por volta das quatro da tarde.

O sol se punha às sete e meia. Ele só poderia estar no ZeroSum por volta das oito. Quatro horas de zona morta. Ou, melhor dizendo, quatro horas de abstinência.

Se quiser, disse o mago, *posso ler uma história para você dormir. É sobre um idiota. Macho segue o exemplo do pai alcoólatra. Acaba morto em um beco. Ninguém vai ao velório. Um clássico, quase shakespeariano. A não ser que você já tenha ouvido essa antes, parceiro.*

Phury aumentou o volume da ópera *Manon Lescaut,* durante a ária "Donna non vidi mai", e tragou forte.

Quando a voz do tenor soou de acordo com as instruções de Puccini, ele pensou em Z. cantando. Que voz seu irmão tinha. Como um órgão de igreja, seu alcance ia de agudos líquidos bem altos até graves tão baixos que transformavam a medula de qualquer pessoa em um tímpano, e se Z. ouvisse alguma coisa uma vez, era capaz de reproduzir aquilo perfeitamente. E depois dar seu toque pessoal na melodia ou pensar em algo completamente novo. Tudo era seu forte: ópera, blues, jazz, rock clássico. Z. era sua própria rádio eclética.

E sempre liderava os cantos no templo da Irmandade. Phury achou difícil imaginar que algum dia ouviria aquela voz novamente na caverna sagrada. Ou mesmo na mansão, pensando bem. Fazia meses que Z. não cantava, provavelmente porque se preocupar com Bella não o fazia se sentir como Tony Bennett, e não dava para saber se seus concertos improvisados voltariam ou não.

O destino de Bella decidiria isso.

Phury deu mais uma tragada no cigarro. Deus, ele queria vê-la. Queria ter certeza de que estava bem. A confirmação visual é muito diferente daquele monte de "nenhuma notícia é o mesmo que uma boa notícia".

Mas ele não estava no humor para visitas, e não só porque estava chapado.

Phury colocou as mãos no pescoço e tateou os vestígios do ferimento da corrente que quase o estrangulou. Ele cicatrizava rápido, mas não tão rápido, e os olhos de Bella estavam funcionando perfeitamente bem. Não havia motivo para chateá-la.

Além disso, Z. estaria com ela, e ficar frente a frente com seu irmão gêmeo era provocar demais, considerando a maneira como as coisas tinham acabado naquele beco.

Um barulho metálico vindo da escrivaninha o fez levantar a cabeça.

Do outro lado do quarto, o medalhão do Primaz estava vibrando, o antigo talismã de ouro estava parecendo um telefone vibrando. Phury ficou observando o objeto se movendo sobre a madeira, dançando em círculo como se estivesse procurando um parceiro na escova prateada ao lado.

Ele definitivamente não ia para o Outro Lado. De jeito nenhum. Ser expulso da Irmandade era suficiente por um dia.

Depois de terminar o cigarro, levantou e deixou o quarto. Quando pisou no corredor, olhou para a porta de Cormia por força do hábito. Estava levemente aberta, o que era incomum, e ele ouviu um barulho.

Phury foi até lá e bateu no porta.

– Cormia? Você está bem?

– Oh! Sim… sim, estou.

A voz dela estava abafada. Quando não disse mais nada, ele se inclinou para dentro.

– A porta está aberta. – Uau, que gênio. – Quer que eu feche?

– Não foi minha intenção deixar aberta.

Enquanto se perguntava se ela teria se dado bem com John Matthew, ele perguntou:

–Posso entrar?

– Claro.

Ele abriu a porta... *Oh... uau*! Cormia estava sentada com as pernas cruzadas na cama, fazendo uma trança em seu cabelo úmido. Havia uma toalha ao lado dela, o que explicava o barulho, e a túnica... a túnica estava aberta, formando um decote profundo que deixava as curvas delicadas de seus seios quase expostas.

De que cor seriam seus mamilos?

Phury rapidamente olhou para outro lugar e avistou uma rosa cor de lavanda em um vaso de cristal no criado-mudo. Seu peito ficou apertado sem motivo, e ele franziu a testa.

– Então, você e John se divertiram?

– Sim, nós nos divertimos. Ele foi adorável.

– Foi?

Cormia acenou com a cabeça ao amarrar um laço branco na ponta da trança. Na luz fraca do abajur, o volume espesso de seu cabelo brilhava como ouro, e ele detestava vê-la amarrar as longas madeixas em círculo na nuca. Queria poder olhar mais um pouco, mas tinha que se contentar nas mechas que já estavam aparecendo em volta de seu rosto.

Que ótimo quadro ele poderia pintar com aquela visão, imaginou, desejando que tivesse papel e pena.

Estranho... ela parecia diferente. Talvez fosse porque seu rosto estava corado.

– O que vocês fizeram?

– Eu corri lá fora.

Phury sentiu seu rosto franzir ainda mais.

– Alguma coisa assustou você?

– Não, corri porque eu tinha liberdade para fazer isso.

Ele teve uma visão rápida de Cormia correndo na grama do quintal, seu cabelo voando.

– E o que John fez?

– Ele ficou olhando.

Olhando?

Antes que Phury pudesse falar qualquer coisa, ela continuou:

– Você tinha razão, ele é muito gentil. Vai me mostrar um filme hoje à noite.

– Vai?

– Ele me ensinou a usar a televisão. E veja o que ele me deu.

Ela estendeu o pulso. Lá estava um bracelete feito de miçangas cor de lavanda e elos prateados.

– Eu nunca tive nada assim antes. Sempre tive apenas minha pérola das Escolhidas.

Quando Cormia tocou a joia brilhante em forma de gota em seu pescoço, Phury apertou os olhos. O olhar dela era inocente, tão puro e adorável quanto a rosa do outro lado do quarto.

A atenção que John deu a ela fez Phury ver a própria negligência com ainda mais clareza.

– Me desculpe – ela falou baixo. – Eu tiro o bracelete...

– Não. Combina com você. Ficou muito bonito.

– Ele disse que era um presente – ela murmurou. – Eu gostaria de ficar com ele.

– Então fique.

Phury respirou fundo e olhou pelo quarto, reparando na complexa estrutura feita de palitos de dente... e ervilhas?

– O que é isso?

– Ah... sim.

Ela foi até lá rapidamente, como se quisesse proteger o que quer que fosse.

– O que é?

– É o que está na minha cabeça. – Ela se virou para Phury. E desviou o olhar. – É uma coisa que comecei a fazer.

Phury atravessou o quarto e ajoelhou ao lado dela. Com cuidado, passou o dedo por alguns dos palitos.

– É fantástico. Parece a estrutura de uma casa.

– Você gostou? – Ela ajoelhou. – Eu simplesmente inventei.

– Eu adoro arquitetura e arte. E isto... as linhas são ótimas.

Cormia inclinou a cabeça ao analisar a estrutura, e Phury sorriu lembrando que fazia a mesma coisa quando olhava para seus desenhos.

Por impulso, ele disse:

– Você gostaria de ir ao *hall* de estátuas? Eu ia só dar uma volta. Fica depois do topo das escadas.

Quando os olhos dela se levantaram para encontrar os dele, havia uma sabedoria que o pegou de surpresa. Então ele percebeu que Cormia na verdade não estava diferente. Ela apenas o *olhava* diferente. Droga, talvez Cormia estivesse gostando de John. Realmente gostando. Que confusão isso criaria.

– Eu gostaria de ir com você – ela disse. – Gostaria de ver as obras de arte.

– Que... bom. Isso é bom. Vamos lá.

Ele ficou de pé e estendeu a mão sem nenhum motivo. Após um instante, ela deslizou sua palma até ele. Quando apertaram as mãos, Phury percebeu que a última vez que os dois tinham tido algum contato físico tinha sido naquela manhã confusa na cama... quando ele teve aquele sonho erótico e acordou com o corpo ereto encostado nela.

– Vamos? – ele murmurou. E a levou até a porta.

Quando pisaram no corredor, Cormia não podia acreditar que estava de mãos dadas com o Primaz. Depois de desejar um pouco de privacidade com ele por tanto tempo, era surreal que finalmente fosse ter não apenas isso, mas também contato físico.

Quando foram para onde ela já tinha estado, ele soltou sua mão, mas se manteve próximo. Mal dava para notar que ele mancava, era apenas uma sombra leve no seu andar elegante, e, como sempre, ele parecia mais adorável do que qualquer obra de arte que Cormia pudesse admirar.

Mas ela se preocupava por ele, e não só pelo que tinha ouvido.

As roupas que Phury estava vestindo não eram as que ele usava nas refeições. A calça de couro e a camisa de botão tinham sido usadas nas lutas, e estavam cobertas de manchas.

Sangue, ela pensou. Dele e dos inimigos da raça.

Aquilo não era o pior. Havia uma marca leve em volta do pescoço dele, como se a pele ali tivesse sido machucada, e também havia hematomas nas costas das mãos e no canto do rosto.

Ela pensou no que o rei tinha dito.

Um perigo para si mesmo e para os outros.

– Meu Irmão Darius era um colecionador de arte – disse o Primaz quando eles passaram pelo escritório de Wrath. – Como tudo mais nesta casa, essas obras eram todas dele. Agora pertencem a Beth e John.

– John é filho de Darius, filho de Marklon?

– Sim.

– Eu li sobre Darius.

E sobre Beth, a rainha, sua filha. Mas não havia nenhuma menção a John Matthew. Que estranho... como filho do guerreiro, ele deveria ser mencionado na primeira página junto com a outra descendente do Irmão.

– Você leu a biografia de D.?

– Sim.

Ela tinha ido procurar informação sobre Vishous, o Irmão para quem estava originalmente prometida. No entanto, se ela soubesse quem se tornaria o Primaz, teria checado as fileiras de volumes de couro vermelho sobre Phury, filho de Ahgony.

O Primaz parou no topo do *hall* de estátuas.

– O que vocês fazem quando um Irmão morre? – ele perguntou. – Com os livros dele?

– Uma das escribas marca todas as páginas vazias com um símbolo *chrih* preto, e a data é registrada na primeira página do primeiro volume. Fazemos cerimônias também. Nós as realizamos para Darius e esperamos... com respeito a Tohrment, filho de Hharm.

Ele assentiu uma vez e foi em frente, como se eles não tivessem discutindo nada de importante.

– Por que você está perguntando? – ela quis saber.

Houve uma pausa.

– Todas essas estátuas são do período greco-romano.

Cormia puxou as lapelas da túnica mais para perto do pescoço.

– São?

O Primaz passou direto pelas quatro primeiras, incluindo a que estava totalmente nua, graças à Virgem Escriba, mas parou perto daquela que tinha partes faltando.

– Estão um pouco gastas, mas considerando que têm mais de dois mil anos, é um milagre que qualquer parte delas tenha sobrevivido. Hum… espero que a nudez não ofenda você.

– Não. – Mas Cormia estava feliz que ele não soubesse a maneira como havia tocado a estátua nua. – Eu acho que são lindas, estejam cobertas ou não. E não me importo que sejam imperfeitas.

– Elas me lembram de onde eu cresci.

Ela esperou, totalmente consciente do quanto queria que o Primaz terminasse a frase.

– Como assim?

– Nós tínhamos uma coleção de estátuas. – Ele franziu o rosto. – Mas estavam cobertas de vinhas. Todos os jardins estavam. Vinhas por toda parte.

O Primaz começou a andar de novo.

– Onde você cresceu? – ela perguntou.

– No Antigo País.

– Seus pais são?…

– Essas estátuas foram compradas nos anos 1940 e 1950. Darius passou por uma fase tridimensional, e como sempre detestou arte moderna, era isso que comprava.

Quando os dois chegaram ao fim do corredor, ele parou na frente de um dos quartos e ficou observando a porta.

– Estou cansado.

Bella estava naquele quarto, ela pensou. Era óbvio pela expressão dele.

– Você comeu? – ela perguntou, pensando que seria ótimo levá-lo na direção oposta.

– Eu não me lembro. – O Primaz olhou para os próprios pés, que calçavam botas pesadas. – Meu… Deus. Eu não me troquei, não é? – Havia um certo vazio em sua voz, como se tivesse acordado de um sonho. – Eu deveria ter me trocado. Antes de andarmos até aqui.

Estenda a mão, ela disse a si mesma. *Estenda a mão e o toque, assim como ele fez anteriormente com você.*

– Eu deveria me trocar – o Primaz disse numa voz baixa. – Eu preciso me trocar.

Cormia respirou fundo e, esticando o braço, pegou sua mão. O toque foi frio. De um jeito alarmante.

– Vamos voltar para o seu quarto – ela disse. – Vamos voltar para lá.

Ele concordou, mas não se mexeu e, antes que ela percebesse, Cormia o estava levando. Ou o corpo dele, em todo caso. Ela percebeu que a mente do Primaz estava em outro lugar.

Cormia o levou para o quarto, para o isolamento dos mármores do banheiro e, quando ela o parou, Phury ficou de pé onde ela o deixou, diante de duas pias e um espelho largo. Quando ela ligou a câmara de água que eles chamavam de chuveiro, ele ficou esperando, não porque fosse paciente, mas porque estava desligado.

Quando o jato d'água ficou morno o suficiente na mão dela, Cormia se virou.

– Meu amo, está tudo pronto. Você pode se lavar.

Seus olhos amarelos olhavam diretamente para um dos espelhos, mas não havia reconhecimento do reflexo naquele belo rosto. Era como se um estranho o estivesse confrontado no vidro, um estranho em quem ele não confiava nem aprovava.

– Meu amo? – ela chamou.

A imobilidade nele era assustadora, e se não estivesse de pé, Cormia teria checado os batimentos em seu coração.

– Meu amo, o chuveiro.

Você consegue fazer isso, ela disse a si mesma.

– Posso despi-lo, meu amo?

Depois que ele concordou levemente, Cormia parou na frente de Phury e levou suas mãos inseguras até os botões de sua camisa e abriu um por um. O tecido preto gradualmente se abriu e revelou o peito amplo. Quando ela chegou ao umbigo, tirou a camisa de dentro da calça e continuou a tarefa. O tempo todo, ele ficou parado sem resistir, com os olhos presos ao espelho, mesmo quando ela abriu a camisa em duas partes e a retirou de seus ombros.

O Primaz era magnífico na luz fraca do banheiro, melhor que todas as estátuas. Seu peito era enorme, a largura dos ombros era quase três vezes a dela. A cicatriz em forma de estrela no peitoral esquerdo parecia ter sido cravada naquela carne macia e sem pelos, e ela queria tocá-lo ali, percorrer as pontas que saíam do centro da marca.

Queria pressionar seus lábios ali, Cormia pensou, pressioná-los sobre o coração dele. Sobre a marca da Irmandade.

Ela colocou a camisa na borda da banheira e esperou que o Primaz assumisse a tarefa de tirar as próprias roupas. Ele não o fez.

– Devo... tirar a sua calça?

A cabeça dele concordou.

Os dedos dela tremeram quando abriram a fivela do cinto e depois o botão da calça de couro. O corpo dele ia para frente e para trás sob os movimentos dela, mas não muito, e Cormia ficou impressionada como ele era forte.

Minha Virgem Escriba, o cheiro dele era fantástico.

O zíper de cobre desceu lentamente, e ela teve que segurar as duas pontas da cintura por causa do ângulo em que estava. Quando soltou, a frente se abriu. Sob o couro, ele usava algo preto e justo para cobrir o quadril, o que era um alívio.

Em parte.

O volume de seu sexo fez com que ela engolisse a seco.

Cormia estava prestes a perguntar se deveria continuar quando olhou para cima e se deu conta de que ele não estava lá, simplesmente. Ou continuava o que estava fazendo, ou ele ia entrar na água parcialmente vestido.

Quando Cormia abaixou a calça de couro pelas coxas e joelhos, seus olhos se arregalaram para a carne masculina que estava guardada no algodão macio. Ela se lembrou da sensação do corpo dele contra o seu enquanto dormia.

O que estava vendo agora tinha parecido muito maior na ocasião, e estava rígido, pressionado contra o quadril dela.

Essa era a mudança de uma ereção, não era? O sermão da Directrix sobre o ritual de acasalamento tinha detalhado tudo o que acontecia quando machos ficam prontos para o sexo.

Também tinha detalhado a dor que as fêmeas sentiam com o membro rígido.

Forçando-se a parar de pensar naquilo, ela se ajoelhou para tirar as calças dele e percebeu que deveria ter tirado as botas primeiro. Lutando com as dobras de couro em seus tornozelos, Cormia conseguiu tirar uma bota encostando em suas pernas e forçando-o a reequilibrar seu peso.

Foi para o outro lado... e encontrou o pé que não era real. Ela foi em frente, sem pausar nem por um instante. Sua enfermidade não importava para Cormia, ainda que desejasse saber como ele tinha se machucado daquela maneira. Devia ter sido em uma luta. Sacrificar-se tanto pela raça...

As calças saíram da mesma maneira que as botas: com uma série desconfortável de puxões que o Primaz não pareceu notar. Ele simplesmente ficava apoiado no pé que ela deixava sobre o mármore, tão estável quanto um carvalho.

Quando ela finalmente olhou para cima de novo, havia apenas dois adornos no corpo dele: a cobertura do quadril, que tinha *Calvin Klein* escrito na cintura, e a estaca e o pé de metal que preenchiam o espaço entre o joelho direito e o chão.

Ela abriu a porta da câmara de água.

– Amo, o chuveiro está pronto.

A cabeça de Phury se virou para ela:

– Obrigado.

Em um movimento rápido, o Primaz tirou a roupa íntima e passou por ela, nu. A respiração de Cormia parou. O sexo enorme dele estava pendurado na base, macio e grande, a cabeça balançava levemente.

– Você pode ficar enquanto eu tomo banho? – ele pediu.

– Ah... é isso que você deseja?

– Sim.

– Então eu... sim, eu fico.

Capítulo 11

O Primaz desapareceu atrás do vidro, e Cormia ficou observando enquanto ele dava as costas para o jato, e seu cabelo tornava-se liso em contato com a água. Com um gemido, ele arqueou as costas, levou as mãos à cabeça, e seu corpo formou uma poderosa curva com água correndo pelo cabelo e peito.

Cormia mordeu o lábio inferior quando ele se virou e pegou uma garrafa estranha. O Primaz a apertou sobre a mão uma, duas vezes... Colocando-a de volta, levou as mãos à cabeça para massagear seus cachos. Montes de espuma correram por seus antebraços e caíram de seus cotovelos no chão de ladrilhos. O perfume forte que tomou o ambiente a fez lembrar da brisa lá fora.

Com os joelhos fracos e a pele tão quente quanto a água do chuveiro, Cormia sentou na borda de mármore da banheira.

O Primaz pegou o sabonete, fez espuma entre as mãos e lavou os braços e ombros. O perfume revelou que era o mesmo tipo que ela usava e se misturou deliciosamente com aquilo que usou para lavar o cabelo.

Para sua surpresa, Cormia descobriu que estava com ciúmes da espuma correndo pelo peito dele, pelo quadril e pelas pesadas coxas, e imaginou se poderia entrar no banho com ele. Não havia como saber ao certo. Ao contrário de algumas de suas irmãs, ela não conseguia ler os pensamentos dos outros. Mas, na verdade, será que conseguiria se imaginar parada diante dele com as mãos tocando sua pele sob o jato morno?

Sim. Sim, ela conseguia.

O Primaz foi abaixando o sabonete no peito e na barriga. E então tocou o que tinha entre as pernas, passando as mãos por todo o seu sexo. Assim como o restante dos gestos, ele se movia com economia.

Era uma estranha tortura, uma dor agradável observá-lo naquele momento privado. Ela queria que aquilo durasse para sempre, mas sabia que teria que se contentar com suas lembranças.

Quando ele desligou a água e saiu do chuveiro, ela lhe entregou uma toalha o mais rápido que pôde para proteger aquele membro masculino pesado de seus olhos. Enquanto se secava, seus músculos se flexionavam sob a pele dourada, enrijecendo e relaxando. Depois de enrolar a toalha no quadril, o Primaz pegou outra toalha para secar seu cabelo ondulado e volumoso com movimentos constantes. O toque do tecido parecia ressoar no banheiro de mármore.

Ou talvez fosse o coração dela batendo.

Quando acabou de se secar, o cabelo estava embaraçado, mas ele não pareceu notar quando olhou para ela.

– Eu devia ir para cama agora. Tenho quatro horas para matar, e acho que devo começar já.

Ela não sabia o que aquilo significava, mas concordou com a cabeça.

– Tudo bem, mas o seu cabelo...

O Primaz tocou o próprio cabelo como se tivesse acabado de perceber que estava preso à sua cabeça.

– Você gostaria que eu o penteasse? – ela perguntou.

Uma expressão estranha tomou conta do rosto dele.

– Se você quiser. Alguém... alguém me disse uma vez que eu não cuido bem dele.

Bella, ela pensou. Foi Bella quem falou isso. Cormia não sabia ao certo como sabia disso, mas tinha certeza... Oh, quem ela queria enganar? Havia uma dor na voz dele. Era assim que ela sabia. O tom era o equivalente aos olhos dele quando se sentava à mesa de jantar do lado oposto ao da fêmea. E ainda que parecesse mesquinho, Cormia queria escovar o cabelo dele para substituir Bella. Queria imprimir uma memória de si mesma sobre a que ele tinha da outra fêmea. Seu desejo de posse era um problema, mas ela não podia mudar como se sentia.

O Primaz entregou uma escova a Cormia e caminhou até o sofá ao lado da cama e sentou. Ao colocar as mãos nos joelhos, abaixou a cabeça e esperou por ela.

Quando se aproximou, Cormia pensou nas centenas de vezes que escovou o cabelo das irmãs após o banho. Nesse momento, no entanto, o objeto que tinha nas mãos, com todas aquelas cerdas, era algo que não sabia ao certo como usar.

– Me avise se eu machucar você – ela pediu.

– Você não vai me machucar.

Ele pegou um controle remoto. Quando apertou um botão, a música que sempre tocava, a ópera, tomou o quarto.

– Que lindo – ela disse, deixando-se absorver pela voz do tenor. – Que língua é essa?

– Italiano. É do compositor Puccini. Uma canção de amor. É sobre um homem, um poeta, que encontra uma mulher cujos olhos roubam a única riqueza que ele possui... Basta olhar nos olhos dela e seus sonhos e visões são roubados e substituídos por esperança. Nessa parte da ópera ele diz a ela quem é... e vai perguntar quem ela é no fim do solo.

– Como a música se chama?

– "Che Gelida Manina".

– Você a toca sempre, não é?

– É a minha favorita de todos os solos. Zsadist...

– O que tem o Zsadist?

– Nada. – Ele balançou a cabeça. – Nada...

Quando a voz do tenor elevou o tom, ela espalhou as mechas do cabelo dele sobre os ombros e começou pelas pontas, levando a escova para as ondas com movimentos cuidadosos e delicados. O barulho áspero das cerdas se juntou à opera, e ambos devem ter confortado o Primaz, porque seu peito se expandiu em um movimento de inspiração lento e longo.

Mesmo quando os emaranhados foram eliminados, ela continuou escovando, continuou tocando com sua mão livre onde a escova tinha passado. Quando o cabelo dele estava seco, as cores se tornaram mais vivas, o volume voltou com as ondas se formando depois de cada escovada, e a cabeleira que Cormia reconhecia ressurgiu. Ela não podia fazer aquilo para sempre. E era uma pena.

– Acho que acabei.

– Você não fez a frente.

Na verdade, ela tinha, praticamente.

– Certo.

Ela deu a volta, ficou de pé diante dele e não conseguiu ignorar a maneira como ele abriu as pernas, como se quisesse que Cormia ficasse entre elas.

Então ocupou o espaço entre as pernas dele. Os olhos do Primaz estavam fechados, com os cachos dourados sobre as maçãs do rosto, os lábios levemente abertos. A cabeça dele se levantou para ela com o mesmo tipo de convite que oferecia a boca e os joelhos.

Ela aceitou.

Passando a escova pelo cabelo, Cormia seguia com mão a parte solta que se formava. Com cada movimento, os músculos do pescoço se enrijeciam para manter a cabeça no lugar. As presas de Cormia se pronunciaram. No mesmo instante, os olhos dele se abriram. O amarelo brilhante encontrou o olhar dela.

– Você está com fome – ele disse, em um tom estranhamente gutural.

Cormia deixou a mão que segurava a escova cair ao lado de seu corpo. Sua voz desapareceu, então ela simplesmente concordou com a cabeça. No Santuário, as Escolhidas não precisavam comer. Aqui deste lado, no entanto, o corpo dela exigia sangue. Isso explicava a letargia com que estava lutando.

– Por que você não falou nada antes? – A cabeça dele pendeu para o lado. – Mas se for porque não me quer, tudo bem. Podemos encontrar outra pessoa para você usar.

– Por que... por que eu não iria querer você?

Ele bateu na perna artificial.

– Algo está faltando em mim.

É verdade, ela pensou com tristeza. Algo estava faltando, mas isso não tinha nada a ver com sua perna.

– Eu não queria me impor – ela disse. – Esse é o único motivo. Eu acho você atraente com ou sem a perna.

A surpresa tomou conta do rosto dele, e então soltou um barulho estranho... um ronronar.

– Não é uma imposição. Se você quiser a minha veia, ela é sua.

Cormia ficou parada, paralisada pelo olhar dele e pela maneira como seu rosto mudou quando uma expressão que ela nunca tinha visto antes surgiu. Ela o queria. Muito.

– Fique de joelhos – ele disse com uma voz grave.

Quando Cormia se ajoelhou, a escova caiu de sua mão. Sem dizer uma palavra, o Primaz se aproximou dela, e seus braços enormes a cercaram. Mas não a trouxe para si. Ele soltou o cabelo dela todo, o coque torcido e a trança.

E soltou um gemido quando ela os balançou até que cobrissem os ombros. Cormia percebeu que o corpo dele tremia. Sem aviso, o Primaz a pegou pelo pescoço e a levou até sua garganta.

– Beba de mim – ele exigiu.

Cormia soltou um som como uma cobra e, antes que se desse conta do que estava fazendo, cravou as presas na jugular do Primaz. Nesse momento, ele soltou um grito, e seu corpo deu um salto.

Santa Mãe das Palavras... O sangue dele queimava como fogo, primeiro na boca de Cormia, depois descendo em sua garganta, uma onda poderosa que preencheu seu corpo, dando a ela uma força que nunca tinha conhecido.

– Mais forte – ele grunhiu. – Me chupe!...

Cormia colocou os braços sob os dele, cravou as unhas em suas costas e sugou a veia em grandes goles. Ela ficou tonta – não, espere, o Primaz a estava forçando para trás, para o chão. Cormia não se importava com o que ele fizesse, ou onde eles fossem parar, porque o sabor dele a consumia completamente. Tudo o que ela sabia era que a fonte da vida dele estava em seus lábios, descendo por sua garganta e em seu corpo, e era tudo o que precisava saber.

A túnica... suas vestes estavam sendo levantadas do quadril. Coxas... estavam se abrindo, desta vez, eram as mãos dele...

Sim.

A mente de Phury estava trancada em algum lugar, longe do alcance de seu corpo, fora de vista. Ele era só instinto na alimentação de sua fêmea, seu sexo estava prestes a explodir, seu único foco era estar dentro dela antes que acontecesse.

Tudo sobre os dois subitamente estava diferente. E urgente.

Ele precisava estar dentro dela de todas as maneiras possíveis, e não apenas o tipo temporário que o sexo oferecia. Precisava deixar a si mesmo para trás, precisava marcá-la direito, colocar seu sangue e seu sêmen dentro dela, e então repetir o processo amanhã, e depois de amanhã e depois de depois de amanhã. Precisava estar nela para que todos os imbecis do planeta soubessem que se chegarem perto de Cormia, teriam que responder a ele até cuspirem os próprios dentes e precisarem de talas nos braços e nas pernas.

Minha.

Phury arrancou a túnica que escondia o sexo dela e – sim, ali estava. Ele podia sentir o calor subindo e...

– Meu Deus! – ele grunhiu.

Cormia estava molhada, excitada, transbordando. Se existisse uma maneira de mantê-la em sua veia e ao mesmo tempo saboreá-la com a boca, ele teria encontrado a posição em um segundo. Mas o melhor que podia fazer era tocá-la com a mão, levar os dedos à boca e...

Phury tremeu com o sabor que sentiu, lambendo e secando os dedos enquanto seu quadril se forçava para frente e a ponta do pênis tocava a entrada dela. Quando forçou a entrada, e o corpo dela cedeu para recebê-lo... droga, o maldito medalhão do Primaz disparou na cômoda ao lado deles. Alto como um alarme de incêndio.

Ignore, ignore, ignore...

A boca de Cormia se soltou da garganta dele, seus olhos arregalados, embaçados pela sede de sangue e pelo sexo, se levantaram com o som do medalhão.

– O que é isso?

– Não é nada.

O objeto vibrou ainda mais alto, como se fosse um protesto. Ou isso ou estava celebrando o fato de que o momento tinha sido arruinado.

Talvez estivesse se aliado ao mago.

De nada, o próprio cantarolou.

Phury saiu de cima de Cormia, cobrindo-a. Com uma torrente de xingamentos, ele se levantou até estar encostado na cama segurando a cabeça entre as mãos.

Os dois estavam ofegantes, enquanto o medalhão de ouro batia contra uma escova. O barulho o fez lembrar que não havia privacidade entre ele e Cormia. O fardo da tradição e circunstância os cercavam, e tudo o que fizessem tinha repercussões enormes, maiores que simplesmente alimentação e sexo entre um macho e uma fêmea.

Cormia se levantou como se soubesse exatamente o que ele estava pensando.

– Obrigada pela dádiva de sua veia.

Não havia nada que ele pudesse dizer em resposta. Sua garganta estava totalmente tomada pela frustração e pela raiva.

Quando a porta se fechou atrás de Cormia, Phury soube exatamente por que tinha parado, e não tinha nada a ver com a interrupção do medalhão. Se quisesse, podia ter continuado. Mas a questão era que se dormisse com ela, teria que dormir com todas.

Ele pegou um cigarro no criado-mudo e o acendeu.

Se dormisse com Cormia, não haveria volta. Ele teria que criar quarenta Bellas... engravidar quarenta Escolhidas e deixá-las à mercê da gestação.

Teria que ser amante de todas elas, pai de todas as crianças e líder de todas as tradições, quando sentia que mal podia sobreviver os dias e as noites tendo apenas a si mesmo com que se preocupar.

Phury ficou olhando a ponta acesa do cigarro feito à mão. Era um choque pensar que poderia ter dormido com Cormia se fosse apenas sobre eles dois. Ele a desejava o bastante para fazê-lo.

Franziu a testa. Deus... ele a desejou durante esse tempo todo, não desejou?

Mas era mais do que isso.

Phury pensou em Cormia escovando seu cabelo e percebeu com um susto que ela realmente conseguiu acalmá-lo naquele momento – e não apenas com os movimentos da escova. A simples presença dela o tranquilizava, desde o seu aroma de jasmim, passando pela maneira como se movia tão delicadamente, até o som macio de sua voz. Ninguém, nem mesmo Bella, conseguia tranquilizá-lo. Fazer seu peito se abrir. Permitir que ele respirasse fundo.

Cormia conseguia.

Cormia o fez.

O que significava que naquele momento ele a desejava em todos os níveis.

E isso faz dela uma garota de sorte, comentou o mago. *Por que você não diz a ela que quer transformá-la na sua nova droga preferida? Ela vai ficar animada em saber que pode ser seu próximo vício, para tentar fazê-lo sair de sua própria maldita consciência. Ela vai ficar feliz, parceiro, porque é o sonho de toda garota – e, além disso, todo mundo sabe que você é o rei das relações saudáveis. Um campeão nesse departamento.*

Phury deixou a cabeça cair para trás, tragou fundo e segurou a fumaça até que seus pulmões queimassem como se pegassem fogo.

CAPÍTULO 12

Naquela noite, quando a escuridão tomou Caldwell e não melhorou em nada a umidade, o Sr. D estava no quente banheiro do andar de cima da fazenda e removeu um curativo aplicado muitas horas antes em sua barriga. A gaze estava tingida de preto, mas o pedaço de pele sob ela tinha melhorado muito. Pelo menos uma coisa estava funcionando, mas era a única. Menos de vinte e quatro horas como *Redutor Principal* e ele se sentia como se alguém tivesse urinado no seu tanque de combustível, dado carne podre ao seu cachorro e ateado fogo ao seu celeiro.

Devia ter continuado sendo apenas um soldado.

Se bem que não era exatamente como se tivesse escolha.

Ele jogou o curativo no balde de tinta vazio que os donos da fazenda obviamente usavam como cesto de lixo e decidiu não substituí-lo. A julgar pela dor e pela profundidade que a adaga o atingiu, o dano interno tinha sido bem grande. Mas para *redutores*, o duto intestinal era feito de carne inútil. Não importava que suas entranhas fossem apenas um emaranhado confuso, contanto que o sangramento fosse contido.

Caramba, na noite passada ele tinha saído vivo do beco por pouco. Se o Irmão com o cabelo de maricas não tivesse sido contido, o Sr. D com certeza teria sido esquartejado como um bagre.

Uma batida vinda do andar de baixo o fez levantar a cabeça. Dez horas em ponto.

Pelo menos eles tinham chegado na hora.

Prendeu o coldre, pegou seu chapéu de caubói e foi para as escadas. Lá fora, havia três caminhões e um carro velho na estrada de terra e dois esquadrões de *redutores* na frente da casa. Quando ele os deixou entrar, percebeu que os caras eram todos mais altos e não estavam nem um pouco impressionados com a promoção do Sr. D.

– Na sala – ele indicou.

Quando os oito passaram, ele abriu o coldre, pegou seu revólver Magnum calibre 357 e apontou para o último a entrar na casa.

Puxou o gatilho uma vez. Duas. Três vezes.

O barulho foi como um trovão, nada daquele estalo sutil das nove milímetros. As balas entraram na parte estreita das costas do *redutor*, destruindo a coluna e fazendo um buraco através do peito. O sujeito caiu no tapete velho com um estrondo, e uma pequena nuvem de poeira subiu.

Quando o Sr. D colocou a arma no lugar, ele se perguntou quando aquele lugar tinha visto um aspirador de pó pela última vez. Provavelmente quando foi construído.

– Infelizmente, preciso ir andando – ele disse ao dar a volta no matador que se contorcia.

Enquanto o sangue preto e oleoso escorria pelo tapete marrom, o Sr. D colocou o pé na cabeça do assassino e puxou o recorte do papel de parede no qual o Ômega havia deixado a imagem do próximo alvo dos *redutores*.

– Quero ter certeza de que vocês estão prestando atenção hoje à noite – ele disse enquanto segurava a coisa. – Encontrem este macho. Ou vou atirar em cada um de vocês e fazer uma equipe nova.

Os matadores olhavam para ele em um silêncio coletivo, como se tivessem apenas um cérebro que estava dando voltas para entender uma nova ordem mundial.

– Parem de olhar para mim e olhem isto aqui. – Ele balançou a imagem. – Tragam ele para mim. Vivo. Ou eu juro por Deus que vou encontrar novos cães farejadores e alimentá-los com pedaços de vocês. Estamos entendidos?

Um por um, eles concordaram enquanto o homem caído gemia.

– Que bom.

O Sr. D apontou a Magnum para a cabeça do *redutor* e estourou os miolos dele.

– Então mexam-se.

A quase vinte e cinco quilômetros a leste, no vestiário do centro de treinamento subterrâneo, John Matthew se apaixonou. Algo que ele não esperava que acontecesse naquele lugar específico.

– Passei na loja da Ed Hardy – disse Qhuinn, ao mostrar um par de tênis. – Para você.

John esticou o braço e pegou os tênis. Ok, eles eram incríveis. Pretos. Sola branca. Uma caveira de cada lado com a assinatura de Ed nas cores do arco-íris.

– Uau! – um dos outros aprendizes exclamou ao sair do vestiário. – Onde você arrumou esses tênis?

Qhuinn mexeu as sobrancelhas para o sujeito.

– Legais, não?

Eles pertenciam a Qhuinn, John pensou. Provavelmente algo que ele estava louco para usar e que tinha economizado para comprar.

– Experimente, John.

Eles são incríveis, mas eu não posso, de verdade.

Quando o último colega deles saiu, a porta se fechou, e a pose de Qhuinn diminuiu. Ele agarrou os tênis, colocou-os perto dos pés de John e olhou para cima.

– Desculpe por ter irritado você na noite passada. Sabe, lá na loja, com aquela garota... eu fui um idiota.

Tudo bem.

– Não, não está tudo bem. Eu estava de mau humor e descontei em você, e isso *não* é legal.

Pois é, Qhuinn era assim. Ele podia ser explosivo e deixar que seu mau gênio falasse mais alto, mas sempre voltava e fazia com que você se sentisse a pessoa mais importante do mundo para ele e sentia muito de verdade por ter magoado você.

Você é louco. Mas eu não posso aceitar esses...

– Você foi criado na fazenda? Não seja rude, meu amigo. São de presente.

Blay balançou a cabeça.

– Aceite, John. Você vai perder a discussão, então nos poupe do drama.

– Drama? – Qhuinn levantou e fez a pose de um orador romano. – Vossa iminência poderia deixar de ser idiota?

Blay ficou vermelho.

– Para com isso…

Qhuinn jogou-se sobre Blay, agarrando os ombros do amigo e soltando todo o seu peso sobre ele.

– Me abrace. Seu insulto me deixou sem fôlego, estou "bocaberto".

Blay soltou um grunhido e tentou levantar Qhuinn do chão.

– É "boquiaberto".

– Bocaberto soa melhor.

Blay estava tentando não sorrir, tentando não se divertir, mas seus olhos brilhavam como safiras e seu rosto estava ficando vermelho.

Com uma risada silenciosa, John sentou em um dos bancos do vestiário, pegou um par de meias brancas e as vestiu embaixo da sua nova calça jeans envelhecida.

Tem certeza, Qhuinn? Porque tenho a impressão de que vão servir e você pode mudar de ideia.

Qhuinn se levantou abruptamente e arrumou as roupas com um puxão forte.

– E agora você ofende a minha honra. – Olhando diretamente para John, ele assumiu uma posição igual a um praticante de esgrima. – *Touché.*

Blay riu.

– É *en garde*, seu tonto.

Qhuinn olhou por sobre o ombro.

– *Ça va*, Brutus?

– *Et tu*!

– Tutu pra você também, meu caro.

Qhuinn abriu um sorriso brilhante, daqueles que só um pateta consegue ter.

– Agora, coloque a porcaria do tênis, John, e vamos acabar com isso. Antes que eu precise colocar Blay em um sanitário.

– É sanatório!!!

– Bom, eu tenho certeza de que ambos vão fazer bem a você.

Os tênis serviram perfeitamente e, de alguma maneira, John se sentiu mais alto, mesmo que ainda não tivesse ficado de pé.

Qhuinn balançou a cabeça e fingiu estar admirando uma obra-prima.

– Parecem apertados. Sabe, talvez a gente devesse amaciá-los um pouco. Que tal usar umas correntes. Podemos fazer uns furos na sua calça igual as minhas e adicionar um pouco de preto...

– Sabe por que Qhuinn gosta de preto?

Todos viraram a cabeça e olharam para o chuveiro. Lash estava saindo, uma toalha cobria suas partes íntimas, e água pingava de seus ombros pesados.

– É porque Qhuinn é daltônico, não é, primo? – Lash andou calmamente até o armário e escancarou a porta, fazendo-a bater na porta vizinha. – Ele só sabe que tem um olho de cada cor porque as pessoas dizem a ele.

John levantou, reparando rapidamente que os tênis tinham ótima tração. O que, considerando a maneira como Qhuinn estava olhando para Lash, podia ser útil dali a meio segundo.

– Sim, Qhuinn é *especial*, não é? – Lash puxou uma calça camuflada e uma camisa justa, e depois fez questão de exibir um anel dourado com um brasão ao colocá-lo no dedo indicador. – Algumas pessoas não se encaixam e nunca vão se encaixar. É triste que elas continuem tentando.

Blay sussurrou:

– Vamos embora, Qhuinn.

Qhuinn cerrou os dentes:

– É melhor você calar a boca, Lash. De verdade.

John entrou na frente do amigo e sinalizou:

Vamos para a casa do Blay relaxar, ok?

– Ei, John, uma pergunta acabou de me ocorrer. Quando você foi estuprado na escadaria por um humano, você gritou com as mãos? Ou só ofegou bastante?

John ficou paralisado pelo choque. Assim como seus dois amigos. Ninguém se mexeu. Ninguém respirou. O vestiário ficou tão quieto que os pingos do chuveiro comunitário soaram como um bumbo.

Lash fechou a porta do armário com um sorriso e virou para os outros dois.

– Eu li o arquivo médico dele. Está tudo lá. Ele foi mandado para a clínica do Havers para fazer terapia porque estava tendo sintomas de… – Lash fez aspas no ar – "estresse pós-traumático". Então vamos lá, John, quando o cara comeu você, você tentou gritar? Tentou, John?

Caramba... isso… era… um… pesadelo... John pensou, enquanto sentia um arrepio.

Lash riu e enfiou os pés em suas botas.

– Olhe só para vocês. Os três com cara de estúpidos. São os Três Retardados.

A voz de Qhuinn assumiu um tom que ninguém nunca tinha ouvido antes. Não tinha pose, nem raiva. Era apenas frio e assustador.

– É melhor você rezar para que ninguém fique sabendo. Nunca.

– Ou o quê? Qual é, Qhuinn, eu sou o primogênito. O meu pai é o irmão mais velho do seu pai. Você realmente acha que pode encostar um dedo em mim? Hum… não, nada disso, meu rapaz.

– Nem mais uma palavra, Lash.

– Dane-se. Se vocês me derem licença, vou cair fora. Vocês estão acabando com a minha vontade de viver.

Lash trancou seu armário e foi até a porta. Naturalmente, ele parou para olhar por sobre o ombro, arrumando seu cabelo louro.

– Aposto que você não gritou, John. Aposto que você pediu mais. Aposto que você implorou…

John se desmaterializou.

Pela primeira vez na vida, ele foi de um lugar ao outro pelo ar. Ao readquirir forma na frente de Lash e plantar o corpo na frente da porta para impedir a saída dele, John olhou para os amigos e mostrou as presas. Lash era só dele.

Quando os dois concordaram, a briga começou.

Pronto para o primeiro golpe, Lash ficou em posição de luta com as mãos levantadas e o peso nas pernas. Em vez de dar um soco, John se abaixou, se lançou para frente e agarrou o idiota pela cintura, lançando-o contra uma parede de armários.

Lash não se abalou nem um pouco e se recuperou com um golpe de joelho que quase quebrou o rosto de John.

Retornando do choque, John cambaleou, voltou ao combate, agarrou o pescoço de Lash, enfiou os dois polegares sob o queixo dele e apertou. Ele deu uma cabeçada no nariz de Lash, fazendo-o jorrar como uma fonte, mas Lash não se importou. Ele sorriu com o sangue escorrendo pela boca e deu um soco baixo de direita que jogou o rim de John para a altura dos pulmões. Socos foram dados de um lado ao outro, enquanto os dois se lançavam contra os armários, bancos e cestos de lixo.

Em um dado momento, alguns aprendizes tentaram entrar, mas Blay e Qhuinn os obrigaram a ir embora e trancaram a porta.

John agarrou o cabelo de Lash, puxou para trás e mordeu seu ombro. Quando soltou, a carne ficou exposta, e os dois giraram enquanto Lash uniu a palma das mãos e deu um golpe na têmpora de John. O impacto lançou-o para dentro do chuveiro, mas ele se segurou antes de cair. Infelizmente, seus reflexos não foram rápidos o suficiente para impedir que seu maxilar fosse golpeado.

Foi como ser atingido por um taco de beisebol, e ele percebeu que de algum jeito Lash tinha colocado um soco inglês no punho – provavelmente porque precisava de uma vantagem, já que John era maior. Outro golpe acertou o rosto de John, e de repente ele estava vendo estrelas e fogos de artifício. Antes que pudesse clarear a visão, foi lançado de cabeça contra uma parede de azulejos e ficou parado.

Lash pegou a parte da frente da calça de John.

– Que tal um repeteco, John? – Lash falou rispidamente. – Ou você gosta de ser enrabado só por humanos?

O peso de um corpo grande pressionando-o por trás fez John congelar.

Aquilo deveria ter lhe dado energia. Deveria tê-lo deixado furioso. Mas, em vez disso, ele se transformou no garoto frágil do passado, indefeso, apavorado e à mercê de alguém muito maior. Ele foi transportado para onde estava naquela escada decrépita, encostado contra a parede, preso, dominado.

Lágrimas surgiram em seus olhos. Não, isso não... de novo não...

Do nada, veio um grito de guerra, e o peso saiu de cima dele.

John caiu de joelhos e vomitou no piso de ladrilho molhado. Quando a ânsia diminuiu, ele caiu para o lado e ficou em posição fetal, tremendo como o maricas que era...

Lash estava no chão ao lado dele… e sua garganta estava aberta.

Tentava respirar, tentava conter o sangue, mas não estava funcionando. John olhou horrorizado.

Qhuinn ficou parado sobre os dois, ofegando. Em sua mão direita havia uma faca de caça ensanguentada.

– Meu Deus… – exclamou Blay. – Que diabos você fez, Qhuinn?

Isso era ruim. Algo ruim que mudaria tudo. Para todos eles. O que tinha começado como uma discussão… tinha terminado com um assassinato.

John abriu a boca para gritar por ajuda. Naturalmente, nada saiu.

– Eu vou buscar alguém – Blay avisou e saiu correndo.

John se sentou, tirou a camisa e se inclinou sobre Lash. Moveu as mãos do louro e apertou a peça de roupa no ferimento aberto e rezou para que o sangue parasse. Lash o olhou nos olhos e colocou as próprias mãos no local como se quisesse ajudar.

Fique parado, John disse sem som. *Só fique parado. Estou ouvindo alguém vindo para cá.*

Lash tossiu e sangue saiu de sua boca, cobrindo seu lábio inferior e escorrendo pelo queixo. Caramba, o líquido vermelho estava em toda parte.

Mas eles já tinham feito isso antes, John disse a si mesmo. Os dois já tinham brigado ali mesmo naquele chuveiro, e o sangue também tinha escorrido pelo ralo, mas tinha ficado tudo bem.

Não desta vez, uma voz dentro dele avisou. *Não desta vez…*

Uma onda de pânico surgiu, e ele começou a rezar para que Lash sobrevivesse. E então rezou para que o tempo voltasse. E depois, para que aquilo fosse um sonho…

Alguém estava parado sobre ele dizendo seu nome.

– John?

Ele olhou para cima. Era a doutora Jane, médica particular da Irmandade e *shellan* de Vishous. Aquele rosto translúcido e fantasmagórico era calmo, e sua voz macia o tranquilizou.

Quando ela se ajoelhou, tornou-se tão sólida quanto ele.

– John, preciso que você se afaste para que eu possa dar uma olhada nele, ok? Quero que você solte e se afaste. Você fez a coisa certa, mas eu preciso cuidar dele agora.

Ele concordou. Mas mesmo assim, ela precisou tocar a mão dele para fazê-lo soltar a camisa.

Alguém o levantou. Blay. Sim, era Blay. Ele reconhecia por causa da loção pós-barba. Havia muito mais gente no vestiário, Rhage tinha acabado de entrar no chuveiro, e ao lado dele estava V. Butch também estava lá.

Qhuinn... onde estava Qhuinn?

John olhou em volta e o encontrou do outro lado. A faca ensanguentada tinha desaparecido de sua mão, e Zsadist estava ao lado dele, como uma sombra. Qhuinn estava mais branco que o ladrilho do vestiário, seus olhos de cor diferente não piscavam enquanto olhava para Lash.

– Você está em prisão domiciliar na casa dos seus pais – Zsadist disse a Qhuinn. – Se ele morrer, você será acusado de assassinato.

Rhage foi até lá, como se estivesse pensando que o tom duro de Z. não ia ajudar a situação.

– Venha, garoto, vamos tirar as coisas do seu armário.

Rhage conduziu Qhuinn para fora do vestiário e Blay foi atrás deles.

John ficou exatamente onde estava. Por favor, faça com que Lash viva, ele pensou. Por favor...

Caramba, ele não estava gostando da maneira como a doutora Jane balançava a cabeça enquanto cuidava de Lash, com a maleta de médica aberta, e instrumentos voando enquanto ela tentava costurar o pescoço dele.

– Me conte.

John deu um salto e virou a cabeça. Era Z.

– Me conte o que aconteceu.

John baixou os olhos para Lash e reviveu a cena. Meu Deus... ele não queria entrar nos porquês. Mesmo que Zsadist conhecesse seu passado, ele não ia conseguir dizer ao Irmão por que Qhuinn tinha levado as coisas às últimas consequências.

Talvez fosse porque ainda não pudesse acreditar que seu passado tivesse vindo à tona daquele jeito. Talvez fosse por que o antigo pesadelo tivesse se renovado.

Talvez fosse por que ele era um covarde que não conseguia agir como homem para defender os amigos.

A boca de Z. ficou tensa.

– Escute, John, Qhuinn está enterrado até o pescoço. Legalmente, ele ainda é um menor, mas isso é agressão com uma arma mortal contra um primogênito. A família vai cair em cima dele mesmo que Lash sobreviva, e vamos precisar saber o que aconteceu aqui.

A doutora Jane levantou.

– Fechei o ferimento, mas ainda corre risco de derrame. Quero que o levem para a clínica de Havers. *Agora.*

Z. concordou e chamou dois *doggen*, que traziam uma maca.

– Fritz está esperando com o carro, e eu vou com eles.

Assim que Lash foi tirado do chão, o Irmão encarou John com um olhar sério.

– Se você quer salvar seu amigo, vai ter que nos dizer o que aconteceu.

John assistiu o grupo levar Lash para fora do vestiário.

Quando a porta se fechou, seus joelhos fraquejaram, e ele olhou para a poça de sangue no meio do chuveiro. No canto, havia uma mangueira que era usada para limpeza do local. John fez um esforço para ficar de pé e atravessar o local até onde ela estava pendurada na parede. Ele a desenrolou, abriu a água, levou-a para dentro do chuveiro e então girou o botão até abri-la. Lançou o jato de um lado ao outro, centímetro por centímetro, levando o sangue até o ralo, onde foi engolido.

De um lado ao outro. De um lado ao outro.

Os ladrilhos foram de vermelho a rosa até branco. Mas aquilo não limpou a bagunça. Nem um pouco.

Capítulo 13

Phury sentiu mãos tocarem sua pele, mãos pequenas, de dedos leves, percorrendo sua barriga. Estavam indo na direção das coxas, graças aos céus. Sua ereção estava túrgida, quente e faminta por aquilo, e quanto mais as mãos se aproximavam, mais seu quadril se lançava para frente e se recolhia, seu traseiro se contraía e relaxava, cedendo aos movimentos que estava louco para fazer.

Seu membro respingou – ele podia sentir a umidade em sua barriga. Ou talvez já tivesse gozado?

Oh, aquelas mãos, fazendo cócegas em sua pele. Aquele toque delicado como uma pluma fez sua ereção doer ainda mais, como se pudesse avançar e ficar no caminho se realmente tentasse. Mãos pequenas, a caminho do...

Phury acordou com um sobressalto que fez seu travesseiro voar da cama.

– Droga.

Embaixo do monte de cobertas, seu membro latejava, e não com a necessidade típica que geralmente acordava os machos à noite. Não... aquilo era específico. Seu corpo queria algo muito específico de uma fêmea em especial.

Cormia.

Ela está na porta ao lado, disse a si mesmo.

E que belo prêmio você é, o mago devolveu. *Por que você não vai até ela, parceiro? Tenho certeza de que ela vai ficar muito feliz em vê-lo de-*

pois da maneira como você a deixou na noite passada. Nem uma palavra. Nem uma demonstração de reconhecimento da gratidão dela por você.

Sem conseguir contra argumentar, Phury olhou para o sofá.

Foi a primeira vez que alimentou uma fêmea.

Quando foi procurar a marca da mordida em seu pescoço, percebeu que tinha desaparecido, estava curada.

Um dos grandes marcos da vida de um vampiro tinha sido atingido... e isso o entristeceu. Não que ele se arrependesse de ter sido com ela. Nem um pouco. Mas desejou ter contado a Cormia que ela foi sua primeira.

Tirando o cabelo dos olhos, Phury olhou para o relógio. Meia-noite. *Meia-noite*? Caramba, ele tinha dormido umas oito horas, obviamente por tê-la alimentado. Mas não se sentia descansado. Sua barriga se revirava, e a cabeça doía.

Quando foi pegar o cigarro matutino que havia preparado antes de dormir, Phury parou. Sua mão tremia tanto que ele duvidou que conseguiria segurá-lo. Olhou para a mão, tentando fazê-la parar, mas nada mudou.

Foram necessárias três tentativas para pegar o cigarro no criado-mudo, e ele ficou vendo a confusão de longe, como se fosse a mão de outra pessoa, o cigarro de outra pessoa. Quando o pequeno rolo de folhas e papel estava entre seus lábios, tentou colocar o isqueiro na posição e acendê-lo.

Duas tragadas e a tremedeira parou. A dor de cabeça evaporou. O estômago se acalmou.

Infelizmente, outra coisa tremeu do outro lado do quarto e os três incômodos voltaram: o medalhão do Primaz começou sua dança na cômoda de novo.

Ele deixou a coisa onde estava e fumou, pensando em Cormia. Duvidou que ela teria dito a ele que precisava se alimentar. O que aconteceu durante o dia naquele quarto havia sido uma explosão repentina gerada pela sede se sangue dela, e Phury não podia tomar o ocorrido como evidência de que Cormia o desejava sexualmente. Ela não havia recusado sexo na noite passada, é verdade, mas isso era muito diferente de desejá-lo, não era? Necessidade não é a mesma coisa que escolha. Ela precisava do sangue dele. Ele precisava do corpo dela.

E as Escolhidas precisavam de ambos para sobreviver.

Apagando o que havia sobrado do cigarro, olhou para a cômoda do outro lado do quarto. O medalhão tinha finalmente parado.

Phury demorou menos de dez minutos para tomar banho, vestir-se com seda branca e colocar a tira de couro do medalhão do Primaz sobre a cabeça. A peça de ouro estava morna em seu peito, provavelmente por causa do esforço.

Ele viajou diretamente para o Outro Lado, com sua dispensa especial de Primaz para evitar passar pelo jardim da Virgem Escriba. Adquirindo forma diante do anfiteatro do Santuário, onde tudo havia começado cinco meses atrás, ele achou difícil acreditar que realmente tinha tomado o lugar de Vishous como Primaz.

Era como olhar para a mão trêmula: não era ele.

Mas era sim, totalmente.

Lá na frente, o palco branco com sua pesada cortina branca brilhava na estranha luz inclemente do Outro Lado. Ali não havia sombras, uma vez que não havia sol no céu pálido e, ainda assim, havia muita iluminação, porque tudo era sua própria fonte de luz, a temperatura era sempre amena, nem quente demais nem fria demais, e não havia brisa para tocar sua pele ou levantar suas roupas. Tudo era branco, leve e reconfortante.

O local era equivalente à música ambiente em forma de paisagem.

Andando pelos campos de grama branca, ele passou pelo fundo do teatro greco-romano até os diversos templos e dormitórios. Nas áreas periféricas, em toda parte, havia uma floresta branca que cercava a propriedade e impedia que se visse ao longe. Ele se perguntou o que havia na distância. Provavelmente nada. O Santuário transmitia a sensação de ser a maquete de algum arquiteto ou um trem de brinquedo: se alguém fosse até a borda, tudo o que encontraria seria um precipício que dá para o chão totalmente acarpetado de um gigante.

Ele andou sem ter certeza de como chamar a atenção da Directrix, mas não estava com pressa de fazer aquilo acontecer. Para atrasar o processo, Phury entrou no templo do Primaz e usou seu medalhão de ouro para destrancar as portas duplas. Depois de entrar no *hall* de mármore branco, foi até a sala única e imponente do templo e ficou olhando para a cama suspensa, com seus lençóis de cetim branco.

Ele se lembrou de Cormia amarrada e nua, com um lençol pendurado e caído sobre sua garganta e cobrindo seu rosto. Depois de rasgar o lençol, ele ficou horrorizado ao encontrá-la com os olhos cheios de lágrimas, apavorada.

Ela tinha sido amordaçada.

Olhou para o teto, de onde pendia o tecido que cobriu o rosto dela. Havia dois pequenos ganchos dourados presos no mármore. Ele queria arrancá-los com uma britadeira.

Enquanto olhava para cima, lembrou por acaso de uma conversa que teve com Vishous pouco antes de tudo dar errado com aquela história de Primaz. Os dois estavam na sala de jantar da mansão, e V. tinha dito algo sobre uma visão que teve de Phury.

Phury não queria detalhes, mas eles vieram mesmo assim, e as palavras que o Irmão proferiu estavam estranhamente claras para ele agora, como um disco que toca de novo: *eu vi você parado diante de uma encruzilhada em um campo branco. Era um dia de tempestade... sim, uma grande tempestade. Mas quando você pegou uma nuvem do céu e a enrolou em volta da fonte, a chuva parou.*

Ele apertou os olhos na direção daqueles dois ganchos. Naquele dia, ele arrancou o lençol e usou-o para cobrir Cormia. E ela parou de chorar.

Ela era a fonte... a fonte que ele deveria preencher. Ela era o futuro da raça, a origem dos novos Irmãos e das Escolhidas. A nascente da fonte.

Assim como todas as suas irmãs.

– Meu amo.

Ele se virou. A Directrix estava parada na entrada do templo, com a longa túnica branca tocando o chão, e o longo cabelo escuro enrolado em um coque no alto da cabeça. Com um sorriso calmo e a paz que irradiava dos olhos, ela tinha a expressão dos iluminados espiritualmente.

Ele invejou sua convicção serena.

Amalya se curvou diante dele, com o corpo magro e elegante envolto nas vestes das Escolhidas.

– Estou muito feliz em vê-lo.

Ele devolveu a gentileza.

– Igualmente.

– Obrigada pela audiência.

Ela levantou, e houve uma pausa. Ele não rompeu o silêncio. Quando ela finalmente o fez, parecia estar escolhendo as palavras com cuidado.

– Pensei que talvez você quisesse encontrar algumas das outras Escolhidas.

Que tipo de encontro ela tinha em mente, ele se perguntou.

Oh, só um chá da tarde, o mago sussurrou. *Com sanduíches de sexo oral, sorvetes de 69 e punhados das suas bolas.*

– Cormia está indo bem – ele disse, desviando da oferta.

– Eu a vi ontem. – O tom da Directrix era gentil, porém neutro, como se não concordasse com ele.

– Ah, é?

Ela fez outra longa reverência.

– Perdoe-me, meu amo. Foi o aniversário de nascimento de Cormia, e é meu dever pela tradição entregar um pergaminho a ela. Quando não tive notícias suas, eu apareci para ela. Tentei entrar em contato com você mais uma vez durante o dia.

Meu Deus, foi aniversário de Cormia e ela não disse nada?

Mas tinha contado para John, não tinha? O bracelete tinha sido um presente. Phury queria dizer um palavrão. Devia ter dado algo a ela.

Ele limpou a garganta:

– Desculpe-me por não ter respondido.

Amalya voltou à posição.

– É o seu direito. Por favor, não se preocupe.

No longo silêncio que se seguiu, Phury leu a pergunta nos olhos gentis da Directrix.

– Não, ainda não foi consumado.

Os ombros da fêmea caíram.

– Ela o recusou?

Lembrou daquele momento no chão em frente ao sofá. Foi ele que interrompeu.

– Não. Sou eu.

– A culpa nunca poderia ser sua.

– Não é verdade. Acredite em mim.

A Directrix começou a andar, enquanto as mãos seguravam o medalhão do pescoço. O objeto era uma cópia exata do medalhão que ele usava, só que o dela estava pendurado em um laço de cetim branco, enquanto a corrente dele era preta.

Ela parou perto da cama, e os dedos tocaram levemente um travesseiro.

– Achei que talvez você fosse gostar de conhecer algumas outras.

Oh, não, de jeito nenhum. Ele não trocaria Cormia por outra Primeira Companheira.

– Posso imaginar onde você quer chegar com isso, mas não é que eu não a desejo.

– Talvez, no entanto, você gostasse de conhecer outra.

Aquilo era o mais perto que a Directrix ia chegar de insistir e exigir que ou ele fizesse sexo com Cormia, ou arrumasse outra Primeira Companheira.

Phury não podia dizer que estava surpreso. Fazia cinco longos meses.

Meu Deus, talvez resolvesse alguns problemas. A questão era que aceitar outra Primeira Companheira seria o mesmo que lançar uma maldição sobre Cormia. As Escolhidas achariam que fracassou, e ela acharia a mesma coisa, mesmo que definitivamente não fosse o caso.

– Como eu disse, estou bem com Cormia.

– De fato... mas seria possível que você fique mais disposto se for outra de nós? Layla, por exemplo, é bastante bela de rosto e de membros, e foi treinada pelas *ehros*.

– Não farei isso com Cormia. Isso a mataria.

– Meu amo... ela está sofrendo agora. Eu vi nos olhos dela.

A Directrix aproximou-se dele.

– Além disso, o restante de nós está presa à nossa tradição. Tínhamos tantas esperanças de que nossas funções retornariam para onde sempre estiveram. Se você aceitar outra Primeira Companheira e concluir o ritual, vai nos libertar do fardo da futilidade, e isso inclui Cormia. Ela não está feliz, meu amo. Não mais do que você.

Ele pensou nela mais uma vez naquela cama, amarrada... Cormia não quis isso desde o começo, não é?

Pensou nela, tão quieta na mansão. Pensou nela não se sentindo confortável o suficiente para dizer a ele que precisava se alimentar.

Pensou nela não dizendo nada sobre o próprio aniversário. Nada sobre querer ir lá fora. Nada sobre as construções em seu quarto.

Um passeio pelo corredor não compensava todo o abandono dele.

– Estamos presas, meu amo – disse a Directrix. – As coisas como estão hoje deixa a todas nós presas.

E se ele estivesse mantendo Cormia porque, se ela fosse sua Primeira Companheira, Phury não precisava se preocupar com a questão do sexo? Claro, ele queria protegê-la e fazer a coisa certa, mas as ramificações também o protegiam.

Havia Escolhidas que o desejavam. Sentiu seus olhares quando fez o juramento. Ele deu sua palavra. E já estava cansado de quebrar promessas.

– Meu amo, posso pedir que você venha comigo? Quero mostrar um lugar aqui no Santuário.

Ele seguiu Amalya para fora do Templo do Primaz, e os dois andaram em silêncio pela colina até uma área de estruturas brancas de quatro andares com colunas.

– São os dormitórios das Escolhidas – ela murmurou. – Mas não é para lá que você e eu estamos indo.

Ainda bem, ele pensou, olhando para cima.

Quando os dois passaram pelo local, Phury percebeu que nenhuma das janelas tinha vidro e lembrou que não havia razão para isso. Não havia insetos nem animais... também não havia chuva, ele apostou. E a ausência de vidros significava, claro, que não havia barreiras entre ele e as Escolhidas que observavam dos dormitórios.

Havia uma fêmea em cada janela de cada quarto em cada um dos prédios.

Meu Deus.

– Aqui estamos.

A Directrix parou na frente de uma estrutura térrea e destrancou duas portas duplas. Quando as abriu totalmente, o coração dele parou. Havia berços. Fileiras e fileiras de berços brancos e vazios. Enquanto ele tentava respirar, a voz da Directrix tornou-se melancólica.

– Isto costumava ser um lugar tão alegre, cheio de vida, tomado pelo futuro. Se ao menos você tentasse outra... Você está bem, meu amo?

Phury recuou. Ele não conseguia respirar. Ele não conseguia... respirar.

– Meu amo?

Ela esticou a mão. Ele se afastou dela.

– Estou bem.

Respire, droga. Respire. Você concordou com isso. Seja homem.

Em sua mente, o mago desfilou exemplo atrás de exemplo das decepções que ele causou nas pessoas, começando pelo presente, com Z. e Wrath e aquela besteira com os *redutores*, e então voltando ao passado, para os fracassos com seus pais.

Ele era deficiente em todos os aspectos da vida e também estava preso a todos eles. Pelo menos Phury poderia livrar Cormia disso tudo. Poderia ficar livre dele.

A voz da Directrix ficou tensa de preocupação.

– Meu amo, talvez você devesse deitar um pouco...

– Eu aceito outra.

– Você...

– Eu aceito outra Primeira Companheira.

A Directrix pareceu chocada, mas fez uma profunda reverência.

– Meu amo, obrigada, obrigada. Você verdadeiramente é a força da raça e o líder de todas nós...

Phury a deixou continuar tecendo elogios vazios enquanto sua cabeça girava, e ele sentia como se o peso de um bloco de gelo tivesse caído em seu estômago.

A Directrix agarrou seu medalhão, a alegria tomou conta de seu rosto sereno.

– Meu amo, o que você prefere em uma companheira? Tenho duas em mente.

Ele lançou um olhar sério para Amalya.

– Elas têm que querer isto. Sem coerção. Sem amarras. Elas precisam querer. Cormia não queria e não era justo com ela. Fui voluntário, mas ela não teve escolha.

A Directrix colocou a mão em seu ombro.

– Eu entendo e, mais ainda, concordo. Cormia nunca esteve apta ao papel, aliás, ela foi consagrada Primeira Companheira exatamente por esse motivo pela Directrix anterior. Eu jamais serei tão cruel.

– E Cormia vai ficar bem. Quero dizer, ela não vai ser expulsa daqui, correto?

– Ela será bem recebida. É uma boa fêmea. Apenas não… tão adequada para essa vida como algumas de nós.

Com as batidas silenciosas de seu coração, Phury a imaginou tirando a roupa dele para o banho, seus olhos verdes inocentes e ingênuos olhando para ele enquanto tentava tirar seu cinto e sua calça de couro.

Ela só queria fazer o que era certo. Quando toda essa confusão começou, mesmo estando apavorada, ela teria feito a coisa certa de acordo com suas tradições e o recebido dentro de si. O que a tornava mais forte do que ele, não é? Ela não estava fugindo. Era ele que estava pronto para correr.

– Diga às outras que eu não fui digno dela.

Quando a boca da Directrix se abriu, ele apontou um dedo para ela.

– É uma ordem. Diga a elas… que Cormia é boa demais para mim. Eu a quero elevada a uma posição especial… quero que ela seja reverenciada, entendeu? Faça a coisa certa com ela ou eu destruo este lugar.

Enquanto a mente da Directrix estava claramente confusa, ele a ajudou a organizar as coisas dizendo:

– Aqui é o meu mundo. Eu dou as ordens, não é? Sou a força desta maldita raça, então faça o que eu digo. Agora, concorde.

Quando ela o fez, o peito dele se acalmou.

– Ótimo. Fico feliz que estamos de acordo. Agora, precisamos fazer outra cerimônia?

– Ah… quando proferiu as palavras para... para Cormia, você se ligou a todas nós.

Ela tocou o próprio medalhão de novo, mas dessa vez ele sentiu que o motivo não era alegria. Parecia mais que ela precisava ser reconfortada.

– Quando você… pretende vir para ficar?

Ele pensou na gravidez de Bella. Não podia perder o nascimento, e do jeito que as coisas estavam entre ele e Z., talvez nem fosse avisado.

– Vai levar um tempo. Talvez até um ano.

– Então eu devo mandar a primeira para você no lado distante?

– Sim.

Ele desviou o olhar do berçário, sentindo que ainda precisava de mais ar.

– Ouça, vou dar uma volta.

– Vou dizer às outras para lhe darem privacidade.

– Obrigado, e me desculpe por ser tão duro – ele fez uma pausa. – Uma última coisa... quero conversar com Cormia. Eu vou dizer a ela.

– Como quiser. – A Directrix fez uma reverência. – Vou precisar de alguns dias para preparar tudo...

– Só me avise quando for mandar uma delas.

– Sim, meu amo.

Quando ela partiu, Phury olhou para a paisagem branca e, após um momento, a vastidão mudou diante dos seus olhos, transformando-se em uma vista completamente diferente. As árvores sem cor e a grama que parecia estar coberta de neve fina tinham desaparecido. No lugar, ele viu os jardins confinados da casa de sua família no Antigo País.

Atrás da grande casa de pedra onde Phury tinha crescido, havia um vasto jardim murado. Recortado em quadrantes por trilhas cobertas de pedras, o motivo de sua existência sempre foi exibir espécies de plantas e oferecer um lugar de beleza natural para acalmar a mente. O muro que cercava a paisagem tinha sido marcado por quatro estátuas nos cantos, cujas figuras retratavam os estágios da vida: um bebê nos braços do pai; um jovem forte parado sozinho; um adulto segurando uma criança nos braços; e esse adulto sentado com a sabedoria da idade e seu filho crescido em pé atrás.

Quando o jardim foi construído, devia ser muito elegante, um verdadeiro espetáculo, e Phury podia imaginar a alegria de seus pais ao olhar para esse esplendor logo após terem se unido.

Ele não conheceu nenhuma das perfeições prometidas naquelas obras de arte. A única coisa que viu nesse jardim foi o caos da negligência. Quando tinha idade suficiente para entender o mundo a sua volta, os canteiros estavam cobertos de ervas daninhas, os bancos para reflexão tinham sido tomados por limo, e a grama tinha coberto as trilhas. O mais triste para ele eram as estátuas. Havia hera emaranhada nelas, consumindo-as mais rápido a cada ano; as folhas escureciam cada vez mais o que a mão do escultor quis mostrar.

O jardim era a representação visual da ruína da família.

E ele quis consertar tudo aquilo. Por inteiro.

Após passar pela transição, que quase o matou, ele deixou as ruínas da casa de sua família e se lembrava da partida tão claramente quanto a imagem em sua mente daquele jardim destruído.

A noite de sua partida tinha sido marcada por uma lua cheia de outubro, e Phury colocou na bagagem algumas roupas antigas e finas do pai sob sua luz brilhante.

Ele tinha apenas um plano simples: seguir as pistas do caminho que seu pai havia deixado de lado. Na noite do sequestro de Zsadist, ficou claro qual das criadas havia levado o jovem, e Ahgony, como qualquer pai, foi atrás dela querendo vingança. Mas a criada foi esperta, e seu pai não encontrou nada concreto até aproximadamente dois anos depois. Seguindo pistas, dicas e fofocas, o Irmão vasculhou o Antigo País e acabou localizando o cobertor de bebê de Zsadist nos pertences da fêmea – que havia morrido na semana anterior.

A tentativa quase bem-sucedida foi só mais uma página na tragédia.

Foi naquele momento que Ahgony ficou sabendo que seu filho tinha sido levado por um vizinho e vendido no mercado de escravos. O vizinho tinha levado o dinheiro e fugido, e apesar de Ahgony ter ido ao vendedor de escravos, havia muitos bebês sem pais sendo trazidos e comercializados para que Zsadist fosse localizado.

Ahgony desistiu, foi para casa e começou a beber.

Enquanto Phury se preparava para assumir a busca do pai, parecia apropriado usar os ternos e peças de seda dele. Era importante também. Parecer um cavalheiro sem dinheiro facilitaria se infiltrar nas grandes casas, que era onde os escravos eram mantidos.

Usando as roupas antigas do pai, Phury podia ser apenas outro vagabundo com boas maneiras, tentando pagar pelo que recebia com sua inteligência e seu charme. Vestindo uma moda de vinte e cinco anos atrás, e com uma mala de couro gasto na mão, ele foi até seus pais para contar o que pretendia fazer.

Phury sabia que sua mãe estava na cama no porão da casa, porque era onde ela vivia. Também sabia que ela não olharia quando entrasse. Ela nunca olhava, e Phury não a culpava. Ele era a réplica exata do filho que tinha sido roubado, um lembrete da tragédia que andava, falava e respirava. Que ele era um indivíduo independente de Zsadist, que sofria com a perda assim como ela porque metade de si mesmo estava faltando desde que seu irmão fora levado, que precisava de cuidado e carinho eram coisas que ela não percebia por causa da dor.

A mãe nunca o tocava. Nem uma vez, nem mesmo para banhá-lo quando era criança.

Depois de bater na porta, Phury teve o cuidado de dizer quem era antes de entrar para que a mãe pudesse se preparar adequadamente. Quando ela não respondeu, ele abriu a porta e ficou parado no vão, preenchendo o espaço com seu corpo pós-transição. Enquanto contava à sua mãe o que iria fazer, Phury não tinha certeza do que esperava dela, mas nada aconteceu. Nem uma palavra. Ela nem mesmo levantou a cabeça do travesseiro velho.

Ele fechou a porta e foi até o quarto do pai.

O macho estava imóvel, totalmente bêbado entre as garrafas de cerveja barata que o mantinham vivo, ou ao menos entorpecido o suficiente para não pensar em sua tragédia.

Depois de tentar acordá-lo, Phury escreveu um bilhete, deixou sobre o peito do pai, subiu as escadas e foi embora.

Parado no terraço coberto de folhas do que um dia foi a grande casa da família, ele ouviu os barulhos da noite. Sabia que havia uma boa possibilidade de que nunca mais fosse ver os pais e ficou preocupado que o único *doggen* que continuava lá morresse ou se machucasse. E então o que aconteceria?

Observando a grandiosidade do passado, sentiu que seu irmão gêmeo estava em algum lugar da noite, esperando para ser encontrado. Quando uma linha de nuvens leitosas passou pelo rosto da lua, Phury procurou bem dentro de si mesmo algum tipo de força.

Na verdade, uma voz baixa disse dentro do seu crânio, *você pode procurar até que mil manhãs cheguem, e até encontrar o corpo de seu irmão gêmeo respirando, no entanto, certamente, você não pode salvar o que não pode ser salvo. Você não está à altura da tarefa e, além disso, seu destino ordena que você falhe, não importa a meta, uma vez que carrega a maldição do* dhuplo bhanido.

Era o mago falando pela primeira vez.

E conforme digeria as palavras, sentindo-se fraco demais para a jornada diante de si, Phury fez seu voto de celibato.

Olhando para o grande círculo brilhante no céu azul-escuro, jurou pela Virgem Escriba que se manteria afastado de todas as distrações. Seria um salvador concentrado e puro. Seria o herói que traria seu irmão de volta. Seria a cura para a triste e confusa tragédia de sua família e traria de volta sua saúde e beleza.

Seria o jardineiro.

Phury voltou ao presente quando o mago falou.

Mas eu estava certo, não estava? Ambos os seus pais morreram cedo e na miséria, seu irmão gêmeo foi usado para o sexo, e você é louco. Eu estava certo, não estava, parceiro?

Phury retornou o foco para a vasta área branca e fantasmagórica do Outro Lado. Era tão perfeita, tudo em ordem, nada fora do lugar. As tulipas brancas com seu caule branco ficavam dentro dos canteiros em volta dos prédios. As árvores não ultrapassavam os limites da floresta. Não havia nenhuma erva daninha em vista.

Ele imaginou quem aparava a grama e teve sensação de que a grama, como todo o resto, apenas crescia daquele jeito.

Devia ser bom.

Capítulo 14

De volta à mansão da Irmandade, Cormia olhou o relógio na sua cômoda de novo. John Matthew deveria ter ido pegá-la uma hora atrás para assistir a um filme, e ela esperava que não tivesse acontecido nada de errado.

Andando de um lado para outro, percebeu que seu quarto parecia pequeno demais naquela noite, cheio demais, apesar de não haver nenhum móvel novo e de ela estar sozinha.

Caríssima Virgem Escriba, ela tinha energia demais.

Era o sangue do Primaz.

Isso e uma urgência enorme e não satisfeita.

Cormia parou perto da janela, levou os dedos à boca e lembrou de seu sabor, de seu toque. Que febre louca, que êxtase glorioso. Mas por que ele parou? A questão estava girando em sua cabeça. Por que não foi adiante? Sim, o medalhão o havia chamado, mas como Primaz, era ele quem dava a última palavra. Ele era a força da raça, o comandante das Escolhidas, livre para ignorar qualquer um e todos quando quisesse.

A única resposta a deixava enjoada. Seriam os sentimentos dele por Bella? Ele acreditava que estava traindo sua amada? Era difícil saber o que era pior: o Primaz ficar com ela e todas as suas irmãs, ou ficar sem nenhuma delas porque seu coração pertencia a outra.

Olhando para a noite, Cormia tinha certeza de que iria enlouquecer se ficasse no quarto, e a piscina com sua superfície ondulante chamou sua atenção. O movimento delicado das ondas a fez lembrar dos banhos profundos no Outro Lado, a promessa de um repouso tranquilo de tudo o que estava em sua cabeça.

Cormia foi para a porta e depois saiu pelo corredor antes que se desse conta de que havia deixado o quarto. Andando silenciosa e rapidamente com seus pés descalços, ela desceu a escada principal até o saguão e atravessou o chão de mosaico. Na sala de jogos, Cormia abriu a porta que John havia usado para chegar lá fora na noite anterior e saiu da casa.

Parada nas pedras frias do terraço, deixou que seus sentidos absorvessem a escuridão e baixou os olhos para poder ver a enorme muralha no limite da propriedade. Parecia não haver perigo. Nada se movia entre as flores e árvores do jardim exceto o denso ar da noite.

Olhou de volta para a suntuosa casa. Luzes brilhavam nas janelas fechadas, e Cormia podia ver um *doggen* indo de um lado ao outro. Havia gente suficiente caso precisasse de ajuda.

Ela fechou a porta quase totalmente, levantou a saia da túnica e atravessou o terraço até a água.

A piscina era retangular e cercada pelas mesmas pedras planas que cobriam o terraço. Havia cadeiras longas feitas de tiras entremeadas e mesas com tampos de vidro. De um lado, ficava um mecanismo preto com um tanque branco. Flores em vasos adicionavam cor.

Ajoelhada, ela testou a água, cuja superfície parecia oleosa sob a luz da lua, provavelmente porque o piso da piscina também era feito com mais pedras pretas. Aquele formato era diferente dos banhos de sua casa, não havia descida gradual, e ela suspeitava que a profundidade era grande. Mas não havia perigo. Havia apoios em intervalos regulares que podiam ser usados para ajudar a sair da água.

O dedo do pé entrou primeiro, depois o pé todo, e a superfície ondulou com o movimento, como se a água estivesse aplaudindo para incentivá-la.

Havia uma escada à esquerda com degraus rasos que permitiam a entrada na piscina. Ela foi até lá, tirou a túnica e entrou nua na água.

Seu coração batia forte, mas ela se deliciou na proteção delicada da água. Continuou mergulhando até que estivesse coberta em um abraço gentil que se movia dos seus seios até os calcanhares.

Que maravilha.

O instinto lhe dizia para bater os pés, e ela o fez, projetando seu corpo para frente em um movimento flutuante.

Lançando os braços para cima e para fora, e depois trazendo-os de volta, Cormia descobriu que podia se mover, ir aonde quisesse – primeiro para a direita, depois para a esquerda, depois para baixo, até o fundo, onde uma borda fina se projetava na água.

Acabada a exploração, ela virou de barriga para cima e ficou boiando e olhando o céu. As luzes brilhantes lá em cima a fizeram pensar em seu papel entre as Escolhidas e seu dever de ser uma entre muitas, uma molécula que fazia parte de um todo. Ela e as irmãs eram idênticas dentro da grande tradição que serviam: assim como aquela água, contínua e fluida, sem limites. Assim como as estrelas lá em cima, todas iguais.

Olhando para o céu, ela teve outro daqueles pensamentos aleatórios e hereges, mas desta vez não foi sobre arquitetura, as roupas das pessoas ou se ela gostava de um tipo de comida ou não.

Desta vez o pensamento foi direto para seu âmago e a marcou como pecadora e herege: ela não queria ser uma de muitas.

Não com o Primaz. Não para ele.

E não para si mesma.

Do outro lado da cidade Qhuinn estava sentado na cama olhando para o celular em sua mão. Ele havia digitado uma mensagem de texto endereçada tanto a Blay quanto a John e estava só esperando para enviá-la.

Parecia estar sentado lá há horas, mas provavelmente fazia no máximo uma hora. Depois de tomar um banho para tirar o sangue de Lash, ele sentou e se preparou para o que estava por vir.

Por alguma razão, ficou pensando na única coisa boa que lembrava que seus pais já tinham feito para ele. Tinha sido mais ou menos três anos atrás. Durante meses ele pediu permissão aos pais para ir à casa de seu primo Sax em Connecticut. Saxton já havia passado pela transição e estava um pouco fora de controle, então, naturalmente, era um herói para Qhuinn. E, naturalmente, os pais não aprovavam nem Sax nem seus pais – que não eram nada interessados nas frescuras sociais autoimpostas da *glymera*.

Qhuinn havia pedido, implorado e choramingado, mas não conseguiu nada com seus esforços. E então, do nada, seu pai avisou que estava se preparando para ir para o sul naquele fim de semana.

Alegria. Alegria completa. Ele fez as malas com três dias de antecedência e quando entrou no banco de trás do carro depois de escurecer e foi levado até a fronteira de Connecticut, sentiu-se como o rei do mundo.

Sim, tinha sido gentil da parte de seus pais. É claro, depois ele descobriu por que eles tinham feito aquilo.

A aventura na casa de Sax não foi lá muito bem. Ele acabou bebendo muito com o primo num sábado e ficou tão enjoado por causa de uma combinação mortal de cerveja e gelatina com vodca que os pais de Sax insistiram que ele fosse para casa se recuperar.

Ser levado de volta por um dos seus *doggen* foi uma jornada de vergonha e, para piorar, Qhuinn ficava pedindo ao motorista para encostar o carro a toda hora para poder vomitar. O único alívio era que os pais de Sax tinham concordado em não contar para os pais de Qhuinn – com a condição de que confessasse tudo quando chegasse em casa. Eles claramente não queriam lidar com o pai e a mãe dele também.

Quando o *doggen* parou na frente da casa, Qhuinn pensou em dizer apenas que estava se sentindo mal, o que era verdade, e que tinha pedido para voltar, o que não era verdade e nunca seria.

Só que as coisas não aconteceram daquele jeito.

Todas as luzes estavam acesas, havia música no ar, vinda de uma tenda montada nos fundos. Havia velas acesas em todas as janelas, pessoas andavam em todos os cômodos.

– Que bom que trouxemos você a tempo – o *doggen* que estava ao volante disse com sua voz feliz de *doggen*. – Seria uma pena você perder isso.

Qhuinn saiu do carro com a mala e não percebeu quando o servo foi embora.

Claro, ele pensou. Seu pai estava deixando o cargo de *lídher* da *glymera* depois de um tempo de serviço com distinção liderando o Conselho dos *Princeps*. A festa estava sendo realizada para celebrar seu trabalho e marcar a passagem da posição para o pai de Lash.

E era por isso que os empregados estavam correndo de um lado a outro nas últimas semanas. Ele tinha achado que sua mãe estava passando apenas por um de seus períodos chatos de limpar tudo, mas não. Aquela faxina toda era para aquela noite.

Qhuinn foi para o fundo da casa andando nas sombras criadas pelas cercas-vivas, arrastando sua mochila. A tenda estava tão bonita. Luzes piscando pendiam de candelabros e reluziam em mesas com lindos arranjos de flores e velas. Cada uma das cadeiras tinha sido decorada com laços de cetim, e havia passadeiras nos corredores entre os assentos. Qhuinn imaginou que o esquema de cores da festa era turquesa e amarelo, refletindo os dois lados da família.

Ele ficou olhando o rosto dos convidados e reconheceu cada um deles. Toda a sua linhagem estava lá, junto com as principais famílias da *glymera*, e todos os convidados estavam vestidos de maneira formal, as fêmeas de vestido, os machos de fraque. Jovens corriam por entre os adultos como vaga-lumes e os mais velhos estavam sentados nas laterais sorrindo.

Ele estava lá na escuridão se sentindo parte da bagunça da casa que tinha sido escondida antes que as visitas chegassem, mais um objeto feio e inútil a ser colocado em um armário para que ninguém visse. E não foi a primeira vez que quis enfiar os dedos nos próprios olhos e apertar até destruir aquilo que o tinha destruído.

Abruptamente, a banda parou, seu pai tomou o microfone no alto da pista de dança feita de madeira. Quando todos os convidados se reuniram, a mãe, o irmão e a irmã de Qhuinn se colocaram atrás do pai, os quatro brilhando de uma maneira que não tinha nada a ver com todas as luzes.

– Se eu puder ter a atenção de todos – seu pai começou a falar no Antigo Idioma –, eu gostaria de aproveitar a ocasião para agradecer as famílias fundadoras que estão aqui hoje.

Salva de palmas.

– Esses últimos dez anos como *lídher* foram desafiadores, mas fizemos progresso, e eu sei que meu sucessor vai assumir as rédeas com pulso firme. Com a recente ascensão do rei, é ainda mais fundamental que nossas preocupações sejam reunidas e levadas adiante com o cuidado apropriado. Por meio do trabalho contínuo do Conselho, vamos testemunhar nossa visão ser transmitida à raça... passando por cima daqueles que discordam e que não entendem a questão tão plenamente quanto nós...

Houve uma vigorosa aprovação nesse momento, seguida por um brinde ao pai de Lash. E então o pai de Qhuinn limpou a garganta e olhou para as três pessoas atrás dele. Em uma voz levemente rouca, ele disse:

– Foi uma honra servir à *glymera*... e ainda que eu vá sentir falta do meu posto, seria um descuido meu não admitir que ter mais tempo para minha família me dá imenso prazer. De fato, eles são o centro da minha vida, e eu preciso agradecê-los pela luz e pelo calor que trazem ao meu coração todos os dias.

A mãe de Qhuinn soprou um beijo e deu uma piscadela rápida. O irmão estava com o peito inflado pelo orgulho e a adoração de um herói enchia seus olhos. A irmã aplaudia e pulava sem parar, seus cachos balançavam de alegria.

Naquele momento, a rejeição como filho, irmão e membro da família foi tão completa que nenhuma palavra dita a Qhuinn ou sobre Qhuinn poderia aumentar sua profunda tristeza.

Ele saiu de suas memórias quando a mão de seu pai bateu firmemente na porta, os nós dos dedos do macho interromperam a nuvem do passado e limparam a cena de sua mente. Ele apertou o botão de envio da mensagem, colocou o celular no bolso da camisa e disse:

– Entre.

Não foi seu pai que abriu a porta. Era um *doggen*, o mesmo mordomo que o informou para não ir ao baile da *glymera* naquele ano.

Quando o servo fez uma reverência, não era um gesto específico de respeito, e Qhuinn não achou que fosse. Os *doggen* se curvavam para todos. Inferno, se ele interrompesse um guaxinim mexendo no lixo, a primeira atitude antes de expulsar o bicho seria a boa e velha reverência na altura da cintura.

– Acho que está na hora de eu ir – disse Qhuinn quando o mordomo fez vários movimentos com a mão para evitar olhá-lo nos olhos.

– Com todo respeito – disse o *doggen*, com a testa ainda apontada para os pés –, seu pai solicitou sua partida da propriedade.

– Ótimo.

Qhuinn levantou segurando a mala onde tinha colocado sua coleção de camisetas e suas quatro calças jeans. Quando passou a alça pelo ombro, imaginou por quanto tempo seu serviço de celular estaria pago. Há alguns meses ele esperava que fosse cortado – desde que sua mesada desapareceu de repente. Ele teve a sensação de que seu celular, assim como ele próprio, estavam prestes a se ferrar.

– Seu pai me pediu para entregar isto.

O *doggen* não endireitou o corpo ao entregar um grosso envelope comercial. A vontade de dizer ao servo que pegasse aquilo e enfiasse numa parte do corpo de seu pai foi quase irresistível.

Qhuinn pegou o envelope e o abriu. Depois de olhar todos os papéis, ele os dobrou e colocou de volta calmamente. Ao guardar o envelope na parte de trás do elástico da cintura, ele disse:

– Vou esperar minha carona.

O *doggen* se levantou.

– Por favor, espere na frente do portão.

– Sim. Claro. Tudo bem. – Não importa. – Você precisa do meu sangue, não é?

– Se você fizer essa gentileza.

O *doggen* mostrou um cálice de bronze com o bojo forrado de vidro preto.

Qhuinn usou seu canivete suíço, porque o de caça tinha sido confiscado. Atravessando a lâmina pela palma da mão, ele fechou o punho para espremer algumas gotas vermelhas no cálice.

Eles iam queimar aquilo quando Qhuinn saísse, como parte do ritual de limpeza.

Não estavam apenas descartando o defeituoso, estavam se livrando do mal.

Qhuinn deixou seu quarto sem olhar para trás e foi para o corredor. Ele não se despediu da irmã, apesar de ter a ouvido tocando flauta. Também deixou seu irmão recitando versos em latim. E não parou na sala de visitas da mãe quando a ouviu falando ao telefone. E definitivamente ia passar direto pelo escritório do pai. Estavam todos o despejando. A prova estava no envelope.

No primeiro andar, ele não bateu a grande porta de entrada. Não havia por que fazer um espetáculo. Todos sabiam que ele estava indo embora, e era por isso que estavam tão cuidadosamente ocupados em vez de estarem tomando chá na sala da família.

Qhuinn podia apostar que eles se reuniriam no instante que o *doggen* anunciasse que ele estava fora da casa. Podia apostar que tomariam chá Earl Grey e alguns sorvetes. Podia apostar que respirariam fundo, de alívio, e depois lamentariam sobre como seria difícil manter a cabeça erguida depois do que ele tinha feito com Lash.

Qhuinn andou pelo longo caminho da entrada sinuosa da casa. Quando chegou aos grandes portões de ferro, estavam abertos. Depois de passar por eles, os portões se fecharam com um barulho como se fosse um chute no traseiro.

A noite de verão estava quente e úmida, e um raio surgiu no norte. As tempestades sempre vinham do norte, pensou, e era assim tanto no verão quanto no inverno. Nos meses frios, os ventos do nordeste podiam enterrá-lo em tanta neve que qualquer um se sentia…

Uau. Ele estava tão perturbado que estava falando sobre o tempo consigo mesmo.

Qhuinn soltou sua mala no meio fio do pavimento.

Pensou em mandar uma mensagem para Blay para ver se, de fato, podia pegar uma carona. Desmaterializar-se com o peso da bagagem podia ser complicado, e ele nunca ganhou um carro, então era isso. Ele não ia a lugar nenhum rápido.

Mas assim que foi pegar o telefone, o objeto disparou. Era uma mensagem de texto de Blay: *Vc pode vir ficar com a gente. Vou pegar vc.*

Qhuinn começou a responder, mas então pensou no envelope e parou. Colocou o telefone na mala, jogou a mala de volta nas costas e começou a andar pela estrada. Foi para o leste; a estrada o levou aleatoriamente naquela direção.

Caramba… agora ele realmente era órfão. Era como se suas suspeitas internas tivessem se tornado realidade. Ele sempre pensou que tinha sido adotado ou algo assim, porque nunca se encaixou na família – e não só por causa da coisa de um olho de cada cor.

Ele era farinha de um saco diferente. Sempre foi.

Parte dele queria ficar furioso por ser expulso de casa, mas o que ele esperava? Qhuinn nunca foi um deles, e acertar seu primo com uma faca de caça, mesmo que totalmente justificado, era imperdoável.

E também ia custar ao seu pai muito dinheiro. Em casos de agressão – ou assassinato, se Lash morresse – se a vítima fosse membro da *glymera*, ele e sua linhagem deveriam receber uma soma, dependendo do valor relativo do ferido ou morto.

Um macho jovem pós-transição primogênito de uma das famílias fundadoras? Só a morte de um Irmão ou uma fêmea nobre grávida seria mais cara.

E os pais dele seriam os pagadores, não Qhuinn, uma vez que legalmente ele não era considerado adulto até um ano depois de sua transição. A parte boa, ele imaginou, era que por ainda ser tecnicamente um menor, não seria sentenciado à morte.

Mas mesmo assim, ele com certeza seria indiciado, e a vida que conhecia tinha oficialmente acabado.

Isso é o que eu chamo de transição. Ele estava fora da *glymera*. Fora de sua família. Fora do programa de treinamento. Com exceção de uma mudança de sexo malfeita, era difícil imaginar o que mais podia acontecer para estragar sua identidade.

Naquele momento, Qhuinn tinha até o amanhecer para decidir onde ficaria esperando até que sua sentença fosse anunciada. A casa de Blay era a escolha óbvia, com exceção de um grande e cabeludo problema: dar abrigo a um pária da *glymera* devastaria totalmente o status social da família, então não ia rolar.

John também não podia recebê-lo. Ele vivia com os Irmãos, e isso significava que sua residência era tão secreta que não podia receber visitantes, muito menos um convidado que não tinha dia para ir embora.

Ou que tinha esfaqueado outro aprendiz e estava esperando para vestir o uniforme de presidiário.

Meu Deus... John. Aquilo que Lash falou. Ele esperava que não fosse verdade, mas temia que fosse. Qhuinn sempre achou que John evitava as fêmeas porque era ainda mais socialmente inapto que Blay. Agora? Obviamente o cara tinha questões sérias... e Qhuinn se sentiu um idiota de proporções gigantescas por ter irritado o amigo sobre sexo como tinha feito.

Não era surpresa que John nunca tivesse levado uma fêmea para os fundos quando estavam no ZeroSum.

Maldito Lash.

Caramba, não importa o resultado daquela facada, ele não teria feito nada diferente. Lash sempre foi um imbecil e Qhuinn passou anos esperando para pegá-lo de jeito. Mas depois de ter feito aquilo com John? Qhuinn esperava que ele morresse.

E não só porque um idiota cruel a menos no mundo seria uma coisa boa.

A verdade era que Lash tinha uma boca grande e, enquanto estivesse respirando, aquela informação sobre John não estaria segura. E isso era perigoso. Havia gente na *glymera* que consideraria algo daquele gênero totalmente degradante.

Se John tinha esperanças de se tornar um Irmão completo e ser respeitado na aristocracia, se tinha esperanças de ter uma companheira e constituir uma família, ninguém podia saber que ele tinha sido violentado por qualquer macho, muito menos um macho *humano*.

Droga, o fato era que ter sido um humano tornava a coisa astronomicamente pior. Aos olhos da *glymera*, humanos eram ratos que andavam eretos. Ser dominado por um deles? Injustificável. Não, Qhuinn pensou enquanto andava sozinho, não teria feito nada diferente.

Capítulo 15

Depois que John limpou a área do chuveiro do vestiário, foi para o escritório, sentou na mesa e passou Deus sabe quanto tempo olhando para os papéis que devia estar arrumando. No silêncio, seu lábio inchado latejava, assim como os nós de seus dedos, mas eram apenas dores menores entre o furor surdo em sua cabeça.

A vida era esquisita demais.

A maior parte acontece em um ritmo previsível, os eventos passam por você no limite de velocidade ou um pouco abaixo dele. De vez em quando, no entanto, as coisas surgem como um raio, como um Porsche voando ao seu lado numa estrada. Problemas simplesmente surgem do nada e mudam tudo em um segundo.

A morte de Wellsie tinha sido assim. O desaparecimento de Tohr tinha sido assim.

O ataque de Qhuinn em Lash foi assim.

E aquela coisa terrível que aconteceu com John na escadaria... pois é, também.

Era a versão do destino de um pé pesado no acelerador.

Claramente, a garganta de Lash estava destinada a ser cortada naquele momento por Qhuinn, e o tempo se acelerou tanto que não pôde haver interferência de nada nem ninguém.

Desistindo da papelada, John saiu da mesa e foi para o fundo do escritório. Quando entrou no túnel subterrâneo que o levaria à mansão, odiou a si mesmo por desejar que Lash não sobrevivesse. Ele não queria pensar que era tão cruel e, além disso, se Lash morresse, as coisas ficariam mais difíceis para Qhuinn.

Mas não queria que seu segredo se espalhasse.

Quando pisou no saguão, o telefone disparou com um bip. Era Qhuinn: *Saí de casa. Não sei qto tempo o fone vai funcionar. Vou me entregar para Wrath quando ele quiser.*

Caramba. John foi rápido na resposta: *Blay está pronto para ir pegar você.*

Sem resposta. Ele tentou de novo: *Q? Espere o Blay, não saia sem ele. Você pode ficar lá.*

John parou na base das escadas e esperou uma resposta. O que recebeu um minuto depois foi uma mensagem de Blay: *Não se preocupe, estou de olho em Q. Aviso qdo souber dele. Pior das hipóteses, vou buscá-lo.*

Ainda bem.

Normalmente, John teria ido encontrar os amigos na casa de Blay, mas ainda não podia encará-los. Como os dois poderiam não estar olhando para ele diferente? Além disso, o que aconteceu estaria fixado na cabeça deles, assim como estivera na sua própria cabeça no começo.

No começo, era na maior parte do dia e o tempo todo durante a noite. Depois, algumas vezes durante o dia; depois, dia sim dia não; depois uma semana inteira se passava sem que ele pensasse no assunto. As noites demoraram muito mais, mas acabou que mesmo os sonhos tinham diminuído também.

Sim, ele não tinha nenhum interesse em olhar os amigos nos olhos agora e saber o que estavam pensando. Visualizando. Imaginando.

Não, ele ainda não podia encontrá-los.

Além do mais, não conseguia se livrar da sensação de que a coisa toda com Lash era culpa sua. Se não estivesse carregando uma bagagem tão pesada, o sujeito não o teria provocado na frente de seus amigos, a briga não teria acontecido e Qhuinn não teria dado uma de Rambo com seu primo de primeiro grau.

Mais uma vez, aquele inferno da escada estava causando problemas. Era como se os efeitos daquilo que havia acontecido não fossem acabar nunca.

Quando John passou pela biblioteca para subir as escadas, teve um ímpeto de olhar os livros até chegar à seção jurídica... que tinha cerca de seis metros de largura. Caramba, devia ter uns setenta volumes sobre direito no Antigo Idioma. Evidentemente, vampiros eram tão litigiosos quanto os humanos.

Ele folheou alguns tomos e teve uma ideia do que aconteceria no Código Penal. Se Lash morresse, Qhuinn ficaria diante de Wrath, e as coisas não pareciam boas, porque ele não tinha sido atacado, então não podia argumentar autodefesa. Sua melhor chance era alegar homicídio justificado por questões de honra, mas até mesmo isso significaria cumprir pena, além de uma multa alta que teria que ser paga aos pais de Lash; mas, se ele sobrevivesse, seria uma questão de agressão com arma mortal, o que ainda significaria ficar atrás das grades e uma multa.

Os dois resultados traziam o mesmo problema: até onde John sabia, a raça não tinha cadeias, uma vez que o sistema penal para vampiros tinha se degradado nos últimos quatrocentos anos antes da ascensão de Wrath. Portanto, Qhuinn seria mantido em prisão domiciliar até que uma cadeia fosse construída.

Era difícil imaginar os pais de Blay concordando em manter um criminoso embaixo de seu teto indefinidamente. Então para onde Qhuinn iria?

Com um palavrão, John enfiou os volumes com capa de couro de volta. Quando se virou, viu uma cena sob a luz da lua e esqueceu o que estava lendo.

Do outro lado das portas duplas da biblioteca, Cormia estava saindo da piscina, de seu corpo nu pingavam as gotas d'água, com a pele tão macia que parecia ter sido polida, e os braços longos e elegantes eram graciosos como uma brisa de verão.

Oh... uau.

Como é que Phury podia ficar longe dela?

Quando colocou sua túnica, ela se virou na direção da casa e ficou paralisada quando o viu. Ele se sentiu um *voyeur* ao levantar a mão e acenar com desconforto. Ela hesitou, como se não tivesse certeza se tinha sido flagrada fazendo algo errado, e então devolveu o cumprimento. Ao abrir a porta, ele sinalizou sem pensar: *Me desculpe pelo atraso.*

Isso não foi nada esperto. Ela não conhecia linguagem de sinais:

– Você está se desculpando por ter me visto ou por estar atrasado? Acho que foi uma das duas coisas o que você disse.

Quando ele tocou o relógio, ela corou de leve.

– Ah, por estar atrasado.

Ele concordou. Cormia foi até John, seus pés não faziam barulho enquanto deixavam pegadas na laje.

– Eu esperei você... Oh, minha Virgem Escriba, você está machucado.

Ele levou a mão ao hematoma na boca, desejando que seus olhos não fossem tão bons no escuro. Começou a sinalizar algo para desviar a atenção, mas se frustrou com a barreira de comunicação e teve um ímpeto de inspiração.

Pegou o celular e escreveu: *Eu ainda gostaria de ver um filme, se você estiver a fim.*

Tinha sido uma noite infernal, e ele sabia que quando os Irmãos voltassem da clínica e a situação de Lash ficasse clara, as coisas iam ficar ainda mais difíceis. Como mal podia aguentar estar no próprio corpo, muito menos em sua cabeça, a ideia de sentar com ela no escuro e esquecer do mundo era algo que parecia correto.

Ela o estudou por um tempo, apertando os olhos.

– Você está bem?

Sim, tudo bem, ele digitou. *Desculpe o atraso. Eu ia gostar muito de ver um filme.*

– Nesse caso, seria um prazer – ela disse com uma reverência. – Mas eu gostaria de me lavar e me trocar antes.

Os dois voltaram pela biblioteca, subiram a escada principal, e ele ficou impressionado. Ela não estava desconfortável, considerando tudo o que ele tinha visto, o que era atraente, era mesmo.

No topo das escadas, John esperou quando Cormia entrou no quarto e achou que ia ter que esperar um tempo. Mas ela voltou em um segundo. Com o cabelo solto.

Oh, meu Deus, que visão.

Os cachos louros iam até seu quadril, a cor estava mais escura que o tom claro de sempre por causa da umidade.

– Meu cabelo está molhado. – Corando, ela pegou um punhado de grampos dourados. – Vou colocá-los assim que secar.

Não por minha causa, John pensou enquanto olhava para ela.

– Meu amo?

John voltou a si e liderou o caminho pelo corredor de estátuas até as duas portas que marcavam a entrada para os dormitórios dos empregados. Ele as manteve abertas para Cormia e foi para a direita, para uma porta revestida de couro que revelou degraus acarpetados com tiras de luzes brilhantes.

Cormia levantou sua túnica branca e subiu, e quando John a seguiu, tentou não olhar as pontas cacheadas do cabelo dela tocar a curva das costas.

O cinema no terceiro andar lembrava uma daquelas antigas salas dos anos 1940, as paredes pretas e prateadas eram decoradas com relevos em estilo *art déco* e luminárias de luz dourada. Os assentos do local tinham a qualidade que se encontraria em um Mercedes, não em um estádio de beisebol: vinte e uma cadeiras de couro estavam distribuídas em três seções. Os corredores eram marcados com mais luzes pequenas. Cada uma das poltronas superacolchoadas era de tamanho grande e, coletivamente, tinham mais apoios para bebida do que um Boeing 747.

Na parede do fundo do cinema havia milhares de DVDs e coisas para comer. Junto com uma máquina de pipoca, que não estava ligada porque eles não tinham avisado Fritz, havia uma fonte de refrigerante e um balcão de doces de verdade.

Ele parou e olhou os vários tipos de chocolates e balas. John estava ao mesmo tempo faminto e enjoado, e teve que escolher com a sensação estranha em seu estômago, mas pensou que talvez Cormia quisesse alguma coisa. Como ela estava ocupada olhando tudo com olhos arregalados, ele pegou um pacote de M&M's, porque eram básicos, e um saco de jujuba caso ela não gostasse de chocolate. Pegou dois copos vazios, adicionou gelo e encheu-os com refrigerante.

Assobiando levemente para chamar a atenção dela, ele acenou com a cabeça para os degraus baixos. Cormia o seguiu, aparentemente fascinada pelas luzes que acompanhavam as escadas. Quando se sentou em uma das poltronas, ele correu pelos degraus e tentou pensar em qual filme colocar.

Certo, terror estava fora de questão, tanto por causa da sensibilidade delicada dela quanto pelo pesadelo na vida real daquele dia. Claro... isso eliminava mais ou menos metade da coleção, porque em geral era Rhage quem fazia os pedidos de filme para Fritz.

John passou direto pela seção do Godzilla porque o fazia lembrar de Tohr. Comédias baratas como *American Pie* e *Penetras Bons de Bico* não tinham classe o suficiente para ela. A coleção de Mary de filmes estrangeiros profundos e cheios de significado era... bom, intenso demais para que John conseguisse aguentar, mesmo em uma noite boa. Ele estava em busca de escapismo, não um tipo diferente de tortura esmagadora. Filmes de ação? Por algum motivo ele não achava que Cormia ia captar as sutilezas de Bruce Willis ou Stallone.

Restavam as comédias românticas. Mas qual? Havia os clássicos de John Hughes: *Curtindo a vida adoidado*, *A Garota de Rosa Shocking*, *Clube dos Cinco*. Ou talvez a seção Julia Roberts com *Três Mulheres Três Amores*, *Uma Linda Mulher*, *Flores de Aço*, *O Casamento do Meu Melhor Amigo*... e também a prateleira de Jennifer Aniston de filmes descartáveis. Todos os filmes de Meg Ryan dos anos 1990...

Então John pegou um DVD. Quando virou o objeto, pensou em Cormia dançando na grama. *Bingo*.

John estava voltando quando o telefone tocou. Era uma mensagem coletiva de Zsadist, que obviamente ainda estava na clínica de Havers: *Lash não parece estar bem. Ainda em tratamento. Manteremos todos informados.*

A mensagem chegou para todos na casa e, enquanto a relia, John se perguntou se deveria encaminhá-la para Blay e Qhuinn. No final, ele colocou o celular de volta no bolso, pensando que os dois já tinham coisas suficientes com que lidar sem receber relatos rápidos sobre a situação de Lash. Se ele morresse, John entraria em contato com os amigos.

Fez uma pausa e olhou em volta. Era totalmente surreal fazer algo tão normal quanto ver um filme, e parecia um pouco descabido. Mas naquele momento ele só podia esperar. Ele e todos os outros envolvidos estavam em modo neutro. Quando foi até o aparelho de DVD e colocou o disco, tudo o que podia ver era Lash caído nos ladrilhos, com medo nos olhos, sangue escorrendo do pescoço. Começou a rezar para que vivesse. Mesmo que significasse viver com medo de que seu segredo fosse exposto, era melhor do que Qhuinn ser condenado por assassinato e John ficar com uma morte na consciência.

Por favor, Deus, faça com que Lash viva.

CAPÍTULO 16

No ZeroSum, no centro da cidade, Rehv estava tendo uma noite ruim, e sua chefe de segurança estava piorando as coisas. Xhex estava parada na frente da mesa dele com os braços cruzados, olhando como se ele fosse a pior das criaturas.

Rehv esfregou os olhos e olhou de volta.

– E por que você está me dizendo para ficar aqui?

– Porque você é perigoso, e os funcionários têm medo de você.

O que provava que não eram totalmente burros, ele pensou.

– O que aconteceu na noite passada? – ela perguntou delicadamente.

– Eu contei que comprei aquele terreno quatro quarteirões para baixo?

– Sim, ontem. O que aconteceu com a Princesa?

– Esta cidade precisa de um clube gótico. Acho que vou chamá-lo de Iron Mask. – Ele se aproximou da tela brilhante do seu *laptop*. – O fluxo de caixa aqui é forte mais do que o suficiente para cobrir o empréstimo da construção. Ou eu posso fazer um cheque, se bem que isso nos faria passar por uma nova auditoria. Dinheiro sujo é muito complicado, e se você me perguntar sobre a noite passada mais uma vez, vou arrancar você daqui.

– Nossa, como estamos gentis hoje.

O lábio superior dele se curvou mostrando as presas na boca.

– Não me provoque, Xhex. Não estou de bom humor.

– Escute, você pode ficar de boca fechada, tudo bem, mas não desconte na equipe. Não estou interessada em limpar seu lixo pessoal… Por que você está esfregando os olhos de novo?

Piscando, ele deu uma olhada no relógio. Em meio à névoa vermelha de sua visão, ele percebeu que só fazia três horas desde a última dose de dopamina.

– Você já está precisando de outra dose? – Xhex perguntou.

Ele não se deu ao trabalho de responder, apenas abriu sua gaveta e pegou um frasco e uma seringa. Tirou o terno, enrolou a manga, fez um torniquete na parte superior do braço e tentou enfiar a ponta da agulha fina no selo vermelho do frasco de remédio.

Não conseguiu chegar ao líquido. Sem percepção de profundidade, ele estava pescando em um espaço vazio, tentando colocar a ponta da agulha no topo da pequena garrafa e errando.

Sympathos só viam tons de vermelho, e em duas dimensões. Quando seu remédio não funcionava, seja por estresse ou porque esquecia de tomar, a mudança na visão era o primeiro sinal de problema.

– Aqui, me deixe fazer.

Quando uma onda de mal-estar passou por ele, Rehv achou difícil falar, então apenas balançou a cabeça e continuou com a seringa. Enquanto isso, seu corpo começou a despertar de um profundo congelamento, e a sensação percorreu os braços e as pernas em uma corrente de formigamento.

– Ok, pare de ser orgulhoso. – Xhex deu a volta na mesa totalmente decidida. – Me deixe ajudar...

Ele tentou abaixar a manga a tempo. Não conseguiu.

– Meu Deus! – ela exclamou.

Rehv afastou o braço dela, mas era tarde demais. Tarde demais.

– Me deixe fazer – repetiu, colocando a mão em seu ombro. – Só relaxe, chefe... e me deixe cuidar de você.

Com mãos surpreendentemente delicadas, ela pegou a seringa e o vidro e esticou o antebraço cheio de marcas azuis e pretas na mesa. Ele estava tomando tantas injeções ultimamente que, mesmo com a cicatrização rápida, as veias estavam destruídas, inchadas e cheias de buracos, marcadas como se fossem estradas com muito trânsito.

– Vamos usar o outro braço.

Enquanto ele esticava o braço direito, Xhex conseguiu espetar a agulha no líquido sem dificuldade, extraindo o que deveria ser a dose normal. Ele balançou a cabeça e levantou dois dedos pedindo que dobrasse a dose.

– Isso é demais – ela falou.

Rehv tentou pegar a seringa, mas ela a tirou do seu alcance. Ele deu um soco na mesa, e seus olhos lançaram um olhar fulminante para Xhex, cheio de demandas.

Com algumas palavras cuidadosas, ela tirou mais líquido do vidro, e o chefe ficou olhando enquanto ela vasculhava a gaveta em busca de um lenço com álcool. Ela abriu a embalagem e esfregou o lenço na parte interna do cotovelo. Depois da injeção, Xhex desamarrou a tira e colocou o kit de volta na mesa.

Rehv se acomodou na cadeira e fechou os olhos. O vermelho persistiu mesmo com as pálpebras fechadas.

– Isso está acontecendo há quanto tempo? – ela perguntou sutilmente. – A dose dupla. A injeção sem desinfetar o local. Quantas vezes você faz isso todo dia?

Ele apenas balançou a cabeça. Momentos depois, ouviu Xhex abrir a porta e dizer a Trez para trazer o Bentley. Quando ele estava prestes a dizer "de jeito nenhum", ela tirou um dos casacos de pele do armário.

– Vamos para a clínica do Havers – ela disse. – E se você discutir comigo, vou chamar os rapazes aqui e tirar você deste escritório como um tapete enrolado.

Rehv olhou para ela.

– Você não... manda aqui.

– É verdade. Mas você acha que se eu mostrar como o seu braço está infeccionado, eles vão pensar duas vezes antes de levar você à força? Se você se comportar, pode acabar no banco de trás em vez do porta-malas. Se for um idiota, vai decorar o capô do carro.

– Vá se f...

– Nós já tentamos, lembra? Nenhum dos dois gostou.

Droga, aquilo era algo que ele não precisava lembrar agora.

– Pense direito, Rehv. Você não vai ganhar desta vez, então para que discutir? Quanto antes você for, mais cedo vai estar de volta.

Eles ficaram olhando um para o outro até que Xhex disse:

– Tudo bem, vamos esquecer a dose dupla. Só deixe Havers ver o seu braço. Temos que cuidar dessa infecção.

Como se o médico não fosse descobrir o que estava acontecendo quando visse aquilo. Rehv pegou a bengala e lentamente se levantou da cadeira.

– Estou com muito calor... para usar um casaco.

– Vou levá-lo para quando a dopamina fizer efeito e seu corpo esfriar.

Xhex ofereceu o braço sem olhar porque sabia que seu chefe era orgulhoso demais para aceitar ajuda de outra maneira. E ele precisava de ajuda. Estava fraco como um graveto.

– Odeio quando você está certa – ele disse.

– O que explica por que você normalmente tem um pavio tão curto.

Juntos eles saíram devagar do escritório e foram até o beco. O Bentley estava lá esperando, com Trez ao volante. O Mouro não fez perguntas nem comentários, como sempre. E, claro, o silêncio esmagador fez Rehv se sentir ainda pior. Ele ignorou o fato de que Xhex o colocou no banco de trás e sentou ao seu lado como se estivesse preocupada que seu chefe fosse ficar enjoado com a viagem ou algo parecido.

O Bentley saiu com a sutileza de um tapete mágico, o que era bem apropriado, porque ele estava se sentindo em um. Com a natureza de *sympatho* brigando com seu sangue vampiro, Rehv estava dividido entre seu lado mau e sua metade decente, e as mudanças na gravidade moral o estavam deixando totalmente enjoado.

Talvez Xhex estivesse certa em se preocupar sobre a coisa do vômito.

Eles viraram à esquerda na Rua Trade, pegaram a Rua Dez e foram na direção do rio, onde entraram na estrada. Pegaram a quarta saída e foram para um distrito de alto padrão, onde casas enormes em terrenos que pareciam parques ficavam longe da estrada, como se fossem castelos distantes dos súditos.

Com a visão vermelha e bidimensional, Rehv não tinha muita utilidade para os olhos. Mas com seu lado *sympatho*, ele enxergava demais. Podia sentir os humanos nas mansões, conhecia os habitantes pela pegada emocional que emitiam, graças à energia que seus sentimentos liberavam. Enquanto sua visão era plana como uma tela de TV, sua sensibilidade para as pessoas era tridimensional: ele podia sentir seus registros psíquicos, a relação de alegria e tristeza, culpa e luxúria, raiva e dor, criando estruturas que, para ele, eram tão sólidas quanto as casas deles.

Ainda que sua visão não pudesse penetrar nos muros altos e árvores bem-plantadas, nem romper a pedra e a argamassa dos casarões, sua natureza maligna via homens e mulheres lá dentro como se estivessem nus, e seu instinto ganhava vida. Ele se concentrava nas emoções, encontrando as fraquezas das pessoas e provocando-as ainda mais. Ele era o gato astuto, e eles, o rato assustado; o perseguidor com garras que quer brincar até que as pequenas cabeças sangrem com os segredos sujos, as mentiras obscuras e as preocupações vergonhosas.

Seu lado maligno os odiava com um calmo distanciamento. Para sua natureza *sympatho*, os fracos não mereciam a terra. Deviam comê-la até engasgarem e morrerem. E então as carcaças deles deviam ser esmagadas na lama do próprio sangue, assim como a próxima vítima.

– Eu odeio as vozes na minha cabeça – ele disse.

Xhex virou o rosto. Na luz do banco de trás, o rosto inteligente e endurecido dela pareceu curiosamente belo, provavelmente porque era a única que realmente entendia os demônios com que lutava, e essa conexão a tornava adorável.

– É melhor abominar essa parte de você – ela disse. – O ódio mantém você seguro.

– Lutar com ele é chato.

– Eu sei. Mas você faria diferente?

– Talvez. Não tenho certeza.

Dez minutos depois, Trez os levou pelos portões da propriedade de Havers, e a essa altura a dormência nas mãos e pés de Rehv estava voltando, e sua temperatura corpórea tinha caído. Quando o Bentley deu a volta e parou na entrada da clínica, o casaco de pele foi uma bênção, e ele se cobriu para se esquentar. Quando saiu do carro, Rehv percebeu que a visão vermelha também tinha diminuído, as cores do mundo voltaram à sua vista e sua percepção de profundidade colocava os objetos na orientação espacial que estava acostumado.

– Vou ficar aqui fora – Xhex disse do banco de trás.

Ela nunca entrava na clínica. Mas, considerando o que tinha acontecido, ele entendia. Rehv pegou a bengala e se apoiou.

– Não vou demorar.

– Leve o tempo que precisar. Trez e eu estaremos esperando.

Phury voltou do Outro Lado e foi direto para o ZeroSum. Ele fez sua compra com iAm porque Rehv estava fora e o Mouro tinha sido deixado no comando. Depois voltou para casa e foi para seu quarto.

Ele ia fumar um cigarro para relaxar antes de bater no quarto de Cormia e dizer que ela estava livre para voltar ao Santuário. E quando falasse com sua Primeira Companheira, ele ia jurar que nunca a chamaria como Primaz e a protegeria de comentários e críticas.

Também ia deixar claro que sentia muito por tê-la prendido neste lado.

Quando sentou na cama e pegou seus papéis de seda, tentou ensaiar o que diria… e acabou pensando nela tirando sua roupa na noite anterior, com as mãos brancas e elegantes puxando seu cinto antes de abrir sua calça de couro.

Em um lampejo, uma descarga de sangue furiosa e erótica foi direto para o membro, e apesar de tentar não pensar nele, fingir estar calmo e tranquilo era como estar na cozinha de uma casa em chamas: impossível ignorar o calor e todos os alarmes de incêndio disparando…

Ah… mas não durou muito. Os bombeiros chegaram na forma de uma imagem de todos aqueles berços vazios. A lembrança deles era como uma arma carregada apontada para sua cabeça que, sem dúvida, apagava seu fogo.

O mago apareceu em sua mente, parado em seu vasto campo de crânios, com a silhueta aparecendo contra um céu cinza.

Quando você estava crescendo, seu pai ficava bêbado dia e noite. Você lembra de como se sentia? Conte-me, parceiro, que tipo de papai você vai ser para todos aqueles frutos da sua carne, considerando que você está chapado o tempo todo?

Phury parou o que estava fazendo e pensou no número de vezes que pegou seu pai no matagal do jardim e o arrastou de volta para casa quando o sol estava nascendo. Ele tinha cinco anos quando aconteceu pela primeira vez... estava apavorado que não fosse ser capaz de levar o enorme peso de seu pai para um abrigo a tempo. Que horror. Aquele jardim sujo parecia uma selva enorme, e o cinto do pai ficava escapando de suas mãos pequenas. Lágrimas de pânico escorriam pelo seu rosto enquanto ele observava o avanço do sol diversas vezes.

Quando finalmente colocou o pai em casa, os olhos de Ahgony estavam abertos, e ele deu um tapa no rosto de Phury com uma mão do tamanho de uma frigideira.

Eu pretendia morrer lá, seu idiota.

Houve um momento de silêncio, depois seu pai começou a chorar, agarrou o filho, o abraçou e prometeu nunca mais tentar se matar. Só que houve uma próxima vez. E uma próxima. E uma outra. Sempre com a mesma cena no final.

Phury o salvava porque estava determinado a trazer Zsadist de volta para seu pai.

O mago sorriu.

No entanto, não foi assim que aconteceu, foi, parceiro? Seu pai morreu, e Zsadist nunca o conheceu. Que bom que você começou a fumar, para que Z. pudesse conhecer o legado da família mesmo assim.

Phury franziu a testa e olhou pelas portas duplas do banheiro para a privada. Colocando o punho em volta do saco de fumaça vermelha, ele começou a levantar, pronto para jogar aquilo pela descarga. O mago riu.

Você não vai conseguir. De jeito nenhum você vai conseguir parar. Você não consegue ficar nem até as quatro horas da tarde sem entrar em pânico. Você consegue se imaginar, honestamente, nunca mais fumando pelos próximos setecentos anos de vida? Qual é, parceiro, seja razoável.

Phury sentou de novo na cama.

Olha só, ele tem um cérebro. Quem diria?

Seu coração estava pronto para explodir quando terminou de lamber e torcer o cigarro e colocá-lo na boca. Assim que pegou o isqueiro, o telefone tocou do outro lado do quarto.

Sua intuição imaginou quem era, e quando pegou o celular nas calças de couro, estava certo. Zsadist. O irmão tinha ligado três vezes.

Quando atendeu, desejou que o cigarro já estivesse aceso.

– Sim?

– Cadê você?

– Acabei de voltar do Outro Lado.

– Ok, bom, venha para a clínica. Houve uma briga no vestiário. John Matthew começou, mas Qhuinn acabou enfiando uma faca no pescoço de Lash, e o garoto já teve uma parada cardíaca. Disseram que ele está estável, mas ninguém sabe o que vai acontecer. Tentei ligar para os pais dele de novo, mas só cai na caixa postal, provavelmente por causa do baile de gala. Quero que você esteja aqui quando eles chegarem.

Wrath não devia ter contado a Z. sobre a expulsão.

– Alô? – Zsadist falou com rispidez. – Phury? Você tem algum problema comigo?

– Não.

Um movimento rápido na parte de cima de isqueiro, um toque do polegar, e ele tinha fogo. Quando colocou o cigarro na boca e inclinou, ele se preparou.

– Mas eu não posso ir.

– Como assim você não pode? Minha *shellan* está grávida e presa à cama, e eu dei um jeito de vir para cá. Preciso de você como representante do programa de treinamento e membro da Irmanda...

– Eu não posso.

– *Meu Deus*, eu consigo ouvir você fumando! Apague a porcaria dos cigarros e faça o seu maldito trabalho!

– Eu não sou mais um Irmão.

Silêncio completo no telefone. E então a voz do irmão gêmeo, baixa e quase inaudível.

– O quê?...

Não era uma pergunta. Z. sabia a resposta, mas estava esperando um milagre mesmo assim. Phury não pôde dar isso ao irmão.

– Escute... Wrath me tirou da Irmandade. Noite passada. Achei que ele tivesse contado.

Phury tragou fundo e deixou a fumaça passar por seus lábios lentamente. Ele podia imaginar a expressão no rosto do irmão naquele momento, o celular fechado em um punho, olhos pretos de raiva, o lábio superior distorcido e curvado. O grito que soou em seu ouvido não foi nenhuma surpresa.

– Ótimo! Muito bem-feito!

O telefone ficou mudo. Phury ligou de volta para Z. e caiu na caixa postal. O que também não era uma surpresa.

Droga!

Ele não queria só melhorar as coisas com Zsadist, queria saber que diabos tinha acontecido no centro de treinamento. John estava bem? E Qhuinn? Os dois tinham pavio curto, como todos os machos após a transição, mas tinham bom coração. Lash devia ter feito algo terrível.

Phury fumou o cigarro inteiro em tempo recorde. Quando enrolou outro e acendeu, decidiu que Rhage forneceria os detalhes. Hollywood era sempre a fonte...

O mago balançou a cabeça.

Você entende, parceiro, que Wrath não gostaria de você se metendo nos negócios da Irmandade. Você é só um hóspede da casa aqui, seu pobre coitado. Não é mais da família.

Lá em cima, no cinema, Cormia se acomodou em uma poltrona tão confortável que parecia a água da piscina, envolvente, como a palma da mão de um gigante gentil. As luzes diminuíram, e John veio para junto dela. Ele digitou alguma coisa no telefone e mostrou a tela: *Pronta*?

Quando ela assentiu, a sala escura foi iluminada por uma imagem enorme, e o som veio de toda parte.

– Minha Virgem!

John colocou a mão sobre a dela. Após um momento, ela se acalmou e se concentrou na tela, que estava tomada de tons de azul. Imagens de humanos apareceram e desapareceram, os machos e as fêmeas dançando juntos, corpos grudados, quadris girando ao som da música.

Coisas em inglês escritas em rosa apareciam com intervalos.

– Isso é o mesmo que televisão? – ela perguntou. – Funciona da mesma maneira?

John assentiu ao mesmo tempo que as palavras *Dirty Dancing* apareceram em rosa. De repente, apareceu uma máquina chamada carro em uma estrada indo na direção de colinas verdes. Havia gente no carro. Uma família de humanos com um pai, uma mãe e duas filhas. Uma voz feminina tomou a sala: "Era o verão de 1963..."

Quando John colocou uma coisa na mão dela, Cormia mal podia desviar os olhos da tela o suficiente para ver o que era. A coisa era um pequeno saco marrom escuro com a parte de cima aberta. Ele fez um movimento para que ela tirasse algo e colocasse na boca, então Cormia mergulhou a mão no plástico. Pequenos círculos multicoloridos saíram, e ela hesitou.

Eles definitivamente não eram brancos. E mesmo deste lado ela só tinha comido alimentos brancos, como era a tradição. Mas, honestamente, qual era o problema?

Olhou em volta, mesmo que soubesse que não havia mais ninguém com eles e então, sentindo como se estivesse desobedecendo uma lei, colocou alguns na...

Minha... Virgem... Escriba!

O gosto trouxe vida à língua dela de uma maneira que a fez pensar em sangue. O que *era* essa comida? Cormia olhou para o saquinho. Havia dois personagens de desenho animado na frente que se pareciam com o doce.

M&M's dizia a embalagem.

Ela precisava comer o pacote todo. Naquele momento. Não importava que aquilo não era branco.

Quando ela comeu mais e gemeu, John riu e entregou uma bebida grande que mostrava a palavra "Coca" num copo vermelho. O gelo fazia barulho dentro do recipiente, e havia um bastão atravessado na tampa. Ele levantou a própria bebida e deu um gole pelo bastão. Ela fez o mesmo e voltou para o saco de coisas mágicas e para a tela.

Agora muitas pessoas estavam em fila na beira de um lago seguindo os passos de uma bela fêmea loura que se movia para a direita e depois para a esquerda. A jovem fêmea, Baby, aquela que estava falando, estava tendo dificuldade de fazer seu corpo acompanhar o que todo mundo estava fazendo.

Cormia se virou para fazer uma pergunta a John e viu que ele olhava para o telefone e franzia a testa como se estivesse decepcionado.

Algo tinha acontecido no começo da noite. Algo ruim. John estava muito mais sombrio do que ela já tinha visto, mas ele também era incrivelmente reservado. Apesar de ela querer ajudar de toda maneira possível, não ia pressioná-lo.

Como qualquer um que guarda muitas coisas dentro de si, ela entendia a importância da privacidade.

Deixando-o quieto, ela se acomodou na poltrona e se deixou levar pelo filme. Johnny era bonito, mas não tanto quanto o Primaz e, oh, como ele se movia quando a música tocava. E a melhor parte era ver Baby melhorar como dançarina. Vê-la se confundir, praticar, tropeçar e finalmente fazer os passos corretamente fazia seu coração torcer por ela.

– Eu amei isso – Cormia disse a John. – Eu sinto que estou vivendo o filme.

John mostrou o telefone: *Nós temos mais filmes. Montes.*

– Eu quero vê-los. – Ela deu um gole na bebida gelada. – Quero ver todos...

De repente, Baby e Johnny estavam sozinhos no quarto de Johnny.

Cormia ficou hipnotizada quando os dois ficaram juntos e começaram a dançar sozinhos. O corpo deles era tão diferente, o de Johnny era tão maior que o de Baby, tão mais musculoso, mas, ainda assim, ele a tocava com reverência e cuidado. E não era o único. Ela retribuía os carinhos, passando as mãos em sua pele, parecendo amar o que estava sentindo. A boca de Cormia se abriu e ela se endireitou na cadeira e se aproximou da tela.

Em sua mente, o Primaz ocupava o lugar de Johnny, e ela se tornava Baby. Juntos, eles se moviam um contra o outro, com os quadris roçando, roupas desaparecendo. Os dois estavam sozinhos no escuro, em um lugar seguro onde ninguém podia vê-los nem interrompê-los.

Era o que tinha acontecido no quarto do Primaz, só que nada foi interrompido e não havia outras implicações, nem tradições pesadas, nem medo de fracassar, e suas trinta e nove irmãs não faziam parte da história.

Tão simples. Tão real, mesmo que estivesse só na cabeça dela.

Era isso que ela queria com o Primaz, Cormia pensou, olhando o filme. Era isso.

Capítulo 17

Enquanto estava sentado ao lado de Cormia, John checou o celular de novo por duas razões. A cena de sexo o estava deixando desconfortável, e ele estava louco para saber de Qhuinn e Lash.

Droga.

Ele mandou outra mensagem para Blay, que respondeu imediatamente dizendo que também não tinha tido notícias dele e estava pensando que tinha chegado a hora de pegar as chaves do carro.

John deixou o telefone no colo. Qhuinn não podia ter feito nada muito idiota. Algo na linha de se enforcar no banheiro. Não. De jeito nenhum.

O pai dele, no entanto, era capaz de qualquer coisa.

John nunca tinha conhecido o macho, mas tinha ouvido histórias de Blay – e visto a prova no olho roxo que Qhuinn ganhou após sua transição.

John sentiu seu pé inquieto e o fez parar colocando a mão no joelho. Como era um idiota supersticioso, ficou pensando na velha história de que más notícias vinham em três. Se Lash morresse, haveria mais duas.

Ele pensou nos Irmãos nas ruas com os *redutores*.

E Qhuinn em algum lugar da noite, sozinho. E Bella grávida.

Olhou o telefone mais uma vez e murmurou um palavrão.

– Se você precisar sair – disse Cormia –, vou ficar bem sozinha.

Ele começou a balançar a cabeça, e ela o fez parar tocando seu braço delicadamente.

– Cuide do que for preciso. Está claro que você teve uma noite difícil. Eu ia perguntar se você quer conversar sobre isso, mas acho que você não quer.

John escreveu o que estava pensando: *Eu gostaria de poder voltar no tempo e não ter colocado os sapatos hoje.*

– Como é?

Bem, droga, agora ele ia ter que explicar para não parecer um idiota.

Algo ruim aconteceu hoje à noite. Pouco antes de acontecer, meu amigo me deu os tênis que estou usando. Se eu não os tivesse colocado, nós três teríamos ido embora antes que...

John hesitou, pensando que ele e os amigos teriam ido embora antes que Lash saísse do chuveiro e... *aquilo acontecesse.*

Cormia olhou para ele por um momento.

– Você quer saber no que eu acredito?

Quando ele concordou, ela disse:

– Se não tivessem sido os sapatos, vocês teriam ficado onde quer que estivessem por outra razão. Teria sido outra pessoa colocando outra coisa. Ou uma conversa. Ou uma porta que não ia abrir. Por mais que tenhamos livre-arbítrio, o destino absoluto é imutável. O que tem que acontecer acontece, de uma maneira ou de outra.

Meu Deus, ele estava pensando algo parecido no escritório do centro de treinamento. Só que... *é minha culpa. Tinha a ver comigo. A coisa toda aconteceu por minha causa.*

– Você fez algo de errado a alguém?

Quando John negou com a cabeça, ela perguntou:

– Então como pode ser sua culpa?

Ele não podia entrar em detalhes. De jeito nenhum.

Porque sim. Meu amigo fez uma coisa terrível para salvar minha reputação.

– Mas foi escolha dele, como um macho de valor.

Cormia apertou seu braço.

– Não lamente a livre escolha dele. Em vez disso, pergunte-se o que pode fazer para ajudá-lo agora.

Eu me sinto tão impotente.

– É sua impressão. Não a realidade – ela disse sutilmente. – Vá e pense. O caminho virá para você. Eu sei.

A fé silenciosa que ela tinha nele era ainda mais poderosa porque estava estampada em seu rosto, não eram apenas palavras. E era exatamente o que ele precisava.

Você é muito legal, ele digitou.

Cormia se iluminou de alegria.

– Obrigada, meu amo.

Apenas John, por favor.

Ele entregou o controle remoto a Cormia e explicou como funcionava. Quando ela entendeu rápido, ele não ficou surpreso. Cormia era como ele. Seu silêncio não significava que ela não era esperta.

John fez uma reverência, o que foi um pouco estranho, mas pareceu a coisa certa a fazer, e saiu de lá. Ao descer as escadas para o segundo andar, mandou uma mensagem de texto para Blay. Fazia umas duas horas que tinham tido notícias de Qhuinn, e definitivamente tinha chegado a hora de ir procurá-lo. Como provavelmente estava carregando sua bagagem, a desmaterialização não seria possível, então ele não poderia estar muito longe porque não tinha carro. A não ser que tivesse pedido a um dos *doggen* da casa para levá-lo a algum lugar.

John abriu com força as portas duplas que davam para o corredor de estátuas e pensou que Cormia tinha toda razão: ficar sentado não ia ajudar Qhuinn, que provavelmente estava lidando com a expulsão da família, e não ia fazer diferença se Lash vivesse ou não.

Também não importava quão desconfortável ele estivesse com o que os amigos tenham ouvido, os dois eram mais importantes que as palavras jogadas com crueldade naquele vestiário.

Quando chegou às escadas, apareceu uma mensagem de texto. Era de Zsadist: *Os sinais vitais de Lash estão parando. Não parece bom.*

Qhuinn estava andando pela beira da estrada, a mochila batia em seu traseiro a cada passo. Lá na frente, um raio caiu do céu e iluminou os carvalhos, fazendo os troncos parecerem uma fila de homens de costas largas. O trovão que se seguiu não estava tão longe, e o ar estava úmido. Ele teve a sensação de que estava prestes a se encharcar.

E estava mesmo. No começo, as gotas da tempestade eram gordas e espaçadas, depois ficaram menores e mais numerosas, como se as adultas tivessem saído das nuvens primeiro e as jovens só tivessem ido atrás depois que se tornou seguro.

A água que caía na mochila fazia barulho, e seu cabelo começou a ficar ensopado. Qhuinn não fez nada para se proteger, pois a chuva ia ganhar de qualquer jeito. Não tinha guarda-chuva e não ia ficar embaixo de um carvalho para se proteger. Ser tostado por um raio não era uma boa ideia.

Uns dez minutos depois que a chuva começou, um carro parou atrás dele. Os faróis que batiam nas suas costas faziam uma sombra no pavimento adiante, e a luz ficou mais forte quando o barulho do motor parou.

Blay tinha ido atrás dele.

Qhuinn parou e virou para trás, protegendo os olhos com o antebraço. A chuva revelou um padrão branco e fino nas luzes, havia neblina, fazendo-o lembrar de um filme de terror.

– Blay, você pode diminuir as luzes? Estou ficando cego.

A noite ficou escura e quatro portas se abriram, sem que a luz do interior aparecesse. Qhuinn soltou sua mochila lentamente no chão. Eram machos da sua espécie, não *redutores*. E isso, considerando que ele estava desarmado, era só um pouco reconfortante. As portas se fecharam e fizeram uma série de barulhos.

Outro raio riscou o céu, e ele deu uma olhada no que ia enfrentar: os quatro estavam de preto e tinham capuz escondendo o rosto.

Ah, sim. A tradicional guarda da honra.

Qhuinn não saiu correndo quando, um por um, tiraram bastões pretos. Ele entrou em modo de luta. Ia perder, e ia perder feio, mas dane-se, ia cair com os nós dos dedos machucados, e os dentes deles na estrada.

A guarda da honra o cercou no estilo clássico de violência grupal, e ele girou o corpo, esperando o primeiro golpe. Eram figuras grandes, todos do tamanho dele, com o propósito exato de reparar fisicamente em seu corpo o que tinha acontecido com Lash. Como não se tratava de um *rytho*, e sim vingança, ele tinha permissão para tentar se defender.

Então Lash devia estar vivo...

Um dos bastões acertou a parte de trás do joelho de Qhuinn, e foi como ser atingido por uma máquina de choque. Ele tentou manter o equilíbrio, sabendo que se caísse estaria perdido, mas alguém acertou sua outra perna com um golpe cortante no músculo da coxa. Quando Qhuinn caiu sobre as mãos e os joelhos, os bastões acertaram os ombros e as costas, mas deu um impulso e agarrou um deles pelos dois tornozelos. O cara tentou dar um passo, mas Qhuinn manteve-se firme, mudando o centro de gravidade do macho. Felizmente, enquanto o imbecil caía como uma bigorna, fez a gentileza de levar um dos amigos junto.

Ele precisava de um bastão. Era sua única chance.

Em um movimento impressionante, Qhuinn agarrou a arma daquele que tinha derrubado, mas outro bastão o acertou direto no pulso. A dor foi intensa e a mão ficou instantaneamente incapacitada, pendurada inutilmente no braço. Ainda bem que ele era ambidestro. Qhuinn agarrou o bastão com a esquerda e acertou o agressor bem no joelho.

Ficou divertido depois disso. Levantar não era possível, então ele lutou deitado mesmo, acertando pernas e partes íntimas. Era como estar cercado por cachorros, que atacavam e caíam para trás, dependendo de onde ele batia.

Quando realmente estava achando que ia conseguir mantê-los a distância, um dos encapuzados pegou uma pedra do tamanho de um punho e jogou na direção da cabeça de Qhuinn. Ele conseguiu desviar, mas foi atingido quando ela ricocheteou no pavimento – bem na têmpora. Ficou imóvel por um segundo, e foi o fim. Eles se juntaram em volta dele, e a surra de verdade começou. Com o corpo todo curvado, ele colocou os braços sobre a cabeça e protegeu os órgãos vitais e o cérebro o melhor que pôde enquanto apanhava de verdade.

Eles não iam matá-lo.

Não mesmo.

Mas um agressor chutou a base das costas de Qhuinn, acertando-o bem nos rins. Quando ele se arqueou, porque não conseguiu evitar, abriu uma brecha para a parte de baixo do queixo. Que foi onde o segundo chute acertou.

Seu maxilar não absorvia bem os choques – aliás, ele os amplificava, já que seus dentes inferiores batiam nos superiores, e seu crânio acabou absorvendo o impacto. Atordoado, ele ficou mole, os braços perderam a força, e a posição de defesa foi enfraquecida. Eles não deviam matá-lo, porque, se estavam fazendo aquilo, Lash ainda estava vivo.

Se o sujeito morresse, Qhuinn seria levado diante do grande rei pelos pais do primo, que pediriam a condenação de Qhuinn à morte, mesmo que fosse tecnicamente um menor.

Não, a surra era apenas uma questão de "olho por olho" pelo ferimento. Ou, pelo menos, deveria ser.

O problema era que os encapuzados o chutaram até que deitasse de costas, e depois um deles plantou um dos coturnos no centro do peito de Qhuinn.

Seu fôlego acabou. O coração parou de bater. Tudo parou.

E foi quando ouviu a voz de seu irmão:

– Não façam mais isso. É contra as regras.

Seu irmão... *seu irmão*...?

Então, aquilo não era por causa de Lash. Tinha vindo de sua própria família, uma retaliação por sujar o nome deles. Qhuinn tentou recuperar o ar, mas não conseguiu inspirar enquanto os quatro discutiam. A voz do irmão falou mais alto:

– Chega!

– Mutante maldito, ele merece morrer!

Qhuinn perdeu interesse no drama quando se deu conta de que seu coração ainda não tinha voltado – e nem mesmo o pânico que sentiu quando se deu conta resolveu. A visão ficou recortada, os pés e as mãos começaram a ficar dormentes.

Foi quando viu uma luz brilhante.

Caramba, o Fade estava vindo buscá-lo.

– Meu Deus! Vamos!

Alguém se aproximou dele.

– Vamos voltar para pegar você, cretino. Sem seu maldito irmão da próxima vez.

Houve um barulho de botas, portas abrindo e fechando, e então o carro cantou pneu e foi embora. Quando outra luz se aproximou, ele percebeu que não eram as luzes do pós-vida, e sim outro carro na estrada.

Deitado na posição em que foi deixado, ele teve a ideia de bater no próprio peito, como naquele filme do James Bond, e fazer massagem cardíaca em si mesmo.

Fechou os olhos. Sim, se pudesse apenas dar uma de 007... Sem chance, pensou. Ele não conseguia fazer os pulmões funcionarem além de sopros curtos, e o coração ainda não passava de um nó de músculo no peito. O fato de que não estava mais sentindo dor era ainda mais preocupante.

A próxima luz branca que veio até ele era como a neblina que pairava sobre a estrada, uma névoa delicada e leve que o banhava e acalmava. Quando foi iluminado, de apavorado ele ficou totalmente sem medo. Esta, ele sabia, não era um carro. Agora era o Fade.

Qhuinn se sentiu levitando do pavimento e começou a flutuar, leve, até que estivesse na ponta de um corredor branco. Do outro lado, havia uma porta que ele se sentia tentado a abrir. Andou naquela direção com urgência e no momento que chegou lá, foi pegar a maçaneta. Quando sua mão envolveu o metal quente, teve um pensamento vago de que quando atravessasse, seria o fim. Ele estava no meio do caminho até que abrisse a porta e fosse para o que quer que estivesse do outro lado.

Se entrasse, não haveria volta. E quando estava prestes a torcer o pulso, viu uma imagem nos painéis da porta. Havia uma névoa, e ele parou, tentando descobrir o que era. *Oh... Meu...Deus...* ele pensou, quando percebeu o que estava olhando. *Caramba.*

Capítulo 18

Cormia não estava nem no quarto nem no banheiro.

Quando Phury desceu as escadas até o saguão para procurá-la, tomou uma decisão. Se encontrasse Rhage, não ia fazer as perguntas que estavam em sua mente. A história com os aprendizes, os *redutores* e a guerra não eram mais da sua alçada, e era melhor se acostumar. As respostas sobre os Irmãos e os aprendizes não eram mais endereçadas a ele.

Cormia era seu departamento. Ela e as Escolhidas. E estava mais do que na hora de agir como macho. Phury parou quando chegou ao arco da sala de jantar.

– Bella?

A *shellan* de seu irmão gêmeo estava sentada em uma das cadeiras perto da estante, com a cabeça baixa e a mão em sua barriga de grávida. Ela respirava em sopros rápidos. Bella levantou os olhos para ele e sorriu fragilmente.

– Olá.

Oh, Meu Deus.

– O que você está fazendo?

– Estou bem. E antes que você diga... que eu devia estar na cama... estou indo para lá agora...

Os olhos dela apontaram para a escada principal.

– Só está parecendo um pouco longe agora.

Por uma questão de decoro, Phury tinha o cuidado de não ficar na companhia de Bella fora das refeições comuns, mesmo antes que

Cormia tivesse chegado na casa. Mas agora não era o momento para distanciamento.

– E se eu levar você?

Houve uma pausa, e então ele se preparou para a discussão. Talvez ela, pelo menos, aceitasse segurar o braço dele...

– Sim. Por favor.

Oh... Droga.

– Olhe só para você, toda razoável.

Ele sorriu, como se não estivesse enlouquecendo, e foi até ela. Bella parecia leve como o ar quando Phury a levantou colocando um dos braços sob as pernas e o outro nas costas. Ela tinha o aroma de rosas noturnas e mais alguma coisa. Alguma coisa... que não estava bem, como se os hormônios da gravidez estivessem bagunçados.

Talvez ela estivesse sangrando.

– Então, como você está se sentindo? – ele perguntou com uma voz surpreendentemente calma enquanto a levava para as escadas.

– Igual. Cansada. Mas o bebê está chutando muito, o que é bom.

– Ainda bem.

Ele chegou ao segundo andar e andou pelo corredor das estátuas. Quando Bella encostou a cabeça no ombro de Phury, ela tremeu um pouco e o fez querer sair correndo. Assim que chegou ao quarto de Bella, as portas no fim do corredor se abriram. Cormia apareceu, hesitou e arregalou os olhos.

– Você pode abrir a porta? – ele pediu.

Ela avançou e abriu o caminho para que ele pudesse entrar no quarto. Phury foi direto para a cama, deitou Bella no vão formado pelos lençóis e cobertores que estavam dobrados.

– Você quer comer alguma coisa? – ele perguntou, tentando acalmar o clima de "vamos chamar a doutora Jane". Um pouco de brilho voltou aos olhos dela.

– Acho que esse é o problema... eu comi demais. Tomei duas taças de sorvete de chocolate com menta.

– Boa escolha para quem quer colocar a colher para trabalhar.

Ele tentou parecer casual quando murmurou:

– Que tal eu ligar para Z.?

– Para quê? Só estou cansada. E antes que você pergunte, não, não fiquei de pé mais tempo do que a uma hora que me foi permitida. Não o incomode, eu estou bem.

Talvez sim, mas ele ia ligar para o irmão gêmeo mesmo assim. Só que não na frente dela. Phury olhou por sobre o ombro. Cormia estava parada do lado de fora do quarto, uma figura silenciosa vestindo túnica, com preocupação estampada no rosto. Ele virou para Bella.

– Ei, você quer companhia?

– Eu adoraria.

Ela sorriu para Cormia.

– Eu gravei uma maratona de *Project Runway* e ia começar a assistir. Quer me acompanhar?

Os olhos de Cormia encontraram os de Phury, e seu pedido estava estampado naquele olhar.

– Eu não sei direito o que isso é, mas... sim, eu gostaria de acompanhar você.

Quando ela entrou, Phury segurou seu braço e sussurrou:

– Vou chamar Z. Se ela der qualquer sinal de dor, disque asterisco e depois a tecla Z no telefone, ok? É o número dele.

Cormia assentiu e falou sutilmente:

– Eu cuido dela.

Apertando delicadamente o braço dela, Phury murmurou:

– Obrigado.

Depois de se despedir, ele fechou a porta e andou alguns metros no corredor antes de ligar para Z. pelo celular.

Atenda, Atenda...

Caixa postal.

Droga!

– Não é ele. Não é ele!

Parado na chuva no fim do beco ao lado do bar McGrider's, o Sr. D queria pegar aquele *redutor* na sua frente e usá-lo como lombada no meio da Rua Trade.

– Qual é o seu problema? – o *redutor* disse enquanto apontava para o vampiro civil aos seus pés. – Este é o terceiro macho que pegamos esta noite. Mais do que tivemos em um ano...

O Sr. D tirou seu canivete.

– E nenhum deles é o macho que procuramos! Então monte no cavalo de novo e caia na estrada ou eu esmago suas partes favoritas.

Quando o matador deu um passo para trás, o Sr. D abaixou e abriu a jaqueta do civil. O macho estava frio e destruído, parecendo um terno velho que precisava desesperadamente ir para a lavanderia. Havia sangue vermelho nas roupas e o rosto dele parecia um daqueles testes psicológicos Rorschach: nada além de manchas.

Procurando uma carteira, o Sr. D concordou com seu subordinado até certo ponto, mas não falou nada. Era difícil acreditar que tinham caçado três machos em uma noite – e ainda estava morrendo de medo, quase a ponto de sujar as calças.

A questão era que não havia boas notícias para dar ao Ômega, e era seu traseiro que estava na reta.

– Leve isso de volta para a casa da Rua Lowell – ele disse, quando uma minivan azul-claro cheia de reforços chegou ao beco.

– Quando chegar, me avise. Vou ver se consigo fazer esse cara aqui nos dizer qualquer coisa sobre aquele que estamos procurando.

– O que você quiser, chefe.

A palavra *chefe* foi pronunciada como *imbecil.*

O Sr. D pensou em pegar sua lâmina e arrancar a pele daquele filho da mãe, ali mesmo onde estava. Mas depois de já ter acabado com um matador naquela noite, ele se forçou a guardar a lâmina e colocá-la de volta no casaco. Diminuir o bando não era uma boa ideia agora.

– Eu seria educado se fosse você, garoto – murmurou quando dois *redutores* saíram da minivan e foram pegar o civil.

– Por quê? Aqui não é o Texas.

– É verdade.

O Sr. D fez os grandes músculos do matador congelarem, agarrando-o pelo saco e torcendo como se fosse papel de bala. O matador gritou, provando que mesmo que você seja impotente, o ponto fraco de um homem ainda é a melhor maneira de atrair sua atenção.

– Mesmo assim não há motivo para ser grosso – o Sr. D sussurrou quando olhou para o rosto retorcido do sujeito. – Sua mamãe não ensinou nada a você?

A resposta que veio podia ser qualquer coisa, desde o 21º Salmo, passando por uma piada de loura até uma lista de compras, porque simplesmente não fazia sentido.

Quando o Sr. D estava soltando a mão, cada centímetro da sua pele começou a coçar. Ótimo. A noite estava cada vez melhor.

– Coloque o macho em uma jaula – disse o Sr. D –, e depois volte aqui. A noite ainda não acabou para nós.

Quando a minivan foi embora, ele estava a ponto de passar uma lixa em si mesmo. A coceira absurda significava que o Ômega queria vê-lo, mas onde diabos ele iria para fazer a audiência? Estava no centro da cidade, e a propriedade da Sociedade Redutora mais próxima ficava a uns dez minutos de carro – e considerando que ele não tinha novidades, não achava que qualquer tipo de atraso era uma boa ideia.

O Sr. D correu pela Rua Trade e olhou os quarteirões de prédios abandonados. No final, decidiu que não podia correr o risco de ter uma audiência com Ômega em nenhum deles. Os sem-teto humanos estavam por todo centro da cidade, e numa noite como aquela, sem dúvida estariam procurando um lugar para fugir da tempestade. A última coisa que o Sr. D precisava era uma testemunha humana, mesmo que estivesse drogada ou bêbada, especialmente considerando que ele iria levar uma dura do Ômega.

Alguns blocos adiante ele se deparou com uma construção com uma cerca de três metros. Ele estava vendo o prédio ser erguido desde a primavera passada, o esqueleto saiu da terra, depois a pele de vidro cobriu a estrutura metálica, e então o sistema nervoso de fios e encanamentos começou a ser colocado. As equipes tinham parado de trabalhar à noite, o que significava que era exatamente o que precisava.

O Sr. D correu para dar um salto, segurou a parte superior da cerca com suas mãos e impulsionou o corpo para o outro lado. Caiu agachado e ficou ali um instante.

Ninguém foi até ele e nenhum cachorro veio correndo, então percorreu as sombras até uma porta que estava – bingo – destrancada.

O prédio tinha o cheiro seco de argamassa e gesso, o Sr. D andou até o interior, os passos faziam eco. O lugar era um prédio de escritórios padrão, amplo e aberto, que em alguns dias estaria coberto de cubículos. Coitados. Ele nunca aguentaria trabalhar sentado em uma mesa. Primeiro, ele não era intelectualizado e segundo, se não pudesse ver o céu, sentia vontade de gritar.

Quando chegou bem no meio do prédio, ajoelhou, tirou o chapéu de caubói e se preparou para a bronca.

Quando se abriu para o mestre, a nova tempestade estava prestes a começar, os trovões caiam no centro da cidade e depois ecoavam nas paredes do prédio. Momento perfeito. A chegada do Ômega soou como outra trovoada quando o mestre entrou na versão de Caldwell da realidade, surgindo do nada como se tivesse surgido de um lago. Quando terminou sua aparição, o assoalho da construção balançou como se fosse borracha voltando à forma.

Os tecidos da túnica branca se assentaram ao redor da forma negra e fantasmagórica do Ômega, e o Sr. D se preparou para começar todo um discurso de "estamos fazendo o melhor possível". Mas o Ômega falou primeiro.

– Eu encontrei o que me pertence. A morte dele foi o caminho. Você deve me dar quatro homens e providenciar os itens básicos e deve ir à fazenda para prepará-lo para a iniciação.

Certo, não era o que ele imaginava que sairia da boca do mestre. O Sr. D levantou e pegou o celular.

– Há um esquadrão na Rua Três. Vou dizer a eles para virem para cá.

– Não, irei pegá-los e eles devem vir comigo. Quando eu voltar à casa da fazenda, você vai me ajudar com os acontecimentos e depois você deve providenciar um serviço.

– Sim, mestre.

O Ômega estendeu os braços, sua túnica branca se abriu como se fosse um par de asas.

– Alegre-se, pois nossa força será ampliada em dez vezes. Meu filho está voltando para casa.

Com isso, o Ômega desapareceu e um pergaminho enrolado caiu no chão de concreto no momento da partida.

– Filho? – o Sr. D se perguntou se tinha ouvido direito. – *Filho*?

Ele abaixou e pegou o pergaminho. A lista de coisas que ele precisava juntar era longa e um tanto macabra, mas não difícil de encontrar.

Fácil e barata. O que era bom porque sua carteira estava bem fina. Ele colocou a lista na carteira e o chapéu de caubói na cabeça.

Filho?

Do outro lado da cidade, na clínica subterrânea de Havers, Rehv esperava em uma sala de exame com nenhuma paciência. Ao olhar para o relógio pela enésima vez, ele se sentia como um piloto de corridas num *pit stop* feito por velhinhos de noventa anos.

Que diabos ele estava fazendo lá? A dopamina estava fazendo efeito, o pânico tinha diminuído, ele estava se sentindo ridículo com seus mocassins Bally pendurados da mesa do doutor. Tudo estava normal e sob controle e, pelo amor de Deus, o antebraço dele ia acabar sarando.

O fato de que estava demorando, provavelmente significava que ele precisava comer. Uma sessão rápida com Xhex e ele estaria pronto para ir embora.

Então, na verdade, ele devia simplesmente ir embora.

Sim, o único problema era o fato de que Xhex e Trez estavam esperando no estacionamento. Se ele não saísse de lá com algum tipo de curativo nas marcas de agulha, os dois iam acabar com ele.

A porta abriu, e uma enfermeira entrou. A fêmea estava usando um avental branco, meias brancas e sapatos brancos de sola macia, um estilo clássico que era o padrão e o costume perfeito e antiquado de Havers. Quando fechou a porta, ela estava com a cabeça enfiada no prontuário médico, e apesar de ele não duvidar que a enfermeira estivesse lendo o que estava escrito ali, Rehv tinha certeza de que o bônus era não precisar fazer contato visual.

Todas as enfermeiras faziam isso quando estavam com ele.

– Boa-noite – ela disse secamente enquanto folheava as páginas. – Vou tirar um pouco de sangue, se você não se importar.

– Parece bom. – Pelo menos alguma coisa estava acontecendo. Enquanto ele tirava um lado do casaco de pele do terno, ela estava ocupada lavando as mãos e colocando luvas.

Nenhuma das enfermeiras gostava de lidar com ele. Era intuição feminina. Mesmo que não existisse nenhuma menção na ficha médica de que era um *sympatho* mestiço, elas podiam sentir o mal nele. Sua irmã, Bella, e sua antiga paixão, Marissa, eram as únicas louváveis exceções, porque despertavam o lado bom dele: Rehv se importava com elas, e elas sabiam. Mas e o restante da raça? Figuras anônimas não significavam nada para ele, e por algum motivo o sexo frágil sempre percebia isso.

A enfermeira se aproximou com uma pequena bandeja de remédios e uma tira de borracha, e ele levantou a manga. Ela trabalhou rápido, não disse uma palavra quando tirou seu sangue, e saiu de lá o mais rápido que pôde.

– Vai demorar mais quanto tempo? – ele perguntou antes que ela escapasse.

– Surgiu uma emergência. Vai demorar um pouco.

A porta se fechou.

Droga. Ele não queria deixar o clube sozinho a noite toda. Com Trez e Xhex longe de lá... pois é, não era bom. iAm era durão, claro, mas mesmo caras fortões precisam de reforços quando enfrentam uma multidão de quatrocentos humanos degenerados.

Rehv abriu o telefone, ligou para Xhex e discutiu com ela por cerca de dez minutos. O que não era divertido, mas ajudou a matar o tempo. Ela não aceitou tirá-lo de lá, mas pelo menos Rehv conseguiu fazê-la concordar em voltar para o clube com Trez.

Mas claro, só depois de dar uma ordem direta aos dois.

– Tudo bem – ela falou rispidamente, encerrando a ligação.

Ele enfiou o telefone no bolso. Xingou algumas vezes. Tirou o celular de novo e digitou: *Desculpe eu ser um mala. Me perdoa*?

Assim que apertou enviar, chegou uma mensagem de texto dela: *Vc é um mala. Só fico com você porque eu me importo*.

Ele teve que rir, especialmente quando ela mandou outra mensagem: *Vc está perdoado, mas ainda é um mala. Até depois*.

Rehv colocou o telefone no bolso e deu uma olhada em volta, observando os instrumentos médicos no vidro perto da pia, o aparelho de medir pressão pendurado na parede, a mesa e o computador no canto. Ele já tinha estado lá antes.

Já tinha estado em todas as salas de exame. Rehv e Havers tinham a relação médico e paciente há algum tempo, e era complicado. Se alguém tinha provas de que havia um *sympatho* na área, até mesmo um mestiço, por lei era obrigado a delatar o indivíduo para que pudesse ser removido da população comum e jogado em uma colônia no norte.

O que podia estragar tudo.

Então toda vez que Rehv aparecia para uma visita, ele entrava sorrateiramente no cérebro do gentil médico e abria o que gostava de chamar de seu baú pessoal no sótão de Havers.

O truque não era diferente do que os vampiros podiam fazer para apagar memórias recentes dos humanos, só que de uma maneira mais profunda. Depois de colocar o médico em transe, Rehv apagava a informação sobre si mesmo e sua "condição", e Havers podia tratálo perfeitamente – e sem todas as ramificações sociais desagradáveis. Quando a consulta acabava, Rehv pegava seus "pertences" no cérebro do sujeito e os mantinha seguro, trancando-os no córtex cerebral do médico até a próxima vez.

Era sorrateiro? Sim. Havia outra opção? Não. Ele precisava do tratamento – ele não era como Xhex, que conseguia dar jeito nas suas necessidades por conta própria. Se bem que só Deus sabia como ela fazia...

Rehv endireitou o corpo, sentiu um formigamento na coluna e seus instintos deram um estalo. A mão encontrou a bengala, e ele escorregou para fora da mesa, parando de pé sem conseguir sentir os pés. A jornada até a porta tinha três passos, e a mão segurou o cabo e girou. Lá fora, o corredor estava vazio dos dois lados. Na extrema esquerda, uma estação de enfermagem e a sala de espera pareciam normais. À direita, havia mais quartos e depois deles as portas duplas que davam para o necrotério.

Nenhum drama.

Sim... nada parecia fora do lugar. A equipe médica parecia ocupada. Alguém tossiu na sala de exames ao lado. O som do sistema de ar condicionado era uma fonte constante de barulho. Ele apertou os olhos e ficou tentado a usar seu lado *sympatho*, mas era muito arriscado. Rehv tinha acabado de se reestabilizar. Pandora e sua caixa precisavam ficar fechadas.

Voltando para a sala de exames, ele pegou o telefone e começou a ligar para Xhex para pedir que ela voltasse para a clínica, mas a porta se abriu antes que ele fizesse a ligação.

Seu cunhado, Zsadist, colocou a cabeça para dentro.

– Ouvi dizer que você estava aqui.

– Olá.

Rehv guardou o telefone e atribuiu o surto de ansiedade à paranoia que parecia vir com sua dose dupla. Efeitos colaterais... quem precisa deles?

– Não me diga que você está aqui por causa de Bella.

– Não. Ela está bem.

Z. fechou a porta e se encostou nela, efetivamente trancando os dois.

Os olhos do Irmão ficaram pretos. O que significava que ele estava bravo.

Rehvenge pegou a bengala e a deixou pendurada entre as pernas caso precisasse dela. Ele e Z. estavam bem depois de alguns conflitos quando o Irmão e Bella ficaram juntos, mas as coisas podiam mudar. E considerando que aquele olhar estava tão preto quanto o interior de uma cripta, era evidente que tudo podia mudar.

– Tem alguma coisa incomodando você, cara? – Rehv perguntou.

– Quero que você me faça um favor pessoal.

A palavra favor provavelmente estava errada.

– Fale.

– Eu não quero mais que você venda drogas para o meu irmão gêmeo. Você vai cortar o fornecimento dele. – Z. colocou o quadril para frente. – E se não parar, vou garantir que se torne impossível vender até um canudo de bebida naquele seu buraco.

Rehv bateu a ponta da bengala na mesa de exames e se perguntou se Z. mudaria o disco se soubesse que o lucro do clube mantinha o irmão de sua *shellan* fora de uma colônia de *sympathos*. Zsadist sabia que eram mestiços, mas não sabia da Princesa e dos seus jogos.

– Como está a minha irmã? – Rehv perguntou. – Está indo bem? Está calma? Isso é importante para ela, não é? Não se chatear sem motivo.

Os olhos de Zsadist se transformaram em pequenas linhas, seu rosto marcado era o tipo de coisa que se via em pesadelos.

– Eu realmente acho que você não quer fazer isso, quer?

– Se você mexer nos meus negócios, as repercussões vão afetá-la também. Acredite em mim.

Rehv deixou a bengala vertical em sua mão.

– Seu irmão gêmeo é um macho adulto. Se você tem problemas com seu vício, talvez devesse conversar com ele, não é?

– Pode deixar que eu vou cuidar do Phury. Mas quero a sua palavra. Você não vai mais vender para ele.

Rehv olhou para a bengala parada no ar, totalmente equilibrada. Fazia tempo que ele tinha feito as pazes com seus negócios, sem dúvida com a ajuda do lado *sympatho*, que tornava tirar vantagem das fraquezas dos outros uma espécie de imperativo moral.

A maneira como ele justificava seu tráfico era que as escolhas de seus clientes não tinham nada a ver com ele. Se estragassem sua vida por causa do que ele tinha vendido, era prerrogativa deles – e não era diferente das maneiras mais socialmente aceitáveis como as pessoas destruíam sua vida, como comer até ter uma doença cardíaca por causa do que o McDonald's vendia, beber até a falência hepática graças aos amigos da Anheuser-Busch, ou apostar todo seu dinheiro até perder a casa.

As drogas eram um produto, e ele era um homem de negócios, e os usuários iriam simplesmente buscar a destruição em outro lugar se as portas de Rehv se fechassem. O melhor que ele podia fazer era garantir que se comprassem dele, seus "produtos" não estariam contaminados com coisas perigosas, e a pureza fosse consistente para que pudessem controlar suas doses com segurança.

– Sua palavra, vampiro – Zsadist gritou.

Rehv olhou para a manga que cobria o antebraço esquerdo e pensou na expressão de Xhex quando ela viu o que ele tinha feito consigo mesmo.

Que paralelo irônico. Só porque sua droga favorita era prescrita não significava que ele estava imune a abusar dela.

Rehv levantou os olhos, fechou as pálpebras e parou de respirar. Esticou a mão no ar entre ele e o Irmão e entrou na mente do macho.

Sim… sob a fúria havia muito terror.

E lembranças... de Phury. Uma cena de algum tempo atrás... setenta anos atrás ou mais... um leito de morte. De Phury. Z. estava cobrindo seu irmão gêmeo com cobertores e o colocando mais próximo de uma fogueira. Ele estava preocupado... Pela primeira vez desde que perdeu a alma e se tornou escravo, estava olhando para alguém com preocupação e compaixão. Na cena, ele colocava um pano molhado sobre a testa com febre de Phury, colocava suas armas e partia.

– Vampiro – Rehv murmurou. – Veja você bancando a enfermeira.

– Saia do meu maldito passado.

– Você o salvou, não é? – Rehv piscou e abriu os olhos. – Phury estava doente. Você foi buscar Wrath porque não tinha mais para onde ir. O selvagem salvador.

– Para sua informação, estou de mau humor, e você está me deixando furioso.

– Foi assim que vocês dois foram parar na Irmandade. Interessante.

– Eu quero a sua palavra, devorador de pecados. Não uma narrativa entediante.

Movido por algo que Rehv não sabia como chamar, ele colocou a mão no coração. No Idioma Antigo, falou claramente:

– Neste momento eu faço um juramento para você. Nunca mais seu irmão gêmeo de sangue sairá da minha propriedade portando drogas.

A surpresa tomou o rosto marcado de Z. Então ele concordou com a cabeça.

– Dizem para nunca confiar em um *sympatho*. Então vou confiar na parte de você que é irmão da minha Bella, entendeu?

– É um bom plano – Rehv murmurou ao abaixar a mão. – Porque foi com essa parte que eu jurei. Mas me diga uma coisa. Como você vai garantir que ele não compre de outra pessoa?

– Para falar a verdade, eu não faço ideia.

– Bom, boa sorte com ele.

– Nós vamos precisar.

Zsadist foi na direção da porta.

– Ei, Z.?

O Irmão olhou por sobre o ombro.

– O quê?

Rehv esfregou a parte esquerda do peito.

– Você… você sentiu uma vibração ruim hoje à noite?

Z. franziu a testa.

– Sim, mas qual é a diferença? Faz muito tempo que não sinto uma boa.

A porta se fechou, e Rehv colocou a mão no coração. Estava acelerado sem um motivo claro. Droga, provavelmente era melhor ele falar com um médico. Não importava quanto tempo demorasse...

Uma explosão tomou a clínica com o barulho de um trovão.

Capítulo 19

Phury readquiriu forma nos pinheiros atrás da garagem da clínica de Havers – e logo após os alarmes de segurança do lugar dispararam. Os gritos eletrônicos agudos fizeram os cachorros da vizinhança latirem, mas não havia o risco de a polícia ser chamada. Os alarmes estavam calibrados alto demais para que os humanos escutassem.

Droga... ele não estava armado.

Correu para a entrada da clínica mesmo assim, pronto para lutar apenas com as mãos se precisasse.

Era mais do que o pior cenário possível. A porta de aço estava estourada, dentro do saguão as portas do elevador estavam abertas, no vão os cabos estavam expostos. Lá embaixo, o teto do elevador revelava um buraco, o equivalente a um ferimento de bala no peito de um macho.

Colunas de fumaça e cheiro de talco de bebê estavam em ebulição, formando uma corrente de ar na clínica. A combinação de doce e amargo, junto com os barulhos de luta abaixo, despertaram as presas de Phury e o fizeram fechar os punhos.

Ele não perdeu tempo imaginando como os *redutores* ficaram sabendo onde era a clínica, assim como também ignorou a escada encostada na parede de concreto do vão. Ele pulou direto para dentro e caiu na parte do teto do elevador que ainda estava sólida. Outro salto pela parte que tinha explodido, e Phury estava em pleno caos.

Na área de espera da clínica, um trio de matadores com cabelo de vovó estava atacando Zsadist e Rehvenge, e a briga tinha destruído a sala de espera com suas cadeiras de plástico, revistas velhas e vasos de planta quase sem vida. Os desgraçados pálidos obviamente eram bem-treinados e experientes, visto sua força e segurança, mas Z. e Rehv não estavam deixando barato.

Com a briga evoluindo tão rápido, era uma questão de mergulhar na confusão e nadar. Phury pegou uma cadeira de metal do balcão de registros, girou no ar como se fosse um bastão e acertou no assassino mais próximo. Quando o *redutor* caiu, ele levantou a cadeira e enfiou uma das pernas finas no peito do animal. Assim que o estalo e clarão explodiram, gritos correram pelo corredor da clínica até os quartos dos pacientes.

– Vá! – Z. gritou ao dar um chute e acertar a cabeça de um dos *redutores*. – Nós seguramos a barra por aqui!

Phury escancarou as portas duplas.

Havia corpos no *hall*. Muitos. Caídos sobre poças de sangue vermelho no chão de linóleo verde-claro. Apesar de ser difícil não parar para checar aqueles por quem passava, seu foco tinha que ser a equipe médica e os pacientes que estavam definitivamente vivos. Um grupo deles estava correndo na direção de Phury em pânico, com os jalecos brancos e camisolas de hospital como uma pilha de roupa lavada pendurada no varal ao vento.

Ele os segurava pelos braços e ombros.

– Fiquem nos quartos! Tranquem a porta! Tranquem as malditas portas!

– Não tem tranca – alguém gritou. – E eles estão pegando os pacientes!

– Maldição!

Olhou em volta e viu uma placa.

– Esta despensa tem tranca?

Uma enfermeira assentiu enquanto tirava algo da cintura. Com a mão trêmula, ela entregou uma chave a ele.

– Mas só pelo lado de fora. Você vai ter que... nos trancar.

Ele assentiu olhando para a porta que dizia APENAS FUNCIONÁRIOS.

– Andem.

O grupo esparso se mexeu e encheu a pequena sala que estava cheia do chão ao teto com prateleiras de remédios e suprimentos. Quando fechou a porta, ele sabia que jamais esqueceria aquela imagem, todos grudados sob as luzes fluorescentes do teto baixo: sete rostos em pânico, catorze olhos suplicantes, setenta dedos buscando uns aos outros e se juntando até que os corpos individuais se tornassem uma única unidade de medo.

Eram pessoas que ele conhecia: pessoas que tinham cuidado dele e de sua prótese. Que eram vampiros como ele. Pessoas que queriam que essa guerra acabasse. E estavam sendo forçadas a acreditar nele porque naquele momento Phury tinha mais poder que eles.

Então, era assim que Deus se sente, ele pensou, sem desejar o cargo.

– Eu não vou esquecer vocês.

Ele fechou a porta, trancou e fez uma pausa por um segundo.

Barulhos de uma luta ainda vinham do balcão de registros, mas todo o resto estava quieto.

Ninguém da equipe. Nenhum paciente. Aqueles sete eram os únicos sobreviventes.

Virando as costas para o almoxarifado, ele se afastou de onde Z. e Rehv estavam lutando e foi atrás do cheiro doce que o levava na direção oposta.

Passou pelo laboratório da clínica, pela sala de quarentena onde Butch tinha estado meses atrás. Pelo caminho, pegadas manchadas deixadas por coturnos de sola preta se misturavam com o sangue vermelho dos vampiros.

Meu Deus, quantos assassinos tinham entrado ali?

Independente da resposta, ele tinha uma ideia de onde os *redutores* estavam indo: os túneis de evacuação, provavelmente com reféns. A questão era, como eles sabiam que deviam ir para lá?

Phury escancarou outro par de portas duplas e enfiou a cabeça para dentro do necrotério. Os bancos de unidades refrigeradas, as mesas de aço inoxidável e as balanças penduradas estavam intocadas. É lógico. Eles só queriam o que estava vivo.

Phury avançou mais um pouco pelo *hall* e encontrou a saída que os matadores tinham usado para fugir com os reféns. Não havia sobrado nada do painel de aço no túnel, que tinha explodido assim como a entrada da frente e o teto do elevador.

Droga. Tudo limpo. Por dentro e por fora. E ele podia apostar que era só a primeira ofensiva. Outros viriam para saquear, porque a Sociedade Redutora era medieval. Phury correu de volta para a luta na área de registros caso Z. e Rehv já não tivessem cuidado do assunto. No caminho, colocou o telefone na orelha, mas antes que V. atendesse, Havers colocou a cabeça para fora de seu escritório.

Phury desligou para poder lidar com o médico e rezou para que o sistema de segurança de V. tivesse sido notificado quando os alarmes soaram. Pensou que provavelmente tinha sido, uma vez que os sistemas deviam estar conectados.

– Quantas ambulâncias vocês tinham? – ele perguntou quando foi falar com Havers.

O médico piscou atrás dos óculos e levantou a mão. Nela havia uma pistola nove milímetros.

– Eu tenho uma arma.

– Que você vai prender no cinto e não usar. – A última coisa que precisavam era o dedo de um amador no gatilho. – Vá em frente, guarde isso e se concentre em mim. Precisamos tirar os vivos daqui. Quantas ambulâncias você tem?

Havers tentou colocar o cano da pistola no bolso, e Phury ficou preocupado que ele atirasse no próprio traseiro.

– Q-q-quatro...

– Me dê isso.

Phury pegou a arma, checou se a trava estava no lugar e a prendeu na cintura do médico.

– Quatro ambulâncias. Ótimo. Vamos precisar de motoristas...

Quando a eletricidade foi cortada, tudo se tornou escuro. A escuridão abrupta o fez imaginar se a segunda leva de assassinos teria chegado pelo vão do elevador. Como o gerador começou a funcionar e as luzes de segurança se acenderam, ele pegou o braço do médico e o chacoalhou.

– Podemos colocar as ambulâncias aqui dentro?

– Sim... a casa, minha casa... túneis...

Três enfermeiras apareceram atrás dele. Estavam mortas de medo, brancas como as luzes de emergência.

– Oh, minha Virgem – disse Havers –, os *doggen* na casa. Karolyn...

– Eu vou buscá-los – disse Phury –, vou encontrá-los e tirá-los daqui. Onde estão as chaves das ambulâncias?

O médico pegou alguma coisa atrás da porta:

– Aqui.

Até que enfim.

– Os *redutores* encontraram o túnel sul, então vamos ter que tirar todo mundo daqui por dentro da casa.

– O-ok.

– Podemos começar a evacuar assim que o lugar estiver seguro temporariamente – disse Phury. – Vocês quatro fiquem trancados aqui até algum de nós voltar. Vocês vão ser os motoristas.

– Como eles nos encontraram?

– Não faço ideia.

Phury empurrou Havers para dentro do escritório, fechou a porta e gritou para que eles a trancassem.

Quando voltou para a área da recepção, a luta tinha acabado, e o último *redutor* tinha sido esfaqueado até desaparecer pela espada vermelha de Rehv.

Z. limpou a testa com a mão e deixou uma mancha vermelha. Ele virou a cabeça e perguntou a Phury:

– Situação?

– Pelo menos nove funcionários e pacientes mortos, número desconhecido de sequestros, a área não está segura.

Porque só Deus sabia quantos *redutores* ainda estavam no labirinto de corredores e quartos da clínica.

– Sugiro estabilizar a entrada e o túnel sul, bem como a saída da casa. A evacuação vai precisar da escada dos fundos que dá para o interior da casa, e depois a saída rápida com as ambulâncias e veículos privados. Os funcionários da área médica vão dirigir. O destino é a clínica de apoio na Rua Cedar.

Zsadist piscou por um instante, como se estivesse surpreso com a lógica clara.

– Parece bom.

A cavalaria chegou em um segundo, Rhage, Butch e Vishous apareceram no elevador. O trio estava armado como se fossem tanques e furiosos. Phury olhou para o relógio.

– Vou tirar os civis e funcionários daqui. Vocês tentem encontrar qualquer *redutor* perdido no local e dar as boas vindas para a próxima leva.

– Phury – Zsadist chamou e olhou para trás.

Quando Phury olhou por sobre o ombro, seu irmão gêmeo jogou uma pistola SIG que sempre carregava.

– Cuide do seu traseiro – disse Z.

Phury pegou a arma com um aceno de cabeça e saiu correndo pelo corredor. Depois de analisar rapidamente as distâncias entre o almoxarifado, o escritório de Havers e a escada, parecia que os três pontos eram separados por quilômetros, não metros.

Abriu a porta para a escada. As luzes de segurança eram vermelhas, e o silêncio era de ouro. Andando rapidamente, ele subiu os degraus, digitou o código para trancar a porta da casa e colocou a cabeça para fora em um corredor com painéis de madeira. O cheiro de limão do verniz vinha do chão brilhante. O perfume de rosas vinha de um buquê no balcão de mármore. A combinação de cordeiro e alecrim vinha da cozinha.

Nada de talco de bebê.

Karolyn, criada de Havers, estava apoiada no canto.

– Senhor?

– Reúna os empregados…

– Estamos todos juntos. Todos aqui. Nós ouvimos os alarmes. – Ela indicou por sobre o ombro com a cabeça. – Somos doze.

– A casa está segura?

– Nenhum dos sistemas de segurança disparou.

– Excelente.

Ele jogou as chaves que Havers lhe entregou para ela.

– Peguem o túnel até a garagem e se tranquem lá. Dê a partida em todas as ambulâncias e carros que tiverem, mas não saia, e deixe uma pessoa perto da porta para que eu possa entrar com os outros. Eu vou bater e me identificar. Não abra para ninguém que não seja eu ou um dos Irmãos. Entendeu?

Foi doloroso ver os *doggen* engolirem em seco e concordarem.

– O nosso mestre…?

– Havers está bem. Vou buscá-lo.

Phury esticou o braço e apertou a mão dela.

– Vá. Agora. E seja rápida. Não temos tempo.

Ele voltou para a clínica em um piscar de olhos. Podia ouvir os Irmãos andando de um lado para outro, ele os conhecia pelo barulho das botas, pelo cheiro, pela fala. Ainda não havia mais assassinos, era evidente. Ele foi até o escritório de Havers e tirou os quatro de lá primeiro, porque não confiava que o doutor fosse ficar parado esperando. Felizmente, o médico se comportou e fez o que foi mandado, subindo as escadas rápido até a casa principal com as enfermeiras. Phury os acompanhou até os túneis que davam para a garagem e correu com eles pela saída subterrânea apertada que ficava embaixo do estacionamento atrás da mansão.

– Qual túnel leva diretamente às ambulâncias? – ele perguntou quando chegaram a um ponto com quatro saídas.

– O segundo a partir da esquerda, mas as garagens estão interconectadas.

– Quero você e as enfermeiras nas ambulâncias com os pacientes. É para lá que nós vamos.

Eles foram o mais rápido que puderam. Quando chegaram à porta de aço, Phury bateu e gritou o próprio nome. A tranca se abriu e deixou a tropa entrar.

– Vou voltar com mais gente – disse enquanto todos se abraçaram.

Phury voltou para a clínica e deu de cara com Z.

– Mais algum *redutor*?

– Nenhum. Coloquei V. e Rhage guardando a entrada. Rehv e eu vamos ficar no túnel sul.

– Preciso de cobertura para os carros.

– Entendido. Vou mandar Rhage. Você está saindo pelos fundos, certo?

– Isso.

Ele e o irmão gêmeo se separaram, e Phury foi até o almoxarifado. Sua mão estava firme como uma rocha quando ele tirou a chave da enfermeira do bolso e bateu na porta.

– Sou eu.

Ele colocou a chave e virou a maçaneta. Olhou para aqueles rostos mais uma vez e viu sinais de alívio. Que não duraram quando eles notaram a arma em sua mão.

– Vou tirar vocês pela casa – disse Phury. – Alguém tem algum problema de mobilidade?

O pequeno grupo se abriu para revelar um macho mais velho no chão. Ele tinha uma agulha de soro no braço, que uma das enfermeiras estava segurando acima da cabeça.

Droga.

Phury olhou para o corredor. Os Irmãos não estavam à vista.

– Você – ele disse, apontando para um macho que trabalhava como técnico no laboratório. – Carregue ele. Você – apontando para a fêmea que segurava o saco de soro –, fique com eles.

O técnico levantou o paciente do chão, e a enfermeira loura continuou segurando o soro no alto, enquanto Phury colocou o restante dos funcionários em pares com os pacientes.

– Andem o mais rápido que puderem. Vocês vão usar a escada que dá para a casa e seguir direto para os túneis da garagem. É o primeiro à direita depois que entrarem na mansão. Vou estar atrás de vocês. Vão. Agora!

Mesmo que estivessem fazendo o melhor que podiam, pareceu levar anos.

Anos.

Phury estava pronto para ter um ataque quando eles finalmente chegaram à escada com a luz vermelha, e trancar a porta de aço deu a Phury pouco alívio, considerando que os *redutores* tinham explosivos. Os pacientes eram lentos, uns dois tinham saído da cirurgia fazia um dia e pouco. Ele queria carregar um ou os dois naquela dupla, mas não podia correr o risco de não estar com a arma a postos.

Quando estavam quase chegando, uma paciente, uma fêmea com uma bandagem em volta da cabeça, precisou parar. Sem que ninguém pedisse, a enfermeira loura entregou rapidamente o saco de soro para o técnico.

– Só até chegarmos ao túnel. – E então ela pegou a fêmea nos braços. – Vamos lá.

Phury fez uma aceno de cabeça para ela e abriu caminho até a escada.

O grupo saiu da mansão sob o barulho de pés e tosse. A ausência total de alarmes era espetacular quando Phury trancou a porta da clínica atrás deles e os acompanhou até a entrada do túnel. O grupo entrou, e a enfermeira loura que carregava a paciente fez uma pausa.

– Você tem mais alguma arma? Porque eu sei atirar.

Phury levantou as sobrancelhas.

– Eu não tenho outra – seus olhos pousaram nas duas espadas ornamentais na parede acima da entrada. – Pegue a minha. Sou bom com objetos afiados.

A enfermeira ofereceu o quadril, e Phury colocou a SIG de Z. no bolso de seu jaleco branco. Ela se virou e andou até o túnel enquanto ele soltou as espadas dos ganchos de bronze e segurou as duas.

Quando chegaram à porta da garagem das ambulâncias, ele bateu com o punho, gritou seu nome, e a coisa se abriu. Em vez de entrar, cada um dos vampiros que estava acompanhando virou para ele.

Sete rostos. Catorze olhos. Setenta dedos ainda apertados.

Mas agora era diferente.

A gratidão era a outra metade do trabalho de Deus, e ele ficou encantado com a devoção e o alívio deles. A descoberta coletiva de que a fé no salvador tinha sido bem-direcionada, a recompensa sendo a vida, era uma força palpável.

– Nós ainda não escapamos – Phury disse a eles.

Quando olhou para o relógio de novo, fazia trinta e três minutos.

Vinte e três civis, a equipe médica e os *doggen* da casa tinham sido tirados da garagem. Os carros e ambulâncias não saíram pelas portas normais que davam para os fundos, mas dos painéis retráteis que possibilitavam que os veículos saíssem pela pequena floresta atrás da mansão. Um por um, eles foram embora sem faróis e sem usar os freios. E um por um, se liberaram e desapareceram noite adentro.

A operação foi um sucesso absoluto, mas mesmo assim havia uma sensação ruim.

Os *redutores* não tinham voltado.

Não era típico deles. Em circunstâncias normais, uma vez infiltrados, eles se espalhavam. Era o procedimento padrão deles levar o maior número de civis possível para interrogação e depois saquear qualquer coisa de valor do local. Por que eles não tinham mandado mais homens? Especialmente considerando as riquezas da clínica e da residência de Havers, e o fato de que os assassinos sabiam que os Irmãos estariam em toda parte, prontos para lutar.

De volta à clínica, Phury andou pelo corredor, confirmando duas vezes que todos os quartos estavam vazios. Era uma checagem terrível. Corpos. Muitos corpos. E o local todo estava completamente destruído, ferido tão mortalmente quanto qualquer morto deitado ali. Lençóis estavam no chão, travesseiros rasgados, monitores cardíacos e suportes para soro jogados por toda parte. Nos corredores, objetos estavam espalhados aqui e ali, e havia todas as pegadas horríveis dos coturnos e do sangue vermelho e brilhante.

Evacuações rápidas não eram uma operação limpa. Lutas também não.

Quando ele foi até a área de registros, parecia sinistro que não houvesse mais confusão no local, apenas o barulho do sistema de ventilação e dos computadores. O telefone tocava de vez em quando, mas ninguém atendia.

A clínica estava definitivamente morta, havia apenas os vestígios de atividade cerebral.

Nem ela nem a linda mansão Havers seriam usadas de novo. Os túneis, bem como todas as portas externas e internas intactas seriam trancados, os sistemas de segurança e o fechamento da casa seriam ativados. Folhas de aço soldado seriam colocadas nas entradas que tinham sido arrombadas, assim como as portas do elevador. Com o tempo, um grupo armado teria permissão para entrar e remover a mobília e os objetos pessoais pelos túneis que não tivessem sido comprometidos, mas isso ia demorar. E dependia de os *redutores* voltarem ou não com seus carrinhos de compras.

Felizmente, Havers tinha um abrigo, então ele e os empregados tinham onde ficar, e os pacientes já estavam sendo colocados em uma clínica provisória. Os registros médicos e resultados de exames estavam armazenados em um servidor externo, então ainda estavam acessíveis, mas as enfermeiras teriam que conseguir suprimentos rapidamente no novo espaço.

A verdadeira questão seria como montar outra clínica permanente, completa, mas isso ia levar meses e milhões de dólares.

Quando Phury foi até o balcão de registros, um telefone que ainda estava no gancho tocou. O som parou quando a ligação foi transferida para a secretária eletrônica. A mensagem inicial tinha sido mudada para "Este número não está mais em atividade. Por favor, ligue para o serviço de informação a seguir".

Vishous havia criado um segundo número no qual as pessoas pudessem deixar seus contatos e mensagens. Quando sua identidade e questões eram verificados, a equipe da nova clínica retornaria. Com V. interceptando tudo pelo equipamento no Buraco, ele podia pegar os números de qualquer um que ligasse e rastrear as linhas.

Phury fez uma pausa e ouviu com cuidado, segurando uma SIG com força. Havers teve a esperteza de guardar uma arma embaixo de todos os bancos do motorista nas ambulâncias, então a nove milímetros de Z. tinha voltado para a família, por assim dizer.

Silêncio relativo. Nada fora do comum. V. e Rhage estavam na nova clínica caso a caravana tivesse sido localizada pelo inimigo. Zsadist estava soldando a entrada arrombada do túnel sul. Talvez Rehvenge já tivesse ido embora.

Mesmo que a clínica estivesse relativamente segura, ele estava preparado para atirar para matar. Situações como aquela sempre o deixavam inquieto...

Droga. Essa provavelmente seria sua última operação, não é? E ele tinha feito parte dela só porque tinha ido falar com Zsadist, não porque tinha sido chamado como membro da Irmandade.

Tentando não pensar nisso demais, Phury percorreu outro corredor, que o levou à área dos serviços de emergência da clínica. Ele estava passando por um almoxarifado quando ouviu um barulho de vidro batendo em vidro.

Levando a arma de Z. para perto do rosto, ele se preparou na entrada. Inclinou rapidamente e viu o que estava acontecendo: Rehvenge, diante de um armário com um buraco de soco na porta, transferindo vidros e mais vidros das prateleiras para os bolsos do casaco.

– Relaxe, vampiro – disse o macho sem se virar. – É só dopamina. Não estou contrabandeando OxyContin nem nada do gênero.

Phury baixou a arma.

– Por que você está pegando…

– Porque eu preciso.

Quando o último vidro foi retirado, Rehv se afastou do armário. Seus olhos de ametista estavam atentos como sempre, como os de uma víbora. Caramba, ele sempre parecia estar medindo a distância do ataque, mesmo que estivesse entre os Irmãos.

– Então, como você acha que eles acharam este lugar? – Rehv perguntou.

– Não sei.

Phury fez um movimento com a cabeça na direção da porta.

– Vamos embora. Este lugar não é seguro.

O sorriso revelou presas que ainda estavam alongadas.

– Estou bem confiante que posso cuidar de mim mesmo.

– Sem dúvida. Mas provavelmente é uma boa ideia você ir embora.

Rehv atravessou a sala com cuidado, transitando entre as caixas de bandagens e luvas de látex e capas de termômetro no chão. Ele estava apoiado fortemente na bengala, mas só um idiota cometeria o erro de menosprezar sua dificuldade.

Seu tom foi o mais gentil possível quando falou:

– Onde estão suas adagas pretas, celibato?

– Não é da sua conta, devorador de pecados.

– De fato.

Rehv tocou um monte de seringas com a bengala como se quisesse colocá-las de novo na caixa.

– Acho que você precisa saber que seu irmão gêmeo veio falar comigo.

– Ah, é?

– Hora de ir embora.

Os dois olharam para o corredor. Zsadist estava atrás deles, com as sobrancelhas grudadas nos olhos, que estavam pretos.

– Tipo, agora mesmo – continuou Z.

Rehv sorriu calmamente quando seu telefone tocou.

– E veja só, minha carona chegou. Foi um prazer fazer negócios com vocês, cavalheiros. Até.

Ele deu a volta em Phury, fez um aceno de cabeça para Z., grudou o celular na orelha e saiu com sua bengala. O barulho dele diminuiu, e então veio o silêncio. Phury respondeu antes que seu irmão fizesse a pergunta:

– Eu vim porque você não estava atendendo o telefone.

Ele mostrou a SIG, oferecendo a arma virada para Z.

Zsadist aceitou a nove milímetros, examinou a câmara e colocou no coldre.

– Eu estava bravo demais para falar com você.

– Eu não estava ligando para falar de nós. Encontrei Bella na sala de jantar parecendo fraca e a levei para o quarto. Acho que seria bom Jane fazer uma visita, mas a decisão é sua.

A cor desapareceu do rosto de Zsadist.

– Bella falou se havia alguma coisa errada?

– Ela estava bem quando a coloquei na cama. Disse que tinha comido demais, e esse era o problema. Mas...

Talvez ele estivesse errado sobre o sangramento.

– Eu realmente acho que Jane devia ir vê-la...

Zsadist saiu correndo, com seus coturnos batendo contra o chão do corredor vazio, um barulho de trovão reverberando na clínica vazia.

Phury o seguiu andando. Enquanto pensava em seu papel como Primaz, ele se imaginou correndo com a mesma preocupação, urgência e desespero para checar Cormia. Meu Deus, ele podia ver aquilo com clareza... Cormia carregando seu filho na barriga, Phury tomado pela ansiedade, assim como Z.

Ele parou e olhou para dentro de um quarto.

Como seu pai se sentiu no momento do parto de sua mãe, quando dois filhos saudáveis nasceram? Ele provavelmente ficou tão feliz... até que Phury viesse e fosse o excesso da bênção.

Partos eram arriscados de tantas maneiras...

Enquanto Phury andava pelo corredor até o elevador danificado, pensava que, sim, seus pais provavelmente sabiam desde o começo que dois filhos saudáveis levariam a uma vida de sofrimento. Eles eram devotos fervorosos dos valores de equilíbrio que a Virgem Escriba pregava. De certa maneira, não ficaram surpresos quando Z. foi sequestrado, pois aquilo restabeleceu o equilíbrio da família.

Talvez por isso que seu pai tivesse abandonado a busca por Zsadist depois que descobriu que a babá estava morta e seu filho estava perdido e tinha sido vendido como escravo. Talvez Ahgony tivesse se dado conta de que a busca fosse prejudicar Zsadist ainda mais – que ao tentar trazer aquele que tinha sido levado, ele tivesse provocado a morte da babá e iniciado circunstâncias não só ruins, mas totalmente inalcançáveis.

Talvez ele se culpasse por Z. ter virado escravo.

Phury conseguia entender aquilo.

Ele parou um instante e olhou para a sala de espera, que estava tão bagunçada e fora de controle quanto um bar depois de liberar a bebida.

Pensou em Bella correndo risco com a gravidez e se perguntou se a maldição já tinha acabado de promover seus males. Pelo menos ele havia libertado Cormia do legado.

O mago concordou.

Bom trabalho, parceiro. Você a salvou. É a primeira coisa digna de valor que você já fez. Ela vai ficar muito, muito melhor sem você.

Capítulo 20

O Sr. D parou atrás da casa da fazenda e desligou o Focus. Pegou os sacos da loja de departamento que estavam no banco do passageiro ao sair do carro. O recibo que estava na carteira registrava quase cento e cinquenta dólares.

Seu cartão de crédito tinha sido recusado, então ele escreveu um cheque que talvez voltasse – como nos velhos tempos. Os pais do Sr. D eram os reis dos cheques sem fundo.

Quando ele deu um chute na porta do passageiro para fechá-la, pensou que os *redutores* dirigiam carros péssimos não porque a Sociedade tentava se manter discreta, e sim porque ela estava falida. Antigamente, ninguém se preocupava se o cartão de crédito ia passar, ou se conseguiria armas novas imediatamente. Droga, na época do Sr. R como *Redutor Principal*, nos anos 1980, a empresa ia muito bem.

Mas não mais. E agora era problema dele. O Sr. D provavelmente devia descobrir onde estavam todas as contas, mas não sabia por onde começar. Os *Redutores Principais* tinham sido trocados tantas vezes. Quem tinha sido o último minimamente organizado?...

Sr. X.

O Sr. X tinha sido bom no cargo e tinha aquela cabana na floresta – o Sr D. tinha estado lá uma vez ou duas.

Havia boas chances de que, se houvesse qualquer registro de contabilidade, estaria lá de um jeito ou de outro. A questão era, se os cartões de crédito dele não estavam passando, outros também não estavam. O que significava que os assassinos andavam saqueando por conta própria, roubando dos humanos ou mantendo coisas que tinham pilhado.

Talvez quando chegasse lá, teria sorte e descobriria que cofrinho estava cheio, perdido na confusão. Mas tinha a sensação de que não ia ser assim.

Quando a chuva recomeçou, ele abriu a porta de tela nos fundos da casa da fazenda com o quadril, destrancou o lugar e foi para a cozinha. Prendeu a respiração quando sentiu o malcheiro dos dois corpos. Aqueles dois eram marido e mulher, e ainda estavam jogados no chão como dois tapetes nojentos, mas uma das coisas boas de ser *redutor* é que você vem com seu próprio purificador de ar. Em pouco tempo ele não sentia mais o cheiro dos corpos.

Quando colocou as sacolas de compras no balcão, um barulho estranho pairava pela casa, um zumbido... como uma canção de ninar.

– Mestre?

Ou era isso, ou alguém estava brincando de Rádio Disney. Ele foi até a sala de jantar e levou um susto.

O Ômega estava ao lado da mesa velha, debruçado sobre o corpo de um vampiro louro estirado. Ele estava com a garganta cortada bem perto do queixo, mas o ferimento tinha sido costurado e não em decorrência de uma autópsia. Era uma costura delicada.

Estava vivo ou morto? Ele não sabia dizer – não, espere, o peito largo estava subindo e descendo um pouco.

– Ele é tão lindo, não é? – A mão preta e translúcida do Ômega pairava sobre o rosto do macho. – Louro também. A mãe era loura. Há! Diziam que eu não podia criar. Não como *ela*. Mas o nosso pai estava errado. Veja o meu filho. Sangue do meu sangue.

O Sr. D sentiu que precisava dizer alguma coisa, como se tivesse que elogiar um bebê.

– Ele é bonito sim, senhor.

– Você trouxe o que eu pedi?

– Sim, senhor.

– Traga-me as facas.

Quando o Sr. D voltou com os sacolas, o Ômega colocou uma mão sobre o nariz do macho, e a outra sobre a boca. Os olhos do vampiro se arregalaram, mas ele estava fraco demais para fazer qualquer coisa além de puxar a túnica branca do Ômega.

– Meu filho, não lute – o mal suspirou de satisfação. – O momento do seu segundo nascimento chegou.

Os movimentos de luta foram se intensificando até que os calcanhares do vampiro estivessem batendo na mesa e as mãos estivessem arranhando a madeira. Ele se revirava como se fosse um fantoche, ondulado, com os membros descoordenados e um pânico inútil. E então acabou, e o macho olhou para cima com os olhos vazios e a boca relaxada.

Enquanto a chuva castigava as janelas, o Ômega tirou o capuz branco da cabeça e abriu sua túnica. Com um movimento elegante, ele tirou a vestimenta e jogou a peça de cetim para o outro lado do cômodo. A túnica caiu de pé em um canto como se estivesse em um manequim.

O Ômega se alongou, tornando-se alto e magro, como um homem de borracha se esticando na direção do candelabro barato que ficava pendurado sobre a mesa. Ele agarrou a corrente no ponto que se prendia ao teto e com um puxão rápido o soltou e jogou no canto. Ao contrário da túnica, ele não caiu com cuidado, e o objeto se espatifou em um monte de lâmpadas quebradas e latão retorcido.

Em seu lugar, fios expostos pendiam como relvas no teto manchado, pendurados sobre o corpo do vampiro.

– Faca, por favor – pediu o Ômega.

– Qual?

– A de lâmina curta.

O Sr. D revirou as sacolas, encontrou a faca certa e lutou contra uma embalagem de plástico tão forte que ele queria enfiar a faca em si mesmo de frustração.

– Chega – o Ômega gritou e esticou a mão.

– Posso pegar uma tesoura...

– *Passe para mim.*

No instante em que a embalagem encontrou a palma sombria do mestre, o plástico queimou, liberando a lâmina e caindo no chão como um pedaço de couro retorcido.

Quando o Ômega se voltou para o vampiro, testou a faca em seu próprio antebraço escuro e sorriu quando o óleo preto saiu do corte feito.

Era como abrir um porco e foi tão rápido quanto.

Enquanto os trovões caíam em volta da casa como se estivessem procurando uma maneira de entrar, o Ômega correu a lâmina pelo centro do corpo do macho desde o corte na garganta até o umbigo. O cheiro de sangue e carne surgiu, tomando o cheiro adocicado do mestre.

– Traga-me o vaso tampado – o Ômega pronunciava "vaso" com um sotaque peculiar.

O Sr. D entregou o objeto de cerâmica azul que tinha encontrado na seção de utilidades domésticas. Quando o vaso mudou de mãos, ele ficou tentado a avisar para o mestre que era cedo demais para retirar o coração, porque o sangue do Ômega precisava circular pelo corpo antes. Mas se lembrou que o macho já estava morto, então que diferença fazia?

Obviamente, aquilo não era uma iniciação normal na Sociedade.

O Ômega queimou o tórax do vampiro com a ponta do dedo, e o cheiro de osso queimado fez o nariz do Sr. D enrugar. Depois, as costelas foram abertas por mãos invisíveis pela vontade do mestre, e o coração parado foi exposto.

A mão translúcida do Ômega entrou e penetrou a cavidade em volta do coração, formando um novo nicho para o órgão. Com uma expressão de incômodo, ele arrancou o músculo das correias de artérias e veias, e o sangue vermelho percorreu a pele branca do peito do macho.

O Sr. D deixou o vaso a postos, abrindo-o e deixando-o no canto, e então foi até a sacola e tirou quatro baldes vermelhos. Colocou um deles embaixo dos braços e pernas do vampiro enquanto o Ômega fazia cortes nos pulsos e tornozelos para drenar o sangue do corpo. Era impressionante a rapidez com que a pele do vampiro perdia a cor, indo de pálido fantasmagórico para um cinza azulado.

– Agora a faca serrilhada.

O Sr. D não perdeu tempo brigando com a embalagem. O Ômega queimou a coisa para abri-la, pegou a faca e colocou sua mão livre na mesa. Transformando os dedos em um punho, o mestre serrou seu próprio pulso, e o barulho foi tão agudo como se estivesse serrando madeira dura e antiga. Quando terminou, devolveu a faca, pegou sua própria mão e a colocou no peito vazio.

– Tenha bom ânimo, meu filho – o Ômega sussurrou quando outra mão apareceu no final do seu antebraço. – Você vai sentir meu sangue correr em um instante.

Com isso, o Ômega passou a outra faca pelo pulso recém-formado e manteve o ferimento sobre o punho preto.

O Sr. D lembrava dessa parte da iniciação. Ele gritou por algo maior do que dor física. Ele tinha sido enganado. Tão enganado. O que tinha sido prometido não foi o que aconteceu, e a agonia e o terror o fizeram desmaiar. Quando voltou a si, tinha se tornado algo completamente diferente, um membro dos mortos-vivos, um corpo impotente e errante fazendo o mal.

Ele achava que era apenas uma gangue. Achava que ia apenas participar de um ritual e talvez seu corpo fosse marcado para registrar sua entrada.

Não sabia que nunca mais ia sair. Ou que não seria mais humano.

A coisa toda o lembrou de algo que sua mãe costumava dizer: *Se você fizer um acordo com uma cobra venenosa, não pode ficar surpreso se for mordido.*

De repente, a eletricidade foi cortada.

O Ômega deu um passo para trás e um murmúrio começou. Dessa vez, não parecia um musical da Disney, e sim o chamado de uma grande reunião de energia, a colheita iminente de um potencial inimaginável. Enquanto as vibrações se tornavam mais altas, a casa começou a tremer, poeira começou a cair das rachaduras no teto, os baldes vibravam no chão como se estivessem dançando.

O Sr. D pensou nos corpos na cozinha e imaginou se eles estavam dançando também. Quando cobriu as orelhas com as mãos e abaixou a cabeça, voltou bem a tempo.

Um raio atingiu o telhado da casa, criando o que devia ser uma linha direta de contato. Com o barulho, não podia ser um ricochete ou algum objeto grande.

Não, aquilo não era uma lasca de pedra no olho de alguém, era uma montanha inteira esmagando a sua cabeça.

O som fazia os ouvidos doerem, pelo menos para o Sr. D, e a força esmagadora do impacto o fez imaginar se a casa ia desabar sobre eles. Aparentemente, o Ômega não estava preocupado. Ele só olhava com o zelo de um pastor dominical, enfeitiçado e orgástico, como se fosse um verdadeiro fiel e alguém tivesse acabado de trazer objetos sagrados.

O raio passou pelos dutos elétricos da casa, ou melhor, pelos restos e destroços da fiação, e saiu em um vão líquido de energia amarela brilhante bem acima do corpo. Os fios pendurados do lustre guiaram o caminho, e o peito aberto do vampiro com seu coração cheio de óleo foi o receptáculo.

O corpo explodiu num espasmo na mesa, braços e pernas se movendo, e o peito inflando. Em um segundo, o mestre cobriu o macho, como se estivesse formando uma segunda pele para que os quatro quadrantes de carne não se espalhassem como pneus furados. Quando o raio recuou, o macho ficou suspenso no ar com a cobertura do Ômega brilhando no escuro. O tempo... parou.

O Sr. D sabia porque o relógio-cuco barato na parede parou. Por um tempo, não houve mais momento a momento, apenas um agora infinito enquanto aquilo que tinha parado de respirar reencontrava a vida perdida.

Ou melhor, a vida roubada.

O macho flutuou delicadamente de volta para a mesa, e Ômega se retirou do corpo, recuperando sua forma. Barulhos ofegantes saíram dos lábios cinza do vampiro, e um assobio saía a cada inspiração quando o ar passava pelos pulmões. O coração tremeu na cavidade do peito aberto e depois organizou seus movimentos e começou a bater com toda força.

O Sr. D se concentrou no rosto.

A cor da morte lentamente foi substituída por um brilho estranhamente rosado, o tipo de coisa que acontecia com o rosto das crianças depois de correrem no vento. Mas aquilo não era saúde. De jeito nenhum. Era reanimação.

– Venha para mim, meu filho.

O Ômega passou a mão sobre o peito, e os ossos e a carne se uniram e soldaram desde o umbigo até o ferimento costurado na garganta.

– Viva para mim.

O vampiro revelou as presas. Abriu os olhos. E urrou.

Qhuinn não flutuou de volta ao corpo. Não. Quando se afastou da porta branca diante dele e correu como um imbecil, a vida na Terra voltou para ele como uma descarga elétrica, e seu espírito pousou em seu corpo como se tivesse levado um chute no traseiro com o All Star do Todo Poderoso.

Os lábios de alguém estavam pressionados sobre sua boca, e o ar estava sendo levado aos seus pulmões. Depois sentiu golpes no peito, e alguém estava contando junto com os movimentos. Houve uma pequena pausa, seguida de mais respiração.

Era uma boa mudança para as coisas. Respirar. Bater. Respirar. Respirar. Bater...

O corpo de Qhuinn deu um súbito sobressalto, como se estivesse cansado de apenas treinar a respiração. Com o espasmo, ele rompeu o contato com a outra boca e começou a trazer ar por conta própria.

– Graças a Deus – Blay disse com a voz engasgada.

Qhuinn viu rapidamente os olhos arregalados e marejados do amigo, virou para o lado e ficou em posição fetal. Puxando o ar pela boca em inspirações curtas, ele sentiu seu coração retomar a atividade, contraindo e relaxando por conta própria. Teve um breve momento de "que bom, estou vivo", mas então a dor tomou conta, percorrendo o corpo todo, querendo fazê-lo ficar inconsciente de novo. A base das costas de Qhuinn parecia ter sido atingida por um martelo.

– Vamos colocá-lo no carro – Blay gritou. – Ele precisa ir para a clínica.

Qhuinn se forçou a abrir os olhos e ver o próprio corpo. John estava de pé, concordando como um boneco. Só que, droga, não... eles não podiam levá-lo para lá. A Guarda de Honra ainda não tinha acabado... Caramba, seu próprio irmão...

– Não... clínica... – Qhuinn tentou dizer.

Dane-se, John disse em linguagem de sinais.

– Clínica não.

Ele podia não ter muito pelo que viver, mas isso não significava que estava com pressa de encontrar a Dona Morte. Blay se abaixou, olhando-o nos olhos.

– Você foi atropelado por um carro...

– Carro… não.

Blay ficou em silêncio.

– Então o que aconteceu?

Qhuinn ficou olhando para o amigo esperando que ele entendesse.

– Espere… foi uma guarda de honra? A família de Lash mandou uma guarda de honra atrás de você?

– Não… foi a de Lash…

– Foi a *sua*?

Qhuinn assentiu, porque a energia para mover os lábios era demais.

– Eles não deveriam tentar matar você...

– Dã.

Blay olhou para John.

– Não podemos levá-lo para Havers.

Doutora Jane, John sinalizou. *Então nós precisamos da doutora Jane.*

Quando John pegou o telefone, Qhuinn estava prestes a falar não para a ideia quando sentiu algo tremer perto de seu braço. A mão de Blay estava tremendo tanto que ele não conseguia segurar nada. Droga, o corpo dele inteiro estava tremendo. Qhuinn fechou os olhos e pegou aquela mão. Quando ouviu o barulho de John digitando alguma coisa, apertou a mão de Blay para confortar o amigo. E a si mesmo. Um minuto e meio depois, o toque avisou que uma mensagem tinha chegado em resposta.

– O que foi?

John devia ter dito alguma coisa em linguagem de sinais, porque Blay suspirou.

– Oh… meu… Deus. Mas ela está vindo, não está? Ainda bem. Minha casa? Certo. Ok. Vamos levá-lo.

Dois pares de mãos o levantaram da estrada, e ele grunhiu de agonia…

O que devia ser bom, porque significava que voltar da morte provavelmente tinha sido real. Depois que ele foi colocado no banco de trás do carro de Blay e seus amigos entraram com ele, Qhuinn sentiu as vibrações sutis da BMW acelerando.

Quando abriu os olhos de novo, foi para encontrar os de John. Ele estava no banco da frente, mas estava totalmente virado para trás para ficar de olho no amigo.

Era um olhar de preocupação e cuidado. Como se não tivesse certeza que Qhuinn fosse sobreviver... e estivesse pensando no que tinha acontecido quatro horas e dez milhões de anos atrás no vestiário.

Qhuinn levantou as mãos arrebentadas e sinalizou de um jeito confuso: *Você ainda é o mesmo para mim. Nada mudou.*

Os olhos de John viraram para a esquerda e olhou pela janela. Os faróis do carro atrás passaram por seu rosto, tirando-o da escuridão. A dúvida estava escrita por todo seu rosto.

Qhuinn fechou os olhos.

Que noite horrível.

Capítulo 21

– Oh. Meu. Deus. Esse vestido é medonho.

Cormia riu e olhou para a televisão de Bella e Zsadist. *Project Runway* era um "programa" fascinante, no fim das contas.

– O que é aquilo pendurado nas costas?

Bella balançou a cabeça.

– Mau gosto em forma de cetim. Mas acho que começou como um laço.

As duas estavam estiradas na cama do casal, encostadas na cabeceira. O gato preto da casa estava entre as duas, aproveitando as frutas que estava ganhando das duas, e Boo parecia não gostar do vestido tanto quanto Bella. Os olhos verdes do animal olhavam para a TV com desaprovação.

Cormia tirou a mão das costas do gato e a levou para a lateral.

– A cor não é ruim.

– Não compensa o fato de que parece que ela está usando uma embalagem à vácuo envolvendo um barco. E tem uma corda com um gancho no traseiro.

– Eu nem sei o que é um barco. Muito menos embalagem à vácuo.

Bella apontou para a tela plana do outro lado do quarto.

– É o que você está vendo. Imagine algo que parece um carro que flutua enrolado naquele pesadelo e *voilà*.

Cormia sorriu e pensou que aquele tempo passado com a fêmea estava sendo revelador e estranhamente intrigante. Ela *gostava* de Bella.

De verdade. A fêmea era engraçada, carinhosa e atenciosa, tão bonita por dentro quanto por fora.

Não era à toa que o Primaz a adorava. Por mais que Cormia quisesse demarcar seu território, descobriu que não havia necessidade de afirmar seu *status* de Primeira Companheira. O Primaz não surgiu como um assunto na conversa, e não houve nenhum subentendido a ser enfrentado.

Quem ela via como rival tinha se transformado em uma amiga.

Cormia voltou a pensar no que estava em seu colo. O livreto era grande e fino, com páginas brilhantes e muito do que Bella explicou serem anúncios. Estava escrito *Vogue* na capa.

– Veja todas essas roupas diferentes – ela murmurou. – Que incrível.

– Estou quase acabando a *Nova*, se você quiser.

A porta se abriu com tanta força que Cormia pulou da cama, e a *Vogue* voou para um canto como se fosse um pássaro assustado.

O Irmão Zsadist estava na entrada, vindo direto de uma luta, dado o cheiro de talco de bebê que ele exalava e as armas que carregava.

– O que está acontecendo? – ele exigiu saber.

– Bem – Bella disse calmamente –, você acabou de dar um susto enorme em Cormia e em mim e estou ficando com fome de novo, então eu estava prestes a chamar Fritz e pedir um omelete com bacon e queijo cheddar. Com batatas fritas. E suco.

O Irmão olhou em volta como se esperasse ver *redutores* atrás das cortinas.

– Phury disse que você não estava se sentindo bem.

– Eu estava cansada. Ele me ajudou a subir as escadas. Cormia chegou aqui como babá, mas acho que ela ficou porque está se divertindo, não está? Ou pelo menos estava, certo?

Cormia concordou, mas não tirou os olhos do Irmão. Seu rosto marcado e o corpo enorme sempre a deixava desconfortável, não porque ele fosse feio, mas porque parecia tão feroz.

Zsadist olhou para ela, e a coisa mais estranha aconteceu. Ele falou com uma voz impressionantemente gentil e levantou as mãos como se quisesse acalmá-la.

– Calma, tudo bem. Desculpe ter assustado você. – Os olhos dele lentamente ficaram amarelos e seu rosto, mais suave. – Só estou preocupado com a minha *shellan*. Não vou machucar você.

Cormia sentiu a tensão ir embora e começou a entender melhor por que Bella estava com ele. Com uma reverência, ela disse:

– Eu entendo, meu amo. Entendo que você está preocupado com ela.

– Você está bem? – Bella perguntou, olhando para as roupas manchadas de preto de seu *hellren*. – Todo mundo da família está bem?

– Todos os Irmãos estão bem. – Ele foi até a *shellan* e tocou o rosto dela com uma mão trêmula. – Quero que a doutora Jane dê uma olhada em você.

– Se vai deixar você mais tranquilo, é claro, é só chamá-la. Não acho que tenha nada de errado, mas vou fazer o que for preciso para você se sentir mais confortável.

– É o sangramento de novo?

Bella não respondeu.

– Vou chamá-la...

– Não é muito e não tem nada de diferente do que eu já tive antes. A doutora provavelmente é uma boa ideia, mas eu duvido que alguma coisa precise ser feita.

Bella virou os lábios para a mão dele e o beijou.

– Mas, primeiro, por favor, me diga o que aconteceu hoje.

Zsadist apenas balançou a cabeça, e Bella fechou os olhos, como se estivesse acostumada com más notícias... e como se as recebesse com tanta frequência que as palavras sobre a situação exata não fossem mais necessárias. A fala não poderia acrescentar nada à tristeza de nenhum dos dois. Tampouco poderia aliviar o que ambos claramente sentiam.

Zsadist abaixou a cabeça e beijou a companheira. Quando seus olhos se encontraram, o amor que havia entre os dois era tão intenso que criava uma aura de calor que Cormia podia jurar sentir de onde estava parada.

Bella nunca havia demonstrado esse tipo de conexão com o Primaz. Nunca.

Aliás, nem ele em relação a ela. Entretanto, talvez fosse apenas uma questão de discrição.

Zsadist disse poucas palavras em voz baixa e então partiu como se estivesse à caça de alguma coisa, sobrancelhas baixas, ombros pesados como as vigas de uma casa.

Cormia limpou a garganta.

– Você quer que eu vá chamar o Fritz? Ou peça a sua refeição?

– Acho melhor eu esperar, se a doutora Jane vai vir me examinar.

A mão da fêmea se arrastou até a própria barriga e desenhou círculos lentos.

– Você quer voltar e ver o resto do programa comigo depois?

– Se você quiser…

– Claro. Você é ótima companhia.

– Eu sou?

Os olhos de Bella eram absurdamente gentis.

– Muito. Você me deixa calma.

– Então eu serei sua companheira de parto. De onde eu venho, uma irmã grávida sempre tem uma companheira de parto.

– Obrigada… muito obrigada. – Bella virou o rosto quando o medo apareceu em seus olhos. – Preciso de toda ajuda que puder receber.

– Se você não se importa que eu pergunte – Cormia murmurou –, o que mais a preocupa?

– Ele. Eu me preocupo com Z. – Os olhos de Bella se viraram para o lado. – E me preocupo com meu bebê. É tão estranho. Eu não me preocupo muito comigo.

– Você é muito corajosa.

– Oh, você não me vê no meio do dia no escuro. Eu me desespero bastante, acredite.

– Eu ainda considero você valente. – Cormia tocou sua barriga reta. – Duvido que eu seria tão corajosa.

Bella sorriu.

– Eu acho que você está errada. Eu tenho observado você nos últimos meses, e existe uma força incrível em você.

Cormia não tinha tanta certeza assim.

– Espero que a consulta vá bem, eu volto mais tarde…

– Você não acha de verdade que é fácil ser o que você é, acha? Viver sob as pressões das Escolhidas? Não posso imaginar como você lida com isso e tenho um respeito enorme por você.

Tudo o que Cormia podia fazer era piscar.

– Você… tem?

Bella assentiu.

– Sim, eu tenho. E você quer saber o que mais? Phury tem sorte de ter você. Só rezo para que ele descubra isso o quanto antes.

Minha Virgem Escriba, isso não era algo que Cormia esperava ouvir de ninguém, muito menos de Bella, e o choque deve ter transparecido, porque a fêmea riu:

– Ok, eu deixei você desconfortável, me desculpe. Mas fazia muito tempo que eu queria dizer isso para vocês dois. – Os olhos de Bella se voltaram para o banheiro, e ela respirou fundo. – Agora acho melhor você ir para que eu possa me preparar para a doutora Jane e as espetadas dela. Eu amo aquela fêmea, de verdade, mas, caramba, detesto quando ela coloca aquelas luvas.

Cormia meio que se despediu e foi para o seu próprio quarto, imersa em pensamentos.

Quando ela fez uma curva perto do escritório de Wrath, parou. Como se ela o tivesse chamado, o Primaz estava no topo da escada principal, forte e exausto.

Os olhos dele encontraram os dela.

O Primaz devia estar louco por notícias de Bella, pensou.

– Ela está melhor, mas acho que está escondendo alguma coisa. O Irmão Zsadist foi buscar a doutora Jane.

– Que bom. Fico feliz. Obrigado por cuidar dela.

– Foi um prazer. Ela é adorável.

O Primaz concordou, e então seus olhos foram do cabelo dela, que estava preso no alto da cabeça, até seus pés descalços. Era como se a estivesse reconhecendo, como se não a visse fazia muito tempo.

– Que horrores você viu desde que saiu? – ela sussurrou.

– Por que você está perguntando?

– Você me olha como se não me visse a semanas. O que você viu?

– Você me conhece bem.

– Tão bem quanto você evita a minha pergunta.

Ele sorriu.

– O que seria muito bom, não é?

– Você não precisa falar sobre...

– Eu vi mais morte. Mortes evitáveis. Um enorme desperdício. Essa é uma guerra maligna.

– Sim. É sim.

Ela queria pegar a mão dele. Mas, em vez disso, falou:

– Você gostaria... de ir comigo ao jardim? Eu ia caminhar entre as rosas um pouco antes do sol nascer.

Ele hesitou, mas balançou a cabeça.

– Eu não posso. Sinto muito.

– Eu entendo – ela fez uma reverência para evitar os olhos dele. – Meu amo.

– Tenha cuidado.

– Eu terei.

Ela segurou sua túnica e andou rapidamente para as escadas que ele tinha acabado de subir.

– Cormia?

– Sim?

Quando se virou, o Primaz olhava intensamente nos olhos dela. Eles revelavam uma chama que a fez lembrar dos dois no chão do quarto, e seu coração deu um salto.

Mas ele apenas balançou a cabeça.

– Nada. Apenas tome cuidado.

Quando Cormia desceu as escadas, Phury andou pelo corredor das estátuas e parou na primeira janela que dava para o jardim dos fundos.

Ir com ela olhar as rosas definitivamente não era uma opção. Ele se sentia nu, sem pele, apesar de sua carne estar protegida. Toda vez que fechava os olhos, via os corpos no corredor da clínica e os rostos assustados naquele almoxarifado, e a coragem daqueles que não deveriam ter que lutar pela vida.

Se ele não tivesse parado para ajudar Bella a subir as escadas e ido procurar Zsadist, talvez aqueles civis não tivessem sido salvos. Com certeza ninguém o teria chamado como reforço, porque ele não era mais um Irmão.

Lá embaixo, Cormia surgiu no terraço, com sua túnica branca brilhando contra as pedras cinza-escuro. Ela foi até as rosas e se curvou na altura da cintura para levar o nariz aos botões.

Phury quase conseguia ouvir a inspiração dela e a visão de contentamento quando sentiu o perfume das rosas.

Os pensamentos dele foram do horror da guerra para a beleza da forma feminina... e para aquilo que os machos fazem com as fêmeas entre lençóis de seda.

Sim, não dava para ficar perto de Cormia naquele momento. Ele queria substituir a morte e o sofrimento que tinha visto à noite por outra coisa, algo vivo e caloroso, que remetesse ao corpo, não à cabeça. Enquanto observava sua Primeira Companheira dedicar atenção às roseiras, ele a queria nua, se contorcendo, coberta de suor e debaixo de seu corpo.

Ah... mas ela não era mais sua Primeira Companheira, não é?

Droga.

A voz do mago surgiu em sua cabeça.

Você, no entanto, honestamente acha que teria sido bom para ela? Acha que a teria feito feliz? Que estaria segura? Você passa umas doze horas do dia fumando. Poderia ter acendido um cigarro atrás do outro na frente dela e tê-la deixado assistir enquanto você se joga nos travesseiros e pega no sono? Você quer que ela veja isso? Você quer que ela o arraste para a casa no cair da manhã, como você fazia com seu pai? Você bateria nela de frustração algum dia também?

– Não! – ele disse em voz alta.

Oh, é mesmo? Seu pai dizia isso para você. Não dizia, parceiro? Prometia bem na sua frente que nunca mais bateria em você. O problema é que a palavra de um viciado é apenas isso. Uma palavra. Nada mais.

Phury esfregou os olhos e deu as costas para a janela.

Para arrumar o que fazer, qualquer coisa, ele foi para o escritório de Wrath. Mesmo que não fosse mais membro da Irmandade, o rei ia gostar de saber o que tinha acontecido na clínica. Com Z. ocupado com Jane e Bella, e os outros Irmãos ajudando na clínica nova, ele podia muito bem fazer um relatório não oficial. Além disso, queria que Wrath soubesse por que ele tinha ido lá para começo de conversa, e garantir ao rei que não estava desconsiderando seu banimento.

E havia toda a questão de Lash.

O garoto estava desaparecido. A contagem de pessoas na nova clínica e a contagem de corpos na antiga revelaram apenas um sequestro: Lash. A equipe médica indicou que ele estava vivo no momento da invasão, que tinha sido reavivado depois que seus órgãos vitais sucumbiram. O que era trágico. O garoto podia ser um cretino, mas ninguém queria que ele caísse nas mãos dos *redutores*. Se ele tivesse sorte teria morrido a caminho de onde quer que o estivessem levando, e havia uma boa chance de que isso tivesse ocorrido, dada a sua condição.

Phury bateu na porta do escritório de Wrath.

– Meu senhor? O senhor está aí?

Quando não houve resposta, ele tentou de novo. Mais silêncio, então ele virou as costas e foi para seu quarto, sabendo perfeitamente bem que ia acender um cigarro, fumar e reassumir seu lugar mais uma vez no reino desolado do mago.

Como se você pudesse estar em qualquer outro lugar, disse a voz sombria em sua cabeça.

Do outro lado da cidade, na casa dos pais de Blaylock, Qhuinn foi levado para dentro pela entrada de serviço que os *doggen* usavam.

Ele fez o melhor para mancar, mas Blay precisou carregá-lo para subir a escada dos empregados. Depois que ele saiu do quarto para mentir sobre onde estava e o que estava fazendo, John assumiu o posto de sentinela enquanto Qhuinn se acomodava na cama do amigo sem nenhum do seu alívio costumeiro. E não porque estava se sentindo um saco de pancadas.

Os pais de Blay mereciam mais do que isso. Eles sempre tinham sido bons para Qhuinn.

Inferno, muitos pais não deixariam que os filhos chegassem perto dele, mas os de Blay tinham sido legais desde o começo. E agora estavam sem saber colocando em risco a situação dos dois na *glymera* ao refugiar um fugitivo desonrado e *persona non grata*.

Apenas pensar nisso tudo já fazia Qhuinn querer ir embora, mas sua barriga tinha outros planos. Era como se um atirador tivesse acertado seu estômago, e uma dor intensa atingiu seus rins. Com um grunhido, ele voltou a deitar.

Tente ficar parado, John sinalizou.

– Entendido.

Quando o telefone tocou, John o tirou do bolso da calça. Enquanto lia a mensagem, Qhuinn pensou nos três indo ao *shopping* para fazer compras e em sua transa com a gerente no provador.

Tudo tinha mudado desde então. O mundo todo estava diferente. Ele se sentia anos mais velho, não dias. John olhou com o rosto tenso.

Eles querem que eu vá para casa. Aconteceu alguma coisa.

– Então vá… estou bem aqui.

Eu volto se puder.

– Não se preocupe. Blay vai mantê-lo informado.

Quando John foi embora, Qhuinn olhou em volta e se lembrou de todas as horas que tinha passado deitado na cama desse quarto. Blay tinha um belo canto. As paredes eram cobertas com painéis de cerejeira, o que criava uma aparência de escritório, e a mobília era moderna e cheia de estilo, nada daquelas coisas de antiquário arrogante que todos os membros da *glymera* colecionavam junto com regras pomposas de etiqueta social.

A cama *king size* estava coberta com uma colcha preta e tinha travesseiros suficientes para deixá-lo confortável sem sufocar. A televisão de plasma tinha um Xbox 360, um Wii e um PS3 no chão, e a escrivaninha onde fazia a lição de casa estava tão organizada e arrumada quanto todo o resto. À esquerda, havia um frigobar, um cesto de lixo preto e um cesto laranja para garrafas.

Blay tinha abraçado o lado verde um tempo atrás e estava firme na coisa de reciclar e reutilizar. O que era típico dele. Dava dinheiro todo mês à associações de defesa dos animais, só comia carne e frango criados em espaço aberto e gostava de comida orgânica.

Se existisse uma ONU de vampiros onde ele pudesse fazer estágio, ou uma maneira de se tornar voluntário do Abrigo, Blay teria ido na hora.

Ele era o mais perto de um anjo que Qhuinn um dia chegaria.

Droga. Ele precisava sair de lá antes que seu pai expulsasse a família de Blay inteira da *glymera*.

Quando mudou de posição para tentar aliviar a base das costas, percebeu que nem todo desconforto vinha de lesões internas: o envelope que o *doggen* de seu pai havia entregado ainda estava preso ao seu jeans, mesmo depois da surra.

Ele não queria ver os papéis de novo, mas de alguma maneira eles acabaram em suas mãos sujas e ensanguentadas.

Mesmo com a visão embaçada e dores no corpo todo, se concentrou no envelope. Era a árvore genealógica de cinco gerações de sua família, sua certidão de nascimento, por assim dizer, e ele olhou para os três nomes na última linha. Seu nome estava à esquerda, no lado mais distante do nome do irmão mais velho e da irmã. Estava coberto por um X grosso, e embaixo do registro de seus pais e irmãos estava a assinatura de todos com a mesma tinta pesada.

Tirá-lo da família exigia muita burocracia. As certidões de nascimento do irmão e da irmã teriam de ser modificadas, assim como a dele, e o registro de casamento dos pais também precisaria ser editado. O Conselho dos *Princeps* da *glymera* também precisaria receber uma declaração de deserdação, renúncia dos pais e pedido de expulsão. Depois que o nome de Qhuinn foi editado tanto da lista da *glymera* quanto do enorme arquivo genealógico da aristocracia, o *lídher* do Conselho redigiria uma missiva que seria enviada a todas as famílias da *glymera*, anunciando o exílio formalmente.

Qualquer um que tivesse uma fêmea em idade apropriada de acasalamento precisaria ser notificado, é claro.

Tudo era muito ridículo. Com seus olhos de cor diferente, não era como se ele fosse conseguir achar uma parceira na aristocracia.

Qhuinn dobrou a certidão de nascimento e a colocou de volta no envelope. Quando fechou a aba, parecia que seu peito estava afundando. Estar totalmente sozinho no mundo, mesmo como um adulto, era aterrorizante. Mas contaminar todos aqueles que tinham sido bons para ele era pior.

Blay entrou pela porta com uma bandeja de comida.

– Não sei se você está com fome…

– Eu preciso ir.

O amigo colocou a comida na escrivaninha.

– Não acho que é uma boa ideia.

– Me ajude a levantar. Eu vou ficar bem...

– Bobagem! – veio uma voz feminina.

A médica particular da Irmandade surgiu do nada, bem diante dele. Sua maleta era do tipo antigo, com duas alças no alto e um corpo que parecia um filão de pão, seu casaco era branco, igual ao que usava na clínica. O fato de que ela era um fantasma não significava nada. Tudo sobre ela, desde as roupas e a maleta até o cabelo e o perfume se tornou sólido e tangível quando ela chegou, exatamente como se fosse normal.

– Obrigado por vir – disse Blay, sempre um bom anfitrião.

– Oi, doutora – Qhuinn murmurou.

– E o que temos aqui.

Jane foi até ele e sentou na beira da cama. Ela não o tocou, apenas olhou para ele de cima a baixo com um olhar intenso de médica.

– Não pareço o candidato ideal para a *Playgirl*, né? – ele disse constrangido.

– Eram quantos? – A voz dela não estava brincando.

– Dezoito. Mil.

– Quatro – Blay intercedeu. – Uma guarda de honra de quatro.

– Guarda de honra? – Ela balançou a cabeça, como se não conseguisse entender os costumes da raça. – Por causa de Lash?

– Não, da própria família de Qhuinn – disse Blay. – E não era para eles terem matado.

Aquilo tinha se tornado seu novo mantra, Qhuinn pensou. A doutora abriu a maleta.

– Certo, vamos ver o que está acontecendo embaixo das roupas.

Ela foi tipicamente profissional ao cortar a camisa dele, escutar o coração e medir a pressão. Enquanto trabalhava, ele passava o tempo olhando para a parede, para a TV apagada, para a maleta.

– Que bolsa... útil... você tem aí – ele grunhiu enquanto as mãos da médica apalpavam seu abdômen e atingiam um ponto fraco.

– Eu sempre quis uma. Faz parte do meu fetiche por médicas.

– Fetiche?

– Aqui também dói?

Sua respiração quando ela apertou de novo foi a resposta suficiente, então Qhuinn deixou como estava. A doutora Jane tirou sua calça, e quando ficou nu, ele rapidamente cobriu as partes privadas com o lençol.

Ela tirou a coberta, olhou tudo de um jeito profissional e pediu que ele dobrasse os braços e as pernas. Depois de se demorar sobre alguns hematomas espetaculares, ela o cobriu de novo.

– O que eles usaram para bater em você? Esses hematomas nas suas coxas são graves.

– Barras de ferro. Grandes, enormes...

Blay entrou na conversa:

– Porretes. Deviam ser aqueles pretos das cerimônias.

– É consistente com os ferimentos. – A doutora parou por um momento, como se estivesse processando em um computador um pedido de informação. – Certo. A situação é a seguinte. O que está acontecendo com as suas pernas sem dúvida é desconfortável, mas as contusões devem se curar sozinhas. Não há ferimentos abertos, e apesar de parecer que sua mão foi esfaqueada, estou presumindo que isso aconteceu antes, porque já está sarando. E nada parece quebrado, o que é um milagre.

Exceto o coração, claro. Ser espancado pelo próprio irmão... *Cale a boca, seu maricas*, ele disse a si mesmo.

– Então eu estou bem, certo, doutora?

– Por quanto tempo você ficou lá caído?

Ele franziu a testa e a visão do Fade subitamente tomou conta de sua memória como um corvo negro. Meu Deus... ele tinha morrido?

– Ah... não faço ideia de quanto tempo. E eu não vi nada enquanto estava apagado. Só a escuridão, sabe... eu estava inconsciente.

Ele não ia falar sobre a pequena viagem de ácido involuntária de jeito nenhum.

– Mas eu estou bem, sabe...

– Vou ter que discordar de você. Seus batimentos cardíacos estão altos, sua pressão está baixa, e eu não estou gostando da sua barriga.

– Só está um pouco dolorida.

– Estou preocupada que algo tenha se rompido.

Que ótimo.

– Eu vou ficar bem.

– E seu diploma de medicina veio de onde?

A doutora Jane sorriu e riu um pouco.

– Eu gostaria de fazer um ultrassom, mas a clínica de Havers foi atacada hoje à noite.

– *O quê?* – Blay e Qhuinn perguntaram ao mesmo tempo.

– Achei que vocês soubessem.

– Houve sobreviventes? – Blay perguntou.

– Lash está desaparecido.

Enquanto as implicações da notícia eram processadas, Jane pegou sua bolsa e tirou uma agulha fechada e um vidro com tampa de borracha.

– Vou dar alguma coisa para aliviar a dor. E não se preocupe – ela disse brincando – não é Demerol.

– Por quê, Demerol é ruim?

– Para vampiros? Sim – ela revirou os olhos. – Acredite em mim.

– Você manda.

Quando terminou de dar a injeção, ela disse:

– Isso vai durar umas duas horas, mas eu pretendo voltar antes disso.

– Vai amanhecer logo, não é?

– Sim, então precisamos agir rápido. Uma clínica temporária foi montada...

– Não posso ir para lá... – ele disse. – Eu não posso... Não seria uma boa ideia.

Blay concordou.

– Precisamos manter o paradeiro dele em segredo. Ele não está seguro em nenhum lugar no momento.

A doutora Jane apertou os olhos. E, depois de um instante, disse:

– Ok. Vou pensar em um lugar mais privado. Enquanto isso, não quero que você saia dessa cama. E não coma nem beba nada, caso eu precise operar.

Enquanto a doutora guardava suas coisas na tal bolsa, Qhuinn contou o número de pessoas que não teria chegado perto dele, e muito menos que cuidaria dos seus ferimentos.

– Obrigado – ele disse em voz baixa.

– De nada – ela colocou a mão em seu ombro e apertou. – Eu vou cuidar de você. Pode apostar.

Naquele momento, quando olhou dentro daqueles olhos verdes, ele honestamente acreditou que ela pudesse consertar o mundo todo, e uma onda de alívio percorreu seu corpo como se alguém o tivesse enrolado em um cobertor macio. Droga, talvez fosse o analgésico fazendo efeito, mas realmente não importava. Ele aceitaria conforto onde o encontrasse.

– Estou sonolento.

– Era o meu plano.

A doutora Jane foi até Blay e sussurrou alguma coisa… e apesar de ele ter tentado esconder a reação, os olhos se arregalaram.

Ah, então ele estava realmente encrencado, Qhuinn pensou.

Depois que ela foi embora, ele nem se preocupou em perguntar o que tinha sido dito, porque Blay não ia falar de jeito nenhum. O rosto do amigo parecia um armário fechado. Mas ainda havia muitas outras coisas a tratar, graças à tempestade de estrume em que todos estavam.

– O que você disse aos seus pais? – Qhuinn perguntou.

– Não se preocupe com nada.

Apesar do cansaço que o consumia, ele balançou a cabeça.

– Me conte.

– Você não…

– Ou você me conta… ou eu vou levantar e começar a fazer Pilates.

– Problema seu. Você sempre disse que isso era pura frescura.

– Tudo bem. Jiu-jítsu. Agora fale antes que eu apague.

Blay pegou uma cerveja Corona da pequena geladeira.

– Meus pais adivinharam que éramos nós entrando. Eles acabaram de voltar da grande festa da *glymera*. Então, os pais de Lash devem estar descobrindo nesse momento.

Droga.

– Você contou a eles… sobre mim?

– Sim, e eles querem que você fique.

A cerveja fez barulho quando Blay abriu a garrafa.

– Nós não vamos dizer nada a ninguém. Vai haver especulação sobre onde você foi parar, mas não é como se a *glymera* fosse fazer uma busca nas casas para saber onde você está. E os nossos *doggen* são discretos.

– Só vou ficar hoje.

– Escute, meus pais amam você e não vão jogá-lo na rua. Eles conhecem Lash e também conhecem os seus pais.

Blay parou de falar, mas o tom usado acrescentou muitos adjetivos às palavras.

Preconceituosos, críticos, cruéis...

– Eu não serei um fardo para ninguém – Qhuinn grunhiu. – Nem seu, nem de ninguém.

– Mas não é um fardo. – Blay olhou para baixo. – Eu só tenho meus pais e eu. Quem você acha que eu ia procurar se algo ruim acontecesse? John e você são tudo o que eu tenho no mundo além da minha mãe e do meu pai. Vocês dois são a minha família.

– Blay, eu vou para a prisão.

– Nós não temos nenhuma prisão, então você vai precisar de um lugar para ficar em prisão domiciliar.

– E você não acha que isso vai aparecer nos registros públicos? Você não acha que eu vou ter que revelar onde estou?

Blay engoliu metade da cerveja, sacou o telefone e começou a escrever uma mensagem.

– Escute, você pode parar de achar obstáculos? Vamos ter problemas suficientes por conta própria sem você inventar mais. Vamos achar um jeito de você ficar aqui, ok?

Soou um bipe.

– Viu? John concorda.

Blay mostrou a tela, que dizia ÓTIMA IDEIA, e depois terminou sua cerveja com a expressão satisfeita de um macho que arrumou tanto o porão quanto a garagem.

– Vai ficar tudo bem.

Qhuinn olhou o amigo pelas pálpebras que tinham se tornado tão pesadas quanto telhas.

– Certo.

Quando dormiu, seu último pensamento foi, claro, as coisas iam se ajeitar... só não do jeito que Blay tinha planejado.

Capítulo 22

Lash, filho do Ômega, renasceu com um grito que explodiu na garganta. Em uma loucura confusa, ele voltou ao mundo da mesma maneira como havia nascido vinte e cinco anos atrás: nu, ofegando e coberto de sangue, só que, dessa vez, seu corpo era o de um macho adulto, não o de um bebê.

Seu curto momento de consciência passou rápido, e então veio a agonia, suas veias estavam cheias de ácido, cada centímetro dele estava se corroendo de dentro para fora. Levou a mão ao estômago, virou para o lado e vomitou bile preta no velho chão de madeira. Totalmente tomado pela náusea, nem se deu ao trabalho de se perguntar onde estava, o que tinha acontecido ou por que estava soltando algo que parecia óleo de motor.

Em meio à desorientação que fazia tudo girar, ânsias devastadoras e um pânico cego que não conseguia controlar, um salvador apareceu. Uma mão acalmou suas costas, acariciando-as diversas vezes, e o ritmo da palma quente acalmou seu coração acelerado, tranquilizou sua cabeça e relaxou o estômago. Quando conseguiu, virou de costas de novo. No meio de sua visão embaçada, uma figura preta e translúcida entrou em foco. O rosto era etéreo, a visão de uma beleza masculina com o frescor dos vinte anos, mas a malevolência por trás dos olhos sombrios a tornavam horrível.

O Ômega. Tinha que ser o Ômega. Esse era o Mal que sua religião, seu folclore e treinamento tinham descrito. Lash começou a gritar, mas a mão sombria foi até ele e gentilmente tocou seu braço. Ele se acalmou.

Casa, Lash pensou. *Estou em casa.*

Sua cabeça latejava de histeria diante da convicção. Ele não estava em casa. Estava... Com toda certeza ele nunca tinha visto aquela sala decrépita antes. Onde diabos ele estava?

– Acalme-se – o Ômega murmurou. – Logo você se lembrará de tudo.

E suas lembranças vieram, intensas. Lash viu o vestiário do centro de treinamento... e John, aquele maricas idiota, em pânico quando seu pequeno segredo sujo foi revelado. E então os dois começaram a brigar até que... Qhuinn... Qhuinn cortou sua garganta.

Caramba... ele podia sentir seu corpo caindo no chão do chuveiro, os azulejos eram como uma plataforma de aterrissagem molhada. Ele reviveu o choque e relembrou de ter colocado as mãos na garganta, de começar a tossir e sufocar, a pressão tomou o peito... o sangue... ele estava se afogando no próprio sangue... mas então recebeu pontos e foi mandado para a clínica, onde... Caramba, ele morreu, não é? O médico o trouxe de volta, mas ele definitivamente estava morto.

– E foi assim que eu encontrei você – o Ômega murmurou. – Sua morte foi o farol.

Mas por que o Mal iria querê-lo?

– Porque você é meu filho – o Ômega disse em uma voz reverente e distorcida.

Filho? *Filho*? Lash balançou a cabeça lentamente.

– Não... não...

– Olhe nos meus olhos.

Quando a conexão foi feita, mais cenas surgiram em sua visão, as imagens pareciam páginas viradas em um livro de fotos. A história que se revelou o fez, ao mesmo tempo, se encolher e respirar com mais facilidade. Ele era o filho do Mal. Nascido de uma vampira fêmea contra a vontade dela naquela mesma casa de fazenda mais de duas décadas atrás. Após o nascimento, ele foi abandonado em um local onde muitos vampiros se reuniam, foi encontrado por eles e levado para a clínica de Havers... onde foi posteriormente adotado pela sua família em um processo fechado de que nem mesmo ele sabia.

Agora, tendo alcançado a maturidade, ele voltou ao seu senhor.

Casa.

Enquanto Lash se debatia com as implicações, uma fome tomou sua barriga, e as presas se manifestaram na boca. O Ômega sorriu e olhou por sobre o ombro. Um *redutor* do tamanho de um adolescente de catorze anos estava parado no canto mais distante daquela sala horrível, seus olhos de rato estudavam Lash, e seu corpo estava tenso como uma cobra acuada.

– E agora o serviço que você deve desempenhar – disse o Ômega ao matador.

O Mal estendeu sua mão sombria e chamou o rapaz para frente. O *redutor* não andava, ele se movia como um bloco, como se braços e pernas estivessem paralisados e seu corpo estivesse sendo levantado e carregado na vertical até a porta. Olhos pálidos se arregalaram e viraram de pânico, mas Lash tinha outras coisas em mente além do medo do homem que era apresentado a ele. Quando sentiu o cheiro doce do *redutor*, sentou e mostrou as presas.

– Você deve alimentar meu filho – disse o Ômega ao assassino.

Lash não esperou o consentimento. Ele levantou os braços, agarrou o desgraçado pela nuca e levou o homem até seus caninos trêmulos. Mordeu e sugou com força, o sangue era tão doce quanto geleia e tão espesso quanto. O sabor não parecia com nada que ele já tinha experimentado, mas encheu a barriga e deu força a ele, e o objetivo era esse.

Enquanto se alimentava, o Ômega começou a sorrir, delicadamente no começo, depois mais alto, até que a casa começou a tremer com a força de seu riso louco e assassino.

Phury bateu o cigarro no apoio do cinzeiro e olhou para o que tinha feito com a pena. O desenho era chocante, e não só por causa do tema. A maldita coisa também era um dos melhores trabalhos que ele já tinha colocado em um pedaço de papel.

A fêmea no espaço de cor creme estava deitada em uma cama de cetim, com travesseiros fofos atrás de seus ombros e pescoço. Um braço estava sobre a cabeça, seus dedos enrolados no longo cabelo. O outro estava caído ao seu lado, e a mão pousava na junção das coxas. Os seios estavam firmes, os pequenos mamilos rijos pedindo uma boca, e os lábios abertos em um convite – assim como as pernas. Ambas estavam abertas, um joelho dobrado, o pé arqueado, os dedos dobrados, como se ela estivesse desejando algo delicioso.

A fêmea olhava direto para fora da página, direto para ele.

E esse trabalho não era apenas um esboço. O desenho estava totalmente completo, com traços cuidadosos e um sombreado perfeito mostrando suas curvas femininas. O resultado era o sexo personificado em três dimensões, um orgasmo em vias de acontecer, tudo o que um macho quer em uma parceira sensual.

Dando outra tragada, tentou dizer a si mesmo que não era Cormia. Não, não era... Não era ninguém, apenas uma composição de atributos sexuais que ele havia sacrificado com seu celibato. Era o ideal feminino que ele desejava ter pela primeira vez. Era a fêmea de quem adoraria beber por todos esses anos. Era a amante de suas fantasias, dando e recebendo alternadamente, delicada e generosa, às vezes, exigente e travessa em outras.

Ela não era real. E não era Cormia.

Phury suspirou, praguejou, mudou seu membro de lugar dentro das calças do pijama e apagou o cigarro.

Estava mentindo. Estava. Mentindo. Claro que era Cormia.

Olhou o medalhão do Primaz na escrivaninha, pensou na conversa com a Directrix, e xingou de novo. Ótimo. Agora que Cormia não era sua Primeira Companheira, ele decidiu que a queria. Que sorte.

– Droga.

Ele se inclinou na direção do criado-mudo, enrolou outro cigarro gordo e acendeu. Com o cigarro na boca, começou a desenhar a hera, começando com os lindos dedos do pé. A cada folha que desenhava e escurecia o desenho, sentia que as mãos estavam percorrendo as delicadas pernas dela, a barriga, até os seios firmes e empinados.

Estava tão distraído acariciando-a em sua mente que aquela sensação sufocante que geralmente surgia quando cobria um desenho com hera só foi sentida quando chegou ao rosto.

Phury parou. Ela era verdadeiramente Cormia, não só uma dublê, como foi no desenho de Bella da outra noite. As características de

Cormia estavam todas ali, bem à vista, do ângulo dos olhos até o volume do lábio inferior e a exuberância do cabelo. E ela estava olhando para ele. Desejando-o.

Meu Deus…

Ele desenhou rapidamente a hera ao redor do rosto e então ficou observando a maneira como a arruinou. Aquela planta a cobria completamente, tomando os limites de seu corpo, enterrando-a sem colocá-la sob a terra.

De repente, ele se lembrou do jardim da casa de seus pais quando o viu pela última vez, quando voltou para sepultá-los.

Deus, ele ainda se lembrava da noite com perfeita clareza. Especialmente do cheiro da fogueira quando esta se apagou.

A cova que ele fez ficava na lateral, o buraco na terra parecia uma ferida na hera densa do jardim. Colocou seus pais nela, mas só havia um corpo para enterrar. Ele teve que cremar os restos da mãe. Quando a encontrou, ela estava tão decomposta na cama que não foi possível tirá-la do porão. Ele ateou fogo no que sobrou dela, onde ela estava deitada e proferiu as palavras sagradas até que a fumaça o sufocou tanto que Phury teve que sair.

Enquanto o fogo a consumia dentro daquela porão feito de pedra, ele pegou seu pai e o levou para a sepultura. Depois que as chamas devoraram tudo o que conseguiram no porão, Phury reuniu as cinzas que sobraram e as colocou em uma grande urna de bronze. Havia muitas cinzas, porque ele cremou o colchão e a roupa de cama junto com a mãe.

A urna foi colocada perto da cabeça do pai, e a terra cobriu os dois. Ele queimou a casa toda depois disso. Queimou até não sobrar nada. Ela era amaldiçoada, o lugar todo, e ele tinha certeza de que mesmo a alta temperatura das chamas não tinha sido suficiente para limpar a infecção de má sorte. Quando foi embora, seu último pensamento tinha sido que levaria tempo até que a hera cobrisse a fundação.

Claro que você queimou tudo, o mago disse dentro de sua mente. *Mas você estava certo, não fez a maldição desaparecer. Todas aquelas chamas não limparam ninguém, nem você mesmo, não é, parceiro? Só fizeram de você um incendiário, além de um salvador fracassado.*

Phury apagou o cigarro, amassou o desenho, colocou a prótese e foi até a porta.

Você não pode fugir nem de mim nem do passado, murmurou o mago. *Somos como a hera naquele terreno, sempre com você, cobrindo você, envolvendo a maldição que recaiu sobre você.*

Ele jogou o desenho fora, saiu do quarto, subitamente com medo de ficar sozinho. Quando foi para o corredor, quase atropelou Fritz. O mordomo recuou a tempo, protegendo uma tigela de... ervilhas? Ervilhas na água?

As construções de Cormia, Phury pensou enquanto o que estava nas mãos do *doggen* boiava. Fritz sorriu apesar do quase incidente, e seu rosto enrugado, com aparência de borracha, esboçou um sorriso.

– Se o senhor está procurando a Escolhida Cormia, ela está na cozinha, fazendo sua última refeição com Zsadist.

Z.? Que diabos ela está fazendo com Z.?

– Eles estão juntos?

– Acredito que o senhor Z. queria falar com ela a sós sobre Bella. É por isso que estou realizando minhas atividades em outro lugar no momento – Fritz franziu o rosto. – O senhor está bem? O senhor deseja alguma coisa?

Que tal um transplante de cérebro?

– Não, obrigado.

O *doggen* fez uma reverência e foi para o quarto de Cormia, enquanto vozes surgiram no saguão. Phury foi até a sacada e se debruçou sobre o parapeito de folhas douradas. Wrath e a doutora Jane estavam na base da escada, e a expressão fantasmagórica de Jane era tão estridente quanto sua voz.

– ... tecnologia de ultrassom. Veja, eu sei que não é ideal, porque você não gosta de pessoas estranhas no complexo, mas não temos escolha aqui. Eu fui à clínica, e eles não só não vão aceitá-lo, mas também exigiram saber onde Qhuinn estava.

Wrath balançou a cabeça.

– Céus, não podemos apenas trazê-lo...

– Podemos sim. Fritz pode ir buscá-lo na Mercedes. E antes que discorde, você tem trazido aqueles aprendizes para o complexo desde dezembro. Ele não vai saber onde está. E sobre aquela besteira da *glymera*, ninguém precisa saber onde ele está. Ele pode morrer, Wrath. Eu não quero isso na consciência de John, certo?

O rei praguejou por muito tempo e olhou em volta, como se seus olhos precisassem de algo para fazer enquanto sua cabeça processava a situação.

– Certo. Você e Fritz se organizem para buscá-lo. O garoto pode fazer os exames e a operação, se for necessário, no centro de treinamento, mas ele precisa ser levado daqui o quanto antes. Eu não dou a mínina para a opinião da *glymera*, o que me preocupa é abrir um precedente. Nós não podemos nos transformar em um hotel.

– Entendido. E ouça, vou querer ajudar Havers. É coisa demais para ele estabelecer a nova clínica e cuidar dos pacientes. Mas para isso vou precisar ficar fora por alguns dias.

– Vishous aceitou o risco de segurança?

– Não é decisão dele, e eu só estou dizendo a você por educação. – A fêmea riu secamente. – Não me olhe assim. Já estou morta. Não é como se os *redutores* pudessem me matar de novo.

– Isso não tem graça.

– Humor negro faz parte de ter uma médica na casa. Acostume-se.

Wrath riu.

– Você é durona. Não me surpreende que V. tenha se apaixonado por você. – O rei ficou sério. – Mas vamos deixar uma coisa bem clara. Durona ou não, eu estou no comando aqui. Este complexo e todos aqui são problema meu.

A fêmea sorriu.

– Meu Deus, você me faz lembrar de Manny.

– Quem?

– Meu antigo chefe. Chefe de cirurgia do Hospital St. Francis. Vocês dois se dariam muito bem. Ou... talvez não.

Jane colocou sua mão transparente no braço grosso e tatuado do rei. Quando fizeram contato, ela se tornou sólida da cabeça aos pés.

– Wrath, eu não sou idiota e não vou fazer nada precipitado. Você e eu queremos a mesma coisa: que todos fiquem seguros. E isso inclui os membros da espécie que não moram aqui. Eu nunca vou trabalhar para você, nem ninguém, porque não é da minha natureza. Mas com certeza eu vou trabalhar *com* você, certo?

Wrath sorriu cheio de respeito e acenou com a cabeça, o mais perto que o rei já chegou de uma reverência.

– Eu posso viver com isso.

Quando Jane partiu na direção do túnel subterrâneo, Wrath olhou para Phury. Ele não disse nada.

– Vocês estavam falando de Lash? – Phury perguntou, esperando que o garoto tivesse sido encontrado ou algo assim.

– Não.

Phury esperou um nome. Quando o rei simplesmente se virou e subiu as escadas, com seu andar longo e calmo, galgando dois degraus por vez, ficou claro que não haveria resposta. Questões da Irmandade, Phury pensou.

Que costumavam ser suas, o mago teve a gentileza de comentar. *Até você perder a cabeça.*

– Eu estava indo procurá-lo – Phury mentiu, indo até o rei e decidindo que um relatório não oficial sobre o que aconteceu na clínica era desnecessário a essa altura. – Algumas Escolhidas vão aparecer por aqui. Elas virão me ver.

As sobrancelhas do rei quase deram a volta no rosto.

– Então você concluiu a cerimônia com Cormia? Você não deveria ir encontrar as Escolhidas no Outro Lado?

– Eu irei, logo.

Droga, não era verdade. Wrath cruzou os braços diante do peito pesado.

– Fiquei sabendo que você agiu bem na clínica hoje à noite. Obrigado por isso.

Phury engoliu com dificuldade. Quando era um Irmão, o rei não agradecia pelo que você tinha feito, porque simplesmente estava cumprindo suas obrigações, seu trabalho e seu direito inatos. Pode até ouvir um "muito bem" por dar conta do recado, ou algum tipo de solidariedade cheia de testosterona e esquisita caso se machucasse... mas nunca "obrigado".

Phury limpou a garganta. Ele não conseguiu dizer "de nada", então apenas murmurou:

– Z. estava cuidando de tudo... assim como Rehv, que estava por lá, por acaso.

– Sim, vou agradecer Rehvenge também. – Wrath se virou para o escritório. – Aquele *sympatho* está se revelando bem útil.

Phury viu as portas duplas se fecharem lentamente, a sala azul-claro que estava do outro lado saiu de seu campo de visão. Quando ele mesmo fez menção de ir embora, viu o teto majestoso do saguão, aqueles guerreiros tão cheios de orgulho e verdade. Mas ele era um amante, não um guerreiro, não era?

Exato, disse o mago. *E pode apostar que você vai ser igualmente ruim no sexo. Agora vá em frente, encontre Cormia e diga que gosta tanto dela que vai colocá-la no banco de reservas. Olhe-a nos olhos e diga que vai dormir com as irmãs dela. Todas elas. Cada uma. Exceto Cormia. E diga a si mesmo que está fazendo a coisa certa com ela ao partir seu coração. Porque é por isso que você está fugindo. Você viu como ela olha para você, sabe que ela o ama. Você é um covarde. Diga a ela. Diga tudo a ela.*

Enquanto o mago continuava no embalo, Phury desceu as escadas até o primeiro andar, foi até a sala de jogos, pegou uma garrafa de vermute Martini & Rossi e uma garrafa de gim Beefeater. Pegou um vidro de azeitonas, uma taça de martini e... A caixa de palitos de dente o fez pensar em Cormia.

Subindo as escadas de novo, ele ainda estava com medo de ficar sozinho, mas também estava com medo de estar com qualquer outra pessoa. A única coisa que sabia era que havia uma maneira infalível de fazer o mago parar de falar, e ele pretendia usá-la. Até que apagasse.

CAPÍTULO 23

De modo geral, Rehv não gostava de ficar no estúdio atrás do escritório do ZeroSum, mas depois de uma noite como aquela, ele não estava disposto a sair de carro e ir até o abrigo onde sua mãe ficava – e sua cobertura no Edifício Commodore, com seus painéis de vidro, certamente não era uma opção.

Xhex foi buscá-lo na clínica, e, no caminho de volta para o clube, deu um belo sermão querendo saber por que não tinha sido chamada para a luta. Mas, qual é, ele respondeu, outro *sympatho* mestiço na confusão?

Até parece.

Além disso, clínicas mexiam com seus nervos.

Depois de contar a ela sobre a infiltração, ele mentiu e disse que Havers o examinou e lhe deu alguns remédios. Ela sabia que ele estava mentindo sobre o braço, mas ainda bem que estava perto de amanhecer para que os dois entrassem em um conflito. Claro, ela podia ter ficado e continuado a briga com Rehv, mas Xhex sempre tinha que voltar para casa.

Sempre.

A ponto de ele imaginar o que a esperava lá. Ou quem.

Ao entrar no banheiro, ele manteve o casaco de pele mesmo que o marcador do termostato estivesse no máximo. Quando ligou o chuveiro, pensou no que tinha acontecido na clínica e descobriu que aquilo tinha sido tragicamente energizante. Para ele, lutar era como um terno Tom Ford: servia perfeitamente e podia ser exibido com orgulho. E a boa notícia era que seu lado *sympatho* tinha ficado sob controle, mesmo com a provocação de todo aquele sangue *redutor* sendo derramado.

Viu só? Ele estava bem. Estava mesmo.

Quando o vapor começou a cercá-lo, Rehv se forçou a tirar o casaco, o terno Versace e a camisa Thomas Pink. As roupas estavam destruídas, e o casaco não estava em melhor estado. Colocou tudo em uma pilha para ser lavado a seco e costurado.

A caminho da água quente, passou pelo espelho sobre a bancada das pias. Ao ver o próprio reflexo, Rehv passou as mãos pelas estrelas vermelhas de cinco pontas no peito. E então, abaixou a mão e segurou o membro.

Teria sido bom fazer sexo depois daquilo tudo, ou pelo menos tirar a tensão do corpo se masturbando. Umas três vezes.

Com o membro na mão, Rehv não podia ignorar o fato de que seu antebraço esquerdo parecia ter sido passado em um moedor de carne com todas aquelas injeções. Efeitos colaterais são um saco.

Entrou na água e só soube que ela estava quente por causa do ar úmido e leitoso à sua volta e a maneira como sua temperatura central dava um enorme suspiro de alívio. Sua pele não lhe dizia nada, nem a força com que o jato atingia os ombros, nem que o sabonete que passava em si mesmo era macio e escorregadio, nem que a palma da mão, grande e quente, acompanhava a espuma e a levava para o ralo.

Continuou se lavando com o sabonete por mais tempo que o necessário. A questão era que ele não ia aguentar ir para cama com nenhum tipo de sujeira no corpo, mas, mais do que isso, precisava de uma desculpa para ficar no chuveiro. Aquela era uma das poucas vezes que sentia o corpo quente o suficiente, e o choque de sair do chuveiro era sempre horrível.

Dez minutos depois, ele estava nu entre as cobertas de sua cama *king size*, e um cobertor grosso o envolvia até o pescoço como se ele fosse uma criança. Quando o frio de se secar passou, ele fechou os olhos e desejou que as luzes se apagassem.

Sua boate do outro lado das paredes cobertas com painéis de aço devia estar vazia àquela altura. As garotas já teriam ido para casa, porque a maioria tinha filhos. Os *barmens* e agentes de apostas estariam comendo alguma coisa e relaxando em algum lugar. A equipe de bastidores, formada por *nerds*, estaria assistindo reprises de *Star Trek*. E a equipe de limpeza de vinte pessoas já teria terminado o piso, as mesas, os banheiros os as banquetas e estariam tirando o uniforme e indo para seu próximo trabalho.

Ele gostava da ideia de estar ali sozinho. Não acontecia com frequência. Quando o telefone tocou, ele praguejou e lembrou que mesmo que estivesse sozinho, sempre havia gente gritando com ele. Esticou o braço para atender.

– Xhex, se você quiser continuar discutindo, vamos deixar para amanhã...

– Não é a Xhex, *sympatho*. – A voz de Zsadist estava firme como uma rocha. – E estou ligando por causa da sua irmã.

Rehv sentou, sem se importar que as cobertas tinham caído do corpo.

– O quê?

Quando terminou a ligação com Zsadist, voltou a deitar, imaginando que aquela devia ser a sensação de quando alguém achava que estava tendo um ataque cardíaco, mas acaba sendo apenas uma indigestão: aliviado, mas ainda enjoado.

Bella estava bem. Por enquanto. O Irmão havia ligado para manter o acordo que haviam firmado. Rehv havia prometido não interferir, mas queria ser informado da situação.

Caramba, essa coisa de gravidez era terrível. Ele puxou os cobertores até o queixo de novo. Precisava ligar para a mãe e fazer a atualização, mas faria isso mais tarde. Ela estaria indo para cama, e não havia motivo para mantê-la acordada o dia todo.

Meu Deus, Bella... sua querida Bella, não mais sua irmãzinha, agora era a *shellan* de um Irmão. Os dois sempre tiveram uma relação profunda e complicada.

Em parte, tinha a ver com a personalidade dos dois, mas também porque ela não fazia ideia do que ele era. Nenhuma ideia sobre o passado de sua mãe ou o que havia matado seu pai.

Ou quem, melhor dizendo.

Rehv havia cometido assassinato para proteger a irmã e não hesitaria em fazer de novo. Desde que ele se lembrava, Bella era a única inocência em sua vida, a única pureza. Ele queria que continuasse assim para sempre. Mas a vida tinha outros planos.

Para evitar pensar que os *redutores* a tinham sequestrado, fato que ele ainda se culpava, pensou em uma das lembranças mais vivas que tinha dela. Tinha acontecido mais ou menos um ano depois que ele tomou as rédeas da situação em casa e colocou o pai embaixo da terra. Ela tinha uns sete anos.

Rehv entrou na cozinha e a encontrou comendo uma tigela de cereais na mesa, seus pés estavam balançando na cadeira. Bella estava usando chinelos rosa – aqueles de que ela não gostava, mas tinha que servir quando seus favoritos, azul-marinho, estavam sendo lavados – e uma camisola de flanela que tinha listras de rosas amarelas separadas por linhas azuis. Ela parecia uma imagem, sentada ali com aquele longo cabelo castanho cobrindo as costas, aqueles chinelinhos rosa e a sobrancelha franzida enquanto pescava os últimos flocos com a colher.

– Por que você está me olhando, punk? – ela perguntou, balançando os pés para frente e para trás sob a cadeira.

Ele sorriu. Mesmo naquela época ele tinha um cabelo moicano, e ela era a única que ousava chamá-lo por um apelido engraçado. E, claro, ele a amava ainda mais por causa disso.

– Nada.

O que era mentira. Enquanto a colher vasculhava o leite adoçado, ele pensava que aquele momento calmo, tranquilo, valia a pena todo o sangue que ele tinha nas mãos. Valia totalmente a pena. Com um suspiro, ela olhou para a caixa de cereais, que estava do outro lado do balcão da cozinha. Os pés tinham parado de balançar, o barulhinho dos chinelos no apoio da cadeira tinha se tornado silêncio.

– O que você está olhando, Bella?

Quando ela não respondeu imediatamente, ele olhou para o tigre Tony, da caixa de cereais. Enquanto cenas de seu pai passavam por sua cabeça, ele podia apostar que Bella estava vendo a mesma coisa que ele. Em voz baixa, ela disse:

– Eu posso comer mais se quiser. Talvez.

O tom era hesitante, como se ela estivesse mergulhando o pé em um lago que talvez tivesse sanguessugas.

– Sim, Bella. Você pode comer quanto quiser.

Ela não pulou da cadeira. Continuou parada da maneira que fazem os animais e as crianças, apenas respirando, com os sentidos passeando pelo ambiente, checando o perigo. Rehv não se mexeu. Mesmo que quisesse levar a caixa para a irmã, sabia que era ela quem precisava atravessar o chão vermelho brilhante com aqueles chinelos e levar os cereais de volta para a tigela. Tinham que ser as mãos dela a segurar a caixa enquanto outro monte de flocos caíam no leite morno.

Ela precisava pegar a colher de novo e comer. Precisava saber que não havia ninguém na casa que a criticaria por repetir, porque ainda estava com fome. Seu pai tinha se especializado naquele tipo de coisa. Como muitos machos de sua geração, o cretino acreditava que as fêmeas da *glymera* precisavam "se manter em forma". Ele dizia diversas vezes que gordura no corpo de uma fêmea aristocrática era o equivalente a poeira se acumulando em uma estátua inestimável.

Ele era ainda mais duro com a mãe de Rehv.

Em silêncio, Bella olhou para o leite e passou a colher, fazendo ondas. Ela não ia repetir o prato, Rehv pensou na ocasião, pronto para matar aquele desgraçado de novo. Ela ainda estava com medo.

Só que daquela vez, ela pousou a colher no prato embaixo da tigela, escorregou da cadeira e atravessou a cozinha em sua pequena camisola. Ela não olhou para ele. Também não pareceu olhar para o tigre desenhado quando pegou a caixa.

Bella estava apavorada. Era corajosa. Era pequena, mas era forte.

A visão de Rehv ficou vermelha nesse ponto, mas não porque seu lado mau estava emergindo. Quando a segunda tigela de cereal foi servida, ele teve que sair. Rehv disse algo alegre sobre nada específico, andou rapidamente até o banheiro e se fechou.

Chorou lágrimas de sangue sozinho. Aquele momento na cozinha com o tigre Tony e o segundo par favorito de chinelos de Bella mostraram que ele fez a coisa certa: a aprovação para o assassinato veio quando aquela caixa de cereais foi levada para o outro lado da cozinha pela sua querida, adorada e preciosa irmãzinha.

Voltando ao presente, ele pensou em Bella no momento atual. Uma fêmea adulta com um companheiro poderoso e um bebê no ventre. O demônio que ela enfrentava não era nada com que seu irmão mais velho pudesse ajudar. Não havia uma cova aberta em que ele pudesse jogar os restos surrados e cheios de sangue do destino. Rehv não podia salvá-la desse monstro em particular.

Só Deus sabe se tudo dará certo.

Até o sequestro, ele nunca havia considerado que Bella pudesse morrer antes dele. Mas durante aquelas terríveis seis semanas em que ela foi mantida refém por aquele *redutor*, a ordem das mortes na família era tudo em que Rehv conseguia pensar. Ele sempre supôs que a mãe iria primeiro e, de fato, ela tinha acabado de iniciar o rápido declínio que leva os vampiros para o fim da vida.

Ele tinha plena consciência de que iria depois, já que mais cedo ou mais tarde uma de duas coisas iria acontecer: ou alguém ia descobrir sua natureza *sympatho*, e ele seria caçado e enviado para a colônia, ou sua chantagista iria orquestrar sua eliminação à moda dos *sympathos*: imprevisível e cruelmente criativa...

Naquele exato momento, um acorde musical soou em seu telefone.

O toque se repetiu de novo. E de novo. Ele sabia quem estava ligando sem precisar atender. Mas assim eram as conexões entre *sympathos*.

Por falar no diabo, ele pensou quando atendeu a ligação da chantagista.

Quando desligou, tinha um encontro marcado com a Princesa na noite seguinte. Que ótimo.

Qhuinn teve um sonho longo e estranho de que estava na Disney World, em um brinquedo com muitas subidas e descidas. O que era estranho, porque ele só tinha visto montanhas-russas na TV. Porque não dava para andar na Big Thunder Mountain se não pudesse ficar embaixo do sol. Quando a volta no tal brinquedo acabou, ele abriu os olhos e descobriu que estava na sala de exercícios do centro de treinamento da Irmandade.

Oh, graças a Deus.

Obviamente, ele tinha arrebentado a cabeça depois de lutar boxe com alguém durante a aula, e aquele inferno com Lash e a coisa com a família e seu irmão bancando a guarda de honra nele tinham sido um pesadelo. Que alívio...

O rosto da doutora Jane apareceu na frente dele.

– Olá... você voltou.

Qhuinn piscou e tossiu.

– Onde... eu fui?

– Você tirou uma soneca. Para que eu pudesse tirar o seu baço.

Droga.

Não era uma alucinação. Era a nova realidade.

– Eu... estou bem?

A doutora Jane tocou seu ombro, a mão dela era quente e pesada, mesmo que o resto fosse translúcido.

– Você foi muito bem.

– O estômago ainda dói.

Levantou a cabeça e viu a bandagem que cobria a cintura.

– Alguma coisa estaria errada se não estivesse doendo. Mas você vai ficar feliz em saber que vai poder voltar para a casa de Blay em uma hora. A cirurgia foi totalmente como o previsto, e você está sarando bem. Eu não tenho problema com a luz do dia, então se você precisar de mim, posso ir à casa dele em um momento. Blay sabe em que prestar atenção, e eu dei a ele alguns remédios para você.

Qhuinn fechou os olhos, perdido em algum tipo estranho de tristeza. Enquanto tentou se acalmar, ouviu a doutora dizer:

– Blay, você pode vir aqui...

Qhuinn balançou a cabeça e desviou o olhar.

– Preciso ficar sozinho um minuto.

– Tem certeza?

– Sim.

Quando a doutora Jane fechou a porta lentamente, ele colocou a mão trêmula no rosto. Sozinho... sim, ele estava sozinho, de verdade.

E não só porque não havia mais ninguém na sala com ele. Qhuinn tinha realmente gostado de pensar que as últimas doze horas tinham sido um sonho. Meu Deus, que diabos ele ia fazer com o resto da sua vida?

Em um lampejo, lembrou-se da visão que teve quando se aproximou do Fade. Talvez ele devesse ter atravessado a porta apesar do que viu. Com certeza teria facilitado as coisas. Ele se recompôs por um instante. Ou talvez tivesse sido uma meia hora. E então chamou o mais alto que conseguiu:

– Estou pronto. Estou pronto para ir.

Capítulo 24

Uma casa pode estar vazia mesmo cheia de gente. E não era bom? Mais ou menos uma hora antes do amanhecer, Phury andava por um dos incontáveis cantos da mansão e precisou se apoiar com a mão. Mas ele não estava exatamente sozinho, não é?

Boo, o gato preto da casa, estava bem ali com ele, andando junto, supervisionando. Caramba, o animal talvez estivesse no comando, uma vez que em algum momento, Phury tinha começado a seguir, não liderar. Liderar com certeza não seria uma boa ideia. O nível alcoólico do seu sangue estava bem acima do limite legal para qualquer coisa que não fosse escovar os dentes. E isso antes que os efeitos entorpecentes de um monte de fumaça vermelha fossem acrescentados. Quantos cigarros? Quanta bebida?

Bem, eram... Ele não fazia ideia de que horas eram. Mas devia estar quase amanhecendo. Tanto faz. Tentar fazer a conta do tamanho do estrago seria um desperdício de tempo. Considerando como estava chapado, não dava para acreditar que ele conseguiria contar tão alto e, além disso, realmente não conseguia lembrar a velocidade de consumo por hora. Tudo o que sabia era que tinha saído do quarto quando o gim acabou. Originalmente, o plano era pegar outra garrafa, mas ele se distraiu com Boo e começou a andar de um lado para outro.

Considerando tudo, ele deveria estar desmaiado na cama. Estava suficientemente intoxicado para conseguir apagar sem problemas, e esse era, afinal, o objetivo. O problema era que, mesmo se automedicando, a cabeça ainda não desligava das preocupações: a situação de Cormia. A responsabilidade com as Escolhidas. O ataque da clínica. E o bebê de Bella.

Ok, o último não deveria ser de sua conta. Mas mesmo assim.

Pelo menos o mago estava relativamente quieto. Phury abriu uma porta qualquer e tentou descobrir onde o gato o tinha levado. *Oh, certo.* Se continuasse, chegaria à área dos *doggen*, a vasta ala onde os empregados ficavam. O que seria um problema. Se o encontrassem andando por ali, Fritz teria um aneurisma achando que os servos não tinham realizado suas tarefas corretamente.

Quando Phury virou à direita, a base do seu cérebro começou a pegar fogo com a necessidade de outro trago de fumaça vermelha. Ele estava à beira de dar meia volta quando ouviu sons vindos da escada dos fundos do terceiro andar. Alguém estava no cinema... o que significava que ele realmente precisava cair fora, porque encontrar um de seus Irmãos podia não ser uma coisa boa. Ele estava virando as costas quando sentiu um perfume de jasmim. Phury congelou. *Cormia...*

Sim, ela estava lá. Encostando-se na parede, ele esfregou o rosto e pensou no desenho erótico que tinha feito. E na ereção que teve enquanto desenhava. Boo miou e bateu na porta do cinema.

Quando o gato olhou para trás, seus olhos verdes pareciam dizer: *Vá em frente, entre, amigo.*

– Eu não posso.

Não seria *devo*? Boo não se convenceu. O gato sentou e balançou a cauda para cima e para baixo como se estivesse esperando que Phury entendesse as coisas de uma vez.

Seus olhos se fixaram num desafio clássico.

Ele, não o gato, piscou primeiro e desviou o olhar.

Desistindo do embate, Phury passou a mão no cabelo. Arrumou a camisa preta de seda. Levantou as calças cor de creme. Podia estar totalmente embriagado, mas pelo menos queria parecer um cavalheiro.

Claramente satisfeito com o que estava vendo, Boo se afastou da porta e se esfregou na perna de Phury, como se o estivesse congratulando. Quando o gato foi embora, ele abriu a porta e colocou seu mocassim Gucci em um degrau. Mais um. Mais um. Usou o corrimão para estabilizar seu enorme corpo e tentou justificar o que estava fazendo enquanto subia.

Não conseguiu. Se você mal podia escovar os dentes sozinho, definitivamente não devia interagir com uma fêmea Escolhida que não era mais oficialmente sua, mas que você desejava até que seu membro doesse. Especialmente com as novidades que ele tinha. Phury chegou ao topo da escada, deu a volta, e olhou para as fileiras descendentes de assentos.

Cormia estava na frente, com sua túnica branca de Escolhida amontoada a seus pés. Na tela, imagens passavam rápido. Ela estava voltando uma cena. Ele inspirou. Meu Deus, ela cheirava bem... e, por algum motivo, aquele perfume de jasmim estava especialmente forte naquela noite.

O DVD parou de rebobinar, e Phury olhou para a enorme tela. *Santo... Deus.* Era... uma cena de amor. Patrick Swayze e Jennifer Grey estavam na cama. *Dirty Dancing.*

Cormia se inclinou para frente na cadeira, com a mão apoiada na base da garganta. O longo cabelo louro caía sobre os ombros. E esbarrava na ponta do joelho. O corpo de Phury endureceu, a ereção parecia ter montado uma barraca na calça Prada, fazendo volume na dobra. Mesmo sob a névoa da fumaça vermelha, o sexo gritava. Mas não pelo que estava na tela.

Cormia era a faísca. Em um lampejo, lembrou-se dela em sua garganta, embaixo do seu corpo, e o animal dentro de si apontou que ainda era o Primaz das Escolhidas, então era ele quem mandava. Mesmo que tivesse afirmado para a Directrix que escolheria outra Primeira Companheira, Phury ainda podia ficar com Cormia se quisesse, e se ela o aceitasse – só não teria o mesmo peso em termos da cerimônia.

Sim... mesmo que fosse precisar de outra para concluir a iniciação do Primaz, ainda podia descer aqueles degraus, ajoelhar diante de Cormia e levantar sua túnica até o quadril. Podia passar as mãos por suas coxas, abrir as pernas e mergulhar a cabeça entre elas. Depois que a deixasse pronta e molhada com a boca, ele podia...

Phury deixou a cabeça cair para trás. Certo, isso definitivamente não estava ajudando a diminuir o ritmo. Além disso, ele nunca tinha feito sexo oral em uma fêmea antes, então não sabia bem o que fazer.

Se bem que, ele supunha, se era capaz de tomar um sorvete, lamber e chupar funcionaria bem. Assim como mordidas leves. *Droga.*

Como ir embora era a única coisa decente a fazer, ele virou as costas. Se ficasse, ele não ia conseguir se controlar.

– Meu amo? – A voz de Cormia fez a respiração e os passos dele congelarem.

E deixou seu membro louco. Por uma questão de decência, relembrou seu próprio sexo de que o fato de ela dizer alguma coisa não era um convite para que ele levasse adiante a fantasia de ficar de joelhos e colocar a cabeça entre as pernas dela.

Droga.

O cinema parecia tão grande quanto uma caixa de sapato quando ela disse:

– Meu amo, você... precisa de alguma coisa?

Não dê as costas a ela!

Phury olhou por sobre o ombro, seus olhos lançaram uma luz amarela no encosto das poltronas. Cormia foi iluminada por seu olhar, e seus cabelos prenderam os raios gerados pela urgência de estar dentro dela.

– Meu amo... – disse junto com a respiração.

– O que você está assistindo? – ele perguntou em voz baixa, mesmo que o que estava na tela fosse totalmente óbvio.

– Ah... John escolheu o filme.

Ela se atrapalhou com o controle remoto, apertando botões até que a imagem foi congelada.

– Não o filme, Cormia, a cena.

– Ah...

– A cena que você escolheu... está assistindo várias vezes, não está?

A resposta dela foi rouca.

– Sim... estou.

Deus, ela estava linda se retorcendo naquela poltrona para olhar para ele... toda olhos e boca, o cabelo claro espalhado, o aroma de jasmim preenchendo o espaço entre eles. Cormia estava excitada, era por isso que sua fragrância natural estava tão forte.

– Por que essa cena? – ele perguntou. – Por que você escolheu essa?

Enquanto esperava pela resposta, seu corpo ficou tenso, sua ereção latejava com os batimentos do coração. Aquilo que corria por seu sangue não tinha nada a ver com obrigações nem responsabilidade. Era sexo puro e selvagem, do tipo que deixaria os dois exaustos, suados, desarrumados e provavelmente um pouco machucados. E para seu total descrédito, ele não se importava que ela estivesse excitada pelo que estava vendo. Não importava que não tivesse a ver com ele. Phury queria que ela o usasse... até que não tivesse sobrado nada, e cada centímetro de seu corpo estivesse acabado, até aquele membro sempre disposto.

– Por que você escolheu essa cena, Cormia?

A mão graciosa dela voltou para a base da garganta.

– Porque... me faz pensar em você.

Phury expirou com um rugido. Ok, não era o que ele esperava.

E obrigação era uma coisa, mas, meu Deus, ela não estava parecendo uma fêmea preocupada em honrar a tradição. Ela queria sexo. Talvez até precisasse. Assim como ele. Queria sexo com ele. Lentamente, Phury se virou para ela, seu corpo de repente ficou totalmente coordenado, toda a confusão da fumaça vermelha e da bebida desapareceram completamente.

Ele ia possuí-la.

Aqui. Agora.

Começou a descer os degraus, pronto para tomar o que lhe pertencia.

Cormia levantou da poltrona, em meio à luz ofuscante dos olhos do Primaz.

Ele parecia uma sombra enorme enquanto se aproximava dela, seus longos passos percorriam dois degraus por vez. Parou quando estava a menos de meio metro dela, com aquele delicioso cheiro de fumaça apimentada.

– Você está assistindo porque a cena a faz pensar em mim – ele disse em uma voz profunda e áspera.

– Sim...

Ele esticou o braço e tocou o rosto dela.

– E no que você pensa?

Ela reuniu a coragem e disse coisas que não faziam sentido.

– Eu penso em como... tenho alguns sentimentos por você.

O sorriso erótico dele parecia uma excitação sombria.

– Sentimentos... E onde exatamente você me sente? Eu gostaria de saber.

A ponta dos dedos dele foram do rosto para o pescoço e daí para o meio do peito de Cormia.

– Aqui?

Ela engoliu seco, mas antes que pudesse responder, o toque dele foi para o ombro e desceu o braço.

– Talvez aqui?

Phury apertou o pulso dela, bem nas veias, e sua mão escorregou para a cintura, fez uma curva e parou na base das costas, fazendo pressão.

– Me diga, é bem aqui?

De repente, ele segurou o quadril de Cormia com as duas mãos, chegou perto do ouvido dela e sussurrou:

– Ou talvez seja mais embaixo?

Algo cresceu no coração dela, algo cheio de calor como a luz dos olhos do Primaz.

– Sim – ela disse, quase sem respirar. – Mas aqui também. Principalmente... aqui.

Cormia levou a mão dele ao seu peito, bem no coração.

Ele parou, e ela percebeu a mudança, a corrente quente do sangue dele esfriou, e as chamas se apagaram.

Ah, sim, ela pensou. Ao se revelar, Cormia expôs a verdade dele.

Mas estava óbvio desde sempre, não é?

O Primaz deu um passo para trás e passou a mão por aquele cabelo absurdamente lindo.

– Cormia...

Reunindo sua dignidade, ela esticou os ombros.

– Diga, o que você fará com as Escolhidas? Ou sou eu especificamente que você não quer possuir?

Ele deu a volta e começou a andar perto da tela. A imagem congelada do filme, de Johnny e Baby deitados tão próximos, percorria o corpo dele, e Cormia desejou saber como desligar aquilo. Ver a perna de Baby sobre o quadril de Johnny, a mão dele segurando a coxa dela, enquanto a prendia, não era o que Cormia precisava ver naquele momento.

– Eu não quero ninguém – disse o Primaz.

– *Mentira*!

Quando ele se virou para Cormia surpreso, ela descobriu que as consequências da honestidade não importavam mais.

– Você sempre soube que não queria se deitar com nenhuma de nós, não é? Você sabia e mesmo assim foi adiante com a cerimônia diante da Virgem Escriba, mesmo estando apaixonado por Bella e não conseguindo estar com mais ninguém. Você alimentou as esperanças de quarenta fêmeas de valor com uma *mentira*...

– Eu me encontrei com a Directrix. Ontem.

As pernas de Cormia fraquejaram, mas sua voz se manteve forte.

– Encontrou? E o que vocês decidiram?

– Vou... libertar você. Da posição de Primeira Companheira.

Cormia agarrou a túnica com tanta força, que houve um leve barulho de algo se rasgando.

– Vai ou já o fez?

– Já fiz.

Ela engoliu com dificuldade e deixou seu corpo afundar na poltrona.

– Cormia, por favor, não é você. – Ele foi até lá e se ajoelhou na frente dela. – Você é linda...

– Não, sou eu sim – ela disse. – Não é que você não consegue possuir nenhuma outra fêmea, você não me quer.

– Eu só quero que você se liberte disso tudo...

– Não minta – ela gritou, abandonando qualquer tentativa de civilidade. – Eu sempre deixei claro que receberia você em mim. Eu nunca disse nem fiz nada para desencorajá-lo. Então, se você está me colocando de lado, é porque não me quer...

O Primaz pegou a mão dela e a levou para o meio de suas pernas. Quando ela fez contato, o quadril dele deu um impulso e forçou algo longo e duro na mão dela.

– Desejar *não* é o problema...

Os lábios de Cormia se abriram.

– Meu amo...

Os olhos dos dois se encontraram e fixaram um no outro. Quando a boca dele se abriu um pouco, como se não conseguisse respirar, ela criou coragem e gentilmente colocou a mão em volta de seu sexo rígido. O enorme corpo do Primaz começou a tremer, e ele soltou o pulso dela.

– Não tem a ver com o sexo – ele disse asperamente. – Você foi forçada a fazer isso.

Era verdade. No começo, ela tinha sido. Mas agora... os sentimentos por ele não eram em nada forçados. Ela o olhou nos olhos e sentiu um alívio curioso.

Se não era mais a Primeira Companheira, nada daquilo contava, de verdade, não é? Momentos como aquele, com os dois juntos – eles eram apenas dois corpos privados, não veículos de imenso significado. Eram apenas ele e ela. Um macho e uma fêmea. Mas e as outras, ela teve que se perguntar. E todas as irmãs? Ele ia estar com elas, Cormia via em seus olhos.

Havia uma decisão naqueles olhos amarelos. E, ainda assim, quando a respiração do Primaz saiu trêmula, ela afastou tudo aquilo da mente. Ele nunca seria verdadeiramente dela... mas estava a sós com ele naquele momento.

– Eu não estou mais sendo forçada – ela sussurrou, ao encostar no peito dele.

Levantando o queixo, Cormia ofereceu o que ele queria.

– Eu quero você.

Ele observou-a por um momento, e então as palavras que saíram em tom gutural não fizeram sentido:

– Eu não sou bom o bastante para você.

– Não é verdade. Você é a força da raça. Você é nossa virtude e nossa potência.

Ele balançou a cabeça.

– Se você acredita nisso, eu realmente não sou quem você pensa.

– Sim, você é.

– Eu não sou...

Cormia o silenciou com sua boca e depois recuou.

– Você não pode mudar o que penso de você.

Ele levantou o braço e passou o polegar pelo lábio inferior dela.

– Se você me conhecesse de verdade, tudo em que acredita mudaria.

– Seu coração seria o mesmo. E é isso que eu amo.

Enquanto os olhos do Primaz faiscavam diante da palavra, Cormia o beijou de novo para fazê-lo parar de pensar e evidentemente funcionou. O macho gemeu e assumiu o comando, usando seus lábios macios e acariciando a boca dela, até que Cormia não conseguisse respirar e não se importasse. Quando sua língua passou pela dela, Cormia sugou por instinto e sentiu o corpo dele se mover e pressionar o seu.

Os beijos continuaram. As maneiras e as diferentes sensações de roçar, puxar e pressionar pareciam não ter fim, e a boca dela não era a única parte envolvida...

Seu corpo todo sentia o que eles estavam fazendo, e, claramente, pelo calor e urgência, o dele também. E Cormia o queria ainda mais envolvido. Movendo o braço, ela roçou o sexo dele. Ele se afastou rispidamente.

– É melhor você ter cuidado com isso.

– Com isso?

Quando ela o acariciou por cima da calça, Phury jogou a cabeça para trás e suspirou – e então ela repetiu o gesto. E continuou acariciando até que ele estivesse mordendo seu próprio lábio com as longas presas e os músculos da lateral do seu pescoço estivessem tensos.

– Por que eu deveria ter cuidado, meu amo?

Endireitando a cabeça, ele falou no ouvido dela:

– Você vai me fazer gozar.

Cormia sentiu um calor entre as pernas.

– Foi isso que aconteceu quando estávamos na sua cama? No primeiro dia?

– Sim... – A resposta saiu com dificuldade, e ele se demorou no "s".

Com um desejo curioso e determinado, ela descobriu que queria ver o Primaz fazer aquilo de novo. Precisava. Então, levantou o queixo para falar direto no ouvido dele.

– Faça para mim. Faça agora.

O Primaz soltou um gemido que veio do peito, e o som vibrou entre os dois corpos.

Que engraçado, se ela tivesse ouvido aquele barulho em qualquer outra pessoa, teria ficado apavorada. Vindo dele, naquela situação, aquilo a deixou extasiada: o poder contido nele estava na palma de sua mão. Literalmente. E ela tinha controle. Pela primeira vez na vida, ela tinha controle.

Quando pressionou o quadril contra a mão dela, o Primaz disse:

– Eu não acho que nós devíamos...

Ela intensificou a carícia, e ele gemeu de prazer.

– Não tire isso de mim – ela exigiu. – Não *ouse* tirar isso de mim.

Seguindo um impulso que só a Virgem Escriba sabia de onde vinha, ela mordeu a orelha dele. A resposta foi imediata. O Primaz gritou um palavrão e deu um salto, prendendo-a à poltrona, praticamente subindo nela de tanta luxúria. Não querendo recuar, Cormia manteve a mão no membro e acariciou seguindo o ritmo do impulso de seu corpo. Ele parecia estar se deliciando com a fricção, então ela continuou mesmo quando ele tomou o queixo dela e forçou sua cabeça a se virar.

– Me deixe ver os seus olhos – ele exigiu. – Eu quero olhar nos seus olhos quando...

Ele soltou um grunhido selvagem quando os olhares se encontraram, e seu corpo ficou tenso. Seu quadril impulsionou uma... duas... três vezes, cada espasmo marcado por um gemido.

Enquanto o corpo dele manifestava seu prazer, o rosto hipnotizado do Primaz e seus braços tensos eram a coisa mais linda que Cormia já tinha visto. Quando ele finalmente se acalmou, engoliu com dificuldade e não se soltou dela. Pela lã fina da calça, ela sentiu algo molhado nas mãos.

– Eu gosto quando você faz isso – ela disse.

Ele riu de leve.

– Eu gosto quando você faz isso comigo.

Cormia estava prestes a perguntar se queria fazer de novo, quando ele afastou o cabelo dela de seu rosto.

– Cormia?

– Sim? – Ela falou do mesmo jeito que ele.

– Você me deixaria tocá-la? – Ele olhou para o corpo dela. – Não posso prometer nada. Não posso... bem, não fazer o mesmo que você fez por mim. Mas eu adoraria tocá-la. Só um pouco.

O desespero arrancou o ar dos pulmões dela e substituiu por fogo.

– Sim…

O Primaz fechou os olhos e pareceu estar se preparando. Depois mergulhou os lábios na lateral no pescoço dela.

– Eu realmente acho você linda, nunca duvide disso. Tão linda…

Quando as mãos dele foram para a frente da túnica, os mamilos dela ficaram tão rígidos que Cormia se retorceu embaixo dele.

– Eu posso parar – ele disse, hesitando. – Agora…

– *Não.*

Ela o agarrou pelos ombros, mantendo-o na posição. Não sabia o que ia acontecer a seguir, mas precisava daquilo, não importava o que fosse.

Os lábios dele subiram pelo pescoço dela e pararam no queixo. Quando pressionou sua boca contra a dela, um toque leve passou por sua túnica… por cima de um de seus seios. Quando ela moveu o corpo, seu mamilo foi ao encontro da mão dele, e os dois gemeram.

– Oh, meu Deus…

O Primaz recuou um pouco e afastou a lapela da túnica com cuidado e reverência.

– Cormia…

O tom profundo e aprovador dele era como uma carícia, que o corpo dela quase podia sentir.

– Posso beijá-la aqui? – ele grunhiu, desenhando um círculo em seu mamilo. – *Por favor…*

– Santa Virgem, *sim…*

A cabeça do Primaz se abaixou e sua boca cobriu o mamilo, quente, úmida, puxando levemente, sugando. Cormia jogou a cabeça para trás e mergulhou as mãos no cabelo dele, abrindo as pernas por nenhuma razão e por todas. Ela o queria em seu sexo, de qualquer maneira…

– Senhor?

A intrusão respeitosa de Fritz do outro lado do cinema atraiu a atenção dos dois. O Primaz rapidamente se endireitou e a cobriu, mesmo que a poltrona impedisse que o mordomo visse qualquer coisa.

– Que diabos você quer? – o Primaz perguntou.

– Perdoe-me, mas a Escolhida Amalya está aqui com a Escolhida Selena para vê-lo.

Uma onda gelada percorreu Cormia, congelando o calor e a urgência em seu sangue. Sua irmã. Aqui para vê-lo. Perfeito.

O Primaz ficou de pé, proferindo uma palavra que Cormia não conseguiu deixar de repetir dentro da cabeça, e dispensou Fritz com um movimento de mão.

– Estarei lá em cinco minutos.

– Sim, senhor.

Depois que o *doggen* saiu, o Primaz balançou a cabeça.

– Eu sinto muito...

– Vá fazer o que você precisa fazer.

Quando ele hesitou, ela disse:

– *Vá*. Eu quero ficar sozinha.

– Podemos conversar depois.

Não, não mesmo, ela pensou. Conversar não ia resolver nada daquilo.

– Apenas vá – ela disse, desligando-se de qualquer outra coisa que ele dissesse.

Quando ficou sozinha de novo, olhou a imagem congelada na tela até que subitamente a cena foi substituída por um branco, e um pequeno grupo de letras dizendo *Sony* começou a aparecer em vários lugares.

Ela estava desolada, por dentro e por fora. Além da dor no peito, seu corpo sentia ondas de fome como se uma refeição tivesse sido recusada ou uma veia estivesse fechada. Só que não era de comida que ela precisava. O que ela precisava tinha acabado de atravessar a porta. Para os braços de sua irmã.

Capítulo 25

No norte do estado, na região das Adirondacks, pouco antes de amanhecer na Montanha Saddleback, o macho que havia abatido o cervo na noite anterior estava procurando outro. Lento e descoordenado, ele sabia que o papel de caçador que estava desempenhando era uma piada. A força que obtinha do sangue do animal não era mais suficiente. Naquela noite, ao sair de sua caverna, ele estava tão fraco que não sabia se conseguiria se desmaterializar.

O que significava que provavelmente não ia conseguir chegar perto o bastante de sua presa. O que significava que não ia se alimentar. O que significava... que a hora havia finalmente chegado. Era tão estranho. Ele se perguntava, assim como achava que todos faziam de vez em quando, como morreria exatamente. Quais seriam as circunstâncias. Haveria dor? Demoraria?

Ele presumia, dado seu trabalho, que seria lutando.

Mas em vez disso, seria aqui nesta floresta silenciosa pelas mãos da glória ardente do amanhecer.

Surpresa.

Lá em cima, o cervo levantou o peito pesado e se preparou para correr. Reunindo o pouco de energia que restava, o macho se concentrou em atravessar a distância entre os dois corpos... e nada aconteceu. Sua forma corpórea cintilou no espaço, piscando como se o interruptor estivesse sendo acionado, mas ele não mudou de lugar, e o cervo foi embora, com a cauda branca balançando enquanto esbarrava nos arbustos.

O macho deixou seu corpo cair sentado. Enquanto olhava para o céu, seus arrependimentos eram profundos e muitos, e a maioria envolvia os mortos. Nem todos, no entanto. Nem todos.

Apesar de estar desesperado pela reunião que esperava encontrar no Fade, apesar de estar faminto pelo abraço daqueles que havia perdido tão recentemente, ele sabia que estava deixando parte de si para trás aqui na terra. Não podia ser evitado. A parte de deixar para trás.

O único consolo era que seu filho tinha sido deixado em boas mãos. As melhores. Seus irmãos tomariam conta dele, como era de se esperar dentro de uma família.

Ele devia ter se despedido.

Devia ter feito diversas coisas.

Mas isso estava acabado agora.

Ciente da lenda do suicídio, o macho fez algumas tentativas de levantar, e quando elas fracassaram, tentou ainda arrastar o peso morto de seu corpo na direção da caverna. Não saiu do lugar, e foi com uma ponta de alegria que atravessou seu coração sombrio que ele finalmente permitiu que seu corpo desabasse sobre as folhas e espinhos dos pinheiros.

O macho caiu com o rosto para baixo, e a floresta fresca e úmida encheu seu nariz com os aromas límpidos que vinham da terra. Os primeiros raios do sol vieram de trás, e então o macho sentiu a rajada de calor.

O fim tinha chegado, e ele deu as boas-vindas de braços abertos e olhos fechados de alívio.

Sua última sensação antes de morrer foi a libertação do chão, seu corpo despedaçado sendo levantado pela luz brilhante, atraído pelo encontro que demorou oito meses terríveis para acontecer.

Capítulo 26

Quando a noite caiu, dezesseis horas depois, Lash estava em pé no começo de um gramado que levava a uma enorme casa em estilo Tudor... e ficou girando o anel que havia ganhado do Ômega.

Ele havia crescido ali, pensou. Tinha sido criado, alimentado e colocado na cama naquela casa quando era novo. Quando ficou mais velho, ficava acordado para ver filmes e ler livros de sacanagem ali, surfava na Internet e comia *junk food* ali.

Passou pela transição e fez sexo pela primeira vez em seu quarto no terceiro andar.

– Você precisa de ajuda?

Ele se virou e viu o *redutor* que estava atrás do volante do Ford Focus. Era o pequeno matador, aquele de quem havia se alimentado. O sujeito tinha cabelo claro todo encaracolado em volta do chapéu de caubói que usava. A cor de seus olhos era azul-clara, sugerindo que antes de se tornar um *redutor* ele era um típico americano.

Tinha sobrevivido à alimentação, graças a uma depravação pura por parte do Ômega, e Lash precisava admitir que estava feliz. Ele precisava de ajuda para entender onde estava e não se sentia ameaçado pelo Sr. D.

– Olá? – disse o *redutor*. – Você está bem?

– Fique no carro. – Era bom poder dizer isso e saber que não haveria discussão. – Não vou demorar.

– Sim, senhor.

Lash olhou de novo para o palacete Tudor.

As luzes amarelas brilhavam em janelas em forma de diamante, e a casa era iluminada a partir do chão como uma bela atriz num palco. Lá dentro, as pessoas se moviam, e ele sabia quem eram pela forma dos corpos e onde estavam.

À esquerda, na sala de estar, estavam os dois que o haviam criado como um filho. O que tinha ombros largos era seu pai, e ele estava andando de um lado para o outro, a mão subia e descia perto do rosto como se estivesse bebendo algo. Sua mãe estava no sofá, sua cabeça de boneca exibia um coque elaborado e o pescoço alongado. Ela ficava mexendo no cabelo, como se estivesse checando se tudo estava no lugar, mesmo que o coque estivesse cheio de *spray* e duro como pedra.

À direita, na ala da cozinha, diversos *doggen* moviam-se apressadamente, indo do fogão para o armário, à geladeira, ao balcão e de volta ao fogão. Lash podia praticamente sentir o cheiro do jantar, e seus olhos se encheram de lágrimas. A essa altura, seus pais deviam saber o que tinha acontecido no vestiário e na clínica. Eles já deviam ter sido comunicados. Tinham estado fora a noite toda, no baile da *glymera*, mas ficaram em casa o dia todo, e ambos pareceram inquietos. Ele olhou para o terceiro andar e para as sete janelas que marcavam seu quarto.

– Você vai entrar? – o matador perguntou, fazendo-o se sentir como um covarde.

– Cale a boca antes que eu arranque a sua língua.

Lash tirou a faca de caça pendurada no cinto e andou pela grama aparada. Parecia macia sob as novas botas de combate que estava usando. Ele teve que mandar o pequeno *redutor* arrumar algumas roupas, mas não gostava do que estava vestindo. Era tudo de lojas de departamento. Um monte de roupas baratas.

Quando chegou à porta da frente da mansão, colocou a mão no painel de segurança… mas parou antes de inserir o código.

Seu cachorro tinha morrido um ano atrás. De velhice.

Era um rottweiler de pedigree, tinha sido presente de seus pais quando ele fez onze anos. Eles não gostavam da raça, mas Lash estava tão determinado que os dois adotaram um com menos de um ano.

Na primeira noite na casa, Lash tentou furar a orelha do bicho com um alfinete. King o mordeu com tanta força, que os dentes do cachorro perfuraram seu braço e saíram do outro lado. Eles se tornaram inseparáveis depois disso. E quando o velho cão bateu as botas, Lash chorou como uma criança.

Ele esticou o braço, inseriu o código e colocou a mão esquerda na fechadura da porta. A luz incidiu na faca de caça. Ele desejou que o cachorro ainda estivesse vivo. Gostaria de ter uma coisa de sua antiga vida para levar para a nova. Lash entrou na casa e foi para a sala de estar.

Quando John Matthew foi até as portas do escritório de Wrath, estava tão relaxado quanto um jogador de golfe em uma tempestade de trovões, e a visão do rei só piorou a ansiedade. O macho estava sentado atrás de sua delicada escrivaninha, o rosto franzido, os dedos tamborilando, o olhar fixo no telefone como se más notícias tivessem acabado de chegar. De novo. John colocou o que tinha na mão embaixo do braço e bateu de leve no batente. Wrath não levantou os olhos.

– E aí, garoto?

John esperou que o rei olhasse para aquele lado da sala, e quando Wrath o fez, sinalizou com cuidado.

Qhuinn foi expulso da família.

– Sim, e fiquei sabendo que a surra da guarda de honra foi cortesia deles. – Wrath encostou na cadeira, e os pés finos do móvel fizeram barulho. – Aquele pai dele... típico esnobe da *glymera*.

O tom sugeria um elogio na linha de "cretino".

Ele não pode ficar na casa de Blay para sempre e não tem para onde ir.

O rei balançou a cabeça.

– Ok, eu sei aonde você quer chegar com isso, e a resposta é não. Mesmo que aqui fosse uma casa normal, e não é, Qhuinn matou um aprendiz, e eu não dou a mínima para o que você acha que Lash fez para merecer. Eu sei que você falou com Rhage e contou a ele o que aconteceu, mas seu amigo não só está fora do programa, ele vai ser acusado.

Wrath se inclinou para o lado e olhou para John.

– Você já tirou Phury da cama?

John olhou por sobre o ombro. Vishous estava parado na porta. O Irmão assentiu.

– Ele está se vestindo. Z. também. Tem certeza que não quer que eu cuide disso?

– Os dois eram professores de Lash, e Z. foi testemunha do que aconteceu depois do ataque na clínica. Os pais de Lash querem falar com eles, apenas eles, e eu prometi que os dois iriam para a casa da família assim que possível.

– Ok. Mantenha-me informado.

O Irmão foi embora, e Wrath colocou os cotovelos na mesa.

– Escute, John, eu sei que Qhuinn é seu amigo, e eu sinto muito por boa parte da situação dele. Eu gostaria de poder ajudar, mas não posso.

John insistiu, esperando não ter que recorrer ao último recurso.

E o Abrigo?

– As fêmeas de lá não ficam confortáveis tendo machos por perto, por uma razão. Especialmente os que têm históricos violentos.

Mas ele é meu amigo. Eu não posso ficar parado sabendo que ele não tem para onde ir, não tem trabalho, nem dinheiro...

– Nada disso vai importar, John. – As palavras "ele vai para a cadeia" pairavam no ar. – Você mesmo disse. Ele colocou força mortal no que era uma discussão simples entre dois sujeitos de cabeça quente. A reação certa era separar você e Lash. Não pegar uma faca e abrir a garganta do primo. Lash abordou você com uma arma mortal? Não. Você pode dizer honestamente que ele ia matar você? Não. Foi uso inadequado de força, e os pais de Lash estão alegando agressão com arma mortal e intenção de matar, e assassinato indireto pela lei antiga.

Assassinato indireto?

– A equipe médica jura que Lash tinha sido ressuscitado quando o ataque na clínica aconteceu. Os pais estão presumindo que ele não vai sobreviver à captura dos *redutores* e vão tentar alegar que se não fosse por Qhuinn, isso não teria acontecido. Sem as ações dele, Lash não estaria na clínica e não teria sido sequestrado. Portanto, é assassinato indireto.

Mas Lash trabalhava lá. Então talvez estivesse na clínica de qualquer jeito naquela noite.

– Mas ele não estaria em uma cama como um paciente, estaria? – Os dedos fortes de Wrath tamborilavam na delicada escrivaninha. – Isso é coisa séria, John. Lash era o único filho da família, e seus dois pais vêm de famílias fundadoras. Não vai ser fácil para Qhuinn. A guarda de honra é o menor dos problemas dele neste momento.

No silêncio que se seguiu, os pulmões de John ficaram apertados. Ele sabia desde o começo que chegariam a esse impasse, que o que tinha contado a Rhage não seria o suficiente para salvar o amigo.

E, claro, ele teria feito qualquer coisa para evitar o que estava prestes a fazer, mas não havia mais escolha.

John foi até as portas duplas, fechou-as e se aproximou da mesa. Sua mão tremia enquanto ele pegava um arquivo que havia trazido embaixo do braço e colocava seu trunfo na mesa do rei.

– O que é isso?

Com o estômago pulando, John lentamente empurrou a ficha médica na direção de Wrath.

Você só precisa ver a primeira página.

O rei franziu a testa e pegou a lupa que usava para ler. Ao abrir a pasta, ele se inclinou sobre o relatório que detalhava a sessão de terapia que John tinha tido na clínica de Havers. Ficou claro que ele leu a parte em destaque, porque os ombros fortes do macho ficaram tensos embaixo da camiseta preta.

Meu Deus... John pensou, achando que ia vomitar.

Após um momento, o rei fechou a pasta e colocou a lupa de volta sobre a mesa. Em silêncio, se deu ao trabalho de colocar os dois objetos lado a lado e posicioná-los perfeitamente, o cabo de marfim da lupa estava alinhado com a base do arquivo. Quando Wrath finalmente olhou para cima, John não desviou os olhos, mesmo que sentisse que cada centímetro do seu corpo estivesse coberto de sujeira.

Foi por isso que Qhuinn fez o que fez. Lash leu o meu arquivo porque estava trabalhando na clínica e ia contar para todo mundo. Todo mundo. Então não era uma discussão simples entre dois sujeitos de cabeça quente.

Wrath levantou os óculos escuros e esfregou os olhos.

– Meu... Deus. Entendo por que você não estava com pressa de trazer isso à tona.

Ele balançou a cabeça.

– John... eu sinto muito que isso tenha acontecido...

John bateu o pé para fazer o rei olhar para cima.

Eu não estou dividindo isso com você por nenhuma outra razão que não seja a situação de Qhuinn. E não vou falar sobre o assunto.

E então, com movimentos rápidos e desajeitados, ele sinalizou, porque precisava tirar aquilo do peito:

Quando Qhuinn pegou aquela faca, Lash tinha me encurralado na parede do chuveiro e estava tirando a minha calça. Meu amigo não fez aquilo só para impedir que Lash contasse... entendeu? Eu... eu congelei e... eu congelei...

– Tudo bem, filho, está tudo bem... você não precisa falar mais.

John travou os braços em volta do corpo, e escondeu as mãos nas laterais. Apertando os olhos fechados, ele não conseguia olhar para o rosto de Wrath.

– John? – o rei disse depois de um momento. – Filho, olhe para mim.

John mal conseguia abrir os olhos. Wrath era tão masculino, tão poderoso – o líder de toda a raça. Admitir para um macho como ele que algo tão vergonhoso e violento tinha acontecido era quase tão ruim quanto ter passado por aquilo. Wrath bateu no arquivo.

– Isso muda tudo. – O rei pegou o telefone. – Fritz? Oi, meu caro. Escute, quero que vá pegar Qhuinn na casa de Blaylock e o traga para mim. Diga a ele que é uma ordem.

Quando o telefone voltou para o gancho, os olhos de John começaram a pegar fogo como se estivesse se dilacerando. Em pânico, agarrou a pasta, virou rapidamente e praticamente voou para a porta.

– John? Garoto? Por favor, não vá ainda.

John não parou. Ele não conseguia. Balançou a cabeça, saiu correndo do escritório e entrou em seu quarto. Depois de fechar e trancar a porta, foi para o banheiro, ajoelhou na frente da privada e vomitou.

Qhuinn se sentia um traidor parado diante de Blay. O sujeito dormia do mesmo jeito desde que era criança: um cobertor enrolado até a cabeça, as cobertas puxadas até embaixo do nariz. Aquele corpo enorme parecia uma montanha que subia e descia da superfície da cama, não era mais um montinho em pré-transição – mas a posição era a mesma.

Os dois tinham passado por tanta coisa juntos... todos os primeiros da vida, beber, dirigir, fumar, a transição e o sexo. Não havia nada que não soubessem um do outro, nenhum pensamento escondido que eles não compartilhassem de um jeito ou outro. Bom, isso não era totalmente verdade. Ele sabia uma coisa que Blay não admitiria.

Não se despedir parecia algo como um roubo, mas era o jeito. Aonde ele iria, Blay não poderia ir junto. Havia uma comunidade de vampiros no Oeste, ele tinha lido sobre o lugar em um dos boletins da Internet. O grupo era uma facção que tinha criado uma dissidência da cultura principal dos vampiros, duzentos anos atrás, e formado um enclave bem longe do assentamento da raça em Caldwell.

Nada de gente da *glymera*. A maioria eram foras da lei, na verdade. Ele imaginou que podia chegar lá em uma hora se desmaterializando e percorrendo algumas centenas de quilômetros por vez. Estaria um caco quando chegasse, mas pelo menos estaria com gente como ele. Párias. Durões. Desertores.

As leis da raça iam alcançá-lo em algum momento, mas ele não tinha nada a perder em fazer as autoridades terem trabalho para encontrá-lo. Já estava desonrado em todos os níveis, as acusações que seriam feitas contra ele não podiam piorar. Ele podia muito bem sentir o gosto da liberdade antes que fosse enjaulado e trancado numa cadeia.

A única coisa que o preocupava era Blay. Ele teria dificuldades em ser deixado para trás, mas pelo menos John estaria aqui com ele. E John era um ótimo amigo.

Qhuinn se afastou do amigo, colocou a mochila no ombro e saiu pela porta em silêncio. Ele tinha se curado muito bem, e a recuperação rápida foi o único legado que a família não tirou dele. A cirurgia não tinha deixado nada além dos pontos na lateral, e quase todos os hematomas tinham desaparecido – até das pernas. Ele se sentia forte e, apesar de estar prestes a precisar se alimentar, estava pronto para ir embora.

A casa de Blay era antiga e grandiosa, mas tinha um quê moderno, o que significava que era acarpetada do *hall* até o fundo das escadas – ainda bem. Qhuinn andou como um fantasma, não fazendo nenhum barulho enquanto ia até o túnel subterrâneo que dava para o lado de fora, passando pelo porão. Quando chegou à adega, o lugar estava impecável e, por algum motivo, sempre tinha cheiro de vinho Chardonnay. Talvez fosse por causa das paredes de pedra?

A entrada escondida para o túnel de fuga ficava do outro lado, à direita, e estava protegida por prateleiras de livros que ficavam em um móvel de correr. Era só puxar o exemplar de *Dom Galvão e o cavaleiro verde* para frente, e uma trava era liberada, fazendo a divisória recuar e revelar...

– Você é um retardado completo.

Qhuinn pulou como um atleta. Ali, no túnel, sentado em uma espreguiçadeira como se estivesse se bronzeando, estava Blay. Ele estava com um livro no colo, um abajur sobre uma mesinha e um cobertor sobre as pernas. Calmamente levantou o copo de suco de laranja em um brinde e tomou um gole.

– Olá, querida!

– Mas o quê...? Você está aí deitado me esperando ou algo assim?

– Sim.

– Mas o que estava na sua cama?

– Travesseiros e meu cobertor. Eu estava relaxando aqui. Este livro é bem legal. – Ele mostrou a capa de *Uma temporada no purgatório.* – Eu gosto de Dominick Dunne, bom escritor. Belos óculos.

Qhuinn olhou para além do amigo, para o túnel mal-iluminado que desaparecia numa distância escura e infinita. Como se fosse o futuro, ele pensou.

– Blay, você sabe que eu preciso ir embora.

Blay mostrou o telefone.

– Na verdade, não precisa. Acabei de receber uma mensagem de John. Wrath quer falar com você, e Fritz está vindo buscá-lo neste minuto.

– Caramba. Eu não posso...

– Só uma coisa: é uma apresentação oficial. Se você fugir agora, não vai ser apenas um fugitivo da *glymera*, vai entrar na lista do rei. O que significa que os Irmãos vão atrás de você.

Eles iam fazer isso de todo jeito, pensou Qhuinn.

– Escute, a questão com Lash está indo para o tribunal da realeza. A mensagem de John é sobre isso. E eles querem me prender em algum lugar. Por muito, muito tempo. Então vou fugir e ficar longe por um tempo.

Leia-se: pelo máximo de tempo que eu conseguir me esconder.

– Você vai desafiar o rei?

– Sim. Sim, eu vou. Não tenho nada a perder, e talvez demore anos para me encontrar.

Blay tirou o cobertor das pernas e levantou. Ele estava de calça jeans e um casaco felpudo, mas, por algum motivo, parecia estar vestindo um *smoking*. Blay era assim: formal até usando um gorro de crochê.

– Se você for embora, eu vou também – ele disse.

– Eu não quero que você venha junto.

– Que. Pena.

Enquanto Qhuinn imaginava a terra dos foragidos para onde estava indo, sentiu uma pressão se acumular no peito. Seu amigo era tão determinado, tão verdadeiro, tão honrado e correto. Havia uma inocência essencialmente otimista nele, mesmo que fosse um macho completo agora. Qhuinn respirou e disse:

– Eu não quero que você saiba para onde estou indo. E não quero ver você de novo.

– Você não está falando sério.

– Eu sei... – Qhuinn limpou a garganta e se obrigou a continuar. – Eu sei como você me olha. Eu já vi você olhando para mim... como quando eu estava com aquela menina no provador daquela loja. Você não estava olhando para ela, estava olhando para mim e era porque você é obcecado por mim. Não é?

Blay deu um passo incerto para trás e, como se estivessem em uma briga, Qhuinn bateu ainda mais pesado:

– Você me quer faz tempo e acha que eu não percebi. Bom, eu percebi. Então não me siga. Esta coisa entre a gente acaba aqui, hoje.

Qhuinn virou as costas e começou a andar, deixando seu melhor amigo, o macho de quem ele mais gostava no mundo, mais do que John, naquele túnel frio. Sozinho. Era a única maneira de salvar a vida dele, Blay era exatamente o tipo de nobre idiota que seguiria aqueles que amava até para pular da ponte. E como era impossível fazê-lo mudar de ideia, era preciso romper com ele.

Qhuinn andou rápido, e depois mais rápido, na direção da luz. Conforme o túnel virou à direita, Blay e o brilho do porão se perderam, e ele ficou sozinho na jaula de aço escura dentro da terra. Viu o rosto de Blay ficar claro como o dia o caminho todo. A cada passo, a expressão arrasada do amigo era o farol que o seguia. E ia ficar com ele. Para sempre.

Quando chegou ao fim do túnel, colocou o código e abriu o caminho para o galpão de jardinagem a setecentos metros da casa. Qhuinn percebeu que tinha algo a perder sim… e havia um nível mais baixo do que onde achava que estava: ele havia partido o coração de Blay e o esmagado com sua bota, e o arrependimento e a dor que sentia eram mais do que ele podia suportar.

Quando saiu de um canteiro de flores, mudou de ideia. Sim, ele era desgraçado por nascimento e circunstância. Mas não precisava piorar as coisas. Pegou o telefone, que a essa altura só tinha um traço de bateria, e mandou uma mensagem de texto para John dizendo onde estava. Não sabia ao certo se ainda tinha créditos... mas John respondeu imediatamente.

Fritz chegaria em dez minutos para buscá-lo.

Capítulo 27

Cormia estava sentava no chão de seu quarto na mansão da Irmandade diante da construção que havia começado na noite anterior, com uma caixa de palitos de dente na mão e uma tigela de ervilhas ao lado. Não estava usando nenhum dos dois. Tudo o que estava fazendo, por sabe a Virgem quanto tempo, era abrir a caixa e fechá-la... abrir e fechar... abrir e fechar.

Paralisada e praticamente imóvel, ela repetia o movimento fazia um tempo, e a unha de seu polegar estava com um curativo na ponta. Se ela não era mais a Primeira Companheira, não tinha mais razão para ficar deste lado. Não estava realizando nenhum papel oficial, e por tudo de mais sagrado, ela deveria voltar ao Santuário para meditar, rezar e servir a Virgem Escriba junto com as irmãs.

Ela não pertencia nem àquela casa nem àquele mundo. Nunca pertencera.

Tirando o foco da caixa e voltando-se para a estrutura que tinha criado, Cormia mediu as unidades e pensou nas Escolhidas e em sua rede de tarefas, desde a manutenção do calendário espiritual, passando pela adoração da Virgem Escriba e registro de Suas palavras e Sua história... até dar à luz aos Irmãos e futuras Escolhidas.

Enquanto se imaginava vivendo no Santuário, sentiu que estava dando um passo para trás, não voltando para casa. E, estranhamente, o que devia tê-la incomodado – ter fracassado como Primeira Companheira – não era o que a chateava.

Cormia jogou a caixa de fósforos no chão. Quando o objeto caiu, a tampa se abriu e vários palitos claros saíram e se espalharam. Confusão. Desordem. Caos. Ela recolheu o que havia derrubado, arrumando a bagunça e decidindo que precisava fazer o mesmo com a vida. Ela ia falar com o Primaz, juntar suas três túnicas e ir embora.

Quando colocou os últimos palitos na caixa, alguém bateu na porta.

– Entre – ela disse, sem se dar ao trabalho de levantar.

Fritz colocou a cabeça para dentro.

– Boa-noite, Escolhida, trago uma mensagem da senhora Bella. Ela quer saber se você gostaria de fazer a primeira refeição com ela em seu quarto.

Cormia limpou a garganta.

– Não sei se...

– Se me permite – o mordomo murmurou – a médica Jane acabou de deixá-la mais uma vez. Presumo que a consulta levantou questões. Talvez a presença da Escolhida acalme a futura *mahmen.*

Cormia olhou para cima.

– Outra consulta? Você quer dizer, depois da noite passada?

– Sim.

– Diga a ela que estou indo.

A cabeça de Fritz se curvou de maneira reverente.

– Obrigada, senhora. Agora preciso ir buscar alguém, mas vou voltar e cozinhar para vocês. Não devo demorar.

Cormia tomou um banho rápido, secou e torceu o cabelo, e vestiu uma túnica recém-passada. Quando saiu do quarto, ouviu barulhos de botas no saguão e olhou pela sacada. O Primaz estava lá embaixo, andando sobre o mosaico no chão. Ele estava usando calça de couro e uma camisa preta, e seu cabelo, aquela profusão de cores macia, brilhava sob as luzes. Como se pudesse sentir que estava sendo observado, ele parou e olhou para cima. Seus olhos brilharam como as citrinas que ela tanto gostava, cintilando e cativando-a.

Cormia observou o brilho na luz fraca. Foi ela quem desviou o olhar, porque estava cansada de ser deixada. Assim que se virou, viu Zsadist vindo do corredor de estátuas. Os olhos dele estavam pretos quando olharam para ela, e não foi necessário perguntar como Bella estava. Palavras não eram necessárias, dada sua expressão sombria.

– Eu estava indo ficar com ela – Cormia disse ao Irmão. – Ela mandou me chamar.

– Eu sei. Fico feliz. Obrigado.

Em meio ao silêncio, ela mediu as adagas que estavam dispostas pelo peito do guerreiro. E havia outras armas com ele, ela pensou, mesmo que não pudesse vê-las.

O Primaz não tinha nenhuma arma. Nem adagas, nem volumes sob as roupas. Ela tentou imaginar onde ele estava indo. Não era para o Outro Lado, porque estava vestido para este mundo. Então onde? E para quê?

– Ele está lá embaixo me esperando? – Zsadist perguntou.

– O Primaz?

Quando o Irmão assentiu, ela disse:

– Ah… sim, sim, está.

Era estranho ser quem sabia onde ele estava… e ser para quem era perguntado. Ela pensou na ausência de armas.

– Cuide dele – pediu sem hesitar. – Por favor.

Algo ficou tenso no rosto de Zsadist, e ele concordou com a cabeça uma vez.

– Eu farei isso.

Quando Cormia fez uma reverência e virou para o corredor de estátuas, a voz baixa de Zsadist a fez parar:

– O bebê não está se mexendo muito. Não desde o que quer que tenha acontecido ontem à noite.

Cormia olhou por sobre o ombro e desejou poder fazer mais.

– Vou purificar o quarto. É isso que fazemos no Outro Lado quando… vou purificar o quarto.

– Não diga a ela que você sabe.

– Não vou dizer.

Cormia queria ir até o macho. Mas, em vez disso, falou:

– Cuidarei dela. Vá e faça o que tem que fazer com ele.

O Irmão concordou mais uma vez com a cabeça e saiu pelas escadas.

Embaixo, no saguão, Phury esfregou o peito e se espreguiçou, tentando se livrar da dor no peito. Ficou surpreso em como era difícil ver Cormia dar as costas para ele. Curiosamente brutal, para falar a verdade. Ele pensou na Escolhida que encontrou ao amanhecer. A diferença entre ela e Cormia era óbvia. Selena estava ansiosa para ser a Primeira Companheira, seus olhos brilhavam ao olhar para ele, como se fosse um prêmio.

Phury precisou reunir todas as suas boas maneiras para conseguir ficar no mesmo cômodo que ela. Selena não era uma fêmea ruim e era mais do que bonita o suficiente, mas seu efeito… caramba, era como se ela quisesse pular no colo dele naquele momento e resolver as coisas. Especialmente quando garantiu a ele que estava mais do que pronta para servi-lo e à tradição… e que "cada osso no corpo dela desejava aquilo".

"Aquilo" era sexo.

E haveria outra que chegaria no fim da noite.

Meu. Deus.

Zsadist apareceu na ponta da escada e desceu rapidamente, com sua jaqueta na mão.

– Vamos.

Enquanto media a sobrancelha tensa do irmão gêmeo, Phury pensou que Bella não devia estar bem.

– Bella está?…

– Não quero falar disso com você.

Z. atravessou o saguão, passando por ele sem nem ao menos virar o rosto.

– Temos algo a resolver, eu e você.

Quando Phury franziu a testa e o seguiu, os passos ecoaram como se apenas uma pessoa, e não duas, estivessem andando. Mesmo que Phury usasse uma prótese, ele e Z. sempre tiveram o mesmo andar longo, a mesma maneira de pisar, a mesma maneira de balançar os braços.

Gêmeos.

Mas as semelhanças acabavam na biologia. Na vida, eles tinham seguido direções diferentes. E ambas tinham sido ruins.

Com uma mudança de lógica súbita, Phury viu as coisas sob uma luz diferente. Droga, ele tinha se torturado aquele tempo todo sobre o destino de Z… viveu o tempo todo na sombra fria e extensa da tragédia da família. Ele tinha sofrido também, meu Deus… ele também tinha sofrido, e ainda sofria.

E apesar de respeitar a santidade da união de seu irmão gêmeo com Bella, algo surgiu em sua mente sobre ser excluído como se fosse um completo estranho. E algo hostil.

Quando pisou no pátio de pedras, parou subitamente.

– Zsadist.

Z. continuou andando na direção do Escalade.

– *Zsadist!*

O irmão gêmeo parou, colocou as mãos no quadril e não virou.

– Se é sobre aquela besteira entre você e o *redutor*, nem tente se desculpar de novo.

Phury alargou o colarinho da camisa.

– Não é.

– Também não quero ouvir sobre a fumaça vermelha. Ou ser expulso da Irmandade.

– Vire, Z.

– Por quê?

Houve uma longa pausa.

E então ele falou com a voz dura, por entre os dentes:

– Você nunca me agradeceu.

Z. virou a cabeça por sobre o ombro imediatamente.

– Como é?

– Você. Nunca. Me. Agradeceu.

– Pelo quê?

– Por salvar você. Que *droga*, eu salvei você daquela sua senhora vadia e do que ela fez com você. E você *nunca me agradeceu*.

Phury foi até seu irmão gêmeo, e sua voz foi ficando cada vez mais alta.

– Eu procurei você por um *século*, tirei você de lá e salvei sua vida...

Zsadist se inclinou, apontando o dedo como se fosse uma arma.

– Você quer crédito por me salvar? Espere sentado! Eu nunca pedi que você me fizesse esse favor. Você só fez isso por causa desse seu complexo de bom samaritano!

– Se eu não tivesse tirado você de lá, você não teria Bella!

– E se você não tivesse me tirado de lá, ela não estaria correndo o risco de morrer agora! Você quer gratidão? Dê um tapinha nas suas próprias costas, porque eu não estou sentindo nenhuma.

As palavras flutuaram noite adentro como se estivessem procurando outros ouvidos.

Phury piscou, e então palavras saíram de sua boca, palavras que ele queria dizer por muito tempo.

– Eu enterrei nossos pais sozinho. Fui o único que cuidou do corpo deles, que sentiu o cheiro da fumaça queimando...

– *E eu nunca os conheci!* Eles eram estranhos para mim, e você também era quando apareceu...

– Eles amavam você!

– O suficiente para parar de me procurar! Danem-se eles! Você acha que eu não sei que ele parou? Eu voltei lá e refiz a trilha da casa que você queimou. Eu sei até onde ele foi antes de desistir. Você acha que eu dou a mínima para ele? *Ele desistiu de mim!*

– Você era mais real para eles do que eu! Você estava em tudo naquela casa, você era tudo para eles!

– Que triste, Phury – Z. falou rispidamente. – Não se atreva fazer esse papel de coitado para mim. Você tem *alguma* ideia de como era a minha vida?

– Eu perdi minha perna por você!

– Você escolheu ir atrás de mim! Se não gostou de como as coisas aconteceram, não venha reclamar comigo!

Phury soltou o ar com força, totalmente chocado.

– Seu maldito ingrato. Seu filho da mãe ingrato... você está querendo me dizer que preferia ter ficado com ela?

Quando não houve nada além de silêncio, ele balançou a cabeça.

– Eu sempre achei que os sacrifícios que fiz tinham valido a pena. O celibato. O pânico. Os custos físicos. – A raiva reapareceu. – Sem contar a aflição mental de todas as vezes que você me pediu para espancar você. E agora você vem me dizer que preferia ter *continuado* um escravo de sangue?

– É disso que estamos falando? Você quer que eu justifique essa sua trilha de salvação autodestrutiva sendo grato? – Z. soltou uma risada forte e baixa. – Dane-se. Você acha que estou me divertindo assistindo você antecipar sua morte fumando e bebendo? Você acha que eu gostei do que vi naquela noite no beco? – Z. praguejou. – Dane-se, não vou participar disso. Acorde, Phury. Você está se matando. Pare de arranjar muletas e espalhar mentiras, e olhe para si mesmo com atenção.

Em algum pequeno nível interno e incerto, Phury percebeu que aquele atrito com seu irmão já tinha passado da hora. E que seu irmão gêmeo tinha razão. Mas ele também tinha. Phury balançou a cabeça de novo.

– Eu não acho que esteja errado em pedir um pouco de reconhecimento. Fui invisível nesta família minha vida toda.

Houve um silêncio prolongado. E então Z. soltou:

– Pelo amor de Deus, desça da cruz. Outra pessoa deve estar precisando da madeira dela.

O tom de desprezo despertou a fúria de novo, e o braço de Phury voou por vontade própria, acertando a base do maxilar, com um barulho parecido com o golpe de um taco de beisebol de madeira.

Z. saiu voando e caiu sobre o carro de Rhage como uma lona. Quando o irmão se endireitou, Phury entrou em posição de briga e balançou os nós dos dedos. Mais um segundo e meio, e os dois estariam presos em uma horrível briga, punhos em vez de palavras duras indo e voltando até que um deles, ou os dois, caísse.

E exatamente onde isso iria levá-los?

Phury lentamente abaixou os braços.

Naquele momento, a Mercedes de Fritz passou pelos portões do jardim. Sob a luz dos faróis, Z. arrumou a jaqueta e andou calmamente até a porta do lado do motorista do Escalade.

– Se não fosse pelo que acabei de prometer à Cormia, eu arrebentaria sua cara.

– O quê?

– Entre no maldito carro.

– O que você disse a ela?

Quando Z. sentou atrás do volante, seus olhos pretos atravessaram a noite como se fossem facas.

– Sua namorada está preocupada com você, então ela me fez prometer cuidar de você. E ao contrário de algumas pessoas, eu tenho palavra.

Caramba.

– Agora entre.

Z. fechou a porta do veículo.

Phury soltou um palavrão e entrou no lado do passageiro enquanto a Mercedes parou e Qhuinn desceu do banco de trás. Os olhos do garoto se arregalaram quando viu a mansão. Claramente, ele estava lá para o julgamento, Phury pensou ao entrar do lado de seu irmão gêmeo, que estava em silêncio mortal.

– Você sabe onde fica a casa dos pais de Lash, não sabe? – perguntou Phury.

– Claro que sei.

O *cale a boca* não foi subentendido.

Quando o Escalade seguiu para os portões, a voz do mago ecoava séria dentro da cabeça de Phury: *É preciso ser um herói para ser digno de gratidão, e você não é nenhum cavaleiro de armadura e cavalo branco. Você apenas quer ser um.*

Phury olhou pela janela, as palavras duras trocadas com Z. ecoavam como tiros em um beco.

Faça um favor a todos eles e vá embora, disse o mago. *Simplesmente vá embora, parceiro. Quer ser um herói? Faça com que eles nunca mais precisem conviver com você.*

Capítulo 28

Qhuinn estava absolutamente certo de que Wrath iria comê-lo vivo naquela noite, mas mesmo assim ficou impressionado diante da imagem do centro de treinamento da Irmandade. A coisa era do tamanho de uma cidade pequena, feita de blocos de pedra do tamanho do peito de um macho, com janelas que pareciam ter sido reforçadas com titânio ou algo do gênero. As gárgulas ao redor do telhado e todas as sombras eram perfeitas. Exatamente como o esperado.

– Senhor? – chamou o mordomo ao indicar a entrada que parecia uma catedral. – Vamos entrar? Preciso tratar da cozinha.

– Cozinha?

O *doggen* começou a falar mais devagar como se estivesse conversando com um imbecil.

– Eu cozinho para a Irmandade além de cuidar disto, a residência deles.

Caramba… não era o centro de treinamento, era a casa deles.

Bem, claro. Veja só a segurança.

Havia câmeras sobre as portas e sob o teto, e o muro do jardim parecia ter saído de um filme sobre Alcatraz. Diabos, ele esperava um grupo de dobermanns vir correndo de algum canto com os dentes de fora. Mas, de novo, os cachorros provavelmente ainda estavam mordiscando os ossos do último hóspede que foi transformado em refeição.

– Senhor? – o mordomo repetiu. – Vamos?

– Sim... sim, claro.

Qhuinn engoliu com dificuldade e foi em frente, preparado para enfrentar a situação com o rei.

– Ah, escute, vou deixar minhas coisas no carro.

– Como quiser, senhor.

Caramba, graças a Deus Blay não precisava assistir o que estava prestes a acontecer...

Um lado das enormes portas duplas se abriu e alguém familiar levantou a mão.

Que ótimo.

Blay perderia o espetáculo, mas John ia se sentar na primeira fileira, evidentemente.

O sujeito estava de calça jeans e usava uma das camisas de botão envelhecidas que eles tinham comprado na Abercrombie. Seus pés descalços pareciam mais claros sobre as pedras pretas da escada, e ele parecia relativamente calmo, o que era um pouco irritante. O cretino podia pelo menos ter a gentileza de suar frio ou demonstrar solidariedade.

Oi, John sinalizou.

– Olá.

John deu um passo para trás, abrindo caminho. *Como você está?*

– Eu queria ser fumante.

Porque assim eu poderia adiar isso pela duração de um cigarro, pensou consigo mesmo.

Não queria não. Você odeia cigarros.

– Quando estou prestes a enfrentar o esquadrão marcial, posso repensar isso.

Cale a boca.

Qhuinn passou por um vestíbulo que o fez se sentir completamente nu, com aquele chão de mármore preto e branco e o candelabro – aquilo era ouro de verdade? Provavelmente...

Caramba, ele pensou ao parar com surpresa. O saguão diante dele era majestoso. Cem por cento realeza russa, com suas cores brilhantes e tudo incrivelmente folheado a ouro e seu chão de mosaico e teto pintado... ou, droga, talvez aquilo tivesse saído de algum romance americano de Danielle Steel, com todas as colunas de mármore românticas e vastos arcos. Não que ele tivesse lido algum livro dela. Bom, ok, tinha lido um, mas ele tinha doze anos na época, estava doente e tinha se concentrado nas partes de sexo.

– Aqui em cima – uma voz profunda ecoou.

Qhuinn olhou para o topo da escadaria ornada. Plantado sobre os coturnos como se fosse o dono do mundo, usando calça de couro e uma camisa preta, estava o rei.

– Vamos lá, vamos com isso – Wrath ordenou.

Engolindo com dificuldade, Qhuinn seguiu John até o segundo andar. Quando chegaram ao topo, Wrath disse:

– Quero só Qhuinn. John, você fica aqui.

John começou a sinalizar: *quero ser testemunha dele...*

Wrath se virou:

– Não. Não vai ter nada disso.

Caramba, Qhuinn pensou. Não iam permitir nem que ele tivesse uma testemunha de defesa.

Vou ficar esperando, John sinalizou.

– Obrigado, cara.

Qhuinn ficou olhando para além das portas abertas por onde o rei havia passado. A sala diante dele era… bem, parecia o tipo de lugar de que sua mãe teria gostado: azul-claro, com mobília delicada e feminina, e pontos de luz com pingentes de cristal que pareciam brincos. Não era exatamente um lugar onde se esperava que Wrath ficasse.

Enquanto o rei andou e se plantou atrás de uma mesa delicada, Qhuinn entrou, fechou as portas e juntou as mãos diante do corpo. Enquanto esperava, a coisa toda parecia surreal. Ele simplesmente não podia imaginar como sua vida tinha chegado a isso.

– Você pretendia matar Lash? – Wrath perguntou.

E por falar em declarações de abertura.

– Ah…

– Sim ou não?

Em uma sucessão rápida, Qhuinn reviu as respostas: *Não, claro que não, a faca agiu por vontade própria, eu na verdade tentei fazê-la parar… Não, eu só queria fazer a barba dele… Não, eu não sabia que abrir a jugular de alguém podia causar a morte…*

Qhuinn limpou a garganta. Duas vezes.

– Sim, eu pretendia.

O rei cruzou os braços na frente do corpo.

– Se Lash não tivesse tentado tirar a calça de John, você teria feito a mesma coisa?

Os pulmões de Qhuinn pararam de funcionar por um instante. Ele não devia estar surpreso que o rei soubesse exatamente o que tinha acontecido, mas, caramba, ouvir aquelas palavras era um choque. Além disso, falar sobre aquilo era difícil, por causa do que Lash havia dito e feito. Afinal de contas, era o John.

– Bem? – veio a exigência do outro lado da mesa. – Se Lash não tivesse tocado na calça dele, você o teria esfaqueado?

Qhuinn organizou os pensamentos.

– Veja, John mandou que Blay e eu ficássemos fora daquilo, e contanto que fosse uma briga limpa, eu estava preparado para deixar rolar. Mas... – Ele balançou a cabeça. – Não. Aquilo que Lash fez não era justo. Foi como usar uma arma escondida.

– Mas você não precisava matá-lo, precisava? Você podia tê-lo separado de John, batido um pouco nele. Arrastado ele.

– É verdade.

Wrath abriu os braços para o lado como se quisesse soltá-los, e seu ombro deu um estalo.

– Você vai ser totalmente honesto comigo agora. Se mentir, eu vou saber, porque consigo sentir o cheiro de mentiras. – Os olhos de Wrath faiscavam atrás dos óculos escuros. – Eu sei bem que você odiava seu primo. Tem certeza de que você não usou força letal por motivos próprios?

Qhuinn passou a mão pelo cabelo e pensou em tudo sobre o que tinha acontecido. Havia buracos na memória, espaços brancos criados pelo emaranhado de emoções que o fizeram pegar a faca e avançar, mas lembrou o suficiente.

– Para ser honesto... Droga, eu não podia deixar John ser machucado e humilhado daquele jeito. Sabe, ele ficou paralisado. Quando Lash puxou a calça, ele congelou. Os dois estavam no chuveiro, John estava contra a parede de azulejos, e, de repente, ele ficou petrificado. Não sei se Lash teria ido adiante com... bom, você sabe... porque eu não estava dentro da cabeça dele, mas o cara é do tipo que tentaria.

Qhuinn engoliu com dificuldade:

– Eu vi acontecer, vi que John não podia fazer nada... e foi como se tudo ficasse escuro... eu só – droga – a faca estava na minha mão e então eu estava em cima de Lash e o corte foi rápido. Sendo sincero? Sim, eu odiava Lash, mas não interessa quem fizesse aquilo com John, eu teria caído em cima. E antes que você pergunte, eu sei qual vai ser a próxima pergunta.

– E sua resposta é...

– Sim, eu faria de novo.

– Faria?

– Sim. – Qhuinn olhou em volta para as paredes e pensou que não parecia certo falar desse tipo de horror em uma sala tão linda. – Acho que isso faz de mim um assassino sem arrependimento... então, o que você vai fazer comigo? Ah, e você provavelmente já sabe, mas minha família me deserdou.

– Sim, eu fiquei sabendo.

Houve um longo silêncio, e Qhuinn passou o tempo olhando para os seus tênis New Rocks e sentindo o coração pular no peito.

– John quer que você fique aqui.

Os olhos de Qhuinn focaram o rei.

– O quê?

– Você me ouviu.

– *Merda*. Você não pode permitir isso. Eu não posso ficar aqui de jeito nenhum.

As sobrancelhas pretas do rei se franziram.

– Como é?

– Ah... desculpe.

Qhuinn se fechou, lembrando que o Irmão era o rei, o que significava que ele podia fazer o que quisesse, incluindo, mas não só, dar outros nomes para o sol e para a lua, declarar que as pessoas tinham que saudá-lo com os polegares no traseiro... e receber um desgraçado como Qhuinn sob seu teto se assim desejasse. Ser rei significava ter carta branca no mundo dos vampiros. Além do mais, por que recusar algo que podia ajudá-lo?

Wrath levantou, e Qhuinn precisou conter a vontade de dar um passo para trás, mesmo que estivessem separados por vários metros de tapete. Jesus, o macho era imponente.

– Falei com o pai de Lash mais ou menos uma hora atrás – disse Wrath. – Sua família deu a entender para ele que não ia pagar a restituição. Como eles deserdaram você, disseram que você deve o dinheiro. Cinco milhões.

– Cinco milhões?

– Lash foi sequestrado pelos *redutores* na noite passada. Ninguém acha que ele vai voltar. Você está sendo acusado de assassinato indireto, porque presume-se que os matadores não teriam se dado ao trabalho de levar um cadáver.

– Uau... – Meu Deus, Lash... e caramba, era muito dinheiro. – Olhe, eu tenho as roupas do corpo e mais uma muda na mochila. Eles podem levar se quiserem...

– O pai de Lash quer que você se torne um servo registrado na casa deles.

O sangue correu para a cabeça de Qhuinn. Um escravo... para o resto da vida? Dos pais de Lash?

– Isso aconteceria – Wrath continuou – depois que você fosse para a prisão, claro. E, na verdade, a raça ainda tem uma em atividade. Ao norte da fronteira canadense.

Qhuinn ficou parado, como se estivesse dormente. Caramba, uma vida podia acabar de tantas maneiras diferentes, ele pensou. A morte não era a única.

– O que você tem a dizer sobre tudo isso? – Wrath murmurou.

Prisão... em sabe Deus onde, por sabe Deus quanto tempo. Escravidão... em uma casa que o odiariam e humilhariam até que ele morresse. Qhuinn pensou no trajeto por aquele túnel na casa de Blay e da decisão tomada do outro lado.

– Eu tenho um olho de cada cor – ele sussurrou, levando seu olhar desajustado até o rei. – Mas tenho honra. Farei o que for preciso para acertar as coisas... *se* – ele soltou com uma força súbita – ninguém me obrigar a pedir desculpas. Isso… eu não posso fazer. O que Lash fez foi mais do que errado. Foi intencionalmente cruel e tinha como objetivo arruinar a vida de John. Eu. Não. Me. Arrependo.

Wrath deu a volta na escrivaninha e atravessou o escritório. Ao passar por Qhuinn, disse rapidamente:

– Resposta certa, filho. Espere lá fora com o seu amigo. Estarei com vocês em alguns minutos.

– Como… o quê?

O rei abriu a porta com impaciência e indicou com a cabeça.

– Lá. Fora.

Qhuinn saiu todo sem jeito.

Como foi?, sinalizou John ao se levantar de uma cadeira no saguão. *O que aconteceu?*

Ao olhar para o amigo, Qhuinn não conseguiu dizer que ia para a cadeia e depois seria liberado sob a custódia dos pais de Lash para ser torturado até o fim de seus dias.

– Ah, não foi tão ruim.

Você está mentindo.

– Não estou.

Você está branco.

– O que você queria? Eu fiz uma cirurgia, tipo, ontem.

Ah, qual é. O que está acontecendo?

– Para dizer a verdade, eu não faço ideia…

– Com licença... – Beth, a rainha, surgiu com uma expressão séria. Em suas mãos havia uma caixa de couro longa e chata. – Meninos? Eu preciso entrar aí.

Quando eles abriram passagem, ela entrou no escritório e fechou a porta. John e Qhuinn esperaram. E então esperaram mais… e mais. Só Deus sabia o que estava acontecendo. Talvez fosse demorar para que o rei e a rainha elaborassem a papelada da ida para a cadeia.

John pegou seu celular, como se precisasse de algo para ocupar as mãos, e fez uma careta ao olhar para a coisa. Depois de mandar uma mensagem de texto, ele guardou o telefone no bolso.

Estranho que Blay ainda não tenha se manifestado.

Não é não, pensou Qhuinn, sentindo-se um filho da mãe.

O rei escancarou as portas.

– Os dois, aqui dentro.

Houve um movimento de pés, e então Wrath fechou todos lá dentro. Ele voltou para sua mesa, sentou na cadeira que parecia ser de boneca e colocou os pés sobre a montanha de papel. Quando Beth se colocou ao lado dele, o rei tomou a mão de sua rainha.

– Vocês dois já ouviram o termo *ahstrux nohstrum*?

Quando os dois balançaram a cabeça como idiotas, Wrath abriu um sorriso frio e malicioso.

– É uma posição antiquada. É como um segurança privado, só que tem permissão para usar força letal para proteger o mestre. São matadores com autorização.

Qhuinn engoliu com dificuldade, imaginando que diabos aquilo tinha a ver com ele mesmo e com John. O rei continuou:

– *Ahstrux nohstrum* só pode ser ordenado por decreto real, e o cargo se parece com o serviço secreto americano de proteção. O sujeito pode ser uma pessoa de interesse, e o guarda deve ser capaz.

Wrath beijou a mão da rainha.

– Pessoa de interesse é alguém cuja presença é significativa por julgamento do rei. Que sou eu. Agora... minha *shellan* aqui é a coisa mais preciosa do mundo, e não há nada que eu não faria para garantir que o coração dela esteja protegido. Além disso, em termos da raça como um todo, ela é a rainha. Portanto, seu único irmão definitivamente está na categoria de pessoa de interesse.

O rei continuou:

– Agora, sobre a figura qualificada para guarda... eu sei, por acaso, que da classe de aprendizes, Qhuinn, você é o melhor lutador, depois de John. Você é duro no corpo a corpo, e um ótimo atirador à distância. – A voz do rei ficou irônica. – E todos sabemos como você é bom com facas, não sabemos?

Qhuinn sentiu uma onda estranha percorrer o corpo, como se uma bruma tivesse se aberto para revelar um caminho inesperado em meio à floresta. Ele segurou o braço de John para se equilibrar, mesmo que isso fosse um atestado de "olá, eu sou uma mocinha".

O rei advertiu:

– Só tem um porém. Espera-se que um *ahstrux nohstrum* sacrifique sua própria vida por quem protege. Se algo acontecer, ele recebe o golpe mortal. Ah, e é um compromisso para a vida toda, a não ser que eu diga o contrário. Sou o único que pode demiti-lo, entenderam?

A boca de Qhuinn falou por conta própria:

– Claro. Sem dúvida.

Wrath sorriu e pegou a caixa que Beth carregava. Tirou um monte grosso de papéis que trazia no fundo um selo dourado e laços de cetim vermelho e preto.

– Caramba, olhe só para isso.

Ele jogou casualmente o documento com cara de oficial para a ponta da mesa. Qhuinn e John se inclinaram juntos. No Antigo Idioma, a coisa declarava que...

– Caramba... – Qhuinn soltou junto com a respiração, e olhou abruptamente para Beth. – Desculpe, eu não queria ter usado linguajar sujo.

Ela sorriu a beijou o topo da cabeça do *hellren*.

– Tudo bem. Já ouvi coisa pior.

– Olhe só a data. – disse Wrath.

Aquilo datava de... datava de dois meses atrás. De acordo com o documento, Qhuinn, filho de Lohstrong, estava atuando como *ahstrux nohstrum* de John Matthew, filho de Darius, filho Marklon, desde o fim de junho.

– Eu sou muito ruim com papéis. – Wrath comentou. – Esqueci de contar para vocês dois o que estava acontecendo. Foi mal. Agora, claro, isso significa que você, John, é responsável pela restituição, porque o sujeito que é protegido precisa acertar todas as dívidas resultantes de sua proteção.

John sinalizou imediatamente: *Eu pago*...

– Não, espere – Qhuinn interrompeu. – Ele não tem esse dinheiro...

– Seu amigo vale uns quarenta milhões no momento, então ele dá conta sem problemas.

Qhuinn olhou para John.

– O quê? Por que diabos você está trabalhando no escritório para poder comprar roupas?

Para quem eu faço o cheque? John sinalizou, ignorando o amigo.

– Para os pais de Lash. Beth, como diretora financeira da Irmandade, vai explicar de que conta vai sair, certo, *leelan*?

Wrath apertou a mão da rainha e sorriu para ela. Quando voltou a olhar para Qhuinn e John, a expressão amorosa desapareceu.

– Qhuinn vai se mudar para nossa casa a partir de agora e vai ter um salário de setenta e cinco mil por ano, que você vai pagar. E, Qhuinn, você está totalmente fora do programa de treinamento, mas isso não significa que os Irmãos e eu não vamos... ah, sei lá, garantir que você mantenha suas habilidades afiadas. Afinal, nós cuidamos uns dos outros. E você agora é um de nós.

Qhuinn respirou fundo. Respirou de novo. E de nov...

– Eu preciso... eu preciso me sentar.

Como um completo peso pena, ele se deixou cair em um dos sofás azul-claro. Com todos olhando para ele como se estivessem prestes a oferecer um saco de papel para ele respirar ou um lenço, Qhuinn colocou a mão na cicatriz da operação com a esperança de que parecesse que o problema era o ferimento, não suas emoções.

O problema era... ele parecia não conseguir levar ar aos pulmões. Não sabia que diabos estava acontecendo com sua boca, mas fosse o que fosse, não estava fazendo nada para melhorar a tontura na cabeça ou a queimação na barriga. Curiosamente, quem foi até ele e se agachou não foi nem John nem a rainha. Foi Wrath.

O rei apareceu subitamente em sua visão turva, com os óculos escuros e o rosto cruel em completa contradição com a voz suave que ele usou.

– Coloque a cabeça entre os joelhos, filho. – O rei colocou a mão em seu ombro e gentilmente o forçou para baixo. – Faça isso agora.

Qhuinn fez o que foi dito e começou a tremer tanto que se não fosse pela enorme mão de Wrath o mantendo no lugar, teria caído no chão. Não podia chorar. Ele se recusava a deixar uma única gota cair e, em vez disso, engasgou, tremeu e começou a suar frio.

Bem discretamente, para que só Wrath pudesse ouvir, ele sussurrou:

– Eu achei... que estivesse totalmente sozinho.

– Que nada – Wrath respondeu com a mesma sutileza – Como eu disse, você agora é um de nós, entendeu?

Qhuinn levantou os olhos.

– Mas eu não sou ninguém.

– Ah, pare com isso. – O rei balançou a cabeça lentamente. – Você salvou a honra de John. Como eu disse, você faz parte da família, filho.

Qhuinn então olhou para Beth e John, que estavam lado a lado. Em meio às lágrimas não derramadas, ele viu a semelhança no cabelo escuro e nos olhos de um azul profundo. Família…

Ele então endureceu a coluna, levantou e se colocou totalmente de pé. Endireitando a camisa e o cabelo, se recompôs total e plenamente quando foi até John.

Com ombros firmes e abertos, estendeu a mão ao amigo.

– Eu ofereço minha vida a você. Com ou sem aquele papel.

Quando as palavras saíram de sua boca, Qhuinn percebeu que era a primeira coisa que dizia como um macho adulto, o primeiro juramento que fazia. E não conseguia pensar em uma pessoa melhor para quem fazê-lo, com exceção talvez de Blay.

John olhou para baixo e agarrou a palma que se apresentava a ele com sua mão firme e forte. Eles não se abraçaram, nem falaram nada.

E eu a você, John sinalizou enquanto os olhos dos dois se encontravam.

– Você pode me perguntar sobre Phury se quiser. Quando tiver acabado.

Cormia se afastou da vela branca que acendia e olhou por sobre o ombro. Bella estava deitada de costas na grande cama do outro lado do quarto, e sua mão fina e pálida estava sobre a barriga redonda.

– De verdade, pode mesmo – disse a fêmea com um pequeno sorriso. – Vai me dar outra coisa em que pensar. E, no momento, eu estou precisando.

Cormia apagou o fósforo com um sopro.

– Como você sabia que eu estava pensando nele?

– Você está com o que eu chamo de "sobrancelha de macho". Que é a sobrancelha franzida de quando se está pensando no seu macho, ou de quando você quer dar um chute no traseiro dele ou colocar os braços em volta dele e abraçá-lo até que ele não consiga respirar.

– O Primaz não é meu.

Cormia pegou o queimador de incenso dourado e moveu-o três vezes em volta da vela. O cântico que recitou era delicado, mas persistente, invocando a Virgem Escriba para proteger Bella e seu filho.

– Ele não me ama – disse Bella. – Não de verdade.

Cormia colocou o queimador em uma mesa no canto do quarto e checou duas vezes se as três velas estavam com chamas boas e fortes.

Passado, presente e futuro.

Bella repetiu:

– Você ouviu o que eu disse? Ele não me ama.

Cormia fechou os olhos apertados.

– Acredito que você está errada sobre isso.

– Ele só acha que ama.

– Com todo respeito eu…

– Você o quer?

Cormia corou quando o que aconteceu no cinema voltou à sua lembrança. Ela reviveu a sensação dele… o poder que teve quando seu sexo estava em sua mão… a maneira como sua boca se moveu sobre seu seio.

Bella riu delicadamente.

– Vou encarar esse rosto vermelho como um sim.

– Caríssima Virgem, não faço ideia do que dizer.

– Sente-se comigo. – Bella tocou parte da cama ao seu lado. – Deixe-me falar sobre ele. E por que tenho certeza de que ele não está apaixonado por mim.

Cormia sabia que se fosse até lá e ouvisse sobre como o Primaz não podia estar sentindo o que achava que estava sentindo, ela ia se perder ainda mais por ele.

Então, naturalmente, ela se sentou ao lado de Bella no edredom.

– Phury é um bom macho. Um grande macho. Ele ama profundamente, mas isso não significa que ame todos aqueles com quem se importa. Se vocês dois se derem um pouco de tempo…

– Eu devo voltar logo.

As sobrancelhas de Bella se levantaram.

– Para o Outro Lado? Por quê?

– Estou aqui há muito tempo. – Era difícil demais dizer que ela tinha sido dispensada. Especialmente para Bella. – Estou aqui… há tempo suficiente.

Bella pareceu triste.

– Phury também vai embora?

– Não sei.

– Bem, ele teria que voltar para lutar.

– Ah… sim.

Claramente, a fêmea ainda não sabia que ele tinha sido removido da Irmandade, e aquele não era o momento para surpresas desagradáveis. A mão de Bella passeou por sua barriga grávida.

– Alguém contou a você por que Phury se tornou o Primaz? Quero dizer, em vez de Vishous.

– Não. Eu nem sabia que tinha havido uma substituição até encontrar o Primaz no templo.

– Vishous se apaixonou pela doutora Jane mais ou menos na época que estava tudo acontecendo. Phury não queria que eles se separassem, então ele se voluntariou. – Bella balançou a cabeça. – A coisa com Phury é que ele sempre coloca os outros antes de si mesmo. Sempre. É a natureza dele.

– Eu sei. É por isso que eu o admiro tanto. De onde eu venho… – Cormia tentou encontrar as palavras com dificuldade. – Para as Escolhidas, altruísmo é o maior dos valores. Nós servimos à raça e à Virgem Escriba, e ao fazê-lo, colocamos o todo antes de nós mesmas com prazer. É a mais alta ordem de virtude sacrificar-se pelo bem maior, pelo que é mais importante que o eu. O Primaz faz isso. Eu acredito que isso é…

– O que?…

– É por isso que eu o respeito tanto. Bem, isso e seu… seu…

Bella soltou uma risada que veio da garganta.

– Seu entusiasmo, certo? Com certeza não tem nada a ver com aqueles olhos amarelos e aquele cabelo maravilhoso?

Cormia supôs que se a cor de seu rosto tinha falado por ela uma vez, podia fazer de novo.

– Você não precisa responder – Bella disse com um sorriso. – Ele é um macho especial. Mas voltando à coisa do altruísmo. A questão é a seguinte: se você passa tempo demais olhando para fora, você se perde. É por isso que eu me preocupo com ele. E é por isso que eu sei que ele não me ama de verdade. Phury acha que eu salvei o irmão gêmeo dele de formas que ele não poderia. É gratidão o que ele sente. Intensa gratidão e adoração. Mas não é amor verdadeiro.

– Mas como você sabe disso?

Houve uma hesitação.

– Pergunte a ele sobre suas relações com fêmeas. Você vai entender.

– Ele se apaixonou muitas vezes?

Ela se preparou para a resposta.

– Sem sombra de dúvida não. – A mão de Bella fazia repetidos círculos na barriga. – Não é da minha conta, mas vou dizer mesmo assim. Com exceção do meu *hellren*, não existe nenhum macho que eu tenha em mais alta conta que Phury, e eu gosto muito de você. Se ele continuar aqui, espero que você também continue. Eu gosto da maneira como você olha para ele. E gosto muito da maneira como ele olha para você.

– Ele me dispensou.

Bella levantou a cabeça.

– O quê?

– Não sou mais a Primeira Companheira.

– Meu... Deus.

– Então eu realmente deveria voltar para o Santuário. Mesmo que seja apenas para facilitar as coisas para quem ele escolher para me substituir.

Era a coisa certa a dizer, mas ela não acreditava de fato naquilo. E seus sentimentos transpareceram em sua voz. Até ela podia ouvir a própria tensão.

Que engraçado, a prática de dizer alguma coisa, mas pensar outra, era algo que ela aprimorou nos anos em que viveu no Outro Lado. Do lado de cá, mentir tinha sido tão fácil e confortável quanto a túnica branca que ela vestia. Mas agora estava difícil.

– Sem querer ofender – disse Bella –, mas meu termômetro de mentiras está apitando.

– Termômetro... de mentiras?

– Você está mentindo para mim. Olha, posso dar um conselho não solicitado?

– Claro.

– Não se deixe ser engolida e nem se perca nessa coisa de Escolhida. Se você realmente acredita no que aprendeu, tudo bem. Mas se você descobrir que está lutando contra uma voz interna que está constantemente na sua cabeça, então não é onde você deveria estar. Ser uma boa mentirosa não é uma virtude.

Era isso, não era?, Cormia pensou. Era precisamente o que ela sempre teve que fazer. Mentir.

Bella arrumou os travesseiros, levantando-se.

– Não sei quanto você ouviu falar de mim, mas eu tenho um irmão, Rehvenge. Ele dá trabalho, tem cabeça dura, sempre foi assim, mas eu o amo e somos muito próximos. Meu pai morreu quando eu tinha quatro anos, e Rehv assumiu o comando da casa para a minha mãe e por mim. Rehv foi muito bom para nós, mas também era muito controlador, e eu acabei me mudando da casa. Eu tive que... Ele estava me enlouquecendo. Meu Deus, você precisava ouvir as brigas. Rehv tinha boas intenções, mas ele é antiquado, muito tradicional, e isso significava que ele queria tomar todas as decisões.

– Mas ele me parece um macho de valor.

– Oh, ele é, completamente. Mas a questão era, depois de vinte e cinco anos vivendo sob o comando dele, eu era apenas a irmã, não eu mesma, se é que isso faz algum sentido. – Bella esticou o braço e pegou a mão de Cormia. – A melhor coisa que fiz por mim mesma foi me afastar e me conhecer. – Uma luz sombria tomou seus olhos. – Não foi fácil, e teve... consequências. Mas mesmo com o que eu tive que passar, recomendo muito descobrir quem você é. Quero dizer, você sabe quem você é como pessoa?

– Eu sou uma Escolhida.

– E o que mais?

– É... isso.

A mão de Bella apertou a de Cormia.

– Pare para pensar em si mesma, Cormia, e comece pensando pequeno. Qual é a sua cor favorita? O que você gosta de comer? Você acorda cedo? O que a deixa feliz? E triste?

Cormia olhou ao redor do quarto para o queimador de incenso e pensou em todas as orações que conhecia, orações que davam conta de qualquer eventualidade. E os cânticos. E as cerimônias. Ela tinha todo um vocabulário espiritual à sua disposição, não só de palavras, mas de ações. E era isso. Mas era só?

Levou os olhos até os de Bella.

– Eu sei que... gosto de rosas chá cor de lavanda. Eu gosto de construir coisas na minha cabeça.

Bella sorriu e disfarçou um bocejo com as costas da mão.

– Isso, minha amiga, é um bom começo. Agora, quer terminar de ver *Project Runway*? Com a TV ligada, você vai se sentir menos desconfortável de ficar totalmente imersa nos seus pensamentos enquanto está comigo, e Fritz vai levar uns vinte minutos para trazer o jantar.

Cormia se acomodou nos travesseiros ao lado... da amiga. Não uma irmã, mas sua... amiga.

– Obrigada, Bella. Obrigada.

– De nada. E eu adorei o incenso. Muito calmante.

Bella apontou o controle remoto para a tela plana, apertou alguns botões e o apresentador apareceu na sala de costura, seu cabelo grisalho era tão bem-cuidado quanto um tecido passado a ferro. Diante dele, um dos *designers* balançava a cabeça enquanto olhava para um vestido vermelho quase terminado.

– Obrigada – Cormia disse mais uma vez, sem virar o rosto.

Bella apenas esticou o braço e apertou a mão da amiga, e as duas se concentraram na tela.

Capítulo 29

Lash cambaleou para fora da casa dos pais com sangue nas duas mãos. Seus joelhos estavam fracos, seu andar era perdido. Quando tropeçou nos próprios pés, olhou para baixo.

Meu Deus, havia sangue na camisa e nas botas também.

O Sr. D saiu do Focus.

– Você está machucado?

Lash não conseguiu encontrar palavras para responder. Mancando e tremendo, ele mal conseguia ficar de pé.

– Demorou... muito mais do que eu pensei.

– Venha, senhor, vamos colocar você no carro.

Lash deixou que o baixinho o levasse até o lado do passageiro e o colocasse no assento.

– O que é isso na sua mão, senhor?

Lash empurrou o *redutor* para o lado, se inclinou e ofegou algumas vezes sobre o chão. Algo preto e oleoso saiu de sua boca e escorreu pelo queixo. Limpou a substância e olhou para aquilo. Não era sangue. Pelo menos, não do tipo...

– Eu os matei – ele disse asperamente.

O *redutor* ajoelhou diante dele.

– Claro, e deixou seu pai orgulhoso. Esses cretinos não são o seu futuro. Nós somos.

Lash tentou fazer as cenas pararem de repassar na sua cabeça.

– Minha mãe foi quem gritou mais. Quando me viu matar meu pai.

– Não é seu pai. Nem sua mãe. São animais. Aquelas coisas são animais. É como matar um cervo... ou um rato, sabe? Um verme. – O matador balançou a cabeça. – Eles não são como nós. Você apenas achava que eram.

Lash olhou para as próprias mãos. Havia uma faca em uma. E uma corrente na outra.

– Tanto sangue.

– Sim, eles sangram muito, esses vampiros.

Houve um longo silêncio, que pareceu durar um ano.

– Diga, senhor, tem alguma coisa parecida com uma piscina neste lugar?

Quando Lash assentiu, o *redutor* perguntou:

– Lá atrás?

Lash assentiu de novo.

– Ok, vamos levar você lá e deixar você se lavar. Tem umas roupas limpas na parte de trás do carro para você colocar.

Antes que se desse conta, ele estava na cabana da piscina embaixo de uma ducha, lavando os vestígios dos pais de sua pele e observando o vermelho escorrer pelo ralo a seus pés. Lavou a faca e a corrente também, e quando foi se secar, primeiro colocou a corrente de aço inoxidável em volta do pescoço.

Duas plaquinhas de cachorro estavam penduradas nela. Uma tinha sido a última licença de seu rottweiler, e a outra, o registro da última vacina contra raiva do King.

Lash trocou de roupa bem rápido e transferiu a carteira do pai das calças encharcadas que estava usando para a calça limpa que o Sr. D arranjou para ele. Ia ter que ficar com as botas, mas as manchas estavam ficando marrons, menos avermelhadas, o que tornava aquilo mais aceitável. Saiu da cabana da piscina e encontrou o pequeno matador sentado em uma das mesas com tampo de vidro, perto das cadeiras do gramado. O *redutor* deu um salto.

– Você quer que eu chame os reforços agora?

Lash olhou para a mansão no estilo Tudor.

Enquanto estava indo de carro até lá, ele pretendia saquear rapidamente. Levar qualquer coisa de valor, usando o grupo que o Ômega designou como sua tropa para limpar o lugar até sobrar só o papel de parede e o piso.

Parecia ser a coisa correta a fazer. A declaração perfeita de seu novo *status*. Não basta simplesmente esmagar o inimigo, é preciso levar seus cavalos, queimar suas cabanas e ouvir os lamentos de suas mulheres...

O problema era que ele sabia o que havia dentro daquela casa. Com os corpos dos pais e dos *doggen* lá dentro, ele estava olhando para um mausoléu, e a ideia de violar o lugar, de mandar um enxame de *redutores* para profanar a mansão, de repente pareceu muito errada.

– Eu quero sair daqui.

– Então vamos voltar depois?

– Só me tire daqui.

– O que você quiser.

– Resposta certa.

Andando como um velho, Lash voltou até a entrada da casa e manteve os olhos fixos à frente, evitando as janelas. Quando assassinou os *doggen* na cozinha, tinha um frango assando no forno, do tipo que possui um daqueles termômetros que salta quando está pronto. Quando acabou com o último dos servos, parou diante do fogão e acendeu a luz. O termômetro do frango tinha saltado.

Abriu a pequena gaveta à esquerda do fogão e tirou duas luvas de cozinha com listras brancas e vermelhas. Desligou o forno, tirou a assadeira do calor e colocou sobre as bocas do fogão. O frango estava perfeitamente assado com um tom marrom dourado, e com recheio de pão de milho. Os miúdos estavam no fundo, em vias de se transformar em molho de carne. Ele também desligou as batatas que estavam fervendo na água.

– Me tire daqui – Lash disse ao entrar no carro.

Foi preciso colocar as pernas para dentro com as mãos. Um instante depois, o motor do Focus deu a partida e eles começaram a descer pela entrada. No denso silêncio do carro, Lash pegou a carteira do pai da calça nova, abriu e conferiu os cartões. Visa, American Express Black...

– Aonde você quer ir? – o Sr. D perguntou quando chegaram à Rota 22.

– Não sei.

O Sr. D virou o rosto e disse:

– Eu matei meu primo, quando tinha dezesseis anos. Ele era um cretino, eu gostei enquanto estava acontecendo, e era a coisa certa a fazer. Mas depois eu me senti mal. Então você não tem do que se desculpar se está sentindo que agiu mal com eles.

A ideia de que alguém sabia um pouco do que ele estava passando parecia fazer a coisa parecer menos um pesadelo.

– Eu me sinto... morto.

– Vai passar.

– Não... eu nunca vou me sentir... Ah, dane-se, cale a boca e dirija, ok?

Lash pegou o último cartão quando viraram à direita numa saída da Rota 22. Era a carteira de motorista falsa de seu pai. Quando seus olhos pousaram na foto, seu estômago se retorceu.

– Pare o carro!

O Focus parou no acostamento. Enquanto um enorme utilitário passava por eles, Lash abriu a porta e vomitou mais coisa preta no chão. Ele estava perdido. Totalmente perdido. Que diabos ele tinha acabado de fazer? Quem era ele?

– Eu sei onde levar você – disse o Sr. D. – Se você fechar a porta, posso levá-lo a um lugar onde vai se sentir melhor.

Tanto faz, Lash pensou.

Nesse ponto, ele aceitaria sugestões de qualquer coisa.

– Qualquer lugar... que não seja aqui.

O Focus fez uma curva e foi na direção do centro da cidade.

Eles já tinham percorrido alguns quilômetros quando Lash olhou para o pequeno *redutor*.

– Onde estamos indo?

– Um lugar onde você vai poder respirar. Confie em mim.

Lash olhou pela janela e se sentiu um maricas. Limpando a garganta, ele disse:

– Mande um esquadrão para lá. E mande tirar tudo o que não estiver preso ao chão.

– Sim, senhor.

Quando Z. levou o Escalade até a mansão Tudor onde Lash e seus pais viviam, Phury franziu a testa e soltou o cinto de segurança. *Que diabos?*

A porta da frente estava escancarada para a noite de verão, a luz do candelabro na frente do saguão lançava um brilho amarelo-dourado sobre os degraus de entrada e um par de plantas ornamentais guardava os dois lados da entrada.

Certo, aquilo estava errado.

Era de se esperar que casas de subúrbio com vasos na entrada e gnomos nos canteiros deixassem a porta aberta daquele jeito. Ou talvez casas de rancho com bicicletas na entrada da garagem e desenhos de giz na calçada. Ou, que diabos, até *trailers* com janelas quebradas e cadeiras de plástico decrépitas sobre o gramado cheio de mato.

Mas mansões Tudor com gramados aparados não pareciam combinar com as grandes portas de entrada escancaradas no meio da noite. Era como uma debutante com o sutiã aparecendo por causa de uma falha no vestido.

Phury saiu do carro e praguejou. O cheiro de sangue fresco e de *redutores* era familiar demais. Zsadist pegou uma de suas armas enquanto fechou a porta.

– Droga.

Enquanto avançavam, ficava totalmente claro que não iam falar com os pais de Lash sobre o que tinha acontecido com o filho deles. Havia grandes chances de que ele e Z. fossem encontrar corpos.

– Ligue para o Butch – disse Zsadist. – Isto é uma cena de crime.

Phury já estava com o telefone na mão discando.

– Pode deixar.

Quando o Irmão atendeu, ele disse:

– Precisamos de reforços imediatamente. Houve uma infiltração.

Antes que os dois entrassem na casa, pararam para checar a porta. A tranca não tinha sido arrombada, e o sistema de segurança não tinha disparado.

Não fazia sentido. Se um assassino tinha entrado pela porta e tocado a campainha, um *doggen* não o teria deixado entrar. De jeito nenhum. Então os *redutores* devem ter entrado por outro lugar e saído pela porta da frente. E com toda certeza eles tinham estado ocupados.

Havia uma trilha de sangue no grande tapete oriental no saguão de mármore – e não eram gotas, era como se alguém tivesse usado um rolo de pintura nele.

O risco vermelho corria entre o escritório e a sala de jantar. Z. foi para a esquerda, na direção do escritório. Phury foi à direita, para a sala de jantar...

– Encontrei os corpos – anunciou taciturno.

Ele soube que Z. estava olhando para a mesma cena porque o irmão gritou:

– Meu Deus!

Os cadáveres dos pais de Lash estavam sentados nas cadeiras na ponta da mesa, com os ombros amarrados para que não caíssem. Sangue escorria das feridas abertas no peito e no pescoço, formando uma poça no chão brilhante.

Havia velas acesas. O vinho estava servido. Sobre a mesa, entre os corpos, havia um belo frango assado, tão recém-saído do forno que dava para sentir o cheiro da carne sobre o fedor do sangue.

Os corpos de dois *doggen* estavam sentados em cadeiras à esquerda e à direita da mesa. Mortos para servir os mortos.

Phury balançou a cabeça.

– Quanto você quer apostar que não há outros corpos na casa? Ou eles estariam alinhados aqui também.

As roupas finas dos pais de Lash tinham sido cuidadosamente arrumadas, as três voltas de pérolas do colar da mãe estavam no lugar, a gravata e o terno do pai estavam ajeitados. O cabelo dos dois estava bagunçado, e as feridas eram cruas, mas as roupas cobertas de sangue estavam perfeitas. Pareciam dois bonecos mórbidos. Z. enfiou o punho contra a parede.

– Malditos doentios... esses malditos *redutores* são doentios.

– Sem dúvida.

– Vamos ver o resto da casa.

Eles olharam a biblioteca e a sala de música e não encontraram nada. A despensa do mordomo estava intocada. A cozinha tinha evidências de luta consistentes com as duas mortes, mas era só isso – não havia sinais de como eles tinham entrado. O segundo andar estava limpo, os lindos quartos pareciam saídos de revistas de decoração, com suas cortinas finas, as antiguidades e os edredons de luxo.

No terceiro andar, havia uma suíte digna de um rei que, com base nos livros sobre armas e artes marciais, além das coisas de computador e o som estéreo, deveria ser o quarto de Lash. Estava totalmente arrumado. Na casa toda, com exceção de onde os crimes tinham sido cometidos, nada foi tirado do lugar. Nada foi roubado.

Eles voltaram para o andar de baixo, e Zsadist rapidamente examinou os corpos enquanto Phury conferia o quadro principal do sistema de segurança na garagem. Quando terminou, foi encontrar seu irmão gêmeo.

– Eu entrei nos alarmes. Nada foi disparado nem invadido, nem com código nem por corte de energia.

– O macho está sem a carteira – disse Z. –, mas seu relógio ainda está no pulso. A fêmea está com o anel de diamantes no dedo e um par de brincos do tamanho de uma moeda nas orelhas.

Phury colocou a mão no quadril e balançou a cabeça.

– Duas infiltrações, aqui e na clínica. Ambas sem roubo.

– Pelo menos nós sabemos como eles encontraram este lugar. Quero dizer, caramba, Lash foi sequestrado e torturado até falar. É a única resposta. Ele não devia ter nenhum documento quando foi levado, então o endereço teve que sair da própria boca.

Phury olhou em volta para as obras de arte nas paredes.

– Alguma coisa não fecha nessa conta. Normalmente haveria roubo.

– Mas considerando que eles levaram a carteira do pai, os verdadeiros bens sem dúvida estão no banco. Se eles tiverem acesso às contas, é uma maneira mais limpa de roubar.

– Mas por que deixar tudo isso?

– Onde vocês estão? – a voz de Rhage ecoou no saguão.

– Aqui. – Z. avisou.

– Precisamos avisar as outras famílias da *glymera* – disse Phury. – Se Lash revelou o próprio endereço, Deus sabe o que mais ele falou. Isso pode ser um vazamento de implicações inimagináveis.

Butch e Rhage entraram na sala, e o tira balançou a cabeça.

– Caramba, isso me faz lembrar o departamento de homicídios.

– Cara... – Hollywood suspirou.

– Nós sabemos como eles entraram? – perguntou o tira, dando a volta na mesa.

– Não, mas vamos checar a casa de novo – disse Phury. – Não consigo acreditar que eles entraram pela porta da frente.

Quando os quatro subiram para o quarto de Lash, estavam todos balançando a cabeça. Phury olhou o quarto, enquanto seu cérebro dava nós.

– Precisamos espalhar a informação.

– Vejam isso – Z. murmurou, indicando a janela com a cabeça.

Lá na entrada, um carro virou. E depois outro. E um terceiro.

– Aí estão os nossos saqueadores – disse o Irmão.

– Desgraçados – Rhage falou com um sorriso sombrio. – Mas pelo menos eles têm senso de ocasião, eu preciso gastar as calorias do jantar.

– E seria tão rude não recebê-los na porta – Butch murmurou.

Instintivamente, Phury foi abrir o casaco, mas então se lembrou de que não tinha armas nem adagas para pegar. Houve uma fração de segundo de desconforto, durante o qual ninguém olhou para ele, então Phury disse:

– Vou voltar para o complexo e contatar as outras famílias da *glymera*. Também vou avisar Wrath do que está acontecendo.

Os três concordaram e foram para as escadas. Enquanto preparavam o comitê de boas vindas para os *redutores*, Phury deu uma última olhada pelo quarto, pensando que queria estar com os outros, matando os filhos da mãe que tinham feito aquilo. O mago surgiu em sua mente.

Eles não lutam mais com você porque não confiam em você. Soldados não querem alguém em quem não acreditam na retaguarda. Aceite, parceiro, acabou para você deste lado. A questão é, quanto tempo vai levar até que você estrague as coisas com as Escolhidas?

Quando Phury estava prestes a se desmaterializar, franziu a testa.

Do outro lado, na cômoda, havia uma mancha de alguma coisa nos puxadores de bronze da gaveta. Foi olhar mais de perto. Marrom escuro... era sangue seco. Quando abriu a gaveta, no interior, havia marcas de impressão digital nos objetos: o relógio coberto de diamantes da Jacob & Co. que Lash usava antes da sua transição tinha manchas, assim como uma corrente de diamante e um brinco pesado.

Algo obviamente tinha sido tirado da pequena gaveta, mas por que um *redutor* deixaria coisas tão caras para trás? Era difícil imaginar o que teria mais valor do que todos aqueles diamantes. Phury olhou para o *laptop* Sony VAIO e o iPod... e na dúzia de gavetas no quarto que se dividiam entre a mesa, a escrivaninha e os criados-mudos. Todas bem-fechadas.

– Você tem que ir embora.

Phury olhou para trás. Z. estava parado na entrada do quarto, com a arma em punho.

– Saia daqui, Phury. Você não está armado.

– Eu poderia estar.

Ele olhou para a escrivaninha onde duas adagas estavam sobre os livros.

– Em um segundo.

– Vá. – Z. mostrou suas presas. – Você não está ajudando aqui.

Os primeiros barulhos da luta subiram pela escada em uma série de grunhidos e xingamentos. Phury ficou observando enquanto seu irmão gêmeo foi defender a raça. E então ele se desmaterializou do quarto de Lash, rumo à mesa, no escritório do centro de treinamento.

Capítulo 30

– Você precisa descansar – Cormia disse quando Bella bocejou mais uma vez.

Fritz tinha acabado de levar os pratos da primeira refeição. Bella tinha comido carne com purê de batatas e chocolate de menta com creme. Cormia comeu as batatas... e um pouco de sorvete. E pensou em como os M&M's tinham sido deliciosos.

Bella se afundou mais nos travesseiros.

– Sabe, acho que você está certa. Estou cansada. Talvez a gente possa terminar a maratona mais tarde?

– Parece ótimo.

Cormia saiu da cama.

– Você precisa de alguma coisa?

– Não. – Os olhos de Bella se fecharam. – Ei, antes de você ir... Do que são feitas essas velas? Elas são incrivelmente calmantes.

A fêmea parecia terrivelmente pálida contra as fronhas de renda brancas.

– São feitas de coisas sagradas do Outro Lado. Sagradas e curativas. Ervas e flores misturadas com uma liga feita com água da fonte da Virgem Escriba.

– Eu sabia que eram especiais.

– Eu não vou estar longe – Cormia disse.

– O que é bom.

Quando saiu do quarto, Cormia teve o cuidado de fechar a porta delicadamente.

– Madame?

Ela olhou para trás.

– Fritz? Achei que você tivesse ido embora com a bandeja.

– Eu fui. – Ele levantou o buquê que estava segurando. – Preciso entregar isto.

– Que lindas flores.

– São para a sala de estar do segundo andar. – Ele pegou uma rosa lavanda e a ofereceu. – Para você, senhora.

– Nossa, obrigada! – Cormia levou as delicadas pétalas ao nariz. – Oh, que linda.

Cormia deu um salto quando algo esbarrou em sua perna. Abaixando-se, ela passou a mão pelas costas pretas, sedosas e flexíveis do gato.

– Ah, olá, Boo.

O gato ronronou e se encostou nela, e o corpo incrivelmente forte do animal alterou seu equilíbrio.

– Você gosta de rosas? – ela perguntou, oferecendo o botão a ele.

Boo balançou a cabeça e se esfregou na mão livre de Cormia, exigindo mais atenção.

– Eu adoro esse gato.

– E ele adora você – disse Fritz, antes de hesitar. – Senhora, se me permite...

– O que foi?

– O mestre Phury está no escritório do centro de treinamento, e acredito que ele iria gostar de companhia. Talvez você pudesse...

O gato miou alto, foi na direção da escadaria principal e balançou a cauda. Parecia que, se tivesse braços e mãos, teria apontado para o saguão. O mordomo riu.

– Acho que o senhor Boo concorda.

O gato miou de novo.

Cormia apertou o caule da rosa com mais força ao levantar. Talvez fosse uma coisa boa. Ela precisava dizer ao Primaz que estava indo embora.

– Eu gostaria de vê-lo, mas você tem certeza que agora é o...

– Bom, bom! Eu a levo até ele.

O mordomo foi até a sala de estar e voltou um instante depois. Quando retornou, havia uma leveza em seus passos e um brilho, como se estivesse fazendo um trabalho de que gostava.

– Venha. Vamos descer, senhora.

Boo miou de novo e liderou o caminho pelas escadas e à esquerda, e então passou pela porta de painel preto no canto. O mordomo inseriu o código em um teclado numérico e abriu o que revelou ser um painel de aço de quinze centímetros de espessura.

Cormia seguiu Fritz por alguns degraus... e descobriu que estava em um túnel que parecia não acabar nunca em ambas as direções. Olhando em volta, ela puxou as lapelas da túnica mais para perto do corpo. Era estranho se sentir claustrofóbica em meio a tanto espaço, mas abruptamente se deu conta de que estava fechada embaixo da terra.

– O código, a propósito, é 1914 – o mordomo disse ao fechar todas as portas e conferir que a trava estava bem-colocada. – É o ano em que a casa foi construída. É só digitar os números nesses teclados para passar por qualquer porta pelo caminho. O túnel é feito de concreto e aço, e é selado nas duas extremidades. E tudo dentro é monitorado por um sistema de segurança. Tem câmeras... – ele apontou para o teto – e outros dispositivos de monitoramento. Você está tão segura aqui quando estaria nos locais de trabalho ou na própria casa.

– Obrigada. – Ela sorriu. – Eu estava me sentindo... um pouco inquieta.

– Perfeitamente compreensível, senhora.

Boo esbarrou nela como se estivesse pegando e apertando a mão de Cormia para confortá-la.

– Vamos por aqui. – O mordomo arrastava os pés, seu rosto enrugado brilhava. – O mestre Phury vai adorar vê-la.

Cormia segurou firme a rosa e seguiu em frente. Enquanto andava, tentou formular uma despedida adequada em sua cabeça e se pegou chorando um pouco. Ela havia lutado contra aquele destino no começo, lutou contra ser a Primeira Companheira. No entanto, agora, quando estava conseguindo o que queria, sofria a perda que vinha com sua relativa liberdade.

Lá em cima, no corredor das estátuas, John abriu a segunda porta depois de seu quarto e acendeu a luz. Qhuinn entrou no quarto com cuidado, como se estivesse torcendo para não ter lama na sola dos seus tênis New Rocks.

– Belo quarto.

Eu estou na porta ao lado, John sinalizou.

Os dois telefones tocaram ao mesmo tempo, era uma mensagem de texto de Phury: *aulas canceladas na semana que vem. Por favor, chequem o* site *para mais informações.*

John balançou a cabeça. Aulas canceladas. Clínica saqueada. Lash sequestrado... e provavelmente torturado. O desenrolar do que tinha acontecido no vestiário continuava. Más notícias... As más notícias estavam vindo em mais do que trios.

– Não tem mais aula, hein? – Qhuinn murmurou, enquanto parecia muito ocupado abrindo sua mochila. – Para todo mundo.

Precisamos falar com Blay, John sinalizou. *Não acredito que ele não mandou nenhuma mensagem desde o começo da noite. Talvez a gente devesse ir lá agora.*

Qhuinn foi até uma das janelas que iam desde o chão até o teto e fechou a cortina pesada.

– Eu não acho que ele vai querer me ver tão cedo. E eu sei que você está sinalizando "por quê" atrás de mim. Apenas confie no que digo. Ele vai precisar de espaço.

John balançou a cabeça e escreveu uma mensagem para Blay: *ZeroSum hoje à noite. Pq não tem aula? Tenho novidades sobre mim e Q.*

– Ele vai dizer que não pode ir. Supondo que você esteja mandando uma mensagem para ele nos encontrar.

Qhuinn olhou por sobre o ombro assim que o telefone apitou. A mensagem de Blay dizia: *Não posso hj. Coisas de família. Falo com vc depois.*

John colocou o telefone no bolso.

O que aconteceu?

– Nada. Tudo... eu não sei...

Uma batida forte na porta claramente vinha de um punho do tamanho da cabeça de um macho.

– Sim? – Qhuinn respondeu.

Wrath entrou. O rei parecia ainda mais infeliz do que antes, como se mais más notícias tivessem chegado sem aviso para a Irmandade. Em sua mão havia uma maleta preta de metal e um emaranhado de couro. Levantou as duas coisas e olhou seriamente para Qhuinn.

– Não preciso dizer para você não usar isso como um idiota, preciso?

– Ah, não... senhor. Mas o que são?

– Seus dois novos melhores amigos.

O rei colocou a maleta na cama, abriu as duas travas e levantou a tampa.

– Uau.

Uau, John disse sem voz.

– De nada.

Dentro, encaixada numa forma de papelão, havia um par de pistolas Heckler & Koch, calibre 45, automáticas e mortais. Depois de checar a câmara de uma delas, Wrath entregou a arma preta para Qhuinn pelo cano.

– V. vai providenciar uma identidade para você no Antigo Idioma. Se algo de crítico acontecer, você mostra, e quem quer que esteja dando trabalho vai se entender comigo. Fritz vai providenciar munição suficiente para deixar o exército com medo.

O rei jogou também uma proteção de peito à prova de balas para Qhuinn.

– Você nunca deve estar desarmado com ele. Nem mesmo na casa. Estamos entendidos? É assim que funciona.

Quando Qhuinn pegou a pistola em sua mão, John ficou esperando o amigo fazer uma piada sobre como era bom estar segurando uma arma de verdade. Em vez disso, ele disse:

– Quero livre acesso ao campo de tiro. Vou querer ir lá pelo menos três vezes por semana. No mínimo.

Um lado da boca de Wrath se levantou.

– Vamos dar o seu nome para o campo, que tal?

John se sentia um mero espectador entre os dois e não falou nada, mas ficou fascinado com a mudança de Qhuinn. O ar jocoso tinha desaparecido. Ele estava sério, subitamente mais duro do que suas roupas de durão.

Qhuinn apontou para uma porta.

– Ela dá para o quarto dele?

– Sim.

– Boa-noite, moças.

Vishous entrou no quarto, e os olhos de Qhuinn não foram os únicos a faiscar. Nas mãos do Irmão, havia uma corrente pesada com uma placa na extremidade, alicates e uma caixa de equipamentos.

– Sente, garoto. – V. comandou.

– Vá em frente. – Wrath acenou com a cabeça na direção da cama. – Está na hora de ser acorrentado. A placa tem o brasão de John. Você também vai ganhar uma tatuagem. É para a vida toda, como eu disse.

Qhuinn sentou sem abrir a boca, V. veio por trás dele, colocou a corrente em volta de seu pescoço e fechou o elo aberto. O medalhão ficou pendurado acima do peito.

– Só vai tirá-lo se você estiver morto ou se for despedido. – V. bateu no ombro de Qhuinn. – A propósito, se você for despedido, pelas antigas leis, seu cartão vermelho é a guilhotina, certo? É assim que a corrente sai. Mas se você morrer, vamos só quebrar um dos elos. Porque profanar os mortos é cafona. Agora, a sua tatuagem.

Qhuinn começou a tirar a camisa.

– Eu sempre quis ter uma...

– Pode ficar de camisa.

Quando V. abriu a caixa de equipamentos e tirou a pistola de tatuagem, Qhuinn levantou a manga até o ombro.

– Não, eu também não preciso do seu braço.

Qhuinn franziu a testa, Vishous ligou o fio e colocou suas luvas de látex preto. Do lado da cama, abriu um pequeno jarro preto, um vermelho, e um recipiente com uma solução clara.

– Vire o rosto para mim.

O Irmão pegou um pedaço de tecido branco e um kit de esterilização enquanto Qhuinn se virava e colocava as mãos nos joelhos.

– Olhe para cima.

No *rosto*?, John pensou enquanto V. limpava a parte superior da bochecha esquerda de Qhuinn, que não se mexeu. Nem quando a agulha vibrando se aproximou dele. John tentou ver o que estava sendo tatuado, mas não conseguiu. Era estranho que estivessem usando vermelho. Ele tinha ouvido dizer que preto era a única cor permitida...

Caramba!, John pensou quando V. se afastou. Havia uma única gota vermelha com contorno preto. Wrath se manifestou.

– Simboliza que você está disposto a derramar seu próprio sangue por John. Também mostra para todo mundo, sem deixar dúvida, qual é a sua posição. Se John morrer, ela vai ser preenchida com tinta preta, significando que você serviu alguém de interesse com honra. Se você falhar, vai ser coberto com um X para mostrar sua vergonha perante a raça.

Qhuinn levantou e foi até o espelho.

– Eu gostei.

– Que bom – disse V. tão secamente quanto foi até lá. Depois, ele passou um líquido claro sobre a tinta.

– Você pode fazer outra?

V. olhou para Wrath e deu de ombros.

– O que você quer?

Qhuinn apontou para nuca.

– Quero "dezoito de agosto de 2008" no Antigo Idioma aqui. E não quero pequeno.

A data de hoje, John pensou.

V. concordou.

– Ok. Eu posso fazer. Mas tem que ser em preto. Vermelho é só para coisas especiais.

– Sim. Ótimo.

Qhuinn voltou para a cama e se arrumou até estar sentado de pernas cruzadas na beirada. Inclinou a cabeça, revelando a nuca.

– E escreva os números por extenso, por favor.

– Vai ficar grande.

– Sim.

V. deu risada.

– Eu gosto de você, de verdade. Agora levante a corrente e me deixe trabalhar.

Foi relativamente rápido, o zumbido da máquina pairando no ar como o barulho de um motor, a rotação começando e parando, começando e parando. V. colocou um toque artístico embaixo do desenho e fez um contorno, de modo que a tatuagem parecia uma placa sofisticada. Desta vez, John ficou parado atrás de V. e assistiu a coisa toda. As três linhas de texto eram lindas, e considerando como o pescoço de Qhuinn era comprido e seu cabelo curto, elas apareceriam sempre.

John queria uma. Mas o quê?

– Está pronto – anunciou V. limpando a pele com um tecido branco coberto de manchas.

– Obrigado – respondeu Qhuinn, enquanto V. passava mais daquele líquido, com a tinta fresca aparecendo vividamente na pele dourada. – Muito obrigado.

– Você ainda nem viu. Até onde você sabe, eu posso ter escrito "idiota" aí.

– Não. Eu nunca duvido de você – disse Qhuinn, sorrindo para o Irmão.

Vishous sorriu de leve, e seu rosto tatuado demonstrou aprovação.

– Bom, você é um cara firme. Tem gente que se mexe durante o desenho e se dá mal. Quem é firme fica com as boas tatuagens.

V. bateu sua mão com a do garoto no ar, recolheu suas coisas e foi embora enquanto Qhuinn foi até o banheiro e usou o espelho de mão para ver o trabalho.

Ficou muito bonito, John sinalizou atrás dele. *Muito bonito*.

– É exatamente o que eu queria – Qhuinn murmurou enquanto olhava a tatuagem que cobria sua nuca inteira.

Quando os dois voltaram para o quarto, Wrath levou a mão ao bolso de trás, pegou um molho de chaves e entregou a Qhuinn.

– São as chaves da Mercedes. Onde você for com ele, leve o carro até que possamos arrumar outro para você. O carro é blindado e mais rápido do que qualquer outra coisa que você já viu na estrada.

– Ainda posso levá-lo para o ZeroSum?

– Ele não é um prisioneiro.

John bateu o pé no chão e sinalizou: *também não sou maricas*.

Wrath soltou uma gargalhada.

– Eu nunca disse que você era. John, dê a ele a senha de todas as portas, do túnel e dos portões.

– E as aulas? – Qhuinn perguntou. – Quando elas recomeçarem, eu vou junto e fico com John, mesmo que tenha sido expulso?

Wrath foi até a porta e fez uma pausa.

– Quando chegar a hora, vamos ver. O futuro está um tanto incerto. Como sempre.

Depois que o rei foi embora, John pensou em Blay. Ele realmente deveria ter participado daquilo tudo.

Eu gostaria de ir ao ZeroSum, ele sinalizou.

– Por quê? Acha que vai fazer Blay sair?

Qhuinn foi até a maleta e carregou a outra arma, a trava entrou no lugar com uma espécie de sussurro e um clique.

Você precisa me contar o que está acontecendo. Agora.

Qhuinn colocou o coldre e prendeu as armas embaixo dos braços. Ele parecia... poderoso. Mortal. Com o cabelo curto, os *piercings* na orelha e a tatuagem embaixo do olho azul, se John não o conhecesse, teria jurado que estava olhando para um Irmão.

O que aconteceu entre você e Blay?

– Eu o dispensei, e de um jeito cruel.

Meu Deus... por quê?

– Eu estava a caminho da cadeia por assassinato, lembra? Ele teria se consumido vivo de preocupação comigo. Teria arruinado sua vida. É melhor ele me odiar do que ficar sozinho para sempre.

Sem querer ofender, mas você é tão importante assim para ele?

Os olhos de cor diferente de Qhuinn se fixaram nos de John:

– Sim, eu sou. E não faça perguntas sobre isso.

John sabia quando parar em um limite: em termos daquela conversa, ele tinha chegado a um muro de concreto com arame farpado em volta.

Eu ainda assim quero ir ao ZeroSum e ainda quero dar a ele uma chance de nos encontrar.

Qhuinn pegou uma jaqueta leve na mochila e pareceu estar se organizando internamente enquanto a vestia. Quando se virou, seu sorriso folgado característico estava de volta.

– Seu desejo é uma ordem, meu príncipe.

Não me chame disso.

Quando John foi em direção à saída, mandou uma mensagem de texto para Blay, desejando que o amigo acabasse aparecendo. Talvez se insistisse bastante, o sujeito cedesse.

– Como devo chamá-lo então? – Qhuinn perguntou quando se adiantou para abrir a porta com cerimônia. – Você prefere "meu senhor feudal"?

Quer parar?

– Que tal o bom e velho "mestre"?

Quando John apenas o olhou de volta, Qhuinn deu de ombros.

– Tudo bem. Vou optar por "cabeção". Mas o problema é seu, eu dei opções.

Capítulo 31

Havia duas coisas que a *glymera* gostava mais do que tudo: uma boa festa e um bom funeral. Com o assassinato dos pais de Lash, eles tiveram os dois.

Phury estava sentado diante do computador do escritório do centro de treinamento, com uma dor de cabeça que incidia diretamente atrás de seu olho esquerdo. Parecia que o mago estava batendo com um quebrador de gelo bem em cima do seu nervo óptico.

Na verdade, é uma furadeira, parceiro, disse o mago.

Certo, Phury pensou. Claro que é.

Estou ouvindo sarcasmo?, perguntou o mago. *Ah, tá. Você planejava ser um drogado e uma decepção para os seus irmãos, e agora que deu certo, está ficando engraçadinho. Sabe, talvez você devesse dar um curso para os outros. Os dez passos de Phury, filho de Ahgony, para ser um completo e absoluto fracasso. Vamos lá? Vamos começar com o básico: nascer.*

Phury colocou os cotovelos dos dois lados do *laptop*, esfregou as têmporas, tentando se manter no mundo real em vez de ir parar no jardim de ossos do mago. A tela do computador diante dele brilhava, e enquanto olhava para ela, pensava em todas as porcarias que estavam chegando na caixa de entrada geral da Irmandade.

A *glymera* não estava entendendo. Na mensagem que tinha enviado, ele relatava os ataques e pedia com urgência à aristocracia para sair de Caldwell e se proteger nos abrigos de segurança.

Ele foi cuidadoso na escolha das palavras, tentando não espalhar o pânico, mas, evidentemente, estava sendo sério o suficiente. Se bem que o assassinato do *lídher* e sua *shellan* em sua própria casa teriam sido o bastante. Meu Deus, tantas mortes por causa da Sociedade Redutora naquela noite e na anterior... e com base nas respostas da *glymera*, haveria mais. Logo.

Lash sabia onde cada família da aristocracia morava na cidade, então havia uma chance de uma porção considerável da *glymera* correr risco de ser exposta. E o pobre garoto também não precisava dar cada um dos endereços sob tortura. Se os *redutores* entrassem em apenas algumas daquelas casas, encontrariam pistas para muitas outras – cadernos de endereço, convites de festas, programação de encontros. As revelações de Lash seriam como um terremoto que atinge uma falha geológica e destrói a paisagem inteira.

Mas a *glymera* seria esperta diante dessa ameaça? Não. De acordo com o *e-mail* que tinha acabado de receber do tesoureiro do Conselho dos *Princeps*, os idiotas não estavam indo para os abrigos. Em vez disso, eles precisavam fazer o luto da "perda impressionante de um macho tão bem-considerado e sua fêmea de valor", realizando outra festa. Sem dúvida para que pudessem encenar a luta de poder para decidir quem seria o próximo *lídher*.

E para coroar a mensagem? O sujeito tinha acrescentado que o Conselho da *glymera* coletaria a dívida devida à família de Lash como resultado das ações de Qhuinn.

Bem, veja como eram generosos. Não é como se quisessem o dinheiro para si para... digamos... festejar um novo *lídher*. Oh, meu Deus, não. Estavam apenas "salvaguardando um precedente importante para garantir que más ações fossem punidas". Claro que estavam.

Que bom que Qhuinn estava livre. A indicação de Wrath que fez do garoto *ahstrux nohstrum* de John tinha sido um choque. Um gesto de coragem, especialmente porque era retroativo. E apenas por causa do que parecia ter sido uma simples briga que Qhuinn tinha encerrado do jeito errado? Com certeza havia algo além do que tinha acontecido no chuveiro, algo que estava sendo mantido em segredo. De outra forma, não fazia sentido.

A *glymera* ia saber que Wrath estava protegendo Qhuinn, e o apontamento ia voltar para Wrath em algum momento. Mesmo assim, Phury estava feliz com a maneira como tudo tinha se resolvido. John, Blay e Qhuinn eram a nata do grupo de treinamento, e Lash... bom, Lash sempre tinha sido um problema.

Qhuinn podia ter um olho de cada cor, mas era Lash quem tinha um defeito. Sempre houve alguma coisa errada com aquele garoto.

O computador emitiu um bipe quando outro *e-mail* chegou na caixa de entrada da Irmandade. Desta vez, do braço direito do finado *lídher.* E veja só, o sujeito defendia uma "ação enérgica contra o que era uma série trágica de perdas, mas, no fim das contas, uma ameaça pequena para nossos lares seguros. O melhor, no momento, é nos reunirmos para realizar os rituais de luto apropriados para os queridos finados..."

Ok, por falar em estupidez.

Qualquer um com meio cérebro juntaria seus conjuntos de malas Louis Vuitton e sairia da cidade até que a poeira baixasse. Mas, não, eles preferiam juntar suas polainas e suas luvas e fingir que estavam em algum filme charmoso, com as roupas pretas e as expressões cerimoniosas de condolência. Ele era capaz de ouvir as declarações de solidariedade elaboradas e falsas que trocariam entre si enquanto aperitivos de cogumelo seriam servidos pelos *doggen* uniformizados, e uma briga educada por controle político se instalaria.

Phury só esperava que eles caíssem em si, porque ainda que o irritassem, ele não queria que aparecessem mortos no dia seguinte. Wrath poderia tentar ordenar que saíssem de Caldwell, mas havia grandes chances de que isso só os fizesse fincar os pés ainda mais. O rei e a aristocracia não eram amigos. Na verdade, eles mal eram aliados.

Outro *e-mail* chegou, e era mais do mesmo.

Vamos ficar e fazer uma festa.

Caramba, ele precisava de um cigarro. E precisava...

A porta do armário se abriu, e Cormia apareceu na passagem secreta do túnel. Havia uma rosa lavanda na elegante mão e uma delicada reserva no rosto.

– Cormia? – ele exclamou e se sentiu ridículo. Como se ela tivesse mudado de nome desde ontem. – Alguma coisa errada?

– Eu não quero incomodá-lo. Fritz sugeriu...

Ela virou para trás como se esperasse que o mordomo estivesse logo atrás.

– Ah... ele me trouxe aqui.

Phury levantou, pensando que aquilo devia ser as desculpas do mordomo por tê-los interrompido na noite anterior. Que ótimo.

– Fico feliz.

Bem, talvez *feliz* não fosse exatamente a palavra certa. Infelizmente, sua vontade de fumar tinha sido substituída pela necessidade urgente de fazer outra coisa com a boca. Se bem que o movimento talvez fosse parecido.

Outro *e-mail* chegou, e o *laptop* fez um bipe. Os dois olharam para o computador.

– Se você estiver ocupado, eu posso...

– Não estou.

A *glymera* era como um muro de tijolos, e considerando que ele já estava com dor de cabeça, não havia por que continuar lutando com a teimosia deles. Tragicamente, não havia nada que Phury pudesse fazer até que a próxima coisa ruim acontecesse, e ele mandasse um *e-mail*... Se bem que não seria ele, não é? Phury só estava no comando do teclado porque todos os demais estavam com as mãos ocupadas com adagas.

– Como você está? – ele perguntou para mudar de pensamento.

E porque se importava com a resposta.

Cormia olhou para o escritório.

– Eu nunca poderia imaginar que isso ficava aqui.

– Você gostaria de conhecer o lugar?

Ela hesitou e mostrou a rosa lavanda perfeita... que era da mesma cor do bracelete que John Matthew havia lhe dado.

– Acho que minha flor precisa de água.

– Eu posso cuidar disso.

Querendo dar alguma coisa a ela, qualquer coisa, ele foi até um armário e pegou uma garrafa de água. Ao abrir a tampa, Phury deu um gole para diminuir o nível da água e colocou o recipiente sobre a mesa.

– Tem o suficiente aqui para deixá-la feliz.

Ficou observando as mãos de Cormia enquanto ela colocava a rosa no vaso improvisado. Eram tão brancas e lindas e... realmente precisavam estar sobre a pele dele. No corpo todo dele.

Phury soltou a camisa ao levantar e dar a volta na mesa, garantindo que tudo estivesse coberto na parte da frente da calça. Ele detestava se vestir de qualquer jeito, mas melhor isso do que correr o risco de ela ver sua excitação.

Porque ele estava excitado. Totalmente.

Phury teve a sensação de que ia ser sempre assim quando estivesse perto dela: algo sobre ter gozado na mão de Cormia na noite anterior tinha mudado tudo.

Ele segurou uma porta aberta que dava para o *hall*.

– Venha ver nosso local de treinamento.

Ela o seguiu para fora do escritório, e ele a levou por toda parte, narrando as coisas que eram realizadas na academia, na sala de equipamentos, na área de terapia física e no campo de tiro. Cormia estava interessada, mas, principalmente, quieta, e ele teve a sensação de que ela tinha algo a dizer.

E podia adivinhar o que era. Ela estava voltando para o Outro Lado.

Ele fez uma pausa no vestiário.

– É aqui que os garotos tomam banho e se trocam. As salas de aula são aqui embaixo também.

Meu Deus, não queria que ela fosse embora. Mas o que podia esperar que Cormia fizesse? Ele a tinha deixado sem nenhum papel aqui.

Você não tem nenhum papel aqui também, o mago destacou.

– Vamos, vou mostrar uma sala de aula para você – ele disse, para deixá-la mais a vontade.

Levando-a até uma das salas que usava, sentiu um orgulho estranho de mostrar a ela onde trabalhava. *Trabalhou*.

– O que é tudo isso? – ela perguntou, apontando para a lousa, que estava coberta de figuras.

– Ah... sim...

Phury foi até lá, pegou um apagador de feltro e apagou rapidamente a análise dos efeitos de uma bomba ser detonada no centro de Caldwell.

Ela cruzou os braços sobre o peito, mas parecia mais estar se segurando do que se defendendo.

– Você acha que eu não sei o que a Irmandade faz?

– Não significa que eu quero que você seja lembrada disso.

– Você vai voltar para a Irmandade?

Ele ficou paralisado e pensou: *Bella deve ter contado.*

– Eu não sabia que você tinha ouvido que eu estava fora.

– Desculpe, não é da minha conta...

– Não, tudo bem... e, sim, acho que meus dias de luta acabaram.

Phury olhou por sobre o ombro e ficou impressionado com a perfeição dela, com a lateral do corpo amparada por uma das mesas onde os aprendizes sentavam, e os braços cruzados.

– Ei... você se importa se eu desenhá-la?

Ela corou.

– Acho que... bem, se você quiser. Eu preciso fazer alguma coisa?

– Apenas fique onde está.

Ele colocou o apagador de volta no apoio da lousa e pegou um pedaço de giz.

– Na verdade, você pode soltar o cabelo?

Quando Cormia não respondeu, ele olhou para trás e ficou surpreso ao encontrar as mãos dela no cabelo, tirando os grampos dourados. Uma por uma, as mechas onduladas e louras caíram e emolduraram aquele rosto, o pescoço, os ombros. Mesmo sob a insípida luz fluorescente da sala, ela estava radiante.

– Sente-se na mesa – ele pediu com uma voz áspera. – Por favor.

Ela fez o que foi pedido, cruzou as pernas e... meu Deus, a túnica se abriu, revelando as pernas até a altura da coxa. Quando ela tentou fechar a fenda, ele sussurrou:

– Deixe.

As mãos dela pararam e depois pousaram na superfície da mesa para apoiar o peso.

– Está bom assim?

– Não. Se. Mexa.

Phury não teve pressa em desenhá-la, e o giz se transformou em sua mão percorrendo o corpo de Cormia, se demorando no pescoço, no volume dos seios, na curva do quadril e na longa e macia extensão das pernas. Ele fez amor com ela enquanto transferia a imagem para o quadro negro, com o giz fazendo um som áspero. Ou talvez fosse a respiração dele.

– Você é muito bom – ela disse em algum momento.

Ele estava ocupado e ávido demais com os olhos para responder, preocupado demais com que imaginava fazer com ela quando tivesse terminado. Após uma eternidade que durou apenas um momento, ele deu um passo para trás e analisou a obra. Perfeita.

Era ela, porém melhor... ainda que houvesse uma conotação sexual na composição que até mesmo ela veria. Phury não queria chocá-la, mas não poderia mudar aquele aspecto de seu trabalho. Estava em cada linha daquele corpo, daquela pose e daquele rosto. Ela era o ideal sexual feminino. Pelo menos para ele.

– Está pronto – ele disse abruptamente.

– É assim... que eu sou?

– É como eu vejo você.

Houve um longo silêncio. E então ela disse com uma espécie de surpresa:

– Você acha que eu sou bonita.

Ele percorreu as linhas que havia desenhado.

– Sim, eu acho.

O silêncio aumentou a distância entre eles, deixando-o desconfortável.

– Bem, agora... não posso deixar esse desenho aqui...

– Não! Por favor! – ela exclamou, levantando a mão. – Deixe-me olhar para mim mais um pouco. Por favor.

Ok. Tudo bem. O que ela quisesse. Caramba, naquela altura, ela podia ter pedido que o coração dele parasse de bater, e ele teria obedecido a ordem com prazer. Cormia tinha se tornado sua torre de controle, a dona do seu corpo, e qualquer coisa que ela o mandasse fazer, dizer ou pegar, ele faria. Sem perguntas. Sem se importar com nada. No fundo da cabeça, Phury sabia que tudo isso era característico de um macho vinculado: sua fêmea comandava e pronto.

Só que ele não podia estar vinculado a ela. Certo?

– É tão lindo – ela disse, com os olhos verdes grudados na lousa.

Ele se virou para encará-la:

– É você, Cormia. Você é assim.

Os olhos dela brilharam e então, como se estivesse desconfortável, suas mãos foram até a abertura da túnica e a fecharam.

– Não. Por favor – ele murmurou, repetindo as palavras da fêmea. – Deixe-me olhar mais um pouco. Por favor.

A tensão latejante tomou conta dos dois.

– Desculpe – ele disse, chateado consigo mesmo. – Eu não quis deixar você…

As mãos dela se soltaram, e o tecido branco e brilhante se abriu em tão completa obediência que ele sentiu vontade de recompensá-lo.

– Seu perfume é tão forte – ela disse, com uma voz profunda.

– Sim – ele respondeu, soltando o giz, respirando fundo e sentindo o aroma de jasmim. – O seu também.

– Você quer me beijar, não quer?

Ele concordou.

– Sim, eu quero.

– Você soltou sua camisa. Por quê?

– Eu estou excitado. Fiquei excitado no momento em que você entrou no escritório.

Ela suspirou, e seus olhos passearam do peito dele para o quadril. Quando seus lábios se abriram, ele soube exatamente no que ela pensava: nele gozando em sua mão.

– É impressionante – ela comentou delicadamente. – Quando estou com você assim, nada parece importar. Nada além de…

Phury foi até ela.

– Eu sei.

Quando parou diante de Cormia, ela olhou para cima.

– Você vai me beijar?

– Se você deixar.

– Nós não deveríamos… – ela disse, levando as mãos ao peito dele.

Mas Cormia não o afastou. Ela agarrou sua camisa como se sua vida dependesse disso.

– Nós não deveríamos.

– É verdade.

Ele colocou uma mecha de cabelo atrás de sua orelha. Seu desespero de estar dentro dela de alguma maneira, de qualquer maneira, diminuía sua capacidade de pensar. O que estava sentindo parado diante dela vinha do centro básico de seu corpo, em sua necessidade básica de macho.

– Mas isso pode ser particular, Cormia. Pode ser apenas sobre você e eu.

– Particular... eu gosto disso.

Ela levantou o queixo, oferecendo o que ele queria.

– Eu também – ele gemeu enquanto ficava de joelhos.

Ela pareceu confusa.

– Eu achei que você quisesse me beijar.

– Eu quero. – Phury escorregou as mãos pelos calcanhares dela e as levou até quase os joelhos. – Estou morrendo de vontade.

– Mas então por que...

Ele gentilmente descruzou as pernas dela, e a túnica quase caiu completamente para os lados, revelando tudo: o quadril, as coxas e aquela pequena parte de que ele tanto precisava.

Phury lambeu os lábios enquanto passou as mãos por dentro das pernas de Cormia, abrindo-as lentamente, sem parar. Com um suspiro erótico, ela se inclinou para dar espaço a ele, garantindo que estava totalmente envolvida naquilo, tão pronta quanto ele.

– Deite – ele pediu. – Deite e relaxe.

Santo Deus...

Ela estava tão macia para ele, se acomodando até estar deitada sobre a mesa.

– Assim?

– Sim... exatamente assim.

Ele percorreu a parte de trás de uma das pernas dela com a mão e colocou o pé dela sobre seu ombro. Os beijos começaram na parte de baixo da perna e seguiram o caminho das carícias de sua mão, subindo cada vez mais. Phury parou na metade da coxa para confirmar se ela realmente queria aquilo.

Cormia o estava observando com enormes olhos verdes, com os dedos nos lábios, e a respiração ofegante.

– Você está bem com isso? – ele perguntou em voz baixa e rouca. – Porque quando eu começar, vai ser difícil parar, e eu não quero assustar você.

– O que você vai fazer comigo?

– O mesmo que você fez comigo usando a mão. Só que eu vou usar a boca.

Ela gemeu, revirando os olhos.

– Oh, minha Virgem Escriba...

– Isso é um sim?

– *Sim.*

Ele pegou o laço da túnica.

– Vou cuidar de você. Confie em mim.

E, por Deus, ele sabia que cuidaria de Cormia. Alguma parte dele tinha absoluta certeza de que ia dar prazer a ela, mesmo que nunca tivesse feito aquilo.

Soltou o laço e abriu a túnica.

O corpo da fêmea se revelou, desde os seios altos e firmes, passando pela barriga até os lábios claros de sua parte mais íntima. Quando a mão dela desceu e pousou sobre o próprio sexo, ela se transformou no desenho do dia anterior, totalmente sexual, feminina e poderosa... só que era de carne e osso.

– Meu... Deus.

As presas de Phury se manifestaram na boca, lembrando-o de que não se alimentava há algum tempo. Um barulho que era ao mesmo tempo uma exigência e um pedido subiu por sua garganta, e ele não tinha certeza de quanto daquele gemido era por causa do sexo dela e quanto era por causa do sangue. Mas aquelas divisões realmente importavam?

– Cormia... eu preciso de você.

A maneira como ela abriu as pernas era um presente como nenhum outro tinha sido embrulhado e endereçado a ele: quando Cormia se abriu um pouco mais, Phury pôde ver o centro rosado que procurava. Ela estava pronta. Ele ia deixá-la mais ainda.

Com um grunhido, levou a boca e mergulhou, indo direto para o centro do corpo dela. Os dois gemeram. Enquanto as mãos da fêmea se afundavam no cabelo dele, Phury agarrou as coxas dela e foi ainda mais fundo.

Ela estava tão quente nos lábios dele, quente e úmida, e ele a deixou ainda mais excitada enquanto beijava e passava a língua pelo sexo dela. Enquanto Cormia gemia, o instinto tomou conta dos dois, abrindo o caminho para que ele cobrisse o corpo dela, e Cormia movesse o quadril.

Deus, os sons eram incríveis. O sabor era ainda melhor. Ao olhar para a barriga e para os seios da fêmea, Phury sentiu necessidade de ir até os pequenos mamilos. Levantando os braços, ele segurou-os levemente entre os dedos e então os acariciou com os polegares. A maneira como ela se arqueou quase o levou a um orgasmo. Era demais.

– Mexa o quadril mais rápido – ele pediu. – Por favor, esfregue o quadril em mim.

Quando a pélvis dela começou a balançar, Phury, com a língua exposta, deixou que ela controlasse como quisesse, ele usava seu corpo para dar prazer a ela. Mas não durou muito. Ele precisava estar mais perto. Prendendo o quadril dela com as mãos, encostou o rosto todo, do queixo até o nariz, contra a pele dela, tornando-a tudo o que ele sentia, cheirava e conhecia.

E então chegou a hora de falar sério.

Subindo um pouco, ele começou um movimento leve e insistente no sexo dela, sabendo estar no lugar certo por causa dos sons ofegantes de Cormia. Quando ela começou a mover o quadril com cada vez mais força, ele pegou sua mão para confortá-la. Cormia agarrou a mão que ele ofereceu com tanta força que ia deixar marcas, o que era fantástico. Ele queria aquelas marcas em suas costas... e também em seu traseiro, quando a penetrasse.

Queria tocá-la por inteiro, estar dentro dela.

Queria marcá-la também.

Cormia sabia que seu corpo estava fazendo exatamente o que o corpo do Primaz tinha feito no dia anterior. A tempestade que se anunciava, a urgência que sentia e o calor que corria dentro dela diziam que estava onde ele tinha estado.

À beira.

O Primaz estava enorme entre suas pernas, com seus ombros largos fazendo-a se abrir. Seu lindo cabelo multicolorido cobria suas coxas, e sua boca estava grudada no centro de seu corpo, lábios com lábios, e a língua escorregando por suas dobras. Parecia tudo tão glorioso, assustador e inevitável... e a única razão que a impedia de perder totalmente o controle eram suas mãos coladas.

Aquele toque era melhor do que qualquer palavra de conforto em todos os níveis – mas principalmente porque se ele tentasse falar com ela, teria que parar o que estava fazendo, e isso seria um crime.

Quando achou que iria se desfazer, uma onda de energia tomou conta de Cormia, tomando-a e levando-a para outro lugar enquanto seu corpo movia-se ritmicamente. Quando a maravilhosa tensão se dissipou, o alívio foi tão prazeroso que lágrimas surgiram em seus olhos, e ela gritou alguma coisa... ou talvez não fosse nada, apenas uma explosão.

Quando acabou, o Primaz levantou a cabeça, e sua língua fez uma última carícia demorada antes de se desgrudar do sexo dela.

– Você está bem? – ele perguntou, com os olhos amarelos arregalados.

Cormia abriu a boca para falar. Quando nada coerente saiu, ela apenas assentiu.

O Primaz lambeu os lábios lentamente de satisfação, revelando a ponta visível das presas... que se tornaram ainda mais pronunciadas quando olhou para o pescoço de Cormia. Colocar a cabeça para o lado e oferecer a veia a ele eram a coisa mais natural a fazer.

– Alimente-se de mim – ela disse.

Os olhos dele brilharam, e o Primaz se lançou sobre o corpo dela, beijando sua barriga e parando em um mamilo, que recebeu total atenção. E então suas presas estavam no pescoço dela.

– Tem certeza?

– Tenho... oh, Deus!

O golpe foi certeiro e profundo, e aconteceu tão rápido... assim como ela imaginava. Ele era um Irmão que precisava daquilo que sustentava a todos, e ela não era um objeto frágil que podia se quebrar. Ela ofereceu, ele tomou, e outra onda de tensão selvagem começou a se manifestar em Cormia.

Ela se moveu na mesa, abrindo as pernas.

– Me penetre. Enquanto faz isso... esteja dentro de mim.

Sem romper o vínculo com a garganta dela, ele gemeu ferozmente e começou a abrir a calça, fazendo a fivela do cinto bater contra a mesa fazendo barulho. Ele a puxou para a extremidade com força, colocou as mãos atrás dos joelhos dela e facilitou a entrada. Ela sentiu uma investida quente e dura – mas então ele parou.

A sucção se transformou em uma lambida delicada e depois em beijos sutis, e então ele ficou imóvel, com exceção da respiração. Ela ainda podia sentir o sexo no sangue dele, ainda sentia seu perfume forte, ainda sentia a necessidade que ele tinha de sua veia, mas ele não se mexia, mesmo que ela estivesse pronta.

O Primaz soltou as pernas dela, gentilmente baixou-as, e a pegou nos braços, colocando a cabeça no ombro de Cormia.

Ela o abraçou gentilmente, e o peso enorme de seus músculos e ossos estavam equilibrando-se entre o chão e a mesa para não esmagá-la.

– Você está bem? – ela perguntou no ouvido dele.

A cabeça de Phury moveu-se para frente e para trás, e se aproximou ainda mais dela.

– Você precisa saber uma coisa.

– O que está afligindo você? – ela acariciou o ombro dele. – Converse comigo.

Ele disse algo que ela não entendeu.

– O quê?

– Eu sou... virgem.

Capítulo 32

– Hoje à noite? – Xhex perguntou. – Você vai para o norte hoje à noite?

Rehv assentiu e voltou para checar os projetos de construção para a nova boate. Os rolos de papel estavam abertos sobre a mesa, e as plantas cobriam toda a papelada.

Não. Não era o que ele queria. O fluxo não estava certo – estava aberto demais. Ele queria um desenho cheio de pequenos espaços onde as pessoas pudessem curtir as sombras. Queria uma pista de dança, claro, mas não uma quadrada. Rehv queria algo incomum. Assustador. Levemente ameaçador e muito elegante. Queria que a casa noturna fosse Edgar Allan Poe, Bram Stoker e Jack, o estripador, só que feita em cromo laminado de níquel e muito preto brilhante. Estilo vitoriano e gótico moderno misturados. Aquilo para qual ele estava olhando era como qualquer outra boate da cidade.

Rehv afastou os projetos e olhou o relógio.

– Eu preciso ir. – Xhex cruzou os braços e parou na frente da porta do escritório. – E não, você não vai junto.

– Eu quero ir.

– Será que eu estou tendo um *flashback* ruim? Porque nós não passamos por exatamente a mesma coisa duas noites atrás? E mais cem outras vezes? A resposta é e vai sempre ser não.

– Por quê? – ela perguntou. – Eu nunca entendi por quê. Você deixa o Trez ir.

– Trez é diferente.

Rehv colocou seu casaco de pele e abriu a gaveta da mesa. O novo par de pistolas Glock recém-comprado cabia perfeitamente no coldre que estava usando junto com o terno Bottega Veneta.

– Eu sei o que você faz. Com ela.

Rehv congelou. E então continuou guardando as armas.

– Claro que você sabe. Eu me encontro com ela. Dou dinheiro a ela. Vou embora.

– Não é só isso.

Rehv mostrou as presas.

– É sim.

– Não é não. É isso que você não quer que eu veja?

Ele apertou os dentes e olhou para Xhex do outro lado do escritório.

– Não tem nada para ver. Ponto final.

Xhex não tinha o costume de ceder, mas ela sabia que não era boa ideia forçar mais a barra. Mesmo que a fúria estivesse brilhando em seus olhos, mas ela disse:

– Mudanças na programação não são boas. Ela disse por quê?

– Não. – Ele foi em direção à porta. – Mas vai ser como sempre.

– Nunca é como sempre. Só que você esqueceu isso.

Ele pensou nos anos daquela sujeira e no fato de que o futuro só teria mais do mesmo.

– Você está bem errada sobre a parte de esquecer. Acredite em mim.

– Me diga uma coisa. Se ela tentasse machucar você, você atiraria para matar?

– Ah, eu não ouvi essa pergunta.

Só o tema da conversa era suficiente para fazê-lo querer arrancar a própria pele e mandá-la para a lavanderia. A ideia de que Xhex estava chamando sua atenção para algo que ele não queria enxergar era mais do que assustador.

A verdade era que parte dele também amava o que acontecia uma vez por mês. E aquela realidade era totalmente insuportável quando ele estava no mundo onde habitava na maior parte do tempo, o mundo onde a dopamina o permitia viver, o mundo relativamente normal e saudável.

Aquela pequena fatia de horror em seu coração era algo que com certeza não seria compartilhado com ninguém.

Xhex colocou as mãos no quadril e levantou o queixo, a pose clássica sempre que os dois discutiam.

– Ligue para mim quando acabar.

– Eu sempre ligo.

Ele juntou os projetos para o clube, pegou sua bolsa, saiu do escritório e foi para o beco. Trez estava esperando no Bentley e quando viu Rehv, liberou o banco do motorista. A voz do Mouro surgiu na cabeça de Rehv, profunda, melódica.

Vou chegar lá em meia hora para dar uma olhada no lugar e checar a cabine.

– Ótimo.

Diga-me que você não está medicado.

Rehv bateu no ombro dele.

– Desde uma hora atrás. E sim, eu tenho o antídoto do veneno.

Bom. Dirija com cuidado, imbecil.

– Não, vou mirar em caminhões e cervos perdidos.

Trez fechou a porta e deu um passo para trás. Quando cruzou os braços diante do enorme peito, abriu um sorriso raro, e suas presas brilharam contra o rosto belo e escuro. Por uma fração de segundo, seus olhos verdes brilharam – o equivalente mouro de uma piscadela.

Quando Rehv partiu, ficou feliz por Trez ser seu aliado. O Mouro e seu irmão, iAm, sabiam truques que podiam desafiar até mesmo um *sympatho*. Afinal, eles eram membros reais da Hisbe das Sombras.

Rehv olhou para o relógio do Bentley. Ele devia encontrar a Princesa logo. Considerando que era uma viagem de duas horas para o norte e que agora eram onze e quinze, ele ia ter que correr como um morcego fugindo do inferno.

Enquanto seguia, pensava em Xhex. Ele não queria imaginar como ela sabia sobre a parte do sexo… e esperava com todo coração que ela continuasse a respeitar seus desejos e não aparecesse do nada. Rehv detestava que ela soubesse que ele não passava de um prostituto.

Por um lado, Phury não acreditava que as palavras "eu sou virgem" tinham saído de sua boca. Por outro, estava feliz de tê-las dito. Ele não fazia ideia do que Cormia estava pensando, no entanto. Ela estava totalmente quieta.

Phury recuou o suficiente para poder colocar seu sexo de volta na calça e subir o zíper, e então ajeitou a túnica dela, unindo as duas partes e cobrindo seu lindo corpo.

No silêncio entre os dois, ele ficou andando pela sala, indo desde a porta até a parede mais distante e voltando.

Os olhos de Cormia observavam cada movimento dele. Meu Deus, no que ela estava pensando.

– Acho que não deveria importar – ele disse. – Não sei porque falei isso.

– Como é possível... me desculpe. Foi muito impróprio...

– Não, não me importo em explicar. – Ele fez uma pausa, sem saber se ela tinha ouvido falar no passado do Zsadist. – Eu fiz um voto de celibato quando era mais novo. Para me tornar mais forte. E me mantive firme a ele.

Não exatamente, o mago se intrometeu. *Por que você não conta a ela sobre a prostituta. Diga a ela sobre a prostituta que você comprou no ZeroSum, levou para o banheiro, mas não conseguiu ir até o fim. É tão típico de você ser excepcional dessa maneira. É o único virgem desonrado do planeta.*

Phury parou diante de seu desenho no quadro negro. Ele tinha estragado tudo. Então pegou um pedaço de giz e começou a desenhar folhas de hera, começando pelos pés.

– O que você está fazendo? – ela perguntou. – Você está estragando tudo.

Ah, moça, o mago respondeu. *Não importa o quanto ele seja bom em desenhar, ele é melhor em destruir.*

Em pouco tempo, o lindo desenho de Cormia estava coberto com um manto de folhas de hera. Quando terminou, Phury se afastou do quadro.

– Eu tentei fazer sexo uma vez. E não deu certo.

– Por que não? – ela perguntou com a voz tensa.

– Não estava certo. Não tinha sido uma boa escolha. Eu parei.

Houve uma pausa e então um barulho quando ela desceu da mesa.

– Assim como você fez comigo.

Ele se virou.

– Não, não é...

– Você parou, não parou? Você escolheu não continuar.

– Cormia, não é isso...

– Para quem você está se guardando? – Os olhos dela foram ágeis ao se voltar para ele. – Ou seria mais para o quê? É a fantasia de Bella? É isso que está impedindo você? Se for, eu sinto muito pelas Escolhidas. Mas se o celibato é para manter você isolado e seguro, eu sinto muito por você. Essa força é uma mentira.

Ela estava certa. Que inferno, mas ela estava certa.

Cormia enrolou o cabelo e olhou para ele com a dignidade de uma rainha enquanto o prendeu de volta.

– Vou voltar para o Santuário. Eu desejo tudo de bom para você.

Quando se virou, Phury foi até ela.

– Cormia, espere...

Ela afastou o braço quando ele tentou segurá-la.

– Por que eu deveria esperar? O que exatamente vai mudar? Nada. Vá ficar com as outras. Se puder. E se não puder, deve deixar o cargo para que outro possa ser a força de que a raça precisa.

Cormia bateu a porta atrás de si. Parado na sala vazia, com a risada do mago em seus ouvidos, Phury fechou os olhos e sentiu o mundo encolher à sua volta até que o passado, o presente e o futuro o sufocassem e o deixassem sem ar... transformando-o em uma das estátuas do jardim abandonado da família.

Essa força é uma mentira...

No silêncio que o cercava, as palavras de Cormia se repetiam em sua cabeça, sem parar.

Capítulo 33

– Isso é apenas uma boate – disse o filho do Ômega, com uma voz ao mesmo tempo derrotada e incomodada.

O Sr. D desligou o motor sibilante do Focus e virou o rosto.

– Sim. E vamos encontrar o que você precisa aqui.

Eles estavam andando sem rumo com o carro fazia um tempo, porque o filho do Ômega não conseguia parar de vomitar. Mas a última sessão de ânsias tinha sido quarenta minutos atrás, então o Sr. D tinha bastante certeza que já era hora. Era difícil saber se o vômito era por causa do que o filho fez ou por causa da iniciação. Fosse como fosse, o Sr. D tinha cuidado dele, chegando até a segurar sua cabeça em um dado momento, porque o sujeito estava fraco demais para fazê-lo sozinho.

O Screamer's era o lugar certo para eles. Mesmo que o filho do Mal não pudesse comer nem fazer sexo, havia uma coisa que eles com certeza encontrariam ali: machos humanos que podiam ser usados como sacos de pancada. Cansado e nervoso como o filho estava, ele tinha poder nas veias, poder que precisava ser ativado. A boate e seus idiotas eram a arma. O filho era a bala. E uma luta reavivaria bem as coisas.

– Venha – disse o Sr. D ao sair.

– Isso é ridículo.

As palavras podem ter soado fortes, mas o tom ainda era de alguém cujo estoque estava vazio.

– Não é não. – O Sr. D deu a volta, abriu a porta e o ajudou a sair. – Você precisa confiar em mim.

Eles atravessaram a rua do clube. O segurança na fila de espera olhou para o Sr. D, que passou uma nota de cinquenta para o grandalhão, garantindo a entrada.

– Vamos só passar o tempo – disse o Sr. D enquanto os conduzia pela multidão até o bar.

Na boate toda tocava *rap* pesado, enquanto mulheres vestindo pedaços de couro desfilavam à caça, e os homens se entreolhavam.

Ele teve certeza de ter feito a coisa certa quando os olhos do filho apontaram como se fossem rifles para um grupo de universitários que estava fazendo barulho e bebendo em copos de martini.

– Sim, estamos apenas relaxando – disse o Sr. D com satisfação.

O *barman* foi até eles.

– O que vocês querem?

O Sr. D sorriu:

– Nada para nós.

– Uma dose de tequila Patrón – respondeu o filho do Ômega.

Quando o *barman* deixou os dois, o Sr. D se aproximou.

– Você não pode mais comer. Nem beber e nem fazer sexo também.

Os olhos claros do filho soltaram faíscas em sua direção.

– O quê? Você está brincando?

– Não, senhor, é assim que…

– Ah, é? Dane-se. – Quando o drinque chegou, o filho disse ao *barman*: – Abra uma conta.

Lash bebeu a tequila enquanto olhava para o Sr. D, que balançou a cabeça e começou a procurar o banheiro. Sim, ele se lembrou de quando tentou comer e acabou vomitando por uma hora. E eles já não tinham visto vômito suficiente naquela noite?

– Cadê a próxima? – Lash gritou para o *barman*.

O Sr. D olhou em volta. O filho do Ômega estava lá parado, feliz, tamborilando no bar. Veio a segunda dose. E a terceira. Depois que a quarta dose foi pedida, os olhos claros de Lash olharam em volta com o brilho da violência.

– Então que história é essa de não comer nem beber?

O Sr. D não conseguia decidir se estava olhando para uma bomba prestes a explodir...ou para um milagre. Nenhum *redutor* conseguia segurar comida nem bebida depois de transformado. O sangue negro do Ômega os alimentava e era incompatível com qualquer outra coisa. Tudo de que eles precisavam para sobreviver eram algumas horas de descanso todo dia.

– Acho que você é diferente – concluiu o Sr. D com respeito na voz.

– Você pode ter certeza disso – o filho murmurou e pediu um hambúrguer.

Enquanto comia e bebia, a cor voltava visivelmente para seu rosto, e aquele olhar perdido foi substituído por confiança. E enquanto assistia o hambúrguer, as batatas fritas e a tequila descerem pela garganta de Lash, o Sr. D se perguntou se o filho se tornaria pálido como o resto dos *redutores*. As regras normais claramente não se aplicavam ali.

– E que história é essa de não fazer sexo? – perguntou o filho do Ômega enquanto limpava a boca com um guardanapo preto.

– Nós somos impotentes. Sabe, nós não conseguimos ter...

– Eu sei o que significa, professor.

O filho olhou para uma loura de bobeira na ponta do bar. Não era ninguém que o Sr. D teria coragem de tentar conquistar, mesmo que fosse capaz de fazer sexo. Com o corpo de uma coelhinha da *Playboy* e o rosto de uma rainha do baile de formatura, ela era areia demais para ele. Não que a mulher fosse notá-lo para começo de conversa.

Mas ela reparou no filho do Ômega, e a maneira como olhava fazia o Sr. D medir seu novo chefe com cuidado. Lash era um desgraçado atraente, é verdade, com o cabelo louro e curto, o rosto bem-desenhado e os olhos cinza. E tinha o tipo de corpo que atraía as mulheres, grande e musculoso, um peito que formava um triângulo invertido encaixado no quadril, pronto para tudo.

O Sr. D pensou que se os dois ainda estivessem na escola, ele teria orgulho de ser visto com o filho. E provavelmente com o tipo de gente com quem ele andava. Mas nenhum dos dois estava na escola, e Lash precisava dele. E sabia disso.

A garota do outro lado sorriu para Lash, tirou uma cereja de seu drinque azul e passou sua língua rosa em volta do cabo. Dava para imaginar ela fazendo aquilo em um par de bolas, e o Sr. D desviou o olhar. Ah, sim, estaria corando bastante se ainda fosse humano. Ele sempre ficava vermelho quando o assunto era mulheres. O filho mudou de posição no banco do bar.

– Nada de comida, bebida, sexo. Certo. Espere aqui, filho da mãe.

Lash se virou e foi na direção da mulher. Quando foi deixado no bar com um copo vazio e um prato com manchas de *ketchup* e gordura, o Sr. D pensou que tinha agido certo. Seu plano era fazer o filho do Ômega pensar em outra coisa além de ter matado seus pais vampiros… mas achava que seria com uma boa briga. Em vez disso, o filho tinha feito uma bela refeição e tomado várias bebidas. E para completar, ia transar para tirar aquela experiência da memória.

O Sr. D balançou a cabeça quando o *barman* perguntou se ele queria alguma coisa. Que pena que não podia mais beber. Ele gostaria de tomar um licor Southern Comfort. E de comer um hambúrguer também. Ele adorava hambúrgueres, de verdade.

– Você tem alguma coisa para mim, Sam?

O Sr. D olhou. Um sujeito enorme com um sorriso imbecil e um ego do tamanho de um caminhão estava pendurado no bar olhando para o *barman*. Embaixo da jaqueta de couro preto com uma linda águia bordada nas costas, ele estava com uma calça jeans três tamanhos maior que o ideal e botas de construção. Em volta do pescoço havia algumas correntes com diamantes, e ele usava um relógio chamativo.

O Sr. D não era muito chegado em joias, mas tinha gostado do anel de formatura do sujeito. Ouro amarelo, ao contrário do resto de suas coisas, e uma pedra azul-claro no meio. O Sr. D teria gostado de se formar no ensino médio.

O *barman* apareceu.

– Tenho sim. – Ele fez um movimento de cabeça na direção do grupo que havia irritado o filho um tempo atrás. – Eu disse a eles sobre quem deveriam procurar.

– Bom. – O grandão tirou algo do bolso e apertou a mão do *barman*.

Dinheiro, pensou o Sr. D.

O grandão sorriu e ajeitou a jaqueta de couro, e o anel revelou um brilho azul. Ele abordou o grupo pela lateral e então virou como se estivesse mostrando o desenho das costas da jaqueta. Trocaram algumas palavras, e então bolsos foram remexidos, mãos foram apertadas e mais bolsos. Nada discreto.

Outras pessoas estavam olhando, e estava bem óbvio que o grupo não estava trocando cartões de visita. Ele não ia durar muito no ramo, pensou o Sr. D.

– Tem certeza de que não quer nada? – o *barman* perguntou.

O Sr. D olhou para o banheiro onde Lash tinha levado a loura.

– Não, obrigado. Estou só esperando meu amigo.

O *barman* sorriu.

– Aposto que vai demorar um pouco. Aquela ali parece dar trabalho.

Em seu quarto no andar de cima, Cormia fazia as malas… que não eram muitas. Olhando para a pequena pilha de túnicas, livros de oração e queimadores de incenso que tinha reunido, ela percebeu com um xingamento que tinha deixado a rosa no escritório.

Mas de qualquer maneira, ela não poderia levá-la para o Santuário. As únicas coisas deste lado permitidas eram aquelas de importância histórica. No sentido mais amplo, claro.

Cormia olhou para sua construção mais recente – e a última – de palitos de dente e ervilhas. Ela estava se achando tão hipócrita por criticar o Primaz por buscar força na separação, e o que ela mesma estava fazendo? Deixando este mundo que tanto a desafiava, com o intuito de buscar uma reclusão ainda mais profunda que a que tinha anteriormente como Escolhida. Seus olhos se encheram de lágrimas.

Alguém bateu delicadamente na porta.

– Um momento! – ela gritou, tentando se acalmar.

Quando finalmente foi abrir a porta, seus olhos se arregalaram, e ela segurou as duas lapelas da túnica junto de si, escondendo a marca da mordida em seu pescoço.

– Minha irmã?

Do outro lado, a Escolhida Layla estava mais linda do que nunca.

– Saudações.

– Saudações.

As duas trocaram reverências profundas, que era o mais próximo de um abraço que Escolhidas podiam fazer.

– Porque está aqui? – Cormia perguntou ao se endireitar – Veio servir aos propósitos de sangue dos Irmãos Rhage e Vishous?

Que engraçado, a formalidade das palavras parecia estranha para ela agora. Cormia tinha se acostumado com um discurso mais informal. Era mais confortável.

– De fato, devo ir ao encontro do Irmão Rhage. – Houve uma pausa. – Mas também quero saber de você. Posso entrar?

– Mas é claro. Por favor, entre em meus aposentos.

Layla entrou e trouxe consigo um silêncio desconfortável. Ah, então as notícias tinham chegado ao Santuário, Cormia pensou. Todas as Escolhidas sabiam que ela tinha sido dispensada como Primeira Companheira.

– O que é isso? – Layla perguntou, apontando para a estrutura no canto do quarto.

– Ah, é só um passatempo.

– Passatempo?

– Quando não estou fazendo nada, eu... – Bem, aquilo era uma bela admissão de culpa, não era? Ela deveria estar orando se não tinha mais nada para fazer. – Enfim...

Layla não demonstrou condenação na expressão nem nas palavras diante da revelação. Mas, ainda assim, apenas sua presença era o suficiente para fazer Cormia se sentir mal.

– Então, minha irmã – Cormia retomou com uma súbita impaciência –, imagino que já saiba que outra deve se tornar a Primeira Companheira.

Layla foi até os palitos de dente e ervilhas e passou seu dedo delicado pelas seções.

– Você se lembra quando me encontrou escondida na Piscina da Reflexão? Foi depois que vi John Matthew passar pela transição.

Cormia assentiu, lembrando de como a Escolhida estava chorando discretamente.

– Você estava bastante chateada.

– E você foi tão gentil comigo. Eu a mandei embora, mas estava tão agradecida, e é nesse espírito que eu... eu vim aqui retribuir sua gentileza para comigo. O fardo que carregamos como Escolhidas é pesado e nem sempre compreendido pelos outros que não estão entre nós. Eu quero que você saiba que, tendo me sentido como você, sou sua irmã de coração neste momento.

Cormia fez uma reverência profunda.

– Eu estou… emocionada.

Estava sentindo muitas outras coisas também. Impressionada, em primeiro lugar, que elas estivessem falando sobre isso. A sinceridade era incomum entre elas.

Layla olhou de novo para a construção.

– Você não quer voltar para o grupo, não é?

Depois de pesar as escolhas, Cormia decidiu confiar à Escolhida uma verdade que mal podia admitir para si mesma.

– Você me conhece bem.

– Existem outras de nós que buscaram outro caminho. Que vieram viver a vida deste lado. Não é nenhuma vergonha.

– Não tenho tanta certeza – Cormia disse secamente. – Vergonha é como nossas túnicas. Sempre conosco, sempre nos cobrindo.

– Mas se você rasgar a túnica, estará livre dos fardos, e a escolha será apenas sua.

– Você está me mandando uma mensagem, Layla?

– Não. De fato, se você voltar ao grupo, será bem-recebida pelo coração pleno de suas irmãs. A Directrix deixou bastante claro que não há nenhuma impropriedade na mudança da Primeira Companheira. O Primaz a tem na mais alta estima. Palavra dela.

Cormia começou a andar.

– Essa é a posição oficial, claro. Mas, honestamente… você deve saber o que as outras pensam em seus momentos de quietude. Existem duas explicações. Ou eu deixei faltar ao Primaz ou o rejeitei. Ambas são inaceitáveis e igualmente atrozes.

O silêncio que se seguiu deixou claro que ela tinha tirado a conclusão correta.

Cormia parou perto da janela e olhou para a piscina. Ela não tinha certeza se tinha forças para deixar suas irmãs, pensou. Além do mais, para onde ela iria?

Quando pensou no Santuário, disse a si mesma que tinha havido dias agradáveis ali. Momentos em que ela sentia haver um propósito e que fazia parte de um bem maior. E caso se tornasse uma escriba reclusa como pretendia ser, podia evitar o contato com as demais por ciclos inteiros de uma vez.

A privacidade parecia uma coisa grandiosa.

– É verdade que você não tem apreço pelo Primaz? – Layla perguntou.

Não.

– Sim. – Cormia balançou a cabeça. – Quero dizer, eu me importo com ele como deveria. Da mesma maneira que você. Ficarei feliz por quem venha a se tornar a próxima Primeira Companheira.

Aparentemente, Layla não tinha um sensor como Bella, porque a mentira flutuou pelo ar, e a Escolhida não contestou nenhuma sílaba – ela apenas aquiesceu.

– Então posso perguntar uma coisa? – Layla disse ao levantar.

– Claro, irmã.

– Ele a tratou bem?

– O Primaz? Sim. Ele tem sido muito solícito.

Layla foi até a cama e pegou um dos livros de orações.

– Li em sua biografia que ele é um grande guerreiro e salvou seu irmão gêmeo de um destino terrível.

– Ele é um grande guerreiro.

Cormia olhou para o jardim de roseiras. Ela imaginou que todas as Escolhidas teriam lido os volumes dele na seção que tratava da Irmandade na biblioteca a essa altura – e desejou que tivesse feito o mesmo antes que ele a trouxesse para a mansão.

– Ele fala sobre isso? – Layla quis saber.

– Sobre o quê?

– Sobre como salvou o gêmeo, o Irmão Zsadist, de uma terrível escravidão de sangue. Foi assim que o Primaz perdeu a perna.

Cormia virou a cabeça.

– É mesmo? Foi assim que aconteceu?

– Ele nunca falou com você sobre isso?

– Não, não falou. Ele é um indivíduo muito reservado. Pelo menos comigo.

A informação foi um choque, e ela pensou no que tinha dito ao Primaz, que ele amava a fantasia de Bella. Seria esse o caso para ela mesma e o Primaz? Ela sabia tão pouco sobre a história dele, tão pouco do que fazia dele o macho que era. Ah, mas conhecia a alma dele, não conhecia? E o amava por isso.

Outra pessoa bateu na porta. Quando ela atendeu, Fritz colocou a cabeça para dentro do quarto.

– Perdão, mas o senhor está pronto para você – ele disse a Layla.

As mãos da Escolhida foram até seu cabelo e depois arrumaram a túnica. Quando Fritz saiu do quarto, Cormia pensou que ela estava sendo especialmente cuidadosa com seu...

Oh... não...

– Você vai... vê-lo? O Primaz?

Layla baixou a cabeça.

– Devo vê-lo sim.

– Não Rhage.

– Vou servi-lo em seguida.

Cormia endureceu como se gelo estivesse percorrendo seu corpo.

Mas é claro. O que ela esperava?

– Então é melhor você ir.

Os olhos de Layla se apertaram e depois se arregalaram.

– Minha irmã?

– Vá em frente. É melhor não deixar o Primaz esperando.

Ela se voltou para a janela, de repente pronta para gritar.

– Cormia... – a irmã murmurou. – Cormia, você se importa com ele. Muito, você se importa com ele profundamente.

– Eu nunca disse isso.

– Não é preciso. Está no seu rosto e no seu tom. Irmã minha, por que... por que você está se afastando?

Enquanto Cormia imaginava o Primaz com a cabeça entre as pernas da irmã e sua boca fazendo Layla se contorcer de prazer, seu estômago ficou embrulhado.

– Eu lhe desejo toda sorte em sua entrevista. Espero que ele faça a coisa certa e escolha você.

– Por que você está se afastando?

– Eu fui *afastada* – ela soltou. – A decisão não foi minha. Agora, por favor, não deixe o Primaz esperando. Afinal, Deus nos livre, não podemos deixar isso acontecer.

Layla ficou pálida.

– Deus?

Cormia moveu a mão para frente e para trás.

– É só uma expressão que eles usam aqui, não um sinal da minha fé. Agora, por favor, vá.

Pareceu que Layla precisava de um momento para voltar a si após o escorregão espiritual. E então sua voz tornou-se delicada.

– Tenha certeza de que ele não vai me escolher. E saiba que se algum dia você precisar de…

– Eu não vou.

Cormia se virou e ficou olhando pela janela com total fixação. Quando a porta finalmente se fechou, ela praguejou. E então atravessou o quarto e chutou cada pedaço de sua construção. Ela destruiu cada parte, quebrando cada caixinha até que a antiga ordem se tornasse apenas vestígios sobre o tapete.

Quando não havia mais nada para arruinar, suas lágrimas cobriram a bagunça, assim como o sangue da planta de seus pés descalços.

Capítulo 34

No centro da cidade, dentro da boate Screamer's, Lash estava fazendo bom uso de um dos banheiros privados. E não porque estava dando uma boa mijada. Ele estava enterrado até as bolas na loura do bar, pegando-a por trás enquanto ela se apoiava na pia.

A saia preta de couro estava levantada até o quadril, a calcinha tinha sido afastada para o lado, e o decote da blusa tinha sido puxado, escancarando os seios. A loura tinha uma borboleta delicada tatuada no quadril, e uma corrente com um coração em volta do pescoço, e ambos estavam balançando ao ritmo das estocadas.

Era divertido, especialmente porque, apesar das roupas vulgares e duronas, Lash tinha a sensação de que ela estava fora de seu grupo com aquele tipo de sexo: não havia implantes, o batom não tinha fixador, e ela tentou fazê-lo usar uma camisinha.

Logo antes de gozar, ele tirou o membro, virou a loura e a fez ajoelhar. Ele grunhiu ao terminar na boca dela, pensando que o pobre Sr. D tinha razão: era exatamente daquilo que ele precisava. Uma sensação de domínio, uma reconexão com o que havia de normal nele.

E o sexo ainda era bom.

Assim que terminou, levantou o zíper sem se importar se ela ia cuspir ou engolir.

– E eu? – ela perguntou, limpando a boca.

– O que tem você?

– Como é?

Lash levantou uma sobrancelha enquanto arrumava o cabelo diante do espelho. Hum... talvez ele devesse deixar o cabelo crescer de novo. Lash tinha raspado a cabeça ao estilo militar depois da transição, mas gostava do antigo rabo de cavalo. Ele tinha um belo cabelo.

Meu Deus, a coleira do King ficava bem nele...

– Ei? – chamou a garota.

Irritado, olhou para ela através do espelho.

– Você realmente não espera que eu me importe com você, não é?

Por um momento, ela pareceu confusa, como se o filme alugado na Blockbuster tivesse um DVD diferente dentro da capa.

– Como é?

– O que você não entendeu?

O choque a fez piscar como um peixe.

– Eu não... entendo.

Sim, claramente estava passando um filme pornô na cabeça dela, não uma comédia romântica. Ele olhou para o banheiro.

– Você me deixou trazê-la para cá, levantar sua saia e comer você. E está surpresa que eu não me importe? O que exatamente você achou que ia acontecer?

O que restava da expressão de eu-sou-uma-boa-moça-fazendo-uma-coisa-feia sumiu do rosto da loura.

– Você não precisa ser grosso.

– Por que vadias como você sempre ficam surpresas?

– Vadias?

Uma raiva moralista distorceu o rosto dela, mas também a deixou um pouco mais intrigante.

– Você não me conhece.

– Conheço sim. Você é uma vagabunda que deixa um cara que nunca viu antes gozar na sua boca dentro de um banheiro. Por favor. Eu teria mais respeito por um prostitua. Pelo menos elas recebem algo além de esperma.

– Você é um idiota!

– E você está me cansando.

Lash pegou a maçaneta. A loura agarrou o braço dele e disse:

– Cuidado, imbecil. Eu posso deixar as coisas bem ruins para você em um segundo. Você sabe quem é o meu pai?

– Alguém que não fez um bom trabalho ao criar você?

A mão livre dela o acertou em cheio no rosto.

– Vá para o inferno.

Certo, a briga definitivamente a tornava mais interessante. Quando as presas apareceram, Lash estava pronto para cravá-las na garganta dela como se fosse um doce. Mas alguém bateu na porta e o relembrou de que estava em público, a loura era humana e fazer a limpeza depois seria um saco.

– Você vai se arrepender – ela gritou.

– Ah, é?

Ele se inclinou e ficou surpreso quando ela se manteve firme.

– Você não pode encostar em mim, menina.

– Você vai ver.

– Você nem sabe o meu nome.

O sorriso dela era gélido, adicionando anos à sua idade.

– Eu sei o suficiente...

A batida na porta recomeçou. Antes que ela se posicionasse para outro tapa, Lash saiu do banheiro, despedindo-se dizendo rapidamente:

– Por que você não abaixa a saia?

O sujeito que estava batendo sem parar do outro lado, olhou para Lash e recuou.

– Foi mal, cara.

– Sem problema – Lash respondeu, revirando os olhos. – Você provavelmente salvou a vida dessa vadia.

O humano riu.

– Malditas vagabundas. Não se pode viver com elas, não se pode atirar nelas.

A porta do banheiro ao lado se abriu, e o sujeito se virou, mostrando a bela águia gravada nas costas de sua jaqueta de couro.

– Você tem um belo pássaro aí – comentou Lash.

– Obrigado.

O filho do Ômega foi até o bar e balançou a cabeça para o Sr. D.

– Hora de ir embora. Já acabei.

Ele tirou a carteira do bolso de trás – e congelou. A carteira não era dele. Era de seu pai. Lash tirou uma nota de cinquenta rapidamente, e então enterrou a coisa de volta no bolso. Os dois saíram da boate cheia e barulhenta, e quando pisaram na calçada da Rua Trade, Lash soltou um suspiro longo e profundo.

Vivo. Ele se sentia totalmente vivo.

A caminho do Focus, o filho do Ômega disse:

– Passe o seu telefone. E os números dos seus quatro matadores de confiança.

O Sr. D entregou o Nokia e ditou alguns números. Quando Lash ligou para o primeiro e deu ao assassino o endereço em uma parte rica da cidade, ele praticamente conseguiu ouvir as suspeitas do infeliz – especialmente quando o *redutor* perguntou quem diabos estava ligando para ele do telefone do Sr. D.

Eles não sabiam quem ele era. Seus homens não sabiam de nada.

Lash devolveu o maldito telefone para o Sr. D e gritou para que o *Redutor Principal* confirmasse. Caramba, a dúvida não deveria ter sido uma surpresa, mas aquilo com certeza ia mudar. Ele ia dar às tropas alguns lugares para ir naquela noite para ganhar um pouco de credibilidade, e então a Sociedade Redutora ia ter uma reunião de manhã no estilo "vinde a mim as criancinhas".

Eles o seguiriam ou seriam mortos. Ponto final.

Depois que os dois repetiram a dança do celular mais três vezes, Lash disse:

– Agora me leve até o número 2.115 da Travessa Boone.

– Você quer que eu chame alguns homens para virem conosco?

– Para a próxima casa, sim. Mas essa primeira é pessoal.

Seu querido primo Qhuinn estava prestes a comer o próprio traseiro como almoço.

Depois de cinco meses como Primaz, Phury tinha se acostumado com o desconforto. A coisa toda tinha sido uma situação desajeitada atrás da outra, toda uma coleção de eu-não-quero-fazer-isso. E, ainda assim, entrevistar Layla para a posição de Primeira Companheira parecia especialmente errada. Incrivelmente errada.

Enquanto esperava por ela na biblioteca, estava rezando para que não tirasse a túnica como as demais tinham feito.

– Meu amo?

Ele olhou por sobre o ombro.

A Escolhida estava parada nas portas duplas da sala, com a túnica se esparramando em camadas, e seu corpo esbelto demonstrando uma delicadeza majestosa. Ela fez uma reverência profunda.

– É meu desejo que você tenha uma boa noite.

– Obrigado. O mesmo para você.

Quando ela se levantou, os olhos dos dois se encontraram. Os dela eram verdes. Como os de Cormia.

Droga.

Ele precisava de um cigarro.

– Você se importa se eu fumar?

– Claro que não. Aqui, deixe-me acender para você.

Antes que ele pudesse dizer que não era necessário, ela pegou um isqueiro de cristal e foi até ele. Colocando um cigarro enrolado à mão nos lábios, ele a interrompeu quando abriu o isqueiro. Tirando o objeto dela, Phury disse:

– Não se preocupe. Eu faço isso.

– Claro, meu amo.

A pedra do isqueiro faiscou, a chama amarela surgiu e a Escolhida recuou; seus olhos percorreram a sala.

– Este lugar me faz lembrar a minha casa – ela murmurou.

– É mesmo?

– Todos os livros. – Ela atravessou o lugar e tocou algumas lombadas de couro. – Eu amo livros. Se não tivesse sido treinada como *ehros*, gostaria de ser uma escriba reclusa.

Ela parecia tão relaxada, Phury pensou, e por alguma razão isso o deixava ansioso. O que era loucura. Com as outras, ele tinha se sentido uma lagosta no *hall* de um restaurante de frutos do mar. Com ela, eram só duas pessoas conversando.

– Posso perguntar uma coisa? – ele disse ao soltar a fumaça.

– Claro.

– Você está aqui por vontade própria?

– Sim. – A resposta dela foi tão franca que pareceu mecânica.

– Tem certeza disso?

– Há muito tempo eu desejo servir o Primaz. Sempre estive comprometida com esse desejo.

Ela parecia totalmente sincera... mas algo estava errado. E então ele descobriu o que era.

– Você não acha que eu vou escolher você, não é?

– Não.

– E por que não?

E então a emoção transpareceu nela, sua cabeça abaixou, suas mãos se levantaram e seus dedos se entrelaçaram.

– Eu fui mandada para cá para cuidar de John Matthew durante sua transição. Eu o fiz, mas ele... me recusou.

– Como?

– Depois que ele passou pela transição, eu o lavei, mas ele me recusou. Fui treinada para servir sexualmente e estava preparada para fazê-lo, e ele me recusou.

Uau. Ok. Informação demais.

– E você acha que isso significa que não vou escolher você?

– A Directrix insistiu que eu viesse vê-lo, mas foi em respeito a você, para que pudesse ter controle sobre todas as Escolhidas. Nem ela nem eu esperamos que me eleve a Primeira Companheira.

– John Matthew explicou por que não...

Porque a maioria dos machos ficam muito excitados depois da transição.

– Eu parti quando foi solicitado. É isso. – Os olhos dela encontraram os de Phury. – Sem dúvida, o senhor John Matthew é um macho de valor. Não é de sua natureza detalhar as falhas dos outros.

– Tenho certeza de que não foi sua culpa...

– Por favor. Podemos mudar de assunto, meu amo?

Phury soltou uma leva de fumaça com aroma de café.

– Fritz me disse que você estava no quarto de Cormia. O que estava fazendo lá?

Houve uma longa pausa.

– Isso é assunto de irmãs. Claro, eu diria... se você me desse uma ordem.

Ele só podia aprovar a discreta reserva na voz dela.

– Não, tudo bem.

Phury sentiu-se tentado a perguntar se Cormia estava bem, mas sabia a resposta. Não estava. Não mais do que ele.

– Você gostaria que eu fosse embora? – Layla perguntou. – Sei que a Directrix tem duas irmãs minhas preparadas para você. Elas estão ansiosas para vir aqui cumprimentá-lo.

Assim como as duas da noite anterior. Ansiosas. Prontas para agradar. Honradas em conhecê-lo.

Phury levou o cigarro à boca de novo e deu uma tragada longa e demorada.

– Você não parece muito entusiasmada com isso.

– Com as minhas irmãs vindo vê-lo? Claro que eu...

– Não, em me conhecer.

– Ao contrário, estou ansiosa para estar com um macho. Fui treinada para isso e quero servir como mais do que uma fonte de sangue. Rhage e Vishous não necessitam dos meus serviços, e é um fardo não ser utilizada... – Os olhos dela foram até os livros. – De fato, eu me sinto como um livro na estante. Sinto que recebi as palavras da história da minha vida, mas permaneço sem ser lida por ninguém.

Meu Deus, ele sabia como era aquilo. Sentia como se estivesse esperando eternamente para que as coisas se acalmassem, para que o drama acabasse, para que pudesse respirar fundo e começar a viver.

Que ironia. Parecia que Layla estava se sentindo daquele jeito porque nada acontecia em sua vida. Ele se sentia não lido porque havia muita coisa acontecendo há muito tempo.

De qualquer forma, o resultado final era o mesmo. Nenhum dos dois estava fazendo muito mais do que apenas tocar a vida.

Bem, chore à vontade, parceiro, o mago soltou.

Phury foi até um cinzeiro e apagou o cigarro.

– Diga à Directrix que ela não precisa mandar mais ninguém para mim.

Os olhos de Layla encontraram imediatamente os dele.

– Como?

– Eu escolho você.

Qhuinn parou o Mercedes preto na frente da casa de Blay e estacionou. Eles tinham esperado por horas no ZeroSum, e John mandou algumas mensagens para o amigo. Quando não receberam resposta, John insistiu e lá foram eles.

– Quer que eu abra a sua porta? – Qhuinn perguntou secamente quando desligou o motor.

John olhou para ele.

Se eu disser sim, você vai abrir?

– Não.

Então, por favor, abra a minha porta.

– Vá se ferrar. – Qhuinn saiu do banco do motorista. – Está acabando com a minha diversão.

John fechou a porta e balançou a cabeça.

Adoro que você seja tão manipulatável.

– Essa palavra não existe.

Desde quando você lê dicionários? Hein?

Qhuinn olhou para a casa. Ele podia ouvir a voz de Blay entrando na conversa e fazendo alguma piada com ele.

– Tanto faz.

Os dois foram até o fundo da casa, até a porta da cozinha. O lugar era uma grande casa colonial de tijolos, com uma frente bastante formal, mas a parte de trás era bem aconchegante, com janelas na cozinha que iam do chão ao teto, e degraus com luminárias douradas.

Pelo jeito foi uma briga e tanto, hein?, John sinalizou. *Entre você e Blay.*

– Ah, eu não sei. Tem muita gente que faz coisas piores por aí.

A mãe de Blay atendeu a porta, com a mesma aparência agradável de sempre, com seu cabelo ruivo longo que descia até a saia. A fêmea tinha tudo que havia de adorável e carinhoso no sexo feminino, e Qhuinn se deu conta de que ela, não sua mãe, que parecia um mexedor de drinques, era o padrão que ele tinha das fêmeas.

Sim… era bom pegar garotas em bares, mas ele se uniria a alguém como a mãe de Blay. Uma fêmea de valor. E seria fiel a ela até o fim dos dias. Presumindo que conseguisse encontrar quem o quisesse.

A mãe de Blay abriu o caminho para deixá-los entrar.

– Vocês sabem que não precisam bater…

Ela olhou para a corrente de platina no pescoço de Qhuinn e depois para a nova tatuagem em seu rosto. Olhando para John, ela murmurou:

– Então foi assim que o rei resolveu as coisas.

Sim, senhora, John sinalizou.

Ela se virou para Qhuinn, colocou os braços em volta do garoto e o abraçou tão forte que a coluna dele estalou. Era exatamente o que precisava. Enquanto a abraçava, ele respirou fundo pela primeira vez em dias. Com um sussurro, ela disse:

– Nós teríamos deixado você aqui. Não precisava ir embora.

– Eu não poderia fazer isso com vocês.

– Nós somos mais fortes do que você pensa. – Ela soltou o abraço e fez um movimento de cabeça para a escada. – Blay está lá em cima.

Qhuinn franziu o rosto quando viu a bagagem empilhada na mesa da cozinha.

– Vocês estão indo para algum lugar?

– Precisamos sair da cidade. A maior parte da *glymera* vai ficar, mas... com o que aconteceu, é perigoso demais.

– Boa ideia. – Qhuinn fechou a porta da cozinha. – Vocês vão para o norte?

– O pai de Blay está precisando tirar férias, então nós três vamos fazer a rota da família no sul...

Blay apareceu no pé da escada. De braços cruzados, ele acenou com a cabeça para John.

– E aí?

Enquanto John sinalizava um cumprimento, Qhuinn não podia acreditar que seu amigo não ia dizer nada sobre sair da cidade. *Droga*. Será que ele ia simplesmente ir embora e não dizer onde estava indo ou quando ia voltar?

Bem, é claro.

Não era o sujo falando do mal lavado?

A mãe de Blay apertou o braço de Qhuinn e sussurrou:

– Fico feliz que vocês tenham vindo antes que nós partíssemos.

E em voz mais alta, ela anunciou:

– Certo, já limpei a geladeira, e não tem nada perecível na despensa. Acho que vou pegar minhas joias do cofre.

Meu Deus, John sinalizou, *quanto tempo vocês vão ficar fora?*

– Não sei – Blay respondeu. – Um tempo.

Na longa pausa que se seguiu, John ficou olhando de um lado para outro entre os dois amigos. Acabou fazendo um barulho de irritação e sinalizou:

Certo, isso é ridículo. Que diabos aconteceu entre vocês dois?

– Nada.

– Nada.

Blay balançou a cabeça.

– Escutem, eu preciso terminar de fazer as malas...

Qhuinn rapidamente interrompeu.

– Sim, nós precisamos ir...

Ah, não. John foi até as escadas. *Nós vamos para o seu quarto resolver isso. Agora.*

Quando John colocou o pé em um degrau, Qhuinn teve que segui-lo, por causa de seu novo emprego, e imaginou que Blay viria também porque a professora de boas maneiras que havia dentro dele não suportaria ser um mau anfitrião.

Lá em cima, John fechou a porta atrás dos três e colocou as mãos no quadril. Enquanto seu olhar ia de um lado a outro, ele parecia um pai olhando duas crianças rebeldes e uma bagunça no chão. Blay foi até o *closet* e quando o abriu, o espelho de corpo inteiro refletiu Qhuinn. Os olhos dos dois se encontraram por um instante.

– Bela joia – Blay murmurou, olhando para a corrente que marcava o novo cargo do amigo.

– Não é uma joia.

– Não, não é. E eu estou feliz por vocês dois. De verdade.

Ele pegou um casaco pesado... o que significava que ou a família estava indo para o "extremo sul", algo como a Antártica, ou o sujeito pretendia ficar fora bastante tempo. Até o inverno.

John bateu o pé.

O tempo está passando. Ei? Idiotas?

– Me desculpe – Qhuinn murmurou para Blay. – Pelo que eu disse no túnel.

– Você contou para o John?

– Não.

Blay jogou o casaco dentro da mochila e olhou para John.

– Ele acha que eu o amo. Sabe... tipo, apaixonado por ele.

A boca de John se abriu lentamente. A risada de Blay soou e foi interrompida, como se sua garganta tivesse ficado apertada.

– Pois é. Vai entender. Eu, apaixonado por Qhuinn... um cara que, quando não está de mau humor, é um galinha metido a esperto. Mas sabe qual é a pior parte?

Qhuinn ficou tenso quando John fez um gesto com os ombros.

Blay olhou para a mochila.

– Ele tem razão.

Bom, parecia que alguém tinha enfiado um prego no pé de John.

– Sim – continuou Blay. – É por isso que eu nunca me dei muito bem com as fêmeas. Nenhuma delas se compara com ele. A propósito, nenhum dos caras também se compara. Estou bem-enrascado, mas, até aí, é problema meu, nem seu nem dele.

Meu Deus, Qhuinn pensou. Era a semana das revelações.

– Eu sinto muito, Blay – ele soltou porque não sabia o que mais fazer.

– Eu tenho certeza que sente. Isso torna as coisas bem desconfortáveis, não é? – Blay pegou o casaco e colocou a mochila no ombro. – Mas tudo bem. Vou sair da cidade por um tempo, e vocês dois estão bem. Tudo ótimo. Agora eu preciso ir. Mando uma mensagem daqui uns dias.

Qhuinn podia apostar que ele estava falando apenas com John.

Droga.

Blay se virou.

– Até.

Quando seu melhor amigo no mundo virou as costas e foi em direção à porta, Qhuinn abriu sua boca inútil e rezou para que a coisa certa saísse. Quando nada aconteceu, ele rezou para dizer qualquer coisa. Qualquer coisa...

Veio um grito agudo do primeiro andar. *Era a mãe de Blay.*

Os três saíram do quarto como se uma bomba tivesse explodido, correndo pelo corredor e voando pelas escadas. Na cozinha, descobriram que o pesadelo da guerra tinha chegado.

Redutores. Dois. Na casa de Blay.

Um deles segurava a mãe de Blay contra o peito como se fosse sufocá-la. Blay soltou um grito instintivo, mas Qhuinn o segurou antes que ele avançasse.

– Tem uma faca no pescoço dela – falou por entre os dentes. – Ele pode cortar a garganta dela ali mesmo.

O *redutor* sorriu enquanto arrastava a mãe do garoto pela cozinha, para fora da casa, na direção de uma minivan estacionada na garagem.

Quando John Matthew se desmaterializou e desapareceu, outro matador veio da sala de jantar. Qhuinn soltou Blay, e os dois partiram para o ataque, cuidando primeiro daquele assassino e depois pegando outro que estava entrando pela porta dos fundos.

Enquanto a luta piorava e a cozinha era destruída, Qhuinn rezava como louco para que John tivesse reaparecido dentro da van aberta e estivesse dando as boas vindas com os punhos. *Por favor, não deixe a mãe de Blay ser atingida pelo fogo cruzado*. Quando mais um matador entrou pela porta, com uma cabeçada, Qhuinn derrubou o *redutor* com quem estava trocando socos, pegou uma de suas novas pistolas calibre 45 e colocou o cano no queixo do desgraçado.

As balas destruíram a cabeça do matador, explodindo o cérebro – o que deu a Qhuinn tempo suficiente para enfiar uma faca que estava pendurada na sua cintura no coração do *redutor*. Houve uma explosão de luz e um chiado.

Que alívio.

Quando a coisa desapareceu em um piscar de olhos, Qhuinn não perdeu tempo para saborear o primeiro *redutor* que havia matado. Ele virou para ver como Blay estava e levou um susto. O pai do amigo tinha entrado na cozinha com tudo, e os dois estavam mandando ver. O que era meio surpreendente, porque o pai de Blay era um mero contador. Hora de ir ajudar John.

Qhuinn correu para a porta dos fundos e assim que suas botas tocaram a grama, a luz brilhante dos faróis da minivan mostraram que não ia ser necessário ajudar.

Em um movimento ágil, John saltou do carro e fechou a porta. Ele bateu no capô e o carro engatou a marcha ré em alta velocidade.

Qhuinn teve uma visão rápida da mãe de Blay tensa atrás do volante enquanto o carro seguia para a rua.

– Você está bem, John? – Qhuinn perguntou, desejando que John Matthew não morresse em sua primeira noite como *ahstrux nohstrum*.

Assim que John levantou a mão para fazer um sinal, algum vidro se quebrou.

Os dois voltaram para a casa. Como se fosse um filme, dois corpos saíram voando pela janela da sala da família. Blay era um deles, e ele caiu sobre o *redutor* que havia jogado como se fosse um colchão velho. Antes que o matador pudesse se recuperar do impacto, Blay agarrou sua cabeça e torceu o pescoço como se fosse um frango.

– Meu pai ainda está lutando na casa! – ele gritou quando Qhuinn jogou uma faca para o amigo. – Lá embaixo na adega!

Enquanto John e Qhuinn corriam para dentro, um terceiro *flash* de luz apareceu, e então Blay alcançou os dois amigos na escada do porão. Os três correram para onde vinham os barulhos de luta. Quando chegaram ao fim da escadaria, ficaram paralisados. O pai de Blay estava enfrentando um *redutor* com uma espada da guerra civil americana em uma mão e uma adaga na outra. Atrás dos óculos sérios, seus olhos, que brilhavam como tochas, se viraram por um instante.

– Fiquem fora disso. Este aqui é meu.

A coisa aconteceu mais rápido do que dizer "ninja". O pai de Blay atacou o assassino como um samurai, cortando o inimigo como se fosse um peru de Natal e mandando-o de volta para o Ômega. Quando o brilho do extermínio sumiu, o macho estava com um olhar vidrado.

– Sua mãe...

– Fugiu na van deles – Qhuinn respondeu. – John a libertou.

Tanto Blay quanto seu pai suspiraram aliviados com a notícia. E foi quando Qhuinn percebeu que Blay estava sangrando com um corte no ombro, outro no abdômen, mais um nas costas e...

Seu pai limpou a testa com o braço.

– Precisamos encontrar sua mãe...

John pegou o telefone e discou. Quando a mãe de Blay atendeu, sua voz estava entrecortada, mas não porque a ligação estava ruim.

– John? John está…

– Estamos todos aqui – respondeu o marido. – Continue dirigindo, querida.

John balançou a cabeça, entregou o telefone e sinalizou:

E se a van tiver um dispositivo de rastreamento?

O pai de Blay murmurou um palavrão.

– Querida? Pare o carro. Pare e saia da van. Se desmaterialize, vá para o abrigo e me ligue quando chegar.

– Tem certeza…

– Agora, querida. *Agora*.

Ouviu-se o barulho de um motor desacelerando. Uma porta batendo. E então silêncio.

– Querida?

O pai de Blay agarrou o telefone.

– Querida? Oh, Meu Deus…

– Estou aqui – veio a voz dela. – Aqui no abrigo.

Todos respiraram fundo.

– Estou chegando.

Mais coisas foram ditas, mas Qhuinn estava ocupado prestando atenção no barulho de passos na escada. E se fossem mais *redutores*?

Blay estava ferido e seu pai parecia acabado.

– Nós realmente precisamos sair daqui – disse.

Eles subiram as escadas, colocaram as malas no Lexus do pai de Blay e, antes que Qhuinn pudesse contar até três, seu amigo e o pai partiram noite adentro. Aconteceu tão rápido. O ataque, a briga, a fuga… e uma despedida que nunca aconteceu.

Blay apenas entrou no carro com o pai e foi embora com a bagagem. Mas o que mais ia acontecer? Agora não era o momento de prolongar nada, e não apenas porque os *redutores* tinham vindo visitar a casa dez minutos atrás.

– Acho melhor a gente ir – ele disse.

John balançou a cabeça. *Quero ficar aqui. Vão vir outros quando os que nós matamos não voltarem*.

Qhuinn olhou para a sala da família, que tinha se transformado em uma varanda graças ao surto de dublê de filmes de Blay.

Havia muita coisa para saquear, e a ideia de que uma caixa de lenços de papel da casa de Blay pudesse cair nas mãos da Sociedade Redutora o enfurecia completamente. John começou a digitar:

Vou avisar Wrath o que aconteceu e que vamos ficar aqui. Nós treinamos para isso. É hora de entrar em ação.

Qhuinn concordava totalmente, mas tinha certeza de que Wrath não ia gostar da ideia.

O celular de John apitou no minuto seguinte. Ele leu a mensagem para si mesmo e então sorriu lentamente e mostrou a tela. Era Wrath.

Certo. Liguem se precisarem de reforços.

Caramba...

Eles estavam na guerra.

CAPÍTULO 35

Rehv parou o Bentley na entrada sudeste do Black Snake State Park. O estacionamento de cascalho era pequeno, o suficiente para caber apenas dez carros, e enquanto os outros estacionamentos eram fechados com correntes à noite, aquele ficava sempre aberto porque tinha uma trilha para as cabanas, para locação.

Ao sair do carro, pegou a bengala, mas não porque precisava dela para se equilibrar. Sua visão ficou vermelha mais ou menos na metade do caminho, e agora seu corpo estava vivo e vibrante, quente, com sensação em toda parte.

Antes de trancar o Bentley, colocou o casaco no porta-malas, porque o carro já era visível o bastante sem um casaco de pele russo de vinte e cinco mil dólares bem à vista. Também checou duas vezes se tinha levado o kit de antídoto para veneno e dopamina suficiente.

Sim. Sim.

Fechou o porta-malas, ligou o alarme e virou para a fila de árvores baixas que formavam a fronteira externa do parque. Sem motivo nenhum, as bétulas, carvalhos e álamos que foram plantados em volta do estacionamento o fizeram lembrar de uma multidão apertada em um desfile, todas juntas nas bordas do local, com os galhos entrelaçados fora dos limites mesmo que os troncos estivessem onde deveriam.

A noite estava calma, exceto por uma brisa seca e refrescante que anunciava a chegada do outono. Era engraçado que tão ao norte o mês de agosto pudesse ser frio, e do jeito como seu corpo estava, Rehv gostava do frescor. Chegava a adorar aquilo.

Foi até a trilha principal, passando por uma guarita vazia e uma série de avisos para os visitantes. Meio quilômetro depois, surgiu um desvio para uma floresta, e ele seguiu aquele caminho de terra e adentrou mais o parque. A cabana de madeira ficava a cerca de um quilômetro adiante, e ele estava mais ou menos a sessenta metros de lá quando um emaranhado de folhas se moveu ao lado de seus pés. A sombra que levantou as folhas possuía um calor tropical em volta de seus tornozelos.

– Obrigado, cara – ele disse a Trez.

Vejo você lá.

– Ótimo.

Quando o guarda-costas desapareceu na escuridão, Rehv ajeitou a gravata sem razão. Ele sabia que aquilo não ia ficar no pescoço por muito tempo.

A clareira onde ficava a cabana estava coberta pela luz da lua, e ele não sabia dizer qual das sombras entre as árvores era Trez. Mas era por isso que o guarda-costas valia seu peso enorme em ouro. Nem mesmo um *sympatho* podia fazê-lo sair da paisagem na qual ele se escondia.

Rehv foi até a porta rústica e parou para olhar em volta. A Princesa já estava lá: em volta do cenário ostensivamente bucólico, havia uma nuvem densa e invisível de medo – do tipo que as crianças sentem quando olham para casas abandonadas em noites escuras de ventania. Era a versão do *mhis* dos *sympathos,* e não havia dúvidas de que os dois não seriam incomodados por humanos. Nem outros animais.

Ele não estava surpreso que a Princesa estivesse adiantada. Nunca dava para prever se ela chegaria atrasada, adiantada ou no horário, portanto, ele nunca estava desprevenido, independente de quando ela aparecesse.

A porta da cabana se abriu com o rangido familiar. Quando o barulho foi direto para a zona de repugnância de seu cérebro, Rehv protegeu suas emoções com a imagem de uma praia ensolarada que ele viu na TV uma vez.

Das sombras no canto do espaço aberto, palavras com um forte sotaque foram ditas numa cadência grave e sussurrada.

– Você sempre faz isso. Fico imaginando por que você se esconde do seu amor.

E ela podia continuar imaginando. Ele não ia deixá-la entrar em sua cabeça. Tirando o fato de que autoproteção era fundamental, ser mantida do lado de fora a deixava louca, e isso o fazia brilhar de satisfação como um farol.

Ao fechar a porta, decidiu bancar o romântico abandonado naquela noite. Ela esperaria que ele estivesse se perguntando o que diabos tinha acontecido com a programação normal. Por causa disso, ela o manteria refém até que soubesse a razão.

Mas o charme funciona mesmo em *sympathos* – apesar de ser, naturalmente, de um jeito distorcido e um tanto doentio. Ela sabia do ódio que Rehv sentia e de quanto custava fingir estar apaixonado. Seu esforço de contar mentiras bonitas é o que faria cair nas graças da Princesa, não as mentiras em si.

– Eu senti muito a sua falta – ele disse com uma voz profunda e intensa.

Os dedos de Rehv foram até a gravata que tinha acabado de ajeitar e lentamente desfizeram o nó. A reação dela foi instantânea. Os olhos da Princesa brilharam como rubis diante de uma fogueira, e não houve tentativa de esconder a reação. Ela sabia que o deixava enojado.

– Você sentiu minha falta? Claro que sentiu – a voz parecia a de uma cobra, os "Ss" prolongados, quase como assobios. – Mas quanto?

Rehv manteve o cenário da praia em primeiro plano dentro de sua mente, pregando a imagem no seu lóbulo central, mantendo a Princesa ao longe.

– Cheguei a ficar distraído.

Colocou a bengala de lado, tirou a jaqueta e abriu o primeiro botão da camisa de seda... e o segundo... e o terceiro, até ter que tirar a camisa de dentro da calça para terminar a tarefa. Quando liberou os ombros e deixou a peça de seda cair no chão, a Princesa soltou uma espécie de sibilo, e seu membro ficou ereto.

Ele a odiava e odiava o sexo, mas amava ter o poder que tinha sobre ela. A fraqueza dela dava a Rehv uma excitação bem parecida com a da atração sexual genuína. Que era como ele conseguia se manter duro enquanto sua pele se arrepiava como se estivesse enrolada em um cobertor de vermes.

– Fique vestido – ela disse com uma voz dura.

– Não.

Ele sempre tirava as roupas quando queria, não quando ela mandava. O orgulho exigia que fosse assim.

– Fique de roupa, prostituto.

– Não.

Ele abriu a fivela do cinto e o tirou do quadril, fazendo o couro firme estalar no ar. A peça foi parar no chão assim como a camisa, sem cuidado.

– As roupas ficam...

As palavras dela pairaram no ar porque sua força estava diminuindo. Que era exatamente o objetivo.

Com um movimento calculado, ele tocou o próprio sexo, desceu o zíper, abriu o botão e sentiu a calça cair no chão em um segundo. A ereção continuava pronunciada em seu quadril e basicamente resumia a relação dos dois. Rehv odiava a si mesmo, estava absurdamente furioso com a Princesa e detestava o fato de que Trez estava lá fora vendo tudo.

E, como resultado, seu membro estava totalmente ereto e com a ponta brilhando.

Para os *sympathos*, lidar com a fraqueza mental de outra pessoa era melhor que qualquer lingerie provocante, e era por isso que a coisa toda funcionava. Ele podia fazer aquela loucura com ela. Mas também podia oferecer outra coisa. Ela desejava o embate sexual dos dois. Uma relação entre *sympathos* era uma partida de xadrez civilizada com uma troca de fluidos corporais no final. Ela precisava dos grunhidos e da força que só o lado vampiro dele podia proporcionar.

– Toque a si mesmo – ela falou com um suspiro. – Toque a si mesmo para mim.

A ordem não foi cumprida. Com um grunhido, Rehv tirou os sapatos e saiu do meio da pilha de roupas. Enquanto andava, tinha plena consciência de sua própria imagem, todo duro e pesado. Quando parou no meio da cabana, uma faixa de luar entrou pela janela e percorreu a superfície de seu corpo.

Ele detestava admitir, mas também desejava aquilo com ela. Era a única ocasião em sua vida em que podia ser quem realmente era e não precisava mentir para as pessoas ao redor.

A horrível verdade era que parte dele precisava daquela relação doentia e pervertida, e mais do que a ameaça a ele e Xhex, era isso que o fazia voltar todo mês. Mas não sabia ao certo se a Princesa sabia da sua fraqueza. Ele sempre tomava o cuidado de não dar nenhuma brecha, mas nunca dá para ter certeza do quanto um *sympatho* sabe sobre você. O que, claro, tornava a manobra ainda mais interessante porque as apostas eram mais altas.

– Pensei em começar a noite com um pequeno *show* – ele disse, dando a volta.

De costas para ela, começou a se tocar, pegando seu membro duro e se acariciando.

– Que tédio – ela disse sem fôlego.

– Mentirosa.

Ele apertou a ponta da ereção com tanta força que uma arfada saiu de sua garganta. A Princesa gemeu ao ouvir o som, a dor dele a fazia se envolver ainda mais.

Quando olhou para baixo para ver o que estava fazendo, por um instante sentiu uma espécie de deslocamento, como se fosse o pênis e o braço de outra pessoa se movendo. Mas o distanciamento era necessário, pois era a única maneira de sua natureza vampira decente lidar com aquilo.

A parte boa dele não estava lá, pois ele a deixou do lado de fora quando colocou os pés dentro da cabana.

Aquele era o território do devorador de pecados.

– O que você está fazendo? – ela perguntou com um grunhido.

– Me acariciando. Com força. O luar fica bonito sobre o meu pênis. Estou molhado.

Ela inspirou fundo.

– Vire-se. Agora.

– Não.

Mesmo sem fazer nenhum barulho, ele sabia que ela estava avançando, e o triunfo que sentiu acabou com o distanciamento. Ele vivia para domá-la. Era como heroína em suas veias, com o poder percorrendo seu corpo. Sim, depois ele se sentiria totalmente sujo, e, claro, sempre tinha pesadelos por causa disso, mas naquele momento Rehv estava realmente excitado.

A Princesa surgiu das sombras, e ele sabia quando ela viu o que estava acontecendo, porque ela gemeu alto, nem mesmo seu lado *sympatho* foi capaz de conter a reação.

– Se você vai olhar para mim – ele apertou a ponta do membro até que ficasse roxo e precisasse arquear as costas por causa da dor –, eu quero ver você.

Ela se deixou banhar pela luz da lua, e ele perdeu a noção do ritmo por um segundo. A Princesa estava usando um vestido vermelho brilhante, os rubis no colar da garganta brilhavam contra a pele totalmente branca. O cabelo preto-azulado estava enrolado em um coque, os olhos e os lábios tinham a mesma cor que as pedras cor de sangue em volta do pescoço. Nas orelhas, dois escorpiões albinos estavam pendurados pela cauda, observando-o.

Ela era terrivelmente bela. Um réptil de pé com olhos hipnóticos.

Dentro das longas mangas do vestido, os braços da Princesa estavam cruzados em frente à sua cintura, mas ela os baixou, e ele não olhou para as mãos. Não podia. Elas o enojavam demais, e se olhasse, perderia a ereção.

Para se manter excitado, colocou a palma da mão nas bolas e puxou até que envolvessem o pênis. Quando deixou que aquelas duas partes de seu sexo voltassem ao lugar, elas latejaram com potência.

Havia tanta coisa que ela queria ver que seus olhos não sabiam para onde ir.

Enquanto percorriam o peito de Rehv, se demoraram no par de estrelas vermelhas marcadas nele. Os vampiros achavam que eram apenas decorativas, mas para *sympathos*, era evidência tanto de seu sangue real quanto dos dois assassinatos que tinha cometido: matar o próprio pai era sinalizado com estrelas, e se fosse a própria mãe, o símbolo era um círculo. A tinta vermelha significava que ele era membro de uma família real.

A Princesa tirou o vestido, e sob as suntuosas camadas, seu corpo estava coberto por um tecido transparente de cetim vermelho colado na pele. Em acordo com a aparência assexuada de sua espécie, os seios eram pequenos e o quadril era mais estreito. A única maneira de ter certeza de que era fêmea era observar a pequena fenda entre as pernas.

Os machos eram igualmente andróginos, o cabelo longo era igual ao das fêmeas e as roupas, idênticas. Rehv nunca tinha visto um macho nu, graças aos céus, mas presumia que o pênis tivesse a mesma pequena anomalia que o seu.

Ah, sim.

A anomalia era, claro, outra razão pela qual gostava de fazer sexo com a Princesa. Ele sabia que a machucaria no final.

– Vou tocar você agora – ela anunciou, indo até ele. – Prostituto.

Rehv ficou duro como aço quando a mão dela se fechou em sua ereção, mas permitiu apenas um momento de contato. Com um passo para trás, ele tirou o membro do alcance dela.

– Você vai terminar nossa relação? – ele perguntou, odiando as palavras. – É por isso que você me dispensou na outra noite? Está chato demais para você?

Ela avançou, como ele sabia que aconteceria.

– Imagine, você é meu brinquedo. Eu sentiria muito a sua falta.

– Ah.

Dessa vez, quando ela o tocou, cravou as unhas em seu pênis. Ele segurou a respiração, deixando os ombros tensos até quase tirar a clavícula do lugar.

– Então, você ficou imaginando onde eu estava? – ela sussurrou ao se inclinar sobre ele.

A boca da Princesa passou pelo pescoço de Rehv, e o toque daqueles lábios queimou sua pele. O batom era feito de pimenta, preparado especialmente para arder.

– Você ficou preocupado comigo. Sentiu minha falta.

– Sim, foi isso mesmo – ele disse, porque ela gostava da mentira.

– Eu sabia.

A Princesa ficou de joelhos e se inclinou. No instante em que seus lábios encontraram a cabeça do membro, a sensação de ardência por causa do batom fez as bolas se contraírem como punhos.

– Peça.

– O quê? Sexo oral ou para saber sobre a mudança de data?

– Estou sentindo que você precisa implorar pelas duas coisas.

Ela pegou seu membro, levantou-o contra a barriga de Rehv e então passou a língua por ele, brincando com a farpa pontiaguda que havia na base. Era a parte de que a Princesa mais gostava, a que se encaixava nela quando Rehv gozava e os mantinha unidos. Pessoalmente, ele detestava aquela coisa, mas dane-se, era bom que alguém estivesse brincando com aquilo, mesmo com a dor que vinha do que estava na boca dela.

– *Peça!*

Ela deixou o membro voltar ao lugar e o colocou inteiro na boca.

– Ah, *caralho*, me chupe – ele grunhiu.

E, inferno, ela o fez.

A Princesa abriu a garganta e colocou o máximo dele que conseguiu na boca. Foi ótimo, mas queimava muito. Para se vingar daquele batom do inferno, Rehv a pegou pelo cabelo e projetou o quadril, fazendo-a engasgar. Em resposta, ela cravou uma unha na farpa fundo o bastante para tirar sangue. Ele gritou, e lágrimas encheram seus olhos. Quando uma escorreu pelo rosto de Rehv, ela sorriu, sem dúvida feliz com o vermelho que escorria pela face.

– Você vai pedir por favor – ela ordenou –, quando me pedir para explicar.

Ele ficou com vontade de mandá-la esperar sentada, mas, em vez disso, repetiu o movimento para dentro da boca dela, e a Princesa repetiu a unhada, mantendo aquele movimento por um tempo até que ambos estivessem ofegantes. A essa altura, o sexo dele parecia estar pegando fogo, fora de controle por causa do calor, pulsando com a necessidade de gozar naquela boca terrível.

– Me pergunte por quê – ela exigiu. – Me pergunte por que eu não apareci.

Ele balançou a cabeça.

– Não… Você me conta quando quiser. Mas vou perguntar se estamos apenas perdendo tempo aqui ou se vai me deixar terminar.

Ela se levantou do chão, foi até a janela e se apoiou no parapeito com suas horríveis mãos.

– Você pode gozar. Mas só se for dentro de mim.

A maldita sempre fazia aquilo.

Sempre dentro. Sempre na janela. Claramente a Princesa sabia que eles estavam sendo observados, mesmo não tendo certeza se Rehv trazia reforços. Assim, se fizessem sexo diante dos vidros da janela, seu soldado seria obrigado a assistir.

– *Termine dentro de mim, maldito seja.*

A Princesa arqueou as costas e levantou o traseiro. O tecido que usava cobria as pernas e as coxas, e ele teria que rasgar a peça para poder penetrá-la. Era por isso que ela usava. Se o batom era ruim, aquela coisa em seu corpo era pior.

Rehvenge se posicionou atrás dela e enfiou o dedo indicador e o médio das duas mãos no tecido na base das costas dela. Com um puxão, rasgou a tela do traseiro e do sexo.

Ela estava inchada, brilhando e implorando por ele. Olhando por sobre o ombro, a Princesa sorriu, revelando dentes brancos perfeitos.

– Estou com fome. Eu me guardei para você. Como sempre.

Rehv não conseguiu esconder o arrepio. Não suportava a ideia de que era o único amante dela – seria muito melhor fazer parte de um grupo de machos, para que sua relação não parecesse tão séria. Além do mais, a semelhança provocava náuseas. Ela também era sua única amante.

Rehv se enfiou no sexo dela, jogando-a para frente até que sua cabeça batesse no vidro. E então ele a segurou pelo quadril e se afastou. As pernas dela tremeram uma série de movimentos; ele detestava dar o que ela queria. Penetrou um pouco, mas parou na metade do caminho para que ela não o recebesse por inteiro. Os olhos vermelhos da Princesa faiscaram por sobre os ombros.

– Mais, por favor.

– Por que você não apareceu, minha adorável vadia?

– Por que você não cala a boca e vai até o fim?

Rehv se inclinou e percorreu com as presas os ombros dela. O tecido estava coberto de veneno de escorpião, e sentiu os lábios adormeceram instantaneamente. Aquilo ia estar nas mãos e no corpo dele todo quando o sexo acabasse, então Rehv precisaria tomar banho no abrigo assim que possível.

Mas não seria rápido o bastante. Ele ficaria muito doente, como sempre. Como ela era um *sympatho* de sangue puro, o veneno não a afetava. Para a Princesa, era como um perfume, um realce. Porém, para sua natureza de vampiro, que era especialmente vulnerável, era um veneno poderoso.

Ele recuou lentamente, aliviou alguns centímetros e soube que ela estava pronta quando seus dedos com três articulações se cravaram na madeira velha e gasta do parapeito.

Meu Deus, aquelas mãos, com os trios de nós e as unhas vermelhas... pareciam saídas de um filme de terror, o tipo de coisa que se agarra na borda de um caixão antes que os mortos-vivos saiam e matem o mocinho.

– Me... diga... por... que... vadia... – ele pontuou cada palavra. – Ou nenhum dos dois goza.

Céus, ele odiava e adorava aquilo, os dois sentimentos brigavam pela liderança, ambos furiosos com as concessões que precisavam fazer.

A Princesa estava se consumindo viva por ter que dar o braço a torcer para vê-lo gozar. Rehv desprezava o que ia fazer com o corpo dela, e ela não queria revelar a razão de estar duas noites atrasada, mas sabia que seria preciso se quisesse gozar... Era um círculo vicioso.

– *Me diga* – ele grunhiu.

– Seu tio está cada vez mais forte.

– Está?

Ele a recompensou com uma rápida penetração, e ela arquejou.

– Por quê?

– Duas noites atrás...

Sua respiração foi cortada quando inclinou a coluna para recebê-lo da maneira mais profunda possível.

– Ele foi coroado.

Rehv perdeu o ritmo.

Droga.

Uma mudança de líder não era boa. Os *sympathos* podiam estar presos em uma colônia, isolados do mundo real, mas qualquer instabilidade política ameaçava o pequeno controle entre eles.

– Nós precisamos de você – ela disse, colocando a mão para trás e cravando as unhas no traseiro dele. – Para fazer o que você faz de melhor.

De. Jeito. Nenhum.

Ele já tinha matado parentes demais.

Ela olhou sobre o ombro, e o escorpião em sua orelha se aproximou dele, com as pernas penduradas tentando tocá-lo.

– Eu expliquei por quê. Então vamos lá.

Rehv travou o cérebro, se concentrou na imagem da praia e deixou seu corpo fazer o que tinha que fazer. Naquela penetração ritmada, a Princesa teve um orgasmo, e o corpo dela se agarrou firme ao dele em uma série de pulsações que pareciam um punho torcendo o membro de Rehv como se fosse um torno. E isso fez o sexo dele se agarrar ao interior do corpo dela e preenchê-la.

Ele se separou assim que conseguiu e começou a descida ao inferno. Já era possível sentir o efeito do veneno daquele maldito tecido. O corpo dele inteiro formigava, as terminações nervosas de sua pele piscavam em espasmos de dor. Só ia piorar.

A Princesa endireitou o corpo e foi pegar seu vestido. De um bolso escondido, ela pegou um longo pedaço de cetim vermelho, e com os olhos presos a ele, passou o tecido por entre as pernas e o amarrou em uma série de laços elaborados. Seus olhos de rubi brilhavam de satisfação enquanto se certificava que nenhuma gota dele escaparia.

Rehv detestava aquilo, ela sabia, e era por isso que a Princesa nunca reclamava que ele tirava o membro tão rápido. Ela sabia perfeitamente que ele queria enfiá-la em um banho de alvejante e fazê-la se lavar até que o sexo desaparecesse completamente.

– Onde está o meu dízimo? – perguntou enquanto colocava o vestido.

Rehv estava vendo tudo dobrado por causa do veneno quando foi pegar um pequeno saco de veludo na jaqueta. Ele jogou o objeto, e ela pegou. Dentro, havia 250 mil dólares em rubis. Cortados. Prontos para ser usados.

– Você precisa ir para casa.

Ele estava muito cansado para participar do jogo.

– Aquela colônia não é a minha casa.

– Errado. Tão errado. Mas você vai mudar de ideia. Eu garanto.

Com isso, a Princesa desapareceu no ar.

Rehv se encolheu, colocando a mão na parede da cabana, enquanto uma onda negra de exaustão tomou conta dele. Quando a porta se abriu, endireitou o corpo e pegou sua calça. Trez não disse nada, apenas foi até ele e o apoiou. Doente como estava, e ficaria, Rehv colocou as roupas sozinho. Era importante. Ele sempre fazia aquilo sozinho.

Quando a jaqueta estava de volta no lugar, a gravata em volta do pescoço e a bengala na mão, seu melhor amigo e guarda-costas o levantou como uma criança e o levou até o carro.

Capítulo 36

O estresse em uma pessoa é como o ar em um balão. Pressão demais, problemas demais, más notícias demais... e a festa de aniversário vira uma confusão.

Phury abriu a gaveta do criado mudo com força mesmo que tivesse acabado de olhar ali.

– Droga.

Onde diabos estava toda a fumaça vermelha dele?

Pegou o saco quase vazio do bolso da frente. Mal dava para um cigarro fino. O que significava que era melhor ir para o ZeroSum antes que o Reverendo fechasse. Pegou uma jaqueta leve para ter onde esconder o saco quando voltasse e desceu a escada principal. Quando chegou ao saguão, sua cabeça estava viva e girando, com o mago recitando as Dez Maiores Razões porque Phury, filho de Ahgony, era um cabeça de merda.

Número dez: Consegue ser expulso da Irmandade.

Número nove: Viciado.

Número oito: Briga com o irmão gêmeo quando a shellan *grávida dele está mal.*

Número sete: Viciado.

Número seis: Estraga tudo com a fêmea que ele deseja, afastando-a.

Número cinco: Mente para proteger seu comportamento de viciado.

Ou será que isso se enquadrava nos números nove e sete?

Número quatro: Decepciona os pais.

Número três: Viciado.

Número dois: Se apaixona pela fêmea afastada já citada.

Droga. Droga. Droga.

Ele tinha se apaixonado por Cormia? Como? Quando? O mago apareceu em sua cabeça.

Isso não importa, parceiro. Termine a lista. Vamos lá. Certo... acho que vamos colocar "Viciado" como número um, que tal?

– Para onde você vai?

A voz de Wrath veio de cima como uma espécie de consciência, e Phury ficou paralisado com a mão na porta do vestíbulo.

– Para onde? – o rei quis saber.

Em nenhum lugar especial, Phury pensou sem se virar. *Só estou enlouquecendo.*

– Vou dar uma volta – ele respondeu, mostrando a chave do carro acima da cabeça.

Àquela altura, a mentira não o incomodava nem um pouco. Só queria que todo mundo saísse do seu caminho. Quando tivesse sua fumaça vermelha, quando estivesse calmo e sua cabeça não parecesse mais uma dinamite pronta para explodir, podia voltar a interagir.

As botas de Wrath chegaram às escadas, com o barulho dos passos parecendo a contagem para a discussão que se anunciava. Phury virou o rosto para o rei, uma fúria contida enchia seu peito. E, pelo visto, Wrath também não estava no melhor dos humores. As sobrancelhas estavam unidas atrás dos óculos escuros, presas longas, corpo totalmente tenso. Claramente havia mais más notícias.

– O que aconteceu agora? – Phury perguntou, pensando quando é que aquela tempestade de problemas ia sair de lá e atormentar outras pessoas.

– Quatro famílias da *glymera* foram atacadas hoje à noite, e não há sobreviventes. Tenho algo horrível para dizer a Qhuinn, mas não estou conseguindo falar com ele nem com John Matthew, que estão de guarda na casa de Blaylock.

– Quer que eu vá até lá?

– Não, quero que você vá para o Santuário e faça seu trabalho – Wrath soltou. – Precisamos de mais Irmãos, e você concordou em ser o Primaz, então pare de besteiras.

Phury estava louco para colocar as presas para fora, mas se controlou.

– Escolhi outra Primeira Companheira. Ela está sendo preparada, vou para lá ao anoitecer de amanhã.

As sobrancelhas de Wrath se levantaram. E então ele balançou a cabeça.

– Certo. Que bom. Agora, qual é o telefone de Blaylock? Vou mandar o garoto de volta para casa. Todos os Irmãos estão ocupados, e não quero que Qhuinn fique sabendo por telefone.

– Eu posso ir...

– Não pode não – o rei disparou. – Mesmo que você ainda estivesse na Irmandade, com tudo o que está acontecendo, não posso perder o Primaz da raça! Agora, qual é a porcaria do telefone?

Phury deu o número para Wrath, acenou com a cabeça uma despedida e saiu pelo vestíbulo. Não importava que ele tivesse dito ao rei que ia dar uma volta de carro; ele deixou a BMW onde estava estacionada dentro da propriedade e se desmaterializou até o centro da cidade.

Até porque Wrath sabia que ele estava mentindo.

E não havia por que prolongar a viagem ao ZeroSum indo de carro só para sustentar uma coisa que os dois sabiam ser mentira. Quando chegou à entrada do clube, Phury desviou da fila e simplesmente fez o segurança sair do caminho. Na área VIP, iAm estava parado na porta do escritório de Rehv. O Mouro não parecia surpreso em vê-lo, mas, até aí, era difícil surpreender qualquer um dos seguranças particulares de Rehv.

– O chefe não está, quer comprar alguma coisa? – perguntou o sujeito.

Phury assentiu, e iAm mostrou o caminho. Rally, o subordinado que cuidava da balança, se moveu rápido depois que Phury mostrou sua mão aberta duas vezes.

iAm encostou o quadril na mesa de Rehvenge e simplesmente ficou olhando para o lugar com olhos calmos e impassíveis. Seu irmão, Trez, era o cabeça quente dos dois, então Phury sempre achou que era com iAm que ele precisava se preocupar.

Se bem que era como escolher entre duas armas diferentes: uma questão de nível.

– Um conselho – disse o Mouro.

– Eu passo.

– Que pena. Não mude para as coisas mais pesadas, amigo.

– Não faço ideia do que você está falando.

– Mentira.

Rally saiu da porta secreta no canto, e enquanto Phury viu o conteúdo no saco plástico, sua pressão sanguínea caiu e seus batimentos cardíacos diminuíram. Ele pagou mil dólares e saiu do escritório o mais rápido que conseguiu, pronto para retomar sua rotina em seu quarto.

Assim que foi para a saída lateral, viu Xhex parada no bar VIP. Os olhos dela foram direto para o braço de Phury, que estava enterrado no casaco, e então ela franziu a testa e murmurou um xingamento.

Enquanto ela se aproximava, ele teve a estranha impressão de que Xhex ia tentar pegar o saco de volta, mas isso não iria acontecer. Ele pagou um bom dinheiro vivo e comprou a mercadoria por um preço justo. Não havia motivo para a gerência implicar com ele.

Phury rapidamente abriu a porta e se desmaterializou. Não fazia a mais vaga ideia de qual era o problema e não ligava. Já tinha o que precisava e estava indo para casa.

Enquanto suas moléculas voltavam para a mansão, pensou naquele viciado no beco, o que tinha matado o traficante e revirado os bolsos do homem enquanto o sangue jorrava. Phury tentou acreditar que ele não era assim. Tentou não ver o desespero dos últimos vinte minutos como uma etapa anterior ao que o viciado tinha feito com aquela lâmina.

A realidade, no entanto, era que nada nem ninguém estava seguro se estivesse no caminho entre um viciado e aquilo que ele desejava.

Enquanto John olhava para o quintal de Blay, sentiu que já tinha feito aquilo mil vezes. Esperar, observar… essa pausa predatória, tudo parecia costumeiro para ele. O que era loucura.

Não, algo dizia a ele que aquilo era comum. Mas só estava percebendo agora.

Ao seu lado, nas sombras, Qhuinn estava surpreendentemente quieto. Em geral o sujeito estava sempre se mexendo, batendo pés e mãos, andando, falando. Não naquela noite, não naquele campo cheio de arbustos. Sim, certo, eles estavam se escondendo no meio do mato.

Não era tão macho quanto se esconder atrás de um monte de carvalhos, mas a cobertura era melhor, e, além disso, era tudo o que tinham para se camuflar perto da porta dos fundos de Blay.

John olhou para o relógio. Eles estavam esperando fazia uma hora ou duas. Iam ter de voltar no fim das contas para evitar o amanhecer, mas que droga. Ele estava lá para lutar. Estava preparado para lutar. Se não desse uma boa surra em outro *redutor*, seu guerreiro interno teria uma crise séria de abstinência.

Infelizmente, tudo o que tinham era uma brisa de fim de verão ocasional para amenizar o barulho dos grilos.

Eu não sabia do Blay, John sinalizou por nenhum motivo. *Há quanto tempo descobriu que... você sabe, como ele se sentia*?

Agora os dedos de Qhuinn estavam tamborilando na coxa.

– Desde o começo... ou seja, faz muito tempo.

Nossa, John pensou.

Com todos aqueles segredos vindo à tona, era quase como se eles estivessem passando pela transição de novo. E como as mudanças que tomaram conta do corpo deles, os três nunca mais seriam como antes.

– Blay escondeu o que sentia – Qhuinn murmurou –, mas talvez não por causa do sexo. Quero dizer, não é um problema para mim estar com caras, especialmente se tem garotas envolvidas. – Qhuinn riu. – Você parece tão chocado. Não sabia que eu faço isso?

Bem... eu... eu... quero... dizer...

Caramba, se ele já tinha se sentido virgem antes diante das histórias de Qhuinn... aquilo tudo... John se deu conta de que agora se sentia *realmente* virgem.

– Escute, se eu estou deixando você desconfortável...

Não, não é isso. Caramba, eu nem estou tão surpreso assim. Quero dizer, você entrou em banheiros com muita gente diferente...

– Sim. Eu meio que deixo as coisas acontecerem, sabe? Está tudo bem. – Qhuinn esfregou a testa. – Mas eu não planejo ser assim para sempre.

Não?

– Um dia eu quero ter uma *shellan* para mim. Mas enquanto isso, vou fazer tudo e com todos. É assim que eu sei que estou vivo.

John pensou sobre o assunto.

Eu também quero uma fêmea. Mas é difícil porque...

Qhuinn não olhou para ele, mas concordou porque entendia – o que era bom. Engraçado, era mais fácil falar sobre algumas coisas, de certa forma, agora que seu amigo sabia exatamente por que era difícil para ele.

– Sabe, eu vejo como você olha para Xhex.

John ficou vermelho como uma beterraba.

Hum...

– Tudo bem. Quero dizer, caramba... ela é absurdamente gostosa. Em parte por ser tão assustadora. Acho que ela pode fazer alguém engolir os próprios dentes se sair da linha. – Qhuinn deu de ombros. – Mas você não acha melhor começar com alguém mais... não sei, mais delicada?

Não dá para escolher por quem você se sente atraído.

– Amém.

Eles ouviram alguém vindo pela frente da casa, e os dois ficaram atentos, levantando as armas e virando-as para o leste.

– Sou eu – Blay avisou. – Não atirem.

John saiu de trás dos arbustos.

Achei que você ia com seus pais.

Blay olhou para Qhuinn.

– Os Irmãos estão tentando falar com você.

– Por que você está me olhando assim? – perguntou Qhuinn, guardando a arma.

– Eles querem que você volte para a mansão.

Por quê?, John sinalizou, ainda que Blay estivesse com os olhos grudados no outro amigo.

Wrath permitiu que a gente ficasse...

– Minha família foi atacada, não foi? – O maxilar de Qhuinn ficou tenso. – Não foi?

– Wrath quer que você...

– Dane-se o Wrath. Fale!

Os olhos de Blay foram para John antes de voltar para Qhuinn.

– Sua mãe, seu pai e sua irmã estão mortos. Seu irmão está desaparecido.

A respiração de Qhuinn saiu como um assobio, como se tivesse levado um chute no estômago.

John e Blay foram até ele, mas Qhuinn afastou os dois. Blay balançou a cabeça.

– Eu sinto muito.

Qhuinn não disse nada. Era como se tivesse esquecido sua língua. Blay tentou se aproximar de novo, e quando o amigo deu outro passo para trás, ele disse:

– Escute, Wrath me ligou quando não conseguiu falar com nenhum dos dois e me pediu para levar vocês para a mansão. A *glymera* vai entrar em reclusão.

Vamos pegar o carro, John sinalizou para Qhuinn.

– Eu não vou.

– Qhuinn...

Qhuinn...

A voz de Qhuinn estava cheia da emoção que seu rosto se recusava a mostrar.

– Dane-se tudo isso. Dane-se...

Uma luz se acendeu na casa de Blay, e a cabeça de Qhuinn se virou. Pelo vidro das janelas da cozinha, os três viram um *redutor* entrar claramente. Não foi possível segurar Qhuinn. Ele parecia supersônico quando entrou na casa pela porta dos fundos com a arma em punho. E também não fui sutil quando estava lá dentro.

Colocou sua arma na altura do matador e apertou o gatilho diversas vezes, jogando o desgraçado contra a parede. Mesmo enquanto o *redutor* sucumbia e sangrava preto, Qhuinn continuou atirando, transformando o papel de parede atrás dele em uma pintura de arte moderna.

Os outros dois correram para dentro, e John colocou o braço em volta do pescoço do amigo. Enquanto puxava Qhuinn para trás, ele agarrou a mão do sujeito caso ele tentasse atirar.

Outro *redutor* entrou correndo pela cozinha, e Blay assumiu o comando, pegando uma faca de carne de uma tábua de corte. Quando partiu para cima do branquelo, o matador abriu um canivete do nada, e os dois começaram a andar em círculos. Blay estava nervoso, o corpo estava pronto para o ataque, e os olhos estavam fixos.

O problema era que ainda estava sangrando dos ferimentos anteriores, o rosto estava branco e exausto por tudo o que tinha acontecido antes.

Qhuinn levantou a arma apesar de John estar segurando o braço dele. Quando John balançou a cabeça, Qhuinn murmurou:

– Solte-me. Agora.

A voz estava tão calma que John obedeceu. Qhuinn colocou uma bala perfeita bem no meio dos olhos do *redutor*, derrubando o desgraçado como um boneco.

– Que diabos? – Blay reclamou. – Ele era meu.

– Não vou ficar vendo você ser cortado. Não vai acontecer.

Blay apontou um dedo trêmulo para Qhuinn.

– Nunca mais faça isso.

– Eu perdi gente que não suportava hoje. Não vou perder alguém de quem eu realmente gosto.

– Eu não preciso que você seja meu herói...

John se colocou entre os dois.

Para casa, ele sinalizou. *Agora.*

– Pode haver mais...

– Provavelmente tem mais...

Os três ficaram congelados quando o telefone de Blay tocou.

– É o Wrath. – Os dedos de Blay passaram pelas chaves. – Ele realmente nos quer em casa. E, John, olhe o seu telefone, acho que não está funcionando.

John tirou o celular do bolso. Estava morto como um prego, mas aquela não era a hora de descobri por quê. Talvez por causa da briga?

Vamos, ele sinalizou.

Qhuinn foi até a bancada de facas, pegou uma de carne e cravou tanto no *redutor* que parecia uma peneira quanto no que estava com uma bala entre os olhos. Agindo rapidamente, eles trancaram a casa o melhor que puderam, ligaram o alarme e entraram na Mercedes de Fritz, Qhuinn atrás do volante, Blay e John no banco de trás. Quando pegaram a Rota 22, Qhuinn começou a subir a divisória.

– Se vamos voltar para a mansão, você não pode saber onde fica, Blay.

Mas é claro que aquilo era apenas uma parte do motivo. Qhuinn queria ficar sozinho. Era isso que ele precisava sempre que tinha algo para processar, e era por isso que John tinha se oferecido para ir atrás como se fossem passageiros e motorista.

Na densa escuridão do banco de trás, John observava Blay. Ele estava encostado no banco de couro como se sua cabeça pesasse tanto quanto um motor e seus olhos pareciam ter afundado no crânio.

Parecia ter cem anos. Em termos humanos. John pensou no amigo noites atrás, na loja da Abercrombie, olhando as camisas penduradas, pegando uma ou outra para poder avaliar. Vendo Blay agora, era como se o ruivo na loja fosse um primo distante mais novo da pessoa que estava na Mercedes, alguém com os mesmos traços e altura, mas sem mais nada em comum.

John bateu no braço do amigo.

Precisamos chamar a doutora Jane para dar uma olhada em você.

Blay olhou para sua camisa branca e pareceu surpreso quando viu sangue.

– Acho que era disso que minha mãe estava falando. Não dói.

Que bom.

Blay virou e ficou olhando pela janela, mesmo que fosse impossível enxergar.

– Meu pai disse que eu posso ficar. Para lutar.

John assobiou de leve para chamar a atenção do amigo de novo.

Eu não sabia que seu pai podia usar uma espada daquele jeito.

– Ele era soldado antes de se unir à minha mãe. Ela o fez parar. – Blay esfregou a camisa apesar do sangue já ter penetrado nas fibras e manchado a roupa. – Eles tiveram uma grande discussão quando Wrath ligou me pedindo para encontrar vocês dois. Minha mãe se preocupa que eu morra. Meu pai quer que eu seja um macho de valor quando a raça precisar. Então já viu.

E o que você quer?

Os olhos do ruivo se voltaram para a divisória e percorram todo o banco de trás.

– Eu quero lutar.

John se ajeitou no banco.

Que bom.

Depois de um longo silêncio, Blay chamou:

– John?

Ele virou a cabeça para o lado lentamente, se sentindo tão cansado quanto Blay parecia estar.

O quê?, disse acenando a cabeça, porque não tinha forças para fazer os sinais.

– Você ainda quer ser meu amigo? Mesmo que eu seja gay?

John franziu a testa. Depois sentou direito, fez um punho e acertou o ombro do amigo.

– Ei! Que droga…

Por que eu não iria querer ser seu amigo? Além do fato de você ser um completo idiota por fazer essa pergunta?

Blay passou a mão no ombro.

– Desculpe, eu não sabia se isso ia mudar alguma coisa… E não faça mais isso. Estou com um corte aqui!

John se acomodou de novo no banco. Estava prestes a sinalizar *imbecil* para o amigo, quando se deu conta de que ele mesmo pensou a mesma coisa depois do que aconteceu no vestiário. John olhou para o amigo.

Você é o mesmo para mim.

Blay respirou fundo.

– Eu ainda não contei para os meus pais. Você e Qhuinn são os únicos que sabem.

Bom, quando você contar para eles ou para qualquer um, nós dois vamos estar do seu lado. Sempre.

A pergunta que John não teve coragem de fazer devia estar em seus olhos, porque Blay tocou o ombro do amigo.

– Não. Nem um pouco. Acho que nada poderia me fazer mudar de opinião sobre você.

Os dois deram suspiros idênticos e fecharam os olhos ao mesmo tempo. Nenhum deles disse nada pelo resto da viagem para casa.

Lash estava sentado no banco do passageiro do Focus e teve a frustrante sensação de que mesmo com os ataques que havia iniciado nas casas da aristocracia, a Sociedade não estava entendendo. Os *redutores* estavam recebendo ordens do Sr. D, não dele.

Droga, eles nem sabiam da sua existência.

Olhou para o Sr. D, cujas mãos estavam na parte superior do volante. Parte dele queria matar o sujeito só de raiva, mas seu lado lógico sabia que era necessário mantê-lo vivo como porta-voz – pelo menos até que pudesse provar quem era para o resto de suas tropas.

Tropas. Ele amava aquela palavra. Ainda mais se podia chamá-las de *suas*.

Talvez ele pudesse inventar um uniforme. De general ou coisa assim. Lash com certeza merecia, dada a eficácia da sua estratégia militar. Ele era um gênio inquestionável – e o fato de que estava usando o que aprendeu com a Irmandade contra eles próprios era totalmente glorioso.

Nos últimos séculos, a Sociedade Redutora estava apenas sequestrando vampiros individualmente. Isso exigia pouca inteligência e uma força de soldados descoordenada: era apenas uma estratégia de caçar e pegar que tinha gerado pouco sucesso.

Ele, no entanto, estava pensando grande e tinha o conhecimento para concretizar os planos. O melhor jeito para eliminar os vampiros era destruir a vontade coletiva da sociedade, e o primeiro passo era a desestabilização.

Quatro das seis famílias fundadoras da *glymera* tinham sido eliminadas. Havia mais duas, e quando fossem atacadas, os *redutores* poderiam partir para o resto da aristocracia. Com a *glymera* dizimada, o que sobraria do Conselho dos *Princeps* se voltaria contra o rei Wrath. Facções rivais se formariam. Lutas de poder aconteceriam. E Wrath, como um líder obrigado a lidar com a discórdia da população civil, desafios à sua autoridade e uma guerra ativa, cometeria erros de decisão. O que aumentaria a instabilidade. A queda não seria apenas política.

Mais roubos significariam menos pagamentos para a Irmandade devido à erosão na base tributária. Menos aristocratas significaria menos empregos para a população civil, o que provocaria um caos financeiro nas classes mais baixas e uma erosão no seu apoio ao rei.

A coisa toda formaria um círculo vicioso que inevitavelmente faria Wrath ser deposto, morto ou relegado a uma figura sem poder – e a estrutura social dos vampiros cairia ainda mais na sarjeta. Como tudo em ruínas, Lash entraria e arrumaria o que sobrou.

A única coisa melhor seria uma praga devastar os vampiros.

Seu plano estava dando certo até o momento, a primeira noite tinha sido um grande sucesso. Ele ficou furioso que o desgraçado do Qhuinn não estivesse em casa quando atacaram, porque ele adoraria ter matado o primo, mas tinha aprendido algo interessante.

Na mesa de seu tio estavam os papéis de renúncia que expulsavam Qhuinn da família. O que significava que o pobre coitado com um olho de cada cor estava solto em algum lugar – se bem que evidentemente não na casa de Blay, que também tinha sido atacada.

Sim, foi uma pena que Qhuinn não estivesse em casa. Mas pelo menos tinha levado o irmão dele vivo. Ia ser divertido.

Tinha havido perdas na Sociedade, a maioria na casa de Blay e do próprio Lash, mas no geral a maré estava fortemente a favor. O *timing*, no entanto, era muito importante. A *glymera* estaria fugindo para seus abrigos, e apesar de conhecer onde alguns ficavam, a maioria fugiria para o norte do estado, o que significava tempo de viagem para seus homens. Para agilizar as mortes, teriam de atacar o maior número de endereços possível na cidade.

Mapas. Eles precisavam de mapas.

Quando o pensamento ocorreu, o estômago de Lash fez barulho. Precisavam de mapas e comida.

– Pare naquele posto – ordenou.

O Sr. D não virou a tempo, então subiu na calçada e voltou pela rua.

– Preciso comer – disse Lash. – E preciso de mapas para...

Do outro lado da rua, as luzes azuis de uma viatura da polícia de Caldwell começaram a brilhar, e Lash soltou um palavrão. Se o policial tinha visto a violação de trânsito, eles teriam problemas sérios. O Focus tinha pistolas e armas no porta-malas. Além de roupas ensanguentadas, carteiras, relógios e anéis dos vampiros mortos.

Ótimo. Sensacional.

O policial evidentemente não tinha parado para comer uma rosquinha, porque estava indo armado na direção deles.

– Droga! – Lash olhou para o Sr. D, que parou o carro. – Por favor, me diga que você tem uma carteira de motorista válida.

– Claro.

O Sr. D estacionou e baixou o vidro quando um policial se aproximou deles.

– Olá, seu guarda. Minha carteira de motorista está bem aqui.

– Também preciso do documento do carro.

O policial se inclinou para dentro e pareceu não ter gostado do cheiro deles.

Droga, é verdade. O cheiro de talco.

Lash se ajeitou no banco enquanto o Sr. D esticou a mão para o porta-luvas o mais calmo possível. Quando pegou um pedaço de papel branco do tamanho de uma agenda, Lash rapidamente deu uma olhada no documento. Definitivamente parecia ser oficial. Tinha o símbolo do estado de Nova York, o nome Richard Delano e o endereço do número 1.583 na Rua Dez, apartamento 4F. O Sr. D entregou tudo pela janela.

– Eu sei que não deveria ter feito aquela conversão, senhor. Nós só queríamos algo para comer, e eu perdi a entrada do estacionamento.

Lash olhou para o Sr. D e ficou impressionado com seu talento de atuação. Era a mistura certa de vergonha arrependida, desculpas sinceras e uma aparência comum enquanto olhava para o policial. Caramba, ele parecia um desenho em uma caixa de cereal enquanto tagarelava e repetia a palavra "senhor" como se fosse "amém" em uma igreja. Parecia totalmente íntegro. Cheio de vitaminas e fibras. Cheio da boa e velha nutrição americana vital.

O policial olhou a documentação e a devolveu. Quando iluminou o interior com a lanterna, disse:

– Só não faça mais isso…

O policial franziu a testa quando olhou para Lash. A atitude de que "isso é uma perda de tempo" desapareceu em um segundo. Levando o rádio preso à sua lapela à boca, pediu reforços e depois disse:

– Senhor, vou ter que pedir que você saia do carro, por favor.

– Quem, eu? – Lash respondeu. Droga, ele não estava com sua identidade. – Por quê?

– Por favor, saia do carro, senhor.

– Só se você me disser por quê.

A lanterna iluminou a corrente de cachorro no pescoço de Lash.

– Recebemos uma reclamação há cerca de uma hora de uma mulher na boate Screamer's sobre um homem branco, um metro e noventa, cabelo curto louro com uma coleira de cachorro.

– Qual foi a reclamação?

– Agressão sexual.

Outra viatura estacionou na frente deles, deu ré e parou bem perto dos faróis do Focus.

– Por favor, saia do carro, senhor.

Aquela vadia do bar tinha ido falar com a polícia? Ela tinha implorado por aquilo!

– Não.

– Se você não sair do carro, vou ter que removê-lo.

– Saia do carro. – o Sr. D murmurou.

O segundo policial deu a volta no Focus e abriu a porta de Lash.

– Saia do carro, senhor.

Isso não podia estar acontecendo. Esses humanos idiotas? Ele era o filho do Ômega, pelo amor de Deus. Não seguia as regras dos vampiros, muito menos as que governavam os humanos.

– Senhor? – o policial chamou.

– Que tal você ir se ferrar com a sua arma de choque?

O policial abaixou e pegou o braço de Lash.

– Você está preso por violência sexual. Tudo o que disser pode e será usado contra você no tribunal. Se você não puder pagar um advogado...

– Vocês não podem estar falando sério.

– ... será indicado um. Você entendeu seus direitos...

– Me solte.

– ... que eu acabei de explicar?

Foram necessários os dois policiais para tirar Lash do carro, e, claro, formou-se uma multidão. *Droga*. Mesmo que pudesse arrancar os braços daqueles sujeitos com facilidade e enfiá-los naquele lugar, não podia criar uma cena. Havia testemunhas demais.

– Senhor, você entendeu seus direitos?

Enquanto o policial falava, Lash foi virado, jogado no capô e algemado. Olhou pelo para-brisa para o Sr. D, cujo rosto tinha perdido a inocência. Seus olhos estavam apertados, e deveria estar quebrando a cabeça para encontrar uma maneira de sair daquela situação.

– Senhor? Você entendeu seus direitos?

– Sim – Lash grunhiu. – Perfeitamente.

O policial da direita se inclinou.

– A propósito, vamos acrescentar uma queixa de resistência à prisão. E a loura? Ela tinha dezessete anos.

Capítulo 37

Nos fundos da mansão da Irmandade, os pés machucados de Cormia viajavam pela grama aparada o mais rápido que podiam. Ela estava correndo para se perder, correndo com a esperança de obter algum tipo de clareza, correndo porque não havia nenhum lugar onde queria ir, mas não podia mais ficar onde estava.

Sua respiração entrava e saía cortada dos pulmões, as pernas queimavam, os braços ficaram dormentes, mas mesmo assim ela correu até o lado do muro que dava para a borda da floresta, e então se virou e voltou para os jardins.

Layla e o Primaz. Layla deitada com o Primaz, Layla nua com o Primaz.

Ela correu mais rápido. Ele ia escolher Layla. Como estava desconfortável com sua posição, ele ia escolher aquela que já tinha visto e que já tinha servido seus Irmãos com discrição e graça.

Ele escolheria o familiar. *Ia escolher Layla.*

Sem aviso, as pernas de Cormia saíram do lugar, e ela caiu exausta. Quando se recuperou o suficiente para levantar a cabeça, franziu a testa enquanto ofegava. Ela tinha caído em um pedaço áspero do gramado, um trecho imperfeito de apenas dois metros de diâmetro.

Era como se algo tivesse sido queimado ali e o solo ainda precisasse se recuperar. Parecia adequado em muitos níveis. Virando de costas, olhou para o céu noturno. Suas coxas queimavam, assim como os pulmões, mas o verdadeiro fogo estava em seu cérebro. Seu lugar não era deste lado. E não podia suportar a ideia de voltar ao Santuário.

Ela era como o ar de verão que estava entre a grama no chão e a galáxia coberta de estrelas lá no alto. Não estava nem aqui nem lá... e era invisível.

Ficando de pé, foi lentamente até o terraço da mansão. Luzes brilhavam nas janelas da casa e, quando olhou, percebeu que ia sentir falta das cores deste mundo à noite: o vermelho, o rosa, o amarelo e o roxo das rosas chá eram delicados, como se os botões fossem tímidos.

Dentro da biblioteca, o vermelho profundo das cortinas era como um fogo contido, e a sala de jogos parecia ter sido construída com esmeraldas, com seu verde vivo.

Tão lindo. Era tudo tão lindo, uma festa para os olhos.

Para adiar um pouco a partida, ela foi para a piscina. A água escura parecia falar com ela, com a superfície reluzente sussurrando e atraindo brilhos de luar em ondas sutis. Tirando a túnica, ela mergulhou na escuridão delicada, irrompendo pela trama da superfície da piscina, indo até o fundo e ficando lá enquanto nadava.

Ao emergir, uma decisão entrou em seu corpo quando Cormia inspirou. Ela deixaria um aviso para que Fritz falasse com Bella. E então iria para o Santuário e pediria uma audiência com a Directrix Amalya – em que faria uma solicitação para se tornar uma escriba reclusa.

Ela sabia que no curso de suas tarefas como escriba teria que registrar a vida dos filhos do Primaz, mas era melhor lidar com aquilo na terra das letras do que ter de olhar legiões de jovens com cabelo multicolorido e lindos olhos amarelos.

E haveria muitos filhos. Apesar de Cormia tê-lo desafiado em sua força, o Primaz iria fazer o que precisava fazer. Ele estava lutando ainda mais agora com seu papel, mas seu senso de dever falaria mais alto do que sua individualidade.

Bella estava muito certa em sua avaliação dele.

– Bem, olá.

Cormia levou um susto e olhou direto para um par de botas com ponteira de metal. Seu olhar percorreu aquele corpo longo e grande de macho que vestia o chamado jeans.

– E quem é você? – ele perguntou, agachado, com uma voz calorosa e delicada.

Seus olhos eram impressionantes – profundos, um de cada cor, com cílios da cor de seu espesso cabelo preto. Antes que ela pudesse responder, John Matthew surgiu de trás do macho e assobiou alto para chamá-lo. Quando o macho na beira da piscina olhou por sobre o ombro, John balançou a cabeça e começou a fazer sinais loucamente.

– Oh… droga, desculpe.

Em toda sua altura, o macho de cabelo escuro levantou as mãos como se estivesse tentando se desculpar.

– Eu não sabia quem você é.

Outro macho saiu da casa pelas portas da biblioteca. Esse era ruivo e tinha manchas de sangue na camisa e um ar de profundo cansaço. Eram os guerreiros que lutavam com John, ela pensou. Jovens guerreiros.

– Quem é você? – ela perguntou para o que tinha olhos lindos e estranhos.

– Qhuinn. Estou com ele. – Seu polegar foi na direção de John Matthew. – O ruivo é…

– Blaylock – o outro interrompeu bruscamente. – Sou Blaylock.

– Eu estava apenas nadando um pouco – ela explicou.

– Estou vendo.

O sorriso de Qhuinn era amigável, não mais sexual. Ainda assim, ele estava atraído por ela. Cormia podia sentir. E foi quando percebeu que no caminho que estava, iria permanecer intocada para sempre. Como uma escriba reclusa, nunca estaria entre aquelas que o Primaz visitaria sexualmente.

Então aquela tempestade que tinha surgido em seu corpo de uma maneira tão gloriosa nunca mais seria evocada nem liberada de novo. Nunca mais.

Enquanto os muitos anos de vida de Cormia se desenrolavam diante dela, uma nota inquieta e desesperada foi tocada, e as vibrações da insatisfação a levaram através da água morna até a escada. Agarrando os apoios para sair, ela sentiu o ar fresco no corpo e soube que os três guerreiros estavam olhando para ela. Saber disso a deprimia e encorajava ao mesmo tempo.

Seria a última vez que qualquer macho veria seu corpo, e era difícil pensar que estava trancando tudo o que tinha de feminino para sempre. Mas ela não estaria com ninguém além do Primaz, e não podia suportar ficar com ele daquela maneira junto com todas as irmãs.

Então era o fim. Em poucos momentos, ela fecharia a túnica ao redor de seu corpo e se despediria de algo que nunca tinha começado de verdade.

Portanto, não iria se desculpar por sua nudez nem esconder seu corpo ao sair do delicado abraço da água.

Phury se materializou nos jardins atrás da mansão da Irmandade porque não estava interessado em encontrar ninguém. Com tudo o que havia na cabeça, passar pela porta da frente e correr o risco de...

Seus pés pararam, seu coração parou e sua respiração parou.

Cormia estava saindo da piscina, sua forma feminina resplandecente pingava água... enquanto três machos recém-saídos da transição estavam a cerca de três metros dela com a língua pendurada até a altura da barriga.

Ah... não.

O macho vinculado dentro dele avançou como um animal, se libertando das mentiras com que tinha se alimentado sobre seus sentimentos, rugindo para fora da caverna de seu coração, arrancando dele tudo o que havia de civilizado.

Tudo o que sabia é que sua fêmea estava parada nua e sendo cobiçada por outros. Isso era tudo o que importava. Antes que se desse conta do que estava fazendo, Phury soltou um rugido que irrompeu pelo ar como um trovão.

Os olhos de John Matthew e de seus amigos se viraram, e os três recuaram ao mesmo tempo. Totalmente. Como se a piscina estivesse pegando fogo.

Cormia, por outro lado, não olhou na direção dele. Também não tentou se cobrir. Em vez disso, ela deliberadamente pegou a túnica e passou lentamente pelos ombros, totalmente desafiadora.

O que o instigou ainda mais.

– Entre na casa – ele ordenou. – Agora.

Quando olhou para ele, a voz de Cormia estava tão calma quanto seus olhos.

– E se eu não entrar?

– Vou colocar você no meu ombro e carregá-la.

Phury virou para os garotos.

– Este assunto é nosso. Não de vocês. Caiam fora se sabem o que é melhor para vocês. *Agora!*

O trio hesitou até que Cormia disse:

– Vai ficar tudo bem. Não se preocupem.

Quando eles se viraram, Phury teve a sensação de que não iriam longe, mas Cormia não precisava de proteção. Machos vinculados eram mortalmente perigosos para qualquer um menos para suas parceiras. Ele estava descontrolado sim, mas Cormia estava com o controle remoto. E suspeitava que ela sabia disso.

Cormia levantou a mão e passou pelo cabelo calmamente.

– Por que você quer que eu entre?

– Você vai andar por conta própria ou vai ser carregada?

– Eu perguntei por quê.

– Porque você vai para o meu quarto.

As palavras foram arrancadas de sua boca através da respiração recortada.

– Seu quarto? Você quer dizer meu quarto? Porque você me disse para sair do seu cinco meses atrás.

O membro de Phury era como a cabeça de um monstro, lutando para se libertar e se aliviar dentro dela. E a ereção era inegável: o trem estava nos trilhos. O bilhete estava marcado. A jornada já tinha começado.

Para Cormia também. Phury parou bem perto dela. O corpo da fêmea gritava de calor a ponto de sentir em sua própria pele, e o perfume de jasmim estava tão forte quanto o sangue dele. Phury mostrou as presas e sibilou como um gato.

– Nós vamos para o meu quarto.

– Mas eu não tenho motivo para ir para o seu quarto.

– Tem sim.

Ela jogou seu cabelo volumoso e torcido sobre o ombro.

– Não, eu acho que não.

Com isso, Cormia deu as costas para Phury e entrou na casa. Ele a perseguiu como um caçador, seguindo seus passos pela biblioteca, pela escada, até o quarto dela. Cormia abriu uma fração da porta e entrou. Antes que pudesse fechá-lo para fora, Phury colocou a palma da mão no painel de madeira e forçou sua entrada. Foi Phury quem fechou a porta. E a trancou.

– Tire a túnica.

– Por quê?

– Porque se eu tirar, vou rasgá-la.

O queixo dela se levantou e os olhos baixaram, de modo que mesmo que tivesse de olhá-lo nos olhos, ainda estaria olhando para baixo.

– Por que eu preciso me despir?

Com todos os instintos territoriais gritando em seu corpo, ele grunhiu:

– Eu vou marcar você.

– Vai? Você percebe que não haveria motivo?

– É por todos os motivos.

– Você não me queria antes.

– Não é verdade.

– Você me comparou com a outra fêmea com quem tentou fazer sexo, mas acabou não conseguindo.

– E você não me deixou terminar. Ela era uma prostituta que eu paguei com o único propósito de me livrar da minha virgindade. Não era uma fêmea que eu queria. Não era você.

Ele inspirou o perfume de Cormia e ronronou.

– Ela não era você.

– Mas mesmo assim, você aceitou Layla, não foi?

Quando Phury não respondeu, ela entrou no banheiro e ligou o chuveiro.

– Aceitou sim. Como Primeira Companheira.

– Isso não é sobre ela – ele disse, da entrada.

– Como pode não ser? As Escolhidas são um grupo, e eu ainda sou uma entre elas.

Cormia se virou para encará-lo e tirou a túnica.

– Não sou?

O membro de Phury bateu na parte interna de seu zíper. O corpo dela brilhava sob as luzes do teto, seus seios firmes estavam empinados e as coxas levemente abertas.

Cormia entrou no chuveiro e Phury ficou observando enquanto ela arqueou as costas e lavou o cabelo. A cada movimento da fêmea, ele perdia mais um pouco do que havia sobrado de seu lado civilizado.

Em algum lugar de seu cérebro, Phury sabia que deveria ir embora, porque estava prestes e tornar uma situação complicada totalmente insustentável. Mas seu corpo havia encontrado o alimento de que precisava para sobreviver.

E no instante em que ela saísse daquele maldito chuveiro, ele ia comê-la viva.

CAPÍTULO 38

Sim, ela ia deixá-lo.

Enquanto enxaguava a espuma do cabelo, Cormia sabia que assim que saísse do chuveiro ia parar embaixo do Primaz.

Ela ia se deixar possuir. E no processo, ia possuí-lo. Chega de quase, mais ou menos e "eles são ou não são". Chega do destino complicado em que os dois tinham se metido. Chega de fazer o que mandavam.

Ela o queria. E ia tê-lo. Danem-se as irmãs. O Primaz era dela.

Ainda que só por hoje, disse uma voz interior.

– Dane-se – ela disse para a parede de mármore.

Virou a torneira para a esquerda e abriu a porta. Quando o jato de água foi cortado, ela o confrontou.

Ele estava nu. Ereto. Com as presas à mostra.

O rugido dele parecia o de um leão, e enquanto o som reverberava pelo mármore do banheiro, ela ficou ainda mais úmida entre as pernas. O macho foi até Cormia, e ela não lutou quando ele a pegou pela cintura e a levantou. Não foi gentil, mas ela não queria gentileza – e para garantir que ele soubesse, Cormia deu uma mordida em seu ombro quando entraram no quarto.

Ele grunhiu de novo e a jogou na cama, fazendo seu corpo quicar. Uma vez. Duas. Cormia se virou de barriga para baixo e começou a se afastar só para dificultar as coisas. Sua intenção não era dizer não, mas dane-se, ele ia ter que persegui-la...

O Primaz se lançou sobre as costas dela e prendeu suas mãos acima da cabeça. Enquanto ela tentava se virar sob seu corpo, ele abriu as pernas dela com os joelhos e a manteve na posição com o quadril. A ereção escorregou e a tocou, fazendo-a arquear as costas.

Ele soltou os braços o suficiente para que Cormia pudesse virar os ombros e olhar em seu rosto.

O Primaz a beijou. Um beijo longo e profundo. E ela não hesitou, desistindo da longa tradição das Escolhidas.

Com uma mudança súbita, ele recuou, se moveu um pouco e... Cormia gemeu quando ele a penetrou com um movimento delicado.

E então não houve tempo para falar, pensar ou se demorar na dor quando o quadril dele se transformou em uma força propulsora. Aquilo tudo era tão bom, tão certo, o cheiro forte e o peso dele, a maneira como seu cabelo caía sobre o rosto dela, até os arquejos que saíam da boca aberta dos dois.

Quando as estocadas se intensificaram, ela abriu ainda mais as pernas e imitou o ritmo dele com seu próprio quadril. Lágrimas vieram aos olhos de Cormia, mas ela não pensou duas vezes no assunto enquanto o impulso constante dele a conduzia, um nó de fogo se formando onde o Primaz a estava penetrando até que Cormia achou que seria queimada viva – e não achou nada ruim.

Ambos chegaram ao orgasmo ao mesmo tempo, e em meio ao seu próprio clímax, Cormia pôde ver o Primaz com o maxilar travado e os grandes músculos dos braços saltando em sua pele lisa.

Mas em seguida ela se perdeu demais para conseguir ver qualquer coisa. Seu próprio corpo se contorcia e relaxava, contorcia e relaxava, os movimentos vorazes do sexo dela fazendo-o gemer enquanto Cormia sugava toda sua marcação. E então acabou.

Depois, Cormia pensou nas trovoadas de verão que assombravam a mansão de tempos em tempos. Quando acabavam, o silêncio era ainda mais denso em decorrência da fúria criada. Era a mesma coisa. Com os corpos parados, a respiração se acalmando e o coração desacelerando, era difícil lembrar a urgência nítida que os tinha movido até ali, até aquele momento de silêncio pleno.

Cormia ficou observando quando a angústia, seguida pelo choque, tomaram o lugar do desejo único de marcar.

O que ela esperava? Que aquela dança de corpos fosse fazê-lo renunciar seu *status* de Primaz, renegar o voto e declará-la sua única *shellan*? Que ele ficaria eufórico porque pouco antes da partida dela eles tinham feito, em um impulso apaixonado, o que deveriam ter feito com reverência e prudência todos aqueles meses atrás?

– Por favor, saia de mim – ela pediu com a voz engasgada.

Phury não conseguiu entender o que tinha feito, mas mesmo assim a prova estava lá.

O corpo esguio de Cormia estava embaixo do corpo pesado dele, seu rosto estava molhado pelas lágrimas, e havia marcas em seus pulsos.

Ele havia tirado a virgindade dela por trás, como se fosse um cachorro. Havia segurado seu corpo e a submetido porque era mais forte. Phury a havia penetrado sem se preocupar com a dor que ela com certeza estava sentindo.

– Por favor, saia de mim.

As palavras dela estavam trêmulas, e aquele "por favor" foi desconcertante. Ela só podia pedir isso a ele, porque estava totalmente dominada.

Ele saiu de cima dela e levantou da cama, cambaleando como um bêbado. Cormia virou para o lado e abraçou as pernas. Suas costas pareciam tão frágeis com a delicada coluna de ossos totalmente quebráveis embaixo da pele clara.

– Me desculpe.

Meu Deus, essas palavras pareciam tão vazias.

– Por favor, apenas vá embora.

Considerando como ele já tinha forçado Cormia, honrar seu pedido agora parecia significativo. Mesmo que deixá-la fosse a última coisa que quisesse fazer.

Phury entrou no banheiro, vestiu suas roupas e foi em direção à porta.

– Nós precisamos conversar depois…

– Não vai ter depois. Vou fazer uma solicitação para me tornar uma escriba reclusa. Irei registrar sua história, mas não farei parte dela.

– Cormia, não.

Ela olhou para Phury por sobre o ombro.

– É o meu lugar. – A cabeça dela voltou ao travesseiro. – Saia. Por favor.

Ele não tinha consciência de sair e entrar no próprio quarto. Só percebeu algum tempo depois que estava lá, sentado na borda da cama, fumando um cigarro. No silêncio, as mãos tremiam e o coração batia desordenadamente, e o pé estava batendo no chão.

O mago estava no centro de sua mente, parado com a túnica preta balançando ao vento, e a silhueta projetada contra um vasto horizonte cinza. Em sua mão, sobre a palma, havia uma caveira. Os olhos eram amarelos.

Eu avisei que você a machucaria. Eu avisei.

Phury olhou para o cigarro de fumaça vermelha na mão e tentou ver qualquer outra coisa que não fosse plena ruína. Não conseguiu. Ele tinha sido um animal.

Eu avisei que ia acontecer. Eu estava certo. Eu estava certo desde o começo. E a propósito, seu nascimento não foi a maldição. Não é que você nasceu depois do seu irmão gêmeo. Você *é a maldição. Poderiam ter sido cinco bebês nascendo junto com você ou nenhum, o resultado de todas as vidas à sua volta teria sido o mesmo.*

Pegando o controle remoto, Phury ligou o aparelho de som Bose, e no instante em que uma das lindas e voluptuosas óperas de Puccini preencheu o quarto, seus olhos se encheram de lágrimas.

A canção era tão linda, mas foi tão insuportável quando ele contrastou a cadência mágica da voz de Luciano Pavarotti com seus grunhidos quando estava sobre Cormia. Ele a tinha segurado. Prendido seus braços. Montou-a por trás...

Você é a maldição.

Enquanto a voz do mago continuava batendo em sua cabeça, Phury sentiu a hera do passado tomando conta dele mais uma vez, todas as coisas que ele não tinha conseguido fazer, toda a diferença que não tinha feito, todo o cuidado que tinha tentando ter, mas não tinha conseguido... e agora havia uma nova camada. A de Cormia. Ele ouviu o último suspiro de seu pai. E o som do corpo de sua mãe em chamas. E a fúria de seu irmão gêmeo quando foi resgatado.

Ouviu a voz de Cormia, o pior de tudo: *por favor, saia de mim.*

Phury cobriu as orelhas com as mãos mesmo que isso não ajudasse em nada.

Você é a maldição.

Com um gemido, ele colocou as mãos abertas na cabeça e apertou com tanta força que os braços tremeram.

Você não gosta da verdade? – soltou o mago. *Não gosta da minha voz? Você sabe como me fazer desaparecer.*

O mago soltou a caveira no meio dos ossos a seus pés.

Você sabe como fazer.

Phury fumou com desespero, apavorado por tudo o que estava em sua cabeça.

Porém, o cigarro não estava nem tocando o ódio por si mesmo ou as vozes. O mago colocou a bota com ponteira sobre a caveira de olhos amarelos.

Você sabe o que fazer.

Capítulo 39

Ao norte, na região das Adirondacks, dentro de uma caverna do Black Snake State Park, o macho que havia desmaiado com a chegada da manhã dois dias atrás não conseguia entender por que o sol estava brilhando, mas ele não estava em chamas. A não ser que estivesse no Fade?

Não... aquilo não podia ser o Fade. As dores, o sofrimento em seu corpo e os gritos dentro da cabeça pareciam demais com o que ele sentia na Terra.

Mas e o sol? Ele estava sendo banhado naquele calor luminoso, e ainda assim estava respirando. Caramba, se toda aquela coisa de vampiros não poderem se expor à luz do dia fosse mentira, a raça seria idiota como um todo. Mas espere, ele não estava em uma caverna? Então como os raios estavam chegando até ele?

– Coma isto – disse o "raio de sol".

Certo, indo adiante com a ideia, por mais improvável que fosse, de que estava vivo, aquilo claramente era uma alucinação. Porque o que foi enfiado em sua boca parecia um Big Mac, e aquilo era impossível. A não ser que ele realmente estivesse morto e o Fade tivesse Arcos Dourados em vez de portões dourados.

– Olhe – continuou o "raio de sol" –, se o seu cérebro esqueceu como se come, apenas abra a boca. Vou enfiar isso aí dentro e vamos ver se seus dentes se lembram do que fazer.

O macho abriu os lábios porque o cheiro de carne estava despertando seu estômago e fazendo-o salivar como um cachorro.

Quando o hambúrguer foi enfiado, o maxilar entrou em piloto automático, mordendo com força. Ao arrancar um pedaço, ele grunhiu. Por um breve momento, a aprovação ativada pelas papilas gustativas substituíram todo sofrimento, mesmo o mental. Engolir provocou outra satisfação.

– Coma mais – disse o "raio de sol", apertando o Big Mac contra os lábios dele.

O macho comeu tudo. E algumas batatas fritas que estavam frias, mas eram uma dádiva mesmo assim. Então sua cabeça foi levantada, e ele bebeu um pouco de Coca-cola sem gás.

– A lanchonete mais próxima fica a trinta quilômetros daqui – explicou o "raio de sol", como se quisesse preencher o silêncio. – É por isso que não está tão quente quanto poderia.

O macho queria mais.

– Sim, eu peguei uma segunda leva para você. Abra bem a boca.

Outro Big Mac. Mais batatas. Mais Coca.

– Fiz o melhor que pude, mas você precisa de sangue – a figura continuou, como se ele fosse uma criança. – E você precisa ir para casa.

Quando o macho balançou a cabeça, percebeu que estava deitado de costas com uma rocha servindo de travesseiro e o chão de terra de colchão. No entanto, ele não estava na mesma caverna de antes. Esta tinha um cheiro diferente. Tinha cheiro de... ar fresco, ar fresco da primavera. Se bem que... talvez fosse o perfume do "raio de sol".

– Sim, você precisa ir para casa.

– Não...

– Bom, então temos um problema, você e eu – o "raio de sol" murmurou.

Houve um barulho como se alguém grande tivesse se agachado.

– Você é um favor que preciso retribuir.

O macho franziu a testa, inspirou e soltou:

– Não tenho para onde ir. Nada de favor.

– A decisão não é sua, amigo. Nem minha.

O "raio de sol" parecia estar balançando a cabeça, porque a sombra desfocada criada na caverna se movia como ondas.

– Infelizmente, preciso devolver você ao seu lugar.

– Eu não sou nada para você.

– Em um mundo perfeito, isso seria verdade. Infelizmente, aqui não é o paraíso. Nem de longe.

O macho concordava totalmente, mas aquela história de ir para casa era uma besteira. Enquanto a energia da comida se espalhava, ele encontrou a força para sentar, esfregar os olhos e... olhou para o "raio de sol".

– Oh... droga.

O "raio de sol" concordou com seriedade.

– Sim, é basicamente como eu me sinto. Então o acordo é o seguinte: podemos fazer isso do jeito fácil ou do jeito difícil. A decisão é sua. Mas eu preciso dizer que se tiver que encontrar sua casa sem a sua ajuda, vai exigir um pouco de esforço de minha parte, e vou ficar de mau humor.

– Eu não vou voltar para lá. Nunca mais.

O "raio de sol" passou a mão por seu longo cabelo louro e preto. Anéis de ouro brilharam nos dedos, argolas douradas apareceram nas orelhas e no nariz, bem como no pescoço grosso. Olhos brancos e brilhantes sem pupila faiscaram com muita irritação em volta daquelas íris azul-marinho que pareciam luas cintilantes.

– Certo. Do jeito difícil. Diga boa noite...

Quando tudo ficou preto, o macho ouviu o anjo caído chamado Lassiter dizer:

– ... seu filho da mãe.

Capítulo 40

– Você viu a expressão no rosto de Phury? – comentou Blay.

John olhou para o outro lado da bancada da cozinha e assentiu, concordando totalmente. Ele e os amigos estavam tomando cervejas de alívio. Bem rápido. Nunca tinha visto nenhum macho daquele jeito. Nunca.

– Aquilo era coisa de macho vinculado, coisa séria – disse Qhuinn, quando foi até a geladeira, abriu a porta e pegou mais três garrafas de cerveja.

Blay pegou a que estava estendida para ele, piscou e bateu em seu ombro.

John abriu sua nova cerveja e deu um gole. Ao baixar a garrafa, ele sinalizou:

Estou preocupado com Cormia.

– Ele não a machucaria.

Qhuinn sentou na mesa.

– Não, de jeito nenhum. Ele podia ter matado a gente, mas não ela.

John olhou pela sala de jantar.

Eu ouvi portas se fechando com força.

– Bom, tem muita gente nesta casa... – Qhuinn olhou em volta como se estivesse tentando resolver um problema de matemática complexo. – Incluindo nós três. Vai entender.

John levantou.

Eu preciso checar. Eu não vou... sabe, interromper nada. Só quero ver se está tudo bem.

– Eu vou com você – disse Qhuinn quando começou a levantar de novo.

Não, você fica aqui. E antes que comece a discutir, vá se danar. Aqui é a minha casa, e eu não preciso de uma sombra o tempo todo.

– Certo, certo, certo.

Os olhos de Qhuinn se voltaram para Blay.

– Então vamos para a área de tratamento. Você nos encontra lá?

– Por que nós vamos para lá? – Blay perguntou sem olhar para Qhuinn.

– Porque você ainda está sangrando e não sabe chegar ao kit de primeiros socorros daqui.

Qhuinn olhou sério para ele. Blay olhou para a cerveja.

– Por que você não me diz como chegar lá? – ele murmurou.

– E como você vai fazer para cuidar das costas?

Blay deu um longo gole em sua cerveja.

– Certo. Mas eu quero terminar minha cerveja primeiro. Quero comer alguma coisa também. Estou faminto.

– Certo. Que tipo de comida você quer?

Os dois pareciam um par de desconhecidos, tensos e falando apenas o necessário.

Eu encontro vocês lá, John sinalizou e virou as costas.

Caramba, aqueles dois não estarem se entendendo parecia, de alguma maneira, alterar toda a ordem do mundo. Era errado.

John saiu pela sala de jantar e estava praticamente correndo quando chegou à escadaria principal. No segundo andar, sentiu cheiro de fumaça vermelha e ouviu uma ópera saindo do quarto de Phury – aquela poética que ele geralmente ouvia. Realmente não era o acompanhamento para uma marcação pesada. Talvez eles tivessem ido para seus quartos separados depois de uma discussão?

John foi até o quarto de Cormia e tentou ouvir alguma coisa. Nada. Apesar da corrente de ar que havia no corredor trazer uma fragrância floral e rica. Achando que não faria mal apenas checar se Cormia estava bem, John levantou a mão e bateu sutilmente na porta. Quando não houve resposta, ele assobiou.

– John? – veio a voz dela.

Ele abriu a porta porque achou que era isso o que devia fazer… John congelou.

Cormia estava deitada na cama em uma bagunça de lençóis e edredom. Ela estava nua, de costas para a porta e havia sangue… dentro das coxas.

Ela levantou a cabeça acima dos ombros e, assustada, se cobriu.

– Santa Virgem!

Quando puxou o edredom até o pescoço, John ficou parado, tentando processar a cena no cérebro. Ele a tinha machucado. Phury a tinha machucado. Cormia balançou a cabeça.

– Oh… maldição.

John piscou e picou de novo… e teve uma visão de si mesmo mais novo em um corredor sujo após aquilo que tinha acontecido com ele anos atrás.

Havia coisas na parte interna de suas coxas também.

Algo em seu rosto deve tê-la alarmado totalmente, porque Cormia foi até ele.

– John… Oh, John, não… Eu estou bem… Eu estou bem. Acredite em mim, eu estou…

John se virou e saiu calmamente pela porta.

– *John!*

Quando ele era pequeno e indefeso, não havia como se vingar do seu agressor. Agora, enquanto plantava os pés na porta de Phury, ele estava em condição de fazer alguma coisa sobre seu passado e o presente de Cormia. Agora ele era grande o suficiente e forte o suficiente. Agora ele podia defender alguém por estar à mercê de outro alguém mais forte.

– John! Não! – Cormia saiu correndo de seu quarto.

John não bateu na porta. Não, não houve batida. Naquele momento, seus punhos tinham outro destino que não a madeira. Eles iam para a carne.

Escancarando a porta de Phury, ele encontrou o Irmão sentado na cama com um cigarro entre os lábios. Quando os olhos dos dois se encontraram, o rosto de Phury mostrava culpa, dor e arrependimento. O que confirmava tudo. Com um rugido sem som, John se lançou do outro lado do quarto, e Phury não fez nada para impedir o ataque.

Na verdade, o Irmão se abriu para a surra, caindo contra os travesseiros enquanto John o golpeava na boca, nos olhos e no maxilar repetidas vezes.

Alguém estava gritando. Uma fêmea. Pessoas vieram correndo. Gritando. Muitos gritos.

– Que diabos! – explodiu Wrath.

John não conseguia ouvir nada. Estava concentrado apenas em bater em Phury. O Irmão não era mais nem seu professor nem seu amigo, ele era um bruto e um estuprador.

Sangue manchou os lençóis. O que era apenas justo.

Alguém acabou separando John – Rhage, era Rhage – e Cormia correu para Phury. Ele a manteve distante, afastando o corpo.

– Meu Deus do céu! – Wrath gritou. – Será que podemos ter um pouco de sossego por aqui?

A ópera ao fundo não combinava nem um pouco com a cena: a beleza majestosa contrastava totalmente com o rosto destruído de Phury, o ódio trêmulo de John e as lágrimas de Cormia.

Wrath foi até John:

– Que diabos deu em você?

– Eu mereci – Phury interrompeu, limpando o sangue da boca. – Eu mereço isso e mais.

A cabeça de Wrath se virou para a cama.

– O quê?

– Não, ele não mereceu – disse Cormia, segurando a gola da túnica perto do pescoço. – Foi consensual.

– Não foi não – Phury balançou a cabeça. – Não foi.

– O que foi consensual?

Enquanto a convenção no quarto continuava, John manteve os olhos em Phury. Caso Rhage diminuísse a força, ele partiria para cima do Irmão de novo. Não importava quem estivesse lá. Phury sentou lentamente, contorcendo de dor, com o rosto começando a inchar.

– Não minta, Cormia.

– Siga o seu próprio conselho – ela soltou. – O Primaz não fez nada de errado…

– Mentira, Cormia! Eu peguei você à força…

– Você não…

Mais alguém entrou na discussão. E mais alguém. Até John se meteu na confusão, xingando Phury sem som enquanto Rhage o segurava com toda força.

Wrath foi até a escrivaninha, pegou um pesado cinzeiro de cristal e o arremessou contra a parede. O objeto se despedaçou em mil estilhaços, deixando uma marca do tamanho de um punho no gesso.

– A cabeça do próximo que disser mais uma palavra vai ter o mesmo destino.

Todos ficaram quietos. E permaneceram assim.

– Você – Wrath apontou para John –, saia daqui enquanto eu resolvo isso.

John negou com a cabeça, sem se importar com o cinzeiro. Ele queria ficar. Precisava ficar. Alguém precisava proteger…

Cormia foi até ele e pegou sua mão, apertando-a forte.

– Você é um macho de valor, e eu sei que acredita que está protegendo a minha honra, mas olhe nos meus olhos e veja a verdade do que aconteceu.

John analisou o rosto de Cormia. Havia tristeza, mas era um tipo melancólico, o tipo que se sente em uma situação infeliz. Havia também uma decisão e uma força resoluta. Não havia medo. Nem desespero. Nem uma vergonha terrível. Ela não estava como ele tinha se sentido depois.

– Vá – ela pediu delicadamente. – Está tudo bem. De verdade.

John olhou para Wrath, que assentiu.

– Não sei o que você viu, mas eu vou descobrir. Deixe-me cuidar disso, filho. Vou cuidar dela. Agora, todo mundo, fora.

John apertou a mão de Cormia e saiu com Rhage e os demais. No segundo em que pisou no corredor, a porta se fechou, e ele ouviu vozes baixas. Mas não foi longe. Não conseguiu. O mais longe que chegou foi ao escritório de Wrath, quando seus joelhos falharam e ele caiu em uma das cadeiras antigas que decoravam o corredor.

Depois de certificar a todos que estava bem, sua cabeça baixou e sua respiração tornou-se lenta. O passado estava vivo em sua cabeça, reavivado pela imagem no quarto de Cormia. Fechar os olhos não ajudava. Falar consigo mesmo não ajudava.

Tentando colocar um véu de volta em suas lembranças, ele se deu conta de que fazia muitas semanas que ele e Zsadist tinham feito uma de suas caminhadas na floresta. Conforme a gravidez de Bella avançava e se tornava mais preocupante, os passeios pela floresta em silêncio se tornavam cada vez mais raros. John precisava de um daqueles passeios agora.

Levantando a cabeça, olhou na direção do corredor de estátuas e se perguntou se Zsadist estava em casa. Provavelmente não, considerando que ele não estava no quarto quando o drama explodiu. Com todas as mortes daquela noite, sem dúvida o Irmão estava com as mãos cheias em campo.

John levantou e foi para seu quarto. Depois de se fechar lá, se esticou na cama e mandou uma mensagem para Qhuinn e Blay dizendo aos dois que ia dormir.

Eles veriam a mensagem quando saíssem do túnel. Olhando para o teto, pensou… no número três. As coisas ruins realmente aconteciam em trios e nem sempre envolviam morte. Ele havia perdido o controle três vezes no último ano. Três vezes seu gênio tinha se descontrolado e atacado alguém.

Duas vezes com Lash.

Uma vez com Phury.

Você é instável, disse uma voz.

Bem, só que ele tinha motivos, motivos bons. A primeira vez, Lash atacou Qhuinn. A segunda, Lash mais do que mereceu. E a terceira vez… a evidência circunstancial era impressionante, e que tipo de macho encontra uma fêmea daquele jeito e não faz nada?

Você é instável.

Fechando os olhos, John tentou não lembrar da escada naquele prédio sujo onde vivia sozinho. Tentou não lembrar o barulho daquelas botas nos degraus se aproximando dele. Tentou não lembrar do cheiro de mofo, urina e colônia entrando em seu nariz enquanto estava acontecendo…

Mas ele não conseguia apagar as lembranças. Especialmente os cheiros.

O mofo vinha da parede contra a qual seu rosto estava pressionado. A urina era dele mesmo e tinha escorrido pelo interior de suas coxas até a calça que tinha sido arrancada de seu quadril. A colônia vinha do agressor. A cena estava tão clara quanto o lugar onde ele estava agora. Sentia o próprio corpo tão claramente naquela ocasião quanto agora, via a escada assim como o quarto onde estava.

Tudo estava claro... e parecia não haver prazo de validade na embalagem daquele terrível episódio. Não era preciso ter um diploma de psicologia para saber que aquele temperamento explosivo tinha suas raízes em tudo aquilo que estava guardando na mente.

Pela primeira vez na vida, ele queria falar com alguém.

Não... não exatamente. Queria de volta aquela pessoa.

Queria seu pai.

Depois do treino de boxe de John, o rosto de Phury parecia ter sido atropelado por um trem.

– Escute, Wrath... não fique bravo com John.

– É um mal-entendido – Cormia explicou ao rei. – Só isso.

– Que diabos aconteceu entre vocês dois? – Wrath quis saber.

– Nada – Cormia respondeu. – Absolutamente nada.

O rei não estava nada convencido, o que provava que o destemido líder tinha um cérebro, mas no momento Phury não tinha cabeça para discutir sobre a verdade. Ele continuou limpando a boca machucada com as costas do antebraço enquanto Wrath falava e Cormia o defendia, sabe Deus por quê.

O rosto de Wrath brilhava atrás dos óculos escuros.

– Escutem, eu preciso quebrar mais alguma coisa para fazer vocês pararem com essa besteira? John tem a cabeça quente, mas ele não é um...

Cormia interrompeu o rei.

– John entendeu errado o que viu.

– O que ele viu?

– Nada. Eu digo que não foi nada, então não foi.

Wrath olhou-a por inteiro, como se estivesse procurando marcas. E então lançou um olhar sério para Phury.

– O que você tem a dizer?

Phury balançou a cabeça.

– Ela está errada. John não entendeu errado...

O tom de Cormia foi duro.

– O Primaz está se cobrindo de uma culpa desnecessária. Minha honra não foi prejudicada de nenhuma maneira, e eu acredito que quem decide isso sou eu, não sou?

Após um instante, o rei inclinou a cabeça.

– Como desejar.

– Obrigada, majestade. – Ela fez uma reverência longa e profunda. – Agora, eu me despeço de vocês.

– Você quer que eu peça a Fritz para trazer comida?

– Não, estou me despedindo deste lado. Vou voltar para casa.

Ela fez outra reverência, e nesse momento seu cabelo, ainda molhado do banho, escorregou pelo ombro e tocou o chão.

– Eu desejo o melhor a vocês dois e deixo meus mais sinceros cumprimentos ao resto da casa. Vossa majestade. – Ela se curvou de novo para Wrath. – Meu amo. – Ela se curvou para Phury.

Phury pulou da cama e avançou em pânico... mas ela desapareceu no ar antes que ele pudesse alcançá-la.

Desapareceu. Em um segundo.

– Com licença – ele disse a Wrath.

Não era um pedido, mas ele não ligava.

– Eu realmente não acho que você deva ficar sozinho agora – Wrath disse em um tom grave.

Houve uma conversa, algum tipo de pergunta e resposta, o que deve ter reconfortado Wrath de alguma maneira, porque ele saiu.

Depois que o rei foi embora, Phury ficou parado no meio do quarto, como uma estátua, olhando para a marca do cinzeiro na parede. Por dentro, ele estava se retorcendo, mas por fora estava paralisado: uma hera sufocante crescia por dentro de sua pele, não por fora.

Enquanto ia para o banheiro se lavar, ele sabia que teria de agir rápido.

Capítulo 41

A delegacia de polícia de Caldwell tinha duas entradas distintas: uma principal virada para a Rua Dez, que era por onde as equipes de TV filmavam tudo o que aparecia no noticiário noturno, e uma atrás, com barras de ferro, onde as coisas eram resolvidas. Na verdade, a fachada da Rua Dez era só um pouco melhor, porque a construção dos anos 1.960 era como o perfil de uma mulher feia e velha. Não havia lado bom.

A viatura em que Lash estava parou bem atrás da entrada dos fundos. Como é que ele tinha acabado naquela situação? O policial que o prendeu deu a volta e abriu a porta.

– Saia do carro, por favor.

Lash olhou para o sujeito, descruzou as pernas, movimentou os joelhos e foi até o humano.

Fantasias de abrir a garganta do homem e transformar a jugular em uma fonte de refrigerante eram quase impossíveis de esconder.

– Por aqui, senhor.

– Sem problema.

Ele sabia que intimidava o filho da mãe pela maneira como o policial tocava sua arma mesmo que eles estivessem bem à vista do esquadrão inteiro da delegacia. Lash foi conduzido por portas duplas e por um corredor de linóleo que parecia ter sido instalado na mesma época em que foi criado. Eles pararam em uma janela de vidro blindado grossa como um braço, e o policial bateu um uma peça de metal circular preso à parede. A mulher do outro lado parecia muito ocupada em seu uniforme azul-marinho e tão atraente quanto um policial homem.

Mas ela cuidou da papelada rapidamente. Quando ficou satisfeita por ter reunido todos os formulários para que eles preenchessem, passou a pilha por baixo da janela para o outro policial e assentiu. A porta ao lado deles fez um *bip* e um barulho de trava se abrindo, e então avançaram por mais um pedaço de piso de linóleo velho que terminava em um banco, com uma cadeira e uma mesa.

Depois de se sentar, o policial pegou uma caneta.

– Nome completo.

– Lash Owen – ele respondeu. – Como eu disse a ele.

– Endereço?

– Rua Dez, número 1.583, apartamento 4F.

Achou melhor dar o endereço que estava no documento do Focus por enquanto. O Sr. D ia levar a habilitação falsa que Lash usava quando vivia com os pais, mas não lembrava exatamente o que estava escrito.

– Você tem alguma prova de que mora lá?

– Não agora. Mas meu amigo vai trazer minha identidade.

– Data de nascimento.

– Quando posso dar meu telefonema?

– Em um minuto. Data de nascimento?

– Treze de outubro de 1981.

Pelo menos, ele achava que era sua data de nascimento falsa.

O policial puxou um mata-borrão que estava do outro lado da mesa, levantou e tirou uma das mãos de Lash das algemas.

– Vou tirar suas impressões digitais.

Boa sorte, Lash pensou.

Ele deixou o sujeito pegar sua mão esquerda e ficou observando quando a ponta de seus dedos eram roladas e pressionadas em um papel branco com dez quadrados divididos em duas linhas.

O policial franziu a testa diante do que viu e tentou outro dedo.

– Nada está saindo.

– Eu me queimei quando era criança.

– É claro.

O sujeito repetiu o procedimento mais algumas vezes, desistiu e recolocou as algemas.

– Olhe para a câmera.

Lash foi até o outro lado da sala e ficou parado enquanto um *flash* disparou em seu rosto.

– Eu quero meu telefonema.

– Você vai ter seu telefonema.

– Quanto é a minha fiança?

– Ainda não sei.

– Quando eu saio?

– Quando o juiz estabelecer a fiança e você pagar. Provavelmente à tarde, porque ainda é muito cedo.

Lash foi algemado de novo com as mãos para frente, e um telefone apareceu diante dele. O policial apertou o botão no alto falante e discou o celular do Sr. D, que Lash ditou. O sujeito recuou quando o *redutor* atendeu. Lash não perdeu tempo.

– Traga a minha carteira. Está na minha jaqueta na parte de trás do carro. Eles ainda não estabeleceram a fiança, mas junte um dinheiro o quanto antes.

– Quando você quer que eu vá?

– Traga a identidade agora. Depois, depende de quando o juiz estabelecer a fiança. – Ele olhou para o policial. – Posso ligar de novo para ele para dizer quando vir me buscar?

– Não, mas ele pode ligar para o distrito, pedir para falar com a cadeia e descobrir quando você vai ser liberado.

– Você ouviu isso?

– Sim – respondeu o Sr. D pelo pequeno falante.

– Não pare de trabalhar.

– Não vamos parar.

Dez minutos depois, Lash estava em uma cela. O espaço de concreto de poucos metros de diâmetro era típico, com barras na frente, pia e privada de aço inoxidável presas no canto. Quando foi até o banco sentar com as costas para a parede, cinco homens o olharam. Dois eram claramente viciados, porque estavam tão engordurados quanto bacon e evidentemente tinham tostado o cérebro no começo daquela noite.

Os outros três eram farinha do mesmo saco que Lash, mesmo que fossem apenas humanos: um com bíceps enorme e uma boa dúzia de tatuagens de prisão. No lado oposto, longe de todos, tinha um membro de gangue com um lenço azul na cabeça andando como um rato em uma jaula pela cela. E um terceiro *skinhead* psicopata tremendo perto da porta.

Naturalmente, os viciados não ligavam que mais alguém tivesse sido adicionado ao grupo, mas os demais o mediram como se Lash fosse uma perna de cordeiro no balcão de uma mercearia.

Ele pensou no número de *redutores* perdidos naquela noite.

– Ei, palhaço – Lash disse para o grandalhão –, foi seu namorado quem fez essas tatuagens? Ou ele estava muito ocupado comendo o seu traseiro?

O sujeito apertou os olhos.

– O que você falou?

O membro da gangue balançou a cabeça.

– Você deve estar louco, garoto.

O *skinhead* riu como um liquidificador, alto e rápido. Quem diria que o recrutamento seria tão fácil, Lash pensou.

Phury não se desmaterializou até o ZeroSum. Ele foi para o Screamer's. Como era quase fim de noite, não havia fila do lado de fora do clube, então ele entrou direto pela porta da frente e foi até o bar.

Enquanto um *rap hardcore* tocava, os últimos da festa seguravam suas bebidas com força, babando uns sobre os outros nos cantos escuros, chapados demais até para fazer sexo.

O *barman* se aproximou e disse:

– É a última chamada.

– Martini.

O sujeito voltou com a bebida e sacou um guardanapo antes de baixar a taça triangular.

– Doze dólares.

Phury escorreu uma nota de cinquenta pelo balcão preto e manteve a mão sobre o dinheiro.

– Estou procurando uma coisa. E não é troco.

O *barman* olhou para o dinheiro.

– O quê?

– Eu gosto de andar a cavalo.

Os olhos do sujeito começaram a percorrer o local.

– Ah, é? Bem, isto é uma boate, não um estábulo.

– Eu nunca uso roupas azuis. Nunca.

Os olhos do *barman* voltaram e olharam Phury de cima a baixo.

– Com as roupas caras que está vestindo... você pode usar qualquer cor que quiser.

– Eu não gosto de azul.

– Você é de outra cidade?

– Digamos que sim.

– Seu rosto está horrível.

– Está? Eu não tinha reparado.

Houve uma pausa.

– Está vendo aquele cara no fundo? Com a águia na jaqueta? Talvez ele possa ajudar. *Talvez*. Eu não conheço o sujeito.

– Claro que não.

Phury deixou os cinquenta dólares, a bebida e foi até a multidão escassa e confusa com uma ideia única na cabeça.

Pouco antes de chegar até seu objetivo, o homem em questão saiu tranquilamente pela porta lateral. Phury o seguiu até o beco, e quando estavam lá fora, algo disparou em sua mente, mas ele ignorou. Seu interesse era apenas um... estava tão obcecado que até a voz do mago desapareceu.

– Com licença – ele disse.

O traficante deu meia volta e lançou um olhar sobre Phury, igual o *barman* tinha feito.

– Eu não conheço você.

– Não conhece. Mas conhece os meus amigos.

– Conheço?

Quando Phury mostrou algumas centenas de dólares, o homem sorriu.

– Ah, sim. O que você procura?

– H.

– Chegou na hora certa. Está quase acabando.

O anel do sujeito emitiu um brilho azul quando ele colocou a mão dentro da jaqueta. Por uma fração de segundo, Phury teve uma imagem do traficante e do viciado no beco, aqueles dois que ele e o *redutor* tinham flagrado muitas noites atrás. Engraçado, aquele encontro tinha iniciado uma enorme onda que o tinha levado até ali, naquele momento, naquele beco... onde um pequeno envelope cheio de heroína chegou à sua mão.

– Eu estou aqui – o traficante balançou a cabeça na direção da porta do clube – praticamente toda noite.

E então...

Luzes vieram de toda parte – cortesia dos carros de polícia não identificados nas duas pontas do beco.

– Mãos para cima! – alguém gritou.

Phury olhou nos olhos do traficante apavorado e não sentiu nem compaixão nem cumplicidade.

– Eu preciso ir. Até depois.

Phury apagou a lembrança de si mesmo dos quatro policiais armados e do traficante assustado e se desmaterializou com sua compra.

Capítulo 42

Qhuinn abriu o caminho pelo túnel subterrâneo da mansão da Irmandade até o escritório do centro de treinamento. Blay estava logo atrás, e o único barulho vinha das botas. A refeição que tinham feito foi a mesma coisa, somente o som dos talhares e de vez em quando um "Você pode passar o sal?".

A aridez da conversa do jantar só foi interrompida pelo barulho ocasional da discussão no andar de cima. Quando ouviram os gritos, os dois baixaram o garfo e correram para o saguão, mas Rhage olhou da sacada e balançou a cabeça sinalizando para que os dois ficassem fora daquilo. Sem problema. Eles já tinham coisas suficientes com que se prepocupar.

Quando chegaram à porta que dava para o armário do escritório, Qhuinn digitou 1914 no painel de segurança para que Blay visse os números.

– É o ano em que a casa foi construída. – Quando passaram pelo armário e pararam perto da mesa, ele balançou a cabeça. – Sempre me perguntei como eles entravam aqui.

Blay fez um barulho que podia significar qualquer coisa, desde "Eu também", até "Vá se danar com uma serra elétrica, seu desgraçado".

O caminho até a área de fisioterapia não precisava de um líder, e quando chegaram ao ginásio, era difícil não contar os metros que Blay colocou entre os dois assim que pôde.

– Você pode ir embora – Blay disse quando chegaram à porta com a placa SALA DE EQUIPAMENTOS/FISIOTERAPIA. – Eu dou um jeito nesse corte nas minhas costas.

– Você não vai alcançar, está bem no meio.

Blay segurou a maçaneta e mais uma vez fez um barulho com a garganta. Dessa vez, definitivamente não era "eu também".

– Seja razoável – Qhuinn disse.

Blay continuou olhando para frente. Depois de um momento, ele abriu a porta.

– Lave as mãos primeiro. Antes de encostar em mim, quero que você lave as mãos.

Quando entraram, ele foi direto para a maca onde Qhuinn tinha sido operado na noite anterior.

– Nós podíamos dividir o aluguel disto aqui – Qhuinn comentou ao olhar em volta pela sala cheia de armários de aço inoxidável e equipamentos médicos.

Blay pulou na mesa, tirou a camisa com um movimento de ombros e estremeceu de aflição quando viu os ferimentos abertos no peito.

– Droga.

Qhuinn respirou fundo, tirando todo o ar de seus pulmões, e apenas olhou para o amigo. A cabeça de Blay estava pendurada no pescoço enquanto examinava onde tinha se cortado. Ele estava lindo, ombros largos, peito forte, braços cobertos de músculos. Mas o que o tornava mais atraente era sua discrição. Era difícil não imaginar o que havia debaixo de toda aquela modéstia.

Qhuinn começou a bancar o enfermeiro, pegando gaze, esparadrapo e antisséptico dos armários, colocando tudo em um carrinho e levando até a maca. Tendo tudo de que precisava, foi até a pia de aço inoxidável e apertou um pedal para abrir a água. Enquanto lavava as mãos, disse em voz baixa:

– Se eu pudesse, eu faria...

– Como é?

Qhuinn despejou sabão nas mãos e esfregou até os antebraços. O que era um exagero, mas se Blay o queria superlimpo, então é isso que teria.

– Se eu pudesse amar um cara desse jeito, seria você.

– Ah, pensando bem, eu dou conta de mim mesmo e danem-se as costas...

– Estou falando sério. – Ele soltou o pedal e balançou as mãos sobre a pia. – Você acha que eu não pensei sobre isso? Sobre ficar com você, quero dizer. E não só o sexo.

– Pensou? – Blay murmurou.

Qhuinn enxugou as mãos em um monte de toalhas cirúrgicas à esquerda e levou uma até Blay.

– Sim, pensei. Segure isso sobre os cortes, por favor.

Blay fez o que foi mandado, e Qhuinn jogou um pouco de líquido sobre o corte no peito do amigo.

– Eu não sabia... filho da mãe!

– Arde, né? – Qhuinn deu a volta na mesa até as costas. – Vou cuidar deste agora, acho melhor você se preparar. Este é mais fundo.

Qhuinn colocou outra toalha sobre o ferimento e espirrou o líquido que tinha cheiro de desinfetante.

Quando Blay chiou como um gato, ele se encolheu.

– Já estou acabando.

– Aposto que você diz isso para... – Blay parou bem ali.

– Não, eu não falo isso para ninguém. Me aceitam como eu sou. Se não derem conta, é problema deles.

Qhuinn pegou um pacote esterilizado de gaze, rasgou a embalagem e apertou a trama branca contra o ferimento que ficava no meio das costas de Blay.

– Eu com certeza pensei em nós... mas eu me vejo a longo prazo com uma fêmea. Não consigo explicar. É assim que vai ser.

As costelas de Blay se expandiam e contraíam.

– Talvez porque você não queira outro defeito.

Qhuinn franziu a testa.

– Não.

– Tem certeza?

– Escute, se eu me importasse com o que os outros pensam, você acha que eu faria o que já faço?

Ele deu a volta, secou o corte no peito de Blay e depois foi cuidar do ferimento no ombro.

– Além do mais, minha família está morta. Quem mais eu preciso impressionar?

– Por que você foi tão cruel? – Blay perguntou com a voz séria. – Lá no túnel da minha casa.

Qhuinn pegou um tubo de antisséptico e voltou para as costas do amigo.

– Eu tinha bastante certeza de que não ia voltar e não queria que você arruinasse a sua vida por minha casa. Achei que era melhor você me odiar do que sentir a minha falta.

Blay riu de verdade, e foi bom ouvir aquele som.

– Você é tão arrogante.

– Dã. Mas é verdade, não é? – Qhuinn passou a solução sobre o machucado na pele do amigo. – Você sentiria minha falta.

Quando voltou para frente, Blay levantou a cabeça e os olhos. Os olhares se encontraram, e Qhuinn esticou o braço e tocou o rosto do amigo. Acariciando-o gentilmente com o polegar, ele sussurrou:

– Eu quero que você fique com alguém que o mereça. Trate você bem. Fique apenas com você. Eu não sou esse alguém. Mesmo que eu encontre uma fêmea... caramba, eu fico me dizendo que poderia ficar só com ela, mas lá no fundo, eu não acredito de verdade nisso.

O desejo naqueles olhos azuis partiu seu coração. Totalmente. E Qhuinn não podia imaginar o que Blay via nele que o tornava tão especial.

– O que há de errado com você – ele murmurou – para se importar tanto comigo?

O sorriso triste de Blay aumentou sua idade em um milhão de anos, cobrindo seu rosto com o tipo de sabedoria que só vem depois que a vida já machucou você muitas vezes.

– O que há de errado com você que não consegue entender isso?

– Vamos ter que concordar em discordar.

– Você me promete uma coisa?

– Qualquer coisa.

– Me deixe se quiser, mas não faça isso pelo meu bem. Eu não sou criança e não sou frágil, e o que eu sinto não é da sua conta.

– Eu achei que estava fazendo a coisa certa.

– Mas não estava. Então você me promete?

Qhuinn respirou fundo.

– Tudo bem, eu prometo. Contanto que você jure que vai procurar alguém real, ok?

– Você é real para mim.

– Jure. Ou eu vou brincar de me isolar de novo. Quero que você se abra para encontrar alguém que possa realmente ser seu.

A mão de Blay passou por baixo do braço de Qhuinn, apertou seu pulso, e o pacto se tornou real para os dois.

– Certo... tudo bem. Mas vai ser um cara. Eu tentei com fêmeas, e não parece certo.

– Contanto que você esteja feliz. O que fizer você feliz.

Quando a tensão diminuiu entre eles, Qhuinn passou o braço em volta do amigo e o manteve perto, tentando absorver sua tristeza, desejando que houvesse outro caminho para eles.

– Acho que é melhor assim. – Blay disse no ombro do amigo. – Você não sabe cozinhar.

– Viu? Eu não sou o Príncipe Encantado.

Qhuinn podia jurar que ouviu Blay murmurar "É sim", mas não tinha certeza.

Eles se afastaram, se olharam nos olhos... e algo mudou. No silêncio do centro de treinamento, na vasta privacidade do momento, algo mudou.

– Apenas uma vez – Blay pediu sutilmente. – Faça apenas uma vez. Para que eu saiba como é.

Qhuinn começou a balançar a cabeça.

– Não... eu não acho...

– Sim.

Após um momento, Qhuinn colocou as duas mãos no pescoço grosso de Blay e segurou seu rosto forte.

– Tem certeza?

Quando Blay assentiu, Qhuinn inclinou a cabeça do amigo e a manteve lá enquanto lentamente diminuía a distância. Logo antes de os lábios se tocarem, os cílios de Blay piscaram, e ele tremeu...

Oh, era uma delícia. Os lábios de Blay eram incrivelmente doces e macios. A língua provavelmente não deveria fazer parte, mas não dava para evitar. Qhuinn lambeu o interior e mergulhou fundo enquanto seu braço envolvia Blay e o segurava com força.

Quando ele finalmente levantou a cabeça, o olhar de Blay deixou claro que deixaria qualquer coisa acontecer entre eles. Deixaria tudo acontecer. Eles podiam levar aquela faísca para casa até que ambos estivessem nus, e Qhuinn estivesse fazendo o que fazia melhor com o amigo. Mas as coisas nunca mais seriam as mesmas depois, e foi isso que o impediu, apesar do fato de que subitamente Qhuinn desejou o mesmo que Blay.

– Você é importante demais para mim – ele disse asperamente. – Você é bom demais para o tipo de sexo que eu faço.

Os olhos de Blay se demoraram na boca de Qhuinn.

– Neste momento, eu discordaria totalmente.

Quando Qhuinn o soltou e deu um passo para trás, percebeu que era a primeira e única vez que tinha recusado alguém.

– Não, eu estou certo. Estou totalmente certo sobre isso.

Blay respirou fundo e se segurou na maca e pareceu estar tentando organizar os pensamentos. Ele riu de leve.

– Não consigo sentir meus braços nem minhas pernas.

– Eu me ofereceria para massageá-los, mas...

O olhar de Blay, sob os cílios, era muito sexy.

– Você ficaria tentado a massagear outra coisa em mim?

Qhuinn sorriu.

– Filho da mãe.

– Tudo bem, tudo bem. Vamos deixar assim.

Blay pegou o antisséptico, colocou um pouco no peito, cobriu o ferimento com gaze, prendeu com esparadrapo e disse:

– Você cobre o das costas?

– Sim.

Quando colocou gaze naquele corte, Qhuinn imaginou alguém tocando a pele de Blay... passando as mãos nele, diminuindo o tipo de dor que um macho sente entre as pernas.

– Mas tem uma coisa – Qhuinn murmurou.

– O quê? – A voz que veio da garganta dele era diferente de tudo o que já tinha ouvido de si mesmo.

– Se qualquer um magoar ou tratar você mal, eu vou arrebentá-lo com minhas próprias mãos e deixar o corpo ensanguentado e destruído no sol.

A risada de Blay ecoou nas paredes de azulejos.

– Claro que vai...

– Estou falando bem sério.

Os olhos azuis de Blay dispararam por sobre os ombros.

– *Se existir alguém que ousar machucar você* – Qhuinn grunhiu no Antigo Idioma – *irei vê-lo com estacas diante de meus olhos e deixar o corpo em ruínas.*

Em sua grande casa de campo na região das Adirondacks, Rehvenge estava desesperadamente tentando se aquecer. Enrolado em um grosso roupão, com um cobertor de pele sobre o corpo, ele estava estirado em um sofá apenas um metro e meio das chamas de uma fogueira.

A sala estava entre as suas favoritas na enorme casa rústica, a decoração vitoriana com toques em vermelho-escuro, ouro e azul-profundo muitas vezes combinava com seu humor. Era engraçado, ele sempre pensou que um cachorro ficaria bem ao lado da enorme lareira de pedra. Algum tipo de labrador. Meu Deus, talvez ele arrumasse um cachorro. Bella sempre gostou de cachorros. Ao contrário da mãe deles, então Rehv nunca teve um na casa da família em Caldwell.

Ele franziu a testa e pensou em sua mãe, que estava em outra casa da família a cerca de trezentos quilômetros de distância. Ela não tinha se recuperado do sequestro de Bella. Provavelmente nunca se recuperaria. Mesmo todos aqueles meses depois, ela não queria sair do interior, se bem que, considerando a região de Caldwell, não era má ideia. Ela iria morrer na casa onde estava agora, ele pensou. Provavelmente nos próximos dois anos. A velhice havia chegado, seu relógio biológico estava se aproximando da linha de chegada, seu cabelo já tinha ficado todo branco.

– Peguei mais madeira – disse Trez ao entrar com um monte de lenha nos braços.

O Mouro foi até a lareira, tirou a tela do caminho e alimentou a chama até que ela estivesse ainda mais forte. O que era uma coisa bem maluca para se fazer no clima quente de agosto.

Ah, mas era agosto na altitude das Adirondacks. Além disso, ele estava com uma dose dupla de dopamina, então sua percepção sensorial e temperatura central eram iguais a madeira petrificada.

Trez colocou a tela de volta e olhou por sobre o ombro.

– Seus lábios estão azuis. Quer que eu faça café?

– Você é um guarda-costas, não um mordomo.

– E nós temos quantas pessoas aqui segurando bandejas de prata?

– Eu posso fazer – Rehv tentou sentar, e seu estômago se revirou. – Droga!

– Deite de novo antes que eu derrube você.

Quando Trez foi embora, Rehv se reacomodou nas almofadas, detestando as consequências de seu encontro com a Princesa. *Detestando*. Ele só queria esquecer aquilo tudo, pelo menos até o mês que vem. Infelizmente, a coisa ficava se repetindo na cabeça. Rehv via o que tinha feito na cabana naquela noite sem parar: tocando a si mesmo para excitar a Princesa e depois fazendo sexo com ela contra a janela. Há quanto tempo vinha praticando variações daquela perversão sexual? *Oh, droga...*

Ele imaginou rapidamente como seria ter alguém de quem gostasse, mas guardou essa fantasia bem rápido. A única maneira de fazer sexo seria se não estivesse tomando os remédios – então ele só poderia estar com uma *sympatho,* e de jeito nenhum ele ia tentar se aproximar daquelas fêmeas.

Claro, ele e Xhex tinham tentado, mas tinha sido um desastre em muitos níveis.

Uma caneca de café apareceu embaixo de seu nariz.

– Beba isto.

Ele pegou o café e disse:

– Obrigado...

– Oh, caramba, veja só você.

Rehv rapidamente mudou de mão, enfiando o braço destruído embaixo do cobertor.

– Como eu disse, obrigado.

– Então é por isso que Xhex obrigou você a ir à clínica, não é? – Trez sentou em uma poltrona vermelha. – E não, eu não estou esperando uma confirmação. Para mim já está claro.

O Mouro cruzou as pernas, parecendo um perfeito cavalheiro, um verdadeiro exemplo da realeza: apesar de estar vestindo calça militar preta, coturnos e uma camisa justa – e de ser totalmente capaz de arrancar a cabeça de um macho e usá-la como bola de futebol – dava para jurar que era só mudar as roupas para um manto e uma coroa. O que, por acaso, era verdade.

– Bom café – Rehv murmurou.

– Só não me peça para assar nada. Como está indo o antídoto do veneno?

– Fantástico.

– Então seu estômago ainda está virado.

– Você devia ser *sympatho*.

– Eu trabalho com dois. É próximo o suficiente, muito obrigado.

Rehv sorriu e deu outro gole enorme na caneca. A parte interna da boca provavelmente ia se queimar por causa da quantidade de vapor do que havia lá dentro, mas ele não sentiu nada.

Contudo, estava consciente demais do olhar fixo de Trez. O que significava que o Mouro estava prestes a dizer alguma coisa que Rehv não ia gostar. Ao contrário da maioria das pessoas, quando o sujeito falava o que alguém não queria ouvir, ele olhava diretamente para a pessoa. Rehv revirou os olhos.

– Por que você não fala de uma vez?

– Você piora cada vez que fica com ela.

Verdade. Quando tinha começado, ele podia ficar com a Princesa e voltar para o trabalho imediatamente. Depois que uns dois anos se passaram, ele precisava deitar um pouco. Depois, um cochilo por algumas horas. Agora ele precisava ficar deitado por um dia inteiro. A questão era: ele estava desenvolvendo uma reação alérgica ao veneno.

Claro, o soro antiveneno que Trez injetava nele o impedia de entrar em choque, mas não estava mais se recuperando tão bem. Talvez um dia nunca mais se recuperasse.

Enquanto considerava o número de remédios de que precisava tomar regularmente, Rehv pensou, *Droga, melhor viver de química. Mais ou menos.*

Trez ainda estava olhando para ele, então Rehv deu mais um gole e disse:

– Eu não tenho a opção de deixá-la.

– Mas você pode sumir de Caldwell. Encontrar outro lugar para viver. Se ela não souber como encontrar você, não pode entregá-lo.

– Se eu sair da cidade, ela vai atrás da minha mãe. Que não quer se mudar por causa de Bella e do bebê.

– Isso vai matar você.

– Mas ela está viciada demais para correr esse risco.

– Então você precisa dizer a ela para parar com essa coisa de tomar banho de escorpião. Eu entendo você querer parecer forte, mas ela vai acabar transando com um cadáver se não parar.

– Conhecendo a Princesa, necrofilia seria excitante para ela.

Atrás de Trez, um brilho encantador atravessou o horizonte.

– Oh, caramba, está tão tarde assim? – disse Rehv, abaixando para pegar o controle remoto que fechava as persianas de aço da casa.

Mas não era o sol. Pelo menos, não o sol que aparece no céu. Rehv só conseguia pensar em uma coisa que poderia ter aquele efeito.

– Sensacional – murmurou, enquanto se sentava. – Caramba, essa noite não acaba nunca?

Trez já estava de pé.

– Quer que eu o deixe entrar?

– Pode ser. Ele atravessaria o vidro de qualquer jeito.

O Mouro empurrou uma das portas de correr e ficou de lado enquanto Lassiter entrava na casa. O andar flutuante do sujeito era a manifestação física de uma fala arrastada: calma, lenta e insolente.

– Há quanto tempo – disse o anjo.

– Não o suficiente.

– Sempre hospitaleiro.

– Escute, holofote – Rehv pisou com força –, você se importa em diminuir seu globo de espelhos?

O brilho cintilante diminuiu até que Lassiter parecesse normal. Bem, normal para alguém com um sério fetiche por *piercings* e aspirações de ser algum padrão de moeda de ouro do país. Trez fechou a porta, com atitude de "se você mexer com o meu rapaz, anjo ou não, vai se ver comigo".

– O que traz você à minha propriedade? – perguntou Rehv, segurando a caneca com as duas mãos e tentando absorver o calor.

– Estou com um problema.

– Eu não vou conseguir consertar a sua personalidade, desculpe.

Lassiter riu, e o som ecoou pela casa como se fosse um sino de igreja.

– Não, eu gosto do jeito que sou, muito obrigado.

– Também não posso ajudá-lo com essa natureza iludida.

– Preciso encontrar um endereço.

– Eu tenho cara de lista telefônica?

– Você está com uma cara péssima, para falar a verdade.

– Você e seus elogios – Rehv terminou de beber o café. – O que faz você pensar que eu ajudaria?

– Porque sim.

– Você não quer adicionar alguns verbos e substantivos? Estou perdido.

Lassiter ficou sério, e sua beleza etérea perdeu sua malícia típica.

– Estou aqui em uma missão especial.

Rehv franziu a testa.

– Sem querer ofender, mas eu achei que seu chefe tivesse demitido você.

– Ganhei mais uma chance de ser um bom menino. – O anjo olhou sério para a caneca entre as mãos de Rehv. – Se você me ajudar, posso retribuir.

– Ah, pode?

Quando Lassiter tentou dar um passo para frente, Trez grudou nele como se fosse tinta.

– Não, você não vai...

– Eu posso curá-lo. Se você me deixar tocá-lo, posso curá-lo.

As sobrancelhas de Trez se franziram, e ele abriu a boca como se fosse dizer ao anjo para cair fora.

– Espere aí – disse Rehv.

Droga, ele estava tão cansado e dolorido e miserável, que era difícil não imaginar se sentir assim quando a noite caísse. Durante uma semana.

– Que tipo de endereço é esse?

– Da Irmandade.

– Há. Mesmo que soubesse, e eu *não* sei, não poderia dizer.

– Eu estou com uma coisa que eles perderam.

Rehv estava prestes a rir quando seu lado *sympatho* disparou. O anjo era um cretino, mas estava totalmente sério. E, caramba... podia ser verdade? Será que ele tinha encontrado...

– Sim, eu encontrei – disse Lassiter. – Agora, você vai me ajudar a ajudá-los? E, em troca, porque sou um sujeito honrado, vou cuidar do seu probleminha.

– E que problema seria esse?

– A infecção no seu braço. E o fato de que, no momento, você está a duas exposições de um choque anafilático com esse veneno de escorpião. – Lassiter balançou a cabeça. – Não vou fazer perguntas. Sobre nenhum dos dois.

– Você está se sentindo bem? Normalmente, você é muito mais intrometido.

– Ei, se você quiser compartilhar...

– Que seja. Faça o que quiser. – Rehv estendeu o antebraço machucado. – Vou fazer o que puder, mas não posso prometer nada.

Lassiter sorriu para Trez.

– Então, amigão, você vai fazer uma pausa e dar o fora? Porque seu chefe aceitou...

– Ele não é meu chefe.

– Eu não sou chefe dele.

Lassiter inclinou a cabeça.

– Seu colega, então. Agora, você pode sair do meu caminho?

Trez mostrou as presas e bateu as mandíbulas duas vezes, a maneira das Sombras de dizer que alguém estava andando bem perto do limite de uma precipício enorme. Mas ele recuou. Lassiter foi para frente, e seu brilho ressurgiu. Rehv olhou-o em seus olhos prateados e sem pupila.

– Se você aprontar comigo, Trez vai fazer com que nem a sua embalagem possa ser colada com durex. Você sabe como ele é.

– Eu sei, mas ele está desperdiçando uma ereção. Eu não posso prejudicar alguém de bem, então você está seguro.

Rehv gargalhou.

– Então ele tem todos os motivos para se preocupar.

Quando Lassiter esticou a mão e fez contato, uma corrente passou pelo braço de Rehv, deixando-o sem ar. Uma cura milagrosa começou a tomar conta dele, que tremia e deitava de novo no cobertor.

Oh, meu Deus...

O cansaço estava passando. O que significava que a dor que ele não sentia estava desaparecendo. Com aquela linda voz, Lassiter murmurou:

– Você não tem nada com que se preocupar. Os corretos nem sempre fazem o certo, mas suas almas permanecem puras. Você é puro no âmago. Agora feche os olhos, imbecil, estou prestes a acender uma fogueira.

Rehv apertou bem os olhos e teve que desviá-los de uma labareda de energia pura que se lançou em seu corpo. Foi como um orgasmo com anabolizantes, uma febre que o levou, fazendo-o explodir até que flutuasse em uma chuva de estrelas. Quando retornou ao corpo, deu um longo suspiro. Lassiter soltou-o e esfregou a mão no jeans que estava usando.

– E agora o que eu preciso de você.

– Não vai ser fácil chegar até eles.

– Não me diga!

– Vou precisar verificar o que você tem antes.

– Ele não está de bom humor.

– Bom, claro que não, ele está com você. Mas eu só vou apitar depois que vir a bola.

Houve uma pausa. E então Lassiter inclinou a cabeça.

– Tudo bem. Vou voltar quando a noite cair e levá-lo até ele.

– Fechado, anjo, fechado.

Capítulo 43

Quase ao amanhecer, Phury entrou em seu quarto e encheu uma mala com equipamentos de exercícios, como toalha, um iPod, sua garrafa de água… e sua parafernália para uso de drogas, que incluía uma colher, um isqueiro, uma seringa, um cinto e seu estoque de fumaça vermelha. Ele saiu do quarto e foi para o corredor das estátuas, andando como quem está cheio de propósitos saudáveis.

Ele não queria estar perto demais de Bella e Z., então escolheu um dos quartos de hóspede vazios que ficavam perto da escadaria principal. Depois de atravessar discretamente a porta, Phury quase voltou para escolher outro: a cor das paredes era lavanda, assim como as rosas que Cormia adorava.

Vozes de *doggen* passando do lado de fora, no corredor, o fizeram ficar. Ele entrou no banheiro, fechou aquela porta também e diminuiu as luzes até que elas brilhassem como uma fogueira. Como as persianas foram fechadas, ele sentou no chão de mármore com as costas para a banheira de hidromassagem e tirou as coisas que ia usar.

A realidade do que estava prestes a fazer não parecia grande coisa. Era meio como mergulhar em água gelada. Depois que o choque passa, você se acostuma. E o silêncio em sua cabeça o encorajava.

Desde que tinha tomado aquele caminho, o mago não tinha dito nada. As mãos de Phury não tremeram quando ele despejou um pouco de pó branco no fundo da colher de prata e despejou um pouco de água de sua garrafa. Levantando a tampa do isqueiro, ele iniciou a chama e a adicionou ao todo. Do nada, percebeu que o desenho na colher de prata era um lírio do fim do século XIX.

Depois que o conteúdo ferveu, Phury colocou a colher no chão de mármore, encheu a seringa e pegou o cinto. Estendendo o braço esquerdo, ele prendeu a tira de couro pela pequena fivela dourada, apertou e segurou o resto do cinto embaixo do braço para mantê-lo no lugar. Suas veias saltaram na parte interna do cotovelo. Escolheu a mais grossa e franziu a testa.

A coisa dentro da seringa estava marrom.

Por um instante, veio o pânico. Marrom era uma cor ruim. Ele balançou a cabeça para afastar aquele pensamento, furou a veia com a agulha e puxou o êmbolo para garantir que estava no lugar certo. Quando viu o fluxo vermelho, apertou a seringa com o polegar, esvaziou o conteúdo e soltou o cinto.

O efeito foi muito mais rápido do que imaginava. Num segundo ele estava relaxando o braço, e no seguinte, estava absurdamente enjoado e se arrastando em câmera lenta para a privada.

Aquilo definitivamente não era fumaça vermelha. Nada de relaxamento gostoso, nada de bater na porta educadamente antes que a droga entrasse no cérebro. Aquilo era um ataque à mão armada com uso de força, e enquanto vomitava, Phury se lembrou que estava tendo o que havia pedido.

Obscuro, no fundo de sua consciência, ele ouviu o mago começando a rir... ouviu a satisfação de seu vício, mesmo que a heroína estivesse tomando conta do resto da mente e do corpo. Quando desmaiou enquanto vomitava, percebeu que tinha sido enganado. Em vez de matar o mago, ele tinha ficado apenas com aquela terra devastada e seu dono.

Bom trabalho, parceiro... excelente trabalho.

Droga, aqueles ossos no chão eram os restos dos viciados que o mago tinha enchido até a morte. E a caveira de Phury estava em destaque, a mais nova fatalidade. Mas com certeza não a última.

– É claro – disse a Escolhida Amalya. – Claro que você pode se tornar reclusa... tem certeza de que é isso que quer?

Cormia assentiu e se lembrou que, como estava no Santuário, estava de volta à terra das reverências. Abaixando a parte de cima do corpo, ela murmurou:

– Obrigada.

Quando endireitou o corpo, olhou em volta para os aposentos privados da Directrix. Os dois cômodos eram decorados à tradição das Escolhidas, ou seja, não havia decoração nenhuma. Tudo era simples, escasso e branco, e a única diferença em relação ao quarto das outras Escolhidas era que o de Amalya tinha um local para audiências com as irmãs.

Tudo era tão branco, Cormia pensou. Tão... *branco.*

E as cadeiras em que ambas estavam sentadas tinham encostos duros e não tinham almofadas.

– Acho que é oportuno – disse a Directrix. – A última escriba reclusa, Selena, deixou o cargo quando o Primaz assumiu. A Virgem Escriba estava satisfeita quando ela renunciou ao posto, dada a mudança em nossa situação. No entanto, ninguém se ofereceu para substituí-la.

– Eu gostaria de sugerir atuar como escriba de registro principal também.

– Seria muito generoso de sua parte. Isso liberaria as demais para o Primaz.

Houve um longo silêncio.

– Podemos ir adiante?

Quando Cormia assentiu e se ajoelhou no chão, a Directrix acendeu um pouco de incenso e realizou a cerimônia de reclusão. Quando acabou, Cormia se levantou e foi até o outro lado, para um espaço aberto na parede que ela teria chamado de janela.

Na vastidão branca do Santuário, ela observou o Templo das Escribas Reclusas. Ficava anexo à entrada dos aposentos da Virgem Escriba e não tinha janelas. Dentro de seus aposentos brancos, não haveria ninguém além dela mesma. Ela e os rolos de pergaminho, jarros de tinta sanguinária e a história em desenvolvimento da raça, que Cormia deveria registrar como espectadora, não participante.

– Eu não posso fazer isso – ela disse.

– Desculpe, o que você...

Alguém bateu na porta.

– Entre, disse Amalya.

Uma das irmãs entrou e fez uma longa reverência.

– A Escolhida Layla terminou seu banho e está pronta para Sua Majestade, o Primaz.

– Ótimo.

Amalya foi pegar o queimador de incenso.

– Vamos instalá-la no templo dele, depois vou chamá-lo.

– Como quiser.

Enquanto a Escolhida curvava a cabeça e deixava o quarto, Cormia viu o sorriso de ansiedade no rosto da fêmea. Ela provavelmente esperava ser a próxima da fila a fazer um passeio pelo templo.

– Você me dá licença? – disse Cormia, com o coração batendo desordenadamente, como um instrumento que não encontra o tom. – Vou me retirar para o Templo das Escribas.

– É claro. – Abruptamente, os olhos de Amalya tornaram-se analíticos. – Você tem certeza disso, minha irmã?

– Sim, e este é um dia glorioso para todas nós. Eu com certeza o registrarei adequadamente.

– Vou cuidar para que as refeições sejam mandadas para você.

– Sim. Obrigada.

– Cormia... estou aqui caso você precise de aconselhamento. Em particular.

Cormia fez uma reverência e saiu apressada, indo diretamente para o imponente templo branco que agora seria sua casa. Quando fechou a porta atrás de si, ela foi envolvida por uma escuridão totalmente preta. Ao seu desejo, velas posicionadas nos quatro cantos do templo se acenderam, e sob sua luz, olhou para as seis mesas brancas com suas penas posicionadas nos jarros de tinta sanguinária e para as tigelas de cristal cheias de água da visão.

Em cestas no chão, montes de pergaminho estavam enrolados e amarrados com fitas brancas, prontos para receber os símbolos do Antigo Idioma que preservariam o progresso da raça. Contra a parede do outro lado, havia três beliches, cada um equipado com um travesseiro e coberto com lençóis cuidadosamente dobrados. Não havia cobertor ao pé das camas, porque a temperatura era perfeita demais para que coberturas extras fossem necessárias.

De um lado, havia uma cortina que levava a um banheiro privado. À direita, havia uma porta decorada prateada que guardava a biblioteca privada da Virgem Escriba. As escribas reclusas eram as únicas para quem Sua Santidade ditava seu diário particular, e quando eram invocadas, usavam aquela porta para ter a audiência devida.

A fenda no centro do portal era usada para passar os pergaminhos gerados tanto pelas escribas reclusas quanto pelas escribas de registro durante o processo de edição. A Virgem Escriba lia e aprovava ou editava todas as histórias até que as considerasse adequadas. Uma vez aceito, um rolo ou era cortado para ter o tamanho certo e colado a outras páginas para se tornar um dos volumes da biblioteca, ou era enrolado e colocado nos arquivos sagrados da Virgem Escriba.

Cormia foi até uma das mesas e sentou em um dos bancos sem encosto. O silêncio e o isolamento causavam tanta agitação quanto uma multidão crescente, e ela não fazia ideia de quanto tempo ficou ali, lutando para se controlar. Cormia achou que podia fazer aquilo – a reclusão era a única solução que funcionaria. Agora estava gritando para sair.

Talvez ela só precisasse de outra coisa em que se concentrar. Pegando a pena branca, abriu o pote de tinta à sua direita. Para se aquecer, começou a compor alguns dos caracteres mais simples do Antigo Idioma.

Mas não durou muito. As letras se tornaram desenhos geométricos. Os desenhos se transformaram em fileiras de caixas. As caixas... planos de construção.

Na mansão da Irmandade, a cabeça de John se levantou do travesseiro quando ouviu alguém bater na porta. Saindo da cama, ele foi até lá atender. No corredor, Qhuinn e Blay estavam lado a lado, ombro a ombro, como sempre. Pelo menos alguma coisa tinha dado certo.

– Precisamos achar um quarto para o Blay – disse Qhuinn. – Você tem alguma ideia de onde podemos jogá-lo?

– Vou buscar algumas coisas quando a noite cair – Blay emendou. – O que significaria fazer uma viagem até a minha casa.

Sem problema, John sinalizou.

Qhuinn estava no quarto ao lado dele, então John foi até o seguinte e abriu a porta para revelar um quarto de hóspede cor de lavanda.

Nós podemos mudar a decoração, John sinalizou, *se estiver feminino demais*.

Blay riu.

– É, tenho certeza de que posso fazer alguma coisa irada com ele.

Quando o ruivo foi até lá e testou a cama, John foi até as portas duplas do banheiro e as abriu... e encontrou Phury desmaiado com a cabeça na privada, com o enorme corpo jogado, o rosto estava da cor da cera das velas. A seus pés, uma agulha, uma colher e um cinto.

– Meu Deus! – Qhuinn gritou, ecoando pelo mármore creme. John deu a volta.

Chame a doutora Jane. Agora! Ela provavelmente está no Buraco com Vishous.

Qhuinn saiu correndo enquanto John foi deitar Phury de costas. Os lábios do Irmão estavam azuis, mas não por causa das marcas dos punhos de John. O macho não estava respirando. E fazia um tempo. Surpreendentemente, a doutora Jane entrou com Qhuinn literalmente meio segundo depois.

– Eu estava indo ver Bella... Oh, nossa!

Ela foi até lá e checou os sinais vitais do macho o mais rápido que conseguiu. Depois, abriu sua maleta médica e pegou um vidro e uma agulha.

– Ele está vivo?

Os quatro olharam na direção da porta do banheiro.

Zsadist estava lá parado, com os pés plantados e o rosto pálido.

– Ele está… – Os olhos de Z. observaram o que estava no chão ao lado da banheira – ... vivo?

A doutora Jane olhou para John e falou por entre os dentes:

– Tire-o daqui. Agora. Ele não precisa ver isso.

O sangue de John ficou frio com o que viu no rosto dela: a médica não tinha certeza de que poderia reavivar Phury. Com o choque percorrendo seu corpo, levantou e foi até Zsadist.

– Eu não vou sair – disse Z.

– Vai sim.

A doutora Jane levantou a seringa que tinha enchido e apertou o êmbolo. Quando um fio do conteúdo espirrou, ela se virou para o corpo de Phury.

– Qhuinn, você fica comigo. Blaylock, vá com eles e feche a porta.

Zsadist abriu a boca, mas John balançou a cabeça. Com a calma mais estranha do mundo, ele se posicionou diante do Irmão, colocou as mãos nos dois braços dele e o empurrou para trás. E foi com um silêncio estupefato que Z. se deixou retirar do quarto.

Blay fechou as portas e ficou na frente delas, bloqueando a passagem. Os olhos parados de Z. pousaram em John. Tudo o que o garoto podia fazer era olhar de volta.

– Ele não pode ter morrido – Zsadist disse asperamente. – Não pode...

Capítulo 44

– Como assim, trabalho? – o homem com as tatuagens de presidiário perguntou.

Lash colocou os cotovelos sobre os joelhos e olhou seu novo melhor amigo nos olhos. Como os dois tinham ido de cabeça quente batendo boca para amiguinhos era um atestado dos poderes da sedução. Primeiro você bate de frente para estabelecer igualdade. Em seguida, demonstra respeito. Depois, fala de dinheiro.

Os outros dois, o membro da gangue, que tinha tatuado "Descanse em Paz, Diego" no ombro, e o Sr. Limpinho que vestia botas, tinham se aproximado e também estavam ouvindo. O que fazia parte da estratégia de Lash: atraia o mais forte e os demais virão atrás. Ele sorriu.

– Estou procurando reforços para as atividades.

O olhar do tatuado estava cheio de más intenções.

– Você tem um bar?

– Não. – Olhou para o "Descanse em Paz". – Digamos que é uma questão territorial.

O membro da gangue assentiu como se conhecesse todas as regras do jogo. O tatuado flexionou os braços.

– O que faz você pensar que eu faria qualquer coisa com você? Eu não conheço você.

Lash encostou, colocando os ombros contra os blocos de concreto.

– Só achei que você ia gostar de ganhar uma grana. Foi mal.

Quando fechou os olhos como se fosse dormir, ouviu vozes que o fizeram levantar as pálpebras. Um policial trouxe outro marginal para a cela de detenção.

Mas veja só.

O sujeito da jaqueta de águia do Screamer's. O novato foi levado para dentro, e os três encrenqueiros olharam para ele, com seu comitê de boas-vindas. Um dos viciados olhou para cima e ofereceu um sorriso meloso como se conhecesse o homem profissionalmente. Interessante. Então ele era um traficante.

O Jaqueta de Águia mediu o grupo e deu um aceno de cabeça para Lash, demonstrando reconhecê-lo, antes de sentar na outra ponta do banco. Ele parecia mais incomodado que assustado. O tatuado se aproximou de Lash.

– Eu não disse que não estava interessado.

Lash virou os olhos.

– Como eu encontro você para discutir os detalhes?

– Você conhece o Buss's Bikes?

– Aquela oficina de Harleys na Rua Tremont, certo?

– Isso. Eu e meu irmão somos os donos. Somos motoqueiros.

– Então você conhece mais gente que pode me ajudar.

– Talvez. Talvez não.

– Qual é o seu nome?

O tatuado apertou os olhos. E então apontou para uma moto tatuada no braço.

– Pode me chamar de Low.

"Diego, Descanse em Paz" começou a bater o pé, como se estivesse esperando para dizer alguma coisa, mas Lash não estava pronto para tirar as gangues nem os *skinheads* para dançar. Ainda não. Começar pequeno era mais garantido. Ele veria se podia acrescentar alguns motoqueiros ao bando da Sociedade Redutora. Se desse certo, iria pescar mais gente. Talvez até fosse preso de novo.

– Owens – chamou um policial.

– Até mais – Lash disse para Low.

Fez um aceno de cabeça para Diego, o *skinhead*, e o traficante, e deixou os viciados conversando com a parede. Na central de registros, ele esperou enquanto o oficial lia página por página: "estas são as acusações contra você", "aqui está o número do defensor público – você precisa ligar para ele se quiser um advogado", "sua audiência é daqui a seis semanas", "se você não aparecer, sua fiança vai ser revogada e um mandado de prisão será emitido", blá, blá, blá...

Ele assinou Larry Owens algumas vezes e então foi levado ao corredor onde havia sido algemado oito horas atrás.

No final do piso de linóleo, o Sr. D estava sentado em uma cadeira de plástico barata e pareceu aliviado quando levantou.

– Vamos comer – disse Lash, quando os dois foram para a saída.

– Sim, senhor.

Lash saiu pela frente do prédio da delegacia, distraído demais pelas coisas que precisava fazer. Quando o sol bateu em seu rosto, ele se encolheu com um grito e esbarrou no Sr. D. Cobrindo a face e voltou para o prédio. O Sr. D o segurou pelo braço.

– O quê foi?...

– O sol!

Lash estava quase atravessando a porta quando percebeu... nada estava acontecendo. Nada estava pegando fogo, não havia nenhuma bola de fogo, nenhuma destruição em chamas. Ele parou... e virou o rosto para o sol pela primeira vez na vida.

– É tão brilhante.

Lash protegeu os olhos com o braço.

– Você não devia olhar diretamente.

– É... quente.

Encostando-se na fachada de pedra do prédio, ele mal podia acreditar no calor. Quando os raios bateram nele, irradiavam por sua pele até seus músculos. Lash nunca tinha sentido inveja dos humanos antes. Mas, meu Deus, se soubesse que era assim, teria sentido.

– Você está bem? – perguntou o Sr. D.

– Sim... sim, estou.

Fechou os olhos e apenas respirou.

– Meus pais... nunca me deixavam sair. Quem ainda não passou pela transição pode suportar o sol até a mudança, mas minha mãe nunca quis arriscar.

– Não consigo imaginar não ter sol.

Depois daquilo, nem Lash. Levantando o queixo, fechou os olhos por um instante... e jurou agradecer seu pai da próxima vez que o visse. Aquilo era... magnífico.

Phury acordou com uma queimação na boca e com um gosto horrível. Na verdade, era em tudo, como se alguém tivesse espirrado a parte de dentro da sua pele com limpador de forno. Olhos fechados e colados. Estômago totalmente embrulhado. Pulmões inflando e desinflando com todo o entusiasmo de dois viciados depois de um dia de excessos. E liderando a caravana para lugar nenhum estava seu cérebro, que evidentemente estava morto e não tinha ressuscitado junto com o resto do corpo.

Na verdade, o peito também estava praticamente fora de atividade. Ou... não, o coração devia estar batendo, porque... bom, precisava estar, não precisava? Ou ele não teria pensamentos, certo?

Uma imagem da terra arrasada e cinza veio até ele, o mago estava delineado contra o vasto horizonte acinzentado.

Bem-vindo de volta, raio de sol. Quando vamos fazer de novo?

Fazer o quê de novo?, Phury pensou.

O mago riu.

Meu Deus, como eles esquecem os momentos divertidos rápido.

Phury grunhiu e ouviu alguém se mexer.

– Cormia – ele disse com a voz rouca.

– Não.

Aquela voz, aquela voz masculina e profunda. Tão parecida com a que saía de sua própria boca. Aliás, era idêntica. Zsadist estava com ele.

Quando Phury virou a cabeça, seu cérebro balançou dentro do crânio, sua proteção de osso não passava de um aquário com água, plantas e um pequeno baú do tesouro com bolhas, mas nada com nadadeiras. Nada que vivesse. Z. estava pior do que Phury já tinha visto, olheiras escuras sob os olhos, lábios apertados e a cicatriz mais visível do que nunca.

– Eu sonhei com você – disse Phury. Meu Deus, a voz dele parecia um raspão. – Você estava cantando para mim.

A cabeça de Zsadist foi lentamente para frente e para trás.

– Não era eu. Não tenho mais vontade de cantar.

– Onde ela está? – Phury perguntou.

– Cormia? No Santuário.

– Oh…

É mesmo. Ele a tinha feito ir para lá depois de fazer sexo com ela. E depois ele… Injetar. Heroína.

– Meu Deus.

Essa pequena constatação fez Phury recuperar o foco e olhar em volta. Tudo o que viu, em toda parte, era lavanda claro, e ele lembrou de Cormia passando pelo armário no escritório com sua túnica branca com aquela rosa na mão. A flor ainda estava lá, pensou. Ela a tinha deixado para trás.

– Quer alguma coisa para beber?

Phury olhou de volta para o irmão gêmeo. Em seu canto, ele parecia cansado e vazio.

– Estou cansado – Phury murmurou.

Z. levantou e levou um copo.

– Levante a cabeça.

Ele fez o que o irmão mandou, mesmo que seu cérebro reclamasse. Enquanto Zsadist segurava o copo na boca do irmão, ele deu um gole, depois outro e então estava bebendo com uma sede desesperada. Quando a água acabou, deixou que sua cabeça caísse de novo no travesseiro.

– Obrigado.

– Mais?

– Não.

Zsadist colocou o copo de volta no criado-mudo e sentou de novo na cadeira lavanda clara, com os braços cruzados e o queixo quase encostando no peito. Ele estava perdendo peso, Phury pensou. As maçãs de seu rosto estavam começando a aparecer de novo.

– Eu não tinha nenhuma lembrança – Z. disse sutilmente.

– Do quê?

– De você. Deles. Sabe, de onde eu vim antes de ser roubado, depois comprado.

Fosse a água ou o que Z. tinha acabado de dizer, um dos dois fez Phury recuperar totalmente a consciência.

– Você não teria como lembrar dos nossos pais... da casa. Você era só um bebê.

– Eu me lembro da babá. Bom, eu tenho uma lembrança. Ela colocando geleia no dedo e me deixando lamber. É tudo o que eu lembro. A coisa seguinte... eu estava no bloco com um monte de gente me olhando. – Z. franziu a testa. – Eu cresci como um garoto da cozinha. Eu lavava muitos pratos, muitos vegetais, pegava cerveja para os soldados. Eles eram bons para mim. Essa parte era... ok. – Z. esfregou os olhos. – Me diga uma coisa. Como foi para você? Essa coisa de crescer.

– Solitária. – Certo, tinha soado egoísta. – Não, quero dizer...

– Eu também era solitário. Era como se algo estivesse faltando, mas eu não sabia o quê. Eu era metade de um todo, mas só havia eu.

– Era como eu me sentia. Só que eu sabia o que estava faltando.

O "você" não foi dito. A voz de Zsadist ficou totalmente calma.

– Eu não quero falar sobre o que aconteceu depois que eu passei pela transição.

– Você não precisa.

Zsadist assentiu e pareceu se recolher em seus pensamentos. No silêncio que se seguiu, Phury não conseguia imaginar o que estava lembrando. A dor, a degradação e a raiva.

– Lembra de antes de entrarmos para a Irmandade – Z. murmurou –, quando eu viajei por três semanas? Nós ainda estávamos no Antigo País, e você não fazia ideia de onde eu tinha ido?

– Sim.

– Eu a matei. A senhora.

Phury piscou, surpreso com a confissão do que todo mundo sempre tinha imaginado.

– Então não foi o marido dela.

– Não. Claro, ele era violento, mas fui eu. Sabe, ela tinha conseguido outro escravo de sangue. Tinha o colocado naquela jaula. Eu... – A voz de Z. tremeu e então se tornou firme como uma rocha de novo. – Eu não podia deixá-la fazer aquilo com outro. Eu voltei lá... o encontrei... caramba, ele estava nu no mesmo canto que eu costumava...

Phury prendeu a respiração, pensando que era tudo o que queria e temia saber. Estranho que estivessem tendo aquela conversa agora.

– Você costumava o quê?

– Sentar. Eu costumava sentar naquele canto quando não estava sendo... Sim, eu sentava lá, porque pelo menos eu sabia o que estava por vir. O garoto, ele estava de costas para a parede, os joelhos também. Exatamente como eu fazia. Ele era jovem. Tão jovem, recém-saído da transição. Tinha olhos castanhos-claro... olhos apavorados. Ele pensou que eu tinha ido pegá-lo. Sabe... pegá-lo. Quando entrei, eu não conseguia falar, e isso o assustou ainda mais. Ele tremia... tremeu até seus dentes baterem, e eu ainda lembro dos nós dos dedos dele. Estava abraçando as pernas magras, e os nós estavam praticamente saltando da pele.

Phury travou os dentes, lembrando de quando libertou Zsadist, lembrando de ver o irmão amarrado e nu na plataforma da cama no meio daquela cela. Z. não estava com medo. Ele tinha sido usado demais e por tempo demais para ter medo de qualquer coisa que pudesse acontecer. Zsadist limpou a garganta.

– Eu falei para o garoto... eu disse a ele que ia libertá-lo. Ele não acreditou no começo. Não até que eu levantei as mangas da minha camisa e mostrei meus pulsos. Depois que viu as tiras de escravo, eu não precisei dizer mais nada. Ele ficou comigo o tempo todo. – Z. respirou fundo. – Ela nos encontrou enquanto eu o estava levando pelo nível inferior do castelo. Ele estava com dificuldade para andar, acho que porque no dia anterior tinha sido... cansativo. Eu precisei carregá-lo. Aquele garoto... ele ficou olhando quando eu torci o pescoço dela e a deixei cair no chão. Quando ela caiu, eu cortei sua cabeça porque... sabe, nenhum dos dois acreditava que ela estivesse morta de verdade. Nossa, cara, eu estava naquele túnel de joelhos, onde qualquer um podia ter nos encontrado, e eu não conseguia me mexer. Fiquei lá olhando para ela. O garoto, ele me perguntou se a senhora estava realmente morta. Eu disse que não sabia. Ela não se mexia, mas como saber com certeza?

– O garoto olhou para mim, e eu nunca vou esquecer o som de sua voz. "Ela vai voltar. Ela sempre volta." Para mim, ele e eu já tínhamos passado pelo suficiente, não precisávamos nos preocupar com isso. Então eu cortei a cabeça dela, e ele a carregou pelo cabelo enquanto eu nos tirava de lá. – Zsadist esfregou o rosto. – Eu não sabia o que fazer com o garoto depois que o libertei. Foi isso que fiz naquelas três semanas. Eu o levei até a ponta da Itália, o mais longe que consegui levá-lo. Havia uma família lá, que Vishous conhecia dos anos em que trabalhou para aquele mercador em Veneza. Então, a casa precisava de ajuda, e eles eram gente boa. Eles o aceitaram como um servo pago. A última coisa que ouvi, mais ou menos uma década atrás, era que ele tinha tido o segundo filho com sua *shellan*.

– Você o salvou.

– Tirá-lo de lá não o salvou. – Os olhos de Zsadist passearam pelo quarto. – Essa é a questão, Phury. Não existe essa coisa de salvação. Nem de me salvar. Eu sei que é isso que você fica esperando, pelo que fica vivendo. Mas… nunca vai acontecer. Sabe, eu não posso agradecer você porque… por mais que eu ame Bella, minha vida e onde estou agora, ainda volto para essas lembranças. Não consigo evitar. Eu ainda revivo aquilo todo dia.

– Mas…

– Não, me deixe terminar. Toda essa sua coisa das drogas… Sabe, você não falhou comigo. Porque não dá para falhar com o impossível.

Phury sentiu uma lágrima quente escorrer do olho.

– Eu só quero fazer a coisa certa.

– Eu sei. Mas nunca foi certo e nunca vai ser, e você não tem que se matar por causa disso. Eu fui para onde estou agora.

Não havia promessa de alegria no rosto de Z. Nenhuma felicidade potencial. A ausência de uma mania homicida era um avanço, mas a ausência de qualquer satisfação durável por estar vivo não era motivo para comemorar.

– Eu achei que Bella tivesse salvado você.

– Ela fez muita coisa. Mas, no momento, do jeito que a gravidez está indo…

Ele não precisava terminar. Não havia palavras adequadas para descrever as terríveis possibilidades. E Z. tinha enfiado na cabeça que o amor de sua vida ia morrer. Não era uma surpresa que não quisesse distribuir agradecimentos pelo resgate.

Zsadist continuou:

– Eu guardei o crânio da senhora todos aqueles anos não por um apego doentio. Eu precisava dele para quando tivesse pesadelos de que ela estava vindo me buscar. Sabe, eu acordava, e a primeira coisa era conferir e garantir que ela ainda estava morta.

– Eu posso entender isso…

– Você quer saber o que tenho feito no último mês ou dois?

– Sim…

– Eu acordo em pânico sem saber se você está vivo. – Z. balançou a cabeça. – Eu posso sentir Bella pelo lençol e ver que seu corpo ainda está quente. Mas com você, eu não posso fazer isso… e acho que meu inconsciente descobriu que vocês dois provavelmente não vão estar aqui daqui um ano.

– Eu sinto muito… caramba… – Phury levou as mãos ao rosto. – Eu sinto muito.

– Eu acho melhor você ir. Sabe, para o Santuário. Você vai estar mais seguro lá. Se ficar aqui, pode não durar um ano. Nós tivemos uma reunião.

Phury baixou as mãos.

– Que tipo de reunião?

– Do tipo a portas fechadas. Wrath, eu e a Irmandade. A única maneira de você ficar aqui é parar de se drogar e ficar amigo dos Narcóticos Anônimos. E ninguém acha que você vai fazer isso.

Phury franziu o rosto.

– Eu não sabia que havia reuniões do NA para vampiros.

– Não existem. Mas existem reuniões para humanos à noite. Eu procurei na Internet. Mas não importa, não é? Porque mesmo que você dissesse que vai, ninguém mais acredita, e eu não acho… eu não acho que você mesmo acredita também.

Era difícil discordar, considerando o que ele tinha levado para casa e injetado no braço. Quando pensou em parar, as mãos ficaram suadas.

– Você disse a Rehv para não me vender mais fumaça vermelha, não disse?

Então foi por isso que Xhex tinha ido atrás dele quando foi fazer a última compra.

– Falei sim. E eu sei que não foi ele quem vendeu a heroína para você. Tinha uma águia no pacote. A marca dele é uma estrela vermelha.

– Se eu for para o Santuário, como você vai saber que não vou continuar usando?

– Eu não vou saber – Z. levantou. – Mas não vou ter que assistir. Nem o resto de nós.

– Você está tão calmo – Phury murmurou, quase como um pensamento tardio.

– Eu vi você morto ao lado de uma privada, e tive as últimas oito horas para cuidar de você e imaginar como diabos mudar isso tudo. Estou exausto e meus nervos estão em frangalhos, e se você não caiu na real, vamos todos lavar as mãos.

Z. virou as costas e lentamente foi até a porta.

– Zsadist.

O Irmão parou, mas não se virou.

– Eu não vou agradecer você por isso. Então acho que estamos quites.

– Parece justo.

Quando a porta se fechou, Phury teve um pensamento estranho que, considerando tudo o que tinha sido dito, não era nada apropriado.

Quando Zsadist parou de cantar, o mundo perdeu um tesouro.

CAPÍTULO 45

Na outra extremidade do complexo da Irmandade, a uns quarenta metros no subterrâneo, John estava sentado na mesa do escritório do centro de treinamento olhando para o computador em sua frente. Ele sentia que devia estar fazendo alguma coisa para ganhar seu dinheiro, mas com as classes interrompidas indefinitamente, não havia muita papelada para cuidar.

Gostava da papelada, então gostava de seu trabalho. Em geral, John passava o tempo registrando notas, atualizando arquivos com registros de ferimentos de treinamento e monitorando o progresso das aulas. Era bom dar ordem ao caos, colocar tudo onde devia estar.

Checou o relógio. Blay e Qhuinn estavam se exercitando na sala de pesos e ficariam lá mais uma meia hora, no mínimo.

O que fazer… o que fazer… Em um impulso gratuito, ele entrou no diretório do computador e encontrou uma pasta chamada "Relatórios de Acidentes". Abriu e pegou o registro que Phury tinha feito do ataque à casa de Lash. *Meu… Deus.*

O corpo dos pais estava sentado na mesa de jantar, tinham sido levado da sala de visita, onde foram mortos. Nada mais tinha sido tocado na casa, só uma gaveta no quarto de Lash, e Phury acrescentou um comentário: *objeto pessoal? Mas de que valor, já que as joias ficaram?*

John pegou outros relatórios das casas que tinham sido atacadas. A de Qhuinn. A de Blay. Três outros colegas de classe. Cinco outros aristocratas. Total de mortos: vinte e nove, incluindo os *doggen*. E os roubos tinham sido enormes. Evidentemente, tinha sido a série mais bem-sucedida de ataques desde o roubo da propriedade da família de Wrath no Antigo País. John tentou imaginar o que Lash tinha passado para que os endereços tivessem saído de sua boca. Ele era um filho da mãe, mas não tinha nenhum apreço pelos *redutores*.

Torturado. Provavelmente estava morto. Sem motivo especial, John entrou no arquivo do sujeito. Phury, ou alguém, já tinha emitido um atestado de óbito.

Nome: Lash, filho de Ibix, filho de Ibixes, filho de Thornsrae. Data de Nascimento: 3 de março de 1983. Data do óbito: aprox. agosto de 2008. Idade quando do óbito: 25. Causa mortis: não confirmada; tortura presumida. Localização do corpo: desconhecida, presumidamente descartado pela Sociedade Redutora.

Vestígios liberados a: não disponível.

O resto do arquivo era extenso. Lash tinha muitos problemas de disciplina, não só no programa de treinamento, mas em locais importantes da *glymera*. Era uma surpresa vê-los no registro, considerando como a sociedade gostava de manter segredos sobre imperfeições, mas, de novo, a Irmandade exigia a liberação total do histórico de todos os aprendizes antes do início do programa. A certidão de nascimento também tinha sido escaneada.

Nome: Lash, filho de Ibix, filho de Ibixes, filho de Thornsrae. Data de nascimento: 3 de março de 1983, 1h14. Mãe: Rayelle, filha de sangue do soldado Nellshon. Certidão de nascimento com sucesso assinada por: doutor Havers, filho de Havers. Data de liberação da clínica: 3 de março de 1983.

Era muito estranho saber que Lash não estava mais entre nós.

O telefone tocou, fazendo-o pular. John atendeu, assobiou, e a voz de Vishous disse:

– Dez minutos, escritório de Wrath. Vamos nos reunir. Vocês três, estejam lá.

A linha ficou morta. Depois de um minuto de palavrões, John correu para a sala de pesos para buscar Qhuinn e Blay. Os dois levaram o mesmo susto, e então os três correram para o escritório do rei, mesmo que os dois amigos ainda estivessem suados do treino.

A Irmandade inteira estava no aposento azul-claro do rei, enchendo o quarto até que toda decoração delicada estivesse totalmente eclipsada: Rhage estava abrindo uma barra de chocolate sobre a lareira. Vishous e Butch estavam juntos em um sofá antigo, cujas pernas finas deveriam ser motivo de preocupação. Z. estava no outro canto, com os braços cruzados sobre o peito, olhando diretamente para o meio da sala.

John fechou a porta e ficou quieto. Qhuinn e Blay foram atrás, e os três mal couberam na sala.

– É o seguinte – Wrath começou, colocando os coturnos sobre a mesa coberta de papéis. – Cinco famílias fundadoras estão mortas. A maior parte do que sobrou da *glymera* está espalhada pela costa leste em abrigos. Finalmente. O total de vidas perdidas está na casa das centenas. Apesar de ter havido um massacre ou dois ao longo da nossa história, este foi um ataque de gravidade inédita.

– Eles deveriam ter se mexido antes – murmurou V. – Os imbecis não escutam.

– É verdade, mas nós realmente esperávamos algo diferente? Então aqui estamos. Podemos esperar algum tipo de reação negativa do Conselho dos *Princeps* na forma de um pronunciamento contra mim. Minha aposta é que vão tentar iniciar uma guerra civil. Decididamente, enquanto eu viver e respirar, ninguém mais pode ser rei, mas eles podem dificultar bastante que eu reine e mantenha as coisas em ordem.

Enquanto os Irmãos murmuravam todo tipo de xingamento, Wrath levantou a mão para parar o murmúrio.

– A boa notícia é que eles têm problemas de organização, o que vai nos dar algum tempo. O código do Conselho dos *Princeps* diz que ele deve ser fisicamente reunido em Caldwell e realizar as reuniões aqui. Eles criaram essa regra uns dois séculos atrás para garantir que a base do poder não fosse para outra parte. Como nenhum deles está na cidade e – ahá – vídeo conferências não existiam em 1790 quando redigiram o código atual, eles não podem realizar uma reunião para mudar as leis ou eleger um novo *lídher* até que arrastem seus traseiros velhos para cá, pelo menos por uma noite. Considerando as mortes, isso vai demorar um tempo, mas estamos falando de semanas, não meses.

Rhage mordeu seu chocolate, e o barulho ecoou pela sala.

– Temos alguma ideia de quem ainda não foi atacado?

Wrath apontou para a extremidade da mesa.

– Eu fiz cópias para todos.

Rhage foi até lá, pegou a pilha de papéis e os distribuiu... até para Qhuinn, John e Blay.

John olhou para as colunas. A primeira tinha o nome. A segunda era o endereço. A terceira, uma estimativa do número de moradores e *doggen* na casa. Depois, havia um valor aproximado do que havia lá com base nos cálculos dos impostos. Finalmente, se a família tinha ou não deixado o local e quanto tinha ou não saqueado.

– Quero que vocês dividam a lista de quem ainda não tivemos notícia – disse Wrath. – Se ainda tiver alguém naquelas casas, quero que vocês os tirem de lá, mesmo que tenham que arrastá-los pelo cabelo. John, você e Qhuinn vão com Z. Blay, você vai com Rhage. Alguma pergunta?

Sem nenhum motivo, John se viu olhando para a velha poltrona verde abacate atrás da mesa de Wrath. Ela pertencia a Tohr. Ou tinha pertencido. Ele teria gostado que Tohr o tivesse visto com a lista na mão, pronto para sair e defender a raça.

– Ótimo – disse Wrath. – Agora sumam daqui e façam o que eu preciso que vocês façam.

Do Outro Lado, no Templo das Virgens Reclusas, Cormia enrolava um pergaminho onde tinha desenhado casas e prédios e o colocava ao lado de seu banco. Ela não tinha ideia do que fazer com aquilo. Talvez queimá-lo? Cestos de lixo não existiam no Santuário.

Enquanto movia a tigela de cristal cheia de água da fonte da Virgem Escriba que tinha diante de si, pensou naquelas que Fritz levava para seu quarto cheias de ervilhas. Ela já sentia falta daquele passatempo. Sentia falta do mordomo.

Sentia falta... do Primaz.

Cormia pegou a tigela e esfregou o cristal, criando ondas na superfície da água que refletiram a luz das velas. O calor de suas mãos e o movimento sutil criaram um efeito de espiral, e das ondas delicadas veio a visão de exatamente quem ela queria ver. Quando a imagem apareceu, ela parou de agitar a água e deixou a superfície tornar-se lisa para que pudesse ver e então descrever a visão.

Era o Primaz, e ele estava vestindo o mesmo que no dia em que a encontrou no alto da escada e olhou para ela como se não a visse há uma semana. Mas não estava na mansão da Irmandade. Estava correndo por um corredor cheio de marcas de sangue e pegadas pretas. Corpos estavam amontoados no chão dos dois lados, eram vestígios de vampiros que pouco tempo antes estavam vivos.

Ela viu o Primaz reunir um pequeno grupo de machos e fêmeas apavorados e colocá-los numa despensa. Viu o rosto dele quando os trancou, viu o pavor, a tristeza e a raiva em suas feições. Ele estava lutando para salvá-los, para encontrar uma maneira de deixar tudo seguro, para cuidar deles.

Quando a visão enfraqueceu, ela esfregou a tigela mais uma vez. Agora que tinha visto o acontecido, fez outra invocação, e viu as ações dele mais uma vez. E mais uma vez. Era como um filme do outro lado, só que real; era o que tinha transcorrido no passado, não um presente ficcional.

E então ela viu outras coisas, cenas ligadas ao Primaz, à Irmandade e à raça. Oh, o horror das mortes, dos corpos naquelas casas luxuosas… cadáveres numerosos demais para que ela compreendesse. Um por um, viu o rosto daqueles que tinham sido mortos pelos *redutores*. Depois, viu os Irmãos lutando, em número tão pequeno que John, Blay e Qhuinn foram forçados a entrar na guerra antes da hora. Se aquilo continuasse, Cormia pensou, os *redutores* venceriam…

Ela franziu a testa e se aproximou mais da tigela. Na superfície da água, viu um *redutor* louro, o que não era incomum… mas ele tinha presas. Alguém bateu na porta, e ela deu um salto de susto, e a imagem desapareceu. Uma voz abafada veio do outro lado da porta do templo.

– Minha irmã?

Era Selena, a escriba reclusa anterior.

– Saudações – respondeu Cormia.

– Sua refeição, minha irmã – disse a Escolhida.

Quando a bandeja foi passada pelo painel da porta, houve um barulho áspero.

– Espero que a agrade.

– Obrigada.

– Você tem alguma pergunta para me fazer?

– Não. Obrigada.

– Vou voltar para pegar a bandeja – a ansiedade da Escolhida deixou sua voz aguda –, após a chegada dela.

Cormia inclinou a cabeça e então lembrou que a irmã não podia vê-la.

– Como quiser.

A Escolhida foi embora, sem dúvida para se preparar para o Primaz. Cormia encostou na mesa e olhou para a tigela. Algo tão frágil, tão fino, com exceção da base, que era pesada e sólida. A borda do cristal era afiada como uma faca.

Ela não sabia ao certo quanto tempo ficou lá. Mas acabou saindo do transe e forçou suas mãos a voltarem à tigela. Quando o Primaz voltou à superfície, ela não ficou surpresa – ficou *horrorizada*.

Ele estava jogado no chão de mármore, inconsciente ao lado da privada. Quando estava prestes a se levantar, a imagem mudou. Ele estava numa cama cor de lavanda. Virando a cabeça, ele olhou para fora da água e disse:

– Cormia?

Oh, Santa Virgem Escriba, a voz a fez querer chorar.

– Cormia?

Ela se levantou rapidamente. O Primaz estava parado na entrada do templo, vestindo branco, com o medalhão no pescoço.

– De fato...

Ela não conseguiu ir além. Queria correr, colocar os braços em volta dele e abraçá-lo. Ela o tinha visto morto. Tinha visto o Primaz...

– Por que você está aqui? – ele perguntou, olhando para a sala quase vazia. – Sozinha?

– Estou reclusa. – Ela limpou a garganta. – Como disse que ficaria.

– Então eu não deveria estar aqui?

– Você é o Primaz. Você pode estar em qualquer lugar.

Enquanto ele andou pelo quarto, Cormia tinha tantas perguntas, mas não tinha o direito de fazer nenhuma. Seus olhos se cruzaram.

– Ninguém mais pode entrar aqui?

– Não, a não ser que uma de minhas irmãs se junte a mim como escriba reclusa. Mas a Directrix pode entrar se for autorizada por mim.

– Por que a reclusão é necessária?

– Além de registrar a história geral da raça, nós... eu vejo as coisas que a Virgem Escriba deseja que permaneçam... secretas.

Quando o Primaz apertou seus olhos amarelos, ela sabia o que ele estava pensando.

– Sim, eu vi o que você fez. Naquele banheiro.

Os palavrões que ele soltou ecoaram até o teto branco.

– Você está bem? – ela perguntou.

– Sim, estou bem.

Phury cruzou os braços na frente do peito.

– Você vai ficar bem aqui? Totalmente sozinha?

– Eu vou ficar bem.

Ele olhou mais uma vez em seus olhos. Longa e intensamente. A tristeza estava no rosto do Primaz, em marcas profundas de dor e arrependimento.

– Você não me machucou – ela disse. – Quando estivemos juntos, você não me machucou. Eu sei que você acha que sim, mas não machucou.

– Eu gostaria... que as coisas fossem diferentes.

Cormia riu com tristeza e murmurou de repente:

– Você é o Primaz. Mude as coisas.

– Meu amo? – A Directrix surgiu na porta aberta, parecendo confusa. – O que você faz aqui?

– Vim ver Cormia.

– Oh, mas...

Amalya pareceu sacudir o corpo, como se estivesse se lembrando que o Primaz podia ir onde quisesse e ver quem quisesse; *reclusa* era um termo que se aplicava a todas, menos ele.

– Mas é claro, meu amo. Ah... a Escolhida Layla está pronta no seu templo?

Cormia olhou para a tigela que estava na sua frente. Como as Escolhidas tinham ciclos de fertilidade muito curtos daquele lado, era provável que Layla ou estivesse fértil ou estivesse prestes a ficar fértil. Sem dúvida haveria notícias de uma gravidez para ser registrada dentro em breve.

– Está na hora de você ir – disse Cormia, olhando para o Primaz.

Os olhos dele se fixaram nos dela.

– Cormia...

– Meu amo? – a Directrix interrompeu.

Com a voz séria, ele disse, por sobre o ombro:

– Eu estarei lá quando estiver pronto.

– Oh, por favor, perdoe-me, eu não quis...

– Está tudo bem – ele disse secamente. – Apenas diga a ela... que eu estou chegando.

A Directrix saiu rapidamente, e a porta se fechou. Os olhos do Primaz se voltaram para Cormia e se fixaram nela. E então ele deu a volta na sala com uma expressão séria no rosto. Quando se ajoelhou diante dela, Cormia ficou chocada.

– Meu amo, você não deveria...

– Phury. Você deve me chamar de Phury. Nunca "meu amo" ou "Primaz". A partir de agora, não quero ouvir de você nada além do meu verdadeiro nome.

– Mas...

– Nada de mas.

Cormia balançou a cabeça.

– Certo, mas você não deveria ficar de joelhos. Nunca.

– Na sua frente, eu só deveria ficar assim.

Ele colocou as mãos nos braços dela.

– Na sua frente... eu sempre deveria me curvar. – Phury olhou para o rosto e para o cabelo dela. – Cormia, eu preciso dizer uma coisa.

Ela olhou para ele, aqueles olhos eram a coisa mais impressionante que Cormia já tinha visto, hipnóticos, da cor de joias à luz do fogo.

– Sim?

– Eu amo você.

O coração dela parou.

– O quê?

– Eu amo você. – Phury balançou a cabeça e sentou com as pernas cruzadas. – Meu Deus... Eu estraguei tudo. Mas eu amo você. Eu queria que você soubesse porque... bom, caramba, porque é importante e porque significa que eu não posso me relacionar com as outras Escolhidas. Não posso estar com elas, Cormia. É você ou ninguém.

O coração dela se apertou. Por uma fração de segundo, seu coração saiu voando do peito, flutuando de alegria. Era o que ela queria, esse juramento, essa realidade...

Sua felicidade brilhante diminuiu com a mesma rapidez que surgiu. Ela pensou nas imagens dos feridos, dos torturados, dos mortos com crueldade.

E o fato de que havia sobrado quantos Irmãos lutando? Quatro. Apenas quatro. Séculos atrás, os números estavam na casa dos vinte ou trinta. Cormia olhou para a tigela e na pena que havia usado. Havia uma possibilidade muito real de que em algum momento em um futuro não muito distante, não houvesse mais história para escrever.

– Você precisa ir até Layla – disse numa voz tão seca quanto o pergaminho em que ia escrever. – E precisa ir até elas.

– Você não ouviu o que eu disse?

– Sim, ouvi. Mas isso é maior que você e eu.

Ela levantou porque se não se mexesse, ia enlouquecer.

– Eu não sou mais uma Escolhida, não de coração. Mas vi o que está acontecendo. A raça não vai sobreviver assim.

O Primaz esfregou os olhos e franziu o rosto.

– Eu quero você.

– Eu sei.

– Se eu estiver com as outras, você vai saber lidar com isso? Eu não sei se posso.

– Acho que... eu não consigo. Foi por isso que escolhi esta vida. – Ela mostrou a sala com a mão. – Aqui eu posso ter paz.

– Mas eu posso vir ver você. Não posso?

– Você é o Primaz. Você pode tudo.

Ela parou perto de uma vela. Olhando para a chama, perguntou:

– Por que você fez o que fez?

– Me tornar o Primaz? Eu...

– Não. A droga. No banheiro. Você quase morreu. – Quando não houve resposta, Cormia olhou para ele. – Eu quero saber por quê.

Houve um longo silêncio. E então ele disse:

– Eu sou um viciado.

– Um viciado?

– Sim. Sou prova de que você pode vir da aristocracia, ter dinheiro e *status* e ser um viciado mesmo assim. – Aqueles olhos amarelos estavam brutalmente claros. – E a verdade é que eu quero ser um macho de valor e dizer a você que posso parar, mas eu não sei. Já fiz promessas para mim mesmo e para os outros antes. Minha palavra... não tem mais valor com ninguém, nem comigo.

Sua palavra... ela pensou em Layla, esperando. Todas as Escolhidas esperando, a raça inteira esperando. Esperando por ele.

– Phury... meu amado Phury, cumpra uma de suas promessas agora. Vá, esteja com Layla e una-se a nós. Dê-nos uma história para escrever, para viver e em que prosperar. Seja a força da raça, como você deve ser.

Quando ele abriu a boca, ela levantou a mão para interrompê-lo.

– Você sabe que isso é o certo. Você sabe que estou certa.

Após um momento de tensão, Phury levantou. Ele estava pálido e instável quando arrumou sua roupa.

– Eu quero que saiba... se eu estiver com qualquer outra, no meu coração haverá apenas você.

Cormia fechou os olhos. A vida toda ela aprendeu a dividir, mas deixá-lo ir para outra fêmea era como jogar algo precioso no chão e pisar em cima.

– Vá em paz – ela disse delicadamente. – E volte com a mesma paz. Mesmo que eu não possa estar com você, nunca vou recusar sua companhia.

Phury subiu até o Templo do Primaz com um pé que parecia acorrentado. Correntes e arame farpado. Meu Deus, além do peso, seu pé e tornozelo verdadeiros queimavam como se ele tivesse pisado em um balde de bateria ácida. Nunca imaginou que ficaria feliz de ter meia perna faltando, mas pelo menos não precisava sentir aquilo em dose dupla.

As portas duplas para o Templo do Primaz estavam fechadas, e quando abriu um lado, sentiu o perfume de ervas e flores. Phury entrou e parou no vestíbulo sentindo que Layla estava no quarto principal adiante. Sabia que ela estaria como Cormia: deitada na cama com amarras de tecido branco caindo do teto sobre o pescoço para que apenas seu corpo estivesse visível.

Ficou olhando para os degraus de mármore branco que levariam às cortinas que afastaria para chegar até ela. Havia três degraus. Três degraus para subir, e então ele estaria em uma sala aberta.

Phury se virou e sentou na pequena escada. Sua cabeça estava diferente, provavelmente porque não fumava um cigarro fazia umas doze horas. Diferente... estranhamente clara. Meu Deus, ele estava lúcido. E um subproduto da clareza era uma nova voz em sua mente conversando com ele. Uma voz nova e diferente que não era a do mago. Era... sua própria voz. Ouvia aquilo pela primeira vez em muito tempo, e quase não reconheceu o que era.

Isto está errado.

Ele piscou os olhos e esfregou a perna que ainda tinha. A sensação de queimação parecia estar subindo a partir do tornozelo, mas pelo menos quando ele massageava o músculo, parecia melhorar um pouco.

Isto está errado.

Era difícil discordar de si mesmo. A vida toda ele tinha vivido para os outros. Seu irmão gêmeo. A Irmandade. A raça. E essa coisa toda de Primaz tinha saído do mesmo livro. Tinha passado a vida toda tentando ser um herói, e agora estava não só se sacrificando, estava sacrificando Cormia também. Pensou nela naquela sala, sozinha com as tigelas e penas e todo aquele pergaminho. E então a viu bem perto de seu corpo, quente e viva.

Não, disse a voz interna. *Eu não vou fazer isso.*

– Eu não vou fazer isso – ele disse, esfregando as duas coxas.

– Meu amo? – a voz de Layla veio do outro lado da cortina.

Ele estava prestes a responder quando, de repente, a queimação percorreu seu corpo, tomando conta dele, corroendo-o, consumindo cada pedaço. Com os braços tremendo, ele tentou se apoiar para não cair enquanto seu estômago ficava embrulhado. Um barulho de algo sufocado surgiu em sua garganta, e então Phury teve que se esforçar para conseguir inspirar.

– Meu amo? – A voz de Layla estava preocupada – e mais próxima.

Mas não dava para responder.

De repente, seu corpo inteiro se transformou em um daqueles globos de neve, com o interior tremendo e soltando faíscas de dor. Que diabos... estava tendo uma crise de abstinência, ele pensou. Era uma maldita crise de abstinência, porque pela primeira vez em, sabe-se lá, duzentos anos, seu organismo estava sem fumaça vermelha.

Sabia que tinha duas opções: voltar para o Outro Lado, encontrar um traficante que não fosse Rehvenge e manter o fio do viciado plugado na tomada. Ou enfrentar o monstro. E parar. O mago piscou com os dois olhos dentro de sua mente, um fantasma parado na frente daquela terra arrasada.

Ah, parceiro, você não vai conseguir. Eu sei que não vai. Por que tentar?

Phury parou um instante por causa da ânsia de vômito. Que droga, ele sentia como se fosse morrer. De verdade.

Tudo o que você precisa fazer é voltar para o mundo e conseguir o que precisa. Você pode se sentir bem com o movimento de um isqueiro. É só isso. Você pode fazer isso ir embora.

A tremedeira estava tão ruim que os dentes de Phury começaram a bater como cubos de gelo dentro de um copo.

Você pode fazer isso parar. É só acender um cigarro.

– Você já mentiu para mim uma vez. Você disse que eu podia me livrar de você, mas não foi o que aconteceu.

Ah, parceiro, o que é uma mentirinha entre amigos?

Phury pensou no banheiro do quarto cor de lavanda e no que tinha feito ali.

– É tudo.

Enquanto o mago começou a ficar bravo, e o corpo de Phury parecia estar em um liquidificador, ele esticou as pernas, deitou no chão de mármore frio do vestíbulo e se preparou para não ir a lugar nenhum.

– Droga! – ele disse enquanto sucumbia à crise. – Isso vai ser um saco.

Capítulo 46

John e Qhuinn estavam alguns metros atrás de Zsadist quando se aproximaram de uma casa moderna e baixa. O lugar ficava no número seis da lista das propriedades que ainda não tinham sido atacadas, e os três pararam na sombra de algumas árvores nos limites do gramado.

Lá parado, John teve um ataque sério de aflição. Cheia de elegância, ela parecia demais com a casa onde viveu por tão pouco tempo com Tohr e Wellsie.

Zsadist olhou por sobre o ombro.

– Você quer ficar aqui, John?

Quando John assentiu, o Irmão continuou:

– Eu imaginei. Também fiquei aflito. Qhuinn, fique com ele.

Zsadist atravessou a escuridão, checando as portas e as janelas. Quando desapareceu pelo fundo da casa, Qhuinn virou e perguntou:

– Por que este lugar assusta você?

John deu de ombros.

Eu costumava morar em uma casa parecida.

– Uau, sua vida de humano era boa.

Foi depois disso.

– Oh, você está falando... Certo.

Meu Deus, a casa tinha sido construída pela mesma empreiteira, porque a fachada e a disposição dos cômodos eram basicamente as mesmas. Olhando para todas as janelas, ele pensou em seu quarto. Era azul-marinho com um desenho moderno e uma porta de vidro de correr. O *closet* estava vazio quando chegou, mas ficou cheio com as primeiras roupas novas que John ganhou na vida.

As lembranças voltaram, lembranças da refeição que a família fez na primeira noite que Tohr e Wellsie o receberam. Comida mexicana. Ela tinha feito comida mexicana e colocado tudo na mesa, pratos grandes de *enchiladas* e *quesadillas*.

Naquela época, antes da transição, o estômago dele era muito delicado, e John se lembrava da vergonha que sentiu por não conseguir fazer nada além de revirar a comida no prato.

Exceto quando Wellsie colocou uma tigela de arroz branco com molho de gengibre na frente dele. Quando ela sentou, ele chorou, curvando o pequeno corpo frágil e soluçando de tristeza. Depois de passar a vida toda se sentindo diferente, do nada tinha encontrado alguém que sabia do que ele precisava e se importava o bastante para dar isso a ele. Isso era uma mãe, não era? Alguém que o conhecia melhor que você mesmo, e que cuidava de você quando não conseguia cuidar de si mesmo.

Zsadist voltou.

– Vazia, mas não atacada. Próxima casa?

Qhuinn olhou a lista.

– Número 425 da Rua Easterly...

O telefone de Z. disparou um toque discreto. Ele franziu a testa ao ver o número, e então colocou o aparelho no ouvido.

– O que foi, Rehv?

Os olhos de John se viraram para a casa, mas voltaram para Z. quando o Irmão disse:

– O quê? Você está brincando? Ele apareceu onde? – Longa pausa. – Você está falando sério? Tem certeza, cem por cento de certeza?

Quando desligou, Zsadist ficou olhando para o telefone.

– Eu preciso ir para casa. Agora. Droga!

O que foi?, John sinalizou.

– Vocês podem cobrir os próximos três endereços? – Quando John assentiu, o Irmão olhou para ele de um jeito estranho. – Fique com o telefone por perto, filho. Você me ouviu.

Quando John concordou, Z. desapareceu.

– Ok, obviamente, o que quer que tenha acontecido não é da nossa conta. – Qhuinn dobrou a lista e a guardou no bolso da jaqueta. – Vamos?

John olhou para a casa. Após um momento, ele sinalizou: *Eu sinto muito pelos seus pais.*

A resposta de Qhuinn demorou.

– Obrigado.

Eu sinto falta dos meus.

– Eu achei que você fosse órfão?

Por um tempo não.

Houve um longo silêncio. E então, Qhuinn disse:

– Vamos, John, vamos sair daqui. Precisamos ir para a Rua Easterly.

John pensou por um minuto.

Você se importa se pararmos em um lugar primeiro? Não é longe.

– Claro. Onde?

Quero ir à casa de Lash.

– Por quê?

Não sei. Eu quero ver onde tudo começou. E quero olhar o quarto dele.

– Mas como vamos entrar?

Se as janelas ainda têm timer *automático, vão estar abertas, e nós podemos nos desmaterializar pelo vidro.*

– Bom... caramba, se é onde você quer ir, tudo bem.

Os dois se desmaterializaram para o jardim lateral da mansão em estilo Tudor. As janelas estavam levantadas e num piscar de olhos os dois estavam parados na sala de estar. O cheiro era tão ruim que John sentiu como se alguém tivesse enfiado lã de aço dentro de seu nariz. Cobrindo a boca e o nariz, ele tossiu.

– Caramba – exclamou Qhuinn, fazendo o mesmo.

Os dois olharam para baixo. Havia sangue no tapete todo, e no sofá as manchas estavam secas e marrons. Havia uma trilha de sangue até o saguão.

– Oh, meu Deus...

John levantou a cabeça.

Do outro lado do lindo arco da sala de jantar havia uma cena saída de um filme de terror. O corpo da mãe e o corpo do pai de Lash estavam sentados onde sem dúvida eram os lugares de sempre, diante de uma mesa lindamente posta. A aparência pálida deles tinha vários tons de cinza, e as roupas de qualidade estavam marrons, manchadas de sangue. Havia muitas moscas.

– Caramba, esses *redutores* são doentes, de verdade.

John engoliu a bile na garganta e foi até lá.

– Nossa, você realmente precisa olhar de perto, cara?

Olhando em volta na sala, John se forçou a ignorar o horror e prestar atenção nos detalhes. A travessa com o frango assado tinha marcas de sangue nas bordas. O assassino tinha colocado a mesa. Depois de arrumar o corpo dos pais, provavelmente.

Vamos subir para o quarto de Lash.

Subir as escadas foi totalmente assustador porque eles estavam sozinhos na casa – mas não de fato. De alguma maneira, os mortos lá embaixo preenchiam o ar com algo parecido com som. Com certeza o cheiro tinha seguido John e Qhuinn escada acima.

– O quarto dele fica no terceiro andar – disse Qhuinn quando chegaram ao segundo.

Eles entraram no quarto de Lash, e foi um não evento se comparado com a cena da sala de visitas. Cama. Mesa. Aparelho de som. Computador. TV. Cômoda. John foi até lá e viu a gaveta com as impressões digitais cheias de sangue. Elas estavam borradas demais para saber se um padrão tinha sido deixado.

Ele pegou uma camisa qualquer e usou para abrir a gaveta, porque era assim que faziam na televisão. Lá dentro, mais marcas ensanguentadas, borradas demais para identificar. Seu coração parou de bater, e John se aproximou mais. Havia uma impressão digital especialmente clara, no canto de uma caixa de relógio Jacob & Co. Ele assobiou para fazer a cabeça de Qhuinn virar.

Redutores *deixam impressões digitais?*

– Se eles entrarem em contato com alguma coisa, sim.

Quero dizer, eles deixam impressões, de fato. Não apenas marcas sem identificação, mas, sabe, impressões com linhas.

– Sim, deixam. – Qhuinn foi até lá. – O que você está olhando?

John apontou para a caixa. No canto, havia a reprodução perfeita de um polegar... sem marcas discerníveis. Como aconteceria com um vampiro.

Você não acha que...

– Não. De jeito nenhum. Eles nunca transformaram um vampiro.

John pegou o telefone e tirou uma foto. Depois, pensando melhor, pegou a caixa e colocou na jaqueta.

– Terminamos aqui? – Qhuinn perguntou. – Seja legal e diga sim.

Eu só... John hesitou. *Só preciso de mais um tempo aqui.*

– Ok, mas então eu vou lá olhar os quartos do segundo andar. Eu não consigo... não consigo ficar aqui assim.

John assentiu enquanto Qhuinn saía do quarto, e se sentiu mal. Meu Deus, talvez tivesse sido cruel até mesmo pedir a ele para ir até lá. Sim... porque aquilo era errado. Ali, cercado por todas as coisas de Lash, era como se ele ainda estivesse vivo.

Do outro lado da cidade, atrás do volante do Focus, Lash não estava muito feliz. O carro era uma porcaria, de verdade. Mesmo que estivessem no trânsito residencial, o carro não tinha potencia. Aquela coisa ia de zero a cem em trinta dias.

– Precisamos fazer um *upgrade*.

No banco do passageiro, o Sr. D estava olhando sua arma, enquanto os dedos magros percorriam a pistola.

– Sim... hum, sobre isso.

– O quê?

– Acho que vamos precisar esperar até que o dinheiro dos roubos caia.

– Como assim?

– Eu peguei os extratos bancários, sabe, do último *Redutor Principal*. O tal Sr. X. Estavam na cabana dele. E não tem muita coisa.

– Defina "muita coisa".

– Bom, não tem nada, basicamente. Não sei onde foi e não sei quem foi. Mas sobraram só uns cinco mil.

– Cinco? Você está brincando?

Lash deixou o carro desacelerar. Que era como desligar os aparelhos de alguém em coma.

Sem dinheiro? Que diabos? Ele era uma espécie de Príncipe das Trevas, ou algo assim. E o valor líquido de seu exército era cinco mil?

Claro, ele tinha o dinheiro de sua família morta, mas não podia custear uma guerra inteira com aquilo.

– Cara, dane-se isso... vou voltar para minha antiga casa. Não vou mais dirigir esta lata velha.

Pois é, de repente ele tinha superado totalmente a coisa toda da mamãe e do papai. Precisava de um carro novo o quanto antes, e havia uma Mercedes novinha parada na garagem da mansão Tudor.

Ele ia pegar aquele carro e sair dirigindo e não ia sentir culpa. Dane-se a coisa de vampiro. Mas quando virou à direita e foi para sua antiga vizinhança, começou a se sentir enjoado. Porém, como não ia entrar na casa, não ia ter que ver os corpos, presumindo que ainda estivessem onde os tinha deixado...

Droga, ele ia ter que entrar para pegar a chave.

Dane-se. Ele precisava crescer.

Dez minutos depois, Lash parou na garagem e saiu do carro.

– Leve esse carro para a casa da fazenda. Eu encontro você lá.

– Tem certeza que eu não devia esperar?

Lash franziu a testa e olhou para a mão. O anel que o Ômega tinha dado a ele na noite anterior estava esquentando no dedo e começando a brilhar.

– Parece que o seu senhor quer falar com você – disse o Sr. D, saindo do lado do passageiro.

– Pois é. – Droga. – Como isto funciona?

– Você precisa ir a um lugar privado. Fique quieto, e ele vai vir ou vai levar você para lá.

Lash olhou para a mansão Tudor e decidiu o que fazer.

– Vejo você na casa da fazenda. E depois quero que me leve para essa cabana onde estão todos os registros.

– Sim, senhor.

O Sr. D tocou a aba do seu chapéu de caubói e entrou no lado do motorista. Enquanto o Focus voltava para a rua, Lash entrou na casa pela cozinha. A mansão cheirava muito mal, o fedor nauseante de morte e podridão era quase sólido de tão forte. Ele tinha feito aquilo, pensou. Ele era responsável pelo que estava empesteando aquela linda casa.

Lash pegou o telefone para chamar o Sr. D de volta, mas então hesitou, concentrando-se no anel. O ouro estava queimando tanto que ele ficou surpreso que seu dedo não tivesse caído. Seu mestre. Seu *mestre*.

Os mortos ali não eram dele. Lash tinha feito a coisa certa.

Ele passou pela entrada do mordomo e entrou na sala de jantar. Com o anel brilhando, ficou olhando as pessoas que pensava ser seus pais. A verdade estava nas mentiras, não estava?

Por toda sua vida precisou esconder sua natureza real, camuflar o mal que havia nele. Pequenas amostras da sua verdadeira natureza tinham aparecido, claro, mas o núcleo que era o seu motor tinha ficado escondido. Agora ele estava livre.

Olhando para a fêmea e o macho mortos diante de si, Lash subitamente não sentiu nada. Era como se estivesse olhando alguns pôsteres fantasmagóricos pendurados no *hall* de um cinema, e sua mente desse às imagens o peso adequado. Que era nenhum.

Ele tocou a coleira do cachorro no pescoço e se sentiu ridículo pelos sentimentos bestas que aquilo trazia. Ficou tentado a tirá-la, mas não o fez... O animal que ela o fazia lembrar tinha sido forte, cruel e poderoso. Então foi como um símbolo, não um sentimento, que Lash deixou aquilo no pescoço.

Caramba, os mortos cheiravam mal. Ele entrou no saguão e achou que o chão de mármore era um lugar tão bom quanto qualquer outro para encontrar seu verdadeiro pai.

O filho do Ômega sentou, abraçou as pernas e se sentiu um idiota ali sentado. Fechando os olhos, ele mal podia esperar para acabar com aquilo e pegar as chaves de...

Um zumbido começou a perturbar o silêncio da casa, vindo de nenhum lugar específico. Lash piscou e abriu os olhos. Seu pai estava chegando? Ou o estava levando para outro lugar? Do nada, uma corrente começou a girar em volta dele, distorcendo sua visão. Ou talvez estivesse distorcendo o que estava à sua volta. Em meio ao turbilhão, no entanto, ele estava firme como uma rocha, tomado por uma estranha confiança.

O pai nunca machucaria seu filho. O mal era o mal, mas o vínculo de sangue entre Lash e seu senhor significava que ele *era* o Ômega. E, seja por interesse próprio apenas, o Ômega não machucaria a si mesmo.

Quando Lash estava prestes a ser levado, quando aquela força tinha praticamente consumido sua forma corpórea, ele olhou para cima. John Matthew estava nas escadas diante dele.

Capítulo 47

– Minha irmã – veio o chamado do outro lado da porta do templo. – *Minha irmã.*

Cormia levantou os olhos do pergaminho em que estava registrando as cenas do Primaz salvando aqueles civis.

– Layla?

– O Primaz está doente. Ele está chamando você.

Cormia deixou a pena cair da mão e correu para a porta. Abrindo-a de uma vez, ela olhou para o rosto pálido e atordoado da irmã.

– Doente?

– Ele está na cama, tremendo de frio. Ele realmente não está bem. O Primaz não me deixou ajudar na maior parte do tempo, mas eu o arrastei do vestíbulo quando ele perdeu a consciência.

Cormia colocou o capuz de sua túnica.

– As outras estão...

– Nossas irmãs estão fazendo a refeição. Estão todas fazendo a refeição. Ninguém vai vê-la.

Cormia correu do templo recluso, mas ficou cega pela luz brilhante do Santuário. Ela segurou a mão de Layla até que os olhos se ajustassem e as duas correram até o templo do Primaz.

Cormia passou pela porta dourada e pelas cortinas. O Primaz estava deitado na cama vestindo apenas uma cueca de seda de suas vestes do Santuário. Sua pele tinha um brilho nada saudável e uma cobertura de suor. Atormentado pela tremedeira, seu enorme corpo parecia horrivelmente frágil.

– Cormia? – ele disse, levantando a mão paralisada.

Tirando o capuz, ela foi até ele.

– Estou aqui.

Ele ficou agitado ao ouvir a voz dela, mas quando Cormia tocou seus dedos, ele se acalmou. Meu Deus, ele estava pegando fogo.

– O que aconteceu? – ela perguntou, sentando-se ao seu lado.

– A-acho que é a d-d-desintoxicação.

– Desintoxicação?

– Sem...sem...d-d-drogas, ch-che-chega...de...dr-dr-drogasss...

Ela mal podia entender o que ele estava dizendo, mas sabia de alguma maneira que a última coisa que deveria fazer era oferecer os cigarros enrolados à mão que ele sempre fumava.

– Posso fazer alguma coisa para deixá-lo mais confortável?

Quando ele começou a passar a língua nos lábios secos, Cormia perguntou:

– Você quer água?

– Eu vou buscar – disse Layla, correndo para o banheiro.

– Obrigada, minha irmã. – Cormia olhou por sobre o ombro. – Você pode trazer toalhas também?

Layla desapareceu atrás da cortina do outro lado do quarto. Phury fechou os olhos e começou a virar a cabeça de um lado para o outro no travesseiro. De repente, sua fala se organizou.

– O jardim... o jardim está cheio de ervas daninha... Meu Deus, a hera... está em todo lugar... as estátuas estão cobertas.

Quando Layla voltou com uma jarra, uma tigela e algumas toalhas brancas, Cormia disse a ela:

– Obrigada. Agora, por favor, deixe-nos a sós, minha irmã.

Ela teve a sensação de que as coisas iam piorar muito, e que Phury não iria querer ser visto por outros delirando. Layla fez uma reverência.

– O que devo dizer às Escolhidas quando eu surgir na refeição?

– Diga a elas que o Primaz está descansando depois do encontro de vocês, e que ele pediu para ser deixado sozinho. Eu vou cuidar dele.

– Quando eu devo voltar?

– O ciclo de dormir vai começar logo?

– Após as orações.

– Certo. Volte depois que todas estiverem descansando. Se isso continuar... eu vou ter que ir ao outro lado buscar a doutora Jane, e você vai precisar ficar com ele.

– Buscar quem?

– Uma curandeira. Vá. Agora. Elogie as virtudes do corpo dele e da sua situação. Fale bastante. – Cormia arrumou o cabelo de Phury. – Quanto mais você falar, melhor para ele.

– Como quiser. Eu voltarei.

Cormia esperou a irmã ir embora e tentou dar a ele algo para beber. Mas Phury estava delirante demais para tomar água, incapaz de se concentrar no que ela estava levando perto dos lábios dele. Ela desistiu, pegou uma toalha e colocou sobre o rosto dele. Os olhos febris de Phury estavam abertos e fixados nela, que umedecia sua testa.

– O jardim... está cheio de ervas daninhas – ele disse rápido. – Cheio de ervas daninhas.

– Shhhh... – Ela mergulhou o tecido na tigela de novo, esfriando-o para ele. – Está tudo bem.

Respirando desesperadamente, ele murmurou:

– Não, está cobrindo tudo. As estátuas... elas sumiram... eu sumi.

O terror naqueles olhos amarelos fizeram o sangue dela esfriar. Ele estava alucinando, estava claramente fora de si, mas o que quer que estivesse vendo era bastante real para Phury – e estava ficando mais agitado a cada segundo, seu corpo se retorcia e virava nos lençóis brancos.

– A hera... oh, Deus, a hera está chegando perto de mim... está cobrindo minha pele...

– Shhh...

Talvez ela não fosse conseguir cuidar daquilo sozinha. Talvez... Mas se o problema era a mente dele, então...

– Phury, me escute. Se a hera está cobrindo as coisas, então vamos limpá-la.

O surto dele diminuiu, e os olhos se focaram um pouco.

– Nós... vamos?

Ela pensou nos jardineiros que viu do Outro Lado.

– Sim. Vamos arrancar tudo.

– Não. Nós não podemos. Ela vai ganhar... vai...

Cormia se abaixou e olhou bem dentro dos olhos dele.

– Quem disse? – A voz firme de Cormia pareceu atrair a atenção dele. – Agora me diga, onde devemos começar a cortar? – Quando ele começou a balançar a cabeça, ela prendeu o maxilar de Phury com a mão. – Onde nós começamos?

Ele piscou diante da ordem.

– Ah... está pior nas estátuas dos quatro estágios...

– Certo. Então vamos lá primeiro.

Ela tentou imaginar os quatro estágios... infância, juventude, meia idade e as vésperas da morte.

– Vamos começar com a criança. Que ferramentas devemos usar?

O Primaz fechou os olhos.

– As tesouras. Vamos usar as tesouras.

– E o que devemos fazer com as tesouras?

– A hera... a hera está crescendo sobre as estátuas. Não dá... mais para ver o rosto. Ela... está sufocando as estátuas. Elas não estão livres... Elas não podem ver... – O Primaz começou a chorar. – Meu Deus, eu não consigo mais enxergar. Eu nunca consegui enxergar... além das ervas daninhas daquele jardim.

– Fique comigo. Escute! Nós vamos mudar isso. Juntos, nós vamos mudar isso. – Cormia pegou a mão dele e a levou até os próprios lábios. – Nós temos as tesouras. Juntos, vamos cortar a hera. E vamos começar com a estátua da criança.

Ela se sentiu encorajada quando Phury respirou fundo, como se estivesse se preparando para um grande trabalho.

– Vou tirar a hera do rosto do jovem, e você corta. Você consegue me ver?

– Sim...

– Você consegue se ver?

– Sim.

– Ótimo, agora eu quero que você corte a hera que eu estou segurando. Corte. Agora.

– Sim... eu vou... sim, estou cortando.

– E coloque o que você cortou no chão. – Ela tirou o cabelo do rosto dele. – Agora corte de novo... e de novo...

– Sim.

– De novo.

– Sim.

– Agora... você consegue ver um pouco do rosto da estátua?

– Sim... sim, eu posso ver o rosto do jovem. – Uma lágrima escorreu por sua face. – Eu posso ver... eu posso ver... posse me ver nele.

Na casa de Lash, John parou nas escadas e pensou que talvez o fator assustador na casa Tudor tivesse prejudicado seu cérebro. Porque não era possível que fosse Lash lá embaixo, sentado de pernas cruzadas no chão do saguão, com uma mancha girando em volta dele.

Enquanto seu cérebro tentou lidar com a realidade e o que não podia ser real, John percebeu o cheiro doce de talco de bebê permeando o ar, quase deixando tudo rosa. Meu Deus, não diminuía o buquê da morte – só piorava o terrível fedor de podridão.

Naquele momento, Lash olhou para cima. Ele pareceu tão chocado quanto John, mas então lentamente abriu um sorriso.

Do meio da tempestade, a voz dele subiu as escadas, parecendo vir de uma distância maior do que o número de metros entre eles.

– Bem, bem, olá, menino-John.

A risada era familiar e bizarra ao mesmo tempo, ecoando estranhamente. John tocou em sua arma, segurando-a com as duas mãos enquanto apontava para o que quer que estivesse lá embaixo.

– Vejo você em breve – disse Lash enquanto se tornava bidimensional, transformando-se em uma imagem de si mesmo. – Mandarei lembranças para o meu pai.

A forma dele começou a piscar e então desapareceu, engolida pela onda.

John abaixou a arma e a guardou. Que é a coisa a fazer quando não havia no que atirar.

– John? – As botas de Qhuinn vieram por trás da escadaria. – Que diabos você está fazendo?

Eu não sei... achei que tivesse visto...

– Quem?

Lash. Eu o vi lá embaixo. Eu… bom, eu achei que o tinha visto.

– Fique aqui.

Qhuinn pegou sua arma e foi para as escadas, vasculhando o primeiro andar. John lentamente desceu para o saguão. Ele tinha visto Lash. Não tinha?

Qhuinn voltou.

– Está tudo normal. Vamos voltar para casa. Você não parece bem. Você comeu hoje à noite? E já que estamos falando disso, quando foi a última vez que você dormiu?

Eu… eu não sei.

– Certo. Vamos embora.

Eu podia jurar…

– Agora.

Quando os dois se desmaterializaram de volta para a o jardim da mansão, John achou que talvez seu amigo estivesse certo. Talvez ele devesse comer e…

Eles não entraram na casa. Assim que chegaram, os Irmãos saíram pela porta um por um. Coletivamente, eles estavam carregando armas suficientes para serem considerados uma milícia perfeita. Wrath enquadrou os dois com um olhar sério através dos óculos escuros.

– Vocês dois. No Escalade com Rhage e Blay. A não ser que precisem de mais munição.

Quando eles balançaram a cabeça, o rei se desmaterializou junto com Vishous, Butch e Zsadist. Quando eles entraram no utilitário, ao lado de Blay, John sinalizou: *O que está acontecendo*?

Rhage pisou no acelerador. Quando o Escalade acelerou e eles saíram da propriedade, o Irmão disse secamente:

– Visita de um velho amigo. Do tipo que você gostaria de nunca mais ver de novo.

Aliás, não era esse o tema da noite?!

Capítulo 48

O sonho... alucinação... seja lá o que for, parecia real. Total e completamente real. Parado no jardim descuidado da casa de sua família no Antigo País, sob uma lua cheia brilhante, Phury esticou o braço para o rosto da estátua do terceiro estágio e tirou a hera dos olhos, do nariz e da boca do macho que segurava o filho nos braços. Àquela altura, Phury parecia um profissional, e depois de fazer milagres com as tesouras, ele jogou outro bolo de erva daninha na lona que estava perto dos pés, no chão.

– Aqui está ele – ele sussurrou. – Aqui... está ele...

A estátua tinha cabelo comprido assim como ele, olhos fundos como os dele, mas a alegria radiante estampada no rosto não era dele. Nem a criança em seus braços. Ainda assim, era preciso continuar a libertação, e Phury continuou a arrancar as camadas bagunçadas de hera crescida.

Quando terminou, o mármore estava cheio de lágrimas verdes deixadas pela destruição das ervas daninhas, mas a majestade da forma era inegável. Um macho no auge com seu filho nos braços. Phury olhou por sobre o ombro.

– O que você acha? – A voz de Cormia o envolveu, mesmo que estivesse bem ao lado dele.

– Acho ele muito bonito.

Phury sorriu para ela, vendo em seu rosto todo o amor que ele mesmo sentia em seu coração e disse:

– Mais uma.

Ela fez um movimento com a mão:

– Mas, veja, a última já foi.

E a última estátua já tinha sido cuidada. O mato tinha desaparecido, junto com qualquer mancha de descaso. O macho agora estava velho, sentado com uma bengala nas mãos. O rosto ainda era belo, mas era a sabedoria, não a juventude, que o tornava bonito. Parado atrás dele, alto e forte, estava o jovem que já tinha estado em seu colo. O ciclo estava completo.

E não havia mais ervas daninhas. Phury olhou para o terceiro estágio. Também estava magicamente limpo, assim como as estátuas do jovem e da criança. Na verdade, o jardim todo tinha sido arrumado e agora estava saudável e pleno sob o calor seco da noite. As árvores frutíferas ao lado das estátuas estavam cheias de peras e maçãs, e os caminhos estavam cercados de arbustos. Dentro dos canteiros, as flores brotavam desorganizadas e graciosas, como todos os belos jardins ingleses.

Ele se virou para a casa. As persianas desalinhadas nas dobras tinham sido endireitadas, e os buracos no telhado tinham desaparecido. As paredes estavam lisas, as rachaduras tinham desaparecido, e todos os vidros estavam intactos.

O terraço estava livre da sujeira das folhas, e os pontos afundados que acumulavam água da chuva estavam planos de novo. Canteiros de gerânios e petúnias desabrochando espalhavam branco e vermelho entre mesas e cadeiras de vime trançado. Pela janela da sala de visitas, ele viu algo de se mexer – poderia ser? Sim, era.

Sua mãe. Seu pai. O casal apareceu na cena e estavam como as estátuas: renascidos. Sua mãe, com seus olhos amarelos, o cabelo louro e o rosto perfeito... Seu pai com o cabelo escuro, o olhar claro e o sorriso gentil. Os dois eram... absurdamente lindos para ele, seu Santo Graal.

– Vá até eles – disse Cormia.

Phury foi até o terraço, sua roupa branca estava limpa apesar de todo o trabalho. Ele se aproximou dos pais lentamente, com medo de arruinar a visão.

– *Mahmen*? – ele murmurou.

Sua mãe colocou os dedos em seu lado do vidro. Phury esticou o braço e imitou a pose da mãe. Quando sua mão tocou o vidro, ele sentiu o calor que emanava pela janela. Seu pai sorriu e murmurou alguma coisa.

– O quê? – Phury perguntou.

Estamos tão orgulhosos de você... filho.

Phury apertou os olhos. Era a primeira vez que qualquer um dos dois o chamava assim. A voz do pai continuou.

Você pode ir agora. Estamos bem. Você consertou... tudo.

Phury olhou para eles.

– Tem certeza?

Ambos assentiram. E então a voz da mãe veio pelo vidro límpido.

Vá e viva, filho. Vá... viva sua vida, não a nossa. Estamos bem aqui.

Phury parou de respirar e apenas olhou para os dois, absorvendo o que estava vendo. E então colocou a mão no coração e se curvou. Era uma despedida. Não um adeus, mas um... fiquem bem. E teve a sensação de que eles iam ficar.

Os olhos de Phury se abriram. Sobre ele, havia uma nuvem densa... não, espere, era um teto alto de mármore branco. Ele virou a cabeça. Cormia estava sentada ao seu lado segurando sua mão, o rosto dela era tão caloroso quanto a sensação em seu peito.

– Você quer alguma coisa para beber? – ela perguntou.

– O... o quê?

Ela levantou um copo que estava na mesa.

– Você quer beber alguma coisa?

– Sim, por favor.

– Levante a cabeça para mim.

Ele tentou dar um gole e achou a água efêmera. Não tinha gosto de nada e a temperatura era exatamente a de sua boca, mas engolir o líquido era bom, e antes que se desse conta, o copo estava vazio.

– Você quer mais?

– Sim, por favor.

Claramente, aquelas eram as únicas palavras que ele conhecia. Cormia encheu o copo de novo com a jarra, e o barulho era bom, ele pensou.

– Aqui está – ela murmurou.

Dessa vez, foi ela quem levantou a cabeça dele, e enquanto Phury bebia, ficou olhando nos lindos olhos verdes dela. Quando Cormia foi afastar o copo da boca dele, Phury segurou delicadamente o pulso dela e disse no Antigo Idioma:

– Eu poderia acordar assim sempre, banhado pelo seu olhar e seu perfume.

Ele esperou que ela recuasse, ficasse vermelha, se afastasse dele. Em vez disso, Cormia murmurou:

– Nós limpamos o seu jardim.

– Sim...

Alguém bateu nas portas duplas do templo.

– Espere antes de atender – ela disse, olhando em volta.

Cormia soltou o copo e atravessou o mármore. Depois que ela se escondeu atrás de alguns metros de veludo branco da cortina, o Primaz limpou a garganta.

– Sim? – ele chamou.

A voz da Directrix era gentil e respeitosa.

– Posso entrar, meu amo?

Ele se cobriu com o lençol ainda que estivesse de calça, depois se certificou de que Cormia não estava visível.

– Sim.

A Directrix abriu a cortina do vestíbulo e fez uma reverência profunda. Havia uma bandeja coberta em suas mãos.

– Trouxe uma oferenda das Escolhidas para você.

Quando endireitou, o brilho em seu rosto deixou claro que Layla tinha mentido, e mentido bem. Ele não achou que podia sentar, então a chamou com a mão. A Directrix se aproximou da plataforma da cama e se ajoelhou diante do Primaz. Quando levantou a cobertura dourada, disse:

– Das suas companheiras.

Sobre a bandeja, dobrado cuidadosamente como um mapa, havia um lenço bordado. Feito de cetim e coberto de joias, era uma peça espetacular.

– Para o nosso macho – disse a Directrix, abaixando a cabeça.

– Obrigado.

Droga.

Ele pegou o lenço e o abriu sobre a palma das mãos. Citrinos e diamantes formavam as palavras *Força da Raça* no Antigo Idioma. Phury pensou que as pedras brilhantes eram como as fêmeas do Santuário, tão bem-guardadas em suas superfícies de platina.

– Você nos deixou muito felizes – disse Amalya com a voz trêmula. Ela levantou e fez outra reverência. – Podemos fazer alguma coisa para retribuir nossa alegria?

– Não, obrigado. Só preciso descansar.

Ela fez mais uma reverência e desapareceu como uma brisa leve, partindo em um silêncio que, tragicamente, estava cheio de ansiedade. Phury se sentou, mas só com o apoio dos braços. Na vertical, sua cabeça parecia um balão, leve e cheia de nada, apoiada sobre a coluna.

– Cormia?

Ela saiu de trás da cortina. Seus olhos foram até o lenço e depois voltaram para ele.

– Você precisa da doutora Jane?

– Não. Eu não estou doente. Foi apenas a desintoxicação.

– Foi o que você disse. Mas não tenho certeza do que é isso.

– Uma crise de abstinência.

Ele esfregou os braços, pensando que ainda não tinha acabado. A pele coçava, e os pulmões queimavam como se precisassem de ar, mesmo que o ar estivesse lá. O que queriam, Phury sabia, era fumaça vermelha.

– Tem um banheiro aqui? – ele perguntou.

– Sim.

– Você vai me esperar? Não vou demorar. Só quero me lavar.

Vai levar mais que a vida dela inteira para você voltar limpo, disse o mago.

Phury fechou os olhos, abruptamente perdendo a força para se mexer.

– O que foi?

Diga a ela que seu velho amigo está de volta. Diga a ela que seu velho amigo nunca vai deixá-lo. E depois vamos voltar para o mundo real e pegar o que vai resolver essa sensação ruim nos seus pulmões e a coceira na sua pele inteira.

– O que foi? – Cormia perguntou de novo.

Phury respirou fundo. Ele não sabia muito no momento, mal sabia o próprio nome, e com certeza não sabia quem era o presidente dos EUA. Mas tinha certeza de uma coisa: se continuasse escutando o mago, iria morrer. Ele se concentrou na fêmea diante de si.

– Não é nada.

Não soou bem no deserto. A túnica do mago voou quando um vento soprou sobre o campo de ossos.

Você mentiu para ela! Eu sou tudo! Eu sou tudo! A voz do mago estava ficando cada vez mais aguda. *Eu sou...*

– Nada – disse Phury se levantando, sem forças. – Você não é nada.

– O quê?

Enquanto ele balançava a cabeça, Cormia foi até lá e o ajudou a se estabilizar. Juntos, eles foram até o banheiro, que era decorado como qualquer outro, com exceção do fato de que não havia logomarca no vaso sanitário. Bem, isso e o riacho que corria diretamente do fundo do quarto – que ele presumiu funcionar como banheira.

– Vou esperar lá fora – ela disse, deixando-o a sós.

Depois de usar o banheiro, ele entrou no riacho com a ajuda de uma escada de mármore. A água corrente era igual à da jarra, exatamente na temperatura do corpo dele. Sobre um prato no canto, Phury pegou uma barra que imaginou ser sabonete.

Segurou a barra macia, em forma de lua crescente, e mergulhou as mãos na água. A espuma formada era pequena e delicada, as bolhas tinham perfume de plantas. Lavou o cabelo, o rosto e o corpo, e inspirou para que aquele aroma chegasse até os pulmões – e, com sorte, limpasse os séculos de automedicação.

Quando acabou, deixou a água correr pela coceira da pele e pela dor nos músculos. De olhos fechados, afastou o mago o máximo que conseguiu, mas era difícil porque o ataque dentro da cabeça tinha proporções nucleares.

Em sua antiga vida, ele teria ligado a ópera, mas agora isso não era possível – e não só porque não existiam aparelhos de som daquele lado. Esse tipo de música o fazia lembrar demais de Zsadist... que não cantava mais. Ainda assim, o barulho da água era delicioso, delicado, musical, ecoando nas pedras lisas como se o ruído estivesse vindo delas.

Sem querer deixar Cormia esperando, plantou os pés na margem e tirou a parte superior do corpo da corrente. A água lavou o peito e a barriga como se fossem mãos tranquilizadoras e, levantando os braços, ele a sentiu escorrer pelos dedos e cotovelos.

Escorrendo... correndo... aliviando... A voz do mago tentou ficar mais alta e tomar conta do espaço. Phury a ouviu dentro da cabeça, tentando ganhar espaço, tentando se apoderar dos ouvidos. Mas o barulho da água era mais alto.

Phury respirou fundo, sentindo o cheiro das plantas e uma sensação de liberdade que não tinha nada a ver com onde seu corpo estava, e tudo a ver com onde a cabeça estava.

Pela primeira vez, o mago não era maior que Phury.

Cormia estava andando de um lado para o outro no templo do Primaz.

Não doente. Em crise de abstinência. Não doente.

Ela parou ao lado da cama e se lembrou de quando estava amarrada ouvindo um macho entrar, totalmente apavorada. Sem poder ver, sem poder se mexer e sem poder dizer não, ela ficou lá deitada à mercê da tradição. Toda fêmea virgem, depois de passar pela transição, era apresentada ao Primaz daquela maneira. Com certeza as outras devem ter sentido o mesmo medo que ela. E outras mais sentiriam no futuro.

Meu Deus... o lugar estava imundo, ela pensou, olhando para as paredes brancas. Sujo com as mentiras tanto ditas quanto guardadas dentro do coração das fêmeas que respiravam aquele ar parado.

Havia um antigo ditado entre as Escolhidas, um tipo de rima antiga que ninguém sabia quando tinha começado:

Correta é a causa da nossa fé, serena seja a aceitação da nossa missão, nada vai nos ferir, nós, os fiéis, porque a pureza é a nossa força e nossa virtude, a mãe para orientar nosso filho.

Veio um rugido do banheiro.

Phury gritando.

Cormia se virou e correu para lá. Ela o encontrou nu na corrente de água, encostado, punhos fechados, peito inflado, coluna curvada.

Mas ele não estava gritando. Estava rindo. Sua cabeça se virou e quando a viu, os braços se abaixaram, mas o riso não parou.

– Desculpe… – Quando mais alegria surgiu dentro dele, Phury tentou contê-la, mas não conseguiu. – Você deve achar que eu estou louco.

– Não…

Cormia pensou em como ele era lindo, a pele dourada brilhando por causa da água, o cabelo formando cachos grosso caídos nas costas.

– O que é tão engraçado?

– Você me passa uma toalha?

Ela entregou uma dobrada e não desviou o olhar quando Phury saiu da água.

– Você já ouviu falar de *O Mágico de Oz*? – ele perguntou.

– É uma história?

– Pelo jeito não. – Ele prendeu a toalha no corpo. – Talvez um dia eu mostre o filme para você. Mas não era disso que eu estava rindo. Eu tinha entendido errado. Não era um fantasma poderoso que estava na minha cabeça. Era o Mágico de Oz, nada além de um velho frágil. Eu apenas *achava* que o mago era assustador e mais forte do que eu.

– Mago?

Ele bateu na têmpora.

– A voz na minha cabeça. Bem ruim. Eu fumava para fugir dele. Eu achava que ele era um fantasma enorme e poderoso. Mas não era. Não é.

Era impossível não compartilhar aquela alegria e, quando Cormia sorriu para ele, um calor súbito tomou conta dela.

– Sim, uma voz forte e alta que não era nada em especial.

Ele levou a mão até o braço e esfregou a pele como se estivesse com uma irritação – mas não havia nada marcando aquela superfície perfeita.

– Forte… alta…

A expressão de Phury mudou de repente quando ele olhou para ela. E Cormia sabia por quê. Faíscas saíram dos olhos dele enquanto seu sexo ficava duro.

– Desculpe – ele disse, pegando outra toalha comprida para se cobrir.

– Você dormiu com ela? – Cormia disparou.

– Layla? Não. Cheguei até o vestíbulo e decidi que não podia ir adiante. – Ele balançou a cabeça. – Não vai dar certo. Não consigo ficar com ninguém além de você. A questão é o que fazer agora, e seja como for, acho que sei a resposta. Acredito que tudo isso – ele fez um gesto amplo, como se quisesse englobar tudo no Santuário e relacionado a ele – isso não pode continuar. Este sistema, esse jeito de viver, não está funcionando. Você tem razão, a questão é que não somos nós, mas todo mundo. Não está funcionando para ninguém.

Enquanto processava aquelas palavras, Cormia pensou no lugar ocupado naquela raça. Pensou nos gramados brancos, nos prédios brancos e nas túnicas brancas. Phury balançou a cabeça.

– Costumava haver duzentas Escolhidas, certo? Na mesma época em que havia trinta ou quarenta Irmãos, certo?

Quando ela assentiu, Phury olhou para a água corrente.

– E agora, quantos de nós sobraram? Sabe, não é só a Sociedade Redutora que está nos matando. São essas regras. Quero dizer, não dá. As Escolhidas não estão protegidas aqui, elas estão aprisionadas. E são maltratadas. Se você não tivesse se sentido atraída por mim, não teria feito diferença. Você teria sido obrigada a fazer sexo comigo mesmo assim, e isso é cruel. Você e suas irmãs estão presas aqui, servindo uma tradição em que eu gostaria de saber quantas de vocês acreditam. A vida como uma Escolhida... não é uma escolha. Nenhuma de vocês tem escolha. Veja o seu próprio caso: você não quer estar aqui. Você voltou porque não tinha outra opção, não foi?

Uma palavra saiu da boca dela, uma palavra impossível que mudava tudo:

– Sim.

Cormia levantou a túnica e o deixou voltar ao lugar, pensando no pergaminho que estava no chão do Templo das Escribas Reclusas, o que tinha desenhos de prédios, aquele que ela não sabia onde colocar.

Agora era ela quem balançava a cabeça:

– Eu nunca soube muito sobre mim mesma até ir para o Outro Lado. E preciso acreditar que as outras estão na mesma situação. Elas devem estar... eu não posso ser a única que tem talentos escondidos ou interesses não revelados. – Ela começou a andar pelo banheiro. – E eu não acho que exista qualquer uma de nós que não se sinta um fracasso... porque as pressões são tão grandes que tudo chega a um nível de importância total e suprema. Um pequeno erro, uma palavra escrita incorretamente, uma nota errada, ou ponto errado em um tecido, e você se sente como se a raça toda estivesse decepcionada.

De repente, ela não conseguia impedir as palavras de saírem.

– Você tem toda razão. Isso *não* está funcionando. Nosso propósito é servir a Virgem Escriba, mas tem que haver uma maneira de fazer isso enquanto nós nos honramos. – Cormia olhou para Phury. – Se nós somos as filhas Escolhidas, isso não significa que ela quer o melhor para nós? Não é isso que uma mãe quer para seus filhos? Como isso...

Ela olhou para a brancura onipresente e sufocante, e então continuou:

– Como isso pode ser o melhor? Para a maioria de nós, é mais um congelamento do que uma vida. Somos uma animação suspensa mesmo que possamos nos mexer. Como... isso pode ser o melhor para nós?

Phury franziu o rosto.

– Não é. Definitivamente não é.

Ele pegou a toalha e a atirou no chão de mármore. Em seguida, agarrou o medalhão do Primaz e o arrancou do pescoço. Phury ia renunciar, Cormia pensou, ao mesmo tempo animada e decepcionada com o futuro. Ele ia renunciar...

Phury levantou o ouro pesado do medalhão pendurado em uma tira de couro, e ela ficou completamente sem fôlego. A expressão no rosto dele mostrava propósito e poder, não irresponsabilidade. A luz naqueles olhos revelava propriedade e liderança, não escapar e se encolher. Diante dela, Phury era a paisagem inteira do Santuário, todas as construções, a terra, o ar e a água: ele não era desse mundo, ela *era* esse mundo.

Depois de uma vida inteira vendo a história se desenrolar em uma tigela de água, Cormia percebeu, enquanto olhava o medalhão solto, que pela primeira vez estava vendo a história acontecer diante dela, em tempo real. Nada nunca mais seria igual depois daquilo.

Com o emblema de seu alto cargo balançando de um lado para o outro em sua mão fechada, Phury proclamou com uma voz firme e profunda:

– Eu sou a força da raça. Eu sou o Primaz. *E assim devo reinar*!

CAPÍTULO 49

Naquela noite de verão na periferia de Caldwell, a Irmandade estava reunida com uma lua enorme e paradisíaca – todos se perguntando que diabos estava acontecendo.

Quando o Escalade estacionou ao lado do grupo, John ficou impressionado de estar entre eles. Soltando o cinto de segurança, saiu enquanto Rhage travava o carro. Blay e Qhuinn estavam lado a lado e, juntos, os três foram até os Irmãos.

O campo adiante se estendia entre pinheiros, e a grama estava marcada por pequenas flores amarelas e rosas espalhadas.

Vishous acendeu um de seus cigarros, e o cheiro de tabaco turco se espalhou.

– O imbecil está atrasado.

– Calma, V. – disse Wrath, expirando. – Vou chutar o seu traseiro se você não tiver calma.

– Caramba. Não você, *ele*.

– Butch, controle o seu garoto, por favor. Antes que eu o acerte com um pinheiro.

O brilho veio do leste, começou pequeno como a chama de um isqueiro e se tornou grande como o sol. Enquanto se formava na floresta, a luz era filtrada por troncos e galhos, e John pensou nos filmes de teste da bomba nuclear que tinha visto na escola, aqueles em que árvores e todo o resto eram aniquilados depois de um raio de luz.

– Por favor, me diga que essa coisa não é radioativa – disse Qhuinn.

– Que nada – respondeu Rhage. – Mas vamos todos estar bronzeados de manhã.

Butch levantou um braço para proteger os olhos.

– Eu não estou usando protetor solar.

Ninguém estava empunhando armas, John pensou. Mas estavam todos tensos como gatos.

De repente, do meio das árvores surgiu um homem... um homem brilhante, a origem da luz. E havia algo enrolado em seus braços, uma lona, um tapete ou...

– Filho da mãe – soltou Wrath quando a figura parou a menos de vinte metros.

O homem brilhante riu.

– Ora, se não é o bom rei Wrath e seu bando de homens felizes. Eu juro que vocês deviam fazer *shows* para crianças, de tão animados.

– Que ótimo – Rhage murmurou. – O senso de humor dele continua intacto.

Vishous suspirou.

– Talvez eu consiga mudar isso na pancada.

– Use o braço dele, se puder...

Wrath olhou para os dois, que devolveram uma expressão de "o que foi?"

O rei balançou a cabeça e se voltou para a figura brilhante.

– Já faz tempo. Ainda bem. Como vai?

Antes que ele pudesse responder, V. soltou um palavrão.

– Se eu escutar algo do tipo "Eu sou Neo", do Keanu Reeves em *Matrix*, minha cabeça vai explodir.

– Você não quer dizer "Neon"? – disparou Butch. – Porque ele me faz lembrar uma placa de rua.

A cabeça de Wrath se virou.

– Calem a boca. Todos vocês.

A figura brilhante riu.

– Então, vocês querem o presente de Natal adiantado? Ou vão continuar enchendo meu saco até eu decidir ir embora?

– Natal? Acho que essa tradição é sua, não nossa – respondeu Wrath.

– Então isso quer dizer não? Porque é uma coisa que vocês estão sentindo falta faz tempo.

Com isso, o brilho se dissipou, como se alguém tivesse desligado a força. Parado na clareira, havia um homem como qualquer outro... bom, mais ou menos, uma vez que ele estava coberto de correntes de ouro. Havia alguém em seus braços, um homem barbado com uma mecha branca em seu cabelo escuro... o corpo inteiro de John formigou.

– Não reconhece o seu Irmão? – perguntou a figura, para depois olhar para o macho que estava carregando. – Como eles esquecem fácil.

Foi John que quebrou o gelo e atravessou a longa clareira. Alguém chamou seu nome, mas ele não ia parar por nada nem ninguém. Correu o mais rápido que as pernas conseguiram, com o vento tocando as orelhas, o sangue correndo com força pelas veias. O campo roçava sua calça jeans, aquela agradável noite de agosto batia no rosto, e os punhos que as mãos formavam socavam o ar.

Pai, ele murmurou. *Pai!*

John parou e então cobriu a boca com a mão. Era Tohrment, mas uma versão menor dele, como se tivesse sido deixado no sol por meses até encolher. Seu rosto estava magro, sua pele parecia solta dos ossos, os olhos estavam fundos. A barba estava longa e escura, e o cabelo desgrenhado parecia um ninho preto, com exceção da linha branca e brilhante na frente.

As roupas do macho, as mesmas que estava usando na noite em que desapareceu do centro de treinamento, estavam rasgadas e sujas. John deu um salto quando uma mão pousou em seu ombro.

– Calma, filho – disse Wrath. – Meu Deus...

– Na verdade, meu nome é Lassiter – disse o homem –, caso você tenha esquecido.

– Tanto faz. Então, qual é o preço? – perguntou o rei, levantando os braços para pegar Tohr.

– Eu adoro como você presume que existe um preço.

John queria ser quem levaria Tohrment para o carro, mas os joelhos estavam tremendo tanto que ele provavelmente teria que ser carregado também.

– Não tem um preço? – Enquanto recebia o corpo de seu Irmão, o rei balançou a cabeça. – Caramba, ele não pesa nada.

– Ele está vivendo à base de cervos.

– Há quanto tempo você sabe dele?

– Eu o encontrei faz dois dias.

– Preço – disse Wrath, ainda olhando para o irmão.

– Bem, a questão é a seguinte. – Enquanto o rei xingava, o homem, Lassiter, ria. – Não é um preço.

– O. Que. É?

– É um acordo de dois por um.

– Como é?

– Eu vou com ele.

– De jeito nenhum.

O homem perdeu toda a leveza na voz.

– Faz parte do acordo e, acredite em mim, eu também não aceitaria. Mas o fato é que ele é minha última chance, então, sinto muito, mas eu vou junto. E, a propósito, se você disser não, vou destruir a todos nós assim.

O homem estalou os dedos, e uma faísca branca brilhou no céu noturno. Após um instante, Wrath se virou para John.

– Este é Lassiter, o anjo caído. Uma das últimas vezes que ele esteve na Terra, houve uma praga na Europa Central...

– Certo, aquilo não foi culpa minha...

– ... que dizimou dois terços da população humana.

– Eu gostaria de lembrar que você não gosta de humanos.

– Eles cheiram mal quando estão mortos.

– Todos vocês, mortais, são assim.

John mal conseguia acompanhar a conversa, ele estava muito ocupado olhando para o rosto de Tohr. Abra os olhos... abra os olhos... por favor, Deus...

– Vamos, John.

Wrath se virou para a Irmandade e começou a andar. Quando chegou até eles, disse calmamente:

– Nosso Irmão está de volta.

– Oh, Deus, ele está vivo? – alguém perguntou.

– Graças a Deus – alguém grunhiu.

– Diga a eles – Lassiter exigiu, atrás do grupo. – Diga que ele vem com um colega de quarto.

Ao mesmo tempo, a cabeça dos membros da Irmandade levantou.

– Alguém me acorde – soltou Vishous.

– Eu passo – murmurou Lassiter.

Capítulo 50

Phury atravessou a brancura cintilante do Santuário até a entrada privada do Templo da Virgem Escriba. Bateu uma vez e esperou, desejando fazer um pedido de audiência. Quando as portas se abriram, ele esperou que a Directrix Amalya o recebesse, mas não havia ninguém do outro lado. O jardim branco da Virgem Escriba estava vazio, com exceção dos pássaros na árvore branca.

Os tentilhões e canários estavam fora de lugar e ainda mais lindos por causa disso. As cores eram brilhantes contra o fundo de galhos e folhas brancos e ao ouvir seus cantos, Phury pensou no número de vezes que Vishous tinha ido até lá com uma daquelas criaturas frágeis nas mãos. Depois que a Virgem Escriba as tinha sacrificado por seu filho, o filho os retornava para ela.

Phury foi até a fonte e ouviu a água cair na bacia de mármore. Ele soube que a Virgem Escriba apareceu atrás dele porque os cabelos de sua nuca se arrepiaram.

– Eu achei que você fosse renunciar – ela disse. – Eu vi o caminho do Primaz se abrindo para as pegadas de outro. Você deveria ser apenas a transição.

Ele olhou por sobre o ombro.

– Eu também achei que fosse renunciar. Mas não.

Que estranho, ele pensou. Sob a túnica preta que escondia o rosto, as mãos e os pés dela, o brilho parecia menos intenso do que lembrava.

Ela se virou para os pássaros.

– Você deve me cumprimentar adequadamente, Primaz.

Ele se curvou longamente e proferiu as palavras adequadas no Antigo Idioma. Também teve a cortesia de se manter em reverência, esperando que ela o liberasse da súplica.

– Ah, mas a questão é – ela murmurou –, você já renunciou. E agora quer o mesmo para as minhas Escolhidas.

Phury abriu a boca, mas a Virgem Escriba o interrompeu.

– Você não precisa explicar seus motivos. Você acha que eu não sei o que está na sua mente? Até mesmo o seu mago, como você o chama, eu sei sobre ele.

Certo, aquilo o deixou desconfortável.

– Levante Phury, filho de Ahgony.

Quando levantou, ela disse:

– Somos fruto da nossa criação, Primaz. As construções que resultam das nossas escolhas são colocadas sobre a base formada por nossos pais e dos pais deles. Somos apenas o próximo andar da casa ou o ladrilho do caminho.

Phury balançou a cabeça lentamente.

– Podemos escolher um caminho diferente. Podemos nos colocar em uma direção diferente.

– Disso eu não tenho certeza.

– Disso eu tenho toda certeza... ou não farei nada com esta vida que você me deu.

– De fato.

A cabeça dela se virou para os quartos privados.

– De fato, Primaz.

No silêncio que se estendeu, ela pareceu triste, o que o surpreendeu. Phury estava preparado para uma luta. Que diabos, era difícil não pensar na Virgem Escriba como qualquer coisa que não um trator de túnica preta.

– Diga-me, Primaz, como você pretende lidar com isso tudo?

– Ainda não tenho certeza. Mas aquelas que se sentirem mais confortáveis aqui podem ficar. E aquelas que quiserem se aventurar do Outro Lado vão encontrar um refúgio seguro comigo.

– Você vai abandonar este lado?

– Eu preciso de uma coisa do Outro Lado, algo de que eu preciso. Mas estarei dos dois lados. Vai levar décadas, talvez mais, para mudar tudo. Cormia vai ajudar.

– E você vai estar apenas com ela, como um macho faria?

– Sim. Se as outras encontrarem parceiros de sua escolha, eu aceitarei todas as suas filhas na tradição das Escolhidas e farei com que Wrath receba os filhos na Irmandade, quer nasçam aqui ou do Outro Lado. Mas eu terei apenas Cormia.

– E a pureza de sangue? A força que vem dela? Não vai mais haver padrões? A procriação era deliberada, para gerar força a partir da força. E se uma Escolhida optar por alguém fora da linhagem da Irmandade?

Ele pensou em Qhuinn e Blay. Rapazes fortes que seriam machos ainda mais fortes com o tempo. Por que eles não deveriam estar na Irmandade?

– Fica a critério de Wrath. Mas eu o encorajaria a aceitar os valorosos independente da linhagem. Um coração corajoso pode tornar um macho maior e mais forte do que ele é fisicamente. Ouça, a raça está sucumbindo, e você sabe disso. Estamos perdendo território a cada geração, e não só por causa da guerra. A Sociedade Redutora não é a única coisa que está nos matando. As tradições também estão.

A Virgem Escriba olhou para a fonte. Houve um longo, longo silêncio.

– Eu sinto como se tivesse perdido... – ela disse delicadamente – todos vocês.

– Não perdeu. Nem um pouco. Seja uma mãe para a raça, não uma zeladora, e você vai ter tudo o que quer. Liberte-nos e nos deixe crescer.

O barulho da fonte parecia aumentar, cada vez mais alto, como se estivesse entendendo as emoções dela. Phury olhou para a água, que refletia a luz e brilhava como as estrelas. Os arco-íris em cada gota eram incrivelmente lindos, e enquanto observava o brilho em cada fragmento do todo que caía, Phury pensou nas Escolhidas e em seus talentos individuais. Pensou em seus Irmãos. Pensou nas *shellans* deles. Pensou em sua amada. E entendeu os motivos para o silêncio dela.

– Você não vai nos perder. Nunca vamos deixá-la para trás nem esquecê-la. Como poderíamos? Você nos deu vida, cuidou de nós e nos fortaleceu. Mas agora… chegou a nossa hora. Deixe-nos ir e estaremos mais próximos de você do que em qualquer outro momento. Deixe-nos ter nosso futuro em nossas mãos e dar forma a ele o melhor que pudermos. Tenha fé na sua criação.

Com uma voz áspera, ela disse:

– Você tem força para isso, Primaz? Você pode liderar as Escolhidas mesmo depois de tudo o que passou? Sua vida não foi fácil, e a estrada que você contempla não é nem fácil nem plana.

Parado sobre a perna e a prótese, Phury pensou nos dias de sua existência, pesou a força de sua essência e respondeu:

– Estou aqui, não estou? – ele disse. – Estou de pé, não estou? Você me diz se eu tenho a força ou não.

A Virgem Escriba sorriu um pouco nesse momento, e mesmo sem poder ver seu rosto, ele sabia que estava sorrindo. Ela assentiu uma vez.

– Que então seja, Primaz. Seja como você desejou.

Ela se virou e desapareceu nos quartos privados. Phury suspirou como se alguém tivesse tirado algo de suas costas. Caramba! Ele tinha acabado de desfazer a trama espiritual da raça inteira. A biológica também. Droga, se soubesse como aquela noite ia acabar, teria comido uma tigela de cereal antes de sair daquela cama. Ele se virou e começou a voltar para o Santuário.

A primeira parada seria Cormia, em seguida, os dois iriam até a Directrix e…

Ele ficou paralisado ao abrir a porta.

A grama estava verde.

A grama estava verde, e o céu estava azul… os narcisos estavam amarelos, as rosas tinham uma infinidade de cores… e as construções estavam vermelhas, creme e azul-escuro…

Lá embaixo, as Escolhidas estavam saindo de seus quartos, carregando suas novas túnicas coloridas e olhando em volta entusiasmadas e maravilhadas. Cormia surgiu do templo do Primaz, com seu lindo rosto em choque enquanto olhava em volta.

Quando o viu, as mãos se juntaram na boca, e os olhos começaram a piscar rápido. Com um grito, ela levantou a linda túnica lavanda e correu na direção dele, com lágrimas escorrendo pelo rosto. Phury a segurou quando ela se lançou sobre ele e segurou seu corpo quente junto ao seu.

– Eu amo você – ela disse. – Eu amo você, eu amo você... eu amo você.

Naquele momento, com seu mundo em transformação, com sua *shellan* nos braços, Phury sentiu algo que nunca imaginou que sentiria.

Finalmente se sentiu como o herói que sempre quis ser.

Capítulo 51

Na mansão da Irmandade, John Matthew sentou em uma poltrona estofada do lado oposto da cama onde Tohr dormia. O Irmão não havia se mexido desde que tinha chegado em casa muitas horas atrás. O que parecia o padrão da noite. Era como se todo mundo na casa estivesse dormindo, uma exaustão disseminada e coletiva que havia tomado conta de todos.

Bem, todos menos John. E o anjo que andava de um lado para o outro no quarto de hóspedes ao lado.

Tohr estava na cabeça de ambos. Meu Deus, John nunca imaginou se sentir maior que o Irmão. Nunca imaginou ser fisicamente mais forte. E com certeza nunca imaginou em cuidar daquele macho. Ou ser responsável por ele. Agora, tudo aquilo estava acontecendo e muito mais, porque Tohr tinha perdido no mínimo trinta quilos. E tinha o rosto e o corpo de alguém que foi para a guerra e sofreu um ferimento mortal.

Era estranho, John pensou. No começo, ele queria que o Irmão acordasse imediatamente, mas agora estava com medo de ver aqueles olhos abertos.

John não sabia se podia aguentar se sentir rejeitado. Claro, seria compreensível, considerando tudo o que Tohr perdeu, mas... seria a morte. Além disso, enquanto Tohr estivesse dormindo, John não perderia o controle e começaria a chorar.

Pois é, havia um fantasma no quarto. Um fantasma belo, uma ruiva com barriga de grávida: Wellsie estava com eles. Apesar de morta, ela estava com eles, assim como o filho não nascido. E a *shellan* de Tohr nunca estaria longe. Não havia como olhar para Tohr e não vê-la. Os dois tinham sido inseparáveis em vida, e na morte não seria diferente. Com toda certeza, Tohr estava respirando, mas não estava mais vivo.

– É você?

Os olhos de John se voltaram para a cama.

Tohr estava acordando, olhando para a distância escura que os separava. John levantou lentamente e arrumou a camiseta e a calça *jeans*.

É o John. John Matthew.

Tohr não disse nada, só continuou olhando-o de cima a baixo.

Eu passei pela transição, John sinalizou como um bobo.

– Você está enorme. Enorme.

Meu Deus, a voz era exatamente como ele se lembrava. Profunda como uma nota grave de um órgão de igreja e igualmente poderosa. Mas havia uma diferença. Havia um vazio novo em suas palavras. Ou talvez estivesse vindo do espaço em branco atrás daqueles olhos azuis.

Precisei até comprar roupas novas. Meu Deus, ele era um idiota. *Você está... está com fome? Eu fiz sanduíches de rosbife. E comprei bolachas recheadas... Você costumava gostar de...*

– Estou bem.

Quer alguma coisa para beber. Temos uma garrafa térmica de café.

– Não.

Tohr olhou para o banheiro.

– Caramba, preciso cuidar do meu encanamento interno. Faz tempo. E, não, eu não preciso de ajuda.

Era doloroso assistir... algo saído de um futuro que John achava que levaria muitas centenas de anos para chegar: Tohrment velho.

O Irmão levou a mão trêmula até a borda dos lençóis e arrastou seu corpo nu centímetro por centímetro. Parou. E então puxou as pernas até que elas estivessem penduradas acima do chão. Houve mais uma pausa antes que se levantasse, e os ombros, que costumavam ser largos, revelavam agora um peso um pouco maior que o de um esqueleto. Ele não andou. Tohr se arrastou como um ancião, cabeça baixa, coluna curvada para baixo, mãos levantadas como se esperasse cair a qualquer momento.

As portas se fecharam. A descarga foi puxada. O chuveiro foi ligado. John voltou para a cadeira onde estava com o estômago vazio, e não só porque não comia desde a noite anterior. Ele só sentia preocupação. Aflição era o ar que enchia o peito. Ansiedade, a batida do coração. Era o outro lado da relação entre pai e filho. Em que o filho se preocupava com o pai.

Supondo que John e Tohr ainda tivessem aquela ligação. Mas não estava certo disso. O Irmão tinha olhado para ele como um estranho.

O pé de John marcou os segundos, enquanto esfregava as mãos nas pernas. Era estranho, mas todo o resto que tinha acontecido, até mesmo a história com Lash, parecia irreal e bobo. Só havia o momento atual com Tohr.

Quando a porta se abriu, quase uma hora depois, ele ficou imóvel. Tohr estava usando um roupão, o cabelo estava quase desembaraçado, ainda que a barba estivesse bagunçada. Naquela confusão, o Irmão voltou para a cama e se espreguiçou com um grunhido, se arrumando desajeitadamente nos travesseiros.

Tem alguma coisa que eu possa…

– Não era aqui que eu queria acabar, John. Não vou mentir. Não é… onde eu queria estar.

Ok, John sinalizou. *Ok*.

O silêncio se estendeu e, em sua mente, John teve a conversa que queria com Tohr:

Qhuinn e Blay vieram parar aqui, os pais de Qhuinn estão mortos, e Lash está… eu não sei o que dizer sobre ele… Tem uma fêmea de que eu gosto, mas ela é areia demais para mim, e eu estou na guerra e senti sua falta e quero que você tenha orgulho de mim. Estou com medo e sinto falta de Wellsie. Você está bem?

E, o mais importante…

Por favor, diga que você não vai embora de novo. Nunca mais. Eu preciso de você.

Em vez disso, ele puxou a barra da camiseta e se virou. Enquanto andava até a porta, mal conseguia respirar. Oh, por favor, não deixe que ele encontre ninguém até chegar ao seu quarto…

– John.

Ele parou. E se virou.

Quando encontrou o olhar azul-escuro de Tohr, John sentiu como se os joelhos estivessem soltos. Tohr fechou os olhos e abriu os braços. John correu até a cama e abraçou o pai com toda força. O garoto enterrou o rosto no que costumavam ser um peito largo e ouviu o coração que batia lá dentro. Dos dois, era ele que segurava mais forte, não porque Tohr não se importava, mas porque ele não tinha forças.

Os dois choraram até que não houvesse mais ar para respirar.

Capítulo 52

Gatilhos não precisam estar em uma arma para causar problemas, Phury pensou enquanto olhava para a fachada de vidro e aço do ZeroSum.

Caramba, desintoxicação significa deixar o corpo lidar com uma mudança química. Mas aquilo não ajudava em nada a diminuir a vontade que estava na cabeça. E, claro, o mago estava menor do que ele, mas ainda não tinha ido embora. E Phury tinha a sensação de que ia demorar para que sua voz desaparecesse.

Chutando o próprio traseiro, ele foi até o segurança, que olhou estranho, mas o deixou entrar. Dentro do clube, não prestou atenção na multidão, que como sempre abriu caminho para ele. Também não fez um aceno de cabeça para o segurança que ficava na corda de veludo na frente da área VIP. Não disse nada para iAm, que o deixou entrar no escritório de Rehv.

– A que devo a honra? – perguntou Rehvenge, atrás de sua mesa.

Phury olhou para o traficante. Rehv estava usando um terno preto clássico que não tinha nada de clássico. O conjunto era incrível, e mesmo que o macho estivesse sentado, o tecido brilhava sob as luzes baixas, um sinal claro de que havia um pouco de seda na trama. As lapelas tinham um caimento perfeito sobre o peito poderoso, e as mangas mostravam a quantidade exata do punho.

Rehv franziu o rosto.

– Eu posso sentir suas emoções daqui. Você fez alguma coisa.

Phury teve que rir.

– Sim, podemos dizer que sim. E estou indo falar com Wrath agora, porque tenho muitas explicações a dar. Mas vim aqui primeiro porque minha *shellan* e eu precisamos de um lugar para ficar.

As sobrancelhas de Rehvenge se levantaram sobre seus olhos ametista.

– *Shellan*? Uau. Não é mais uma Escolhida?

– Não. – Phury limpou a garganta. – Escute, eu sei que você tem casas. Várias. Quero saber se posso alugar uma por alguns meses. Preciso de muitos quartos. Muitos.

– A mansão da Irmandade está muito cheia?

– Não.

– Hum.

Rehv inclinou a cabeça para o lado, revelando as partes raspadas do cabelo moicano.

– Wrath tem outras casas, não tem? E eu sei que seu irmão V. também tem. Ouvi dizer que ele tem um apartamento cheio de coisas de sadismo em algum lugar. Tenho que admitir que estou surpreso que você tenha vindo até mim.

– Pensei em começar com você.

– Hum. – Rehv levantou e se apoiou na bengala enquanto foi abrir um painel atrás da mesa. – Belas roupas, a propósito. Não tinha para homens onde você comprou? Dê-me licença por um segundo.

Enquanto o macho ia até o quarto que se revelou, Phury olhou para si mesmo. É lógico que as pessoas estavam olhando estranho para ele. Estava usando a túnica de cetim branco do Outro Lado.

Rehv voltou em um instante. Em suas mãos havia um par de mocassins de pele de jacaré pretos. Ele soltou os sapatos Gucci aos pés de Phury.

– Você pode colocar os pés descalços aqui. E, desculpe, mas não tenho nada que você possa alugar.

Phury respirou fundo.

– Ok. Obrigado...

– Mas você pode morar na minha casa de campo na região das Adirondacks de graça. Pelo tempo que quiser.

O Irmão piscou.

– Eu posso p...

– Se você vai dizer que pode me pagar, vá para o inferno. Como eu disse, não tenho nada que você possa alugar. Trez pode encontrar você lá e passar os códigos. Você vai me ver pouco antes de amanhecer na primeira terça-feira de todo mês, mas fora isso, o lugar vai ser só de vocês.

– Eu não sei o que dizer.

– Talvez um dia você retribua o favor. E vamos deixar assim.

– Minha honra é sua.

– E meus sapatos são seus. Mesmo depois que você tiver recuperado os seus próprios.

Phury arrumou o par e o calçou. Serviram perfeitamente.

– Eu vou trazê-los...

– Não. Considere um presente de casamento.

– Bom... obrigado.

– De nada. Eu sei que você gosta de Gucci...

– Não pelos sapatos, mesmo eles sendo incríveis. Quero dizer... por me colocar na lista dos não compradores. Eu sei que Z. falou com você.

Rehv sorriu.

– Então você está limpo, hein?

– Vou fazer o melhor que puder para parar.

– Hum. – O olhar ametista ficou menor. – Eu também acho que você vai conseguir. Você tem o tipo de determinação que eu vejo nos olhos dos que vêm muito ao meu escritório. E, então, uma noite, por qualquer razão, eles decidem não voltar nunca mais. E é isso. É bom de ver.

– Sim. Você não vai mais me ver aqui.

O telefone de Rehv tocou e, quando viu quem era, franziu a testa.

– Espere um minuto. Você talvez tenha algum interesse nisso. É o chefe do Conselho dos *Princeps*.

Ao atender, a voz do macho era um misto de impaciência e tédio.

– Eu estou bem. E você? Sim. Sim. Terrível, sim. Não, ainda estou na cidade, pode me chamar de valentão. – Rehv recostou na cadeira e ficou brincando com um abridor de envelopes que tinha forma de adaga. – Sim. Hum. Certo. Pois é, eu sei, o vácuo na liderança é... como é?

Rehv deixou o abridor cair sobre a mesa.

– O que você disse? Ah, é mesmo. Bom, e Marissa? Ah. É mesmo. E eu não estou surpreso...

Phury ficou imaginando que tipo de bomba tinha explodido. Depois de um tempo, Rehv limpou a garganta. E então um sorriso lento se formou em seu rosto.

– Bem, considerando como você se sente... eu adoraria. Obrigado.

Desligou e olhou para cima.

– Adivinhe quem é o *lídher* do Conselho?

A boca de Phury se abriu.

– Você não pode. Como poderia...

– Pelo jeito, sou o membro mais velho sobrevivente da minha linhagem, e há uma regra que diz que fêmeas não podem ser *lídher.* Como sou o único macho do Conselho, adivinhe quem vem para jantar? – Ele se acomodou na cadeira de couro. – Eles precisam de mim.

– Meu... Deus.

– Sim, se você viver o bastante, pode ver qualquer coisa. Diga ao seu chefe que vai ser um prazer fazer negócios com ele.

– Eu vou. Com certeza. E, escute, obrigado mais uma vez. Por tudo. – Phury foi até a porta e disse: – se precisar de mim, seja quando for, é só ligar.

Rehv baixou a cabeça uma vez.

– Pode deixar, vampiro. Devoradores de pecado sempre cobram favores.

Phury sorriu de leve.

– O termo politicamente correto é *sympatho.*

Quando saiu do escritório, a risada grave e levemente maligna de Rehv soou como um trovão. Phury se materializou diante da mansão da Irmandade e endireitou a túnica. Em seu desejo de causar uma boa impressão, sentiu que não deveria mais viver sob aquele teto.

O que, ele acreditava, fazia sentido: sua cabeça tinha mudado de endereço. Era muito estranho entrar na casa, passar pelo vestíbulo e tocar o monitor de vídeo como um estranho qualquer. Fritz pareceu igualmente surpreso quando abriu a porta.

– Senhor?

– Você pode dizer a Wrath que eu estou aqui e que gostaria de falar com ele?

– Claro.

O *doggen* se curvou e seguiu rapidamente para a escadaria principal. Enquanto esperava, Phury olhou para o saguão, pensando em como seu Irmão Darius tinha construído o lugar… quantos anos atrás?

Wrath surgiu no topo da escada, e havia uma prudência em seu rosto.

– Olá.

– Olá. – Phury levantou a mão. – Você se importa se eu subir um pouco?

– Claro que não.

Phury subiu lentamente. E quanto mais se aproximava de seu quarto, mais sua pele formigava, porque não conseguia deixar de pensar em toda fumaça vermelha que tinha fumado ali. Parte dele queria tanto a droga que quase correu para dar um trago, e a cabeça logo começou a latejar.

O tom de Wrath era sério.

– Escute, se você veio aqui por causa das drogas…

Phury levantou a mão e disse com uma voz áspera:

– Não. Podemos falar em particular?

– Tudo bem.

Quando a porta do escritório se fechou, ele fez o melhor que pôde para afastar sua vontade de um cigarro e começou a falar. Phury não tinha certeza absoluta do que saiu de sua boca. Primaz. Cormia. Virgem Escriba. Futuro. Escolhidas. Irmãos. Mudança. Mudança. Mudança. Quando seu combustível finalmente acabou, percebeu que Wrath não tinha falado nada.

– Então é aqui que estamos – Phury acrescentou. – Já falei com as Escolhidas e disse a elas que vou conseguir um lugar para nós deste lado.

– E onde vai ser isso?

– Na casa de campo de Rehv no norte do estado.

– É mesmo?

– Sim. É seguro lá e protegido. Não é muito movimentado, não tem muitos humanos. Eu posso proteger as que vierem para cá com mais facilidade. Essa coisa toda vai ter que ser gradual. Algumas delas já estão interessadas em vir visitar. Explorar. Aprender. Cormia e eu vamos ajudá-las a assimilar até onde quiserem. Mas é tudo voluntário. Elas precisam escolher.

– E a Virgem Escriba *concordou* com isso?

– Sim. Ela concordou. Claro, o lado da Irmandade dessa história fica por sua conta.

Wrath balançou a cabeça e levantou. Phury assentiu, sem culpar o rei por duvidar do plano. Afinal, ele tinha dito um monte de coisas. E agora sua única esperança era provar aquilo tudo com ações.

– Certo, bom, como eu disse, isso fica por...

Wrath foi até ele e levantou a mão.

– Eu concordo totalmente. E qualquer coisa que você precisar para as Escolhidas deste lado está garantida. Qualquer coisa.

Phury olhou para aquela oferta com surpresa. Quando pegou a mão do Irmão, sua voz estava rouca.

– Que bom... fechado.

Wrath sorriu.

– Qualquer coisa que você precisar, eu consigo.

– Eu estou bem... – Phury franziu o rosto e olhou para a mesa do rei. – Hum... posso usar seu computador um minuto?

– Claro. E quando acabar, vou dar uma boa notícia. Bem, mais ou menos.

– O que é?

Wrath acenou com a cabeça para a porta.

– Tohr está de volta.

A garganta de Phury se fechou.

– Ele está vivo?

– Mais ou menos... mais ou menos. Mas está em casa. E vamos tentar mantê-lo assim.

CAPÍTULO 53

Sentado na mesa da Irmandade na área VIP do ZeroSum, John Matthew estava totalmente bêbado. Completamente bêbado. Completamente chapado. Então, assim que terminou a milésima cerveja que estava tomando em cinco minutos, pediu um submarino de Jäger.

Qhuinn e Blay, era preciso reconhecer, não estavam dizendo absolutamente nada. Era difícil explicar qual era o motivo para todas aquelas garrafas e copos vazios. A única coisa que ele ficava repetindo era que estava uma pilha de nervos.

John tinha deixado Tohr na casa dormindo como se a cama fosse um caixão, e apesar de ser ótimo que estivessem juntos de novo, o Irmão não estava tranquilo, nem um pouco. John não ia aguentar perdê-lo de novo.

Além disso, houve aquela visão bizarra de Lash e o fato de que John estava mais ou menos convencido de que estava perdendo a cabeça. Quando a garçonete chegou com a bebida, Qhuinn disse:

– Ele quer mais uma cerveja.

Eu amo você, John sinalizou para o amigo.

– Bom, você vai odiar nós dois quando chegar em casa e vomitar como um disparador de bolas de golfe, mas vamos viver o momento, ok?

Entendido.

John matou o drinque e a bebida não desceu queimando até o estômago. Mas, até aí... Uma floresta em chamas se preocuparia com um isqueiro?

Qhuinn estava certo: ele provavelmente ia vomitar. Aliás, John ficou de pé.

– Ih, caramba, aqui vamos nós – disse Qhuinn, levantando junto.

Eu vou sozinho.

Qhuinn tocou a corrente do pescoço.

– Não mais.

John plantou os punhos na mesa, se inclinou e mostrou as presas.

– Que diabos? – Qhuinn murmurou enquanto Blay olhava para os outros bancos freneticamente.

– Que diabos você acha que está fazendo?

Eu vou sozinho.

Parecia que Qhuinn ia começar a discutir, mas então ele sentou de novo.

– Tudo bem. Tanto faz. Só guarde suas presas para você mesmo.

John saiu andando, chocado que mais ninguém no clube parecesse ter notado que o chão estava balançando como um barco. Pouco antes de chegar ao corredor dos banheiros privados, mudou de ideia, deu a volta e atravessou a corda de veludo. Do outro lado, passeou pela multidão com a delicadeza de um búfalo, esbarrando nas pessoas, trombando com paredes, se apoiando para frente e depois voltando para não cair.

Ele subiu as escadas para o mezanino e conseguiu entrar no banheiro masculino. Dois homens estavam no mictório, um na pia, e John não fez contato visual com nenhum deles quando foi até o fundo das cabines. Abriu o banheiro para deficientes, recuou porque se sentiu mal e entrou no penúltimo.

Ao fechar a porta, seu estômago começou a revirar, se agitando como se estivesse procurando uma carta. Droga. Por que ele não tinha usado um dos banheiros privados no fundo da área VIP? Ele realmente precisava que aqueles três manés o escutassem homenageando a privada?

Meu... Deus. Ele estava mal. E naquele estado, virou e olhou para a privada. Era preta, assim como quase tudo no ZeroSum, mas ele sabia que estava limpo. Rehv cuidava bem da casa. Bom, exceto pela prostituição. E as drogas. E as apostas. Certo, estava limpo em termos de manutenção, não de acordo com o código penal. John deixou a cabeça cair, encostou na porta de metal e fechou os olhos, deixando a verdadeira razão para a bebedeira emergir.

Como diabos medir o valor de um macho? Era a luta? Quanto peso conseguia levantar? Uma vingança? Ter controle das próprias emoções quando o mundo todo parecia instável? Era amar alguém mesmo que soubesse que havia o risco de esse alguém abandonar você para sempre? Era o sexo?

Ok, era um grande erro fechar os olhos. Ou começar a pensar.

Abriu as pálpebras e se concentrou no teto preto com suas luzes que pareciam estrelas distantes. A água da pia foi fechada. Duas descargas no mictório. A porta abriu e fechou, abriu e fechou. O barulho de alguém cheirando a algumas cabines de distância. Mais um. Depois uma fungada e um "*ahhhhhh*". Passos. Água correndo. Uma risada histérica. A porta abriu e fechou de novo.

Sozinho. Ele estava sozinho. Mas não ia durar, porque alguém entraria lá de novo logo. John olhou para a privada preta e disse ao seu estômago para colaborar e não fazê-lo passar vergonha. Mas não foi o que aconteceu.

Ou talvez... sim. Não? Droga... Ele estava olhando para a privada, esperando a ânsia de vômito tomar uma decisão, quando esqueceu do estômago e se deu conta de onde estava. Ele tinha nascido em uma cabine de banheiro. Tinha vindo ao mundo em um lugar onde as pessoas vomitavam depois de beber demais... deixado para se defender como criança por uma mãe que nunca conheceu e um pai que nunca o conheceu.

Se Tohr fosse embora de novo...

John se virou, mas não conseguiu fazer seus dedos abrirem a tranca para que pudesse sair. Cada vez mais em pânico, mexeu no mecanismo preto até que finalmente abriu. No banheiro, ele foi direto para a porta, mas não chegou.

Sobre cada pia de cobre, havia um espelho com moldura dourada.

Respirando fundo, parou diante do que estava mais perto da porta, olhando para seu rosto adulto pela primeira vez. Os olhos eram os mesmos... tinham a mesma cor azul e a mesma forma. Todo o resto ele não reconhecia, o maxilar forte, o pescoço grosso, a testa larga. Mas os olhos eram dele. John achava.

Quem sou eu, murmurou sem som. Levantando os lábios, se inclinou e olhou as próprias presas.

– Não me diga que você nunca olhou para elas antes?

Ele virou.

Xhex estava encostada na porta, efetivamente fechando os dois lá juntos. Ela estava usando a mesma roupa de sempre, mas era como se John nunca tivesse visto aquela camiseta preta justa nem a calça de couro antes.

– Eu vi você cambaleando para cá. Pensei em checar se você estava bem.

Os olhos cinza dela não desviaram, e ele podia apostar que nunca desviavam de nada. A fêmea tinha o olhar de uma estátua, direto e calmo. Uma estátua incrivelmente sexy.

Eu quero comer você, ele disse sem palavras, sem se importar que estivesse fazendo papel de idiota.

– Quer?

Obviamente, ela sabia ler lábios. Lábios ou pênis, porque o dele estava ereto e bem visível em seus jeans.

Sim, quero.

– Tem muitas mulheres neste clube.

Mas só existe uma de você.

– Acho que você ficaria melhor com elas.

E eu acho que você ficaria melhor comigo.

De onde vinha aquela confiança toda não importava. Quer aquilo fosse um presente para o ego vindo de Deus ou a idiotice proveniente da garrafa, ele ia em frente.

É fato, eu sei que ficaria.

Ele deliberadamente colocou os polegares na cintura do jeans e deu um puxão para cima. Quando a ereção ficou totalmente aparente, os olhos dela baixaram, e ele sabia que Xhex o estava observando: ele fazia jus ao seu corpo de quase dois metros.

E isso sem a ereção. Com ela, ficava ainda maior.

Ah, nem tão estátua assim, não é, John pensou quando os olhos dela não voltaram para seu rosto, mas brilharam de leve. Com o olhar de Xhex nele, uma corrente elétrica passou entre os dois, John não era mais seu passado. Ele era o presente. E o agora era Xhex bloqueando a porta e deixando que ele fizesse sexo oral nela. E depois os dois transando em pé.

Os lábios dela se abriram, e John esperou pelas palavras como se Deus estivesse chegando. Abruptamente, ela tocou o fone da orelha e franziu a testa.

– Droga. Eu tenho que ir.

John pegou uma toalha de papel do suporte na parede, pegou uma caneta no bolso e escreveu um bilhete corajoso. Antes que Xhex fosse embora, John foi até ela e a obrigou a pegar o bilhete. Ela olhou para o papel.

– Quer que eu leia agora ou depois?

Depois, ele murmurou.

Quando abriu a porta, estava muito mais sóbrio. E tinha um sorriso folgado no rosto.

Quando Lash reapareceu no saguão da casa de seus pais, ficou parado um tempo. Parecia que seu corpo tinha sido prensado e golpeado com um ferro de passar roupa, como se fosse uma roupa presa e guardada na vertical.

Olhou as próprias mãos e dobrou-as. Estalou o pescoço. As lições de seu pai tinham começado. Eles iam se encontrar regularmente. Lash estava pronto para aprender.

Transformando as mãos em punhos e abrindo-as de novo, contou os truques que conhecia agora. Truques que... não eram truques, na verdade. Não eram truques de jeito nenhum. Ele era um monstro. Um monstro que tinha acabado de começar a entender a utilidade das escamas de seu corpo, das chamas em sua boca e dos espinhos em sua cauda. Era como ele se sentia depois da mudança. Tinha que entender quem era de novo e como seu corpo funcionava.

Felizmente, o Ômega ia ajudá-lo. Como qualquer bom pai.

Quando abriu os olhos, Lash virou a cabeça e olhou para a escada, lembrando de onde John tinha estado. Tinha sido tão bom rever seu inimigo. Seu coração estava totalmente contentado. Alguém deveria criar uma linha de cartões de vingança, pensou, só para avisar aqueles que você vai perseguir e vai se vingar.

Lash levantou com cuidado e deu uma volta, olhando para o relógio de seu avô no canto, perto da porta de entrada, as pinturas a óleo e as tralhas de gerações da família cuidadosamente guardadas. Depois, olhou para a sala de jantar. As pás, pensou, estavam na garagem. Ele encontrou duas encostadas em uma parede ao lado do painel com as pás de jardinagem e tesouras penduradas. A pá escolhida tinha um cabo de maneira. Uma pá vermelha esmaltada.

Quando saiu, ficou impressionado de ver que ainda estava escuro, porque parecia que tinha estado com o Ômega por muitas horas. A menos que fosse o dia seguinte? Ou talvez até dois dias depois? Lash foi até o quintal lateral, escolheu um local embaixo de um carvalho que fazia sombra para as janelas amplas do escritório.

Enquanto cavava, seus olhos de vez em quando se voltavam para os vidros no cômodo além deles. O sofá ainda estava manchado de sangue, mas aquilo era algo ridículo de lembrar. Como se elas fossem evaporar das fibras de seda. Lash cavou uma cova com um metro e meio de profundidade, dois metros de comprimento e um metro de largura. A pilha de terra que se formou era maior do que ele pensou, e tinha o mesmo cheiro que o gramado depois de uma tempestade pesada, um cheiro adocicado.

Ou talvez o cheiro doce fosse ele.

O brilho que se anunciava no leste o fez tirar a pá do buraco e colocá-la no chão. Tinha que agir rápido, antes que o sol nascesse, e foi isso que fez. Colocou o pai primeiro. A mãe veio em seguida. Colocou os dois em um ângulo como se estivessem dormindo de conchinha, o pai abraçando-a por trás.

Lash olhou para baixo, para os dois. Ficou surpreso que precisasse fazer aquilo antes de levar outro esquadrão para lá para esvaziar a casa, mas tudo bem. Aqueles dois tinham sido seus pais na primeira parte de sua vida, e apesar de dizer a si mesmo que não se importava, não era verdade. Ele não ia deixar que aqueles *redutores* profanassem seus corpos em apodrecimento. A casa? Tudo bem. Mas não os corpos.

Com o sol nascendo e os raios dourados atravessando os galhos cheios de folhas do carvalho, ele fez uma ligação e depois colocou a terra de volta no lugar. Caramba. Aquilo realmente parecia um túmulo, com a cobertura de terra fofa cobrindo a cova.

Lash estava colocando a pá de volta na garagem quando ouviu o primeiro carro estacionar na entrada. Dois *redutores* saíram quando um segundo sedan entrou, seguido de um Ford F-150 e uma minivan. Enquanto entrava na casa dos pais de Lash, o grupo tinha um cheiro tão doce quanto a luz do sol.

O caminhão de mudança, com Sr. D ao volante, foi o último a chegar. Quando o *Redutor Principal* assumiu o comando e a pilhagem começou, Lash subiu e tomou um banho rápido em seu antigo banheiro. Enquanto se secava, foi até o *closet*. Roupas... roupas... de alguma maneira, o que ele estava usando ultimamente não estava mais dando certo. Ele pegou um terno Prada novo. A fase militar minimalista chique tinha acabado. Ele não era mais o bom soldadinho em treinamento da Irmandade.

Sentindo-se um animal sexy, ele foi até a cômoda, abriu a gaveta de joias e – onde diabos estava o relógio? O Jacob & Co. com os diamantes? Onde diabos... Lash olhou em volta e cheirou o ar.

Depois, mudou sua visão para um azul que permitia ver as impressões digitais de qualquer um brilhando em rosa, como seu pai tinha ensinado. Impressões recentes, sem marcas e mais claras que as que ele mesmo tinha deixado dias atrás estavam na cômoda.

Inspirou de novo. John... John e Qhuinn tinham estado lá... e um dos desgraçados tinha levado seu relógio. Lash pegou a faca de caça em sua mesa e, com um rugido, atirou-a do outro lado do quarto, onde caiu com a lâmina virada para um dos travesseiros pretos. O Sr. D apareceu na entrada.

– Senhor? Alguma coisa errada?

Lash se virou, apontou para o sujeito, não para se impor, mas para usar um dos presentes de seu verdadeiro pai. Mas depois respirou fundo, baixou o braço e arrumou seu terno.

– Prepare... – Ele tinha que liberar a raiva que estava na garganta. – Prepare um café da manhã para mim. Quero comer no solário, não na sala de jantar.

O Sr. D saiu e, dez minutos depois, quando Lash não estava mais vendo tudo dobrado por causa da raiva, desceu as escadas e parou diante de uma bela mesa com bacon, ovos, torradas com geleia e suco de laranja. O Sr. D tinha espremido as laranjas ele mesmo, evidentemente. O que, considerando como aquilo estava bom, era justificativa suficiente para não ter acabado com ele.

Os outros assassinos se reuniram na entrada do solário e ficaram vendo Lash comer como se ele estivesse fazendo uma mágica. Quando deu um último gole na xícara de café, um deles perguntou:

– Que diabos é você?

Lash limpou a boca com o guardanapo e calmamente tirou o paletó. Quando levantou, abriu os botões da camisa rosa pastel.

– Eu sou seu rei.

Com isso, abriu a camisa e desejou que sua pele cortasse o tórax. Com as costelas expostas, mostrou as presas e o coração preto. Em grupo, os *redutores* deram um salto para trás. Um imbecil até fez o sinal da cruz. Lash calmamente fechou o peito, abotoou a camisa e se sentou.

– Mais café, Sr. D.

O caubói piscou como um idiota algumas vezes, fazendo uma imitação excelente de um cachorro resolvendo um problema de matemática.

– Sim... sim, senhor.

Lash pegou de novo a xícara e encarou o rosto pálido dos *redutores* diante de si.

– Bem-vindos ao futuro, cavalheiros. Agora mexam-se, quero o primeiro andar deste lugar limpo antes que o carteiro chegue às dez e meia.

Capítulo 54

O Centro Comunitário da zona leste de Caldwell ficava entre a pizzaria Caldie Pizza & Mexican e a academia Caldwell Tennis Academy, na Avenida Baxter. Sediada em uma antiga casa de fazenda construída quando os terrenos eram usados para plantar milho, o lugar tinha um belo gramado na frente, um mastro e um balanço no fundo.

Quando Phury se materializou atrás do local, tudo em que conseguia pensar era ir embora de novo. Olhou o relógio. Dez minutos. Dez minutos em que se forçaria a ficar.

Meu Deus, ele queria fumaça vermelha.

Seu coração estava dando pulos nas costelas, a palma das mãos parecia uma toalha encharcada, e a pele irritada o estava enlouquecendo. Tentando sair do próprio corpo, olhou para o estacionamento. Vinte carros, sem um padrão de marca ou modelo. Havia caminhonetes, Toyotas, um Saab conversível, um New Beetle rosa, três minivans e um Mini Cooper.

Colocou as mãos nos bolsos e atravessou o gramado até a calçada que cercava o prédio. Quando chegou ao asfalto da entrada e do estacionamento, foi até as portas duplas embaixo da garagem aberta.

Lá dentro, o lugar cheirava a flores. Talvez por causa da cera do piso de linóleo. Assim que pensou seriamente em ir embora, um humano atravessou uma porta, e o barulho de descarga diminuiu conforme a porta escrito MASCULINO se fechou atrás dele.

– Você é amigo do Bill W.? – o sujeito perguntou enquanto secava as mãos com uma toalha de papel.

Ele tinha olhos castanhos gentis, como um cão labrador, e uma jaqueta velha que parecia pesada demais para o verão. Usava também uma gravata de tricô.

– Ah, não sei.

– Bom, se você está procurando a reunião, é lá embaixo, no porão.

O sorriso dele era tão natural e tranquilo que Phury quase sorriu também, mas se lembrou das diferenças dentárias entre as espécies.

– Estou indo para lá agora, se você quiser vir comigo. Se quiser esperar um pouco, tudo bem também.

Phury olhou para as mãos do homem. Ele ainda as estava secando, de um lado para o outro, de um lado para o outro.

– Estou nervoso – disse o sujeito. – Minhas mãos estão suadas.

Phury sorriu de leve.

– Sabe... acho que vou com você.

– Que bom. Meu nome é Jonathon.

– Eu sou Ph-Patrick.

Phury ficou feliz que os dois não tenham apertado as mãos. Ele não tinha uma toalha de papel, e os bolsos estavam deixando as próprias mãos suadas.

O porão do Centro Comunitário tinha paredes feitas de blocos de cimento na cor creme. O chão estava coberto de um carpete marrom escuro gasto, e havia muitas luzes fluorescentes no teto.

Na maior parte das trinta e tantas cadeiras que formavam um círculo largo já tinha alguém sentado, e quando Jonathon foi na direção de uma vaga no centro, Phury fez um aceno de cabeça que queria dizer "nos vemos depois" e sentou na cadeira mais perto da porta que conseguiu.

– São nove horas – disse uma mulher com cabelo preto e curto. Ela se levantou e leu um pedaço de papel: – Tudo o que é dito aqui fica aqui. Quando alguém está falando, não tem conversa paralela ou cruzada...

Ele não ouviu o resto do texto porque estava muito ocupado vendo quem estava lá. Ninguém estava usando roupas caras como ele, e eram todos humanos. Cada um deles. A faixa etária ia de vinte e poucos até quarenta e muitos, talvez porque o horário fosse conveniente para quem trabalhava ou estudava.

Olhando para o rosto das pessoas, Phury tentou descobrir o que cada um tinha feito para estar ali, naquele porão árido com cheiro de flores, com o traseiro grudado em plástico preto. Aquele lugar não era para ele. Aquele não era o seu grupo, e não só porque ninguém tinha presas e um problema com a luz do sol.

Mas ele não foi embora. Afinal, não tinha outro lugar para ir e ficou imaginando se era o caso de algumas outras pessoas também.

– Este é um grupo de compartilhamento – disse a mulher –, e hoje Jonathon vai falar.

Jonathon levantou. As mãos dele ainda estavam usando os restos da toalha de papel, esfregando de um lado para o outro.

– Olá, meu nome é Jonathon.

Um coro de "olás" ecoou na sala.

– Eu sou viciado em drogas. Eu... eu, ah, eu uso cocaína a mais ou menos uma década e perdi praticamente tudo. Já fui preso duas vezes. Tive que declarar falência. Perdi minha casa. Minha esposa... ela, ah, ela pediu o divórcio e se mudou para outro estado com a minha filha. Logo depois disso, perdi meu emprego como professor de física porque emendava uma bebedeira na outra. Estou limpo desde, pois é, agosto passado. Mas... eu ainda penso em usar. Vivo em uma casa de transição atualmente porque fui para a reabilitação e arrumei um emprego novo. Comecei duas semanas atrás. Estou dando aula na prisão, na verdade. Na prisão onde fiquei. Matemática.

Jonathon limpou a garganta.

– Pois é... então, ah, exatamente um ano atrás... exatamente um ano atrás eu estava em um beco no centro da cidade. Eu estava comprando de um traficante e fomos pegos. Não pela polícia. Pelo traficante que era dono daquela boca. Levei um tiro na lateral e na coxa. Eu...

Jonathon limpou a garganta de novo.

– Enquanto eu estava lá sangrando, senti alguém puxar meus braços. O cara pegou meu casaco, minha carteira e meu relógio, e depois me deu uma coronhada na cabeça. Eu realmente... realmente não deveria estar aqui hoje.

Muitos murmúrios foram ouvidos.

– Comecei a vir para as reuniões porque não tinha outro lugar para ir. Agora, é minha escolha vir porque eu quero estar onde estou hoje mais do quero ficar chapado. Às vezes, é uma margem pequena, então não olho para nenhum futuro além da próxima terça às nove da noite. Quando vou voltar aqui. Bem, então é isso que estava acontecendo e o que está acontecendo agora.

Jonathon sentou de novo. Phury ficou esperando que as pessoas o enchessem de perguntas e comentários. Em vez disso, outra pessoa levantou.

– Olá, meu nome é Ellis...

E foi isso. As pessoas, uma depois da outra, deram seu testemunho sobre o vício. Quando deu nove e cinquenta e três, de acordo com o relógio na parede, a mulher de cabelo preto levantou.

– E agora, a Oração da Serenidade.

Phury levantou com o resto do grupo e ficou chocado quando alguém pegou sua mão, que não estava mais molhada. Ele não sabia se conseguiria durar. O mago estava com ele há muitos anos e o conhecia como se fosse seu irmão. A única coisa que sabia era que na próxima terça, às nove, ele iria à reunião de novo.

Phury foi embora com os demais, e quando a noite o envolveu, quase explodiu de vontade de acender um cigarro. Enquanto os outros entravam no carro, davam a partida e ligavam os faróis, ele sentou em um dos balanços com as mãos sobre os joelhos e os pés plantados naquele pedaço de terra.

Por um segundo, achou que estava sendo observado – se bem que talvez a paranoia fosse um efeito colateral da recuperação, vai saber. Depois de uns dez minutos, encontrou uma sombra escura e se desmaterializou até a casa de Rehv.

Quando reapareceu atrás da casa de campo nas Adirondacks, a primeira coisa que viu foi uma figura nas portas de vidro de correr do escritório. Cormia estava esperando por ele. Ela saiu, fechou calmamente a porta e cruzou os braços para se aquecer. O suéter de tricô grosso que estava usando era dele, e a calça era um empréstimo de Bella. Seu cabelo comprido estava solto até o quadril, e as luzes nas janelas em forma de diamante o fazia brilhar como ouro.

– Olá – ela disse.

– Olá.

Ele avançou, andando pelo gramado até o terraço de pedra.

– Você está com frio?

– Um pouco.

– Que bom, é sinal de que eu posso aquecer você.

Phury abriu os braços, e ela entrou. Mesmo com o peso do suéter, o macho podia sentir o corpo dela.

– Obrigado por não perguntar como foi. Eu ainda estou tentando... não sei bem o que dizer, na verdade.

As mãos dela foram da cintura para os ombros de Phury.

– Você me conta quando estiver pronto.

– Eu vou voltar lá.

– Que bom.

Eles ficaram ali juntos na noite fria, aquecidos, muito aquecidos. Ele levou os lábios até a orelha de Cormia e disse, sob a respiração:

– Eu quero estar dentro de você.

– Sim... – ela disse, sussurrando.

Eles não estariam a sós lá dentro, mas estavam sozinhos ali na varanda, protegidos pela escuridão e pelo silêncio da casa. Levando-a para trás, mais para dentro das sombras, Phury colocou a mão por dentro do suéter até tocar a pele de sua *shellan*. Lisa, quente, vital, ela arqueou diante do toque.

– Vou deixar você de blusa – ele avisou. – Mas essa calça vai embora.

Com os dedos no elástico da cintura, puxou a calça até os tornozelos dela e tirou a peça.

– Você não está com frio, está? – ele perguntou, mesmo que pudesse sentir e antecipar a resposta.

– Nem um pouco.

A lateral da casa era de pedra, mas ele sabia que o tricô pesado amorteceria os ombros dela.

– Encoste-se para mim.

Quando ela fez o que foi pedido, ele colocou o braço em volta da cintura dela para dar mais apoio a ela e lhe tocou o seio com a mão que estava livre.

Phury a beijou longa, profunda e demoradamente, e a boca de Cormia se moveu sob a dele de uma maneira ao mesmo tempo familiar e misteriosa, mas, até aí, isso era fazer amor com ela, não era?

A essa altura, ele a conhecia de trás para frente – não havia nada dele que não tivesse estado dentro dela de uma maneira ou outra. E, ainda assim, estar com sua amada era tão maravilhoso quanto da primeira vez.

Sua *shellan* era a mesma, mas, de alguma maneira, era sempre nova.

E sabia o que isso significava. Ela sabia que Phury precisava estar no controle naquele momento, sabia que ele precisava estar no comando. Naquele instante, ele queria fazer alguma coisa que fosse certa e bela, e queria fazer bem, porque depois daquela reunião, tudo em que conseguia pensar era quantas coisas horríveis já tinha feito consigo mesmo, com os demais e com ela.

Phury não se apressou, a língua entrava e saía da boca dela, a mão acariciava o seio, e os movimentos tinham um efeito na ereção que quase a fazia escapar da calça: Cormia estava derretendo no abraço dele, tornando-se fluida e quente.

A mão dele moveu-se para baixo.

– Acho que precisamos garantir que você não pegue uma corrente de ar.

– Sim... por favor – ela murmurou, com a cabeça caindo para o lado.

Phury não sabia ao certo se ela tinha exposto a garganta de propósito, mas as presas não se importaram. Elas ficaram prontas para penetrá-la instantaneamente, saindo do maxilar dele, afiadas e famintas. Com mão segurou a parte de trás da coxa dela, e o calor intenso que encontrou fez os joelhos fraquejarem. A ideia era ir devagar, mas não dava mais para segurar.

– Oh, Cormia – murmurou, passando as duas mãos pelo contorno do quadril e a levantando.

Seu corpo abriu as pernas dela.

– Tire a minha calça... deixe-me livre...

Quando o aroma da vinculação se fez sentir, ela revelou a ereção dele e os uniu em um movimento fácil e poderoso ao mesmo tempo.

A cabeça de Cormia caiu para trás quando Phury a manteve levantada e fez seu próprio corpo entrar e sair. Ele tomou sua veia também em um movimento de coordenação que pareceu fácil. Assim que as presas atravessaram a pele doce do pescoço dela, os braços de Cormia apertaram mais os ombros, e os punhos se agarraram à camisa dele.

– Eu amo você...

Por uma fração de segundo, Phury ficou paralisado.

O momento estava tão claro para ele, tudo, desde a sensação do peso dela nas mãos, o centro envolvendo o membro, a garganta dela em sua boca, até o perfume deles se unindo ao cheiro da floresta e ao ar cristalino. Ele conhecia o equilíbrio entre a perna e a prótese e sentia exatamente como a camisa estava repuxando embaixo dos braços porque ela a estava puxando. Conhecia a sensação do peito ofegante dela contra o próprio peito. Conhecia o ritmo do sangue dos dois, o acúmulo de tensão erótica.

Mas, principalmente, ele conhecia a origem do amor que sentiam um pelo outro. Phury não se lembrava de nada tão vívido quanto aquilo, tão real. Aquele era o presente de sua recuperação, ele pensou.

A habilidade de estar ali naquele momento com a fêmea que amava e estar plenamente consciente, totalmente desperto, totalmente presente. Por inteiro.

Pensou em Jonathon, na reunião e no que o homem tinha dito: *eu quero estar aqui hoje mais do que quero estar chapado*. Sim. Caramba... *isso mesmo.*

Phury começou a se mover de novo, dando e recebendo alternadamente. Sem fôlego e exaurido, ele se sentiu vivo quando os dois chegaram ao clímax juntos... intensamente.

Capítulo 55

Xhex saiu do clube às quatro da manhã. A equipe de limpeza estava seguindo sua rotina de aspirar, polir, lustrar e fechar as portas, e ela já tinha deixado os alarmes prontos para serem ativados automaticamente às oito. Os caixas estavam vazios, e o escritório de Rehvenge não estava só trancado, estava impenetrável. Sua moto Ducati a esperava na vaga de garagem particular onde o Bentley estacionava quando Rehv não precisava do carro.

Ela puxou a moto preta, subiu nela enquanto a porta se fechava e deu a partida com um chute. Nunca usava capacete e sempre usava calças de couro e jaqueta de motoqueiro. A motocicleta entre as pernas rugia, e Xhex fez o caminho mais longo para casa, vagando pelo labirinto de ruas de mão única do centro da cidade, e depois acelerando a Ducati na rodovia Northway.

Ela estava bem acima de cem quando passou por um policial parado embaixo de alguns pinheiros. Nunca acendia os faróis. O que explicou por que, se o radar tivesse disparado e ele não estivesse dormindo com seu distintivo, o policial não tinha ido atrás dela. Era difícil perseguir o que não se conseguia ver.

Ela tinha duas casas em Caldwell: um apartamento baixo no centro para quando precisava de privacidade, e uma casa escondida de dois quartos perto do rio Hudson.

A estrada de terra da casa com vista para o rio não passava de uma trilha, porque ela tinha deixado os arbustos crescerem nos últimos trinta anos. Na parte mais afastada, a cabana de pesca em estilo dos anos 1920 estava construída em um lote de sete acres de maneira sólida e sem elegância. A garagem ficava à direita, separada da casa, o que havia valorizado muito o imóvel para ela. Xhex era o tipo de fêmea que gostava de manter um grande arsenal à sua volta, e armazenar munição fora da casa reduzia a probabilidade de que ela explodisse durante o sono.

A moto foi para a garagem. Xhex foi para casa e entrou pela cozinha. Ela amava o cheiro do lugar: as tábuas de pinheiro velho do teto, das paredes e do piso, e o cedro dos armários que tinham sido construídos para guardar equipamento de caça. Não havia sistema de segurança. Ela não acreditava nisso. Xhex tinha a si mesma. E sempre foi o suficiente.

Depois de uma xícara de café instantâneo, foi para o quarto e tirou a calça de couro. De sutiã esportivo e calcinha preta, Xhex deitou direto no chão e se preparou. Por mais durona que fosse, ela sempre precisava de um momento. Quando se sentiu pronta, correu a mão pelas coxas até as faixas de metal farpado na pele e nos músculos. As travas dos cilícios se soltaram com um estalo, e ela grunhiu quando o sangue correu para as feridas.

Com a visão oscilando, ela se virou para o lado, respirando pela boca. Aquela era a única maneira de controlar seu lado *sympatho*. A dor era seu remédio.

Com a pele molhada de sangue, e o sistema nervoso recalibrado, um formigamento começou. Xhex considerava aquilo uma recompensa por ser forte, por manter o controle. Claro que era químico, nada além de uma série de endorfina correndo pelas veias, mas havia algo mágico naquela sensação latejante, flutuante, acelerada. Era em momentos como aquele que ela se sentia tentada a comprar alguns móveis para a casa, mas era fácil resistir ao impulso. Afinal, o chão de madeira era mais fácil de limpar.

Sua respiração estava se acalmando, o coração desacelerando e o cérebro estava começando a se acalmar de novo quando algo surgiu em sua mente que mudou completamente a direção daquela estabilização.

John Matthew. John Matthew… o desgraçado. Ele tinha, quem sabe, doze anos. Em que ele estava pensando, tentando seduzi-la?

Xhex o imaginou sob aquela luz do banheiro do mezanino, com o rosto de um guerreiro, não de um garoto, e o corpo de um macho que podia cumprir o que prometia, não um fracote com problemas de autoestima.

Esticando o braço para o lado, em sua calça de couro, Xhex pegou a toalha de papel dobrada que ele tinha entregado. Abriu o bilhete e leu o que estava escrito.

Da próxima vez diga o meu nome. Você vai gozar mais forte.

Ela rangeu os dentes e amassou o bilhete. Depois, pensou em levantar e queimá-lo. Mas, em vez disso, ela colocou a mão que estava livre entre as pernas.

Enquanto o sol nascia e a luz enchia o quarto, Xhex imaginou John Matthew deitado de costas embaixo dela, penetrando-a com o que ela já tinha visto dentro da calça jeans dele, atendendo a seus desejos...

Ela mal conseguia acreditar naquela fantasia. E se ressentiu dele por causa daquilo. Teria parado se pudesse. Em vez disso, Xhex gritou seu nome.

Duas vezes.

Capítulo 56

A Virgem Escriba tinha mania de controle. O que não era ruim para uma deusa que tinha criado um mundo inteiro dentro do mundo, uma história dentro da história do universo.

De verdade. Não era ruim.

Bem, talvez fosse uma coisa boa… até certo ponto. A Virgem Escriba flutuou até o santuário fechado em seus aposentos privados, e as portas duplas se abriram ao seu comando. Neblina saiu do quarto, ondulando como seda ao vento. Sua filha foi relevada pela queda da condensação, o corpo poderoso de Payne estava inanimado e suspenso no ar.

Ela era como seu pai: agressiva, calculista e poderosa. Perigosa. Não havia lugar entre as Escolhidas para uma fêmea como Payne. Também não havia lugar para ela no mundo dos vampiros. Depois de seu último ato de criação, a Virgem Escriba isolou ali a filha que não se encaixava em lugar nenhum, para a segurança de todos.

Tenha fé em sua criação.

As palavras do Primaz ecoavam em seus ouvidos desde que haviam sido proferidas. E revelavam a verdade que tinha sido enterrada bem fundo nos pensamentos e medos secretos da Virgem Escriba. A vida dos machos e das fêmeas que ela havia invocado com um único desejo não poderia ser guardada em áreas separadas como se fosse um livro da biblioteca do Santuário.

A ordem é sedutora, é verdade, porque havia segurança e proteção.

A natureza, no entanto, e a natureza dos seres viventes, era confusa, imprevisível e não se sujeitava a amarras.

Tenha fé em sua criação.

A Virgem Escriba podia ver muitas coisas que estavam por vir, legiões inteiras de triunfos e tragédias, mas eram apenas grãos de areia em uma enorme praia. O todo maior do destino, ela não conseguia ver: enquanto o futuro da raça que ela havia criado estava intimamente ligado ao seu próprio destino, o sucesso ou fracasso de seu povo era desconhecido e irreconhecível para ela.

A única totalidade que tinha era o presente, e o Primaz estava certo. Seus amados filhos não estavam crescendo, e se as coisas continuassem como estavam, logo, não haveria mais ninguém. Uma mudança era a única esperança que tinha no futuro.

A Virgem Escriba levantou, tirou o capuz preto e o deixou cair sobre as costas da túnica. Estendendo a mão, enviou uma onda quente de moléculas pelo ar na direção de sua filha. Os olhos brancos e gelados de Payne, tão parecidos com os de seu irmão gêmeo, Vishous, se abriram.

– Minha filha – disse a Virgem Escriba.

A resposta não foi uma surpresa.

– Vá se danar.

CAPÍTULO 57

Mais de um mês depois, Cormia acordou da maneira como estava se acostumando a ser recebida pela noite. O quadril de Phury pressionava o dela, revelando uma enorme ereção contra seu corpo.

Ele provavelmente ainda estava dormindo, e quando ela deitou de bruços e abriu espaço para Phury, ela sorriu, sabendo qual seria a reação dele. Sim, ele estava sobre ela em um instante, com seu corpo pesado e quente prendendo-a e...

Cormia gemeu quando ele a penetrou.

– Hum – ele disse em sua orelha. – Boa-noite, *shellan*.

Ela sorriu e se curvou para que Phury pudesse ir mais fundo.

– Meu *hellren*, boa-noite...

Os dois gemeram quando ele colocou mais força, e o movimento poderoso foi direto para o centro do corpo dela.

Enquanto a penetrava lenta e delicadamente, esfregando o rosto na nuca de Cormia, mordendo-a de leve com as presas, eles estavam de mãos dadas, com os dedos entrelaçados. Os dois ainda não tinham sido oficialmente unidos, porque havia muita coisa a fazer com as Escolhidas, que queriam ver como era o mundo.

Mas estavam juntos em todos os momentos, e Cormia não podia imaginar como tinham vivido separados.

Bom, uma noite por semana eles se separavam por um tempo. Phury ia para sua reunião dos narcóticos anônimos toda terça-feira. Abandonar a fumaça vermelha era difícil para ele.

Havia muitas vezes em que ficava tenso, os olhos perdiam o foco, ou se esforçava para não perder a paciência com alguma coisa por causa da irritação. Ele tinha suado muito nas primeiras duas semanas, e apesar de estar diminuindo, a pele dele ainda tinha períodos extremamente sensíveis. Mas não tinha tido nenhuma recaída. Não importava quanto fosse difícil, ele não tinha cedido à tentação. E também não estava bebendo álcool.

Mas os dois estavam fazendo muito sexo. E Cormia achava ótimo.

Phury recuou e a fez deitar de costas. Ao se colocar dentro dela de novo, ele a beijou com urgência, levou as mãos até os seios e os dedos até os mamilos túrgidos. Arqueando-se para recebê-lo, ela colocou as mãos entre os dois, pegou a ereção dele e acariciou como ele gostava, da base até a ponta, da base até a ponta.

Sobre a cômoda, o celular de Phury fez um bipe, e os dois ignoraram o barulho enquanto ela sorria e o levava para dentro de seu corpo novamente. Quando estavam unidos de novo, a tempestade foi liberada e tomou conta deles, tornando o ritmo mais urgente.

Segurando Phury pelos ombros e imitando os movimentos do macho, Cormia se deixou levar por ele, junto com ele. Depois que a onda passou e diminuiu, ela abriu os olhos e foi recebida pelo olhar amarelo que a fazia brilhar de dentro para fora.

– Eu adoro acordar com você – ele disse, beijando-a na boca.

– Eu também...

O alarme de incêndio da escada disparou, e o barulho era do tipo que fazia qualquer um desejar ser surdo. Phury riu e se virou para o lado, puxando-a para seu peito.

– Cinco... quatro... três... dois...

– Desculpem! – Layla gritou do pé da escada.

– O que foi desta vez, Escolhida? – ele gritou.

– Ovos mexidos – ela respondeu.

Phury balançou a cabeça e disse delicadamente para Cormia:

– Viu, eu achava que fosse uma torrada.

– Não podia ser. Ela quebrou a torradeira ontem.

– Quebrou?

Cormia assentiu.

– Ela tentou colocar um pedaço de pizza lá. O queijo derreteu.

– E se espalhou em tudo.

– Em tudo.

Phury gritou:

– Tudo bem, Layla. Você sempre pode limpar a frigideira e começar de novo.

– Não acho que a frigideira ainda vai funcionar – veio a resposta.

A voz de Phury diminuiu.

– Eu nem vou perguntar.

– Elas não são de metal?

– Deveriam ser.

– É melhor eu ir ajudar.

Cormia levantou e gritou:

– Vou descer, minha irmã! Dê-me dois segundos.

Phury a puxou de volta para um beijo, e então a deixou ir.

Ela tomou um banho rápido, muito rápido, e saiu usando uma calça jeans solta e uma das camisas Gucci de Phury. Talvez fosse por causa de tantos anos usando túnicas, mas Cormia não gostava de roupas justas. O que seu *hellren* achava bom, porque Phury adorava vê-la usando suas roupas.

– Essa cor fica perfeita em você – ele comentou, enquanto ela fazia uma trança no cabelo.

– Você gosta de lavanda?

Ela deu uma volta, e o olhar de Phury soltou faíscas.

– Ah, sim. Eu gosto. Venha aqui, Escolhida.

Cormia colocou as mãos no quadril enquanto o piano começou a tocar lá embaixo. Escalas. O que significava que Selena tinha acordado.

– Eu preciso descer antes que Layla queime a casa toda.

Phury deu aquele sorriso de quando a imaginava totalmente nua.

– Venha aqui, Escolhida.

– E se eu for e voltar com comida?

Ele teve a audácia de tirar o lençol bagunçado e colocar a mão em seu pênis duro e pesado.

– Só você pode matar minha fome.

Um aspirador de pó se juntou ao coro de barulhos vindos do andar de baixo, então estava muito claro quem mais tinha acordado. Amalya e Pheonia tiravam no palitinho todo dia para ver quem ia usar o aspirador. Não importava se os tapetes da casa de Rehvenge precisassem ou não, elas sempre passavam o aspirador.

– Dois segundos – Cormia disse, sabendo que se estivesse ao alcance das mãos dele, os dois começariam de novo. – Aí eu volto, e você pode me dar comida na boca, que tal?

O corpo enorme de Phury tremeu, seus olhos se reviraram.

– Sim. É... Oh, é uma ideia muito boa.

O celular soltou outro bipe, e ele foi até o criado-mudo com um grunhido.

– Certo, vá então, antes que eu prenda você aqui por mais uma hora. Ou quatro.

Ela riu e foi na direção da porta.

– Meu...Deus.

Cormia se virou.

– O que foi?

Phury sentou lentamente. Suas mãos seguravam o telefone como se o aparelho valesse mais que os quatrocentos dólares pagos na semana anterior.

– Phury?

Ele mostrou a tela. Era uma mensagem de Zsadist:

Uma menina, duas horas atrás. Nalla. Espero que você esteja bem. Z.

Cormia mordeu o lábio e gentilmente colocou a mão no ombro dele.

– Você devia voltar para a mansão. Você devia ir vê-los.

Phury engoliu com dificuldade.

– É. Eu não sei. Não vou voltar para lá... acho que é melhor. Wrath e eu podemos fazer o que precisamos por telefone e... sim. É melhor não.

– Você vai responder a mensagem?

– Vou.

Ele cobriu o quadril com o lençol e ficou olhando para o telefone. Depois de um instante, ela perguntou:

– Você quer que eu responda por você?

Ele assentiu.

– Por favor. Escreva em nome dos dois, ok?

Ela beijou a cabeça dele e então digitou:

Bênçãos para você, sua shellan *e sua filha. Estamos com vocês em espírito. Com amor, Phury e Cormia.*

Na noite seguinte, Phury ficou tentado a não ir à reunião dos NA. Muito tentado. Mas ele foi.

Não estava certo sobre o que fez ele ir até lá. Não sabia nem como tinha chegado ao local. Tudo o que queria era acender um cigarro para não sentir a dor. Mas que droga... porque ele se sentia magoado? O fato era que a filha de seu irmão gêmeo tinha chegado ao mundo saudável, que Z. agora era pai, que Bella tinha sobrevivido e a criança estava bem... seria de imaginar que ele estaria feliz e aliviado também.

Era o que ele e todo mundo estava rezando para acontecer. Mas sem dúvida ele era o único que estava tendo problemas em relação àquilo tudo. Os outros Irmãos estavam ocupados fazendo um brinde a Z. e sua filha e paparicando Bella.

As celebrações iam durar semanas, e Fritz provavelmente estava animadíssimo com todas as refeições e cerimônias especiais. Phury podia ver aquilo. A entrada principal da mansão estaria decorada com laços de verde-brilhante, a cor da linhagem de Z., e roxo, a cor de Bella. Arranjos de flores estariam pendurados em todas as portas da casa, até nos guarda-roupas e armários, para mostrar que Nalla tinha chegado a este mundo. As lareiras ficariam acesas por dias com madeiras perfumadas que queimavam lentamente, cujas chamas brilhavam em vermelho pelo sangue da adorada.

No começo da vigésima quarta hora após o nascimento, todas as pessoas na casa levariam aos pais orgulhosos um laço de fita enorme com as cores da família. Os laços seriam amarrados nos pinos do berço de Nalla, como votos de proteção ao longo de sua vida. Ao final da hora, o local onde sua preciosa cabeça estivesse deitada seria coberto com uma cascata de laços de cetim, com as longas pontas tocando o chão como um rio de amor.

Nalla seria presenteada com joias inestimáveis, coberta de veludo e segurada por braços gentis. Ela seria adorada pelo milagre que era, e seu nascimento para sempre seria celebrado no coração daqueles que aguardaram com esperança e temor para recebê-la.

Sim... Phury não sabia como tinha chegado ao Centro Comunitário. E não sabia como tinha passado pela porta e chegado ao porão. E não sabia por que tinha ficado. O que sabia era que quando voltou para a casa de Rehvenge, não conseguiu entrar. Em vez disso, ele sentou no terraço dos fundos, em uma poltrona de vime trançado sob as estrelas. Não havia nada em sua mente. E absolutamente tudo.

Cormia surgiu em algum momento e colocou a mão em seu ombro, como sempre fazia quando sentia que Phury estava imerso em seus pensamentos. Ele beijou a palma da mão dela, e então ela o beijou na boca e voltou para dentro, provavelmente para voltar a trabalhar nos projetos da nova boate de Rehv.

A noite estava calma e muito fria. De vez em quando, o vento vinha por entre a copa das árvores, e o barulho das folhas de outono parecia querer dizer que elas gostavam da atenção.

Atrás dele, na casa, podia ouvir o futuro. As Escolhidas estavam esticando os braços naquele mundo, aprendendo coisas sobre si mesmas e sobre este lado. Ele tinha tanto orgulho delas e imaginou ser o Primaz da antiga tradição, porque seria capaz de matar para proteger suas fêmeas e faria qualquer coisa por qualquer uma delas.

Mas era um amor paternal. Seu amor de macho pertencia à Cormia apenas.

Phury esfregou o centro do peito e deixou as horas passarem em sua própria velocidade, enquanto o vento fazia o que bem-entendia com sua força. A lua estava em seu ponto mais alto no céu e começava a descer. Alguém colocou uma ópera dentro da casa. Alguém mudou para *hip hop*, graças aos céus. Alguém foi tomar banho. Alguém estava passando o aspirador de pó. De novo.

Vida. Em toda sua majestade mundana. E não dava para desfrutar dela sentado nas sombras... fosse de fato ou metaforicamente, por estar preso na escuridão de um vício.

Phury tocou sua prótese. Tinha chegado até ali com apenas parte de uma perna. Viver o resto de sua vida sem seu irmão gêmeo e os outros Irmãos... ele faria isso também. Havia muito por que agradecer, e isso compensaria muita coisa. Não se sentiria vazio para sempre.

Alguém na casa voltou para a ópera.

Droga.

Puccini desta vez.

"*Che Gelida Manina*".

De todas as opções que existiam, por que escolher o único solo que certamente o faria se sentir pior?

Meu Deus, ele não ouvia *La Bohème* fazia... bem, parecia uma eternidade.

E o som que ele amava apertava tanto as costelas dele que mal conseguia respirar. Phury agarrou os braços da poltrona e começou a levantar. Ele simplesmente não podia ficar escutando a voz do tenor. Aquela gloriosa e potente voz de tenor que o lembrava tanto de...

Zsadist apareceu na beira da floresta. Cantando. Ele estava cantando... era a voz de tenor dele nos ouvidos de Phury, não um CD. A voz de Z. surfava pelos picos e vales das árias enquanto ele surgia no gramado, se aproximando com a entonação perfeita e ressoante. O vento se tornou a orquestra do irmão, soprando os sons espetaculares que saíam da boca dele e atravessavam o gramado e as árvores até as montanhas, até o céu, o único lugar onde apenas um talento daqueles podia ter nascido.

Phury ficou de pé como se a voz de seu irmão, não as próprias pernas, o tivessem levantado da poltrona.

Era o agradecimento que não tinha sido dito. Era a gratidão pelo resgate e apreciação pela vida vivida. Era a garganta bem-aberta de um pai maravilhado que não tinha palavras para expressar o que sentia pelo irmão e que precisava da música para demonstrar o que queria ser capaz de dizer.

– Ah, caramba... Z. – Phury murmurou em meio àquele momento de glória.

Quando o solo chegou ao auge, quando a onda de emoções chegou ao seu momento mais poderoso, a Irmandade apareceu, um por um, da escuridão da noite. Wrath. Rhage. Butch. Vishous. Estavam todos vestindo as túnicas brancas cerimoniais que usariam em homenagem à vigésima quarta hora do nascimento de Nalla.

Zsadist entoou a última nota delicada bem-diante de Phury. Quando o verso final, *"Vi piaccia dir!"* pairou no infinito, Z. levantou a mão.

Havia um laço enorme de cetim verde e dourado ondulando na noite. Cormia se aproximou naquele exato momento. Com o braço em volta da cintura de Phury, ela era a única coisa que o mantinha de pé.

No Antigo Idioma, Zsadist disse:

– *Vocês dariam à minha filha recém-nascida a honra das cores de sua linhagem e o amor do coração de vocês?*

Z. fez uma reverência profunda e ofereceu o laço.

A voz de Phury estava rouca quando pegou o longo cetim.

– *Seria a honra de muitas eras oferecer nossas cores à sua filha recém-nascida.*

Quando Z. levantou, foi difícil saber quem deu o primeiro passo. Mais provável que os dois tenham se encontrado no meio do caminho. Ninguém disse nada durante o abraço.

Às vezes, as palavras não iam longe o bastante, o veículo das letras e o condutor da gramática não eram capazes de conter os sentimentos do coração. A Irmandade começou a aplaudir.

Em algum momento, Phury pegou a mão de Cormia, trazendo para perto. Ele deu um passo para trás e olhou seu irmão gêmeo.

– Diga-me, ela tem olhos amarelos?

Z. sorriu e assentiu.

– Sim, tem. Bella diz que ela parece comigo... o que significa que se parece com você. Venha conhecer minha garotinha, irmão meu. Volte e conheça sua sobrinha. Há um grande espaço vazio no berço dela, e precisamos de vocês dois para preenchê-lo.

Phury abraçou Cormia e sentiu a mão dela acariciar o centro de seu peito.

Respirando fundo, ele secou os olhos.

– É a minha ópera favorita e o meu solo favorito.

– Eu sei.

Z. sorriu para Cormia e citou os dois primeiros versos:

– *"Che gelida manina, se la lasci riscaldar"*. E agora você tem uma pequena mão para esquentar a sua.

– O mesmo pode ser dito sobre você, meu irmão.

– É verdade. Tão maravilhosamente verdade.

Z. ficou sério.

– Por favor... venha vê-la. Mas também venha nos ver. Os Irmãos sentem a sua falta. Eu sinto a sua falta.

Phury apertou os olhos, e algo se encaixou onde deveria.

– Foi você, não foi? Você foi ao Centro Comunitário. Você me viu sentar naquele balanço depois.

A voz de Z. tornou-se rouca.

– Estou tão orgulhoso de você.

Cormia se manifestou.

– Eu também.

Que momento perfeito, Phury pensou. Um momento tão perfeito, com seu irmão gêmeo diante dele, sua *shellan* ao seu lado e o mago desaparecido.

Um momento tão perfeito que sabia que se lembraria pelo resto de seus dias tão claro e vividamente quanto agora.

Phury beijou a testa de sua *shellan*, demorando-se, agradecendo. Depois, sorriu para Zsadist.

– Será um prazer. Iremos até o berço de Nalla com prazer e reverência.

– E seus laços?

Ele olhou para o verde e dourado, para as lindas tiras de cetim entrelaçadas, simbolizando a união dele com Cormia.

De repente, ela apertou os braços em volta dele, como se estivesse pensando exatamente a mesma coisa. Que os dois ficavam perfeitos juntos.

– Sim, meu irmão. Com certeza vamos levar nossos laços – Phury olhou profundamente nos olhos dela. – E se tivermos tempo para uma cerimônia de união, seria ótimo, porque....

Os gritos de comemoração atrás deles e os tapinhas nas costas vindos da Irmandade interromperam o que ia dizer. Mas Cormia entendeu. Ele nunca tinha visto nenhuma fêmea com um sorriso tão belo quanto o dela. O que significava que sabia o que Phury queria dizer.

Eu amo você para sempre nem sempre precisava ser dito para ser entendido.

A SEGUIR UMA PRÉVIA DO SÉTIMO ROMANCE DA IRMANDADE DA ADAGA NEGRA, *AMANTE VINGADO*

Ela estava mentindo, Rehv pensou. Com certeza, ela tinha medo dele. E por falar em pena.

Esta era a enfermeira que Rehv esperava que lhe tocasse cada vez que ia até lá. Era a que fazia com que suas visitas fossem parcialmente suportáveis. Esta era sua Ehlena.

Certo, não era nem um pouco sua. Sabia seu nome só porque estava escrito na placa azul e branca de seu uniforme. Conseguia vê-la apenas quando vinha ser tratado. E ela não gostava nem um pouco dele.

Mas, ainda assim, pensava nela como sendo dele e assim caminhavam as coisas. Acontece que tinham algo em comum, algo que transcendia os limites entre espécies, eclipsava a estratificação social e os unia, embora ela teria negado.

Ela também estava sozinha, da mesma forma como ele.

Sua grade emocional tinha os mesmos sinais que a dele, que a de Xhex, de Trez e de iAm: seus sentimentos estavam rodeados pelo vazio de alguém que foi separado de sua tribo. Vivendo entre os outros, mas, essencialmente, estavam separados de tudo. Um eremita, um pária, alguém que tinha sido expulso.

Não sabia os motivos, mas tinha plena certeza de que a vida era assim para ela e isso foi o que primeiro chamou sua atenção quando a conheceu. Seus olhos, sua voz e seu perfume foram os próximos. Sua inteligência e respostas rápidas selaram o negócio.

– Dezesseis por nove. Está alta. – Desabotoou o aparelho com um rápido puxão, sem dúvida desejando que fosse uma tira de sua pele. – Acredito que seu corpo está tentando lutar contra a infecção de seu braço.

Oh, seu corpo estava lutando contra algo, certo, mas não tinha absolutamente nada a ver com aquilo que estava acontecendo em suas veias. Com seu lado *sympatho* lutando contra a dopamina, a condição de impotência na qual normalmente se encontrava quando estava totalmente medicado ainda não se apresentava.

Resultado?

Seu membro estava rígido como um taco de beisebol dentro das calças folgadas. O que, ao contrário da opinião popular, não era um bom sinal... especialmente esta noite. Depois daquela conversa com Montrag, ele estava com fome, estimulado... e um pouco enlouquecido pelo ardor interno.

E Ehlena era simplesmente tão... linda.

Contudo, não era como suas garotas no trabalho, não era uma forma tão óbvia, exagerada, injetada, implantada e escultural. Ehlena era naturalmente encantadora, tinha traços finos e delicados, o cabelo loiro dourado e braços e pernas longos e esbeltos. Seus lábios eram rosados porque eram rosados... não por causa de uma capa de maquiagem brilhante e cristalizada com uma durabilidade de dezoito horas. E seus olhos cor de caramelo eram luminescentes porque eram uma mescla de amarelo, vermelho e dourado... não por ter passado várias camadas de sombra e rímel. E sua face estava ruborizada porque ela estava começando a gostar dele.

E, mesmo pressentindo que ela teve uma noite difícil, não se incomodava com isso.

Mas isso é ser um *sympatho*, não é?, pensou com escárnio.

Engraçado, a maior parte do tempo não lhe importava ser o que era. Sua vida como a tinha conhecido sempre foi uma miragem constante onde alternava mentiras e enganos e isso era tudo. Contudo, quando estava com ela? Desejava ser normal.

– Vamos ver sua temperatura – disse ela, indo procurar um termômetro eletrônico na mesa.

– Está mais quente do que o normal.

Ehlena lançou seus olhos direto nos dele.

– Seu braço.

– Não, seus olhos.

Ela piscou, depois pareceu sacudir a si mesma.

– Duvido muito disso.

– Então subestima sua atração.

Quando sacudiu a cabeça e encaixou uma capa plástica no termômetro digital, ele captou o aroma fugaz de seu perfume.

Suas presas se alongaram.

– Abra – levantou o termômetro e esperou. – Vamos, abra.

Rehv olhou fixamente aqueles olhos de três cores incríveis e deixou cair o queixo. Ela se inclinou, tão profissional como sempre, apenas para ficar congelada. Enquanto se surpreendia com os caninos, o perfume dela aflorou algo obscuro e erótico.

O triunfo inflamou as veias de Rehv, que disse:

– E então?

Passou-se um longo momento, durante o qual os dois estiveram unidos por fios invisíveis de calor e desejo. Em seguida, a boca dela se deteve.

– Vou apenas medir sua temperatura, porque tenho que fazer isso.

Embutiu-lhe o termômetro entre os lábios e ele teve que apertar os dentes para evitar que a coisa lhe cravasse as amídalas.

Contudo, estava tudo bem. Embora não pudesse tê-la, ele a excitava. E isso era mais do que merecia.

Houve um bip, um intervalo, outro bip.

– Quarenta e dois graus – disse ela enquanto retirava a ponta de plástico descartável e a jogava no cesto de lixo. – Havers estará com você assim que for possível.

A porta se fechou atrás dela com força, como se fosse um xingamento.

Cara, ela era sexy.

Rehv franziu a testa, toda a questão da atração sexual o lembrava de algo que não gostava de pensar.

De alguém, melhor dizendo.

A ereção que sentia passou instantaneamente quando se deu conta de que era segunda-feira à noite. O que significava que amanhã era terça-feira. Primeira terça-feira do último mês do ano.

O *sympatho* nele vibrou como se cada centímetro de sua pele se esticasse, como se seus bolsos estivessem cheios de aranhas.

Amanhã, ele e sua chantagista teriam outro de seus encontros. Cristo, como era possível que tivesse passado outro mês? Parecia que o tempo nem tinha passado e já era hora de um novo encontro terrível naquela cabana abandonada fora da cidade.

O cafetão se transformava em uma vadia.

Jogos de poder, limites extremos e favores sexuais eram basicamente a moeda de troca nas reuniões com sua chantagista e tinha sido a base de sua vida "amorosa" durante os últimos vinte e cinco anos. Tudo isso era sujo, errado, maligno, degradante e ele o fazia várias vezes para manter seu segredo a salvo.

E também porque seu lado obscuro se liberava com isso. Era *Amor, estilo Sympatho*, o único momento em que podia ser como era sem precisar se conter, era sua parcela de uma liberdade horrível. Afinal, por mais que medicasse a si mesmo e tentasse se encaixar, estava preso ao legado de seu pai morto, ao sangue maligno que corria em suas veias. Não podia negociar com seu DNA e, embora fosse mestiço, o devorador de pecados nele era dominante.

Assim, quando se tratava de uma mulher de valor como Ehlena, ele sempre estaria do outro lado do vidro, pressionando o nariz contra ele, com as palmas estendidas pelo desejo, sem jamais poder aproximar-se o suficiente para tocar. Era o mais justo para ela. Ao contrário de sua chantagista, ela não merecia o que ele tinha para oferecer.

A moralidade que ensinou a si mesmo indicava que ao menos isso era certo.

Sim. Ótimo. Bom para ele.

Sua próxima tatuagem ia ser de uma maldita auréola sobre a cabeça.

Quando baixou o olhar ao desastre que se estendia por seu braço esquerdo, viu com total clareza que estava piorando. Não era apenas uma infecção bacteriana por utilizar deliberadamente agulhas sem esterilizar. Era um lento suicídio e era por isso que estaria ferrado se mostrasse ao médico. Sabia exatamente o que ocorreria se esse veneno se aprofundasse dentro de sua corrente sanguínea e desejava que acontecesse logo e se apoderasse dele.

A porta se abriu e levantou o olhar, preparado para dançar tango com Havers... Só que não era o doutor. A enfermeira de Rehv estava de volta e não parecia feliz.

Na verdade, parecia exausta, como se ele fosse um incômodo em seu castelo e não tivesse energia para lidar com aquele transtorno que trazia quando estava com ela.

– Falei com o doutor – ela disse. – Está preso na sala de cirurgias agora, portanto, vai demorar um pouco. Pediu-me que coletasse um pouco de sangue...

– Desculpe – desabafou Rehv.

A mão de Ehlena foi até o pescoço de seu uniforme e fechou-o um pouco mais.

– Como?

– Desculpe-me por ter brincado com você. Não precisa disso em um paciente. Especialmente em uma noite como esta.

Ela franziu a testa.

– Estou bem.

– Não, não está. E não, não estou lendo sua mente. É só que parece cansada. – De repente, soube como ela se sentia. – Eu gostaria de compensar isso.

– Não é necessário...

– Convidando você para jantar.

Certo, ele não queria ter dito isso. E levando em conta que tinha acabado de se parabenizar por saber manter a distância, isto também lhe transformava em um hipócrita.

Era evidente que sua próxima tatuagem devia seguir mais na linha de umas orelhas de burro. Porque estava agindo como um idiota.

Na sequência do convite, não lhe surpreendeu nem um pouco que Ehlena o olhasse como se estivesse louco. Em termos gerais, quando um macho se comportava como ele tinha feito, a última coisa que qualquer fêmea desejaria fazer era passar mais tempo com ele.

– Sinto muito, mas não. – Ela nem sequer arrematou com um "obrigado, nunca saio com pacientes".

– Certo. Entendo.

Enquanto preparava os instrumentos para coletar o sangue e colocava um par de luvas de látex, Rehv estendeu o braço para o casaco e tirou seu cartão, ocultando-o em sua grande palma.

Ela foi rápida no processo, trabalhando sobre seu braço bom, enchendo com rapidez as ampolas de alumínio. Ainda bem que não eram de vidro e que Havers fazia todas as análises sozinho. O sangue dos vampiros era vermelho. O dos *sympathos* era azul. A cor do seu era algo entre as duas, mas ele e Havers tinham um acordo. Certo, o doutor não tinha consciência de como as coisas funcionavam entre eles, mas era a única maneira de ser tratado sem comprometer o médico da raça.

Quando Ehlena acabou, selou as ampolas com plugues de plástico branco, tirou as luvas e se dirigiu para a porta como se ele fosse um cheiro ruim.

– Espere – ele disse.

– Quer algum analgésico para o braço?

– Não, quero que fique com isto – estendeu seu cartão. – E me ligue se algum dia estiver disposta a me fazer um favor.

– Sob o risco de soar pouco profissional, nunca vou estar disposta para você. Sob nenhuma circunstância.

Essa doeu. Mas ele não a culpava.

– O favor é me perdoar. Não tem nada a ver com um encontro.

Ela baixou o olhar ao cartão, depois sacudiu a cabeça.

– É melhor ficar com isso. Para dar a alguém que possa usá-lo um dia.

Quando a porta se fechou, ele amassou o cartão em sua mão.

Droga. De qualquer maneira, em que diabos estava pensando? Provavelmente ela tinha uma vida agradável em uma casa simples com pais amorosos. Talvez tivesse um namorado também, que algum dia seria seu *hellren*.

Sim, sendo ele o amigável senhor das drogas da vizinhança, cafetão e valentão, realmente se encaixaria no meio de uma família perfeita. Totalmente.

Jogou seu cartão no cesto de papéis que havia junto a mesa, observou como a coisa fez um círculo e em seguida caiu entre os lenços de papel, as folhas amassadas e uma lata de refrigerante vazia.

Enquanto esperava o doutor, olhou o lixo descartado, pensando que para ele a maioria das pessoas do planeta era como aqueles objetos: coisas para usar e descartar sem qualquer tipo de remorso. Graças a seu lado mau e ao negócio que conduzia, tinha quebrado muitos ossos, partido várias cabeças e tinha sido a causa de muitas overdoses de drogas.

Ehlena, por outro lado, passava suas noites salvando as pessoas.

Sim, tinham muitíssimo em comum, é claro. Os esforços dele possibilitavam que ela mantivesse seu emprego.

Simplesmente perfeito.

A SEGUIR, UMA PRÉVIA DO *GUIA DA IRMANDADE DA ADAGA NEGRA*

Você vai encontrar informações privilegiadas sobre a Irmandade, incluindo dossiês com estatísticas e os dons especiais de cada integrante. Você vai ler entrevistas com seus personagens favoritos, incluindo uma conversa comovente com Tohrment e Wellsie, realizada três semanas antes de ela ser assassinada pelos *redutores*. Vai descobrir "cenas deletadas" – acompanhadas pelo motivo dos cortes – além de fatos interessantes dos fóruns de fãs e respostas a perguntas dos leitores. Vai saber como é para a autora escrever cada volume da série e, numa reviravolta fascinante, vai ler uma entrevista com a própria J. R. Ward – feita pelos Irmãos. Pela primeira vez, vai ler um conto original sobre Zsadist e Bella, e vai testemunhar o milagre do nascimento de sua filha, Nalla, e a profundidade do amor que sentem um pelo outro.

Esse é um compêndio que nenhum fã da Irmandade da Adaga Negra pode perder. É uma visão íntima tão poderosa e sedutora quanto os próprios Irmãos e o mundo em que vivem.

Bella e Zsadist

Bella estava na área de fisioterapia no centro de treinamento com as pernas fracas, andando ao redor da mesa de exame. Ela parava o tempo todo para olhar o relógio.

Onde eles estavam? O que mais tinha dado errado? Fazia mais de uma hora...

Oh, meu Deus, por favor, não deixe Zsadist morrer. Por favor, traga-o de volta vivo.

Andava e andava um pouco mais. Acabou parando na ponta da mesa e olhou para ela. Talvez fosse o desconforto que estava sentindo, talvez fosse o pânico, talvez o desespero, mas Bella começou a lembrar de quando tinha sido ela a paciente. Dois meses atrás. Para o nascimento de Nalla.

Meu Deus, aquilo foi um pesadelo.

Meu Deus, e estava vivendo outro... esperar por seu *hellren* chegar ferido, sangrando, sentindo dor... e isso na melhor hipótese.

Para não enlouquecer, ou talvez porque já estava louca e seu cérebro queria trazer memórias ainda mais sofridas, Bella pensou no parto, no momento em que tanto sua vida quanto a de Z. tinham mudado para sempre. Como muitas coisas dramáticas, todos ficaram na expectativa do grande evento, mas quando aconteceu, foi um choque mesmo assim. Ela estava no décimo primeiro mês dos costumeiros dezoito e era uma segunda-feira à noite.

Uma maneira ruim de começar a semana de trabalho. De verdade.

Bella estava com vontade de comer chili com carne e Fritz a estava paparicando, preparando uma porção apimentada bem como gostava – o que significava um belo incêndio para sua boca. Mas quando o querido mordomo trouxe a tigela do chili, Bella de repente não conseguiu nem olhar para o prato. Sentindo-se enjoada e suada, foi tomar um banho frio e, enquanto se arrastava até o banheiro, imaginou como iria aguentar mais sete meses da criança crescendo dentro de seu ventre.

Nalla, evidentemente, tinha levado aquele pensamento gratuito a sério. Pela primeira vez em semanas, ela se moveu com força e, com um chute forte, rompeu a bolsa de Bella.

Levantando o roupão e olhando para a poça, pensou por um instante que tinha perdido o controle da bexiga ou algo assim. E então percebeu. Apesar de ter seguido as recomendações da doutora Jane e evitado ler a versão vampira de *O que esperar quando você está esperando*, Bella tinha informações suficientes para saber que quando a bolsa se rompe, não há volta.

Dez minutos depois, ela estava deitada na maca, com a doutora Jane andando rápido, mas fazendo seu exame com cuidado. A conclusão era que o corpo de Bella não parecia pronto, mas que Nalla tinha que ser retirada. Oxitocina, que muitas vezes é usada para induzir partos em mulheres humanas, foi ministrada e pouco depois Bella descobriu a diferença entre dor e parto.

A dor chamava sua atenção. O parto exigia *toda* sua atenção.

Zsadist estava lutando e, quando chegou, estava tão agitado que o pouco de cabelo que tinha sido deixado em seu corte estava levantado. Largou as armas e correu para seu lado.

Bella nunca o tinha visto tão assustado. Nem quando ele acordava de seus pesadelos com aquela senhora sádica. Os olhos de Z. estavam pretos, não de raiva, mas de medo, e os lábios estavam tão apertados que pareciam dois traços brancos.

Mas tê-lo ao seu lado ajudava com a dor. E Bella precisava de qualquer ajuda que pudesse ter. A doutora Jane tinha aconselhado não usar uma anestesia epidural, porque vampiros podiam ter quedas de pressão enormes com ela. Então não havia nada para anestesiar a dor.

Transferi-la para a clínica de Havers não era uma opção, porque quando a oxitocina fez efeito, o parto avançou inesperadamente, rápido demais para que ela fosse transportada para qualquer lugar. E como o amanhecer estava próximo, não havia como levar o médico da raça para o centro de treinamento a tempo...

Bella voltou para o presente e passou a mão pelo travesseiro fino que estava na maca. Ela se lembrava de segurar a mão de Z. com força o bastante para quebrar um osso enquanto fazia força até que os dentes doessem, e sentia como se estivesse sendo aberta em duas.

E seus órgãos estivessem sendo esmagados.

– Bella?

Ela se virou. Wrath estava na porta, preenchendo com seu enorme corpo todo o espaço. Com aquele cabelo preto que chegava até o quadril, os óculos escuros e a calça de couro preta, ele parecia a própria Morte chegando silenciosa.

– Oh, por favor, não – ela disse, se segurando na maca. – Por favor...

– Não, está tudo bem. Ele está bem.

Wrath foi até lá e segurou o braço dela, amparando-a.

– Ele está estável.

– Estável?

– Z. teve uma fratura exposta na parte de baixo da perna, e isso provocou um pouco de sangramento.

Um pouco significava *enorme*, ela pensou.

– Onde ele está?

– Estava com Havers, mas já está sendo levado para casa agora. Eu imaginei que você fosse estar preocupada, então quis avisá-la.

– Obrigada. Obrigada...

Eles estavam discutindo nos últimos tempos, mas, ainda assim, a ideia de perdê-lo era catastrófica.

– Venha aqui, Bella.

– Não, estou bem. – Estava nada. – De verdade, eu estou...

– Não está não. Considere um decreto real se fizer seu ego se sentir melhor.

Bella sorriu e parou de lutar.

Quando o abraçou, o rei colocou os enormes braços em volta dela e a segurou delicadamente.

– Permita que a tremedeira atravesse seu corpo. Você vai respirar com mais facilidade, acredite.

Ela seguiu a sugestão, diminuindo o controle que estava exercendo nos músculos. Em resposta, seu corpo tremeu dos ombros até os tornozelos, e ela precisou se apoiar na força do rei ou teria caído direto no chão.

Engraçado. Ele estava certo. Quando o tremor passou, ela conseguiu respirar fundo.

Quando ficou mais estável, Bella recuou. Ao olhar para a maca, ela franziu a testa.

– Wrath, posso perguntar uma coisa?

– Claro.

Ela precisou andar um pouco antes que conseguisse fazer a pergunta direito.

– Se Beth... se você e Beth tivessem um bebê, você amaria a criança tanto quanto a ama?

O rei pareceu surpreso.

– Ah...

– Desculpe – ela disse. – Não é da minha conta.

– Não, não é isso. Estou tentando pensar na resposta.

Ele tirou os óculos e revelou os brilhantes e pálidos olhos verdes. Enquanto pensava por um instante, ficou mexendo na armação dos óculos; os dedos grossos e fortes se moviam para frente e para trás, e o barulho do plástico ecoou na sala azulejada.

– A questão é... e eu acredito que isso é verdade para todos os machos vinculados. Sua *shellan* é o coração que bate no seu peito. Até mais do que isso. Ela é o seu corpo, a sua pele e a sua mente... tudo que você foi e o que será. Então um macho nunca pode sentir nada mais forte por ninguém do que por sua companheira. Simplesmente não é possível – e eu acho que há uma evolução. Quanto mais você ama, mais você protege, e manter sua fêmea viva a todo custo significa que ela poderá cuidar das crianças que tiver. Dito isso, é claro, você ama seus filhos. Eu penso em Darius com Beth... ele era desesperado para deixá-la segura. E Tohr com John... e... sim, quero dizer, você tem sentimentos profundos por eles, claro.

Era lógico. Mas Zsadist nem pegava Nalla no colo...

As portas duplas da clínica se abriram e Z. entrou. Ele estava vestindo um roupão de hospital, sem dúvida porque suas roupas tinham sido cortadas na clínica de Havers. Seu rosto estava sem nenhuma cor. As duas mãos estavam enfaixadas, e a parte de baixo da perna estava engessada.

Ele estava frio. Mais do que isso, ele parecia morto. Ela correu para o lado de Zsadist e colocou a mão em seu ombro.

– Zsadist? *Zsadist*?

Soro e pílulas nem sempre são o melhor tratamento para os feridos. Às vezes, tudo que você precisa é o toque da amada, o som de sua voz e saber que estava segura em casa, e de repente você volta da beira do precipício.

Z. abriu os olhos. O olhar azul-safira que o macho encontrou trouxe lágrimas aos seus olhos. Bella estava inclinada sobre ele, seu volumoso cabelo castanho estava caído sobre os ombros, e o rosto de feições clássicas estava coberto de preocupação.

– Olá – ele disse, porque era o melhor que podia fazer.

Zsadist tinha recusado todos os medicamentos na clínica, porque ficar grogue sempre o relembrava de como era drogado nas mãos da senhora que o mantinha como escravo. Então, com a perna machucada e com o que tinha acontecido com as mãos, ele estava em completa agonia.

Mas, mesmo assim, apenas ver Bella ajudou com a dor.

– Olá. – A fêmea passou a mão pelo cabelo curto dele. – Olá.

Z. olhou para ver quem mais estava no centro de treinamento. Wrath estava conversando com Rhage no canto ao lado da hidromassagem, e Qhuinn, John e Blay estavam em pé na frente dos armários.

Enquanto os detalhes da sala entraram em foco, Z. pensou na última vez que tinha estado ali.

O nascimento.

– Shh... – Bella murmurou, claramente interpretando mal a maneira como ele estremeceu. – Feche os olhos e descanse.

Zsadist fez o que ela disse, porque estava de novo na beira do precipício e não por causa da intensidade da dor. Meu Deus, aquela noite em que Nalla nasceu... quando ele quase perdeu sua *shellan*...

Z. apertou os olhos, sem querer reviver o passado… ou olhar demais para o presente. Ele corria o risco de perder Bella. De novo. E era culpa dele. De novo.

– Eu amo você… – ele murmurou. – Oh, por favor, não me deixe…

SOBRE A AUTORA

J. R. Ward vive no Sul dos Estados Unidos com o marido incrivelmente solidário e o seu amado golden retriever. Depois de se formar em Direito, começou sua vida profissional na área da saúde, em Boston, e passou muitos anos como chefe de gabinete de um dos mais importantes centros médicos acadêmicos do país. Conheça mais sobre a autora e a Irmandade da Adaga Negra no site *www.jrward.com*.

IRMANDADE DA ADAGA NEGRA

VAMPIROS GUERREIROS, ENVOLVENTES E SEDUTORES

HR Gráfica e Editora
Rua Serra de Paracaina, 716 – Moóca - São Paulo – SP – CEP 03107-020
Fone/Fax: (11) 3341-6444 - Email: vendas@hrgrafica.com.br
www.hrgrafica.com.br